I0741116

Klaus Thiel · Der Bote des Herrn

Klaus Thiel

Der Bote des Herrn

Fantasie

FOUQUÉ PUBLISHERS NEW YORK

Library of Congress Cataloging-in-Publication Data
Thiel, Klaus
[Der Bote des Herrn / Klaus Thiel. German]
1st American ed.

ISBN 978-0-578-09459-5

Es mag allgemein üblich sein, dass die Helden einer Geschichte die schlimmsten Gefahren meist unbeschadet zu meistern scheinen, und meist sind ihre Verletzungen schon nach Tagen überhaupt nicht mehr zu sehen, die durchlebten Strapazen schon nach Stunden vergessen, auch wenn sie noch so schlimm waren. Und kaum winkt ein neues Abenteuer, stehen sie wieder an vorderster Front. Für uns, die wir in unserem Alltag so wenig mit Helden gemeinsam haben, wäre vielleicht nur ein Bruchteil dessen, was den „Helden" dieser Geschichten widerfährt, schon tödlich. Würden wir es dennoch überleben, wären wir wahrscheinlich monatelang außer Gefecht gesetzt, bevor wir uns wieder normal bewegen könnten – von den Schäden an unserer empfindlichen Seele ganz zu schweigen.

Verzeihen Sie mir bitte, dass mein Bestreben in meinem Buch nicht darin bestand, weitere neue Superhelden hinzuzufügen. Vielmehr wollte ich aus meiner Fantasie schöpfen und eine Geschichte erzählen, und in dieser trifft es meine Hauptpersonen eben auch mal besonders hart. Natürlich mag das ein oder andere auch in der realen Welt zutreffen, in der Sie leben, diese Geschichten schreibt das Leben oft selbst.

Ich möchte Ihnen aber auch sagen, dass ein „Auf und Ab" im Leben eines jeden einfach dazugehört. Dabei wird es Ihnen mal sehr gut, ein anderes Mal sehr schlecht gehen. Aber wem geht das nicht so? Gerade wenn man mal etwas „Gutes" erlebt hat, folgt oft eine weniger gute Nachricht. Genauso ist es aber auch umgekehrt. Auch wenn der Himmel noch so grau ist und die Ereignisse einen noch so niederschmetternd treffen mögen, so folgt irgendwann doch wieder ein neuer Sonnenschein oder eine frohe Botschaft. So ist das Leben.

Sicherlich werden einige mit dem Ende meiner Geschichte nicht einverstanden sein. Ich kann Ihnen versichern, dass meine ursprünglichen Gedanken auch eine völlig andere Richtung

vorsahen, aber während des Schreibens hat sich die Geschichte sozusagen selbst entwickelt. Ich war selbst überrascht und gespannt, wie es dann weiterging.
Nun wünsche ich Ihnen ebenso viel Spaß und Spannung beim Lesen, wie ich sie empfand, als ich meine Geschichte niedergeschrieben habe.

Ach ja, noch etwas – vergessen Sie nie: Es ist nur eine Geschichte, oder?

Kapitel 1: Die große Party

Es war ein weiterer hochsommerlicher Abend. Die Meteorologen hatten für die kommende Nacht 22 Grad vorhergesagt, was dann wieder, wie bereits schon die vielen Wochen zuvor, für keine Abkühlung sorgen würde. Viele schliefen schon seit Tagen oder gar Wochen auf dem Balkon oder an anderen Plätzen unter freiem Himmel, da ihre Wohnungen viel zu aufgeheizt waren. Der Himmel war klar und voller Sterne. Auch diese Nacht würde so sein wie die letzten sechs bis acht Wochen, in denen es heiß und schwül war. Solch einen Hochsommer wünscht man sich immer, wenn man Urlaub oder Ferien hat, nur hat man oft ausgerechnet zu dieser Zeit nur schlechtes Wetter – oder aber man fliegt wirklich in die Karibik oder nach Afrika, wo die Sonne immer für hohe Temperaturen sorgt.

Benjamin, auch Benni oder Ben genannt, schwelgte wieder mal in Gedanken, indem er sich vorstellte, wie es nun wohl dort sein würde, denn bisher hatten sie sich als Familie keinen Urlaub so weit entfernt leisten können. Ihre Urlaubsziele waren oft die heimischen Berge gewesen, wo es aufgrund der Höhenunterschiede selbst im heißesten Sommer oft frisch, wenn nicht sogar kühl war. Aber die an ihn vererbte Liebe zur Natur hatte für ihn auch viele positive Seiten. Deshalb hielt er sich lieber hier draußen im Garten auf, mit der Nähe zur Natur und der damit verbundenen Einsamkeit und Stille, wesentlich lieber als im völlig überfüllten Haus. Hinter ihm, aus dem Wohnzimmer der Villa, dröhnte die neueste, absolut hitverdächtige Single von der neuen Popstargruppe „Blue Angel". Aber erst hier draußen, abseits von der lauten Musik und dem Getümmel der vielen Menschen, fühlte sich Benni wieder wohler. Hier ließ man ihn wenigstens in Ruhe, dachte er sich. Zudem war es hier nicht so stickig, da gerade eine leichte Brise seinen Körper streifte. Das tat gut nach der Hitze, die im Wohnzimmer herrschte. Sein Hemd war immer noch richtig nass geschwitzt und das, obwohl er schon mindestens eine halbe Stunde hier im Freien stand. Nicht dass er nicht auch gerne drinnen gewesen wäre und wie alle anderen dazugehören wollte, aber nach dem Vorfall zu Beginn der Party würde er heute – und wahrscheinlich wieder für eine lange Zeit – überhaupt keine Lust mehr zu solchen Feiern haben. Zudem lebte er schon so lange eingeschlossen in seinem selbst errichteten Schneckenhaus, dass er niemanden zu nahe an sich heranließ, und schon gar nicht bei so einer Party. Und wenn er für seine Handlungsweise noch eine Bestätigung benötigte, dann gaben ihm die gerade erlebten Vorfälle wieder einmal recht. Auf der Party interessierte man sich doch sowieso nicht wirklich für den anderen. Man war hier aus Gruppenzwang, Langeweile, Selbstdarstellung, Einsamkeit, Machtgehabe und aus noch tausend anderen Gründen, aber nach seiner Ansicht, und nur diese zählte für ihn, nicht, um Freundschaften aufzubauen oder weil man wirkliches Interesse an seinem Gegenüber hatte. Und da er keine wahren Freunde hatte, fragte er sich immer, was er auf so einer Party eigentlich zu suchen hatte. Leider wurde ihm das wieder einmal erst richtig klar, als es schon wieder zu spät war und er erneut Spott und Hohn über sich hatte ergehen lassen müssen. Dabei war er extra eine Stunde später eingetroffen, weil er sich somit erhoffte, dass die Party schon in vollem Gange wäre und die üblichen Grüppchen sich bereits gefunden hätten. Dann wäre er wie üblich mal hier, mal da herumgeschlendert und nach einer Stunde gelangweilt wieder gegangen. Aber heute war es komisch gewesen. Er hatte schon beim seinem Eintreffen festgestellt, dass man auf irgendetwas zu warten schien. Aber auf was? Er schaute auf seine Uhr. Es war bereits 22:30 Uhr, die Party war also schon seit gut einer Stunde am Laufen. Die Musik dröhnte wie immer viel zu laut aus den Boxen, aber ansonsten war nicht viel los. Die meisten waren schon da, und dazu noch viele, die Ben noch nie gesehen hatten. Aber niemand tanzte. Die Stimmung war auf einen absoluten Tiefpunkt gesunken. Nahe der Terrassentür erblickte er einige Pärchen, die lustvoll aneinanderklebten, mehr als er sich dies zuvor überhaupt hatte vorstellen können. Dabei waren die Hände in verschiedenen Kleidungsöffnungen des

Gegenübers verschwunden. Die Bekleidung der Mädchen war so gewagt, so offen, dass das Kleidungsstück manchmal mehr offenlegte, als es verdeckte. Auch die Stoffe selbst, bedingt durch die hohen Temperaturen der letzten Wochen und der damit einhergehenden Schwüle, waren sehr luftig gewählt, dazu meist durchscheinend, wohl mit der Absicht, die Blicke voll auf sich zu ziehen. Bei einem recht leicht bekleideten Mädchen hing der linke Busen völlig frei aus der Bluse. Aber das schien sie nicht zu stören. Wie ein Saugnapf hing ihr Mund an dem ihres Partners. Ein anderes Pärchen vollführte mit den Zungen die reinsten Verwicklungskünste im Mund des anderen. Wieder andere rieben sich so eng aneinander, als wären sie ganz für sich allein und nicht mit über einhundert Personen im Raum. Dabei waren die Pärchen nicht immer unterschiedlicher Geschlechter, was Ben oft erst dann hundertprozentig feststellte, wenn sie sich eine kurze Zeit voneinander gelöst hatten. So hatte er zunächst bei der einen oder anderen Person gedacht, dass es sich aufgrund der Haare um ein Mädchen handelte, das er kannte, „die" sich dann jedoch beim zweiten Hinsehen als männliche Person entpuppt hatte. Aber erstaunlicherweise nahmen die Umherstehenden diese Paare überhaupt nicht wahr.

Ben wandte seinen Blick wieder ab und schaute sich weiter um. Sein Blick fiel auf die provisorische Bar. Hier standen meist nur Personen männlichen Geschlechts. Es wurde sich aufs Heftigste zugeprostet und daraufhin manche Flasche in einem Zuge geleert. Dass dabei ein Teil wieder aus dem Mund und übers Hemd lief, schien nur Ben eklig zu finden. Man konnte den Eindruck gewinnen, dass dies hier eine sportliche Veranstaltung war, bei der es darum ging, wer als Erster dem Vollrausch erlegen war. Auch hier störte es anscheinend niemanden, dass einige schon kräftig schwankten und Umherstehende teilweise mit Getränken beschütteten. Alle anderen Personen im Raum standen ansonsten recht gelangweilt herum.

Ben lehnte sich mit der rechten Schulter an einen Türrahmen und nutzte die Gelegenheit, um sich weiter umzusehen. Dabei bewunderte er einmal mehr das Haus seines angeblichen „Freundes".

Hier war so viel Platz, dass sich die über einhundert eingeladenen Personen problemlos allein im Wohnzimmerbereich aufhalten konnten. In diesem Haus gab es, wie er wusste, eine Sauna, einen Geräteraum, der so manchen Fitnesscenter in den Schatten stellte, ein Schwimmbecken im Keller, einen Tennisplatz hinter dem Haus und im Haus allein drei riesige Bäder. Dabei hatte Ben bisher nur einen Teil des gesamten Anwesens gesehen, bei einem früheren Besuch, als er Markus einmal zu Hause ablieferte, weil er ihn völlig betrunken im Park gefunden und es als notwendig befunden hatte, ihn nach Hause zu bringen. Damals war Markus so besoffen gewesen, dass er Ben noch nicht einmal hatte sagen können, wo sich sein Zimmer befand, und Ben hatte deshalb mit dem betrunkenen Markus im Schlepptau die Räume einzeln absuchen müssen. Das war auch der Zeitpunkt gewesen, als Markus die Freundschaft zu Ben weiter forcierte, vielleicht aus Schuldbewusstsein, vielleicht aber auch nur, damit er jemanden hatte, den er benutzen oder ausnutzen konnte. Der Unterschied war manchmal nicht allzu groß.

Immer noch völlig in Gedanken versunken, fiel Ben plötzlich auf, dass drei Mädchen ihm gegenüberstanden und miteinander tuschelten, sich ansahen, um dann zusammen laut loszulachen. Er fühlte sich sofort unwohl. Das Geschehen hatte nichts Gutes an sich. Er spürte es, er konnte es auf seiner Zunge schmecken. Gefahr war im Anzug, das stand fest wie das Amen in der Kirche. Er schaute sich hilfesuchend um, wie er am besten schnell und unbemerkt verschwinden konnte, als eines der drei Mädchen schon vor ihm stand. „Hallo, mein Süßer", sprach sie in einer Barbiesprache, als ob er ein kleines Kind wäre. Eigentlich war es kein Sprechen, sondern mehr ein Säuseln. „Du hast uns so angestarrt, als würdest du gerne mit uns etwas gaaanz Bööööses anstellen wollen", fügte sie kichernd hinzu und warf einen Blick zu ihren Freundinnen zurück. Ben wusste nicht, wie ihm geschah. Das Mädchen hatte so laut gesprochen, dass es alle anderen hatten mithören können. Er sah, dass die beiden anderen Mädchen wiederum die umherstehenden Partybesucher ansprachen und dabei auf ihn zeigten. Es wurde ihm mit einem Schlag bewusst: Er war zum Mittelpunkt des Geschehens geworden! Er war das erste Opfer des heutigen Abends! Wieder einmal hatten die Partygäste ihr Schauspiel, leider mit ihm in der Hauptrolle. Alle warteten gespannt ab, was jetzt wohl als Nächstes passieren würde. Aber noch war ja nichts passiert. Noch könnte er es schaffen. Schon oft war es ihm gelungen, andere durch seine Art kalt abzuweisen. Aber da war er auf die Situation besser vorbereitet gewesen. Aber dadurch, dass seine Gedanken zuvor abgelenkt gewesen waren, traf ihn das Unheil nun völlig unvorbereitet. Der Abstand zwischen dem Mädchen und ihm war schon zu gering. „Na, was würdest du denn gerne mal tun?", neckte sie ihn weiter. Ben hörte kaum, was sie sagte, und sah sich verzweifelt im Raum um. Sein Blick traf Markus, der aber schon so besoffen war, dass sich Ben fragte, wie er das in so kurzer Zeit geschafft hatte. Auf ihn konnte er nicht mehr zählen. Andere standen in der Gruppe um sie herum und konnten ihre Neugier kaum zügeln. Gier, Abschaum, selbst ihre eigene Angst waren in ihren Augen zu sehen, aber auch die große Erleichterung, dass es diesmal nicht sie getroffen hatte. All das spiegelte sich in ihren Gesichtern wider. Um eben diesen inneren Druck abzulassen, fingen nun die Ersten zu grölen und zu klatschen an. Aber das nahm Ben nur noch unbewusst wahr. „Komm, sei nicht so schüchtern, mein Kleiner", flüsterte das vor ihm stehende Mädchen plötzlich in sein Ohr, während sie bewusst mit ihren Brüsten an seinem Oberkörper entlangstreifte. „Du stehst bestimmt voll unter Strom, was?" Dabei machte sie obszöne Gesten, was ihr von den umstehenden Jugendlichen weitere Begeisterungsstürme und grölendes Gelächter einbrachte. Ihre Hände umfingen seine Pobacken und kniffen fest hinein, um dann, so schien es ihm, wieder leicht darüber zu streicheln. Ben konnte nach ihren Berührungen eine gewisse Erregung seinerseits nicht verhindern. Zudem verbarg die Bluse der Blondine nicht wirklich ihre weiblichen Reize, sondern war eher wie ein grelles Licht, welches die Motten in der Nacht anlockt. Der Gedanke daran brachte ihm jetzt jedoch nur noch mehr Schwierigkeiten und trieb ihm die Schamesröte ins Gesicht, während er gleichzeitig krampfhaft versuchte, seine mittlerweile eingetretene Erektion vor den anderen zu verbergen. Ihr geübter Blick hatte es jedoch sofort bemerkt, und es machte ihr riesigen Spaß, durch lautes Rufen alle Umstehenden darüber zu informieren. Ben versuchte ihre Oberarme zu packen. „Bitte, hör doch auf, ich habe dir doch nichts getan, und ich möchte auch nichts von dir. Es tut mir leid, wenn ich dich angestarrt haben sollte", versuchte Ben ihr leise mitzuteilen. Darauf schien sie jedoch nur gewartet zu haben. Plötzlich veränderte sich ihr Verhalten vollständig. „Du glaubst doch nicht wirklich, dass ich etwas mit dir zu tun haben wollte", verhöhnte sie ihn jetzt. „Ich hatte also doch recht, dass jemand wie du sofort auf mich abfährt. Hattest du überhaupt schon mal eine Freundin, he?" Dabei lachte sie so grell, dass man fast glauben konnte, sie wäre wahnsinnig geworden. Alle anderen mussten nun denken, dass er genau das Gegenteil von dem wollte, was er zu ihr gesagt hatte. Darauf hatte sie es abgesehen. Für sie war es nur ein Spiel. Ein Spiel, bei dem der Verlierer von Anfang an feststand. Es war nur ein Spiel für die Meute. Das war einer der vielen Gründe, weshalb er ja nie mit den Mädchen zusammen sein wollte. Ben versuchte schnellstmöglich von der Bildfläche zu verschwinden, was aber durch den Auflauf um ihn herum nicht einfach war. Nur weg von hier, weg von den lauten Lachern und abfälligen Blicken, weg von dem ständigen Herumgeschubstwerden. Er fühlte sich regelrecht nackt, chancenlos und bloßgestellt. Warum konnten und mussten die anderen nur immer so grausam sein? Aber er wusste auch, dass sie jetzt wieder einmal ein Opfer gefunden hatten, und das würden sie noch länger demütigen und sich an seiner Angst weiden. Warum hatte er es nicht gemerkt? Wie konnte es ihm passieren, dass er den Zeitpunkt verpasst hatte und nicht schon zuvor abgehauen war? Wäre er doch bloß nicht hierher gekommen! Plötzlich verlor er, dadurch dass er heftig herumgeschoben wurde, bei einem Absatz im Boden die Kontrolle über seine Füße und stolperte in die vor ihm stehende und laut kreischende Gruppe. Als wäre es sein normales, alltägliches Schicksal, von einer Katastrophe in die nächste zu gelangen, stützte er sich, einem natürlichen Instinkt folgend,

beim Fallen mit den Händen ab. Zu seinem Leidwesen jedoch bei einem Mädchen, und um das Ganze noch auf die Spitze zu treiben, natürlich an deren Oberweite. Obwohl doch alle gesehen haben mussten, dass er nichts dafür konnte und nicht einmal auch nur der Hauch von Absicht dahinterstand, sah dies der männliche Begleiter des Mädchens völlig anders. Benjamin, der mittlerweile am Boden lag, wurde von besagtem Begleiter sehr unsanft am Kragen seines Hemdes hochgezogen, beschimpft und anschließend mit einem Faustschlag ins Gesicht wieder zu Boden geschickt. Seine Wange schmerzte, und er hatte den Geschmack von Blut im Mund. Der Typ wollte gerade zu einem Tritt ausholen, als er selbst von der Seite angerempelt wurde, und seinen Fußtritt mit der Zielrichtung, Bens Magen zu treffen, dadurch vollständig verfehlte. Im gleichen Moment fing nun Mike an, auf seinem Keyboard zu spielen. Das brachte die Menge auf andere Gedanken, und alle ließen nun von ihm ab. Ben nutzte die Gelegenheit, sich aufzurappeln, und stürzte sich kopfüber durch die geöffnete Terrassentür in den Garten. Er konnte noch das Gejohle der Meute hören, die im Wohnzimmer tobte. Aber das war ihm egal. Er war wie durch ein Wunder freigekommen, und das wollte er auf keinen Fall aufs Spiel setzen. Er zog sich in eine Ecke zurück, die etwas um das Haus lag.
Dort stand er nun und leckte wie ein geprügelter Hund seine Wunden. Die Nase schmerzte jedes Mal, wenn er sie berührte, aber Gott sei Dank hatte das Nasenbluten mittlerweile aufgehört. Was ihm aber am meisten wehtat, waren die unsichtbaren Wunden, die auf seiner Seele lagen. Er fühlte sich verdammt einsam, viel einsamer als je zuvor in seinem Leben. Warum musste er so sein, warum konnte er nicht wie die anderen sein und auch „Spaß" haben? Er traute sich selbst nicht und somit auch keinem anderen. Dadurch lebte er natürlich auch immer in der Angst, dass sich vielleicht doch jemand für ihn interessieren könnte, dies aber nur zum Spaß machen würde, um ihn letztendlich vor allen, so wie gerade eben erlebt, blamieren würde mit den Worten: „Du glaubst doch nicht wirklich, dass ich etwas mit dir zu tun haben wollte" oder: „Ich hatte nur Mitleid mit dir." So etwas wollte er

nie wieder erfahren müssen, und deshalb blockte er alles ab, was
natürlich für jemanden, der es wirklich ernst mit ihm gemeint
hätte, gleichzeitig eine unüberbrückbare Barriere darstellte. „Du
Idiot“, schalt er sich selbst in Gedanken, „du glaubst doch nicht
ernsthaft, dass dich jemand mag, so wie du bist!“ Was war denn
gerade passiert? Genau das! Mädchen waren nun mal eben so,
da machte er sich nichts mehr vor. Und bei den Jungs herrschte
nur ein wildes Herumgeprotze, wer was am besten konnte. Dabei
waren ihre Themen immer Mädchen, Saufen und Sport. Nichts
von alledem interessierte Ben. Damit war meist aller Zweifel aus-
geräumt und Ben fand wieder zu seinem inneren Gleichgewicht
zurück. Die mögliche Tür zu seinem inneren Wesen befand sich
somit wieder fest verschlossen in seinen Angeln.
Um sich nicht immer wieder selbst zu zerfleischen, entfernte sich
Ben lieber von seinen Mitmenschen und verbreitete jedem, der
es hören wollte, dass er lieber allein war.
Das machte ihn in den Augen seiner Mitmenschen zu einem
Außenseiter, da sein Verhalten auf sie arrogant wirkte. Sah
jemand darüber hinweg und versuchte, näher an ihn heranzukommen, wurde er durch Bens Unsicherheit, dass nun jemand
in sein Territorium eingedrungen war, von Ben ungerechterwei-
se derb zurückgewiesen, sodass niemand einen zweiten Versuch
wagte. Und somit schloss sich der Kreislauf und Ben blieb allein
zurück, während der andere, natürlich und berechtigterweise,
frustriert über die heftige Abfuhr, kein Interesse mehr hatte.
So stand er jetzt für sich alleine im Garten, angelehnt an einer Holzpalisade, und wusste, dass er da drinnen, wo seine
Klassenkameraden sich mit der neuesten Discomusik die Ohren
volldröhnten, nichts verloren hatte. Er gehörte einfach nicht dahin. Er hatte ja eigentlich gar nicht kommen wollen, aber Markus
hatte so lange und drängend auf ihn eingeredet, dass ihm zum
Schluss keine Argumente mehr einfielen, nicht dorthin gehen
zu müssen, außer er hätte offen zu Markus gesagt, was er dachte,
nämlich dass er absolut keine Lust auf solche Feiern hatte und
dass er Angst hatte, sich vor den anderen zu blamieren, weil ihn
so ein „Larifari“ halt nicht interessierte. Wenn er genauer dar-

über nachdachte, war er ja auch nicht sehr beliebt in der Klasse. „Viel zu ernst und verklemmt", sagte Markus immer. „Viel zu ernst für das Leben und die Mädels." Ja, Markus nahm nichts ernst. Für ihn war alles nur ein riesiger Spaß, egal ob im Umgang mit Mädchen, in schulischen Dingen oder ob das Leben selbst. Bei seiner letzten Mathearbeit, die wichtig für das Abitur war, fand er alles nur lachhaft, was dann Herr Geier, Mathematik- und Geschichtslehrer seiner Klasse, ihm auch mit einer glatten Sechs quittierte. Selbst das nahm Markus gelassen hin. Seine schlechten Noten brachten seiner Beliebtheit innerhalb der Klasse jedoch keinerlei Nachteile, ganz im Gegenteil. Markus war bei den meisten sehr beliebt, er war gut aussehend, wenn das ein Junge von einem anderen sagen konnte, verdammt reich; genau genommen war sein Vater ein erfolgreicher Geschäftsmann, was Markus den Geldsegen bescherte. Er hatte oft das Geld bündelweise in der Hosentasche. Ein Portemonnaie dagegen besaß er überhaupt nicht. Für ihn war Kleingeld was für arme Spießer. Markus war stets locker, hatte immer einen Witz parat, und zwar den neuesten, den garantiert keiner kannte, und ging bewusst oder unbewusst sehr zielsicher mit jeder Situation um. Mädchen, zu denen sich zwar Ben auch hingezogen fühlte, die jedoch für ihn unerreichbar blieben, hatte Markus schon einige, aber er konnte nicht ernsthaft auch nur für einen Menschen da sein, außer für sich selbst, und so überlebten seine Beziehungen meist das zweite Wochenende nach dem ersten Kennenlernen nicht. Nur zu Ben war Markus anders. Hier verhielt sich Markus viel zurückhaltender, erwachsener. Auf Ben kam Markus hin und wieder zu und wollte mit ihm reden, was er sonst eigentlich nicht wirklich tat. Ja, wenn Markus einmal nicht so gut drauf war (aber nur Benni kannte ihn so), konnte Markus schon mal seine wahren Gefühle zeigen. Aber das dauerte nicht lange. Spätestens am nächsten Tag war bei Markus wieder Sonnenschein und Action angesagt. „No risk – no fun", war dann immer wieder sein Lebensmotto. „Mann, Benni, that's life, so ist das Leben nun mal. Die Welt will doch beschissen werden, und genau das tue ich halt. Übrigens", fügte er dann noch hinzu, „tut das doch jeder." Ben überlegte kurz und kam zu dem Schluss, dass nur die Starken dieses Motto prägten, um ihre Taten damit zu rechtfertigen. Er kannte aber genügend andere, die das nicht taten, schon aus dem Grund, weil sie es nicht konnten, schon allein weil sie die Macht dazu nicht hatten. Aber Ben hatte auch nie vor, so zu werden. Es widerstrebte ihm von seiner Natur her. Aber er behielt seine Gedanken für sich, da er wusste, dass sein Gegenüber ihn sowieso nicht verstehen würde. Es war so, als sprächen sie in einer fremden Sprache zueinander – als ob man sich nicht gegenseitig verstünde und jeder nur dämlich vor sich hin grinste.

So hatte Ben also dem Drängen von Markus nachgegeben und war letztendlich doch noch zur Party gekommen. Aber auch dieses Mal war es wieder so wie schon viele Male zuvor. Es lief immer nach dem gleichen Schema ab. Zwar mochte der Anlass jedes Mal ein anderer sein, aber irgendwann wurde dann der Punkt erreicht, an dem er auch jetzt in diesem Moment wieder stand.

Ben verstand eigentlich nicht, was ihn noch dazu bewegte, den Kontakt zu Markus weiterhin aufrechtzuerhalten. Lag es vielleicht daran, dass sie zusammen in eine Klasse gingen oder er doch hin und wieder auch mal einen Freund brauchte, auch wenn dieser sich als falsch und gefährlich erwies? Ben konnte es sich selbst nicht erklären.

Drinnen fing es wieder an, abseits der Musik laut zu werden. Ben konnte deutlich Stimmen hören, und Markus' Stimme war eine davon. Sehr wahrscheinlich hatte Markus wieder damit angefangen, da er in seiner Langeweile nichts mit sich selbst anzufangen wusste und unsicher war (was aber keiner wissen durfte), sich mit seinen Spezis über andere lustig zu machen. Dabei hauten sie sich literweise Alkohol in den Kopf, sodass er morgen früh bestimmt nichts mehr davon wissen würde, wen er heute alles mit seinen Äußerungen oder, wenn er ganz betrunken war und zur Gewalt neigte, ja sogar körperlich verletzte. Und genau darauf hatte Ben überhaupt keine Lust, denn meistens traf es dann wie immer die Schwächsten, und dazu gehörte er nun einmal auch, was er in einer anderen Art und Weise auch heute wieder einmal schmerzhaft erfahren hatte dürfen. So war er jetzt froh, dass er sich in den Garten verdrückt hatte, obwohl er sich eingestand, dass ihm dies zu spät gelungen war und er in der nächsten Woche wieder Spott und Hohn wegen des Vorfalls über sich ergehen lassen würde müssen. Er würde jetzt hier noch etwas abwarten und dann, in einer günstigen Gelegenheit, wenn alle zu sehr mit sich beschäftigt oder volltrunken waren, stillschweigend die Fete verlassen. Das könnte zwar noch ein bis zwei Stunden dauern, aber keine zehn Pferde würden ihn jetzt in das Haus bekommen. Vermissen würde ihn wie immer sowieso niemand. Das hatte noch nie jemand getan.

Ben stand also wieder einmal allein, diesmal an einer Holzpalisade angelehnt, und grübelte über den Sinn des Ganzen nach. Warum konnte er nicht auch so sein, warum musste er sich um jeden und alles immer so viel Gedanken machen? Als würde er Hilfe in den Sternen suchen, schaute Benjamin nach oben und genoss für einen Augenblick einfach den klaren weiten Blick in den Nachthimmel. Die Musik und Schreie verloren sich in seinen Gedanken, bis er sie überhaupt nicht mehr wahrnahm, obwohl sie immer noch genauso laut dröhnten wie zuvor. Ein Eichhörnchen huschte aufgeschreckt durch den Garten auf die große Tanne zu, kletterte den dicken Stamm bis auf den zweiten Ast hoch und hielt dort inne. Benni fand es ausgesprochen interessant, den flinken Nager bei seinem Tun zu beobachten. Ben konnte so gut Dinge, Personen oder Situationen beobachten, dass er dabei oftmals komplett die Zeit vergaß. Er beobachtete meist sehr intensiv seine Umgebung, wurde dann aber auch im Gegenzug von den Betroffenen angemacht, weil er dies so intensiv tat und dabei alle ungewollt anstarrte. Da er aber so sehr in seine Gedanken vertieft war, bemerkte er dies selbst überhaupt nicht. Wer aber dann bemerkte, dass er von ihm beobachtet oder angestarrt wurde, hatte kein gutes Wort mehr für ihn übrig. Dabei wollte er doch im Grunde überhaupt nie jemanden anstarren, aber er fand eben immer wieder Dinge an Personen oder

Situationen, die ihm zuvor noch nicht aufgefallen waren oder die
er absolut fesselnd fand. Es sah die Personen an und dachte dann
automatisch weiter; woher sie wohl kamen oder was sie machten
oder wie sie wohl heißen mochten und so weiter. Für ihn war
das Leben halt nicht einfach, sondern bestand aus zahlreichen
Zweifeln, Ängsten und aus Einsamkeit, aber auch Fantasie und
Wunder hatten darin Platz.

So stand er also dort am rechten Rand des Gartens und konzentrierte sich ganz auf dieses Eichhörnchen. Es war inzwischen
wieder zurückgekehrt, wahrscheinlich transportierte es irgendwelche Nahrung von einem Versteck zum anderen. Ben hatte
noch nie ein Eichhörnchen so nahe gesehen. Sein Fell hatte eine
hellbraun-rote Farbe. Dabei war der Schwanz fast genauso groß
wie das ganze Tier selbst. Mit hoch aufgerichtetem Schwanz
sprang es auf seinen Pfoten über das offene Rasenstück, um dann
plötzlich abrupt stehen zu bleiben. Die Vorderpfoten fest in den
Boden gestampft und den Kopf aufgerichtet, schaute es hektisch
nach allen Richtungen, um dann das letzte Stück zu überbrük-
ken. Wieder am Baum angekommen, huschte es regelrecht den
Stamm hinauf. Auf dem ersten Ast machte es schließlich halt,
da es im Schutze der Äste nicht nur vor den Menschen, sondern
auch vor Greifvögeln geschützt war. Die entspannte Situation
zeigte sich nun auch in der Körperpflege des Eichhörnchens: Es
saß jetzt auf seinen Hinterpfoten und putzte sich ausgiebig seinen
buschigen Schwanz.

Plötzlich erschrak es, stellte die Vorderbeine auf den Ast schaute nach links, drehte sich dann um, huschte weiter davon und,
flink wie es war, verschwand im dichten Gewirr der oberen
Baumwipfel. Ben, der erst sehr aufmerksam den Weg des fliehen-
den Eichhörnchens verfolgt hatte, schaute nun in die Richtung,
in die das Eichhörnchen geschaut und es sich gestört gefühlt hatte. Er konnte aber nicht die Ursache dafür erkennen. Fast hätte
er sich wieder den Sternen zugewandt, als er eine Bewegung in
den Sträuchern wahrnahm. Er konnte nicht erkennen, was es
war, merkte aber, dass sich dort etwas bewegte. Er hatte später
nicht sagen können, was letztendlich der Antrieb für ihn war,

um zu den Sträuchern zu gehen, aber als er sich bewusst wurde, dass er losgegangen war, stand er auch schon davor. Jetzt konnte er auch leicht erkennen, was das Eichhörnchen verjagt zu haben schien. Hier saß jemand im Gebüsch und schien sich verstecken zu wollen. Ben trat noch ein Stückchen näher und erkannte, dass es ein Mädchen mit langen, leicht gelockten, blonden Haaren war, das dort auf dem Boden kauerte und zu weinen schien.

Bens erster Impuls war, sofort zu verduften, als ob die Tatsache, dass es sich um ein Mädchen handelte, für ihn Anlass genug wäre, sich davonzumachen, fast so, als wenn Mädchen eine ansteckende Krankheit hätten. Aber er blieb doch an Ort und Stelle stehen. Seine Beine ließen sich einfach nicht dazu bewegen, kehrtzumachen. Wie von fremder Hand gesteuert ging er nach einigen Sekunden sogar noch näher auf das Mädchen zu und sah, dass ihre Bluse völlig verschmutzt und am Ärmel heftig eingerissen war. Vermutlich war sie hier an den Sträuchern hängen geblieben und hatte sich den Ärmel selbst aufgerissen. Ihre Haare waren wild zerzaust, was für ihn mehr Schönheit darstellte, als wenn sie frisiert gewesen wären. Irgendwie strahlte die Person vor ihm etwas Natürliches aus, etwas, das Ben sehr gefiel. Hinzu kam, dass ihr ganzer Körper bebte, da sie wohl heftig weinte, obwohl kein Laut aus ihrem Munde zu hören war. Sie versuchte mit Mühe, sehr leise zu sein, und nur wenn ihr das nicht vollständig gelang, hörte man ein kurzes Schluchzen, was dann wohl auch das Eichhörnchen gehört und verjagt haben musste. Ben empfand großes Mitgefühl mit ihr. Er war wohl doch nicht der Einzige, dem es heute schlecht ging. Etwas, das Ben zwar wusste, aber oft verdrängte. Er beugte sich zu ihr hinab und kam ihr jetzt sehr nahe.

Das Mädchen schien ihn bisher nicht einmal bemerkt zu haben. „Kann ich dir helfen?", fragte Ben recht leise und schüchtern. Zuerst wollte er seine Frage wiederholen, da er dachte, dass sie ihn vielleicht nicht gehört hatte, aber dann merkte er, dass sie ihre rechte Hand anhob und ihm zu verstehen gab, dass sie allein sein wollte. Sie hatte ihm immer noch den Rücken zugewandt und beugte nun ihren Kopf noch tiefer zwischen ihre Knie, dabei gelang es ihr jetzt nicht mehr, ihre aufgestauten Gefühle zurückzuhalten, und sie weinte nun noch heftiger, was nun auch deutlich zu hören war. Ihr ganzer Körper wurde durch dieses heftige Schluchzen richtig durchgeschüttelt, und sie tat Ben erneut unheimlich leid. Es dauerte fast fünf Minuten, in denen er das Mädchen einfach sich ausweinen ließ und nur ab und zu seine Hand auf ihre Schulter legte. Ansonsten blieb er einfach nur neben ihr sitzen und wartete geduldig. Ihm war auch gar nichts eingefallen, was er hätte sagen oder was er dagegen hätte unternehmen sollen. Er war im Umgang mit Mädchen nicht geübt und hatte diese deshalb bisher erst recht auf große Distanz gehalten. Jetzt aber war er schon über die Hürde gegangen und konnte und wollte zu diesem Zeitpunkt keinen Rückzieher mehr machen. „Bist du verletzt?", fragte Ben, diesmal aber noch unsicherer als zuvor, weil er damit rechnete, dass er eine weitere negative Antwort ernten würde, aber er konnte einfach nicht anders. Er spürte deutlich, dass sie Hilfe brauchte.

„Geh doch endlich, Benni", sagte sie, ohne ihn anzusehen.

Ben war perplex. „Du kennst mich? ... Äh ... du weißt, wer ich bin? ... Äh ... woher ... also ich meine, woher weißt du, wer ich bin, wo du mich doch gar nicht angesehen hast?", sprudelte es aus Ben heraus, der offensichtlich nicht wusste, wie er mit der neuen Situation umgehen sollte. Da drehte sich das Mädchen langsam zu ihm um und blickte ihm in die Augen. Trotz der Dunkelheit erkannte Ben sofort, dass es Sabine war. Sabine Thaler aus der G10B, Schülerin in seiner Klasse. Sie war eigentlich die Freundin von Pasquale Ginotello, genannt Gino, einem typischen Südländer mit gebräunter Haut und braunen Augen, schwarzen, immer stark mit Gel gestyltem Haar, der durch sein Aussehen und seinen südländischen Akzent die Herzen der Mädchen im Sturm zu erobern schien. Für Ben war Gino nur ein breitschultriger und mindestens einen Kopf größerer Angeber aus der Parallelklasse, der ein breites Kreuz hatte wie ein Kleiderschrank, aber auch die Intelligenz eines solchen Möbelstückes. Gino war jemand, der jeden, der ihm im Wege stand oder der sich mit ihm anlegte, sehr oft unsanft zurechtwies, entweder in Eigenregie oder mithilfe seiner Freunde. Ein mieser Kerl, der sich oft einen Spaß daraus machte, mit anderen Streit anzufangen. Das lag daran, dass die meisten Jungs ihn nicht ausstehen konnten, da Gino von den meisten Mädchen aufgrund seines Aussehens angehimmelt wurde, er selbst aber in Bennis Augen und vieler anderer nur ein arrogantes Arschloch war, der sich dank des Geldes seines Vaters seine Freunde „kaufte". So sah man Gino auch immer nur in Begleitung seiner Gang und vieler Mädchen. Er hatte sich damals gewundert, warum gerade Sabine Thaler auf so einen oberflächlichen Blödmann hereinfallen konnte, weil, wenn es sich's ehrlich gestand, jene Sabine Thaler eben genau das Mädchen war, das er selbst am meisten mochte.

Aber jetzt, als sie auf Knien hier im Gebüsch saß, sah sie fürchterlich aus. Die Wimperntusche lief ihr in schwarzen Streifen über das Gesicht, der Lippenstift war auf der rechten Seite total verschmiert, die Haare – wahrscheinlich durch das Gestrüpp – waren völlig durcheinander, und einige kleine Zweige hingen in den Haaren fest. So hatte er sie noch nie gesehen. Sabine war vielleicht nicht das hübscheste Mädchen, weil sie sich nicht so gab wie so einige blöden Zicken aus seiner Klasse, die ständig zugeschminkt waren mit Lippenstift, Wimperntusche und all dem anderen Kram. Nein, Sabine hatte eine natürliche Art, die ihn faszinierte und die sie aufreizend machte, aber auch gleichzeitig unschuldig wirken ließ. Heute jedoch hatte sie das volle Programm an gesichtsverändernden Maßnahmen aufgetragen. All das, was Mädchen wohl tun, wenn sie sich besonders hübsch zurechtmachen wollen. Während er sie so betrachtete, wusste er plötzlich den Grund, warum Sabine heute all dies aufgetragen hatte. Sie wollte älter aussehen. Das war es auch gewesen, was Ben am Anfang Schwierigkeiten bereitet hatte, sie zu erkennen, denn mit dem Make-up – auch wenn ein großer Teil der auf den Wangen herunterlaufenden Tränen ihren Tribut zollen mussten – sah sie fast wie Mitte zwanzig aus. Er gestand sich nun aber zum zweiten Mal an diesem Abend, dass, wenn ihm überhaupt ein Mädchen gefallen hatte, so war sie es gewesen. Oft hatte er sie während der Stunde von seinem Sitzplatz aus betrachtet und sich gewünscht, dass sie anders wäre, sich anders geben würde als alle anderen. Dass sie sich nicht durch die Blockade abschrecken ließe und den schüchternen Jungen dahinter sah, der er nun einmal war. Er sah das Bild ihrer Augen vor sich, die lachen konnten wie Sterne am Himmel, ihr Mund, der keck immer leicht geöffnet war, und wenn sie angestrengt überlegte, sie sich dabei immer auf die Unterlippe biss. Ja sogar der Schwung ihrer Haare, wenn sie ihren Kopf zur Seite drehte, sah bei Sabine am besten aus, fand er. Er musste sich aber auch eingestehen, dass er sie wie all die anderen hasste, wenn sie und ihre Freundinnen ihn auslachten, nämlich immer dann, wenn sie als Clique auf ihn trafen. In diesem Alter waren Jugendliche wohl immer in irgendwelchen Gruppen oder Cliquen, ob nun Mädchen oder Jungs. Man war out, wenn man alleine war. Nein – er war out, weil er alleine war. Diese Gedanken rasten Ben innerhalb von Sekunden durch den Kopf, während Zuneigung und Hass einen bitteren Kampf in seinem Inneren ausfochten.

„Saaabiiinee, duuu?", war dann aber das Einzige, was er wirklich herausbrachte, und das klang irgendwie total bescheuert, und er fluchte innerlich, dass er sich schon wieder wie ein Idiot benahm. Sabine hatte sich inzwischen etwas beruhigt, aber Ben entging nicht, dass ihr immer noch Tränen die Wangen herabliefen. „Ich sehe bestimmt scheußlich aus", sagte sie nun doch etwas gefasster. „Nein, äh ... du siehst toll aus", platzte es aus Ben heraus. „Äh ... ich meine ... also ..." „Schon gut, Benni, du brauchst mir nichts vorzumachen." „Nein, wirklich, ich finde, dass du wirklich ganz bezaubernd aussiehst", antwortete Ben nun mit deutlich festerer Stimme, und es stimmte ja auch wirklich. „Benjamin Stein – das war ja ein richtiges Kompliment – danke schön." „Scheiße", dachte Ben, „jetzt mache ich mich schon wieder zum Trottel." Sabine machte auf einmal ein besorgtes Gesicht. „Habe ich dich gekränkt?", fragte sie, „das wollte ich nicht." „Nein, hast du nicht", antwortete Ben eine Spur zu schnell und mit einem Unterton, der jedermann leicht erkennen ließ, dass er doch getroffen war. „Ich wollte nur ...", aber weiter kam er nicht. Sabine hatte die Finger ihrer rechten Hand auf seine Lippen gelegt und leicht den Kopf geschüttelt. „Du brauchst nichts zu sagen, Benni, ich sehe es an deinen Augen, dass ich dich verletzt habe, das wollte ich wirklich nicht." Ben war sprachlos. Ihm blieb regelrecht die Spucke weg. Die Finger von Sabine brannten auf seinen Lippen. Noch nie hatte ein Mädchen ihn so zart berührt, wie Sabine es in diesem Augenblick tat, und es brachte seine Gefühle nun vollends durcheinander. Er stand ziemlich bedröppelt da, unfähig, auch nur einen klaren Gedanken zu fassen, geschweige denn einen vernünftigen Satz herauszubringen, als sie plötzlich hörten, wie jemand etwas in die Nacht hinausrief.

Sabine reagierte als Erste, nahm Bennis Hand und zog ihn zu sich nach unten, um ihn hinter dem Gebüsch zu verstecken. „He, Süße, wo steckst du bloß?" Als Gino immer noch keine Antwort erhielt, wurde er sichtlich gereizter in seiner Gemütsverfassung, was er jetzt auch mit seiner Stimme deutlich zum Ausdruck brachte. „Bine! He, Bine, wo steckst du?" Ben verstand nicht ganz, was hier im Moment ablief. Er schaute Sabine von der Seite an und hatte den Eindruck, dass sie sehr verängstigt wirkte. „Hey, ich hab keinen Bock mehr darauf, dir ständig hinterherzulaufen, nur weil dir irgendwas nicht passt und du schon wieder beleidigt bist." Ginos Stimme klang sehr brüchig und lallend, was Benjamin darauf schließen ließ, dass der Rufer schon mächtig angetrunken war. „Hey, das ist doch ...", setzte Benni gerade an, aber er kam nicht mehr dazu, seinen Satz zu Ende zu sprechen, da Sabine ihm mit einem leichten Rippenstoß zu verstehen gab, dass sie nicht entdeckt werden wollte. „Aber das ist doch Gino, dein Freund, oder?", flüsterte er fragend, während er mit dem Finger in Ginos Richtung zeigte. Sabine sah Benni an und flehte ihn förmlich an, dass er leise sein sollte, damit sie nicht entdeckt würden. Benni blickte in die tiefen braunen Augen, und es war um ihn geschehen. Um nichts in der Welt wollte er, dass dieser Moment zerstört würde. Aber Gino schien noch nicht zufrieden zu sein und ließ nicht locker. Wahrscheinlich hatte er schon das ganze Haus abgesucht, um Sabine zu finden, denn die Worte, die er jetzt rief, waren mittlerweile mehr als verletzend. Alexandro,

Kumpan und Landsmann von Gino, kam hinzu und versuchte, seinen angetrunkenen Freund wieder mit hinein ins Haus zu zerren, dabei war er selbst auch schon stark angetrunken. Der heißblütige Italiener brachte sich jedoch immer mehr in Rage. „He, Sabine, du Schlampe, ich weiß, dass du hier draußen bist. Was soll das Versteckspiel? Ich kriege dich ja doch, wenn ich will, und ich will dich jetzt." Vom Schreien angelockt, kamen nun immer mehr der Partygäste nach draußen. Die Kumpel aus der Clique waren hellauf begeistert und jubelten ihrem Freund lautstark zu, aufgeheizt vom Alkohol und durch die anzüglichen Aussagen ihres Anführers Gino.

Sabine, neben Benni auf dem Boden kniend, hatte Schweißperlen auf der Stirn und zitterte am ganzen Körper. Die pure Angst stand ihr im Gesicht geschrieben. Aber auch Benni wurde die Sache mittlerweile brenzlig, denn immer mehr Personen fingen nun an, den Garten zu durchsuchen. Er wusste genau: Wenn er jetzt hier mit Sabine gefunden werden würde, würde er nicht mehr die Gelegenheit erhalten, die Situation zu erklären. Sabine war nun mal die Freundin von Gino. Zudem waren ihre Haare vom Gestrüpp, in dem sie sich versteckt hielten, mächtig durcheinander geraten und ihre Augen verweint. Jeder, der sie so sehen würde, würde davon ausgehen, dass Benni schuld daran war, wie sie aussah. Vielleicht, nein mit Sicherheit würden sie denken, dass er, der unnahbare, schweigsame, sonderbare Junge, Sabine bestimmt vergewaltigen wollte oder dies zumindest vorgehabt hatte. Deshalb hatte sie auch nicht schreien können, deshalb auch die Tränen in ihrem Gesicht. Als ihm dies so richtig bewusst wurde, stieg auch in ihm die Panik hoch. Seine Augen trafen die von Sabine, und auch in ihren Augen konnte er lesen, dass sie an das Gleiche dachte. Grölend streiften Ginos Freunde durch den Garten. Das Anwesen war zwar riesig, aber die Freunde würden sie bestimmt dennoch finden, auch wenn sie noch so besoffen waren.

Benni schaute sich verzweifelt um. Wo sollte er sich bloß verstecken, wie sollte er davonkommen? Wenn sie ihn erwischten, würde ihm keiner der Anwesenden helfen. Zu oft hat er schon mit ansehen müssen, wie leicht Schranken in der Gruppe fielen. Sie würden sich wie Tiere auf ihn stürzen und brutal zusammenschlagen und erst dann Ruhe geben, wenn er sich nicht mehr rührte. Er zweifelte nicht eine Sekunde daran, dass sie ihn halb totschlagen würden. Und er hatte keine Chance, wusste keinen Ausweg, nichts, was er tun konnte. „Scheiße", dachte er sich für einen Augenblick, „in was bin ich da wieder hineingeschlittert?" Was hatte er falsch gemacht? Er hatte doch nur helfen wollen und wusste am Anfang gar nicht, dass es sich um Sabine handelte. Was sollte er jetzt bloß tun? Er vernahm, wie sie immer näher kamen. „Sabine", flüsterte er verzweifelt, „warum gehst du nicht zu Gino? Oh Mann, der bringt mich um, wenn er uns hier findet. Sabine, bitte sag doch was!" „Ich … ich kann nicht, Benni. Ich habe solche Angst vor dem, was er mir antut." „Aber er ist doch dein Freund!" Erneut trafen sich die Augen von Sabine und Ben, und die Angst, die in den Augen von Sabine zu sehen war, schnürte Ben den Hals zu. Er spürte, dass sie im gleichen Boot saß wie er. Auch sie würde die Nacht nicht unverletzt überstehen, körperlich und seelisch würde sie in dieser Nacht gebrochen werden.

Verzweifelt schaute Ben sich um. Alberto, Ginos Schlägerfreund, befand sich jetzt auf direktem Weg zu ihrem Gebüsch. Da sah Ben die Mauer, an der auch das Eichhörnchen verschwunden war. Wenn sie beide es bis dahin schaffen könnten, wären sie vielleicht in Sicherheit und müssten dann nur noch darüberklettern. Die Mauerhöhe schätzte Ben auf circa 1,80 Meter hoch, das wäre kein Problem für ihn, aber würde dies auch Sabine schaffen? Er könnte sie nicht allein zurücklassen, ganz egal, was ihm passieren würde. Er hatte ihren Hilferuf gehört und eine Entscheidung getroffen. Zwei weitere Personen liefen nun neben Alberto her, um mit ihm zusammen den letzten Winkel des Gartens zu durchsuchen. „Sabine, die Mauer", flüsterte Benni ihr ins Ohr. Sabine drehte sich um, seinem Blick folgend. „Das schaff ich nicht", antwortete sie ihm völlig verzweifelt. „Du musst, Sabine! Das ist unsere einzige Chance, hier heil herauszukommen." „Nein, Benni, lass mich hier. Du musst allein weg von hier. Sie dürfen dich hier nicht mit mir zusammen finden. Hörst du, du musst alleine gehen. Jetzt. Mir wird schon nichts passieren." Aber ihre Augen sagten genau das Gegenteil. Ben wusste genauso wie auch Sabine, dass auch sie von Gino heute Nacht nichts Gutes zu erwarten hatte. Um sein Ziel zu erreichen, würde er in seinem mit Alkohol vernebelten Zustand auch ihr Gewalt antun, um damit die Schmach, wie er sie wohl für sich empfand, zu rächen. „Sabine, bitte", bettelte Ben, dem es schier das Herz zerriss. „Wir haben doch nichts Verbotenes getan." Zärtlich legte sie erneut ihre Finger auf Bennis Lippen, um ihn zum Schweigen zu bringen. Sie sahen einander an, und die Erkenntnis, dies nicht alleine durchstehen zu müssen, gab ihnen Kraft. Plötzlich hörten sie nahe bei sich die Stimmen ihrer Verfolger, die sich unterhielten. Beiden wurde schlagartig bewusst, dass sich die Dreiergruppe schon viel zu nahe ihrem Versteck genähert hatte und nur der Alkohol, den sie wahrscheinlich bereits intus hatten, dazu geführt hatte, dass sie die beiden bislang noch nicht entdeckt hatten. Eine Flucht war jetzt nicht mehr möglich. In weniger als zehn Sekunden würde man sie finden. Sie hatten jetzt keine Chance mehr, unentdeckt zu bleiben, dies hatten sie beide durch ihr Zaudern vertan. Und selbst wenn sie jetzt losrennen würden, würde man sie sehen und könnte ihnen leicht folgen und sie zusammenschlagen oder halt dann am nächsten Tag. Ben und Sabine hatten verloren, und beide wussten es. In diesem Moment drückte Ben Sabines Hände und signalisierte ihr damit, dass er zu ihr halten würde, was auch passieren würde. Beide schauten sich tief in die Augen und verstanden einander. Die Zeit schien stehen zu bleiben, während das Umfeld ausgeblendet wurde. Nur die Augen des anderen waren in diesem Augenblick entscheidend, und beide verloren sich darin. Plötzlich gab es auf der Terrasse ein lautstarkes Durcheinander, weil der doch schon zu stark alkoholisierte Gino plötzlich an den vier Stufen, die zum Garten führten, strauchelte, als er noch mit der Flasche in der Hand einen kräftigen Zug zu sich nahm und die Stufen nicht beachtete. Wild um sich wedelnd, fiel er nach hinten und erwischte mit der freien Hand die in seiner Nähe stehende Manuela am

Arm. Diese, selbst überrascht, hatte jedoch keine Möglichkeit, den einen Kopf größeren und viel schwereren Gino festzuhalten, und fiel mit ihm zusammen die vier Stufen hinunter. Alle drehten sich unter großem Geschrei zu der fallenden Manuela um, während beide verzweifelt versuchten, wieder aufzustehen, was ihnen jedoch in ihrem Zustand nicht gelang. Freunde, die unmittelbar neben ihnen standen, mussten ihnen helfen, wieder auf die Beine zu kommen. Die andere Personengruppe, die direkt vor Sabine und Ben stand, fand die Szene aus ihrer Entfernung sehr interessant, jedoch war sie zu weit entfernt, um helfen zu können. Sie hatte aber durch das Spektakel ihre Richtung geändert und Ben und Sabine nun glücklicherweise den Rücken zugewandt. Sekunden später hörte man, wie zwei weitere Personen aus der anderen Suchgruppe mit einem lauten Platschen in den angrenzenden Fischteich hineinfielen. Erst jetzt bewegten sich die drei direkt vor ihnen Stehenden mit lautem Lachen in die entgegengesetzte Richtung zur Terrasse zurück. Ihre Aufmerksamkeit wurde durch lautes Rufen, Schreien und Lachen in diesem ganzen Durcheinander von ihrer Suche und somit von Benni und Sabine abgelenkt. „Das ist unsere Chance", sagte Ben kurz entschlossen zu Sabine, packte ihre Hand und zog sie einfach mit sich. Beide rannten leicht gebückt, so schnell sie konnten, zur nahe liegenden Mauer. Es kam Ben wie eine Ewigkeit vor, die zehn Meter bis dort hinzukommen. Aber es schien irgendwie zu funktionieren. Niemand bemerkte die beiden. An der Mauer angekommen, faltete Ben die Hände zusammen und drehte die Innenfläche der Hände nach außen, um für Sabine eine Räuberleiter zu machen. „Sabine, schnell, steig auf meine Hände und klettere über die Mauer drüber. „Ben, ich schaffe das nicht!" Ben schaute in Sabines Augen. „Sabine, bitte, ich weiß, dass du es schaffst. Glaub an mich, ich helfe dir!" Benni hielt seine Handflächen noch ein Stück tiefer, damit sie es leichter hatte, in die Handflächen einzusteigen. Sabine nickte ihm zu und stieg mit dem rechten Fuß in die Handflächen von Benni, während ihre Hände sich um seine Schultern legten. Mit aller Kraft hob Benni sie zusätzlich hoch. Wie leicht und verletzlich sie doch ist, dachte er. Sabine konnte nun durch den zusätzlichen Schub von Ben die Mauerkrone leicht erreichen, und es gelang ihr, sich hochzudrücken. Mit der linken Pobacke saß sie auf dem Sims. Sie rückte sich etwas zurecht, zog beide Beine hoch, drehte sich um und sprang auf der anderen Mauerseite auf den Bürgersteig. Benni erschien nur Sekunden später über der Mauer und setzte mit einem Sprung neben ihr auf. Schnell nahm er sie bei der Hand, und beide rannten die Straße hinunter, weg von Lärm und Licht, hinein in die Dunkelheit, um nur schnell der Meute zu entkommen. Einige Laternen in der Allee brannten nicht mehr; trotzdem schien für beide das Licht zu hell, fast wie Scheinwerfer, die auf sie gerichtet waren und jede Möglichkeit vereitelten, unerkannt zu fliehen. Ihnen blieb nur die Flucht, und die auch nur die Straße entlang, denn in dieser Gegend waren alle Häuser so bewacht, eingemauert oder mit hohen Zäunen versehen, dass sie keinen Unterschlupf fanden. Beide waren längst am Ende ihrer Kräfte, und Sabine wäre schon fast zwei Mal mächtig gestürzt, hätte Benni sie nicht aufgefangen. „Ich kann nicht mehr, Ben!" „Doch, du musst!" „Nein, lass mich, ich kann wirklich nicht mehr!" „Doch, du packst das, ich weiß es, bitte gib nicht auf!" Aber Sabine stand schon wieder und pumpte mächtig Luft in ihre Lungen. Benni versuchte, an ihrer Hand zu ziehen, die er seit ihrem Sprung von der Mauer nicht mehr losgelassen hatte, um sie dadurch zum Weiterlaufen zu animieren. Aber sie riss sich wütend los: „Ach, was weißt du denn schon, du hast doch gar keine Ahnung von Mädchen! Wir können halt nicht so schnell rennen." Dabei konnte sie Ben nicht anschauen, Ben dagegen war wie vor den Kopf gestoßen. Damit hatte er nicht gerechnet. Einige Sekunden des Schweigens folgten, in denen sie sich gegenüberstanden, ohne in die Augen des anderen sehen zu können. Sabine wusste, dass dies nicht richtig war, aber sie konnte einfach nicht anders.

Beide atmeten schwer, und am Brustkorb von beiden war selbst von größerer Entfernung deutlich zu sehen, wie jeder versuchte, genug Luft in den Körper zu pumpen. Der Schweiß lief ihnen am ganzen Körper herunter, und nun, da sie so auf der

Straße stehen geblieben waren, bildeten die Schweißperlen kleine Tropfen im Gesicht. Ihre Kleidung klebte durch die immer noch hohe Temperatur und nun auch noch durch die zusätzliche Anstrengung am Körper fest. Auf einmal wurde Ben bewusst, dass er immer noch Sabines Hand festhielt. Als ob diese ihm nun zu heiß wäre und er sich die Finger verbrannt hätte, ließ er sie plötzlich los. Ein Teil seiner bislang aufgebauten Distanz zu anderen Menschen war irgendwann heute Abend durchbrochen worden, doch die Unsicherheit zueinander nahm nun wieder mehr Platz ein als die pure Angst, erwischt zu werden. Noch zu sehr mit sich beschäftigt, überhörten sie das annähernde Motorengeräusch. Erst war es leise, aber nun erkannten sie sehr deutlich, dass es auf sie zukam. Panik stieg in Sabine auf. „Nein", schrie sie aus Leibeskräften, mehr konnte ihr Gehirn im Moment auch nicht erfassen oder denken. Alles schien verloren. Auch Ben war sichtlich geschockt. Er suchte verzweifelt eine Stelle an, der sie sich verstecken könnten, aber er fand nichts. Jetzt war das Auto schon zu erkennen. Was tun? Die Fahrer des Fahrzeugs hatten sie bestimmt schon entdeckt. Daran bestand kein Zweifel, denn es war unmöglich, sie auf der geraden Straße mit dem Licht nicht zu sehen, und dummerweise waren sie ausgerechnet unter einer Laterne stehen geblieben, und das auch mitten auf der Straße wegen ihres Streits.

„Ben", schrie Sabine, „Ben, tu doch bitte irgendwas!" Bei der Suche nach einem Ausweg hatte Ben Sabine den Rücken zugedreht. Nun drehte er sich ihr wieder erneut zu. Das Auto war circa noch 50 Meter entfernt. Benni packte Sabine am Arm, zog sie zu sich und küsste sie direkt auf den Mund. Sabine wollte ihn erst schockiert abweisen, aber die weichen Lippen des Jungen auf ihren gaben ihr ein Gefühl der Sicherheit. Sie merkte trotz ihrer aufgewühlten Seelen und dem kräftigen Schlagen ihrer Herzen, wie sanft und behutsam Bens Kuss war, so als wolle er nichts kaputt machen. Sogar das Zittern seiner Lippen war ein tolles Vibrieren, welches sie zuerst auf ihren Lippen spürte und dann in ihrem Körper weitervibrierte. Der Wagen hatte sie nun fast erreicht und wurde mit quietschenden Reifen abgebremst.

Sabine war das egal. Ihre Angst war in diesem Moment nicht existent. Sie erwiderte Bens Kuss, öffnete leicht ihren Mund. Dann streichelte sie mit ihrer Zunge zärtlich die weichen Lippen von Benni, die sich wie – „Sesam öffne dich" – wie von selbst öffneten. Die Welt drehte sich auf einmal. „He, ich hab euch was gefragt. Mann, die sind so geil aufeinander, dass sie nichts anderes im Kopf haben. Kommt Leute, wir wollen heute Abend auch noch unseren Spaß haben", grölte einer aus dem Auto zu ihnen heraus. Ben löst seine Lippen von Sabine und schaute ihr kurz in die Augen, während die Stimme aus dem Fahrzeug erneut zu ihm drang. „He, ihr zwei, ihr könnt ja gleich wieder weitermachen, wobei ich glaube, dass ich das nicht auf der Straße tun würde." Jetzt erst merkte Ben, dass sie gemeint waren, was ihn veranlasste, sich ganz von Sabine zu lösen. Er drehte sich um, während Sabine ihren Kopf im Rücken von Benni verbarg, um sich eng an ihn zu drücken. „He Mann, du hast es voll drauf, bekommst ja kaum noch Luft. Da haben wir euch wohl gerade mächtig unterbrochen. Mann, die süße Maus da tät ich auch mal gerne vernaschen. Du bist ein echter Glückspilz." Ben konnte der Unterhaltung kaum folgen und blickte nur verunsichert in den Wagen, in dem vier Männer saßen. Ein deutlicher Alkoholdunst schwappte ihm aus dem Wagen direkt entgegen. „Sag mal, hier soll in der Nähe eine coole Party stattfinden, wisst ihr was davon, oder macht ihr hier eure eigene Party?", und wieder grinste der Junge blöd zu seinem Kumpel rüber. „Party, ja … eh … welche Party?", fragte Ben verwirrt und doch erleichtert. Die Insassen schienen sich nicht um sie zu kümmern oder irgendetwas über sie zu wissen. „Oh Mann, der ist noch völlig weggetreten. He, wenn dich die Kleine so fertigmacht, dann lass mich mal ran, die braucht bestimmt einen richtigen Mann und nicht so einen Waschlappen", rief ein anderer. „He, Süße", mischte sich nun wieder der Beifahrer ein. Ben spürte, wie sich Sabines Fingernägel in seinen Arm krallten. Sie musste panische Angst haben, aber ihm ging es ja auch nicht besser. Er versuchte, seine alte, seit Jahren eingeübte „Ich-lass-mir-nichts-anmerken-Gesichtsmaske" aufzusetzen, was ihm aber deutlich misslang. Zu sehr war er heute durch ein Auf und Ab der Gefühle gegangen. „Jetzt halt doch mal dein Maul", rief der Fahrer zur Seite. „Du Arsch mit deinem dummen Gequatsche. Hättest du dir die Straße gemerkt, in der Markus wohnt, wären wir schon längst da. Das kommt halt davon, dass er immer nur mit seinen Schw... denkt und nicht mit seinem Kopf." Plötzlich fing der Angegriffene an, auf seinen Hintermann auf der Rückbank einzuschlagen, weil der wohl auch irgendetwas von sich gegeben hatte, das Ben aber nicht verstanden hatte. „Markus", dachte sich Ben, sie wollen auf Markus Party. „Sucht ihr Markus Stang?" „Ja, Mensch, genau, weißt du, wo das ist?" „Ja, also Markus wohnt cirka zweihundertfünfzig Meter hinter euch auf der rechten Seite. Hausnummer 23." „He, klasse. Also, Leute, wir sind am Ziel", sagte er und zu Benni gewandt: „Nichts für ungut, euch noch eine schöne Nacht." Er legte den Gang ein, wendete mit einer rasanten Drehung auf der Straße und fuhr in die Richtung, aus der er gerade gekommen war. Jetzt spürte Ben wieder die Fingernägel von Sabine, die sich während der kurzen Unterhaltung in seinen Arm gedrückt hatten. Er versuchte, sich frei zu machen. „Sabine, schnell, wir müssen weg. Sie dürfen uns nicht erwischen." Durch die eingelegte Pause und die erneute Gefahr war sie nun wieder nur zu gern bereit weiterzurennen. Noch einmal die gleiche Strecke, dann wäre die Allee zu Ende und sie hätten die Möglichkeit, in den Seitenstraßen der Stadt unterzutauchen. So rannten beide wieder weiter in die Richtung der dunklen Straße. Nach einigen Minuten kamen beide, ganz außer Atem, im nahe gelegenen Stadtpark an. Gestützt aufeinander verschnauften sie einige Zeit, um wieder Atem zu schöpfen, und liefen dann nach einigen Minuten, schweigend, tiefer in den Park hinein, bis sie eine Bank fanden, die etwas geschützt unter einer Gruppe von Bäumen stand.

Jetzt, da sie sich wieder in Sicherheit befanden, war plötzlich auch wieder die zwischenmenschliche Barriere zwischen ihnen vorhanden. Während der Gefahr, in die sie zusammen hineingeraten waren, hatte es diese nicht gegeben. Sie war einfach nicht existent gewesen. Alles, was in diesem Augenblick passiert war, entsprach einer Reaktion, welche aus der Situation heraus

entstanden war. Jetzt aber galt es wieder Regeln und Muster einzuhalten, und falsches Verhalten führte automatisch wieder dazu, dass man bloßgestellt oder verletzt werden konnte. Auch hatte man jetzt wieder die Zeit, sich jede Aktion und Reaktion vorher zu überlegen, und das wiederum bremste beide aus. Beide schauten einander an. Obwohl dabei kein Wort gesprochen wurde, konnte man fast spüren, was beide dachten, und es schien, als ob Freude und Furcht darüber ständig wechselten. Dabei war es nicht nur die lebensbedrohliche Gefahr, welche in diese Überlegungen mit einfloss, sondern auch der Umstand, dass sie sich geküsst und umarmt hatten und es dabei genossen hatten, das bislang Ungekannte so intensiv zu spüren. Keiner der beiden traute sich, etwas zu sagen, und so saßen sie einfach nur distanziert nebeneinander. In Ben tobte ein richtiger Kampf. Er hätte sie gerne noch einmal in den Arm genommen, hätte sie gerne noch einmal gespürt und den Duft ihrer Haare gerochen. Stattdessen saß er – nach außen hin nur immer unruhiger werdend – neben ihr und hatte das Gefühl, dass sie seine Gedanken erkennen und ihn auslachen würde. Ich sollte ihr sagen, dass es mir gefallen hat, sie zu küssen, dachte er weiter, aber schalt sich sogleich selbst einen Dummkopf, dass er auch nur meinen könnte, jemand wie Sabine würde sich mit ihm abgeben. Bestimmt war es ihr unheimlich peinlich, dass er sie geküsst hatte, und sie blieb nur noch aus Schuldgefühlen bei ihm sitzen, weil es ihr durch ihn gelungen war, vor Gino zu flüchten.
Auch in Sabine arbeitete es mächtig. Vor einigen Stunden war sie von Wolke sieben knallhart auf den Boden gefallen, um dann mit einem Schlag wieder darauf zu sitzen. Wenn sie nur daran dachte, dass es heute eigentlich ein besonderer Abend hatte werden sollen und sie mit Gino zum ersten Mal die Nacht hatte verbringen wollen! Die erste Nacht mit einem Jungen wollte sie endlich hinter sich bringen. Viele in ihrer Clique hänselten sie bereits deswegen. Und jetzt hatte sie mit dem allseits umschwärmten Gino diesen Schritt gehen wollen. Nicht wenige Mädchen, die sie kannten, beneideten sie dafür und waren richtig eifersüchtig auf ihr Glück. Dieses Glück hatte sich an dem zurückliegenden

Abend jedoch als das genaue Gegenteil entpuppt. Gino hatte sie
vor Beginn der Party in einen Nebenraum gezogen, wild geküsst
und sofort an ihr herumgegrabscht. Sie konnte deutlich seine
Erregung spüren und hätte dies gerne auch so empfunden, aber
sie hatte Romantik und Liebe vermisst. Als Gino dann schon fast
brutal zuerst an ihrer Brust herumsaugte und mit einem schmerzhaften Griff in ihren Slip langte, versuchte sie, sich von ihm zu
befreien. „He Baby, du bist ja eine richtige kleine Wildkatze. Du
magst es wohl gerne auf die harte Tour?“, sagte er zu ihr. Dabei
drückte er sich mit seinem ganzen Gewicht gegen sie und langte noch fester zu. Sabine liefen vor Schmerz und Enttäuschung
die Tränen herunter, und sie versuchte mit all ihrer Kraft, sich
gegen ihn zu wehren. Plötzlich ging die Türe auf, und erst einer
und dann mehrere stark angetrunkene Jungs aus Ginos Clique
stürzten herein, machten Witze und grölten herum. Gino war
in seinem Machoverhalten dadurch wahrscheinlich noch mehr
bestätigt, was Sabine noch mehr anwiderte. Sie versuchte, ihre
zum Teil sichtbare Nacktheit aus Scham zu verbergen, was im
Gegenzug Gino richtig sauer machte. „He, was ist denn? Los, stell
dich nicht so an, es sind nur meine Jungs, und die stört es sicherlich nicht, wenn wir beide es miteinander treiben.“ „He, Gino,
dafür musst du aber noch geiler werden, sonst wird das nichts
mehr heute“, bemerkte einer seiner Jungs. Gino war furchtbar
wütend, als er merkte, dass die Ablenkung durch seine Freunde
seiner Männlichkeit etwas abträglich geworden war. Aus verletz-
tem Stolz packte er Sabine bei den Haaren und schrie sie unsanft
an, sich etwas mehr Mühe zu geben. Instinktiv wehrte sie sich,
indem sie mit aller Kraft ihr rechtes Knie in seinen Unterleib
beförderte. Als bei ihm der Schmerz eintrat, ließ er sie los und
fiel auf die Knie. Sabine raffte unter Tränen ihre Kleidung zusammen und rannte aus dem Zimmer. Einer der Jungs versuchte sie
noch festzuhalten, aber beim Losreißen schlug sie ihm eher aus
Verzweiflung und Wut als mit Absicht mit dem Ellenbogen ins
Gesicht, sodass auch dieser sie loslassen musste, und dann war sie
endlich wieder frei. Sie rannte raus aus dem Raum und hinein in
den Garten. Da saß sie nun in der Hecke und heulte vor sich hin

und hoffte, dass ihr niemand folgen würde. Ihre Freundin Petra hatte ihr mehrfach gesagt, dass Gino kein Freund für sie sei, aber sie hatte es nicht sehen wollen. Heute Abend aber hatte er sein wahres Gesicht gezeigt. Er hatte dabei keinerlei Rücksicht auf ihre Gefühle und Ängste genommen und nur versucht, sie mit brutaler Gewalt zu nehmen. Die Angst, die sie danach beschlichen hatte, war absolut real und ihr war ganz deutlich bewusst, dass Gino alles Mögliche mit ihr anstellen würde, wenn er sie erwischte. Erst Benjamin hatte wieder ein Licht in ihre auswegslose Situation gebracht. Sie lächelte in sich hinein, als sie daran dachte, wie mutig er ihr geholfen hatte. Er, der stille, schüchterne Junge, dem man so etwas doch gar nicht zutraute! Dabei war sie völlig irritiert, dass jemand zu zittern anfangen konnte, nur weil sie ihren Finger auf seine Lippen legte. Sie konnte das Beben und Zittern, das von ihm ausgegangen war, noch immer in ihrem Finger spüren. Dieses gute Gefühl hatte nicht lange angedauert, bevor die Angst wieder Besitz von ihr ergriffen hatte, als sie fast entdeckt worden und nur durch ein Wunder verschont und unentdeckt geblieben waren. Als Benjamin sie dann später auf der Straße spontan in seine Arme genommen und geküsst hatte, hatte sie zunächst protestieren wollen, aber der Kuss und die Umarmung waren mit so viel Gefühl und Zärtlichkeit geschehen, wie sie es noch nie zuvor erlebt hatte. Und während des Kusses regte sich etwas in ihr, das sie sich nicht erklären konnte, das sich aber irgendwie toll anfühlte. So hätte es eigentlich mit Gino heute Abend sein sollen. Während sie noch darüber nachdachte, wie sie Benjamin sagen sollte, dass sie sich freute, hier mit ihm zusammen sitzen zu dürfen, stand er plötzlich vor ihr und trat nervös von einem Bein aufs andere.
Ben war sich gar nicht bewusst, dass er aufgestanden war und vor ihr stand. Er hatte einfach nicht länger sitzen bleiben können. Er wollte nur vermeiden, dass der schöne Augenblick von ihr zerstört wurde. Nein, er wollte das für sich behalten, auch wenn es selbst für ihn albern klang. Als er merkte, dass sie ihn mit fragenden Augen ansah und darauf wartete, dass er etwas sagte, sagte er so unverfänglich wie möglich, dass es schon spät

sei, er morgen noch etwas vorhabe und deshalb jetzt gehen müsse. Viel lieber hätte er noch stundenlang bei ihr gesessen, aber er traute sich nicht, ihr in die Augen zu sehen, ihr seine Gefühle mitzuteilen, die in ihm tobten. Sabine ihrerseits hätte ihn gerne gebeten, noch zu bleiben, aber ihr fiel kein unverfänglicher Grund ein, den Jungen vor sich zu fragen. „Soll ich dich noch nach Hause bringen?", fragte Ben schon fast im Gehen. Sabine war enttäuscht, dass er schon gehen wollte, konnte aber genauso wenig über ihre Gefühle reden, dazu war einfach zu viel an diesem Abend passiert. Auch sie versuchte, sich nicht anmerken zu lassen, wie es in ihr aussah. Zudem hatte sie große Angst, nach Hause zu gehen, da sie vermutete, dass Gino und die Jungs ihr vor dem Haus auflauern könnten. Deshalb antwortete sie nur: „Ich würde gerne noch etwas hier sitzen bleiben, bevor ich nach Hause gehe." „Also dann", brummelte Benjamin und war mit schnellen Schritten bald in der Dunkelheit verschwunden. Beide ärgerten sich über die verpasste Gelegenheit, nicht näher aufeinander zugegangen zu sein. Besonders Sabine hatte ein ungutes Gefühl, schon allein deshalb, weil sie sich noch nicht einmal bei Benjamin bedankt hatte.

Ben erwachte am nächsten Morgen für seine Verhältnisse viel zu früh. Aber er konnte nicht mehr einschlafen, die Ereignisse der letzten Nacht gingen ihm immer wieder durch den Kopf. Und dabei fühlte er sich so richtig gut. Immer wieder sprang sein Herz vor Freude, wenn er nur an Sabine dachte. Noch nie war er einem Mädchen so nah gewesen, hatte den Duft eines Menschen so intensiv in sich aufnehmen können. Er hatte immer davon geträumt, ein Mädchen im Arm zu halten und es zu küssen. In seiner Fantasie hatte er sich verschiedene Varianten der Begegnung vorgestellt. Er hatte sich ausgemalt, wie es wohl wäre, wenn er den Körper eines Mädchens mit seinem Körper spürte, wie es wohl wäre, wenn er es küsste. Aber es war ganz anders gekommen. Er hatte auf die Situation, die sich so plötzlich ergeben hatte, einfach reagieren müssen, und das war gut so. Wahrscheinlich hätte er sich sonst nie getraut, sie überhaupt anzusprechen. Aber als er sie so verzweifelt vor sich hatte weinen sehen, war es um ihn geschehen. Vor ihm war keine arrogante, blöde, zickige Schicki-Micki-Tante, die ihn verachtete und ständig demütigte, sondern ein Mädchen, das eine völlig andere Seite zu haben schien. Eine Seite, die Ben nur zu gut kannte und die er oft genug schon selbst erlebt hatte, nämlich immer dann, wenn er alleine war und seinen Gefühlen nachgab. Sie hatte hemmungslos geweint und konnte auch nicht damit aufhören, als er sie entdeckt hatte. Ihre Angst schien so heftig und so groß zu sein, dass sie selbst das Zittern ihres Körpers nicht unterdrücken konnte. Dabei war aller Stolz, mit dem er sonst immer konfrontiert wurde, aus ihrem Wesen verschwunden. Wie hatte sie nur so elendig ausgesehen mit ihren zerzausten Haaren, der von den Tränen verlaufenen Wimperntusche und dem verschmierten Lippenstift! Und in dieses hilflose Wesen hatte er sich auf Anhieb verliebt.
Jetzt, als er hier im Bett lag und so vor sich hin träumte, wurde

ihm bewusst, dass es genau das war, was ihn aus seiner Reserve herausgelockt hatte. Er hatte zum ersten Mal den Menschen hinter der Fassade erkannt, und das hatte sein Herz angesprochen. Das war genau der Moment gewesen, als er sich in Sabine verliebt hatte. Für ihn war die Liebe mit einem Schlag gekommen. In seinen Augen war sie in diesem Moment nie schöner und lieblicher gewesen als zu diesem Zeitpunkt.

Nur deshalb hatte er sich auch der Gefahr aussetzen können, sich gegen die Clique von Gino zu stellen, um ihr zu helfen. Eigentlich hatte er ja gar nicht zu dieser Party gehen wollen, und anfangs hatte er dies auch bitter bereut. Aber jetzt sah die Welt natürlich völlig anders aus. Er war froh, dass er Sabine helfen konnte, auch wenn sie ihn bestimmt schon wieder vergessen hatte. Aber für diesen einen Moment, für diese eine vergangene Nacht war er der Ben gewesen, der er gerne für immer wäre.

Ben drehte sich in seinem Bett zur Seite, drückte sein großes Kopfkissen an sich und stellte sich vor, dass es Sabine wäre. Gerne wäre er mit diesem Gedanken noch einmal einschlafen, aber sein aufgewühltes Herz ließ dies nicht zu. Er schaute aus dem Fenster: Der neue Tag schien wieder ein toller Sommertag zu werden! Er legte wehmütig das Kissen zur Seite, stand auf und ging ans offene Fenster. Er schaute hinaus und bewunderte das strahlende Blau des Himmels. Es schien ihm heute kräftiger, leuchtender als sonst zu sein. Die an seinem Fenster vorbeigehenden Menschen kamen ihm auf einmal viel freundlicher vor als noch gestern, was aber nach seiner Einschätzung nur sehr wenig damit zu tun hatte, dass heute Samstag war. Sogar die Vögel schienen heute lauter und schöner zu zwitschern als je zuvor. Irgendwie hatte sich die Welt um ihn herum verändert und ließ keine trüben Gedanken zu. Er wusste noch nicht, was er heute tun sollte, und streifte ungeduldig durchs Haus. Beim Durchschlendern der Räume stellte er fest, dass niemand mehr da war. Wahrscheinlich waren seine Eltern einkaufen, wie an jedem Samstagmorgen. Er spürte das Gefühl von Hunger in seinem Magen und machte sich in der Küche auf die Suche nach etwas Essbarem, wo er im Schrank eine angefangene Packung Müsli und im Kühlschrank eine Packung kalte Milch vorfand. Während er lustlos sein Müsli aß, hörte er, wie sein Bruder vor dem Haus an seinem Auto herumschraubte. Auch dies wiederholte sich jedes Wochenende aufs Neue. Seine Eltern gingen einkaufen, und Peter putzte, schraubte oder machte sonst etwas an seinem „Heiligtum". Während er erneut gelangweilt durch das Haus schlich, weil er nicht wusste, was er machen sollte, kam ihm plötzlich die richtige Idee: Um sich abzulenken, beschloss Ben, nach monatelanger Pause wieder mal joggen zu gehen. Während er sich in der Vergangenheit eher zu Hause verkrochen hatte, drängte es ihn heute förmlich, hinauszukommen. Die eigenen vier Wände engten ihn heute Morgen ein, er brauchte Platz. Alles schien ihm irgendwie zu eng. Da waren viel zu viele Glücksgefühle in ihm drinnen, die ihn nicht ruhig bleiben ließen, die hinauswollten. Er hatte das Gefühl, die ganze Welt umarmen zu können. Mit frischem Elan joggte er eine viertel Stunde später los. Ben lief diesmal aber nicht die Strecke, die er sonst immer lief und die immer recht menschenleer war, sondern wählte ausnahmsweise die Route aller Jogger der Umgebung, direkt durch den großen Stadtpark. Diese Strecke liebte er normalerweise nicht besonders, da hier oft ein Schaulaufen stattfand. Diesmal begegneten ihm unterwegs jedoch nur sehr wenige Jogger und Sparziergänger, vielleicht weil es an diesem Morgen doch schon recht warm und schwül war. Bestimmt hielten sich die meisten viel lieber im Schwimmbad auf. Durch die hohe Temperatur und die Tatsache, dass Ben völlig außer Kondition zu sein schien, war er beim Erreichen des Parks bereits völlig entkräftet und durchgeschwitzt. Trotzdem fühlte er sich jetzt hier, nach langer Zeit des ständigen Herumhängens in der Bude, wieder mal so richtig frei und losgelöst von all den Zwängen, denen er sonst erlegen war. Das nun immer häufigere und in immer kürzeren Zeitabständen auftretende Seitenstechen zwang ihn dann letztendlich doch, an einer Baumreihe haltzumachen. Seine linke Seite stach mächtig, und er bekam nur mäßig Luft, dabei waren die Beine mittlerweile schwer wie Blei. Die Hände in die Seiten gestützt, lief er einige

Minuten nur im Schritt, um wieder zu Atem zu kommen und
Kraft zu schöpfen. Diese Art von Pause bewirkte doch relativ
schnell, dass sich sein Seitenstechen wieder legte, und auch die
Beinmuskulatur war nicht mehr so verhärtet wie noch vor kurzer Zeit. Also weiter, alter Junge, dachte er sich. Aber Kopf und
Körper wollten heute nicht miteinander harmonieren, und so
war es nur natürlich, dass Zweifel in seinen Gedanken aufkamen,
was sich wiederum unmittelbar auf seinen Körper niederschlug,
und schon nach weiteren gut zweihundert Metern war er mit seinen Kräften dann völlig am Ende. Er hatte sich doch bei Weitem
überschätzt. Das monatelange Nichtstun hatte nun einmal zur
Folge, dass er von seiner Kondition her völlig abgebaut hatte.
Und wenn dann kein „Motivator" da war, zum Beispiel mit jemandem zusammen oder gar als Gruppe zu laufen, kostete es sehr
viel Energie, sich durch die Müdigkeits- und Schmerzphasen
zu quälen. Gepaart mit seinen immer stärker aufkommenden
Zweifeln an die eigenen Fähigkeiten musste er jetzt eben erneut
eine Pause einlegen.
In leicht gebückter Haltung, sich dabei mit beiden Händen auf
den Knien abstützend, stand er am Rande des Laufweges und
atmete mehrmals kräftig durch. Der Schweiß tropfte ihm dabei
mächtig von der Stirn. Sich immer noch abstützend, schaute er
nach vorn, so als wolle er die Distanz abschätzen, wie lange er
noch laufen müsse, um das Ziel zu erreichen, obwohl das Ziel,
sein Zuhause, doch hinter ihm lag. Jetzt den ganzen Weg wieder zurück!, dachte er und konnte sich im Moment gar nicht
vorstellen, wie er das überhaupt schaffen sollte. Während er
nach vorn blickte, sah er in etwa fünfzig Metern eine leere Bank
auf der linken Seite stehen. Die kommt ja wie gerufen!, dachte er froh. Er senkte den Kopf wieder und atmete noch einige
Sekunden lang durch. Er wollte nicht wieder zu früh starten, um
nicht einen Krampf zu riskieren, nur weil seine Muskulatur völlig
übersäuert war. Nach ungefähr zwei weiteren Minuten lief Ben,
wenn auch etwas wackelig auf den Beinen, wieder los, gerade
in dem Moment, als ein anderer Jogger ungefähr einen Meter
hinter ihm sich ihm annäherte, ohne dass Ben ihn zuvor bemerkt

hatte. Durch die nicht gerade sehr graziösen Anlaufbewegungen geriet Ben zu sehr in die Mitte des Weges. Hinzu kam, dass er noch nicht im vollen Lauf war, und so wurde er ein Hindernis für den herannahenden Läufer. Diesem Jogger war es nun, da er zu nah aufgelaufen war, einfach unmöglich auszuweichen, und er lief geradewegs in den fast stehenden Ben hinein. Ben war völlig überrascht (und sowieso noch unsicher und entkräftet auf den Beinen), konnte das Gewicht des auf ihn fallenden Joggers nicht auffangen, und beide stürzten gleichzeitig zu Boden. Dabei landete Ben auf dem Rücken und die andere Person direkt auf ihm. Für eine versteckte Kamera wäre das der Film des Monats gewesen, für Ben war es jedoch einfach nur megapeinlich. „He, sag mal, kannst du nicht aufpassen?", schrie ihn eine nicht gerade freundliche Frauenstimme an. Beim Umfallen hatte der überraschte Ben instinktiv irgendwie Halt gesucht, und deshalb hielt er jetzt noch immer mit einem Arm die auf ihm liegende Person fest, die sich bei dem Versuch, schnell wieder aufzustehen, aus seinem Arm winden musste. Bens Blick traf nun die Person auf ihm. „Sabine", kam es stotternd aus ihm, weil er sich sichtlich unwohl fühlte, als ihm bewusst wurde, dass er sie immer noch festhielt.

„Benjamin", unterbrach sie ihn, da sie die Situation, in die sie beide hineingeraten waren, am schnellsten begriffen hatte. „Oh ja … Entschuldigung … äh … es war nicht meine Absicht, dich … äh …", antwortete Ben, nachdem er sie so schnell losgelassen hatte, als hätte er sich an ihr die Finger verbrannt. „Tut mir leid, ich habe dich nicht kommen sehen", fing er erneut an, sich zu entschuldigen. „He, Benni, ist nicht so schlimm, mir ist ja nichts passiert", sagte sie, während sie nun aufstand und sich den Schmutz von den Kleidern abklopfte. „Wirklich nicht? Ich meine, bist du unverletzt?" „So weit ich sehen kann, ja." „Fehlt dir auch wirklich nichts?", fragte er sie vorsichtshalber noch einmal. Sie schüttelte den Kopf und wollte gerade ein paar Schritte gehen, als sie plötzlich einen leicht stechenden Schmerz in ihrem linken Knöchel spürte. Lauter als beabsichtigt entfuhr ihr ein lautes Stöhnen. Gleichzeitig knickte sie auf dieser Seite ein, da sie automatisch den Fuß nicht belasten wollte. Benni, der mittlerweile auch wieder stand, kam sogleich zu Sabine, um sie zu stützen. „He, was ist los?", fragte er sie besorgt. „Ich weiß nicht, aber mir scheint, ich bin umgeknickt." „Oh Scheiße, Mannomann, das tut mir leid!" „Ja, das sagtest du bereits, und es ist ja eigentlich auch gar nicht so schlimm", versuchte sie zu beschwichtigen. „Nein, du hast Schmerzen, das sehe ich dir doch an. Komm, stütz dich auf mich, da vorn ist eine Bank." Sabine war das Getue um ihren Fuß eigentlich viel zu übertrieben, denn mittlerweile schmerzte der Fuß schon gar nicht mehr, aber sie fand es so süß, wie er sich um sie kümmerte. Außerdem war sie der Meinung, dass er ruhig auch ein bisschen leiden könnte, weil er schließlich im Wege gestanden hatte, und sie überlegte nun, ihn etwas zappeln zu lassen und zu ärgern. Ben schlang seinen Arm um ihre Taille und versuchte, sie leicht anzuheben, damit sie ihren Fuß entlasten konnte. Sabine legte zusätzlich ihren Arm um Bennis Hals. So gingen sie eng umschlungen gemeinsam zur Bank. Dort angekommen half ihr Ben beim Hinsetzen und fing ganz selbstverständlich an, ihren Schuh aufzubinden, um diesen auszuziehen. Sabine schaute zunächst verdutzt, dann aber doch auch amüsiert zu. „Was machst du eigentlich hier?", fragte er mehr vor sich selbst hinbrummelnd, als sie richtig anzusehen, denn das traute sich Ben nicht so richtig. Während er seinen Arm um sie gelegt und sie stützend zur Bank geleitet hatte, musste er unweigerlich an den gestrigen Abend denken, und all seine Emotionen und Gefühle schossen mit aller Heftigkeit innerhalb von Sekunden durch seinen Körper. All seine Erinnerungen waren in voller Stärke wieder da. Er konnte sich mehr als deutlich an ihren Kuss erinnern, und zudem spürte er erneut die Wärme und Weichheit ihres Körpers.

„Das wollte ich dich gerade fragen", antwortete sie ihm. Ben verstand die Frage zuerst nicht, weil sich seine Gedanken ganz woanders befanden, doch dann fiel ihm die Frage, die er gestellt hatte, wieder ein. „Ich habe dich aber zuerst gefragt", sagte Ben, sichtlich erleichtert und froh, dass er nicht gleich ausgefragt wurde. „Ich gehe hier immer regelmäßig joggen, aber dich habe ich hier noch nie beim Laufen getroffen." Ben lief rot an, als hätte er etwas Schlimmes und Verbotenes getan. „Ich habe seit Monaten, ich meine ... ich bin seit Monaten nicht mehr gelaufen und wollte heute einfach wieder mal laufen." „Aus einem bestimmten Grund?", fragte sie mit einem leichten Lächeln. „Wie meinst du das?" „Ach, nur so, nichts Bestimmtes", log sie. Ben sagte nichts weiter und schaute nur auf ihren Fuß, den er dabei zärtlich massierte. Sabine schaute ihm dabei zu und genoss die Massage in vollen Zügen. Der Fuß schmerzte schon lange nicht mehr, denn so schlimm war der Sturz schließlich auch nicht gewesen, aber die liebevollen Berührungen taten ihr so unsagbar gut. Vor allem ihrer Seele. „Wenn du laufen wolltest, warum stehst du dann als Hindernis im Weg herum, um aufrichtige Läuferinnen aufzuhalten?" Dabei konnte sie jetzt ein leichtes Lachen überhaupt nicht mehr unterdrücken, zumal er immer wieder an ihre Fußsohle kam und sie somit ständig kitzelte. „Das war doch keine Absicht. Ich war nur völlig ausgepumpt und musste eine Pause machen." „Und ich dachte schon, du wolltest mir auflauern." Ich ... wieso ... wie meinst du das?" „He, Benni, das war nur ein Scherz." Bens Gesichtmuskeln hatten sich bei der Bemerkung sofort zusammengezogen. Auch seine gesamte Körperhaltung ging sofort auf Abwehr. Das konnte Sabine auch daran erkennen, dass er sofort aufgehört hatte, ihren Fuß weiterzumassieren. „Benni?", fragte Sabine schuldbewusst und versuchte, in seine Augen zu sehen, aber er hielt den Blick nach unten gerichtet. „Tut mir leid, aber ich mag solche Scherze nicht besonders", antwortete er ihr. Sabine war es peinlich, dass sie seine Gefühle so leichtfertig verletzt hatte, während er ihr den Fuß nun wieder weitermassierte. Da sie ihn beleidigt hatte, zog sie lieber den Fuß zurück und setzte sich aufrecht auf die Bank. „Dafür musst du dich nicht entschuldigen", sagte sie leise. „Ich bin es, der sich bei dir entschuldigen muss." Ben schaute ihr in die Augen, und Sabine erkannte, ähnlich wie gestern, einen anderen Ben als den, den sie zu kennen geglaubt hatte. Dieser Blick ging bei ihr tief ins Herz und verwirrte sie. „Es ist nicht richtig, dass ich mich über dich lustig mache, immerhin hast du mir ja sofort geholfen, genau wie gestern Abend, und ich habe mich noch nicht einmal richtig bei dir bedankt." Ben winkte ab. „Das war doch selbstverständlich." „Nein, Ben, das war es nicht, und du weißt das auch. Du hast sehr viel wegen mir riskiert. Weißt du, das hat noch nie jemand für mich getan, und ich kenne auch weit und breit keinen, der das machen würde." Ben winkte erneut ab, da ihn die Schmeicheleien unsicher werden ließen. „Sabine, dafür brauchst du dich nicht zu bedanken." „Doch, das möchte ich aber", sagt sie gespielt trotzig. „Nein", entgegnete er ihr knapp. „Du kannst nicht gut damit umgehen, wenn sich jemand bei dir bedankt, habe ich recht?" „Und du musst immer recht haben!", gab er zurück.

Sabine war fasziniert, dass es ihm erneut gelungen war, ihr eine verbale Retourkutsche zu verpassen. Sie dachte über seine Äußerung nach und musste sich eingestehen, dass er recht hatte; das hatte ihr so noch niemand gesagt, weshalb es ihr auch gar nicht so bewusst gewesen war. Aber es stimmte, sie war es nicht gewohnt einzustecken. Um die Situation wieder aufzulockern, sagte sie mit einem freundlichen, offenen Lächeln: „Ja." Ben schaute sie an und musste nun ebenfalls lächeln. „So gefällst du mir schon viel besser", sagte er. „So, so, ich gefalle dir also?", platzte es schon wieder viel zu schnell aus ihr heraus, aber da sie diesmal sofort merkte, dass der Spruch nicht ganz so toll war, fügte sie lächelnd hinzu: „Du gefällst mir auch." Ihre Blicke trafen sich, und diesmal war es Sabine, die den Blick senkte, um nicht zu viel von ihrer Gefühlswelt preiszugeben. Aber auch ihm schien es ähnlich zu gehen. Ein peinlicher Augenblick entstand, den Ben nun dadurch überbrückte, indem er aufstand und den Schmutz von seiner Kleidung mit den Händen abstreifte. Sabine überlegte, wie sie die zuvor zwischen ihnen entstandene gute Stimmung nun wieder retten könnte, und zudem wollte sie nicht, dass Ben sie nun alleine ließ. Zu sehr freute sie sich, dass er in ihrer Nähe war. Sie überlegte, wie sie ihn unverfänglich auffordern könnte, noch etwas zu bleiben, als ihr auch gleich die passende Idee einfiel. „Darf ich es wiedergutmachen?", fragte sie ihn lächelnd. „Hmm", war das Einzige, was Ben herausbrachte. „Ich habe jetzt so richtig Hunger auf frische Brötchen. Darf ich dich zu einem Frühstück einladen?" „Weißt du, ich bin so früh morgens eigentlich nicht hungrig!", gab sich Ben sehr ablehnend. Aber jetzt ließ Sabine nicht locker: „Ach komm doch, ich würde mich echt freuen." „Ich stör doch bestimmt, wenn ich so unangemeldet zum Frühstücken komme?" „Nein", und dabei lächelte sie ihn süß an, „wir sind alleine und müssen uns sogar vorher noch ein paar Brötchen beim Bäcker auf dem Weg nach Hause besorgen. Meine Mutter ist übers Wochenende zu ihrer Schwester gefahren, und mein Vater lebt schon lange nicht mehr bei uns. Und da ich ein Einzelkind bin, nun ja, deshalb sind wir dann wohl alleine." „Na, wenn du mich so einlädst, dann kann ich ja wohl nicht Nein sagen", lautete Bens ehrliche Antwort, die ihn jedoch selbst überraschte, aber da hatte er es schon ausgesprochen. Jetzt gab es kein Zurück mehr.

„Ich mache das jeden Samstag so, dass ich ganz früh morgens alleine joggen gehe und zum Schluss beim Bäcker Brötchen kaufe. Wenn ich dann zu Hause bin, gehe ich zuerst unter die Dusche, um dann in aller Ruhe zu frühstücken. Ich fühle mich dann wie neugeboren. Dabei kann ich dann alles um mich herum vergessen, was ich unter der Woche mit mir herumgeschleppt habe." Ben war neben ihr vollkommen still geworden, während sie wie ein Wasserfall redete. Zudem hatte er sich absolut verkrampft, und seine Wangen glühten so rot, als habe er Fieber. „Benni, fehlt dir was?", fragte sie ihn besorgt, als ihr auffiel, dass er überhaupt nichts mehr von sich gab. „Nein, wieso fragst du?" „Du siehst so blass im Gesicht aus." „Nein, mir geht's gut, aber ich denke, ich sollte jetzt trotzdem gehen." „Aber du wolltest doch … was hast du?" „Ich … ich bin nicht so geübt im Umgang mit Menschen." Sabine schaute ihn fragend an. Sie überdachte noch einmal ihre Unterhaltung und was sie genau zu ihm gesagt hatte. Und dann wusste sie, was es war, das ihn abgeschreckt hatte. Nein, „abschrecken" war nicht das richtige Wort. „Überforderte", das war es. „Benni", begann sie deshalb ganz sachte, „Benni, ich mag dich sehr, aber ich wollte nur mit dir frühstücken, um dich näher kennenzulernen und mich mit dir zu unterhalten und mich bei dir für gestern Abend zu bedanken, nicht mehr." Sie stand von der Bank auf, nahm ihn bei der Hand und zog ihn hoch. „Komm, Benni, wir laufen los und kaufen uns was zum Frühstücken." Sie ließ ihm keine weitere Chance, Nein zu sagen oder sich davonzuschleichen. Sie hielt so lange seine Hand fest, bis er sich mit der Situation zurechtgefunden hatte. So liefen beide im leichten Dauerlauf nebeneinanderher, ohne viel zu reden. Gelegentlich schauten sie sich an, lachten hin und wieder und liefen locker und beschwingt, getragen von der guten Laune, in die Richtung, aus der sie gerade vor ein paar Minuten gekommen waren.

Nach ungefähr einer halben Stunde waren dann beide im Garten damit beschäftigt, die letzten Frühstückssachen aufzudecken. „Ach, Sabine", begann Ben zu erzählen, „was ich dir noch sagen wollte …" „Ja, Benni?", wollte Sabine wieder viel zu schnell wissen. Ben hielt kurz inne, und Sabine ohrfeigte sich innerlich als Idiotin, weil sie immer noch in ihre alten Strickmuster verfiel. Dabei wusste sie doch längst, dass Benni anders war. Er hörte genau auf das, was sie sagte, und deshalb musste jedes Wort gut überlegt sein. „Du hast da noch vom Sturz Sand auf der Seite", fuhr Ben mit seinem Satz fort. Sabine schaute an sich herab. „Nein, im Gesicht, da links auf der Wange", korrigierte er und zeigte mit dem Finger auf die Stelle. „Und da lässt du mich die ganze Zeit mit dem Dreck im Gesicht herumlaufen?" Ben war verdutzt. „Entschuldigung, ich habe es schon wieder getan", sagte sie betreten. „Was denn?" „Mich über dich lustig gemacht", meinte sie schuldbewusst. Sie wischte sich den Dreck ab. „Alles weg?" Ben schaute sie an und verneinte, wobei er mit dem Kopf wackelte. Sabine rieb und rieb und fragte anschließend erneut nach: „Jetzt?" „Nein", antwortete Ben wieder kopfschüttelnd. „Kannst du mir nicht helfen und es wegwischen, ich sehe es ja nicht. Ben verstand erst nicht und dann, als er begriff, dass er ihr den Schmutz abwischen sollte, näherte sich seine Hand im Zeitlupentempo ihrer verschmutzten Wange. Sabines

Puls schlug deutlich schneller. Was passierte nur mit ihr? Der Junge vor ihr hatte sie noch nicht einmal berührt, und sie hatte schon Herzflattern und ein Kribbeln wie ein verliebtes kleines Mädchen. War sie etwa verliebt? Verliebt in Benni? Mit leichtem Zittern streichelte Benni zärtlich ihre Wange. Sabine legte ihre Wange in seine Hand und genoss die Liebkosungen. Beide sprachen kein Wort, aber ihre Augen sahen tief in die Augen des anderen hinein. Es war so, als wenn sie gegenseitig ineinander versanken. Plötzlich und unerwartet zog Ben schnell seine Hand zurück, als ihm die näheren Umstände bewusst wurden. „Entschuldigung, ich wollte … das wollte ich nicht." Sabine blickte Benni in die Augen und spürte eine Kraft in sich, die es ihr erlaubte, ihre Gefühle ihm gegenüber einzugestehen. „Ich schon, schließlich waren wir beide gestern Abend schon weiter." „Wie meinst du das?" „Als du mich geküsst hast." „Aber das tat ich nur, weil ich dachte, dass sie uns suchen." „Ich fand es trotzdem sehr schön, von dir geküsst zu werden." Dieses Mal hielten beide dem Blick des anderen stand. Die Luft zwischen beiden schien zu knistern. Ihre Hände trafen sich, und sie hielten sich einander fest. „Ich habe gar nicht geahnt, dass du so toll küssen kannst", sprach Sabine nun endlich die Worte aus, die sie ihm unbedingt hatte sagen wollen. Schlagartig war Ben vor lauter Verlegenheit total rot im Gesicht. „Entschuldigung, ich wollte dich nicht in Verlegenheit bringen." „Ist schon gut, ich dachte, dass du mich auf den Arm nimmst." „Warum sollte ich das tun, Benni?" „Ich … ich habe nicht viel Erfahrung darin, wie man richtig küsst." „Na, dafür, würde ich sagen, kannst du aber verdammt gut küssen." Sabine ließ seine Hand los und lief ins Haus.
Ben dagegen setzte sich schnell an den Tisch, um der für ihn brenzligen Situation auszuweichen. Er tat sich schwer mit seinen Gefühlen einem anderen Menschen gegenüber, und seine alten Lebensmuster ließen ihm da nur wenig Freiraum. Sabine war nach ihrem Geständnis ebenfalls schnell im Haus verschwunden und noch nicht zurückgekehrt. Da er nicht wusste, wohin mit seinen Händen, legte er den linken Arm auf die Lehne des Stuhls neben sich und schlug das rechte Bein über das linke. Es sollte

lässig aussehen, aber es wirkte eher verkrampft und aufgesetzt. Gerade als ihm dies bewusst wurde und er seine Haltung ändern wollte, kam Sabine lächelnd mit einer Karaffe Orangensaft zurück in den Garten. „Möchtest du auch O-Saft haben?", fragte sie ihn freundlich. „Gerne", war das Einzige, was er als Antwort herausbrachte. Ein großer Kloß im Hals und eine seltsame Leere im Kopf hinderten ihn daran, mehr zu sagen. Sabine goss ihm ein Glas ein und blieb etwas verlegen vor ihm stehen. „Danke, Benni, ich hatte gestern Abend solche Angst, dass wir es nicht schaffen könnten." „Ich auch, Sabine, ich auch", antwortete Benni. Eine spürbare Spannung lag erneut zwischen den beiden in der Luft. Der Tisch war so gedeckt, dass Sabine sich jetzt nur hinsetzen müsste, um ihm gegenüberzusitzen. Sie nahm jedoch ihr Glas in die eine Hand und ein trockenes Brötchen in die andere und lief dann mit unsicheren Schritten um den Tisch herum, um sich nun direkt neben Ben auf den Stuhl zu setzen. Dabei rückte sie näher an ihn heran und legte den Kopf an seine Schulter. Benni, der sich zwar stolz, jedoch ziemlich unbeholfen in der Situation fühlte, wagte nun nicht, seinen Arm um sie zu legen, was er eigentlich gerne getan hätte. Sabine dagegen spürte genau diese Unsicherheit, stellte das Glas auf dem Tisch ab und nahm seinen Arm, um ihn um sich zu legen. Mit ihrer rechten Hand hielt sie nun seine linke Hand fest und fing an, von sich zu erzählen. Dabei hielt sie scheinbar in Gedanken seine Hand weiter fest, als ob dies der Halt sei, den sie brauchte, um den Mut zu fassen, von Verborgenem, Dingen, die schon lange auf ihrem Herzen lagen, zu erzählen. Auch Benni erzählte zum ersten Mal einem „Fremden", was er wirklich fühlte und dachte, und beide merkten schnell, dass sie einander sehr ähnelten. Dabei war es beiden eine große Erleichterung dass sie einander spürten und sich nahe waren, ohne dabei dem anderen in die Augen schauen zu müssen.

Vieles, was arrogant, kalt oder abweisend wirkte, war in Wirklichkeit nur ein Schutz vor der eigenen Unsicherheit. Während Sabine die Flucht nach vorne genommen hatte, beispielsweise in verschiedenen Aktionen und Cliquen und abschließend in der Freundschaft zu Gino, hatte Benni solche Situationen gerade entgegengesetzt verarbeitet. Er hatte die Dinge in sich hineingefressen, hatte sich zurückgezogen und keinen an sich herangelassen. Jetzt jedoch, wo beide ehrlich zueinander waren, fiel es beiden leicht, offen über ihre Sorgen, Ängste und Wünsche zu reden. Die Zeit verging rasend schnell, und beide waren mal traurig, auch mal sehr sachlich, um dann wieder total albern und verspielt miteinander umzugehen. So herzhaft hatte Benni schon lange nicht mehr gelacht, und das Lächeln von Sabine verzauberte ihn noch mehr. „Benni, ich hätte nie gedacht, dass du so nett bist. Das Mädchen, das dich mal kennenlernt, kann sich glücklich schätzen, so einen Freund zu haben." „Würdest du dich glücklich schätzen, mich als Freund zu haben?" „Aber wir sind doch schon Freunde, Benni." Ben wirkte verlegen, aber er wusste, dass er es jetzt sagen musste, was sein Herz fühlte. „Sabine, möchtest du meine Freundin sein? Ich meine richtig, nicht nur so, na, du weißt schon." „Ja, Benni, ich würde mich glücklich schätzen, deine Freundin zu sein. Ich muss vorher aber noch mit Gino reden, wenn er mal wieder nüchtern ist. Aber er hat mich sowieso nicht geliebt, nicht so, wie es sein sollte. Nicht so wie du, Benni." „Hast du ihn geliebt?" „Ich war fasziniert, stolz, dass Gino mit mir gehen wollte. Aber er will einen nur besitzen wie eine Trophäe. Ständig macht er mit anderen Mädchen rum. Ich bin froh, dass es vorbei ist. Eigentlich weiß ich erst seit heute Morgen, was es wirklich bedeutet, zu lieben und geliebt zu werden. Nicht nur weil man toll aussieht, sondern weil jemand an einem interessiert ist. Weil du mich liebst, Benjamin." Benni neigte sich zu Sabine. Ganz nah war er jetzt ihrem Gesicht. Er wollte sie küssen, hier und jetzt. Er konnte ihr Haar riechen, das so hervorragend nach Sonne duftete. Er konnte die Wärme spüren, die von ihr ausging, und in ihm drehte sich alles. Mannomann, er hatte richtige Bauchschmerzen, weil er das Gefühl hatte, lauter Schmetterlinge im Bauch zu haben, die wie wild in ihrer Farbenpracht herumflogen, seine Knie waren zittrig und gaben ihm kaum noch Halt, und gleichzeitig war er stark durch diese Liebe, die er für Sabine empfand. Er wusste, in diesem Augenblick würde er sich mit jedem anlegen, wenn seiner Liebe auch nur der kleinste Hauch von Gefahr drohen würde. Aber hier und jetzt, so dicht bei ihr, war er vollkommen verloren und versank in diese großen braunen Augen, die jetzt so hell strahlten wie die Sterne am Himmel und die so viele Geheimnisse in sich bargen, welche er gerne mit ihr teilen würde. Zärtlich streichelte er ihre Wange, und seine Hand zitterte dabei so stark, dass er sich schämte. „Benni", sagte Sabine und nahm seine Hand, um sie auf ihre Wange zu legen. „Benni, bitte küss mich." In Bennis Ohren klangen diese Worte wie das Rauschen des Meeres. Ja, er würde sie küssen, hier und jetzt. Er neigte sich ihren Lippen zu. Ganz behutsam, so als könnte er etwas zerstören, ja diesen Moment als nicht heilig genug erachten, berührten seine Lippen die Lippen von Sabine. Sie legte ihre Arme um ihn und küsste ihn mit aller Liebe zurück. Auch sie wünschte sich, dass dieser Augenblick ewig dauern möge. Seine Küsse waren in keiner Weise fordernd, sondern ganz im Gegenteil weich und zärtlich. Ganz sanft legte er seine Lippen auf Sabines Lippen, da er befürchtete, das zarte Gefühl könne verloren gehen, weil er nicht richtig oder falsch küsste. Er zuckte leicht zusammen, als er Sabines Hand an seinem Hinterkopf spürte und kurz darauf fühlte, wie ihre Finger leicht seine Haare streichelten. Ein wohliges Gefühl beschlich ihn. Ohne näher darüber nachzudenken, streichelte er ihre Wange, die sich unglaublich gut anfühlte. Erst nach einigen Minuten schafften es beide, sich voneinander zu lösen.

„Komm", sagte Sabine zu einem nun doch verdutzten Ben und nahm seine Hand, um ihn hinter sich herzuziehen. Am Ende des Gartens, unter einem Fliederbaum, stand eine Hollywoodschaukel. Sabine ging zielstrebig dorthin und schubste Ben, als sie davor stehen bleiben, zärtlich an. Ben, der noch dabei war, sich die Umgebung näher anzusehen, war völlig überrumpelt und fiel sachte in die Schaukel. Sabine konnte sich in diesem Moment ein leichtes Lachen nicht verkneifen, welches sie aber nach zwei Sekunden sogleich abbrach, und legte sich, bevor Ben die Situation richtig erfassen konnte, in seine Arme und

zog seinen Kopf zu sich. Erneut küssten sich beide sehr zärtlich. So einander festhaltend verging Minute um Minute und Stunde um Stunde. Sie hatten sich so viel zu erzählen, und immer neue Fragen über allerlei Dinge, die man von dem anderen wissen wollte, kamen auf. Sie verließen nur die Schaukel, um Getränke und Knabbergebäck aus dem Haus zu holen. Und immer wieder unterbrachen sie ihre Gespräche, weil sie den Drang verspürten, den anderen immer wieder küssen zu müssen.
Benni hielt Sabine in seinem Arm und wollte sie nie wieder loslassen. Das Gefühl, das er jetzt empfand, wollte er nie mehr vermissen. Es musste mittlerweile sehr spät geworden sein, aber beide saßen noch immer im Garten auf der Hollywoodschaukel und konnten nicht genug voneinander bekommen, so als würde der kommende Tag mit der aufgehenden Sonne alles unrealistisch machen. Viel war nicht passiert, denn außer sich immer wieder zärtlich zu küssen, hatten sie nur miteinander geredet. Dabei ging es um Vergangenes, um ihre Gefühle, Wünsche, Träume. So hielten sie einander fest, um gemeinsam diesen Augenblick zu erleben. Sabine lag zu Ben gewandt in seinem Arm. Ihr Atem ging ruhig und leise. Sie war schon seit einiger Zeit eingeschlafen. Ben nutzte die Gelegenheit, um sie genau zu beobachten. Jede Kleinigkeit in ihren Gesichtszügen wollte er in sich aufnehmen. Er konnte sein Glück immer noch nicht fassen, dass er dieses zarte Wesen tatsächlich im Arm hielt. Sein Arm war schon seit längerer Zeit eingeschlafen, aber er wagte es trotzdem nicht, sich zu bewegen, aus Angst, dass er Sabine wecken könnte. Auch er musste wohl irgendwann eingeschlafen sein, denn als er aufblickte, stellte es fest, dass es schon dunkel geworden war. Plötzlich sah er einen Mann Mitte vierzig, mit leicht ergrautem Haar, direkt vor ihm stehen. Er hatte ihn nicht bemerkt, und jetzt war es zu spät. Der Mann schien seine Unsicherheit zu spüren. „Hallo, ich bin Martin Thaler, Sabines Vater." „Ich, ich bin Benamin Stein, Herr Thaler", stotterte Ben verlegen, nicht wissend, wie er die ungewohnte Situation bewältigen sollte. „Sie lieben meine Tochter?!" „Ja, Herr Thaler, ich liebe sie", bestätigte Ben und wusste im selben Augenblick, dass es tatsächlich so

war und nicht nur eine Floskel, um sich aus dieser Situation zu befreien. Mit einem Blick auf Sabine wiederholte er nochmals seine Antwort, ohne den Blick von ihr zu lösen. „Ich liebe sie von ganzem Herzen." Auch Sabines Vater schien dies zu spüren, denn er nickte nur mit dem Kopf und sagte: „Ich weiß, mein Junge. Es tut mir leid, aber ich habe euch zwei schon längere Zeit beobachtet und sah es an deinem Blick, wie du sie ansiehst, und daran, wie du sie in deinem Arm festhältst. Aber auch sie liebt dich, das konnte ich sehen und hören." Ben wirkte jetzt noch unsicherer, als ihm bewusst wurde, dass Sabines Vater sie offenbar schon seit Längerem beobachtet hatte. „Nun, es ist schon spät, und ich glaube, du solltest für heute nach Hause gehen. Ich nehme dir Sabine ab." Als ihr Vater versuchte, Sabine aus seinem Arm zu nehmen, wachte sie auf, blickte sich um und ging sogleich deutlich auf Distanz zu ihrem Vater. „Hallo, Sabine", begrüßte dieser sie, und etwas Unsicherheit schwang im Unterton seiner Stimme mit. „Was willst du hier?", fauchte Sabine. „Mit wem ich mich treffe, hat dich doch noch nie interessiert und …" „Ich möchte dir nichts verbieten", unterbrach ihr Vater sie, „ganz im Gegenteil, aber ich denke, dass es schon spät ist." „Ich bin kein Kind mehr!", gab Sabine patzig zurück. Ihr Vater hob abwehrend seine Hände: „Sabine, ich liebe dich! Meine Liebe mag anders sein als die Liebe des jungen Mannes, aber darum nicht kleiner, niemals. Deine Mutter ist mit Steffen ein paar Tage verreist, und sie bat mich, nach dir und dem Haus zu sehen. Ich bin nicht hier, um dich zu kontrollieren, sondern weil ich denke, dass dein Freund seinen Arm gerne noch gebrauchen würde, bevor dieser mangels Durchblutung unbrauchbar wird. Zudem ist es wirklich schon sehr spät." Sabine schaute auf ihre Uhr und stellte mit Erstaunen fest, dass es bereits 22:30 Uhr war. Sie hatten den ganzen Tag miteinander auf der Schaukel verbracht und nicht einmal gemerkt, wie die Zeit verflogen war, denn keinem von ihnen war auch nur eine Sekunde langweilig gewesen, und irgendwann waren sie dann wohl beide eingeschlafen. Sabine blickte zwischen ihrem Vater und Benni hin und her und ließ sich dann mit einer herzlichen Umarmung in die Arme ihres Vaters fallen. Beide gingen einander untergehakt in Richtung Haus, als Sabine dann doch noch mal kurz anhielt und ihren Vater bat, schon mal vorzugehen. Ben war mittlerweile aufgestanden, stand aber noch immer bei der Schaukel und wusste nicht so recht, wie er sich verhalten sollte. Sabine ging auf Ben zu und fiel ihm um den Hals. „Benni, danke, dass es dich gibt. – Ich liebe dich nämlich, weißt du das?" Daraufhin küsste sie ihn, sagte, dass sie ihn morgen gerne wiedersehen würde, wünschte ihm noch, dass er gut schlafen und von ihr träumen möge, küsste ihn erneut und lief ihrem Vater hinterher ins Haus.

Kapitel 3: Das Ereignis

Sabine saß in ihrer besten Jeans und einer weißen Bluse auf der Schaukel, während Ben sie immer wieder von Neuem kräftig anschubste, um ihren Schwung aufrechtzuerhalten oder diesen noch weiter zu steigern. Sabine konnte einfach nicht genug davon bekommen, und dabei schien sie immer höher dem Himmel entgegenfliegen zu wollen, während ihr ausgiebiges Lachen zeigte, dass sie sehr glücklich war und sie im Moment von ihren Gefühlen überwältigt wurde. Fast schien es, als wolle sie ihren Gefühlen, die sich im siebten Himmel befanden, auf dem Weg dorthin begleiten. Ihr offenes, gelocktes Haar flatterte durch den Wind. Die Sonne strahlte kräftig am Himmel, ein Himmel, der so blau war wie Ben es nur aus Broschüren des Reisebüros kannte. Er hatte immer gedacht, dass so ein Blau in der Realität gar nicht möglich sei und alles nur retuschiert war, um bessere Verkaufszahlen einzubringen. Aber das Blau, das er heute sah, war mit den Bildern absolut vergleichbar. Sabine selbst wirkte wie ein Engel, und all ihre Bewegungen schienen reine Lebensfreude widerzuspiegeln.
Und ihm ging es dabei genauso. Auch er hatte solch ein Gefühl noch nie zuvor verspürt. Sein Magen fühlte sich an, als würden tausend Schmetterlinge wild aufgeregt darin herumflattern. Sein Herz raste, sobald er sie nur ansah. Oft stand er nur verträumt vor ihr und sah sie verliebt an, und wenn sie ihn anlächelte, wurden seine Beine so weich wie Wachs in der Sonne.
Sie lachte und strahlte und forderte Benni auf, noch mehr angeschubst zu werden. Sie flog immer höher und holte nun auch selbst noch Schwung mit ihren Beinen, um diesem Wunsch noch mehr Ausdruck zu verleihen. Ben war mittlerweile um die Schaukel gelaufen und schaute ihr mit Freude und Liebe bei ihrem ausgelassenen Schaukeln zu. Als er ihr dann direkt ins Gesicht schaute, strahlte Sabine ihn an und legte den Kopf dabei leicht schief. Sie sah bezaubernd aus, und Ben war wahnsinnig

glücklich in diesem Moment. Er wünschte sich, die Zeit würde für immer stehen bleiben. Niemals hatte er in seinem Leben bisher mehr Leben und Liebe gespürt, nie mehr Freude in seinen Herzen gespürt, nie mehr Lebenswillen gehabt. Und niemals einen Menschen so geliebt, wie die vor ihm schaukelnden Sabine. Erneut flog sie auf ihn zu, und er dachte nur an sie. Ihre ganze Erscheinung, ihre Natürlichkeit, ihre offene Ar und die Liebe, die sie ihm entgegenbrachte, machten ihn zu einem hoffnungslos verliebten Trottel.

Während er noch lächelnd von ihr träumte, trafen ihn plötzlich Sabines Beine an der Brust, und er fiel, getroffen von der Wucht des Schwungs, gut zwei Meter weit nach hinten. Sabine saß der Schreck in den Gliedern, als sie beim Zurückschleudern sah, dass Ben wie ein Maikäfer auf dem Rücken lag, während seine Beine in die Höhe zeigten. Sabine versuchte unmittelbar, ihren Schwung zu bremsen, aber es gelang ihr nicht sofort. Dann fuhr ihr der nächste Schreck in die Glieder, als Ben laut aufschrie. Nach einem nochmaligen Durchschwingen auf der Schaukel gelang es ihr dann endlich, den Schwung zu bremsen, sprang dann bei einer guten Gelegenheit mit Schwung von der Schaukel und lief sorgenvoll auf ihn zu. Ben lag im Gras und lachte lautstark vor sich hin. Sabine war mehr als nur erleichtert, dass sein Schreien und Johlen nicht Schmerz, sondern Ausdruck purer Freude war. Trotzdem war sie immer noch etwas in Sorge, ob ihm nicht doch etwas Schlimmes passiert sei. „Benni, warum hast du nicht aufgepasst, du hättest nur einen Schritt zurückgehen müssen!" „Ich konnte nicht", sagte er ernst. „Du konntest nicht?" „Nein, ich konnte nicht, denn ich bin verzaubert worden." Sabine, die sich während der Unterhaltung inzwischen vergewissert hatte, dass ihm körperlich wirklich nichts fehlte, fragte ihn nun scherzhaft: „Wer hat dir dies denn angetan, dich so verzaubern zu lassen, dass du in eine Schaukel hineinläufst, anstatt ihr auszuweichen?" „Ein Engel in weißem Gewand und goldenem Haar", war seine klare Antwort. „So, ein Engel in weißem Gewand", neckte sie ihn, „und mit goldenem Haar. Ich glaube, Herr Stein, Sie haben doch schwereren Schaden erlitten als dies auf Anhieb zu erkennen war." „Ja", gab er knapp zur Antwort. „Ja?" Jetzt war sie doch wieder erstaunt und auch in Sorge. „Ja, ich habe schwerste innere Verletzungen", meinte er ernst. „So so, innere Verletzungen." „Ja, Frau Thaler, schwerste innere Verletzungen." Ben schaute ihr tief in die Augen. Sabine konnte sich nun ein leichtes Lächeln nicht mehr verkneifen. „Herr Stein", neckte sie in weiter, „wie sieht denn ihre schwerwiegende Verletzung genau aus?" Benamin schaute Sabine fest in die Augen. „Ich habe mein Herz verloren oder es wurde mir gestohlen, so ganz genau weiß ich das nicht", sagte er ernst. „Aber Benni, ich gebe ja zu, dein Herz hab ich mir genommen, aber als Ausgleich hab ich dir doch meins gegeben." Ben schaute Sabine nur an. Keine weitere Reaktion. „Benni?" Erneut keine Reaktion. „Benni, träumst du?" „Ja, Sabine, ich träume ständig von dir. Ich liebe dich, weißt du das?" Dabei nahm er ihre Hand und zog sie sanft zu sich hinunter. Sie ließ sich neben ihn fallen und berührte seine Wange. „Mir geht es doch genauso, Benni, ich liebe dich einfach so wahnsinnig." Dabei küsste sie ihn, und er wusste, dass er sie mehr liebte als alles auf der Welt. Ihre Lippen berührten sich zärtlich. Ein wohliges Gefühl von Wärme, tiefem Vertrauen, großer Liebe durchströmte Ben. Wie von selbst ließ er seine Zunge während des Kusses über ihre Lippen gleiten. Sabine öffnete ihrerseits ebenso leicht ihren Mund, und beide Zungen berührten sich zärtlich. Wie eine Explosion spürte Ben das Leben durch sich hindurchfluten. Er konnte sich nicht erinnern, jemals so glücklich gewesen zu sein. Er fühlte sich wie neugeboren, so lebendig wie noch nie zuvor in seinem Leben. Sein Blut raste durch seinen Körper. Seine Arme hielten sie weich und zärtlich und doch so fest, als wolle er sie nie wieder loslassen. Sabine dagegen legte ihre Hand auf seine Brust und spürte unter ihren Fingern deutlich seinen Herzschlag, der kräftig und schnell ging. Auch ihre Gefühle spielten verrückt. Nichts war wie vorher, alles drehte sich nur noch um Ben, den sie so sehr liebte. Ja, sie wusste, dass der Junge, der ihr so nahe war wie niemand anders zuvor, tief in ihr etwas ausgelöst hatte, was sie nur als wirkliche Liebe bezeichnen konnte. Ben, der vor Sabine keinen Kontakt zu dem weiblichen Geschlecht gehabt hatte, atmete heftig aufgrund der intensiven Gefühle, die durch seinen Körper rasten. Er liebte es, ihren Rücken zu streicheln und dabei die Weichheit ihres Körpers zu fühlen, während er sie immer noch zärtlich küsste. Er hatte längst die Umgebung um sich herum vergessen und jegliches Zeitgefühl verloren, wusste nicht, wie lange sie sich schon so verliebt in den Armen lagen, aber es war ihm auch egal. Am liebsten hätte er die Zeit angehalten. Er konnte sich nicht vorstellen, dass er jemals mehr Glück fühlen würde. Sabine zog ihren Kopf leicht zurück, und ihre beiden Lippen lösten sich voneinander. Sie schaute Ben in die Augen, während sie ihm ein bezauberndes Lächeln schenkte. Er öffnete die Augen, und ein Glanz lag in seinen Augen. Sabines Hand streichelte seine Wange, und dann strich sie Ben verliebt einige Haare aus der Stirn. „Ich liebe dich", hauchte sie ihm zu. Ben hob seinen Kopf und küsste sie erneut auf ihren Mund. „Ich liebe dich so sehr, Benjamin." „Ich liebe dich", brachte Ben nur mühsam hervor, da seine Gefühle einfach nicht mehr zuließen. Sabine ließ sich glücklich wieder auf Ben fallen und legte ihren Kopf auf seine Schulter und fühlte sich dabei unglaublich sicher und geborgen. Ben war überglücklich, sie so nah bei sich zu haben. Behutsam schob er seinen Körper zur Seite, sodass Sabine nun mit dem Rücken auf dem Boden lag. „Ach Benni, du machst mich so glücklich! Auch ich liebe dich sehr!" „Oh Benni, ich hätte nicht gedacht, dass es so herrlich ist. Du bist so zärtlich und gefühlvoll! Noch nie hat mich jemand so sehr geliebt wie du." „Sabine, es ist so einfach, dich zu lieben." Sabines Hand wanderte in den Nacken von Ben und streichelte durch seine Haare. „Ich muss mich bei dir entschuldigen, dass ich vorher schlecht über dich gedacht und geredet habe. Ich hatte ja keine Ahnung, was Liebe wirklich ist, bevor du mir deine Liebe gegeben hast." Ben lächelte sie verliebt an. „He, du musst mich nicht auslachen!", bemerkte sie schmollend. „Tu ich doch gar nicht", verteidigte sich Benni ein wenig schuldbewusst. „Doch, tust du." „Nein, das kann ich gar nicht." „Soll ich dir einen Spiegel bringen, dann siehst du es selbst." „Den brauche ich nicht, Sabine." „Ach, gibst du es jetzt zu, dass du mich auslachst."

„Nein.“ „Ich sehe aber immer noch in deinem Gesicht, dass du mich auslachst“, sagte sie immer noch scherzhaft. „Ich kann es nicht sehen“, neckte Ben sie weiter. „Ach du, wie willst du es auch sehen können?“ „In deinen Augen, die so hell strahlen wie ein großer Stern.“ „Du bist süß, Benni.“ Mit ernstem Blick schaute er in ihre Augen und fuhr fort: „Niemals würde ich dich auslachen oder deine Gefühle verletzen wollen, dafür liebe ich dich viel zu sehr. Ich liebe dich mit jeder Faser meines Herzens. Mein Leben lang möchte ich mit dir gemeinsam glücklich sein und mit dir auch zusammen lachen.“ „Ich liebe dich auch, mein Schatz“, antwortete sie, überwältigt von seinen Worten. Beide Gesichter näherten sich wieder, und ihre Lippen pressten sich in einem innigen Kuss aneinander. Nach einigen Minuten, in den sie sich heftig geküsst hatten, sodass ihrer beider Atmung heftig geht, lösen sich endlich wieder voneinander. „Wenn du mich weiter so küsst, weiß ich nicht, ob mein Herz das aushält.“ „Du, mein Schatz, bist diejenige, die mich dazu veranlasst, dich so zu küssen.“ „Ich wusste ja vorher noch nicht einmal, wie schön es ist, so geliebt zu werden.“ „Ich wusste das auch nicht.“ Beide lachten ausgelassen. „Benni, wer hat dir nur beigebracht, so zu küssen, das ist so zärtlich, so schön!“ „Danke für das Kompliment, mein Schatz, ich kann es nur zurückgeben und mich bei dir bedanken.“ „Wieso willst du dich denn bei mir bedanken?“ „Weil du es bist!“ „Was meinst du damit?“ „Ich küsse dich so, wie ich fühle, und ich fühle so, weil es dich gibt und du mich liebst.“ „Aber du hast doch bestimmt schon früher …?“, begann sie zuerst, stellte aber ihre Frage nicht zu Ende. „Nein, Sabine, du bist das erste Mädchen, das ich küsse, das schwöre ich dir!“ Sabine schaut ihn mit großen Augen an. „Was ist, warum siehst du mich so an? Habe ich was Falsches gesagt?“ Sabine schüttelt nur den Kopf, unfähig, etwas zu sagen. „Hab ich was falsch gemacht, dich verletzt oder dir wehgetan?“ Erneut streichelte Sabine seine Wange. „Nein, Benni, du machst gar nichts verkehrt, ganz im Gegenteil. Noch nie wurde ich so leidenschaftlich und gleichzeitig so zärtlich von jemandem geküsst. In jedem Kuss kann ich deine Liebe zu mir spüren. Niemals möchte ich anders geküsst werden, vor

allem nicht von jemand anderem als dir. Es ist so schön mit dir. Ich bin nur erstaunt, welch ein wahres Naturtalent du doch bist. Du machst mich sehr glücklich." „Sabine", erwiderte er, „ich bin es, der dir danken muss, dass du dich von mir küssen lässt." Erneut endeten die Worte in leidenschaftlichen Küssen, die keine Worte mehr zuließen. „Benni, ich möchte gerne, dass du mich streichelst." Benni war eine gesteigerte Rötung im Gesicht anzusehen. „Ich liebe dich", sagte Sabine erneut und gab ihm einen langen Kuss. Gleichzeitig nahm sie seine Hand, die an ihrer Hüfte ruhte und ihr dort bisher Sicherheit gegeben hatte, zärtlich in ihre und führte sie langsam an ihre linke Brust. Ben flogen die Gefühle davon. Mit leicht zittriger Hand ertastete er behutsam ihren Busen. Aber auch Sabine konnte kaum noch klar denken. Ihr Herz schlug ihr bis zum Halse, und die Küsse und die zarten Berührungen des Jungen, die nun auch noch dazukamen, raubten ihr fast den Verstand. Ihre Brust brannte regelrecht bei jeder zarten Berührung. Dabei konnte sie seine zittrige Hand spüren. Sie war froh, dass Ben so feinfühlig war. So hatte sie sich immer vorgestellt, berührt zu werden, die Liebe zu erleben. Dass es nun tatsächlich so eintrat, überraschte sie wohl beide. „Benni, du bist so zärtlich, wie ich es mir immer gewünscht habe." „Sabine", antwortete ihr Ben, „ich wünschte, ich könnte ewig so mit dir zusammen sein, aber ich denke, dass wir einen anderen Ort wählen sollten." Sabine lachte herzhaft auf und sagte zu ihm: „Ja, das sollten wir wohl wirklich tun, bevor wir den Verstand verlieren und zu viel Aufmerksamkeit auf uns ziehen." Beide lachten und lösten sich langsam voneinander und halfen sich gegenseitig aufzustehen. An beiden Händen festhaltend fragte er sie: „Möchtest du noch einmal schaukeln?" „Nein, ich bin schon im siebten Himmel, höher kann ich nicht mehr fliegen, außerdem möchte ich ganz nah bei dir bleiben." Benni nahm sie in den Arm, und beide gingen gemeinsam Arm in Arm durch den Park.
Sie unternahmen noch vieles an diesem gemeinsamen Tag und alberten herum, küssten sich oder versteckten sich auch mal voller Angst und Panik, als sie Bekannte aus der Clique von Gino trafen. Gino selbst hatten sie in den letzten zwei Wochen nach

der Party weder getroffen, noch hatte er sich bei Sabine gemeldet. Sie empfand es nur als großes Glück und wollte ihm auch gar nichts mehr erklären, wie sie es eigentlich ursprünglich vorgehabt hatte, wahrscheinlich hatte er sich sowieso bereits längst mit einer anderen getröstet.

Ihre Zweisamkeit war für sie beide unbegreiflich schön, aber genauso erstaunlich. Beide hatten nämlich, bevor sie sich ineinander verliebt hatten, all ihre Erlebnisse, Empfindungen, Sorgen und Alltägliches einfach mit sich selbst herumgetragen und in sich hineingefressen. Niemand sollte wissen, wie es in ihnen wirklich aussah, und das war ihnen auf ihre unterschiedliche Art auch immer vorzüglich gelungen. Nicht dass sie dadurch glücklicher gewesen wären, aber sie konnten die Geschehnisse um sich herum gut einschätzen und sich gegen „Angriffe" von außen schützen. Ben hatte dafür den Part der großen Distanz gewählt. Dafür gab er sich kalt und abweisend, was oft vielleicht sogar arrogant wirkte, Sabine dagegen schien aufgekratzt und lebensfroh, gab sich aber immer oberflächlich und ließ niemanden tiefer in sie hineinblicken, damit sie ihr wirkliches Inneres nicht preisgeben musste. Nun aber schien es beiden einfach absolut falsch und irrsinnig, und sie verstanden überhaupt nicht, wie das denn überhaupt gehen sollte, alles für sich behalten zu wollen. Ihm schien es, als müsse er gleich auf der Stelle platzen, wenn er Sabine nicht sagte, was er dachte und fühlte oder einfach, was er sah oder welche Sorgen er hatte. Er redete oft minutenlang, etwas, was früher, als er meist nur ein, zwei Sätze zu sagen hatte, undenkbar gewesen wäre. Jetzt war es ihm in keiner Weise peinlich, nein, er war fest davon überzeugt, dass es sehr wichtig war, dass Sabine alles von ihm wissen sollte, damit sie auch wusste, wie es in ihm aussah und warum er sich entsprechend verhielt. Dass Sabine das Gleiche erlebte und fühlte, dass auch sie lange über sich sprach, ihm von ihren persönlichen Erfahrungen erzählte und ihm ihre verschiedenen Sichtweisen darlegte, beseitigte weitere Barrieren in ihm, und dadurch war er wiederum in der Lage, etwas von sich zu erzählen, was ihren Erlebnissen und Enttäuschungen gleichkam. Sie spürten regelrecht, dass der eine den anderen verstand. Richtig verstanden zu werden, nicht nur so dahergesagt, hatten beide bisher noch nie erlebt. Und jetzt saßen beide hier etwas abseits im Park mit einem Ausblick auf ihre Stadt, die heute so friedlich vor ihnen lag, auf einer Bank und erzählten sich gegenseitig ihre Lebensgeschichte. Sabine lag dabei mit dem Rücken auf der Bank und hatte den Kopf auf Bens Beine gelegt und schaute ihn verliebt an. Ben schaute, während er ihr erzählte, oft gedankenverloren mit Blick in die Ferne, so als müsse er in seinen Inneren erst suchen, was er eigentlich erzählen wollte, um dann, nachdem er es gefunden zu haben schien, immer wieder in Sabines Augen zu sehen, die ihn liebevoll anstrahlten und Mitgefühl und Verständnis ausdrückten. Dabei lag sein rechter Arm auf ihrem Bauch und hielt ihre Hand fest, während die linke Hand von ihm schon seit Längerem immer wieder zärtlich durch ihre Haare fuhr und sie dabei zärtlich streichelte. All das passierte, ohne dass er darüber nachdachte, einem tiefen inneren Gefühl folgend. Auch Sabine streichelte unentwegt seinen Arm, die Hand oder einzelne Finger. Auch nahm sie immer wieder seine Hand und führte sie zu ihrem Mund, um sie zu küssen. Das war dann meist das Signal, sich aufzurichten, den Arm um den Nacken von Benjamin zu legen und sich wieder zärtlich zu küssen. Auch diese Küsse sollten jedes Mal dem anderen zeigen, dass man den anderen verstand und vor allem sehr, sehr liebte. Beide hatten den anderen nicht eine Sekunde losgelassen. Ständig hatten sie irgendwie Körperkontakt, so als bräuchten sie die Energiequelle des anderen, um zu leben. Ben und Sabine hatten sich während ihres langen Gespräches immer wieder gegenseitig bestätigt, dass sie sich erst jetzt komplett fühlten. Erst durch den anderen war eine große innere Lücke, eine tiefe vergrabene Leere geschlossen worden. Und sie spürten, dass sie fast das Gleiche dachten und fühlten. Ihre Träume von Liebe und Glück passten wie Topf und Deckel. So vieles war ihnen vertraut, wenn der andere es schilderte. Sie waren wie ein Herz und eine Seele geworden, und das nach nur so kurzer Zeit. Sie erlebten Liebe pur. Eine tiefe Liebe, die wie ein Glockenschlag ihr Innerstes vibrieren ließ. Ben ist überaus glücklich und saugt

Sabines Antlitz mit seinen Augen auf. Er will es sich in seinem
Gedächtnis einbrennen und niemals wieder vergessen; das
Gleiche gilt für ihre Wärme, ihren Duft, den Geschmack ihrer
Lippen und die Weichheit ihres Körpers, als plötzlich ein schril-
les Läuten in sein Gehirn dringt. Benjamin versucht mit aller
Macht, diese Störung zu verdrängen, aber es gelingt ihm nicht,
sosehr er sich auch anstrengt. Als er seine Augen aufschlägt,
liegt er in seinem Bett, und der Wecker neben ihm wackelt beim
schrillen Aneinanderschlagen des Klöppels.

Benni schreckte hoch. Was, schon so spät? Wie hatte dies nur
passieren können? Eben hatte er doch noch eine halbe Stunde
Zeit gehabt. Er musste wohl doch noch einmal eingeschlafen
sein. Er brauchte einige Sekunden, um sich in der Realität wieder zurechtzufinden. Hatte er alles nur geträumt? Er versuchte,
sich zu erinnern. Ja und nein, gab er sich selbst die Antwort auf
seine Frage. Ben erinnerte sich jetzt wieder genau an gestern.
Das alles hatte er tatsächlich erlebt. Noch jetzt konnte er die
Hände spüren, die ihn liebvoll gestreichelt hatten, und konnte
die sanften Küsse von Sabine schmecken. Und doch hatte er in
seinem Schlaf wohl all das Aufregende noch einmal verarbeitet
und geträumt.
Jetzt aber los, dachte er sich. Schnell warf er die Bettdecke zur
rechten Seite des Bettes und schwenkte seine Beine über den
Bettrand, um aufzustehen. Barfüßig ging er über den Teppich zu
seinem Fenster und zog den Rollladen hoch, eigentlich um zu
sehen, welches Wetter heute morgen war, wobei er sich eingestehen musste, dass dies nur eine theoretische Frage sein konnte,
weil er sich erst um 00:40 Uhr, also vor knapp sechs Stunden,
von Sabine getrennt hatte und schlafen gegangen war. Wieder
hatten sie sich die ganze Zeit über geküsst und geredet. Ben fand
es unheimlich angenehm, dass auch Sabine ihre Liebe langsam
wachsen lassen wollte. Für beide war das Gefühl echter, tiefer
Liebe etwas so Neues, dass sie noch nicht daran dachten, den

nächsten Schritt zu gehen. Das hatte für beide noch Zeit. Ihre Liebe war auch so mehr als ausgefüllt. Sein Herz klopfte, wenn er nur an Sabine dachte.

Während er sonst ein rechter Morgenmuffel war, störte es ihn heute Morgen überhaupt nicht, so früh aufstehen zu müssen. Noch nicht einmal die wenigen Stunden Schlaf, die er nur hatte genießen dürfen, schienen seiner guten Stimmung abträglich zu sein. Nein, mit einem Mal war alles viel besser, klarer in seinem Leben. Die Freude, zur Schule zu gehen, war bei ihm noch nie stark ausgeprägt gewesen, aber heute hielt ihn nichts mehr zu Hause. Heute freute er sich sogar auf die Schule, denn dann konnte er Sabine wieder treffen. „Oh Mist, jetzt vertrödele ich schon wieder meine Zeit, anstatt mich fertig zu machen." Ben ging zur Tür und öffnete sie leise, um die anderen in der Familie nicht zu stören, musste aber feststellen, dass scheinbar alle bereits wach waren. In diesem Moment kam sein älterer Bruder Peter aus dem Bad mit einem Handtuch um den Kopf gewickelt, da er wohl gerade unter der Dusche war. „Na, Benni", nuschelte er, „was war denn eigentlich am Samstag los? Du warst ja mal wieder der Erste, der verschwunden war. Na ja, ich fand es diesmal auch nicht so super." „Oh ... doch, ich fand es klasse, und ...", wollte Ben gerade erklären, aber Peter war schon in seinem Zimmer verschwunden, und die Tür fiel gerade ins Schloss. „Wenn er bloß nicht so oberflächlich wäre", dachte er sich. Er hat mich etwas gefragt, aber es hat ihn eigentlich nicht wirklich interessiert, was ich denke und fühle. Es hätte Benni gutgetan, einmal über all seine Erlebnisse zu reden, mit jemandem, der ihn verstand, er musste aber feststellen, dass Peter diesem Ideal nicht entsprach. Eigentlich hatte Ben niemandem in seiner Familie je mitteilen oder mit jemandem von ihnen besprechen können, was ihn wirklich beschäftigte. Niemand hatte die Zeit oder den Hang, Ben zuzuhören, da Ben bislang auch selbst nicht zu äußern vermochte, was ihm eigentlich wichtig war, was er wirklich dachte und sich wünschte. Und da er sich nicht in dieser Art offenbaren konnte, sonderte er sich halt auch innerhalb seiner eigenen Familie ab.

Ben ging zu Peters Tür, öffnete sie und spähte hinein. Peter war gerade dabei, sich anzuziehen, und schaute Ben fragend an. „Ja, was gibt's?" „Kannst du mich heute mit dem Auto mitnehmen, ich wollte heute etwas früher da sein." „Klar, aber beeil dich." Ben machte die Tür wieder zu und ging ins Bad, schloss die Tür ab und betrachtete sich im Spiegel. Noch immer konnte er es nicht fassen, dass Sabine ihn liebte. Auch an diesem Morgen fragte er sich, ob er nicht nur geträumt hatte, dass sie ihn geküsst hatte. Und es waren nicht nur irgendwelche Küsse gewesen. Nein, diese Küsse waren echt, irgendwie anders, ehrlicher, intensiver, voller Gefühl und Liebe. Ja, diese Küsse konnte er jetzt noch spüren. Der weiche, sanfte Druck ihrer Lippen, ihr Körper, der sich an ihn schmiegte, und ihre Hände, die auf seinem Gesicht regelrecht brannten. Bei dem bloßen Gedanken daran wurde Bens gesamter Körper von einem heißen Schwall durchflutet, in seinem Magen tanzten tausend Schmetterlinge, und sein Herz raste wie wild – ein Gefühlserlebnis, welches Ben noch nie zuvor in seinem Leben so intensiv erlebt hatte – umso mehr genoss er dieses Gefühl jetzt. Seine morgendliche Routine erfolgte heute Morgen wie in Trance.

Es war warm und weich unter der Bettdecke. Die Sonne blinzelte durchs Fenster und tanzte durch den seitlich am Fenster hängenden gelben Vorhang, mal in hellen weißen, mal in gelblichen Farbtönen über ihr müdes Gesicht. Sonst eigentlich immer ein Grund, den Morgen und das Aufstehen zu hassen und sich komplett unter der Bettdecke zu verkriechen, erschien es Sabine heute überhaupt nichts auszumachen, dass die Sonne sie geweckt hatte. Ganz im Gegenteil, war sie heute sogar erfreut darüber und fühlte sich wie neugeboren. Ganz neue Gefühle in ihr erlaubten es ihr zu dieser frühen Stunde überhaupt nicht mehr weiterzuschlafen. Allein der Gedanke an den vergangenen Tag, wühlte sie so sehr auf, dass sie nicht mehr still im Bett liegen bleiben mochte. Sie warf die Bettdecke zurück und stieg aus dem Bett, um einen Blick aus dem Fenster zu werfen. Sie blickte hinaus und hatte das Gefühl, das, was sich vor ihren Augen auftat, vorher noch nie gesehen zu haben. Irgendwie sah der Ausblick aus ihrem Fenster anders aus. Nein, eigentlich sah die ganze Welt verändert aus. Während sie sich früher über die kreischenden Vögel nur aufregen konnte, klang ihr munteres Zwitschern heute Morgen wie Musik in ihren Ohren. Sie musste sogar lächeln, als sie zwei Vögel miteinander fangen spielen sah. In abenteuerlichen Flugkommandos jagten sie einander durch den ganzen Garten und schlugen wild mit den Flügeln, sobald sie einander erwischt hatten, um im nächsten Augenblick das Spiel gleich wieder zu wiederholen. Die Farben des Gartens, der der neue Freund ihrer Mutter zu sein schien, da sie ihn in vielen Stunden nach Feierabend und Wochenenden mühsam angelegt hatte, wirkten am heutigen Morgen wie ein zuvor nie gesehenes oder einfach nicht erkanntes prächtiges Farbenmeer auf sie. Sie hatte auf einmal eine Ahnung davon, warum ihre Mutter so viele Stunden mühsame Arbeit in den Garten investiert hatte. Sie hatte ihre Mutter einmal danach gefragt, und sie hatte es ihr dann versucht zu erklären, aber sie hatte es nicht verstanden. Heute Morgen hatte sie das Gefühl, als hätte ihre Mutter ihr damals erklärt, wie das Bild eines Puzzle aussah, Sabine hatte jedoch nur die einzelnen verstreut liegenden Puzzleteile gesehen und sich das gesamte Bild deshalb nicht vorstellen können. Heute Morgen aber waren alle Teile dieses Puzzle wie von Geisterhand zusammengefügt worden, und sie musste sich nicht einmal bemühen, etwas zu erkennen, heute Morgen sah sie das Bild als Ganzes, und sie verstand und liebte es. Zu diesem Bild kam der wunderschöne Himmel dazu, der sonst oft grau und trübe oder sogar verregnet war, an diesem Morgen dagegen erstrahlte er in einem türkisfarbenen Blau. Dazu wehte ein leichter Wind, der die Blätter in der Mitte des Gartens befindlichen Kirschbaumes leicht hin und her wiegten. Auch das Plätschern des kleinen Teiches, für den sie sonst nur Verachtung übrig hatte, weil er nach ihrer Meinung nur Insekten in großen Scharen anlockte, erfüllte sie heute mit einer inneren Ruhe. Früher, sie musste bei diesem Gedanken daran selbst lachen, denn früher war noch nicht mal ein Woche her, früher hätte sie das alles als kitschig und uncool betrachtet, während sie jetzt von all diesen Eindrücken verzaubert wurde. Was war bloß mit ihr geschehen? Was hatte der sonst so schüchterne und abweisende Junge, der bei ihr und vielen anderen immer als ein komischer Typ angesehen wurde, bloß mit ihr angestellt? Allein der Gedanke an ihn ließ bereits ihr Herz wieder höher schlagen. Sabine stellte sich jedoch die Frage nicht wirklich, sondern eher scherzhaft, denn sie wusste genau, warum die Welt für sie in neuem Glanz erstrahlte. Sie war verliebt. Aber es war diesmal anders als bisher, es war keine Liebelei mit Händchen halten und ein bisschen Rumknutschen. Nein, Benni hatte es geschafft, ihre Seele ganz tief in ihrem Inneren anzurühren, und zwar in einer Art und Weise, wie sie es sich selbst nie vorgestellt hatte. Sie konnte seine Unsicherheit spüren, als sie sich im näherte. Schon allein ihre Finger auf seinen Lippen hatten diese vibrieren lassen. Dies hatte Sabine wie ein Schlag getroffen. Sie hatte es zuvor nie für möglich gehalten, dass man einander so sehr lieben konnte, musste aber im Bruchteil einer Sekunde erkennen, welche Gefühle bei Benni für sie verborgen lagen. Damit hatte sie nicht gerechnet.

Er hatte unglaublich großes Verständnis für die Angst gezeigt, die sie am Freitagabend vor ihrem Freund und seinen Kumpanen empfunden hatte. Er hatte genau gespürt, was sie in diesem Moment bewegte, ohne dass sie auch nur ein Wort zu sagen brauchte. Sie waren zwar beide schwach, aber in ihrer Gemeinsamkeit Verbündete, und dadurch waren sie stark. Und Benni war für sie das hohe Risiko eingegangen, sie vor ihrem „Freund" zu beschützen. Es war deshalb ein hohes Risiko gewesen, weil es nur in Hollywoodfilmen ein Happy End gab, in ihrem Fall aber zu Recht die Befürchtung bestand, dass beide ohne körperliche und seelische Schmerzen hier nicht mehr aus ihrer Lage herauskommen würden. Aber er war dieses Risiko bewusst wegen ihr eingegangen. Oder als er ihr beim Sturz, als sie beim Joggen zusammengeprallt waren, geholfen hatte, war er so sehr bemüht gewesen, seine Gefühle zu verstecken, dass sie seine schüchterne Art nicht albern und doof, sondern ganz im Gegenteil jetzt umso süßer fand. Sie hatte darum gekämpft, sie war es gewesen, die die Nähe zu ihm gesucht hatte. Sie schmunzelte, als sie darüber nachdachte, wie es gewesen war. Benni hatte wieder einmal nicht gewusst, wie er sich nun in dieser für ihn wohl ungewohnten Situation verhalten sollte. Sie hatte bemerkt, dass Benni keinen Fehler machen wollte, um sie nicht abzuschrecken oder zu ängstigen. Deshalb hatte sie wie selbstverständlich den Arm von ihm genommen und ihn um sich gelegt. Dabei konnte sie in ihrem Rücken sein Herz spüren, wie es kräftig in seiner Brust schlug. Sabine lächelte vor sich hin. Mannomann, war sie kindisch! Als ob sie noch nie in den Armen eines Jungen gelegen und dessen Herz schlagen gespürt hätte! Aber, sagte sie sich sogleich und war mit ihren Gedanken schon wieder bei der letzten Nacht, diesmal hatte das Schlagen seines Herzens eine ungewohnte Vertrautheit bewirkt. Auch die Augen von Benni waren an diesem Abend nicht kalt und abweisend gewesen, wie sie es sonst von ihm kannte, sondern hatten sorgenvoll und mit Liebe auf sie herabgeblickt. Diese Augen hatten ihr so vieles gesagt, was sie bisher nicht preisgegeben hatten oder was sie einfach übersehen hatte.

Seit diesem gemeinsamen Erlebnis und der darauf folgenden Tage aber sah sie es. Die Berührung seines Armes war leicht wie eine Feder, und doch gab diese Umarmung Kraft und Sicherheit. Irgendwie hatte diese Umarmung und die daraus entstandene Verbundenheit dazu geführt, dass sie zum ersten Mal von ihrem Leben mit all seinen Enttäuschungen, Wünschen und Problemen zu erzählen begann. „Du hast es gut", begann sie zuerst sehr zögerlich, „du kannst mit jemandem reden, der dich versteht." Sie wusste es nicht genau, aber sie ging davon aus, da Benni einen älteren Bruder hatte, dass er mit ihm auch über vieles, was man nicht mit den Eltern besprach, sprechen konnte. „Ich war immer allein. Ich habe nicht wie du einen Bruder oder vielleicht noch besser eine Schwester. Ich hatte immer nur meine Eltern, aber die haben nichts Besseres zu tun, als sich scheiden zu lassen.

Weißt du, ich habe sie beide oft schreien und streiten gehört, dass ich es teilweise sogar noch heute in meinen Träumen höre." Ben hatte ihr zugehört und wusste, dass er jetzt nicht mit klugen Ratschlägen kommen brauchte. Erstens würde das sowieso nichts bringen, außer dass Sabine dicht machen würde, und das wollte er auf keinen Fall, denn er freute sich, dass sie Vertrauen zu ihm hatte, und als Zweites wusste er auch gar keinen vernünftigen Rat. So hatte er ihr einfach weiter zugehört, und Sabine war sehr froh darüber gewesen, dass Ben dies tat und im Moment eben keine Fragen stellte. Das hatte ihr das Erzählen wesentlich leichter gemacht.

„Nachdem meine Eltern erst einmal tagelang gestritten hatten, schwiegen sie sich dann mehrere Tage hintereinander an", fuhr Sabine fort, und Tränen glitzerten in ihren Augen. „Das war meist noch schlimmer, denn das traf auch mich. Oft habe ich mir die Schuld gegeben, weil ich wusste, dass beide, bevor ich auf die Welt kam, niemals so gestritten hatten. Am Anfang stritten meine Eltern ihre Differenzen noch vehement ab, wenn ich sie fragte, warum sie sich ständig streiten müssten, aber zum Schluss taten sie es dann immer seltener. Nach solchen Auseinandersetzungen kam es auch immer öfter vor, dass ich meinen Vater danach tagelang nicht mehr sah. Dann, zweiundvierzig Tage nach meinem elften Geburtstag, sagte mir meine Mutter, als ich aus der Schule kam, dass mein Vater ausgezogen sei. Ich verstand am Anfang überhaupt nichts und verzog mich in mein Zimmer, aber als er am Abend nicht nach Hause kam, habe ich meine Mutter angeschrien, dass sie mich auch hassen würde und ich sie hassen würde und überhaupt keinen mehr von beiden sehen wollte." Sabine waren die Tränen zum zweiten Mal an diesem Abend die Wangen herabgelaufen. Benni hatte gespürt, wie sie stockte und ihr das Weitersprechen schwerfiel, und hatte sie fest im Arm gehalten, um ihr zu zeigen, dass er für sie da war.
Sabine hatte jetzt hemmungslos geweint. Vieles, was jahrelang in ihr aufgestaut und tief in ihr vergraben gewesen war, brach nun aus ihr heraus.

Es hatte bisher auch nie sonst jemand aus der Clique etwas von sich erzählt, denn dies war ein ungeschriebenes Gesetz, es war ein Tabu, also hatte sie es auch nicht getan. Man galt als Weichei oder als Jammerlappen, wenn man über seine Probleme sprach. Einzige Ausnahme waren nur richtig hammerharte Dinge, mit denen man prahlen konnte, wie zum Beispiel Diebstahl oder brutale Schlägereien, die dann den anderen als „coole Sache" dargestellt wurden. Meist waren sie überzogen oder heruntergespielt, je nach Sachlage. Man war halt wer, wenn man so eine echt coole Story zu erzählen hatte. Dabei störte der Wahrheitsgehalt doch eh nur. Eigentlich hätte jeder das erkennen können, wenn nicht sogar müssen, aber da sonst sowieso nicht viel Aufregendes passierte, waren diese Geschichten eine willkommene Abwechslung. Wie es der betroffenen Person dabei ging, was sie fühlte oder wie sie es tatsächlich verkraftete, interessierte niemanden, Probleme hatte man schließlich selbst genug, was man aber wiederum den anderen einzugestehen nicht bereit war. Sabine war überzeugt davon, dass keiner die Courage besaß, dieser Tatsache ins Auge zu sehen. Somit war das, was man von sich preisgab, keine Lüge, sondern das, was man selbst glauben wollte.
Erst Minuten später, in denen Ben einfach nur für sie da gewesen war, ihr zugehört hatte, ohne Fragen zu stellen, und sie einfach in seinem Arm festgehalten und ihr zu verstehen gegeben hatte, dass er sie wirklich verstand und für sie da war, hatte sie es wieder fertiggebracht weiterzusprechen.
„Das Verhältnis zwischen meiner Mutter und mir, was noch nie sehr ausgeprägt war, verschlechterte sich immer mehr. Meine Mutter musste, als ich zwölf Jahre alt war, wieder ganztags arbeiten gehen, da das Geld zu Hause nicht mehr ausreichte. Meinen Vater sah ich nur an bestimmten Wochenenden. Die Distanz zu meiner Mutter wurde auch immer größer. Sie war oft müde und gereizt und hat mich einfach blöd angemacht, da bin ich dann auch auf Konfrontation gegangen. Eigentlich habe ich mich einfach oft auf mich allein gestellt und enttäuscht gefühlt. Aber das hat meine Mutter nie verstanden. Das dachte ich zumindest zu diesem Zeitpunkt."

Sabine hatte immer noch in Gedanken versunken vor dem offenen Fenster gestanden. Tränen waren ihr über das Gesicht gelaufen. All diese Dinge, die ihr Herz so lange verstockt hatten, konnte sie nun Benni erzählen. Dabei hatte er ihr nicht nur einfach zugehört, sondern er schien auch zu spüren, wann sie Halt benötigte oder Ermutigung, um weitersprechen zu können. Er war einfach da gewesen und hatte sie gestreichelt oder zärtlich geküsst. Dabei hatten beide die Tränen des jeweils anderen geschmeckt, denn auch Ben hatte mit ihr geweint.
„Ach, Benni, ich liebe dich so sehr, dass es wehtut, wenn du nicht bei mir bist. Ach, wie sehr ich dich vermisse!", hatte sie zu sich selbst in Gedanken gesagt, sich vom Fenster losgerissen und war trotz all ihrer Sehnsucht, verliebt und wohlgelaunt, im Bad verschwunden.

Erst als das plötzlich recht kalte Wasser der Dusche auf seinen Körper prasselte, nahm Ben seine Umgebung wieder wahr. Er stellte das Wasser ab, stieg aus der Duschkabine in der Ecke und griff nach einem Handtuch, um sich abzutrocknen. In seinem Zimmer angekommen, musste Ben leider erneut feststellen, dass er in seiner Zeit weiter zurückgefallen war. Das Frühstück würde heute wieder einmal ausfallen müssen, wenn er auch nur eine geringe Chance haben wollte, heute einmal pünktlich zum Unterricht zu erscheinen. Ben zog seine gute hellblaue Jeans an, suchte sich, passend dazu, das dunkelblaue Hemd aus, wobei der oberste Knopf immer offen blieb, und zum Schluss die neuen schwarzen Schuhe. Ein letzter Blick in den Spiegel entlockte ihm ein kleines Lächeln. Heute gefiel er sich selbst recht gut. Im Vorbeigehen griff er nach der schwarzen Lederjacke über dem Stuhl und schlüpfte, während er gleichzeitig die Treppe zur Diele hinunterging, in diese hinein.
„Na endlich, du bist schon viel zu spät dran! Ich hab mindestens schon dreimal nach dir gerufen, aber du siehst ja noch nicht mal die Notwendigkeit, mir zu antworten", schimpfte seine Mutter

lautstark. „Ach, es ist doch immer dasselbe! Nimm dir doch mal ein Beispiel an Peter. Der hilft mir, wenn er kann, er unterstützt mich, und du?" „Guten Morgen, Mam, ist Peter in der Küche?", fragte Ben sie, bewusst das Thema wechselnd. „Nein, Peter ist schon lange weg, und zwar mit einem Frühstück im Bauch, was dir auch nicht schaden würde." „Nein danke, Mam, ich bin wirklich schon spät dran – tschüss." Er ging zur Tür und hatte die Klinke schon in der Hand, als er erneut die Stimme seiner Mutter vernahm. „Was ist mit deiner Schultasche, mein Sohn? Brauchst du sie heute etwa nicht?" „Oh, meine Tasche – entschuldige, Mam." Während Ben wieder die Treppe hoch zu seinem Zimmer sprintete, hörte er nur, wie seine Mutter mit den Worten „Wo hast du nur deinen Kopf?" in der Küche verschwand. Ben griff nach der braunen Tasche, warf einen Blick hinein und musste feststellen, dass nichts von dem, was er brauchte, sich in der Tasche befand. Das hatte er eigentlich gestern noch tun wollen, aber außer an Sabine zu denken, war ihm zurzeit nichts anderes möglich. Wo er sich auch aufhielt, was er auch tat, sah er nur sie. Mühsam versuchte er sich zu konzentrieren und die Bücher und Hefte, die er benötigte, zusammenzusuchen. Das gelang ihm jedoch nicht vollständig. Zwei wichtige Hefte konnte er heute Morgen überhaupt nicht finden. Nach zehn Minuten vergeblichen Suchens und mehrmaligem lauten Rufen seiner Mutter, dass er endlich losfahren müsse, stellte er seine Suche ein und nahm die Tasche mit dem, was nun drin war, mit nach unten. Als er erneut bei der Küchentür vorbeikam, fiel sein Blick auf die Küchenuhr. Es war bereits fünf Minuten vor halb acht, und somit war er über eine halbe Stunde zu spät in seiner heutigen Zeitplanung. Dabei hatte er doch gerade heute superpünktlich in der Schule sein wollen, um früher bei Sabine zu sein. Sieben Uhr dreißig hatten sie miteinander vereinbart, und Ben war sich so sicher gewesen, dass er mit Sicherheit nicht verschlafen würde. Dafür ging ihm viel zu sehr Sabine durch den Kopf, und jedes Mal, wenn sie sich miteinander verabredet hatten, war er immer schon vorher derart aufgeregt gewesen, dass er meist schon viel früher aufgewacht und dadurch auch immer viel früher zu ihren Rendezvous eingetroffen war. Aber an diesem Morgen würde er es nicht einmal mehr schaffen, pünktlich zu sein.

Er rannte zur Tür und hinaus auf den Bürgersteig. Dabei fiel die Tür wieder einmal heftiger zu, als er dies eigentlich beabsichtigt hatte. „Ja, schmeiß die Tür nur zu, weil dir wieder mal irgendetwas nicht passt", hörte er noch seine Mutter schimpfen. Dabei hatte es Ben doch nur eilig gehabt, und da war die Tür eben lauter ins Schloss gefallen. Dies zu erklären, hatte er schon mehrmals bei anderen Gelegenheiten versucht, allerdings ohne Erfolg, da man ihm schon am Anfang seiner Erklärungen mehrfach das Wort abgeschnitten hatte, und das, was er erzählte, einfach auch nicht glaubte. Ben schloss die Garagentür auf, nahm sein blaues Treckingrad heraus, schloss die Türe diesmal sehr langsam und vorsichtig und damit auch leise zu, weil er seine Mutter nicht noch mehr reizen wollte. Die Schule lag zwei Ortschaften weiter entfernt, und wenn er mit normaler Geschwindigkeit fuhr, benötigte er für die Strecke zur Schule gewöhnlich dreißig bis fünfunddreißig Minuten, je nach Straßenverkehr. Ein Blick auf seine Uhr zeigte, dass es mittlerweile 07:25 Uhr und somit nur noch fünfunddreißig Minuten bis zum Schulbeginn war. Er musste es einfach schaffen, er wollte sich doch heute besonders cool zeigen, damit Sabine stolz auf ihn sein konnte. Wenn er jetzt auch noch zu spät zum Schulbeginn kam, würde er wie ein Trottel aussehen. Warum hatte Peter auch nicht warten können? Aber er war ja selbst schuld. Er hätte wissen müssen, dass es für Peter nur „Peter" gab.

Ben fuhr die Brahmsstraße hinunter Richtung Ortausgang, bei der vierten Seitenstraße fuhr er rechts in die Schillerstraße. Diesen Weg kannte er durch die täglichen Fahrten zur Schule auswendig. Normalerweise würde er jetzt an der Ampel die Hauptstraße überqueren und auf der Grünallee weiterfahren und dann die speziell für Fahrradfahrer und Fußgänger angelegten Wege abseits der Straße befahren, die jedoch erheblich länger zu fahren waren, dafür aber keinen Straßenverkehr hatten. Zudem war die Hauptstraße für Fahrradfahrer echt gefährlich, da diese Straße durch die Nutzung vieler Lkws stark befahren war, besonders morgens beim Berufsverkehr. Trotzdem entschied Ben sich, da er keine Zeit mehr hatte, der Hauptstraße zu folgen und auf der Landstraße in den nächsten Ort zu fahren, da ihm der direkte Weg gut zehn Minuten Zeitersparnis einbringen würde. Auch dort würde er wieder auf der Verkehrsstraße fahren, da er sich jetzt weitab von der üblichen Route befand. Erst kurz vor der Schule würde er wieder am Rathausplatz auf die Schulstraße einbiegen.

Sabine saß auf dem mit PVC ausgelegten Fußbodenflur der Peter-Tröger-Schule, mit dem Rücken zur Wand ihres Klassenraumes. Sie hatte die Augen geschlossen, da durch die gegenüberliegende Fensterfront die eindringenden Sonnenstrahlen direkt in ihr Gesicht strahlten. Den Geräuschpegel um sie herum – verursacht durch die unzähligen Schüler, die sich am heutigen Morgen miteinander unterhielten oder mit den unterschiedlichsten Musikgeräten in zum Teil gehörschädigender Lautstärke an ihr vorbeikamen oder sich in ihrem Umfeld aufhielten – nahm sie gar nicht wahr. Neben ihr auf dem Boden sitzend, laberte ihre beste Freundin Petra ihr schon seit einigen Minuten die Ohren voll, von der absoluten megageilen coolen Party vom Wochenende. Sabine, die ja selbst an dieser Party teilgenommen hatte, fand dies in keiner Weise realistisch dargestellt, musste sich aber auch eingestehen, dass sie, nachdem Petra mit diesem Thema begonnen hatte, überhaupt nicht mehr richtig zugehört hatte. Gelegentlich brachte sie ein gequältes „Ähmm" zustande, ohne zu wissen, ob es überhaupt angebracht war oder nicht. Gleichzeitig wusste sie aber auch, dass es Petra bisher gar nicht aufgefallen war oder gestört hatte, da sie es gewohnt war, wie ein Wasserfall zu reden, ohne groß auf ihr Gegenüber zu achten oder Zwischenbemerkungen abzuwarten. „Es wäre echt interessant, wenn du und Peter Stein ein Liebespaar wärt", dachte Sabine bei sich. „Was sagst du da? He Sabine, wie meinst du das denn?", fragte Petra. Sabine lief rot an. „Scheiße", dachte sie sich, als sie bemerkte, dass sie offensichtlich ihren Gedanken laut ausgesprochen hatte. Sie war in ihren Gedanken schon wieder bei Benni gewesen. Und da kam ihr in den Sinn, wie oberflächlich Peter aus Bennis Schilderungen war. So hatte Benni erst gestern Abend, als sie in seinen Armen lag, erzählt, dass sein Bruder Peter auch ständig am Erzählen war, aber dass alles, was er von sich gab, sich immer wieder nur um ihn selbst drehte. Nie war es Benni gelungen, mit Peter über ernsthafte Themen zu sprechen, wenn es nicht um das Thema „Peter" ging. Sabine erinnerte sich daran und fand nun, dass Petra genau das gleiche Verhalten an den Tag legte. Sie sah Petra plötzlich mit ganz anderen Augen. Genau genommen hatte auch sie nie einen wirklichen Freund oder eine Freundin gefunden, dem oder der man vertrauliche Dinge sagen konnte. Komisch, dachte sie sich, dass Benni an nur einem Tag geschafft hat, was Petra in fast acht Jahren ihrer Freundschaft nicht erreicht hat. Und vor diesem Hintergrund stellte sie sich gerade vor, wie Petra und Peter zusammensitzen würden und jeder viel zu erzählen hatte, und immer nur von sich. Sie würden stundenlang gleichzeitig reden können, ohne zu streiten, da keiner zuhörte, was der andere sagte. Sie musste innerlich lächeln, und dabei musste sie wohl ihre Gedanken in ihrer Unaufmerksamkeit preisgegeben haben.

„Sabine, los, sag schon, wie du das gemeint hast! Hat er dir irgendetwas angedeutet? Natürlich, das muss er getan haben. Hat sich in mich verknallt und weiß nicht, wie er es sagen soll, also sagt er es dir. Ach, ist das süß! Peter Stein, Peter Stein … das ist doch Bens Bruder, oder? Eigentlich doch ein toller Typ, oder meinst du nicht? Soweit ich mich erinnere, hat er breite Schultern, was ich persönlich toll finde, denn da kann man sich anlehnen. Für mich muss ein Mann einen muskulösen Körper haben. Eine Figur, die man herzeigen kann. Schließlich bin ich auch wer und möchte schon mit meinem Freund angeben können. Er könnte vielleicht etwas größer sein, aber ich glaube schon, dass er zu mir passen würde. Das trifft sich doch super, ich wollte sowieso mit Martin Schluss machen. Irgendwie passen wir nicht zusammen, weißt du, er ist so still, und ich weiß gar nicht, was er denkt." Sabine konnte sich ein leichtes Lächeln nicht verkneifen. Sie öffnete die

Augen und schaute zur Treppe. Benni musste gleich kommen, und darauf freute sie sich.

„Komm schon, Bine, sag doch, hat er dich vorgeschickt? Nein, lass mich raten. Du spürst, dass wir zusammenpassen. Du hast das mit Martin auch vorhergesagt, dass wir nicht lange zusammen sein werden. Du bist eine klasse Freundin, weil du mich verstehst und überhaupt nicht neidisch bist, dass sich die tollen Männer immer für mich und nicht für dich interessieren. Nur bei Gino, dem wahnsinnig tollen Typ, bist du mir zuvorgekommen. Na egal. Trotzdem bleibe ich dabei. Du bist eine wahre Freundin. Und den Peter hole ich mir schon. Peter Stein …“ Sabine musste nun richtig lachen, aber das fiel Petra überhaupt nicht auf, sondern sie interpretierte ihr Lachen wahrscheinlich dahingehend, dass Sabine sich mir ihr freuen würde, aber in Wirklichkeit lachte Sabine, weil ihr bewusst wurde, dass, wenn Benni gleich vor ihr stehen würde, sie aufstehen und ihn vor aller Augen küssen würde. Und *das* würde Petra mit Sicherheit sofort und für längere Zeit zum Verstummen bringen!

Bens Haare flogen im Fahrtwind. Sein Tacho am Fahrrad zeigte stolze 33 Stundenkilometer, jedoch trat er dafür auch mächtig in die Pedale. Logische Konsequenz dieses anhaltenden hohen Tempos war, dass er nun auch schnell aus der Puste kam und schon fast am Ende seine Kräfte war, dafür hatte er aber auch schon einen großen Teil der Strecke hinter sich. Kaum ein paar Minuten später war er dann aber doch völlig außer Atem, jedoch mit dem Hochgefühl, es noch packen zu können, oder wenigstens rechtzeitig zum Unterrichtsbeginn da zu sein. Mit einem flüchtigen Blick auf seine Uhr und den Geschwindigkeitsanzeiger am Fahrrad gab er sich selbst noch mal eine „Motivationsspritze“, um nicht aufzugeben. Den Zeitpunkt, den er am gestrigen Abend mit Sabine vereinbart hatte, hatte er ja schon nach fünf Minuten überschritten, nachdem er von zu Hause losgefahren war, aber mit der motivierenden Aussicht, Sabine endlich wieder nahe sein zu können, fuhr er nun mit den allerletzten Kraftreserven auf die leichte, aber doch spürbare Steigung zu. Er hatte es immer sehr gemocht, hier zu wohnen, da der Blick ins „Tal" mit all den Lichtern oft gigantisch schön war. Er saß oft hier am Hang und grübelte einsam über sich und die Welt nach. Der Höhenunterschied von zweihundertvier Metern bei einer Distanz von fünfeinhalb Kilometern zwischen den beiden Orten war für normale Radfahrer, die diese Strecke nicht mit einem Sportrad, sondern mit einem Standardfahrrad bewältigen mussten, immer wieder eine große Herausforderung. Die meisten, darunter auch junge Radfahrer, stiegen an Teilen dieser Strecke schon früh vom Rad ab und schoben es lieber die Steigung hinauf. Deshalb wurde der sogenannte „Schlängelweg" von der Kreisverwaltung in Serpentinen durch die Felder angelegt, um alle Radfahrer möglichst aus dem Verkehr herauszuhalten und trotzdem jedem zu ermöglichen, die Orte doch auch mit dem Fahrrad befahren zu können. Durch diese Maßnahme wurde der Verkehr auf dieser Strecke zwar nicht ruhiger, aber die Anzahl an Unfällen wurde deutlich reduziert.

Nun zog sich die Steigung aber doch ganz schön hin, besonders wenn man wie Ben schon einige Meter hinter sich hatte. Schon lange vor dem Erreichen des höchsten Punktes war Bens „Akku" bereits im tiefroten Bereich. Seine Beine waren völlig übersäuert, und die Schweißperlen glänzten auf seinem Gesicht. Aber es würde danach keinen weiteren Anstieg mehr geben und schon bald die Landstraße zum letzten Ort vor ihm auftauchen. Das Gefälle würde es Ben erlauben, eine kleine Verschnaufpause einzulegen und dabei gleichzeitig weiter an Geschwindigkeit zuzulegen, während er überdies – willkommener Nebeneffekt – die Gelegenheit hätte, auch wieder zu Kräften zu kommen. Mit einem erneuten gehetzten Blick auf seine Armbanduhr fühlte er sich bestätigt. Er lag jetzt eigentlich sehr gut in der Zeit, wenn man mal davon absah, dass er ohnehin schon zu spät dran war. Aber er freute sich riesig, Sabine gleich wiedersehen zu können. Dabei konnte er sich ein Dasein ohne Sabine überhaupt nicht mehr vorstellen. Sie waren sich in ihren Gedanken, Wünschen und Sehnsüchten so ähnlich, dass ihnen der Gesprächsstoff nie ausging und sie sich dabei so prächtig verstanden und mit dem anderen mitfühlen konnten. Dabei wussten sie meist schon vorher, was der andere sagen wollte und wie er oder sie fühlte. Dieses gegenseitige Verständnis, diese Vertrautheit, das Gefühl, richtig verstanden zu werden, war für beide einfach umwerfend und faszinierend.

„Sag mal, wie spät ist es eigentlich?“, fragte Sabine ihre Freundin. Sie war unruhig geworden. Eigentlich hatte sie gestern noch mit Benni ausgemacht, dass sie sich heute recht früh treffen wollten. Irgendwie wussten beide, dass, wenn sie den Tag gemeinsam beginnen würden, er dann auch nicht schlimm werden konnte. Sabines Freundin Petra schaute ziemlich gelangweilt auf die Uhr an ihrem Handgelenk. „Zwanzig vor acht“, gab sie weiter und schien es schon wieder vergessen zu haben. Sabine dagegen hatte jedes Wort verstanden, wollte es aber nicht verstehen. „Was – schon zwanzig vor acht, so spät ist es schon?“, antwortete Sabine. Sie war jetzt etwas traurig und enttäuscht. Nicht dass sie in irgendeiner Art und Weise auf Benni sauer gewesen wäre, aber sie hatte sich so sehr auf das Wiedersehen gefreut. Andererseits musste sie nun doch wieder in sich hineinlächeln, hatten sie doch gestern kein Ende finden können. Bennis erster Anlauf zu gehen hatte zwei Stunden gedauert, er hatte sich aber nicht von ihr losreißen können. Immer wieder hatte er sie in den Arm genommen und geküsst. Auch Sabine wollte nicht, dass er ging, jetzt, da sie so verliebt ineinander waren. Und so war die Zeit schnell vergangen, ohne dass beide auch nur eine Sekunde davon bereuten. Als sie sich dann schließlich und notgedrungen doch trennten, war es der Wunsch von beiden gewesen, morgen früh wieder recht früh beisammen zu sein. Ich darf nicht ungerecht sein, dachte sich Sabine, vielleicht hat Benni ja nur verschlafen, denn Schlaf war wohl das, was beiden an diesem Wochenende am meisten fehlte.

„Ja, scheiße, ich hab auch keinen Bock darauf", plapperte
Petra neben ihr. „Ich würde jetzt lieber noch zwei Stunden hier
sitzen bleiben und Musik hören, anstatt blödes Mathe zu machen. Oder noch besser: einfach nach Hause gehen und noch
ein bisschen Schlaf vom Wochenende nachholen. Du hast mir
übrigens immer noch nicht gesagt, was du am Wochenende
Tolles erlebt hast, denn seit ich dich heute Morgen gesehen
habe, hast du ununterbrochen vor dich hingesummt und ein
Strahlen in den Augen, dass man richtig neidisch werden kann.
Habt du und Gino …? Na, du weißt schon …", plapperte Petra
ununterbrochen. Jetzt schaute sie seit langer Zeit wieder mal zu
Sabine rüber. Die saß mittlerweile sehr unruhig und aufgeregt
neben ihr. „Nein, wenn ich ehrlich sein soll, dann siehst du
jetzt eigentlich eher so aus, als ob dir gerade eingefallen ist,
dass du die Mathehausaufgaben nicht gemacht hast", fuhr Petra
unbeirrt fort, ohne Sabines Antwort abzuwarten. Sabine hörte
nur mit einem Ohr hin. Es war bestimmt schon fast viertel vor
acht, und Benni hatte doch schon vor einer viertel Stunde hier
sein wollen. Sie konnte die Sorgen, die sie sich um ihn machte,
nicht einfach so abstellen. Auf der einen Seite war sie voller
Erwartung, ihn gleich kommen zu sehen und in den Arm genommen zu werden, andererseits machte sie sich Sorgen, dass
ihm etwas passiert war.

Der Anstieg am Berg zog sich nun doch länger hin, und es war
erheblich härter, als er zuvor in seiner Euphorie gedacht hatte,
und dabei lief ihm mächtig der Schweiß den Rücken herunter.
Es hatte halt doch seinen Grund, warum fast kein Fahrradfahrer
diese Strecke wählte. Zudem noch bei dem morgendlichen
Berufsverkehr. Auf der Stirn standen ihm riesige Schweißperlen,
die ihm regelmäßig von der Stirn tropften oder ins Auge liefen.
„Scheiße", dachte sich Ben, „dann hätte ich auch nicht duschen
brauchen." Dabei hatte er doch gerade heute besonders fesch
für Sabine sein wollen. Der Verkehr war besonders stark heute

Morgen. Die meisten fuhren diese Strecke auch deshalb nicht, weil man zu dieser Zeit auf der Straße ein mächtiges Hindernis für sämtliche Autofahrer war und man oft richtig zusammengehupt wurde, dass einem der Schrecken in die Glieder fuhr. Auch kam es in Einzelfällen schon mal vor, dass nervöse oder sehr aufgeregte Autofahrer die Radfahrer aus dem Auto heraus beschimpften. Das wollte sich keiner so recht antun, weshalb es eher ein offenes Gesetz als eine Anordnung war, dass hier kein Radfahrer auf der Straße fuhr. Dies bedeutete dann natürlich als Konsequenz, dass man entweder eine andere Strecke wählte, um an sein Ziel zu gelangen, oder eben zu Fuß ging. Deshalb fuhr Ben heute Morgen auch auf dem Bürgersteig, was einem reinen Slalomlauf sehr nahe kam, aber ihm doch angenehmer und ungefährlicher vorkam. Dabei musste er immer wieder Fußgängern ausweichen, die ähnliche Schimpftiraden auf ihn losließen, wie die Autofahrer dies wohl auf der Straße getan hätten. Letztendlich hatte er es sich doch nicht so voll oder besser gesagt überfüllt vorgestellt. Als Ben dann endlich den höchsten Punkt erreicht hatte, war er dementsprechend völlig platt. Ein weiterer Blick auf seine Uhr zeigte ihm, dass die Entscheidung, diesen Weg zu nehmen, die richtige gewesen war, da er viel Zeit gewonnen hatte. Gleich würde er Sabine wiedersehen, und das mobilisierte all seine Kraftreserven. Ben hatte nun den höchsten Punkt hinter sich gelassen und war am Ortsausgangsschild angelangt. Er ließ sich, da der Straßenverlauf nun bergab ging, einfach das Gefälle herunterrollen. Das Problem mit den Fußgängern hatte sich erledigt, da es keinen Bürgersteig und deshalb auch keine Personen mehr gab, denen er ausweichen musste. Aus dem Bürgersteig war ein circa zwei Meter breiter Seitenstreifen geworden, den er jetzt befuhr. Ben überlegte nicht erst länger, sondern nutzte die Gelegenheit und schaltete in seinen höchsten Gang, um durch zusätzliches Treten in die Pedale ein noch höheres Tempo aufnehmen zu können. Dabei wurde die Fahrt immer schneller, und der Fahrtwind brachte nun auch die erhoffte Kühlung.
Mittlerweile hatte Ben auch seine Höchstgeschwindigkeit erreicht. Dies nahm er kaum wahr, denn vor seinem inneren Auge

sah er ständig seine Sabine, wie sie ihn liebevoll anlächelte. Auch ihm kam bei diesem Gedanken ein Lächeln über die Lippen. So fuhr er, ohne abzubremsen oder sonst irgendwie sein Fahrttempo zu verringern, auf der rechten Seite des Seitenstreifens in die lang gezogene Rechtskurve. Der Tacho zeigte stolze achtundvierzig Stundenkilometer an, als plötzlich wie aus dem Nichts eine alte Dame mit ihrer Gehhilfe vor ihm in den Weg lief. Alles ging so furchtbar schnell, jedoch bemerkte er bei der alten Dame einen zufriedenen Ausdruck auf ihrem Gesicht, während er mit seiner immer noch hohen Geschwindigkeit unweigerlich auf sie zufuhr. Sie schien nicht zu begreifen, was gleich passieren würde. Er würde, wenn er nicht sofort reagierte, unweigerlich direkt in die alte Frau hineinrasen. Die Folgen wären bei dieser hohen Geschwindigkeit für beide fatal. Ben fragte sich, wie er sie hatte übersehen können. Da war doch bis eben niemand auf dem Seitenstreifen gewesen. Jetzt blieb die alte Dame auch noch mitten auf dem Weg stehen, und Ben kam es nun doch so vor, als schien sie genau zu wissen, was gleich passieren würde. Und nun erkannte Ben es auch ganz deutlich: Das Lächeln der alten Dame glich einem freundlichen, verständnisvollen Lächeln, fast wie ein Siegeslächeln sah es aus, und es galt eindeutig ihm. Ja, spinnt die denn?, brüllte er wohl mehr zu sich, als dass jemand es hören konnte. Das alles spielte sich innerhalb weniger Sekunden ab. Instinktiv zog Ben mit dem Fahrrad nach links, gefährlich nahe der Fahrbahn. Er konnte fast in Zeitlupe sehen, wie sein Vorderrad an der Kante entlangtingelte, während er nur mit Mühe schaffte, an der alten Dame vorbeizusausen, ohne sie umzufahren oder sonst in einer Form zu streifen und sie und sich selbst bei einem Zusammenstoß zu verletzen. Da seine Konzentration zu einhundert Prozent der Ausweichaktion galt, hatte er dann aber keine Chance mehr, bei dieser hohen Geschwindigkeit auch noch exakt die Spur zu halten, und konnte somit den Straßenschäden nicht vernünftig ausweichen; deshalb rutschte er zuerst mit dem Hinterrad und dann auch gleich darauf mit dem vorderen Reifen in verschiedene, unterschiedlich große Löcher im Asphalt, die seine Fahrt immer unruhiger werden ließen, während der Lenker bereits sehr gefährlich und unkontrolliert schwankte. Durch diesen Umstand riss Ben, um weiteren Löchern auszuweichen und um nicht irgendwann kopfüber vom Rad zu stürzen, instinktiv den Lenker weiter nach links auf die Fahrbahnmitte, um sich auf dem Fahrrad zu halten. Es grenzt schon an ein Wunder, dachte er bei sich, dass ich bisher noch mit keinem Auto zusammengestoßen bin, und er schoss nun dem entgegenkommenden Verkehr viel zu nahe auf der Fahrbahn entgegen. Gleichzeitig versuchte Ben, seine Geschwindigkeit durch die beiden Handbremsen zu verringern ...

„Wie spät haben wir denn?", frage Sabine nervös, denn Benni war noch immer nicht eingetroffen. „Mensch, Sabine, was ist denn los mit dir? Das fragst du mich nun bestimmt schon zum zehnten Mal in den letzten fünf Minuten. Nein, stimmt gar nicht, es sind sogar nur drei Minuten her", sagte eine jetzt auch nervös gewordene Petra. Irgendetwas war mit Sabine los, was sie bisher aber wohl nicht preisgeben wollte. Sabine aber wollte nicht mit ihrer Freundin streiten, eigentlich wollte sie auch nicht ständig nachfragen, aber sie wusste im Moment einfach nicht, was sie sonst tun sollte. „Also sagst du mir nun, wie spät es ist, oder muss ich jemand anders als meine beste Freundin fragen?", gab sie gereizt zurück. „Schon gut, Bine, aber viel hast sich auf der Uhr noch nicht getan, seit du mich das letzte Mal gefragt hast." „Pet, bitte!" „Drei vor acht!" „Drei vor acht schon!" „Ja, und bevor du mich das nächste Mal fragst, jetzt haben wir zwei vor acht, und unser Herr Schneider ist mittlerweile auch schon da. Heute sogar oberpünktlich. Komm, lass uns reingehen. Jetzt müssen wir da durch, auch wenn wir diesmal beide die Hausaufgaben nicht haben. Ich sag einfach, ich war krank, das ist doch eine gute Idee. Meine Mutter meinte eh heute Morgen, dass ich nicht gut aussehe. Das hängt zwar mit dem geilen Wochenende zusammen, aber das weiß der Schneider ja nicht." Sie war schon fast an ihrem Platz angelangt, als sie feststellte, dass sie nur mit sich allein

gesprochen hatte. Sabine befand sich nicht neben ihr. Sie drehte sich um und lief wieder aus dem Raum. Sabine stand immer
noch auf der gleichen Stelle, wo sie zuvor sie gesessen hatten,
und schaute angespannt in Richtung Treppenhaus. Petra hakte sich gerade bei Sabine unter, als die Schulklingel 08:00 Uhr
signalisierte und damit den Beginn der Schulstunde einläutete.
Durch eine geschickte Drehung beförderte sie die total geistesab-
wesende Sabine durch die Türe in den Klassenraum und schloss
diese mit einem lauten Knall hinter sich. Bei dem Geräusch der
zufallenden Türe schreckte Sabine richtig zusammen. Sie fragte sich zum wiederholten Male an diesem heutigen Morgen, wo
Benni denn nur blieb.

Ben verstand den Tumult, der sich vor ihm auftat, überhaupt nicht. Er sah eine schreiende Frau am Straßenrand stehen und dachte sich nur, dass sie doch endlich aufhören solle. Sie hatte schon einen ganz roten Kopf, und die Wimperntusche, vermischt mit Tränen, lief in langen schwarzen Streifen ihre Wangen hinunter. Aber niemand der umstehenden Personen schien dies zu stören oder sich um die Frau kümmern zu wollen. Alle anwesenden Passanten schauten zur Straßenmitte, wo der Verkehr vollständig zum Erliegen gekommen war. Gut zwanzig bis dreißig Personen waren nun um die vielen Fahrzeuge versammelt, die auf der Straße standen und somit die Straße komplett blockierten. Die Personen, die dabei heftig diskutierten, einige stritten sich sogar und wurden sogar handgreiflich, konnten nach Bens Meinung nur die betroffenen Fahrer oder Mitfahrer zu sein. Wieder andere aus dieser Gruppe weinten lauthals, ohne sich daran zu stören. Ein Mann fiel Ben auf, der einfach nur regungslos dastand, wenn man mal davon absah, dass er immer wieder mit dem Kopf schüttelte und dabei fast authentisch wirkte. Ben verstand das Ganze nicht. Irgendwas musste da passiert sein, dachte er bei sich, konnte sich jedoch nicht erklären, was genau dies denn sein könnte. Die Sonne kletterte gerade über dem Dach eines Müllfahrzeugs den Himmel hoch, und es schien so, als ob heute ein besonders schöner Tag werden sollte. Ben ließ sich die Sonnenstrahlen auf sein Gesicht scheinen und dachte daran, wie schön es doch war, diesen Sonnenaufgang zu genießen. Er fühlte sich frei und lebendig und genoss es, sich losgelöst von allen Problemen zu fühlen. Aus der Ferne erklang das Martinshorn mehrerer Fahrzeuge und drängte sich vehement in Bens Gedanken. Noch ertönten die Sirenen in der Ferne, aber es war bereits deutlich herauszuhören, dass die Fahrzeuge immer näher kamen.

Und doch war es eigentlich ein Tag wie jeder andere, dachte Ben, wenn nicht all die anderen Personen auf der Straße stehen würden. Aus Neugier richtete er sein Interesse deshalb jetzt wieder auf das Geschehen auf der vollgestopften Straße. Dadurch fiel ihm auf, dass die Diskussionen untereinander immer heftiger wurden. Hier lagen bei einigen Passanten förmlich die Nerven blank. Er betrachtete jetzt die einzelnen Personen noch genauer, und ihm fiel beim näheren Hinsehen auf, dass die meisten richtig bleiche Gesichter hatten, und das trotz des heftigen Wortwechsels, den sie miteinander führten. Sie sahen für ihn in einer gewissen Art und Weise einfach krank aus. Aber nein, krank war nicht das richtige Wort. Er suchte nach dem passenden Begriff, um es für sich selbst besser zu beschreiben. Dann fiel es ihm ein. Sie sahen aus, als wären sie gerade einer wilden Achterbahnfahrt auf einem Rummelplatz entstiegen und der eigene Magen hatte sich noch nicht beruhigt und das Blut war noch nicht in die sonst rosigen Wangen zurückgekehrt. Immer mehr der umstehenden Passanten drängten nun auf die Straße und wollten sehen, was denn passiert war und warum es nicht endlich weiterging. Ben blickte weiter durch die versammelte Menge. Etwas weiter vor ihm stand noch immer der Mann, der ständig seinen Kopf schüttelte, so als wäre er in Trance oder einfach abwesend. Gleichzeitig wurde er von mehreren um ihn herumstehenden Passanten, die den Fahrzeugen vor ihm sehr nahe standen, nun doch heftig angebrüllt und jetzt auch noch handgreiflich angegangen. Die ganze Situation fand Ben äußerst grotesk, dennoch liebte er seine Zuschauerrolle, wobei ihn das Studieren der unterschiedlichen Reaktionen sowie das Beobachten des teilweise bizarren Gesichtsausdrucks einzelner Personen am meisten faszinierten. Plötzlich bogen ein Rettungswagen und ein Polizeifahrzeug um die Kurve und kamen von der anderen ihm gegenüberliegenden Seite vor dem Pkw zum Stehen. Als die Fahrzeuge ihr Martinshorn abgestellt hatten, konnte man in der Ferne immer noch weitere Fahrzeuge mit Sirenengeheul hören, die wahrscheinlich auch noch dazukommen würden. Es musste wahrscheinlich ein größerer Unfall passiert sein, dachte er bei sich, wenn so viele Einsatzkräfte benötigt wurden. Die uniformierten Beamten aus beiden Fahrzeugen stiegen aus und rannten sofort zu der Personengruppe auf der Straße. Jetzt konnte und wollte Ben seine Neugier doch nicht mehr zurückhalten, und zudem hatte auch er das Bedürfnis zu erfahren, was dort wohl Schlimmes passiert war. Er schämte sich ein wenig für seine Sensationsgier, ging aber trotzdem von seiner Position am Straßenrand näher zum Ort des allgemeinen Tumults. Die weiteren Beamten aus den mittlerweile zusätzlich eingetroffenen Polizeifahrzeugen fingen zeitgleich an, den Bereich im weiteren Umkreis abzusperren. Ben ärgerte sich, dass er von den Beamten sowie von den zurückdrängenden Passanten mit hinter die Absperrung gedrängt wurde. Zwischen der eingetroffenen Polizei und den Rettungsärzten entstand eine hektische Unterredung. Dabei wurde versucht, während über einzelne Fahrzeuge geklettert wurde, näher an das Müllfahrzeug zu gelangen. Dann rückte die freiwillige Feuerwehr mit drei Fahrzeugen an. Als sie eintrafen, sprangen die Männer sofort zur Unfallstelle und fingen an, die zusammenstehenden Fahrzeuge zur Seite zu schieben, um mehr Platz zu schaffen, was aber durch den Umstand, dass diese miteinander verkeilt waren, kein einfaches Unterfangen war. Es dauerte fast zehn Minuten, bis über ein Dutzend Helfer an Feuerwehr- und Polizeikräften mit Schneidbrenner und Muskelkraft es schafften, in das Zentrum des Geschehens zu gelangen. Dabei wurden sogar zwei Fahrzeuge einfach umgeworfen, weil man sie nicht schnell genug freibekommen hatte. Die beiden Notärzte waren jedenfalls dankbar, endlich an einen Verletzten zu gelangen. Zwei andere kümmerten sich gleichzeitig um Leichtverletzte, die erst jetzt aus den Fahrzeugen steigen konnten, oder jenen, denen es zuvor schon allein gelungen war, aus ihren Fahrzeugen zu steigen. Es gab jedoch, soweit Benjamin dies von seiner Position aus erkennen konnte, keine schwerwiegenden Verletzungen, außer vielleicht Prellungen und kleine Schnittverletzungen. Die Mehrzahl der Fälle, die behandelt werden musste, bezog sich auf Personen, die unter einem Schock litten. Noch immer waren sämtliche Einsatzkräfte damit beschäftigt, die Unfallstelle zu sichern.

Die Passanten, denen ja zum Teil die Fahrzeuge auch gehörten und denen sich die Feuerwehrmänner zum Teil sehr unsanft näherten, drängten stetig immer weiter nach vorn. Dadurch waren sie wieder ein erhebliches Stück näher zu dem Verletzten gekommen, und Ben sah, dass sich die zwei Ärzte um eine am Boden liegende Person kümmerten, als einer der beiden auch schon über die Schulter einen Polizisten anschrie: „Bitte halten Sie die Passanten zurück, wir brauchen hier wesentlich mehr Platz!" „Na los, schaffen Sie die Leute weg", sagte ein anderer Polizist, der scheinbar hier die Leitung des Einsatzes übernahm, zu den herumstehenden Beamten.

Einer dieser Polizeibeamten folgte sogleich der Aufforderung und lief direkt auf die Umstehenden zu, um die Anweisung seines Vorgesetzten in die Tat umzusetzen. „Bitte, gehen Sie doch ein Stück zurück, die Rettungskräfte benötigen mehr Platz", bat er die Menschen um sich herum. Ein weiterer uniformierter Beamter bemühte sich, seinen Kollegen dabei zu unterstützen, und drängte und schubste die zum Teil unverantwortlichen Schaulustigen weiter nach hinten. Aber es schien so, als ob dabei niemand Benjamin beachten würde, und ehe er sich richtig versah, war er plötzlich abgegrenzt und stand ungewollt vor der Absperrung. Ein weiterer Beamte erschien plötzlich unmittelbar neben Benjamin, und dieser, wohl angeregt durch sein schlechtes Gewissen, vor der Absperrung zu stehen, gab in einer Erklärung seinen Fehler zu: „Entschuldigen Sie bitte, ich habe nicht aufgepasst und bin so vor die Absperrung geraten. Ich gehe ja schon zurück!" Polizist Hütter, wie sich auf einem Namensschild an der Dienstjacke leicht ablesen konnte, war jedoch mittlerweile einfach an Ben vorbeigelaufen, und ohne von ihm weiter Kenntnis zu nehmen, schimpfte er nun mit den Passanten hinter ihm. „Bitte, Leute, seien Sie doch vernünftig und stören Sie nicht die Rettungskräfte bei ihrer Arbeit!" Ein vierter Beamter kam jetzt auch noch hinzu und versuchte seinerseits, die Absperrung noch weiter nach hinten zu ziehen. Auch er schien Ben nicht beachten zu wollen. Ben stand wie angewurzelt und rührte sich nicht vom Fleck und wusste mit dieser Situation und Freiheit um ihn herum überhaupt nichts anzufangen. Er schaute an sich herunter, ob er vielleicht irgendetwas Außergewöhnliches darstellte, das ihm erlaubt hätte, sich innerhalb der Absperrung aufzuhalten, wo doch alle anderen ständig gedrängt wurden, eher noch weiter zurückzugehen. „Bitte gehen Sie weiter zurück!" „Wir brauchen noch mehr Platz!", hörte er die Beamten immer wieder sagen. „Es gibt hier nichts zu sehen! Bitte seien Sie doch vernünftig und gehen Sie noch weiter zurück!"

Ben stand mittlerweile fast vier Meter frei vor der Absperrung und war einfach nur perplex und sprachlos. Hatte denn der Polizist Tomaten auf den Augen, dass er ihn nicht sah? Egal, dachte sich Ben und ging jetzt weiter in die Richtung der beiden Ärzte. Er konnte aber noch nichts erkennen, da neben den Ärzten auch noch weitere Feuerwehrmänner standen, die vor kurzer Zeit eingetroffen waren, als noch die Passanten die Straße gefüllt hatten. Somit war also immer noch nichts von dem zu sehen, was eigentlich passiert war. Ben ging langsam einige Schritte weiter nach links und konnte nun auch besser hören, was die beiden Ärzte untereinander an Erkenntnissen austauschten. „Nein, es bestand keine Chance für den Jungen." „Ja, das sehe ich auch so, er muss wohl beim ersten Aufprall sofort tot gewesen sein, der zweite Aufprall kam einer Hinrichtung gleich." „Ich fühle, dass mehrere Rückenwirbel gebrochen sind! Der gesamte Brustkorb ist zerschmettert, wahrscheinlich sind alle inneren Organe wie Lungen und Herz auch betroffen. Was von außen zu erkennen ist, ist, dass er sich des Weiteren die rechte Hand und den Oberarm sowie das linke Bein mehrfach gebrochen hat, zusätzlich mehrere Hautabschürfungen und Blutergüsse hat." Auch der andere gab seine fachärztliche Untersuchungsergebnisse weiter: „Die ganze Kleidung war bereits voll mit Blut aus den vielen Verletzungen, wahrscheinlich hat der Junge durch den massiven Aufschlag auch noch weitere innere Verletzungen an Milz, Leber und Magen. Das rechte Bein ist so unnatürlich verdreht und mehrfach gebrochen, dass es aussieht, als gehöre es gar nicht zu ihm." Jetzt redete der erste Arzt wieder: „Das Genick muss direkt beim Aufprall gebrochen sein." „Ja, und die Schädeldecke hat beim

Schlag gegen die Windschutzscheibe auch nicht der ungeheuren Wucht widerstanden. Deshalb auch das viele Blut, das der Junge verloren hat.“ „Einzig das Gesicht des Jungen hat nichts abbekommen. Wie ein Wunder ist hier nicht mal ein Kratzer zu sehen“, gab der andere leise zu verstehen.

„Morgen, zusammen“, unterbrach ein Polizeibeamter die beiden Notärzte in ihrer Unterhaltung. Ich bin Hauptkommissar Brender, dienstleitender Beamte. „Wie sieht es denn aus?“

„Morgen, Herr Brender“, antwortete einer der Ärzte, „leider ist dies jedoch kein guter Morgen. Der Junge ist tot, er ist mit sehr hoher Wahrscheinlichkeit sofort beim Aufprall auf das Fahrzeug der Müllabfuhr gestorben.“ Nach einer kleinen Pause fügte er hinzu: „Er hat sich unter anderem das Genick gebrochen.“ Die Worte, die gesprochen wurden, klangen sehr sachlich, aber an der Stimme des Arztes konnte Brender hören, dass der Vorfall auch ihn, trotz all dem Schlimmen, was er jeden Tag als Unfallarzt zu sehen bekam, nicht unberührt gelassen hatte. „Der Junge hatte keine Chance“, fügte der andere Arzt nun hinzu. „Nach unserer ersten Untersuchung ist der Junge an sieben Ursachen gleichzeitig gestorben. Schlimmeres habe ich nur gesehen, wenn sich jemand vor den Zug wirft und überrollt wird.“ „Ist schon gut, Toni, ich glaube, für den Hauptkommissar reicht als Antwort, dass der Junge beim Verkehrsunfall sofort gestorben ist“, wandte nun der erste Arzt wieder ein. „Ein medizinisches Gutachten wird letztendlich die Todesursache aufzeigen, wobei ich jetzt schon definitiv sagen kann, dass es mehrere unterschiedliche Verletzungen waren, die zum Tode des Jungen führten.“ In Brender flammte kurz ein Gedanke auf, dass jemand wohl dafür sorgen wollte, dass der Junge auch wirklich tot blieb und nicht doch noch durch ein medizinisches Wunder wiederbelebt wurde. Aber das sagte er natürlich nicht und behielt seine Gedanken lieber für sich. Als der Arzt ihn wieder ansprach, wurde er aus seinen Grübeleien gerissen. „Somit müssen Sie nur noch die Schuldfrage des Unfalls klären! Ach ja, und noch etwas, Herr Brender, bitte sorgen Sie doch dringend dafür, dass die Passanten und Schaulustigen hier fernbleiben. Der Junge ist wirklich kein schöner Anblick, und

zudem behindern sie uns in unserer Arbeit." Brenders Blick fiel
fast zufällig auf den Leichnam, und er wünschte sich, dass es ihm
erspart geblieben wäre. Er hatte nur einen flüchtigen Blick auf
den Jungen geworfen, aber das reichte, um ihm mit Sicherheit
monatelang schlaflose Nächte zu bereiten. Die toten Augen des
Jungen schienen ihn anzustarren und brannten sich eindringlich
in sein Gehirn ein. Als er sie sah, wusste er, dass er diese Augen
nie wieder vergessen würde, nie wieder, so lange er lebte. Das
bleiche Gesicht schien ihn regelrecht anzuleuchten, während
das dunkelrote, fast schwarz wirkende Blut um den Kopf des
Jungen herum den dafür nötigen Kontrast dazu gab. Er musste
an seinen eigenen Sohn denken, der etwa im gleichen Alter war,
und wünschte sich, dass ihm das niemals passieren würde. „Herr
Brender, geht es Ihnen gut?", fragte der Arzt besorgt. „Ja ... ja,
es geht schon", antwortete er ihm, aber weder er selbst noch der
Arzt schien ihm das zu glauben. Aber als Arzt wusste er auch,
dass es dafür keine Medizin gab, wenn man so etwas sah. Deshalb
sagte er nur zu ihm: „Herr Brender, kümmern Sie sich bitte darum, dass die Eltern des Jungen benachrichtigt werden!" Brender
war froh, nun eine Aufgabe zu haben, um sich auf etwas anderes
konzentrieren und sich dadurch etwas ablenken zu können.
Während der Unterhaltung mit dem Beamten war der Arzt aufgestanden und hatte somit Ben den Blick auf die Unglücksstelle
freigegeben. Auf der Straße direkt vor dem Müllabfuhrauto lag
jemand, und um ihm herum war eine große Blutlache, um die
Person standen. Das Gesicht konnte Ben nicht erkennen, aber
die Lage des Jungen sah mehr als unnatürlich aus. Ben bemerkte fast beiläufig, dass dieser Jemand fast die gleiche Jacke wie er
selbst hatte. Komisch, an was man in solchen Momenten denkt,
schalt er sich selbst, war aber gleich wieder dabei, weitere Details
auszumachen. So schien dieser Jemand auch ungefähr die gleiche
Größe wie er selbst zu haben, was jedoch durch die abgewinkel-
ten Beine nicht klar auszumachen war. Ben glaubte jedoch, dass
diese Person in ungefähr seinem Alter sein müsste. Vielleicht jemand von seiner Schule, der heute Morgen auf dem Weg zur
Schule diesen schweren Unfall gehabt hatte. Vielleicht könnte

er im Umfeld noch etwas anderes erkennen, zum Beispiel irgendwelche Gegenstände, die es ihm erleichtern würden zu erahnen,
wer es sein könnte. Bens Blick wanderte von der auf der Straße
liegenden Person weg und schweifte weiter nach rechts. Plötzlich
setzte sein Herz für einen Herzschlag aus. Sein Blick war auf das
Fahrrad gefallen, das total beschädigt auf der Straße lag. Das
war … sein … Fahrrad! Ja, das war eindeutig sein Fahrrad! Ohne
Zweifel, der gebogene Lenker, die Mittelstange mit der gleichen
Farbe, dem gleichen Fahrradaufkleber und vor allem die abge-
splitterten Farbstellen am Rahmen, durch einen kleinen Unfall
im letzten Sommer, als er auf Sand weggerutscht war, wodurch
eben dort am Rahmen die Farbe abgeschliffen war, und an dieser
Stelle hatte es nun wiederum angefangen zu rosten. Ben stand
einfach nur da und verstand nun gar nichts mehr.
Minutenlang stand er so da und versuchte, die neue Information
zu verarbeiten und weitere Details zu erkennen, aber es standen mittlerweile auch noch Feuerwehrleute und Polizeibeamte
um die am Boden liegende Person herum, und somit war für
Ben wieder nichts mehr zu erkennen. Erst als eine Trage gebracht und neben dem Verunglückten abgestellt wurde, tat sich
ein Spalt auf, und er nutzte den freien Blick an eben dieser
Stelle, wo die beiden Ärzte von der Stelle gewichen waren und
nun einen ungehinderten Blick auf den am Boden liegenden
freigaben.
Bens Herz raste! Sein Hals war wie abgeschnürt, sodass er nicht
atmen konnte. Schweiß stand ihm auf der Stirn, seine Beine hatten jegliche Kraft verloren, seinen Körper zu tragen, und sackten
unter ihm weg. Seine Augen waren weit aufgerissen, und jegliche
Farbe war aus seinem Gesicht gewichen. Ohne dass er es bemerkt
hatte, war er auf die Knie gefallen und schlug die Hände vors
Gesicht. Nein, das durfte nicht wahr sein! Nachdem Ben erneut
die Augen aufgeschlagen hatte, sah er dem Jungen, in circa zwei
Meter Abstand vor sich liegend, direkt ins Gesicht. „Neiiiin“,
schrie Ben aus Leibeskräften, um nicht verrückt zu werden, und
weil er das Wahnsinnige, das er da vor sich sah und das sich mit
aller Macht in seinen Verstand hineinfressen wollte, nicht in

Worte fassen konnte. Es gab keinen Zweifel – Ben schaute in das
leblose, tote Gesicht von SICH!

Hauptkommissar Brender, mittlerweile etwas gefasster und wieder voll auf seine Aufgabe konzentriert, ging auf den Fahrer
des am Unfall beteiligten Fahrzeuges zu. „Guten Morgen,
Hauptkommissar Brender", stellte er sich vor. „Sie sind also
der Fahrer des blauen Kombis und waren somit unmittelbar am
Verkehrsunfall beteiligt?", erkundigte er sich. „Ja, aber ... ich ...
ich ... der Junge ... er fuhr plötzlich auf die Straße und ...", stotterte der Angesprochene verzweifelt. „Nun mal schön langsam
und alles der Reihe nach", versuchte Brender den noch unter
Schock stehenden Fahrer zu beruhigen. „Ich ... ich sah ihn noch
... er fuhr ... er fuhr auf dem Seitenstreifen ...", versuchte der
völlig aufgewühlte Fahrer unter Tränen eine Antwort zu geben,
brach dann aber seine Aussage ab. Der Hauptkommissar nahm
ihn beim Arm und zog ihn sanft aber bestimmt erst einmal von
dem Geschehen fort zum Einsatzwagen. Dort trafen sie auf einen
Beamten, den Brender bat, einen der Ärzte zu holen. „Bitte, beruhigen Sie sich erst einmal, ich habe einen Arzt holen lassen,
er wird sicherlich gleich da sein." „Vielen Dank, Herr Brender",
sagte der Fahrer, aber ansonsten schwieg er. Als beide Personen
eintrafen, teilte Brender dem Arzt sein Anliegen mit, und der
Arzt nahm sich des Fahrers an und gab ihm am Ende seiner
Untersuchung noch eine Beruhigungsspritze. „Leider kann ich im
Moment nicht auf Ihre Aussage verzichten", entschuldigte sich
Brender. „Am besten Sie geben mir erst einmal Ihre Personalien,
bitte, Ihren Personalausweis, Führerschein, Kraftfahrzeugschein."
Der Mann griff an die Gesäßtasche und zog sein Portemonnaie
heraus und übergab mit zittrigen Händen dem Beamten seinen
Personalausweis. „Meinen Führerschein habe ich in meiner Jacke,
die liegt aber noch im Auto." „Wachtmeister Müller, bitte begleiten Sie doch Herrn ... äh ...", er schaute auf den Ausweis, den er
in seinen Händen hielt, und las den Namen, der dort stand, „...

Florian Krause zu seinem Fahrzeug und kommen Sie dann wieder mit Herrn Krause und dessen Kfz-Papieren hierher zurück", ordnete Herr Brender an. Anschließend wandte er sich an seinen Kollegen: „Marc, wer war der Fahrer des Müllfahrzeuges? Ist seine Aussage schon protokolliert worden?" „Nein, noch nicht, ich dachte, dass du das übernehmen wolltest. Wir haben bisher nur seine Personalien aufgenommen. Der Mann steht dort an der Ecke und raucht eine Zigarette. Ist ganz schön fertig, kann ich dir sagen", gab sein Kollege mitfühlend zur Antwort. „Das wärst du auch, wenn dir plötzlich ein Junge vor deine Scheibe knallt", meinte Brender zu ihm. „Ist der Junge tot?" „Ja, die Ärzte sagen, dass es sofort beim Aufprall passiert ist – Genickbruch! Der Junge war sofort tot." „Dieter", fragte er Brender, „hast du schon die Personalien des Jungen?" „Nein, die Ärzte haben uns noch nicht an den Jungen gelassen." „Okay", sagte Marc Peters und wusste, dass dies eine seiner nächsten Aufgaben sein würde. „Marc, tue mir bitte einen Gefallen", bat der Hauptkommissar. „Na klar, Dieter, schieß los, was kann ich für dich tun?" „Veranlasse doch bitte, dass die Straße unterhalb gesperrt wird und der gesamte Berufsverkehr umgeleitet wird. Ich glaube, der Unfall hier wird doch noch einige Zeit in Anspruch nehmen." „Klar, Dieter, das meiste habe ich gleich am Anfang, als wir hier ankamen, schon in die Wege geleitet, aber ich prüfe am besten noch einmal nach, ob es auch funktioniert hat."
Einige Minuten später kam einer der Ärzte erneut zu Hauptkommissar Brender in den Mannschaftsbus der Polizei, der als mobile Einsatzstelle diente, als dieser gerade die Personalien beider Fahrzeugführer an die Zentrale weitermeldete. „Herr Brender", sagte der Arzt, um auf sich aufmerksam zu machen. „Ja, gibt es etwas Neues, Herr Doktor?" „Nein, ich wollte Ihnen nur mitteilen, dass wir unsere Arbeit beendet haben. Ihre Spurensicherung war auch schon vor Ort und hat Aufnahmen des Jungen und der Unfallstelle gemacht. Ich glaube, dass sie mittlerweile aber auch fertig sind. Ihr Kollege, Hauptkommissar Marc Petersen, hat auf unsere Bitte auch schon mit dem Bestattungsunternehmen Kontakt aufgenommen. Das Fahrzeug

soll unterwegs sein. Wir fahren dann wieder los, bis zum nächsten Mal, tschüss." Er hob die Hand und war verschwunden. Fast wäre er beim Weggehen mit Hauptkommissar Petersen zusammengestoßen, der zur gleichen Zeit wieder zu Brender wollte. „Dieter, die Straße ist umgeleitet, aber wir sollten trotzdem versuchen, die Straße schnellstmöglich freizugeben. In der Stadt bricht im Moment der ganze Verkehr zusammen." „Ja, ist gut", sagte Brender geistesabwesend, sodass der Eindruck entstand, als hätte er überhaupt nicht richtig zugehört. „Sag mal, Marc, hatte der Junge irgendwelche Papiere bei sich?" „Nein, die Taschen waren leer, sagte mir der Arzt, kurz bevor er sich verabschiedete. Bisher wissen wir nichts über den Jungen, auch keiner der umstehenden Passanten kannte ihn, das haben wir schon erfragt." Brender war schon wieder am Grübeln, und er spürte, dass er ganz nah dran war, aber was genau, konnte er nicht sagen. Plötzlich wusste er es. Das war sein kriminalistisches Gespür, um das ihn seine Kollegen bewunderten. „Marc, hat der Junge denn keine Tasche oder etwas Ähnliches dabeigehabt?" Hauptkommissar Petersen verstand nicht, worauf Brender hinauswollte. „Er war doch bestimmt auf dem Weg zur Schule oder zur Arbeit." Nachdem sein Kollege immer noch nicht wusste, worauf er hinauswollte, fuhr er fort: „Da nimmt man doch eine Tasche mit, oder?" „Mensch, na klar, du hast recht, dass ich nicht selbst darauf gekommen bin! Wir haben zwar bisher nichts entdeckt, aber wir werden noch mal alles absuchen und vielleicht auch noch einige Passanten fragen, ob sie vielleicht etwas entdeckt haben." „Ja, bitte mach das." Kaum war Hauptkommissar Petersen aus dem Fahrzeug in Richtung der Unfallstelle verschwunden, als der Polizeibeamte mit Herrn Krause zurückkkam. Herr Brender nahm das Verhör wieder auf: „Florian Krause, ist das ihr vollständiger Name?" „Ja", kam die eingeschüchterte Antwort von Herrn Krause zurück. „Und die hier angegebene Adresse ist noch gültig?" „Ja." „Dann möchte ich Sie jetzt bitten, den Vorgang noch einmal genau aus ihrer Sichtweise zu schildern, wie es zum Unfall gekommen ist." Nachdem Herr Krause dies sehr ausführlich getan hatte, fragte ihn Brender, ob ihm vielleicht eine Tasche aufgefallen wäre, die der Junge bei sich gehabt hatte. „Ja, jetzt, wo Sie es erwähnen, ich sah so etwas wie eine Tasche, eine braune, glaube ich, die auf dem Gepäckträger festgeschnallt war." „Gut, Herr Krause, das wäre vorerst alles", meinte der Kommissar, weil ihm durch die Aussage des unmittelbar betroffenen Fahrers der Unfallhergang jetzt doch klar geworden war. „Ein Beamter wird sie nach Hause fahren, da wir Ihr Fahrzeug für eine technische Untersuchung erst einmal sicherstellen müssen." „Danke, der Schreck sitzt mir zwar noch in den Gliedern, aber ich würde gerne noch zur Arbeit fahren, ich glaube, das täte mir gut. Herr Brender, bitte sagen Sie mir – wie geht es dem Jungen?" Brender wollte den Mann vor sich eigentlich schonen, wusste aber, dass er jetzt die Wahrheit sagen musste, nachdem Herr Krause ihn direkt darauf angesprochen hatte. „Also Herr Krause, es tut mir leid, Ihnen mitteilen zu müssen, dass der Junge direkt beim Aufprall verstorben ist." Der Mann vor ihm sackte zusammen und konnte nun seine Tränen nicht mehr zurückhalten. Brender nahm den Telefonhörer in die Hand und rief einen Beamten an und bat ihn, Herrn Krause doch nach Hause zu fahren.

Auch die Befragung des Fahrers des anderen Fahrzeuges brachte keine weiteren Erkenntnisse. Auch sämtliche Passanten, die befragt wurden, konnten alle nur das Gleiche wiedergeben. Der Junge hatte plötzlich und ohne ersichtlichen Grund den Fahrweg verlassen, war auf die Fahrbahn gekommen, dort von dem blauen Kombi erwischt worden und mit voller Wucht gegen das entgegenkommende Fahrzeug der Stadtreinigung geknallt. Viele hatten geschimpft, dass der Junge mit so einem hohen Tempo auf dem Seitenstreifen gefahren war, was doch eigentlich verboten sei, aber aufgrund des schrecklichen Unglücks hielten sich die Befragten doch damit zurück, ihn zu verurteilen. Alle sagten jedoch aus, dass es keinen Grund gegeben hatte, warum der Junge den Fahrradfahrstreifen so plötzlich verlassen hatte, da sich niemand auf diesem Teil der Fahrbahn befunden hatte. Für viele sah es nach einer Verzweiflungstat des Jungen aus.

Durch den Hinweis des Kombifahrers wurde nun auch sehr schnell die Tasche des Jungen hinter dem linken Vorderreifen des

Müllfahrzeuges gefunden. Bei der Durchsuchung der Tasche war leider keine Wohnadresse zu finden, sondern nur ein Stempel der Gymnasialschule am Ort mit der Klassenbezeichnung 12 G B und dem Namen Benjamin Stein.

Brender saß immer noch im Einsatzwagen der Polizei und prüfte Unterlagen und Papiere, die vor ihm lagen. Petersen war bei ihm, und beide vergewisserten sich, dass sie auch wirklich alles aufgenommen und keine wichtigen Details übersehen hatten. „Marc, komm, lass uns die Unfallstelle noch einmal ansehen, ich will mir ein abschließendes Bild machen." Beide Beamten blätterten noch einmal ihre Notizen durch, besprachen die aufgenommenen Aussagen des Unfalls und versuchten auf diese Weise, den Unfallhergang detailgetreu zu rekonstruieren.

Der Junge war auf dem leeren Seitenstreifen den Hang hintergerast, so viel stand definitiv fest. Warum er diese Strecke gewählt hatte, war ihnen ebenso unklar wie die Tatsache, dass der Junge plötzlich nach links auf die Fahrbahn zog, mitten in den lebendigen Verkehr hinein. Das „Warum" wurde meistens erst durch Fragen im Umfeld der Bekannten, Freunde und Familie klarer. Beim Unfallhergang selbst war, als der Junge auf die Straße gefahren war, das Hinterrad vom folgenden Auto erfasst worden, wodurch dem Fahrrad ein weiterer Stoß nach vorn gegeben wurde. Das auf der gegenüberliegenden Fahrbahn fahrende Müllfahrzeug der Stadt hatte sich fast auf gleicher Höhe befunden. Durch den Stoß des Pkws an Bens Fahrrad hatte der Junge wohl vollständig die Kontrolle über sein Fahrrad verloren und den Lenker vermutlich so stark herumgerissen, dass sich das Vorderrad quer stellen musste. Ben wurde durch die Wucht, die durch den Stoß zusätzlich auf ihn einwirkte, kopfüber über seinen Lenker und auf den nun auf gleicher Höhe befindlichen Lkw geschleudert. Der Fahrer des Lkws der Städtereinigung reagierte sehr schnell, was die Bremsspuren aufzeigten, wahrscheinlich hatte das Fahrzeug wegen des Berganstiegs sogar schon gestanden, noch bevor der Junge aufgeschlagen war. Aber er konnte sich mit seinem Fahrzeug natürlich nicht in Luft auflösen, sodass es ihm auch nicht gelingen konnte, den Aufprall zu verhindern. Nach Angaben der Ärzte flog der Junge dabei sich halb drehend mit dem Rücken auf die linke vordere Eckkante des Lkws, und die Knochen und Wirbel brachen, wie von den Zeugen zu hören war, „mit einem fürchterlichen Knacken". Ja, die Augenzeugen berichteten, dass es sich selbst im Auto sitzend noch so anhörte, „als würde man mehrere morsche Äste in der Mitte auf einmal durchbrechen", gab Hauptkommissar Petersen seine Informationen weiter. Brender nickte nur und fuhr fort: „Gleichzeitig traf der ungeschützte Hinterkopf gegen die Windschutzscheibe, die daraufhin den Aufprall mit Rissen über die gesamte Fläche der Scheibe quittierte. Fast gleichzeitig erfasste das Auto der anderen Seite, dies war der Kombi von Herrn Krause, erneut das mittlerweile am Boden liegende Fahrrad und überrollte mit scheppernden Geräuschen den Hinterreifen und Gepäckträger. Dabei zersplitterte das Glas von Licht und Blinker des Fahrzeuges durch den Einschlag des hochaufgestellten Lenkers. Auf diese Weise kamen die Beschädigungen an dem Fahrrad und den beiden Fahrzeugen zustande. Mit lautem Quietschen der Reifen und dem Kratzen auf dem Asphalt, durch das eingeklemmte Fahrrad unter dem Kombi, kam das Fahrzeug endlich zum Stehen. Alles musste unglaublich schnell passiert sein. Auch die nachfolgenden Fahrzeuge müssen ebenso abrupt abgebremst haben, um weitere Zusammenstöße zu vermeiden, was sich in immer kürzeren Abständen der folgenden Fahrzeuge mehrmals wiederholte. Der schwarze Mercedes war direkt hinter dem Kombi. Dieser schaffte es jedoch trotz Ausweichen nicht mehr, einen weiteren Zusammenstoß zu verhindern."

Jetzt meldete sich wieder Petersen zu Wort: „Die Beifahrerin sagte mir, wohl auch immer noch unter Schock stehend, dass der Fahrer kurz vor dem Unfall durch einen Anruf auf seinem Handy abgelenkt worden war – ein Anruf, ohne dass sich jemand dann gemeldet hatte. „Das ist ja eine interessante Information", meinte Brender zu seinem Kollegen und fuhr dann mit seinen Anführungen fort. „Als der Fahrer des Mercedes, wohl noch wütend über den sinnlosen Anruf, sich wieder voll auf den Verkehr konzentriert, dort die Bremslichter des Fahrzeuges vor

ihm aufleuchten sieht und versucht, sofort zu bremsen, ist zum
einen der Abstand zu dem vor ihm fahrenden blauen Kombi zu
gering, zum anderen blockieren die Reifen völlig und trotz des
Versuchs, das eigene Fahrzeug nun nach rechts in die Richtung
des Seitenstreifens zu lenken; das Fahrzeug bricht nach links
aus in den entgegenkommenden Verkehr und knallt mit dem
rechten vorderen Teil direkt ins Heck des vor ihm fahrenden
blauen Kombis und unglücklicherweise auf die linke Seite des
entgegenkommenden Müllfahrzeuges. Das nächste Auto hinter
dem Mercedes, der silberne Opel Vectra, reagiert deutlich besser und schafft es dagegen, rechtzeitig abzubremsen, wird aber
seinerseits vom nächstfolgenden, zu spät bremsenden Fahrzeug
wieder angestoßen und damit doch wieder auf das vor ihm bereits am Unfall beteiligten Fahrzeug geschoben. Ein Quietschen
mehrerer Reifen, Hupen, dazu das Krachen der aufeinander-
fahrenden Fahrzeuge machen aus der Situation ein Chos mit
lautem Getöse. Dann ist mit einem Schlag alles wieder ruhig.
Das Ganze hat nicht mal zehn Sekunden gedauert. Insgesamt
waren laut Polizeibericht dreizehn Fahrzeuge an dem Unfall beteiligt.
Wie eine Puppe hing der Junge zwischen der Vorderfront des
Lkws und der Motorhaube des aufgefahrenen Mercedes fest und
blieb dort regungslos zwischen den verkeilten Fahrzeugen hängen. Herr Krause, der Fahrer des Kombis, der den Jungen am
Hinterrad getroffen hatte, war als Erster bei ihm, drehte aber
sofort beim Anblick, der sich ihm bot, den Kopf zur Seite. Ihm
war so schlecht geworden, dass er sich sofort übergeben musste. Bei dem anderen unmittelbar beteiligten Autofahrer hatte
sich der Airbag aktiviert, sodass ihm ein Anblick auf den Jungen
zunächst erspart blieb. Der Fahrer des Müllfahrzeuges reagierte
wahrscheinlich noch am besten und setzte seinen Rückwärtsgang
ein und rollte ungefähr einen halben Meter zurück, bis es nicht
mehr weiterging und er auf das hinter ihm stehende Fahrzeug
auffuhr, was ihm jedoch angesichts der Lage vor ihm absolut egal
war. Dann standen sie alle drei um den Jungen herum, bis die
Einsatzkräfte eintrafen.

Wie in Trance schauten sie auf den vor sich auf dem Asphalt liegenden Jungen. Der Anblick war fürchterlich. Die Arme und Beine waren so verdreht, dass man glauben konnte, dass diese überhaupt nicht zu dem Jungen vor ihm gehörten. Das Gesicht war schneeweiß, als ob es kein Blut mehr beinhaltete, und es hob sich deutlich von der immer größer werdenden dunkelroten Blutlache ab, die sich nun unter dem Jungen ausbreitete. Der morgendliche Straßenlärm schien mit dem donnernden Aufschlag des Jungen wie abgeschaltet. So als wenn die Welt rundherum stehen geblieben wäre. Für eine kurze Zeit war kein Laut zu hören. Die absolute Stille war gespenstisch, bis ein schriller, lauter Schrei einer Passantin durch die Straßen hallte und jene Stille, die zuvor geherrscht hatte, jäh unterbrach."

„Tja, Marc", sagte ein sichtlich ergriffener Brender, „die Aussagen aller befragten Zeugen sind im Grunde genommen identisch, und nachdem hier nun alles klar zu sein scheint, kann die Sperrung aufgehoben werden, sobald die Feuerwehr die Blutlache entfernt hat. Der Junge wurde bereits vom Bestattungsinstitut abgeholt?"

„Ja, Dieter, und die Feuerwehr ist auch schon fertig." „Okay, Marc, dann lass uns jetzt zur Schule fahren, damit wir die Adresse des Jungen herausfinden können. Ich möchte nicht, dass die Eltern des Jungen aus den Nachrichten erfahren müssen, was mit ihrem Jungen passiert ist."

Bei dem dumpfen Knall der zufallenden Klassentüre schreckte Sabine zusammen. Ruckartig drehte sie sich um, als wäre mit dem Zuschlagen der Türe etwas Schlimmes passiert. Komischerweise war das Geräusch, das sie gehört hatte, ein ganz anderes. Es hörte sich nicht so metallisch an wie sonst, wenn die Klassentüre geschlossen wurde oder gar mit lautem Knall zugeworfen wurde. Das soeben gehörte Geräusch, anders konnte sie es im Moment nicht beschreiben, was sie gehört hatte, klang irgendwie komisch. Es klang weicher, und doch spürte sie, als sie es hörte, einen stechenden Schmerz in sich. Dieser Schmerz fühlte sich in ihr so

an, als ob jemand sie mit einer Nadel gestochen hätte, ähnlich einer Impfung. Nur ging der Stich mitten in ihr Herz. Sabine wusste von einem auf den anderen Moment, dass ihre Vermutungen, die sie zuvor fast eine halbe Stunde begleitet und gequält hatten, Realität geworden waren. Mit Benni war etwas passiert. In ihrem Kopf und in ihren Gedanken formte sich das Gehörte immer mehr zu einem Bild. Immer deutlicher erschien es ihr vor Augen. Auch das zuvor nicht erkannte Geräusch konnte sie nun für sich einordnen, es war ein Schlag, nein, genauer gesagt zwei kurz aufeinanderfolgende Schläge auf etwas Metallisches. Sabine verstand nicht, warum sie das gehört hatte, jedoch spürte und fühlte sie, dass Benjamin etwas Schreckliches passiert sein musste. Sie fühlte sich ihm plötzlich emotional so nahe, als wäre sie selbst leibhaftig an Ort und Stelle. Es war nicht nur dieser stechende Schmerz, der ihr durchs Herz fuhr, sondern ihr kam es vor, als stehe ihr Herz mit einem Mal still. Dann sah sie das entsetzliche Bild vor sich. Sie sah ganz deutlich vor ihren Augen das Bild ihres geliebten Benjamin, wie er auf der Straße lag, völlig schutzlos und einsam. Obwohl viele Menschen herum standen, war dennoch keiner wirklich bei ihm. Es war einfach keiner da, der seine Hand hielt und ihm Trost spendete. Keiner, der ihm aufhalf. Keiner, der … Sie blickte ins Gesicht von Benjamin. Sie konnte nicht anders. Erst gestern noch hatte dieses Gesicht gelächelt, die Augen voll Liebe gestrahlt, diese weichen Lippen sie zärtlich geküsst. Jetzt lag er dort und sah sie mit seinen toten Augen an, und sein tiefrotes Blut drückte sich an den Seiten des Bildes immer weiter in den Vordergrund ihres Blickwinkels, bis sie nur noch das Blut, Benjamins Blut sehen konnte. Sie schrie aus Leibeskräften, ohne dass ein Laut aus ihrer Kehle zu hören war!
Petra, die mittlerweile erneut an ihrem Klassentisch angelangt war und wieder feststellen musste, dass Sabine zum zweiten Mal am heutigen Morgen vollkommen gedankenverloren einfach stehen geblieben war, stellte ihre Tasche auf ihrem Tisch ab und ging, mittlerweile mehr als genervt, zu Sabine, die in Armeslänge entfernt regungslos mit dem Rücken zur Klasse vor der geschlossenen Türe stand. Petra mochte es zwar immer, irgendwie im

Rampenlicht zu stehen, aber nicht hier in der Klasse, und schon gar nicht bei Herrn Professor Schneider montags früh. Da hatte er immer schlechte Laune, eine üble Laune, die er bestimmt jetzt an ihnen beiden auslassen würde. Sabine schien jedoch dort wie angewurzelt zu stehen. „Sabine, he, was ist denn los mit dir, die anderen fangen ja schon an zu lachen", versuchte Petra, ihre Freundin auf ihre Situation aufmerksam zu machen. Sabine hörte sie jedoch gar nicht, sie hatte noch nicht einmal mitbekommen, dass Petra neben ihr stand, genauso wenig wie sie gemerkt hatte, das Petra zuvor schon an ihren Platz gegangen war und dass sie immer noch allein vor der Türe stand. „He, Sabine, sag mal, träumst du?" Mit diesen Worten stieß sie ihre Freundin von der Seite an. Erst jetzt rührte sich Sabine, und es war, als ob sie nun zum ersten Mal die Anwesenheit ihrer Freundin bemerkte. Langsam drehte sie sich halb zur Seite um und sah in Petras Richtung. Petra konnte nun einen Großteil von Sabines Gesicht sehen, und bei diesem Anblick, den sie nun von Sabine wahrnahm, schlug Petra mit Entsetzen die inzwischen sehr zittrigen Hände vors Gesicht. Ihre Freundin Sabine sah auf einmal mehr als fürchterlich aus. Sabine schien zu schreien, hatte diesen Schrei auf den Lippen, brachte aber kein Wort heraus. Ihr Gesicht hatte sich in eine starre Maske verwandelt, die nur Trauer und Entsetzen enthielt. Ihre Wimperntusche war über beide Wangen gelaufen und hinterließ durch die aus den Augen laufenden Tränen hässliche, schwarze Streifen auf dem Gesicht. Ihre Augen waren stark gerötet, ansonsten fehlte in ihrem Gesicht jegliche Farbe. Sie war weißer als die Wand des Klassenraumes. Selbst ihre Lippen hatten kein Rot mehr, sondern waren nur noch blasse, dünne Linien in ihrem Gesicht. „Sabine", würgte Petra irgendwie hervor, „Sabine, was ist denn passiert, was ist mit dir?" Sabine sah sie an und sah sie doch nicht. Sie schien sie gar nicht wahrzunehmen. Ihre Augen schienen leer zu sein. Ihr Blick ging einfach durch Petra hindurch und schien sich in der Ferne zu verlieren.
Mittlerweile war auch Herr Schneider auf die Situation der zwei im Raum stehenden Frauen aufmerksam geworden. „Frau Thaler, Frau Meinhardt, wenn Sie sich bitte setzen würden. Es

hat bereits geläutet, und wir würden, wenn es den Damen auch recht ist, jetzt gerne mit dem Unterricht beginnen." Er wandte sich von den beiden ab und wieder der Klasse zu, die ja nun auch auf die beiden Klassenkameradinnen aufmerksam geworden war. Normalerweise reichte so eine Bemerkung aus, um die Klasse im Zaun zu halten, aber die beiden Damen schienen heute wohl anderer Meinung zu sein. Da keine von beiden sich immer noch nicht rührte oder auch nur die geringsten Anstalten machte, der Aufforderung des Lehrers nachzukommen, entstand eine helle Aufregung. Irgendetwas lief hier ab, und das fanden die meisten spannend und sehr cool. Herr Schneider, noch in seine Unterlagen auf dem Pult vertieft, merkte, dass die Klasse unruhig wurde und seine Autorität gleich am Montagmorgen, schon zu Beginn der Woche, in Gefahr geraten könnte, und wollte dementsprechend hart vorgehen. Die beiden Mädchen dagegen hatten sich immer noch nicht von der Stelle gerührt. Er wollte gerade losbrüllen, als ihm auffiel, dass Petra wohl versuchte, ständig auf Sabine Thaler einzureden, diese schien jedoch nicht auf die guten Ratschläge ihrer Freundin hören zu wollen. Mit einer gehörigen Portion Wut im Bauch stand er von seinem Stuhl auf und ging zielstrebig auf die beiden Damen zu. „Hatte ich nicht gesagt, Sie mögen sich hinsetzen?", brüllte er sie nun heftig an. Petra sah ihn an, und auch sie hatte jetzt Tränen in den Augen, die auch ihr über das ganze Gesicht liefen und ihre Wangen benetzten. „Bitte, Herr Schneider, helfen Sie ihr, bitte!" Der Lehrer verstand nicht, was die Schülerin von ihm wollte, was daran lag, dass er immer noch seitlich von Sabine stand und bisher nur Petras Gesicht sehen konnte. Deshalb fasste er Sabine an der Schulter und drehte sie zu sich herum. Noch immer stand der Mund von Sabine zu einem Schrei offen, den sie aber niemals herausgebracht hatte. Mit dem gleichen Entsetzen sah er sie nun an. Das Gesicht von Sabine schien, bis auf die herunterlaufenden Tränen, eingefroren zu sein. Ihre Schultern zuckten von dem lautlosen Schluchzen auf und ab. Aber kein Ton war von ihr zu hören, es war ähnlich einem Fernseher, bei dem mittels Fernbedienung der Ton abgeschaltet worden war. Man sieht das

Bild zwar noch, aber der Ton fehlt gänzlich. Dadurch dass der Lehrer Sabine zu sich gedreht hatte, sah nun auch die Klasse von ihren Plätzen aus Sabines Anblick. Mehrere Schreie von den Klassenkameradinnen, die Sabine erst jetzt richtig wahrgenommen hatten, erschallten durch den Raum. Plötzlich, als wäre der erste Schrei ein Zeichen gewesen, knickten die Beine von Sabine ein, und ehe Herr Schneider eingreifen oder zugreifen konnte, fiel sie wie eine welke Blume ohnmächtig zu Boden.

Ben hörte langsam auf zu schreien. Er hatte rot verweinte Augen und sah fürchterlich aus. Auf dem Boden kniend befand er sich immer noch auf der Straße, ohne dass jemand ihn zu beachten schien. Der Leichnam des Jungen, besser gesagt *sein* Leichnam, wurde gerade von der Straße aufgehoben und in einen Zinnsarg hineingelegt. Einsatzkräfte der hiesigen freiwilligen Feuerwehr – in ihren schwarzen Schutzanzügen mit gelben Streifen und der Aufschrift „Freiwillige Feuerwehr" – hatten begonnen, die entstandene Blutlache mit einem kräftigen Wasserstrahl aus dem Schlauch von der Straße zu spülen, sodass an dieser Stelle in ein paar Minuten nichts mehr an den Unfall erinnern würde und der Verkehr, der mittlerweile weitgehend um die Unfallstelle umgeleitet wurde, wieder durch die Straße führen konnte.

Ben hob nur langsam den Kopf, als er hörte, wie das Fahrrad auf die Ladefläche des Einsatzwagens der Feuerwehr geworfen wurde. Er saß ein Stück hinter dem Seitenstreifen an einen Mast einer Straßenlaterne gelehnt und weinte sich die Augen aus. Er wollte endlich aufwachen aus diesem schrecklichen Albtraum, denn nur das konnte es sein.

Hoffnung keimte in seinem Herzen auf, dass es sich hier um einen Traum handeln musste, der eben sehr realistisch schien. Ein Traum, wo er sich selbst nach einem Verkehrsunfall tot auf der Straße liegen sah. Bisher war er bei so etwas immer aufgewacht, bevor es so schrecklich wurde, diesmal jedoch schien der Traum nicht enden zu wollen. Auch waren bisher die Umgebung, die Personen und die Stimmen immer viel verschwommener erschienen. Auch hatte er in seinen Träumen nie davon geträumt, dass er nur träumte. Das alles passte irgendwie nicht zusammen. Aber das, was er sah, war ja auch nicht real. Und noch unrealistischer war der Umstand, dass er selbst gerade darüber nachdachte und dasaß und dass alles ganz genau erkennen konnte. Selbst die Stelle, an der er gelegen hatte, war so deutlich vor ihm wie das

Gesicht des Jungen, das sich in seinen Kopf eingeprägt hatte. Das Gesicht mit den starren, toten Augen.

Er hatte genug von diesem Traum! Krampfhaft befahl er sich selbst, endlich aufzuwachen, sich irgendwie aus dem Bett zu rollen und auf den harten Boden zu fallen, um endlich aufzuwachen. Immer wieder sagte er sich: „Ben, du schläfst nur, mach dir keine Sorgen", aber er hatte wahnsinnige Angst.

Jetzt, da die Unfallstelle aufgeräumt und der Leichnam des Jungen bereits abtransportiert wurde, kam ihm eine weitere Möglichkeit in den Sinn, an die er bisher gar nicht gedacht hatte. Wenn das hier doch kein Traum war, bestand ja immer noch die Möglichkeit, dass ihm seine Nerven einen Streich gespielt hatten. Dies klang doch nach erstem Überlegen recht plausibel, und weitere Gedanken über die damit verbundenen Umstände wollte er sich gar nicht erst machen. Er beruhigte sich langsam wieder und hätte jetzt gerne noch einmal das Gesicht des Jungen gesehen, wobei er sich beim ersten kurzen Anblick, als er das Gesicht des am Boden Liegenden mit all dem Blut um ihn herum gesehen hatte, auf der Stelle die Seele aus dem Leib gekotzt hatte. Als er einige Minuten später wieder aufblickte, war der Leichnam schon abgedeckt gewesen. Er schien sich bloß getäuscht zu haben. Anders konnte es nicht sein. Der Schock spielte ihm einfach einen bösen Streich.

Erschöpft, hilflos und unfähig, einen weiteren klaren Gedanken zu fassen, wendete sich Ben an den einzigen Halt, der ihm jetzt noch in den Sinn kam: an Gott. „HERR, bitte hilf mir", betete er erst im Stillen und dann sogar laut: „Hilf mir, dass ich endlich aufwache aus diesem Albtraum." Immer und immer wieder sprach Ben dieses Gebet herunter, so als würde es erst dann helfen, wenn seine Gebete eine bestimmte Anzahl erreicht hätten. So wie man im katholischen Glauben eine gewisse Anzahl an „Rosenkränzen" betete, zum Beispiel auf Beerdigungen, oder als Beichte eine gewisse Anzahl an Gebeten sprechen musste, damit einem vergeben wurde. Aber Ben war dies jetzt nicht wirklich bewusst. In diesem Moment handelte er einfach instinktiv, um der nackten Angst zu entfliehen. Und – sieh an! – das

Erstaunliche geschah! Ben spürte, wie er nach und nach ruhiger wurde. Er gelang ihm zwar nicht, das Ganze zu verarbeiten, aber das Gebet half ihm erst einmal, sich zu beruhigen, vielleicht war es auch nur die Tatsache, dass er sich nun auf etwas anderes konzentrierte und dadurch den Wahnsinn ausblendete. Darum betete er immer weiter, er wollte den neu gewonnenen Halt nicht verlieren, um nicht vollkommen durchzudrehen. Er schloss erneut seine Augen, neigte seinen Kopf und betete: „Jesus, mein Heiland, du hast mir schon so oft geholfen. Bitte hilf mir auch jetzt, aus diesem Traum, der mich verrückt werden lässt, aufzuwachen." „Jesus", schrie Ben, „hilf mir!" Plötzlich setzte sich ein Gedanke in Ben fest. Ob Gott, der Schöpfer der Welt, ihm durch diesen Traum etwas mitteilen möchte? „HERR, sind die Bilder des Traumes, die ich gerade eben gesehen habe, ein Zeichen von dir? HERR, muss ich bald sterben? Willst du mir das zeigen? Jesus, du weißt, dass ich an dich glaube, an deine Macht und Herrlichkeit. Du kannst Dinge geschehen lassen, die wir nicht begreifen können. Ich will ja das tun, was du von mir willst, wenn es dein Wille ist. Aber bitte, Herr, lass mich aufwachen und diesen Traum vergessen. Bitte, Herr. Bitte, hilf mir!" Ben war total verzweifelt, und die innere Ruhe, die er für kurze Zeit verspürt hatte, war wieder vollkommen dahin. Er redete wild durcheinander, unfähig, einen klaren Gedanken zu fassen, und zwischen Hoffung und Glaube kamen in seinen verzweifelten Gebeten nun auch Unverständnis, Hass, Wut und vor allem Angst zum Ausdruck.

„B E N J A M I N!" Ben riss erschrocken die Augen auf, aber nichts um ihn herum hatte sich verändert. Alles war genauso unwirklich wie zuvor. Noch immer saß er am Straßenrand, während die Einsatzfahrzeuge immer noch auf der Straße zu sehen waren. Einzig die Passanten waren nicht mehr da, weil es anscheinend nichts mehr für sie zu sehen gab. Nur vereinzelte Passanten standen der Polizei noch für ihre Aussagen zur Verfügung. Nichts war anders als vorher, aber er hatte doch deutlich seinen Namen gehört, oder war er jetzt etwa schon so durchgeknallt, dass er sich das nun auch noch einbildete? „Ben, du Vollidiot, natürlich hast du dir das nur erdacht, weil du es selber glauben willst! Sieh dich doch mal um, hier ist alles verrückt, und logischerweise ist auch niemand da, der dich angesprochen hat. Mann, jetzt rede ich schon mit mir selbst!", schimpfte er mit sich. Daraufhin schloss er wieder verzweifelt die Augen und versuchte weiterzubeten, sich an etwas zu klammern, was ihm jetzt aber sichtlich schwerer als noch vorhin fiel. Er presste die Augen so fest zusammen, dass sie schon wehtaten, genauso verhielt es sich mit seinen Händen, bei denen die Knöchel schon weiß hervortraten. Jetzt wollte er mit aller Kraft aus der Situation hier raus, und er ließ nicht locker, so als könne er mit viel Kraft Jesus näher sein oder intensiver beten. Absolute Panik stand ihm ins Gesicht geschrieben „HERR, ich habe solche Angst. Ich habe so schreckliche Angst, dass ich sterben muss. Oh bitte, HERR, verschließe deine Ohren nicht vor mir."

„B E N J A M I N – HÖRE AUF DEIN HERZ UND BEACHTE NICHT DIE FURCHT, DIE SICH EINSCHLEICHT, SONDERN GEDENKE DER MACHT, DIE ICH HABE. ICH WAR UND BIN STETS AN DEINER SEITE."

„HERR, HEILIGER GOTT, ich bin es nicht wert! HERR, bitte lass ab von mir!"

So plötzlich, wie Ben die Stimmen vernommen hatte, so plötzlich war es nun wieder still um ihn. Und es blieb weiterhin still. Daran zu glauben, dass es einen Gott gab, war eine Sache. Seine Stimme deutlich in seinem Kopf zu hören, war etwas völlig anderes. „Ich spinne, ich spinne, ich spinne", brummelte Ben ständig vor sich hin, als wolle er dadurch böse Geister vertreiben. Erst nach einigen Minuten, in denen er sich diese Worte immer wieder vorsagte, schaffte er es wieder, klarer zu denken. Er spürte es selbst in sich drinnen – er stand kurz davor, durchzudrehen und verrückt zu werden.

„Steh auf, Benjamin!“ Mit einem Ruck war er wach – hellwach, denn diesmal hörte Ben die Stimme nicht nur im Kopf, sondern deutlich neben sich. Aus Angst öffnete er nur langsam die Augen. Er wagte es kaum, sich umzusehen, und versuchte lieber, seine Nerven zu beruhigen, um sich auf die neue Situation einzustellen. Doch als er in die Richtung sah, aus der er die Stimme gehörte hatte, stand diesmal wirklich ein Mann vor ihm. Ein Mann von circa vierzig Jahren stand seelenruhig vor ihm und bot ihm seine Hand an, damit er leichter aufstehen konnte. Sein Auftreten wirkte freundlich, dazu war er sportlich gekleidet. Er sah eigentlich so aus, als ob er gerade Urlaub machen würde. Seine Haut war braun gebrannt, dazu hatte er dunkle Haare und blaue Augen und war mit ungefähr 1,85 Meter Größe bestimmt einen Kopf größer als Ben. Seine Augen leuchteten, und ein leichtes Lächeln lag auf seinem Gesicht. Er war alles in allem eine sehr sympathische Erscheinung, eine Erscheinung, die Vertrauen ausstrahlte.

„Wer sind Sie? Woher kennen Sie meinen Namen?“, sprudelte es jetzt aus Benjamin heraus, der einfach nur froh war, wieder mit jemandem reden zu können.

„Oh, das ist einfach, Benjamin. Ich kenne alles aus deinem Leben, denn unser HERR sandte mich hierher, um dir zu helfen“, antwortete ihm der Fremde. Ben versuchte, einigermaßen klar zu denken. „Sind ... sind Sie ein Pastor? Ich habe Sie hier noch nie gesehen!“ „Ich war immer da, nur obliegt es den Sterblichen nicht, uns zu sehen.“ Bens Stirn legte sich in tiefe Falten, man konnte sehen, wie er angestrengt nachdachte, und seine gesamte Körperspannung ging auf Abwehr. „Es obliegt den Sterblichen nicht, Sie zu sehen?“, wiederholte Benjamin den Satz noch einmal, um sich zu vergewissern, ob er richtig gehört hatte. Der fremde Mann nickte jedoch nur leicht mit dem Kopf und antwortete: „Ja, Benjamin, du bist gestorben und wirst nun im Reiche Gottes ewig leben.“

Die Beamten Brender und Petersen fuhren im Streifenwagen Richtung Schule. Dort hatte sich durch andere Schüler, die am heutigen Tag erst zur zweiten Stunde Schulbeginn hatten, die Nachricht über einen Unfall bereits herumgesprochen. In blühender Fantasie wurde erzählt, dass es bei einem Massenunfall mehrere Tote und viele Verletzte gegeben hatte. Polizei, Rettungswagen und Feuerwehr und sogar ein Hubschrauber waren im Einsatz gewesen, wodurch die Straße bestimmt für mehrere Stunden gesperrt werden würde. Leider hatten die Schüler nicht erfahren, was genau und vor allem wie es passiert war, aber alle waren tief betroffen, dass es viele Tote gegeben hatte, und die Unruhe unter den Schüler wuchs von Minute zu Minute. Als nun der Streifenwagen vor dem Schulgebäude stehen blieb, waren alle Schüler bis zum Zerreißen gespannt, Näheres zu erfahren. Beide Beamten gingen jedoch geradewegs ins Sekretariat hinein.

„Guten Morgen, mein Name ist Hauptkommissar Brender, und das ist mein Kollege, Hauptkommissar Petersen", stellte Brender sich und seinen Kollegen einer älteren Dame im Sekretariat der Schule vor. „Guten Morgen, die Herren, womit kann ich Ihnen helfen?", lautete ihre höfliche Antwort, obwohl die Art und Weise, wie sie es sagte, eher ablehnend war. Anscheinend hatte sie noch nichts von den Ereignissen der frühen Morgenstunden mitbekommen, oder sie gab einfach nichts auf Klatsch, der überall verbreitet wurde. „Wir möchten gerne den Schulleiter sprechen", sagte Hauptkommissar Petersen. „Oh, meine Herren, da haben Sie aber Pech, das geht heute Morgen leider überhaupt nicht. Wenn Sie vielleicht heute Nachmittag noch einmal wiederkommen möchten? Warten Sie, ich sehe gleich mal nach, ja, ab 15:30 Uhr hätte ich noch einen Termin beim Herrn Direktor frei. Soll ich Sie dann also gleich vormerken, damit der Herr Direktor auch wirklich Zeit für Sie hat?" Hauptkommissar Brender war regelrecht sprachlos. Das hatte er schon lange nicht mehr erlebt, dass jemand so mit ihm umgegangen war. Die ältere Dame schaute ihn etwas verdutzt an und meinte: „Darf es denn sonst noch etwas sein?" Brender wurde nun richtig ungeduldig, und die Zornesröte stieg ihm ins Gesicht. Deshalb sagte er vielleicht etwas schärfer als beabsichtigt: „Hören Sie, Frau …“ „Schrader!“, ergänzte die Sekretärin seinen Satz und zeigte mit dem Finger auf das vor Brender stehende Schild. „Hören Sie, Frau Schrader, wir müssen dringend mit Herrn Direktor …“ „Krumm“, ergänzte die Sekretärin erneut, die sich aus dem Ganzen hier ein Spiel zu machen schien. „Was ist krumm?“, wollte der Beamte, sichtlich erneut aus dem Konzept gebracht, wissen. „Herrn Direktor Krumm, wie ‚gerade‘, nur halt eben ‚krumm‘. Sichtlich verwirrt, wohl auch durch die Ereignisse des heutigen Morgens, begann Brender von Neuem und um Ruhe bemüht seine Frage: „Wo war ich gleich stehen geblieben?“, brummelte er. „Sie wollten Herrn Direktor Krumm sprechen.“ „Ja genau, und zwar jetzt *sofort*“, wobei er das Wort „sofort“ lautstark betonte. Entrüstet erwiderte Frau Schrader: „Wie stellen Sie sich das denn vor, sofort! Sie glauben doch nicht wirklich, der Herr Direktor hat nur auf Sie gewartet. So naiv hätte ich Sie gar nicht eingeschätzt. Herr Direktor Krumm befindet sich gerade in einer sehr, sehr wichtigen Konferenz und hat ausdrücklich darauf bestanden, dass er nicht gestört werden darf. Also wollen Sie nun, dass ich den 15:30-Uhr-Termin für Sie eintrage oder nicht?“ Frau Schrader war nach ihrer lautstarken Parade sofort wieder in die für sie übliche sachliche Darstellung der Fakten übergegangen, dabei war sie so dominant und redegewandt, dass beide Herren eigentlich nur bewundernd hätten Applaus klatschen können, denn so etwas hatten sie beide noch nicht erlebt. Sie wurden von der Vorzimmerdame des Schuldirektors förmlich zur Schnecke gemacht! Dementsprechend brauchten sie erst einige Zeit, um sich zu sammeln. Insgeheim bedauerte Brender die Schüler, denn sollten die mal ein Anliegen haben, würden sie hier, wenn Frau Schrader nicht darauf einging, ganz sicher keine Chance haben. Bei Brender hatte sie jedoch einen wunden Punkt getroffen. Jetzt wurde er so richtig sauer. Diese störrische Person vor ihm sollte ihn noch richtig kennenlernen! Den weiteren Verlauf dieses Gespräches würde er sich nicht wieder so schnell aus der Hand nehmen lassen. Deshalb baute er sich jetzt mächtig vor dem

Schreibtisch der Sekretärin auf, knallte seinen Dienstausweis auf den Schreibtisch und stützte sich mit beiden Händen am Schreibtisch ab. Dabei schaute er Frau Schrader direkt in die Augen und sagte laut und deutlich: „Wenn Sie uns nicht *sofort* zu Herrn Direktor Krumm bringen, werde ich Sie und Herrn Direktor Krumm wegen Behinderung bei der Ermittlung einer polizeilichen Angelegenheit festnehmen lassen und Ihnen meine Fragen auf dem Polizeirevier stellen." Etwas leiser und beruhigter fügte er noch hinzu: „Haben Sie das verstanden!" „Dazu haben Sie kein Recht", antwortete die sichtlich aus der Reserve gelockte Dame. Was fällt Ihnen überhaupt ein, mich wie einen Verbrecher zu ..."

„Frau Schrader, darf ich erfahren, was hier los ist?" Ein Mann von über fünfzig Jahren stand in der Tür zu seinem Büro und hatte die Brille in der Hand, mit der er jetzt auf die beiden Beamten wies. „Wer sind die beiden Herren?" „Entschuldigen Sie vielmals, Herr Direktor, die Herren sind von der Polizei und bestanden darauf, sofort zu Ihnen gelassen zu werden." „Und warum haben Sie mich nicht informiert, dass die Polizei hier im Hause ist?" „Aber Herr Direktor, Sie sagten doch, dass Sie unter keinen Umständen gestört werden wollten ..." „Frau Schrader, auch wenn Ihnen das bisher entgangen zu sein scheint, die Herren sind von der Polizei und werden bestimmt einen dringenderen Grund haben als meine Besprechung mit Frau Schulze, wenn sie so früh am Morgen um ein Gespräch bitten!"

„Krumm, Paul Krumm, Direktor der Schule", stellte sich der Mann den Polizisten vor. „Meine Herren, ich möchte mich für das Verhalten meiner Sekretärin in aller Form entschuldigen. Wenn ich Sie nun bitten dürfte, in mein Büro zu kommen." Der Direktor ging einen Schritt zur Seite, um den Eingang in sein Büro freizumachen, und gab mit einer Geste zu verstehen, dass die Herren doch bitte eintreten möchten. Nachdem die beiden Polizisten der Aufforderung nachgekommen waren, wandte sich der Direktor erneut an seine Sekretärin. „Frau Schrader, bitte stören Sie uns in den nächsten Minuten nicht. Sollten aber

noch weitere Beamte eintreffen und zu mir wollen oder sollte
das Gebäude abbrennen, einstürzen oder sonst ein Unheil geschehen, was meine Anwesenheit notwendig macht, so fände
ich es sehr hilfreich, wenn Sie mir ungeachtet meiner Äußerung
dennoch Bescheid geben würden." Mit diesen Worten ließ er sie
zurück und schloss seine Bürozimmertüre. Das Büro war mit alten
Möbelschränken und einem Schreibtisch aus Mahagoni ausgestattet. In der Mitte des Zimmers stand ein weiterer Tisch, der
sich durch seine helle Farbe deutlich von dem Büro abhob und
sicherlich nachträglich in das Büro hineingestellt worden war.
An diesem Tisch saß eine junge Frau, die Brender auf Anfang
vierzig schätzte, vor vielen Aktenordnern und Papieren. „Meine
Herren, darf ich Ihnen Frau Sabine Schulze vorstellen. Frau
Schulze arbeitet als Lehrerin und stellvertretende Direktorin an
dieser Schule und wird zum Jahresende die Leitung der Schule
übernehmen. Deshalb dachte ich, dass Frau Schulze dabeibleiben
sollte, wenn sie nichts dagegen haben." „Nein, ganz im Gegenteil,
wir kommen eigentlich mit der Bitte, uns bei einer Suchaktion zu
unterstützen", antwortete Petersen. „Bitte, meine Herren, nehmen sie doch erst einmal Platz", sagte der Direktor und bot den
Beamten an, auf den Stühlen Platz zu nehmen. „Darf ich Ihnen
einen Kaffee anbieten?" „Wir sind zwar im Dienst, aber einen
Kaffee könnten wir jetzt sehr gut gebrauchen." Der Direktor
stand noch einmal auf und ging zur Türe, öffnete sie und gab die
Anweisung, Kaffee für sie alle hereinzubringen, an Frau Schrader
weiter. Nachdem er wieder Platz genommen hatte, wendete er
sich wieder den zwei Beamten zu. „Sie sprachen gerade von einer Suchaktion, bevor ich Sie unterbrach." „Ja, es betrifft wohl
einen Schüler dieser Schule", übernahm nun der ältere Brender
wieder die Führung des Gespräches. „Hat dieser Junge irgendwelche Dummheiten gemacht?", fragte der Direktor. „Nein, es
gab heute Morgen leider einen Verkehrsunfall, an dem der Junge
beteiligt war, und wir ..." In diesem Moment kam Frau Schrader
ins Büro mit einem großen Tablett in der Hand, auf dem mehrere Tassen mit dampfendem Kaffee standen. Sie bemerkte sofort
die angespannte Situation, stellte die Tassen auf den Tisch, dazu

Milch und Zucker, und verließ den Raum genauso lautlos, wie sie gekommen war.

„Entschuldigen Sie die erneute Unterbrechung, nehmen Sie sich doch Kaffee. Milch? Zucker? Sie sagten, dass der Junge in einen Verkehrsunfall verwickelt war. Ist er denn flüchtig?“ „Nein!“ Brender machte eine Pause, da seine Stimme belegt war, zu sehr musste er bei dem Anblick des Jungen immer wieder an sein eigenes Kind denken. Sein Kollege kannte ihn bereits seit vielen Jahren, in denen sie zusammengearbeitet hatten, und bemerkte, wie schwer sich sein Kollege tat, deshalb beantwortete er nun für ihn die gestellte Frage. „Nein, Herr Krumm, leider ist der Junge noch am Unfallort gestorben!“ Beide Lehrkräfte zogen deutlich hörbar die Luft ein. „Wissen Sie denn, wie der Junge heißt und wo er wohnt?“, fragte Frau Schulze. „Nein, leider nicht genau.“ „Aber wie kommen Sie darauf, dass der Junge an unserer Schule war?“ „Wir haben mehrere Bücher mit dem Stempel dieser Schule gefunden. Leider steht dort nur der Name des Jungen, jedoch nicht seine Adresse, auch nicht in den Heften.“ „Und das möchten Sie nun von uns erfahren“, stellte der Direktor fest. „Ja, der Name des Jungen lautet ...“, Petersen blätterte in seinen Notizen, „... Benjamin Stein!“

Frau Schulze zuckte zusammen und schlug die rechte Hand vor den Mund. „Er war ein Schüler Ihrer Klasse?“, fragte der Schulleiter. „Ja, Benni, wie ihn alle nannten, war ein stiller, nicht bei allen beliebter Schüler meiner Klasse. Seine Noten waren auch nicht die besten, aber ich mag ihn ... ich ... ich meine ... ich mochte ihn sehr, denn er war immer ehrlich und höflich anderen gegenüber. Das habe ich immer sehr geschätzt an ihm. Ich glaube, es wird trotzdem ein Schock für die Mitschüler sein, so eine Nachricht zu erfahren.“

„Haben Sie die Anschrift von Benjamin Stein?“, fragte Brender sie. „Nein, ich weiß nicht genau, nein, sie ist mir nicht bekannt“, antwortete Frau Schulze, die sichtlich mit den Nerven rang, um nicht weinen zu müssen. „Frau Schrader kann sie uns geben“, sagte der Direktor plötzlich. Er ging erneut auf die Türe zu. „Frau Schrader, bitte kommen Sie doch kurz herein.“ Gleich darauf kam Frau Schrader herein, blieb aber in der Türe stehen. „Herr Direktor?“ „Frau Schrader, können Sie uns die Adresse von Benjamin Stein aus der ...“ „10 G B“, half ihm Frau Schulze weiter, „... also aus der 10 G B geben?“ „Aber behandeln Sie diese Information bitte sehr diskret“, warf Hauptkommissar Brender ein. „Selbstverständlich“, schnippte Frau Schrader zurück, die mit dieser Bemerkung erkennen ließ, dass sie und Brender in diesem Leben wohl keine Freunde mehr würden.

„Hat sich der Junge denn irgendwie auffällig verhalten?“, kam nun die polizeiliche Fragestellung von Petersen an Frau Schulze. „Wie meinen Sie das?“ „Wie war er denn so? Hatte er Probleme in der Schule, vielleicht schlechte Noten, was hatte er für Interessen, was für Freunde ... erzählen Sie einfach alles, was Ihnen sonst noch einfällt.“ „Nein ... also Benjamin war kein guter, aber auch kein schlechter Schüler.“ Als Frau Schulze nicht weitersprach, hakte Brender erneut nach: „Na, hatte er vielleicht Streit mit einem oder mehreren Schülern?“ „Nein, ich denke nicht, aber natürlich kann ich das nicht genau sagen“, gab die Lehrerin zu. „Aber er war nicht sonderlich beliebt, sagten Sie.“ „Na ja, er wirkte immer etwas arrogant.“ „Arrogant? Wie zeigte sich das?“ „Na, Benjamin war ein stiller, zurückhaltender Junge, wie ich ja schon bereits sagte.“ „Ja und?“ „Ja, und deshalb kam er nicht sonderlich gut an bei seinen Mitschülern. Er hat sich oft selbst ausgegrenzt.“ Beide Beamten merkten, dass sich Frau Schulze nicht ganz wohl fühlte in ihrer Haut. Jede Information musste man ihr sprichwörtlich aus der Nase ziehen, aber beide wussten auch, dass sie von ihr noch viel mehr erfahren würden. „Ich verstehe Sie nicht ganz, was meinen Sie mit ausgegrenzt?“, wollte jetzt der Direktor wissen und war mit seiner Frage nur einen Tick schneller als die beiden Polizeibeamten, die sich bis jetzt noch kein Bild von Benjamin Stein machen konnten. „Na, zum Beispiel bei der neuen Referendarhilfe. Bei diesen jungen Dingern, da versuchen es die älteren Mitschüler ja immer ...“ Es klopfte an der Türe, und Frau Schrader kam mit einem Zettel in der Hand herein. „Entschuldigen Sie die Störung, ich wollte Ihnen nur die gewünschte Information so schnell wie möglich geben.“ Mit diesen

Worten reichte sie den gefalteten Zettel an den Polizeibeamten vorbei direkt an Herrn Direktor Krumm. Dieser nahm den Zettel mit der Adresse entgegen, bedankte sich bei ihr für die schnelle Information und wartete, bis Frau Schrader die Türe wieder von außen geschlossen hatte. Dann las er die Information, die auf dem Zettel stand, vor und gab den Zettel an die Beamten weiter. „Danke", bedankte sich Brender. „Frau Schulze, wenn Sie bitte fortfahren würden", nahm er dann das Thema erneut auf. „Ja, wie ich schon sagte, bei den neuen Lehrkräften werden immer gern Streiche gespielt. Und bei Frau Müller hatten sie einen Frosch gefangen und ihn in die Schublade ihres Schreibtisches gesetzt. Der fing dort natürlich irgendwann in der Stunde an, Geräusche von sich zu geben. Als sie dann die Schublade aufmachte, waren wohl beide überrascht, und der Frosch hüpfte ihr geradewegs entgegen." „Ja, ich weiß noch, wie sie damals zu mir kam", fügte der Direktor hinzu. „Und Benjamin Stein hatte ihr diesen Streich gespielt?", hakte der Beamte nach. „Na ja, ich bin dann mit Frau Müller in die Klasse gegangen und wollte natürlich, dass sich der Schuldige meldet. Das tat aber niemand, wie Sie sich denken können. Ich fragte dann, ob jemand gesehen hatte, wer das gewesen war, aber wie Sie sich denken können, meldete sich erneut niemand. Da sah ich Benjamin Stein in der Ecke sitzen. Er hatte den Kopf nach unten geneigt. ‚Junger Mann', hatte ich damals zu ihm gesagt, ‚wissen Sie, wer es war?'" „Und da sagte Benjamin Stein Ja", warf Hauptkommissar Brender ein. „Ja, genauso war es!", antwortete der Direktor. „Da kann ich mir gut vorstellen, dass er nicht so beliebt war. Aber warum tat er das? Wie Sie doch sagten, hätten Sie es nie herausgefunden, und solche Scherze waren auch schon zu meiner Zeit üblich. Eine Strafarbeit für alle, und das wäre es gewesen", äußerte sich Brender. „Ich glaube, da kann ich wieder was dazu sagen", meldete sich nun Frau Schulze wieder zu Wort. „Benjamin hatte so einen Spleen, wissen Sie. Er glaubte an Jesus und so was", erzählte sie weiter. „Na, ich glaube, an Gott zu glauben, ist doch kein Spleen, oder?", stellte Kriminalbeamter Petersen die Frage in den Raum. „Aber doch nicht in der heutigen Zeit! Wir sind doch ein aufgeklärtes Volk

und keine Hinterwäldler mehr, denen man mit Gott noch Angst
einjagen kann", sagte der aufgebrachte Direktor völlig irritiert.
„Also Benjamin glaubte an Gott", brachte Wachtmeister Brender
das Thema wieder auf. „Ja, und deshalb sagte er, dürfe er nicht lügen." „Also hat er die Mitschüler verraten?", fragte Brender. „Ja
natürlich", antwortete Frau Schulze wie aus der Pistole geschossen. „Nein, das stimmt nicht", platzte nun der Direktor wieder
in die Diskussion hinein. „Ich hatte den Jungen mit vor die Türe
genommen und ihn nach dem Namen gefragt, aber er hat ihn mir
nicht gesagt." „Warum nicht? Er hatte doch bereits gesagt, dass er
wusste, wer es war." „Ja, das stimmt, er sagte damals nur … wie
war das noch?" Der Direktor legte seine Hand auf die Stirn und
überlegte. „Er sagte, dass er die gestellte Frage bejahen musste,
aber der Schuldige sich selbst stellen sollte, und er bat mich, ihn
nicht weiter zu bedrängen oder so ähnlich." „Und was haben Sie
daraufhin getan?" „Ich habe gesagt, dass er das ja wohl nicht mit
seinem Glauben rechtfertigen könnte. Er sagte damals nur, dass
er nicht lügen würde, was aber nicht bedeutete, dass er jemanden
verraten würde. Ich bin damals vor Zorn ausgerastet. Was glaubte der Junge denn, wen er vor sich hatte? Ich bin der Direktor
dieser Schule, habe ich ihn angeschrien, und verlangte auf der
Stelle, dass er mir den Namen des Schuldigen nannte. Aber er
tat es nicht. Ich bin nicht sehr stolz darauf, aber ich habe ihm damals gedroht, dass ich vor der Klasse behaupten würde, er hätte
den Namen genannt. Aber es war ihm egal, er hat den Namen
mir gegenüber niemals preisgegeben." „Vielleicht hat er ihn nie
gewusst?" „Doch, das hat er", schaltete sich Frau Schulze ein.
„Als er wieder in die Klasse hereinkam, in der ich dann mittlerweile die nächste Stunde leitete, konnte selbst ich sehen, wer die
Anführer waren, die ihm mit Gesten und Worten das Verpetzen
heimzahlen wollten." „Und was taten Sie?" „Ich … ich weiß es
heute leider nicht mehr", log Frau Schulze sehr schlecht. „Gab
es weitere Zwischenfälle dieser Art?" „Na ja, wie ich schon sagte,
er war nicht sehr beliebt bei den Mitschülern. Er wirkte arrogant
auf sie, war stets alleine in der Pause, hatte, soweit ich weiß, keine Freunde, und oft wurde er als Opfer ausgewählt, das stimmt

schon. Aber nicht, dass Sie denken, er wurde verprügelt, da hätten wir als Lehrer sofort eingegriffen." „Glauben Sie, dass seine Mitschüler ihn bedrängt hatten? Hatte er Angst vor ihnen und nahm sich vielleicht deshalb freiwillig das Leben?" „Selbstmord? Sie glauben, er hat sich selbst umgebracht? Wie kommen Sie auf diese Idee?"

„Wissen Sie", setzte der Hauptwachtmeister Brender an, „der Unfall passierte um 07:45 Uhr. Der Junge war auf dem Weg zur Schule. Eine Schule, die für ihn, sagen wir mal, mit Schwierigkeiten belastet war. Aber der Schulweg, den er vom Kastanienweg hätte nehmen müssen, wäre ein anderer gewesen. Aber Herr Stein hat die der zu dieser Zeit voll befahrenen Hauptstraße gewählt. Zudem hat er nach Augenzeugenberichten auf dem Gehweg hohe Geschwindigkeit aufgenommen und dann ohne ersichtlichen Grund mit hoher Geschwindigkeit die Straße gekreuzt. Wenn Sie mich nach meiner Meinung fragen, würde ich sagen, dass der Junge für sich keinen anderen Ausweg mehr sah und bewusst den Unfall und seinen Tod gesucht hat. Aber das behalten Sie bitte für sich, die Beweisführung in diesem Fall ist noch nicht abgeschlossen." Niemand in diesem Raum widersprach der Vermutung des Beamten.

„Ich würde meine Klasse gern selbst davon in Kenntnis setzen, geht das?", gab Frau Schulze zu verstehen. Aus ihrer Stimme war jede anfängliche Selbstsicherheit gewichen, und wahrscheinlich sah sie ihr eigenes Fehlverhalten nun mit anderen Augen. „Natürlich, ich möchte Sie nur bitten, nichts von unseren Vermutungen zu erwähnen und mindestens noch eine Stunde zu warten. Wir würden gern erst mit den Eltern des Jungen reden, das verstehen Sie doch sicherlich?" „Ja, natürlich", meinte nun auch ein geknickter Schuldirektor.

„Nun, dann möchten wir Sie nicht länger aufhalten." Mit diesen Worten standen die zwei Beamten auf, verabschiedeten sich von den Lehrkräften und ließen die beiden allein zurück. „Ich glaube, die haben einen großen Bissen vorgesetzt bekommen, an dem sich noch lange zu kauen haben werden", sagte Brender mehr zu sich als zu seinem Kollegen. Dieser sah es aber genauso und nickte nur verständnisvoll. Beide gingen unter den Augen vieler Schulkinder schweigend zu ihrem Dienstfahrzeug, da sie sich der Schwere ihrer nächsten Aufgabe vollends bewusst waren. Petersen ließ den Motor an, schaute in den Rückspiegel und lenkte das Fahrzeug auf die Straße. Mit mulmigem Gefühl in der Magengegend fuhren sie direkt zum Elternhaus von Benjamin Stein.

„Ich bin also Ihrer Meinung nach gestorben, ja?", fragte Ben sein Gegenüber mit sarkastischem Unterton. „Ja, Benjamin!", erfolgte die knappe, emotionslose Antwort des Mannes. „Hören Sie auf, mich Benjamin zu nennen, so nennt mich keiner mehr seit vielen Jahren, das sollten Sie eigentlich wissen, wenn sie mich so gut kennen wollen." „Ich weiß, Benjamin, Verzeihung – Ben –, aber ich persönlich finde Benjamin sehr viel schöner." „Lassen wir das", winkte Ben genervt ab, weil er schon von seiner Tante wusste, die ihn auch immer so nannte, dass eine Diskussion ja doch nichts einbrachte. Wenn der andere Benjamin schöner fand, würde er es sowieso immer wieder sagen, genauso wie seine Tante es seit Jahren tat.
Ben wollte laut losschreien oder handgreiflich werden, nur um etwas zu tun, aber stattdessen sagte er nur: „Aber warum, wieso hier und heute, und wer sind Sie eigentlich nun wirklich?" „Ich bin Kaleb", sagte der Mann zu Ben, „und ich bin die Antwort auf dein Gebet." „Auf mein Gebet?", echote Ben. „Natürlich, du hast doch zum Herrn gebetet, und deshalb schickte Jesus mich zur dir." „Und was soll der Quatsch von vorhin? Ich meine, Sie haben mir einen ganz schönen Schrecken eingejagt mit dem Blödsinn, dass ich gestorben sei. Für eine Sekunde dachte ich, ich wäre im Himmel." „Und was macht dich da so sicher, dass du nicht gestorben bist und nicht im Himmel bist?" „Na, Sie sind ja wohl kein Engel, oder?" „Doch!" „Doch?" „Ja!" „Ja?" „Benjamin, Verzeihung, Ben, was soll das hier werden?" „Das weiß ich doch nicht! *Sie* reden doch dauernd so einen Scheiß." „Du glaubst

also, genau im Detail zu wissen, wie Engel aussehen." „Ja!" „Und wie sehen Engel deiner Meinung nach aus und wo und wie viele hast du denn schon gesehen?" „In Kirchen und auf Bildern ..." „Ben, wie viele Engel hast *DU* schon gesehen?" „Natürlich keinen!" „Dann glaube mir, dass ich ein wahrer Engel bin." „Und welchem Umstand verdanke ich es, dass ich Sie, äh, dich – Engel – sehen kann?" „Deinem irdischen Tod." „Meinem Tod?" „Ben, die Kommunikation zwischen uns gestaltet sich recht schwierig, findest du nicht auch? Also, wenn du mir mal zuhören würdest ..." Ben verschränkte trotzig die Arme vor der Brust. „Bitte, ich höre zu." Kaleb versuchte mit ruhigen Worten, es ihm zu erklären. „In gewisser Weise bist auch du nun ein Engel, genauso wie ich." „Das heißt also ... Sie sind ... tot? Ich meine, Sie Leben nicht mehr, obwohl sie leibhaftig vor mir stehen?" Ben hatte schon wieder vergessen, dass er dem Fremden doch versprochen hatte, erst einmal zuhören zu wollen. Aber eigentlich wollte er das nicht wirklich, gestand er sich selbst in Gedanken ein. „Sie sind also so richtig gestorben?", wandte sich Ben erneut mit einem sarkastischen Unterton an ihn. Dabei ging er zwei Schritte auf ihn zu und berührte sein Gegenüber am Arm, um das, was er sah, durch Betasten und Befühlen bestätigt zu bekommen. Seine Finger griffen nicht ins Leere. Er konnte unter dem Druck seiner Finger deutlich einen Arm und sogar die wärmende Haut fühlen, wie bei jedem anderen „normalen" Menschen auch.

Dass er, Benni, einen schweren Unfall gehabt hatte und dabei bewusstlos oder zumindest so stark verletzt war, dass er in einen traumaähnlichen Zustand gefallen war, hatte er inzwischen für sich als mögliche Ursache realisiert, denn anders war es ja auch gar nicht möglich, hier solche Gespräche zu führen. Er steckte in einem Trauma fest, obwohl sich das ihm dargebotene Bild in seinem Kopf regelrecht eingebrannt hatte. Wahrscheinlich würde er diesen Anblick, auch nachdem er wieder aufgewacht war, niemals mehr vergessen können. Dazu war das Bild vor seinen Augen, wie er da verkrümmt auf der Straße lag, mehr als realistisch. Aber natürlich war es das nicht, es konnte gar nicht real sein. Er war kein kleiner Junge mehr, der an den Nikolaus glaubte. So etwas gab es nicht, es war einfach nicht möglich. Ein Traumgebilde! Eine Halluzination! Eine Fata Morgana! Hypnose! Irgend so etwas musste es sein, er hatte ja selbst keine Ahnung.

„Ich kann deine Gedanken hören, ohne dass du sie aussprichst, Benjamin. Es ist kein Traum."

Dass der Spinner da vor ihm – anders konnte er sein Gegenüber nicht bezeichnen – nicht ganz richtig im Kopf war, stand für ihn außer Frage. Jetzt wollte er auch noch seine Gedanken lesen oder hören oder was auch immer können. Was für ein Spinner! Sein erster Eindruck von ihm war zwar positiv gewesen, aber daran konnte man mal wieder sehen, was der erste Eindruck über einen Menschen aussagte, nämlich überhaupt nichts. Der Typ vor ihm hatte eine riesengroße Klatsche und hielt sich für einen Engel, vielleicht sogar für Gott selbst. „Hören Sie, verarschen kann ich mich selber. Ich weiß nicht, was hier vor sich geht, aber erzählen Sie mir nicht, dass ich tot bin und Sie ein Engel sind. Hier sehen Sie, ich bin real, aus Fleisch und Blut, und ich lebe." Um seine Worte zu unterstreichen, dass dies der Wahrheit entsprach, klopfte er seine Arme ab und betastete sein Gesicht. „Ich weiß zwar nicht, wie ich hierhergekommen bin, aber tot bin ich ganz bestimmt nicht. Also hören Sie auf mit diesem Scheiß und lassen mich endlich in Ruhe! Ich muss nur etwas zur Ruhe kommen, damit ich wieder klar denken kann." Um zu signalisieren, dass für ihn das Gespräch beendet war, stand er auf, ging ein paar Meter weiter und setzte sich dann erneut an den Straßenrand.

„Warum bittest du Gott dann um Hilfe, wenn du die Hilfe, die er dir durch mich geben kann, nicht haben möchtest?" Sichtlich genervt sprang Benni wieder auf und schrie ihn an: „Begreifen Sie es doch endlich! Niemand interessiert den Quatsch, den Sie hier von sich geben, also scheren Sie sich zum …", Benni brach abrupt ab. Der Mann, der eben noch unmittelbar vor ihm gestanden hatte, war nicht mehr da! Nicht dass er weggegangen wäre, nein, er war von einem auf den anderen Augenblick verschwunden. Eben hatte er ihm noch ins Gesicht geschrien und einen Wimperschlag später war er weg, er war einfach nicht mehr da! Was geht hier vor sich?, dachte Ben bei sich. Nimmt denn der Wahnsinn an diesem Morgen überhaupt kein Ende? Jede Faser seines Körpers war bis zum Zerreißen gespannt. Es würde nicht mehr lange dauern und er würde zusammenbrechen. Das hier übertraf jeden Albtraum! Er wusste schon lange nicht mehr, ob er das alles hier nur träumte oder nicht, auch wenn er nach außen etwas anderes sagte. Und jedes Mal, wenn er sich etwas sicherer und gefestigter glaubte, passierte wieder so etwas Verrücktes.

Der Schweiß stand ihm auf der Stirn, und seine Glieder zitterten. „Ich glaube schon, dass du Hilfe brauchst." Benni fuhr herum. Der Fremde stand noch immer mit der gleichen ruhigen Art und Weise da. Nur dass er nun circa fünf Meter hinter Benni stand. „Wie … wie machen Sie das?", wollte Ben wissen. „Ach, das", dabei deutete der Mann auf seine Umgebung, „ist ganz einfach, wenn es für einen keine Raum- oder Zeitbegrenzungen mehr gibt." Benni kapierte nun überhaupt nichts mehr, und der Gesichtsausdruck, den er jetzt machte, ließ ihn zudem noch verdammt dämlich aussehen. „Benjamin, für Engel gibt es keine Grenzen, wie du sie bisher kanntest, wie es die Lebenden kennen." Ben stöhnte. „Na schön, Sie wollen es offensichtlich nicht anders. Sie sind also tot und schwirren hier als ein Engel herum, ja?", antwortete Benni patzig und kreuzte provozierend seine Arme vor der Brust. „Die Art, wie du es ausdrückst, klingt komisch, aber im weitesten Sinne trifft das zu." „Verarschen kann ich mich selber. Soll ich Ihnen mal sagen, was ich glaube? Ich bin einfach mit den Nerven fertig, und Sie meinen, das für Ihre Spielchen nutzen zu können. Ich weiß zwar noch nicht, was Sie wirklich von mir wollen, aber Sie werden keinen Erfolg damit haben. Das, was Sie erzählen, mag sich ja vielleicht ganz toll anhören, aber das gibt es nicht." „Nein, alles, was ich dir erzählt habe, ist auch wahr, Benjamin, du musst es nur akzeptieren." „Und wenn ich es nicht akzeptieren will, was wollen Sie dann mit mir machen?" „Ich will gar nichts mit dir machen. Die Frage ist doch, was du aus dir machen willst." „Oh Mann, was meinen Sie denn jetzt schon wieder damit? Ich will einfach wieder zurück in mein normales Leben und Sie und das Ganze hier schnell vergessen." „Die Möglichkeit ist mir und dir nicht gegeben, Benjamin." „Na wunderbar, Sie Superheld, Sie bringen noch nicht einmal das Einfachste fertig. Wenn Sie mich jetzt bitte endlich in Ruhe lassen würden, ich komme schon allein zurecht, das habe ich schließlich früher auch immer geschafft. Ich brauche nur etwas Ruhe, einfach nur Ruhe." Das zweite „Ruhe" klang schon nicht mehr ganz so überzeugend, so als ob er selbst nicht wirklich daran glauben würde. Gleichzeitig legte sich Benjamin die Finger der rechten Hand auf die Augen, griff dann mit Daumen und Zeigefinger an die Nasenwurzel und rieb diese Stelle dort. Diese Geste hatte er früher schon immer getan, und zwar immer dann, wenn er Kopfschmerzen hatte oder einfach nur wahnsinnig müde war. Und das war er im Augenblick wirklich, unglaublich müde. Viel zu müde, um noch einen klaren Gedanken fassen zu können, viel zu kaputt, um über dies alles intensiv nachzudenken. Er wollte es auch gar nicht. Er wollte nur noch seine Ruhe haben. Am liebsten hätte er sich in sein Bett verkrochen, die Decke über den Kopf gezogen und die Welt um sich herum vergessen. Ihm war alles egal. Einfach scheißegal.

„So, glaubst du", sprach sein Gegenüber wieder zu ihm. „Du scheinst dir ständig selbst etwas vorzulügen. Du kannst nicht immer davonlaufen, nur weil du es nicht wahrhaben willst." Ben verzog angewidert die Mundwinkel. Konnte der Typ vor ihm nicht einfach seine Klappe halten? Warum musste er ständig nachbohren, obwohl er doch mittlerweile kapiert haben musste, dass Ben im Moment keine Antwort darauf hatte? Später, ja später hätte er bestimmt eine Erklärung, aber nicht jetzt, nicht hier und heute. „Du musst aufpassen, dass du dich nicht für immer verlierst." Nichts an der Mimik in Kalebs Gesicht hatte sich geändert, und trotzdem, die Art und Weise, wie er diesen letzten Satz ausgesprochen hatte, ließ Ben aufhorchen. „Also gut", meinte er gelangweilt, „was soll ich Ihrer Meinung nach jetzt tun?" „Akzeptiere, dass Gott dich gerufen hat!" „Weshalb?", wollte Ben wissen. „Das Warum wirst du bald erfahren, wichtig dafür ist jedoch, dass du endlich diese Tatsache annimmst." Dazu war Ben aber nicht bereit. Dies anzunehmen, hätte bedeutet … – ja was eigentlich? Ben wollte es gar nicht wissen noch sich darauf einlassen. Er fand im Moment keine Erklärung, aber jene Dinge, die Kaleb ihm gesagt hatte, waren absolut unmöglich.

„Und wieso kann ich Sie sehen? Und überhaupt – warum bin ich noch in der Lage, Sie zu berühren? Sie sind ein Spinner! Ja, ein völlig durchgeknallter Irrer!", schrie Benni ihn an. Sein Gegenüber schien dies jedoch nicht zu stören, und er blickte ihn weiter mit einem freundlichen Lächeln an. Benni hätte ihm am liebsten sein dämliches Grinsen aus dem Gesicht geschlagen, aber das entsprach nicht seinem eigentlichen Wesen, obwohl er kurz davor war, sich auf diese Art Erleichterung zu schaffen. „Es würde dir nicht den gewünschten Erfolg bringen, den du dir erwünschst." „Was?" Benni verstand den Sinn dieser Worte nicht, deshalb wiederholte Kaleb erneut seine Aussage: „Es würde dir nicht die erwartete Erleichterung bringen, Benjamin." „Was meinen Sie damit?" „Na, deine Wut an mir auszulassen. Weißt du, Engel kann man nicht schlagen." Er nahm erneut seinen Arm und legte ihn auf Benni, der diesmal keine Anstalten machte, sich dagegen zu wehren. „Ich möchte dir ja gern deine Fragen beantworten, aber dazu musst du auch bereit sein." Benni ergab sich seinem Schicksal und nickte nur stumm vor sich hin. „Also, um deine Fragen zu beantworten: Ja, ich bin vor vielen Jahren schon verstorben und lebe doch ewig. Denn der HERR, unser Gott, schenkt allen, die an ihn glauben, das ewige Leben." „Sie … Sie glauben das wirklich, Sie glauben wirklich, dass Sie …" „Du solltest Du zu mir sagen, das wird dir ungemein erleichtern, mir deine Fragen zu stellen. Also, was willst du wissen?" „Sind Sie, äh, du glaubst wirklich, ein Engel zu sein, stimmt's?" „Ja, das bin ich!" „Aber du hast gar keine Flügel!" „Und keinen Raketenantrieb, keinen Zauberspruch und nichts von all den anderen verrückten Sachen, die sich die Menschen ausgedacht haben, um Situationen, die sie nicht verstehen, erklären zu können, anstatt sich an den Schöpfer allen Lebens zu wenden." „Jesus?" „He, du machst Fortschritte. – Ja, Ben – Jesus Christus." „Aber wie ist es möglich, dass du auf einmal hier erscheinst?"

„Dass, Ben, möchte ich dir gerne später erklären, denn das wird
die letzte entscheidende Veränderung in deinem Leben werden.
Danach wird nichts mehr so sein, wie es vorher war, was natürlich zum Teil auch jetzt schon auf dein Leben zutrifft.“
„Was passiert nun mit mir? Muss ich jetzt für immer herumlaufen, ohne dass andere mich sehen können? Oh, Entschuldigung,
Ka…“ „Kaleb“, half der Fremde ihm. „Kaleb, dich natürlich aus-
genommen“, ergänzte Ben. Um seine Worte zu unterstreichen,
sprang Ben plötzlich auf und lief direkt auf eine Gruppe von
Passanten zu. Dort sprang er wie ein Wahnsinniger vor diesen
herum, schrie und zog Grimassen, ohne dass ihn irgendjemand
wahrnahm.
Kaleb ging ziemlich belustig hinter Ben her, bis er wieder neben
ihm stand. „Benjamin, so geht das nicht. Viele Menschen auf
der Erde haben Gott vergessen, andere bewusst verdrängt. Gott
versucht ständig, sie zu erreichen, aber in der von ihnen selbst
geschaffenen, lauten, oft hektischen Welt finden sie keine Ruhe.
Sie erinnern sich auch nicht daran, wie sie ihn wiederfinden
können. Deshalb benutzt Gott wiederum andere Menschen, bei
denen Gottes Wort Wurzeln in ihre Herzen geschlagen hat, um
eben jenen Menschen von Jesus zu erzählen. Gott selbst hat ja
die Erlebnisse der Propheten und seines Sohnes Jesus von verschiedenen Personen aufschreiben lassen. Aber auch dieses Buch
– die Bibel – wollen die Menschen heute nicht mehr lesen. Sie
glauben an Horoskope, Sterne, Pendel und all so einen Kram.
Sie glauben sogar lieber daran, dass jeder entweder wiedergebo-
ren wird oder, wenn schon weiterleben wird, er natürlich in den
Himmel und dann auch automatisch ins Paradies kommt. Die
ganz von Gott abgewandten Menschen glauben an gar nichts
mehr und meinen, mit dem irdischen Tod wäre alles vorbei, weil
sie Angst haben, dass Gott ihr Leben verändert. Weißt du, sich
auf Gott einzulassen, heißt, seinen, nämlich Gottes Weg zu gehen. Die Menschen aber glauben, dass sie Gott nicht brauchen,
und brauchen ihn darum umso dringender. Deshalb benutzt Gott
heute andere Möglichkeiten, um verlorene Menschen zu erreichen.“

Für Ben war dieser Vortrag zu viel. Das mochte ja eventuell sonntags in die Kirche passen, aber hier und jetzt hatte er keine Lust auf eine solche Predigt. „Okay, ich bin also vor ein paar Minuten verstorben, richtig?" „Ja, so ist es, Benjamin." „Und Sie haben das mit angesehen." „Ja." Kaleb wollte noch etwas dazu sagen, aber Ben hob abwehrend die Hand, während er sich innerlich sammelte und nachdachte. „Und Gott hat gewusst, dass es passieren würde", führte Ben weiter aus. „Ja." Wieder wollte Kaleb das nicht so alleine stehen lassen, aber erneut wollte Ben nichts weiter hören. „Und … und … und", Benni fiel nichts mehr ein, was er hätte fragen können, aber in seinen Augen spiegelte sich der Wahnsinn wider, der nun die Oberhand über seinen Verstand gewonnen hatte. „Ich muss also deshalb hier elend auf der Straße verrecken! Mann, ich bin erst achtzehn Jahre alt, ich habe das ganze Leben noch vor mir, und Gott hat nichts Besseres zu tun, als ein Spielchen mit mir zu treiben?" „Benjamin, bitte sag so etwas nicht, Gott weiß, wie du dich fühlst, und er ist dir immer nah und gibt dir die Kraft, die du brauchst." „Scheiß drauf, Mann, ich brauche keine Kraft, ich will mein Leben wiederhaben! Nur weil ihr meint, dass ihr mich braucht, knipst ihr mir das Leben aus, einfach so!" Ben schnippte zu Unterstreichung seiner Worte mit den Fingern. „Benjamin, so höre doch zu …" „Nein, hören Sie zu! Ich brauche deinen Gott nicht, diesen Besserwisser, deinen Heiligen, ich habe die Schnauze voll von alledem. Ich will mit deinem Gott nichts zu tun haben!" Dabei spuckte er auf den Boden, um seiner Verachtung noch mehr Ausdruck zu geben. Kaleb war schon lange nicht mehr so ruhig wie noch zu Beginn ihrer Unterredung. Irgendwie schien auch er zu ahnen oder zu wissen, dass Benjamin kurz vor einer Explosion stand. Er ergriff Benjamin an beiden Armen, um ihn zu sich zu ziehen, aber dieser riss sich mit einer ihm unbekannten Kraft los, und bei dieser Gelegenheit – in verzweifelter Wut, dem Wahnsinn verfallen und voller Verzweiflung – schlug er eine harte Rechte in Richtung von Kalebs Kopf. Der Schlag, als eine rechte Gerade angesetzt, verfehlte jedoch sein Ziel, denn es gab nichts mehr zu treffen. In dem Moment, als die Faust im Gesicht des Fremden hätte einschlagen müssen, war das Gesicht verschwunden, und Ben fiel durch die Wucht des Schlages, der ins Leere ging, da einfach nichts mehr zum Treffen da war, nach vorn und landete sehr unsanft auf dem Boden. Da er mit dem Kopf aufschlug, tanzten unzählige Sterne vor seinen Augen, die ihn immer mehr in die Ferne rückten und schließlich einer Dunkelheit wichen, die Ben nun nach und nach umhüllte, bis er vollständig bewusstlos am Boden liegen blieb.

Ben konnte nicht sagen, was wirklich passiert war. Er saß auf einem Stuhl, und sein Kopf schmerzte. Er fragte sich ernsthaft, ob er nicht vielleicht sogar bewusstlos gewesen war. Vielleicht war es aber auch nur die unglaubliche Müdigkeit gewesen, die ihn in einen tiefen Schlaf hatte fallen lassen. Eines aber wusste er: Er hatte sehr intensiv an Sabine gedacht und sich dabei vorgestellt, wie sehr sie wohl enttäuscht sein musste, dass er nicht in der Schule erschienen war. Dabei konnte er fast ihre Nähe spüren. Das vermittelte ihm letztendlich ein tiefes Gefühl des Friedens, und er fühlte sich dadurch, dass er an sie dachte, stärker. Bestimmt war sie am Anfang auf ihn sauer gewesen, aber als er dann gar nicht gekommen war, hatte sie sich bestimmt Sorgen gemacht, dachte er bei sich. Er konnte sich noch daran erinnern, dass er in seinem Traum erlebt hatte, dass sie die Nachricht vom Unfall erfuhr. Er konnte den Schmerz, den sie in diesem Moment fühlte, irgendwie mitfühlen, ja regelrecht spüren. Er sah dabei ihr Gesicht vor Augen und wünschte sich nichts sehnlicher, als in diesem Moment vor ihr aufzutauchen und bei ihr zu sein und sie im Arm zu halten, um ihr zu sagen, dass alles gut werden würde. Er würde alles dafür geben, sie noch einmal sehen zu dürfen, noch einmal mit ihr reden, ihr mit seinen Worten erklären zu dürfen, warum er nicht hatte kommen können, oder besser gesagt nicht hatte kommen dürfen. So gerne hätte er ihr noch einmal gesagt, was sie für ihn bedeutete und dass er sie sehr liebte. Sie war und würde für immer die Liebe seines Lebens sein. Sie war sein Leben! Wie witzig das klang, dachte er, denn er lebte ja nun nicht mehr. Zorn stieg erneut ihn ihm auf, als ihm bewusst wurde, dass er genau in dem Moment, als er das Glück, seine Liebe gefunden hatte, sie nicht mehr haben durfte. Wie grausam das Schicksal doch war! Zuvor hätte es ihm wahrscheinlich gar nicht so viel ausgemacht. Oft hatte er sich schon darüber Gedanken gemacht, seinem für ihn unbefriedigenden Leben selbst ein

Ende zu setzen. Das Gefühl, nicht zu den anderen zu passen, war manchmal so übermächtig gewesen, dass es ihm fast körperliche Schmerzen bereitete. Er fühlte sich anders als die anderen, oft allein, ausgegrenzt, einfach fehl am Platze. Und täglich begann dieser Kampf aufs Neue, und immer mit vielen Selbstzweifeln behaftet. Deshalb stellte für ihn eine Flucht von der Realität einen Weg dar, alle und alles hinter sich zurückzulassen. Sollten sie sich doch alle wundern oder trauern, wenn er plötzlich nicht mehr da wäre. Dazu hatte er bereits die irrwitzigsten Möglichkeiten durchdacht, und in seinen Vorstellungen war er bereits mehr als einhundert Mal durch die verschiedensten Methoden gestorben. Er fand es lustig, sich selbst als Geistwesen über allem Irdischen schweben zu sehen. Natürlich sollte sein Abgang von dieser Erde mit einem richtigen Kracher erfolgen, etwas darstellen, worüber man noch lange Zeit nachdenken würde. So galt ein häufiger Gedanke zum Beispiel der Vorstellung, dass er ermordet wurde. Ja, das passte. Er würde somit gar nichts dafürkönnen, dass er starb, sondern hatte auch noch das Mitgefühl der anderen Menschen auf seiner Seite. Dieses Szenario malte er sich in den unterschiedlichsten Varianten aus. Aber immer dann, wenn er bereits sehr weit fortgeschritten war und sehr konkrete Gedanken zu diesem Thema hatte, überlegte er auch immer, dass es aber nicht wehtun sollte, denn Schmerzen wollte er natürlich keine erleiden müssen. Und außerdem war er sich gewiss, dass es außer seinen Eltern wahrscheinlich sowieso niemand bemerken würde, wenn er plötzlich nicht mehr da war. Dadurch war der Reiz der ganzen Geschichte natürlich gänzlich verloren gegangen. Durch seinen tiefen Glauben an Jesus und dank seinem eigenen Lebenswillen waren seine Traumgebilde dann schnell wieder zerplatzt und hatten ihn doch immer wieder davon abgehalten, seine Gedankenspiele auch in die Tat umzusetzen. Es war eben eine Sache, daran zu denken, und eine andere Sache, seine Gedanken auch umzusetzen. Und er wollte leben.
Er hatte sich nicht besonders viel aus seinen Mitmenschen gemacht, die für seinen Geschmack oft sehr oberflächlich miteinander umgingen. Kaum jemand brachte die Zeit auf, sich

die Sorgen und Ängste anderer anzuhören, geschweige denn
einander zu helfen oder sich ganz einfach nur um den anderen
zu kümmern. Eigentlich hatte er die Menschen dafür gehasst,
mehr als einmal, ganz besonders wenn gewisse Personen nur ihre
eigenen Interessen durchsetzen wollten. Aber durch die Liebe
zu Sabine hatte sich so vieles geändert. Jetzt betrachtete er die
Menschen um sich herum auf einmal mit viel mehr Nachsicht.
Er verzieh ihnen ihre Fehler und strahlte selbst Freude und
Glück aus, was sich wiederum auf seine Mitmenschen auswirkte.
Das war eine ganz neue positive Erfahrung, die irgendwie zu seinem Glück, das er empfand, gut passte. Er hätte die ganze Welt
umarmen können, einzig aus der Liebe heraus, die Sabine ihm
schenkte. Was für ein Geschenk! Wenn doch jeder die Welt mit
verliebten Augen sehen könnte! Es würde keine Kriege, keinen
Streit, keine Armut und keinen Hunger mehr geben. Wenn eine
Sabine so viel auslösen konnte, was würde dann passieren, wenn
alle Menschen dieses Glück, diese Liebe in sich tragen und nach
außen strahlen würden? All diese Gedanken schossen ihm in
Sekundenschnelle durch seinen Kopf.
Als er die Augen endlich wieder aufschlug, hatte er doch nur das
Gefühl, geträumt zu haben. Auch jetzt galten seine Gedanken einmal mehr Sabine, einfach deshalb, weil er sich ihrer Liebe erinnerte,
weil es für ihn nichts anderes mehr gab. Und als er sich mit schmerzenden Gliedern und einem brummenden Kopf umblickte, musste
Ben feststellen, dass er nicht mehr auf der Straße stand, sondern
mitten im Klassenraum seiner Klasse. Es war so schön, Sabine und
alle anderen Mitschüler auf ihren Stühlen sitzen zu sehen.
Er freute sich, Sabine wieder zu erblicken. Sein Herz bebte vor
Liebe. Genauso hatte er es sich ja gerade gewünscht. Wie schön
sie doch war! Er liebte sie so sehr! Sabine war einfach bezaubernd, so zart, und dabei hatte er festgestellt, dass nun, nachdem
die aufgebaute Schutzhülle gefallen war, die auch sie umgeben
hatte, sie schutzlos und zerbrechlich und doch so voller Kraft
und Energie war. Aber irgendetwas an diesem Morgen hatte er
wohl verpasst, denn er konnte sich überhaupt nicht daran erinnern, wie er zur Schule gekommen war. Scheißegal, dachte er

sich, Hauptsache, dieser Albtraum hatte aufgehört. Er saß ganz normal wie jeden Tag in der Schule, und sein Herz machte einen Luftsprung. Alles Weitere würde er später klären können, wenn er in der Pause mit Sabine zusammentraf. Er schaute rüber zur ihr. Sabine saß auf ihrem Stuhl und weinte leise in ihre verschränkten Armen hinein. Irgendetwas musste passiert sein – weinte sie vielleicht wegen ihm? Er hatte das unbändige Verlangen, mit ihr zu reden, ihr nahe zu sein, sie zu trösten, ihr Schutz zu geben, sie in den Arm zu nehmen und ihr einfach zu sagen, dass er immer bei ihr sein würde und dass er sie liebte.

Mit einem Mal bemerkte Ben, dass er aufgestanden war und bereits mitten im Raum stand, dabei wusste er gar nicht, warum eigentlich, deshalb wollte er nun einfach die Gelegenheit nutzen und zu ihr gehen, um es ihr zu sagen. Sollten die anderen doch ruhig wissen, dass er sie liebte und sie ihn. Ihr jetzt nicht nahe zu sein, wo sie doch so dasaß und weinte, brach ihm das Herz. Aber als er in ihre Richtung weiterging, um es ihr zu sagen, war irgendetwas anders, ungewöhnlich. Ben schenkte zum ersten Mal, seit er im Klassenraum war, seiner Umgebung deutlich mehr Aufmerksamkeit. Bisher hatte er sich ausschließlich um seine Gedanken und um Sabine gekümmert. Jetzt fand er die Situation plötzlich komisch. Er selbst stand während des Unterrichts mitten im Raum, aber er schien gar nicht dazuzugehören. Niemand schien ihn zu beachten, auch Sabine oder Frau Schulze, seine Lehrerin, nicht. Ben war irritiert, und aus ursprünglicher Freude wurde schlagartig Skepsis, obwohl er seit Langem wieder das Gefühl hatte, am Leben zu sein. Er wollte auf bestimmte Personen aus der Klasse zugehen, aber anstatt dies zu tun oder irgendetwas zu sagen, schlich Ben wieder zu seinem Stuhl zurück, der irgendwie einsam in der Klasse wirkte, und setzte sich erneut hin. Er saß jetzt zwar mitten unter seinen Mitschülern, aber keiner schien ihn zu beachten. Er erinnerte sich an seinen Traum. Auch dort war er auf der Straße Passanten gegenübergetreten, die ihn nicht gesehen oder wahrgenommen hatten, was letztendlich auf das Gleiche hinauslief. Er musste der Tatsache ins Auge sehen, wie schon einmal zuvor, dass er nicht gesehen wurde. Große Enttäuschung und ein leichter Schrecken machten sich in ihm breit. Diesmal warf es ihn aber nicht ganz so sehr aus dem Gleichgewicht. Er hatte zwar nicht damit gerechnet, aber die Situation war nicht mehr ganz so fremd und im ersten Moment auch nicht so erschreckend für ihn. Es stellte sich mal wieder heraus, dass man schlimme Dinge nicht mehr als so schlimm empfindet, wenn man sie nur oft genug gesehen oder erlebt hat. Aus diesem Grund blieb er erst einmal auf seinem Stuhl sitzen und lauschte seiner ehemaligen Klasse beim Unterricht und wartete ab. Dass er sich nun direkt neben ihnen befand, aber nicht von ihnen gesehen wurde, machte ihn noch etwas unsicher, aber gleichzeitig gefiel es ihm auch sehr, dass er jetzt unsichtbar anwesend sein konnte.

Es ist wohl ein Traum eines jeden Jungen, der von Agenten und Geheimnissen träumt, unsichtbar zu sein wie der Zauberlehrling Harry Potter mit seinem Mantel, durch den dieser unsichtbar werden konnte. Er betrachtete seine ehemaligen Mitschüler genau. Ein Spiel, das er schon immer gern gespielt hatte. Jetzt dagegen brauchte er es nicht heimlich zu tun, sondern konnte es ganz direkt vor seinen Klassenkameraden machen, gezielt und hautnah. Wieder stand Ben von seinem Stuhl auf – er war einfach zu unruhig, um still sitzen zu können – und machte sich nun einen Spaß daraus, dass er manchmal nur ein, zwei Zentimeter vor dem Gesicht seiner Mitschüler auftauchte, und dabei war es immer wieder komisch festzustellen, dass sie ihn überhaupt nicht sahen. Einigen schaute er nur über die Schulter, bei anderen unmittelbar ins Gesicht. Nur Sabine wollte er nicht in dieser Art und Weise beobachten. Es kam ihm falsch vor, deshalb machte er es auch nicht. Bei allen anderen aber konnte er sich nicht zurückhalten. Es machte ihm einen riesigen Spaß. Ben war mittlerweile völlig aufgekratzt. Er neckte seine Klassenkameraden, machte Fratzen vor ihren Gesichtern, schaute in ihre Taschen oder las, was jemand während des Unterrichts versteckt in sein Handy schrieb, um eine SMS zu versenden. Kirstin schrieb gerade eine an irgendeine andere Freundin. Er blickte ihr über die Schulter und las den eingegebenen Text:

„… *und Sabine weint sich die Augen aus, dabei ist doch bloß der Benjamin Stein abgekratzt.*“ Ben war schon etwas schockiert über die Art und Weise, wie sie es ausdrückte, aber auch darüber, dass er es nun schriftlich vor Augen hatte, dass er *gestorben* war. „*… hat sich vors Auto geworfen. War wahrscheinlich total high. Frau Schulte quatscht schon den ganzen Morgen darüber, hat wahrscheinlich Angst, dass wir alle so doof sind. Ist wieder mal tierisch langweilig, der Unterricht. Bis später.*

Ben verstand nun gar nichts mehr. Damit hatte er überhaupt nicht gerechnet. Erst die Gewissheit, tot zu sein, und nun auch noch das. Er hatte sich doch nicht selbst umgebracht! Spannen die denn alle? Warum sollte er das denn tun, er war doch mit Sabine der glücklichste Mensch der Welt gewesen! Ja … mit Sabine … aber darüber wussten die anderen ja nichts.

Frau Schulze sprach gerade darüber, dass man sich nicht wie Benjamin einigeln, sondern offen über seine Probleme sprechen sollte. Anscheinend zog man in der Klasse wirklich in Betracht, dass Ben absichtlich auf die Fahrbahn gefahren sein könnte. Plötzlich fiel ihm der ganze Morgen wieder ein, und wenn er jetzt so darüber nachdachte, ergaben diese Mutmaßungen auch Sinn. Er war zu spät dran gewesen und deshalb die andere Strecke gefahren. Er selbst hatte schließlich auch nicht verstanden, warum die alte Dame so urplötzlich vor ihm aufgetaucht war, und später bei der Befragung der Passanten durch die Polizei hatte Ben immer wieder gehört, dass jeder behauptet hatte, dass außer dem Jungen keiner auf dem Gehweg zu sehen gewesen war. Somit war für jeden Augenzeugen auch klar gewesen, dass der Junge mit voller Absicht den Weg auf die Fahrbahn gewählt hatte. Benni fiel ein, was Kaleb erklärt hatte, nämlich dass Gott allein den Zeitpunkt des Todes eines jeden Menschen bestimmte, es lag allein in Gottes Hand. „Ein Kranker kann noch sehr lange leben, obwohl Ärzte ihn schon lange abgeschrieben haben, und ein junger Mensch kann sterben, ebenso wie du jetzt, Benjamin. Der Tod jedoch hat nur Schrecken für die Zurückgebliebenen und natürlich für alle, die Jesus nicht kennen. Für alle anderen aber ist er genau das Gegenteil. Sie erfahren plötzlich Gottes allmächtige Gegenwart, die Liebe in reiner Form, unverfälscht und klar wie ein See. Sie haben plötzlich keine Schmerzen mehr, erfahren keine Leiden mehr, verspüren keinen Hunger mehr, haben keine Sorgen oder Ängste. Nichts mehr von alledem, was zum täglichen Leben der Menschen gehört. Sie leben im Paradies mit ihrem Herrn, und der allmächtige Friede des Herrn umgibt sie", waren Kalebs Worte gewesen. Ben hatte es zwar vernommen, hatte auch den Sinn dieser Worte verstanden, aber erst jetzt in diesem Moment konnte er sie auch wirklich begreifen und richtig einordnen. Es war nicht mehr etwas Fiktives, etwas, was man gerne so hätte, jetzt war es etwas Reales geworden.

Als Ben sich nun in der Klasse genau umhörte und um sich blickte, hörte und sah er, dass die anderen genau das dachten: dass er sich wohl selbst das Leben genommen hatte, dass der verschlossene Junge nicht mit seinem Leben klargekommen war. Aber so war es doch gar nicht!, wollte er losschreien, seine Kehle war jedoch wie zugeschnürt, und er beließ es dabei, da er wusste, dass es ohnehin absolut nichts bringen würde. Niemand würde ihn jetzt noch hören können. Das, was er sich so oft gewünscht hatte, war nun ungewollt Wirklichkeit geworden. Er fragte sich insgeheim, ob alle Wünsche, die man sich im Leben wünschte, auch irgendwann in Erfüllung gingen. Seine Wünsche waren Realität geworden! Er hatte sich gewünscht, dass sein Sterben ein Kracher sein würde, dass man über ihn sprechen würde, und das tat man nun. Auch hatte er immer den Wunsch gehabt, dass er ermordet werden würde. Auch das traf seiner Meinung nach zu, denn er hatte ja gar nicht sterben wollen, er wollte leben, lieben, glücklich sein. Aber ihm wurde das Leben geraubt. Und er wollte keine Schmerzen haben. Auch dieser Wunsch war erfüllt worden, denn Ben konnte sich an nichts mehr erinnern, außer dass er der Dame mit seinem Fahrrad ausgewichen war. Das Nächste, an das er sich erinnern konnte, war, dass er auf der Straße stand und sich dort selbst tot liegen sah. Aber diese Wünsche entstammten doch noch vor der Zeit, als er so unglücklich war, zu einem Zeitpunkt, als sein Leben noch ganz anders verlief! Und überhaupt hatte er es sich doch nicht alles wirklich gewünscht, oder? „Oh mein Gott, das war doch vorher!", schrie er verzweifelt, und Tränen rannen ihm über das ganze Gesicht.

Ben ging zurück zu seinem Stuhl und ließ sich daraufplumpsen. Dabei rückte er seinen Stuhl etwas nach hinten, aber es fiel keinem in der Klasse auf. Verzweifelt schaute er von seinem Platz auf und in der Klasse umher, so wie er es früher oft getan hatte, bis sein Blick auf Sabine fiel, die etwas weiter hinten saß. Sie hatte er über seine Gedanken und seinen neuen Erlebnissen völlig vergessen. Bisher hatte er noch nicht in ihre Augen sehen können, da Sabine den Kopf etwas gesenkt hatte und die herunterhängenden Haare ihr Gesicht verbargen.

Einige seiner Mitschüler waren bedrückt über seinen Tod, andere dagegen schien das Ableben von Ben nicht viel Aufregung gekostet zu haben. Klar war es Gesprächsthema bei allen gewesen, aber das war eine spektakuläre Schlagzeile in den Nachrichten auch. Was ihn traurig stimmte, war, dass sein Tod bei den meisten Mitschüler auch genau so gehandhabt wurde: Es war ein Ereignis, das sie nicht wirklich berührte und mit dem sie umgingen, als wäre Ben ein Unbekannter und der Unfall irgendwo auf der Welt passiert. Beim einigen aus der Klasse trat bereits Langeweile auf, wenn erneut sein Name im Unterricht genannt wurde.

„Sabine Thaler", rief Frau Schulze sie auf, „kannst du uns etwas zu der Frage sagen, die ich gestellt habe?" Sabine hob langsam ihren Kopf. Ihre Augen waren rot verweint, und Tränen liefen ihr immer wieder von Neuem über die Wangen. Ben verspürte unendlich große Trauer, weil er schmerzhaft fühlte, wie sehr sie ihm fehlte, und er ihr nun nicht mehr sagen konnte, dass sie sich keine Sorgen um ihn zu machen brauchte. Wie schwer musste es doch für Sabine sein, mit dieser schrecklichen Nachricht zurechtzukommen! Zudem wusste bisher niemand, dass Sabine ihre Liebe an diesem Morgen verloren hatte. Ausgerechnet heute hatte doch der Morgen sein sollen, an dem beide offen ihre Liebe zueinander hatten zeigen wollen. Deshalb hatte Ben ja auch rechtzeitig da sein wollen. Aber es war alles anders gekommen.

Sabine war die Einzige, die es besser wusste. Sie versuchte der Lehrerin unter Tränen zu erklären, dass Benjamin nicht Selbstmord begangen hatte, dass sie es besser wusste, ihn besser kannte als alle anderen. Die Lehrerin antwortete jedoch nur sehr abweisend und kalt, dass Sabine sich der Realität stellen müsste. „Ben war nun einmal ein stiller, sehr zurückgezogener Junge. Er hatte keine richtigen Freunde, weder in der Klasse noch außerhalb der Schule, wie ja einige zu berichten wussten. Und die Polizei sagt aus, dass der Unfall auf der Hauptstraße passiert ist. Das ist nun einmal die Straße mit dem meisten Straßenverkehr. Warum sollte er diesen Weg fahren, wenn doch der sichere Fahrradweg durch die Allee führt und dieser Weg wesentlich besser ist und speziell für die Schüler angelegt wurde und deshalb ja gerade von allen anderen Schülern die bevorzugte Strecke ist", teilte sie ihrer Klasse mit.

Sabine unterbrach den Redeschwall der Lehrerin, die nach ihrer Meinung gerade versuchte, ihr eigenes Fehlverhalten und erzieherisches Versagen in Bens Schuhe zu schieben. „Frau Schulze", brachte sie verzweifelt unter Tränen hervor, „vielleicht ist Benjamin ja nur diesen Weg gefahren, um schneller in der Schule zu sein, das wäre doch auch möglich." David aus der Klasse antwortete ihr mit lautem Dazwischenrufen: „Aber der Unfall ist doch fünfzehn Minuten vor Schulbeginn passiert! Ben wäre locker rechtzeitig wie immer zum Unterricht da gewesen", dabei grinste er blöd und machte sich einen Spaß daraus, noch einen draufzugeben. Sabine rannen nun weitere Tränen die Wangen hinunter. Sie war vollkommen auf sich allein gestellt und verteidigte ihren geliebten Benjamin wie eine Löwin. Sollen die anderen doch denken, was sie wollen, dachte sie bei sich, auch wenn ihr das Herz dabei brach, sie hielt zu ihm. Sie liebte ihn, egal, wie gemein die anderen waren und was sie behaupteten. Selbst wenn sie auch nicht verstehen konnte, warum Benjamin diesen Weg gewählt hatte, wusste sie, dass es wohl einen Grund dafür geben musste. „Frau Schulze, hat man denn Alkohol oder Drogen in Benjamins Blut gefunden?", wollte Claudia wissen. „Eine sehr gute Frage, Claudia. Nein, so weit mir bekannt ist, hat der Arzt, der die Obduktion durchführte, keinerlei Spuren davon nachweisen können.“ Frau Schulze war sichtlich erleichtert, dass in ihrer Klasse die Sachfragen wieder die Oberhand gewannen. Ben war überrascht. Bisher war er davon ausgegangen, dass es sich immer noch um den gleichen Morgen handelte. Nun hatte er erfahren müssen, dass sein Leichnam bereits einer Obduktion unterzogen worden war. Wahrscheinlich war er dann auch schon beerdigt worden. Auch dieser Umstand war etwas, mit dem er überhaupt nicht gerechnet hatte. Auf einmal wurde ihm richtig deutlich bewusst, dass Raum und Zeit plötzlich andere Dimensionen angenommen hatten.

„Na, dann ist es doch klar: Er kam mit dem beschissenen Leben nicht mehr zurecht und hat diesem selbst ein Ende gesetzt. Starker Abgang, hätte ich ihm gar nicht zugetraut“, meinte Michael lapidar, während er weiter genüsslich auf seinem Kaugummi herumkaute. „Wir sollten nicht vorschnell urteilen“, versuchte die Lehrerin die Führung des Gespräches zu übernehmen, denn sie merkte, dass die Diskussion erneut eine Richtung annahm, die den Schülern mehr schaden als helfen konnte, „aber ich muss doch zugeben, dass die Indizien schon dafür sprechen, dass Benjamin seinem Leben mit der Wahl des Freitodes ein Ende setzen wollte und ihm dies auch gelungen ist. Deshalb möchte ich auch ...“

Ben hörte nicht mehr zu. Sein Blick ging zu Sabine, die nun wieder angefangen hatte, hemmungslos in ihre verschränkten, auf dem Tisch liegenden Arme zu weinen. Die anderen waren für ihn einfach Schweine, weil sie kein Verständnis und Mitgefühl mit Sabine hatten. Im Gegenteil wurde sie mit Spott überhäuft, und selbst Frau Schulze beteiligte sich nach Bens Ansicht daran. Keiner sah, wie schwer es in diesem Moment für sie war. Vielleicht kamen ihr selbst ja auch schon Zweifel, und sie glaubte auch schon daran, dass es so gewesen sein könnte. „Oh bitte, Sabine, glaube das nicht“, flehte er. „Das Leben mit dir war doch mein größter Traum, und nichts als der Tod hat uns davon abhalten können, ihn zu leben.“

Ben konnte erneut den Schmerz, den Sabine fühlte, regelrecht in seinem Herzen spüren. Es war ein tiefer seelischer Schmerz, der in Sabine wütete und der jegliche Freude an anderen Dingen keinerlei Platz ließ. Er blickte weiterhin von seinem Platz aus zu Sabine hinüber. Wie könnte er ihr jetzt helfen? Wie konnte er ihr zeigen, dass es nicht schlimm war, gestorben zu sein? Das Einzige, das schlimm ist, ist die Tatsache, dich nicht sprechen und berühren, dich nicht küssen zu können, dachte Ben traurig. Aber ihm war auch klar, dass selbst Sabine nicht mehr die Möglichkeit hatte, ihn zu sehen. Sabine hatte ihn komplett verloren.

„Sabine Thaler", rief Frau Schulze durch das Klassenzimmer, „würdest du uns bitte die Lösung der Aufgabe nennen?" Sabine hob langsam ihren Kopf. Ihre Augen waren rot verweint, und zahlreiche Tränen liefen ihr immer wieder aus den Augen und ihre Wangen hinunter. Sie versuchte zwar, ihre Tränen mit einen längst nassen und zerfetzten Taschentuch, welches sie bis dato krampfhaft in den Händen gehalten hatte, abzuwischen, aber es gelang ihr nicht, da ständig wieder neue Tränen herunterliefen, bis sie es schließlich ganz aufgab, diese wegwischen zu wollen. Dabei schüttelte sie immer wieder den Kopf, da sie aufgrund der neuen Tränen einfach nicht sprechen konnte „Sabine, uns hat der Tod von Benjamin auch sehr getroffen, aber du musst dich jetzt wieder zusammenreißen, um dem Unterricht auch folgen zu können", sprach Frau Schulze immer noch kalt auf sie ein. Ben zerriss es förmlich das Herz, Sabine nun so verzweifelt und aufgelöst zu sehen.

Er stand auf, um auf die andere Klassenzimmerseite zu Sabine zu gehen. „Egal, ob sie mich sehen oder spüren kann oder nicht, ich muss jetzt einfach bei ihr sein", begründete er sein Tun für sich. Wie aus dem Nichts trat ihm plötzlich und unerwartet ein finster aussehender Mann mit vielen Narben im Gesicht und Körper in den Weg. Ben war so erschrocken, dass er einen Schritt zurückwich und dabei noch über die Schultasche von David stolperte, sodass er das Gleichgewicht verlor und nach hinten fiel. Ohne sich abstützen zu können, schlug er hart mit dem Rücken und

Hinterkopf auf dem Boden auf, aber er nahm dies gar nicht richtig wahr. Seine Augen hatten keinen Augenblick den Kontakt zu dem Mann verloren, der da so plötzlich aufgetaucht war. Ben hatte eine Scheißangst. Der Mann vor ihm hatte noch kein Wort gesagt, aber sein Blick war wie Eis. Ben hatte Gänsehaut, und ein eisiger Schauer lief ihm den Rücken hinunter. Ihm war als würde die Temperatur auf einmal auf den Gefrierpunkt sinken. Ihm war plötzlich so kalt, und er wäre gerne aufgestanden, aber er schaffte es nicht, sich auch nur einen Millimeter zu rühren. Ben konnte es nicht erklären, aber eine unglaublich böse Präsenz ging von dem Mann vor ihm aus, was nicht nur mit seinem Äußeren zu tun hatte. Dieses würde aber schon ausreichen, um nicht nur kleinen Kindern, sondern bestimmt auch gestandenen Männern Angst einzujagen. Sein Mund war irgendwie verzogen, er hing links viel tiefer herunter. Seine Nase sah aus wie die eines Boxers, ziemlich platt gehauen. Bestimmt war sie mehrfach gebrochen und das Nasenbein dann schief zusammengewachsen. Seine Nasenflügel blähten sich mächtig auf – das war die einzige Reaktion, die bei dem Mann zu erkennen war, oder besser gesagt die Ben außer seinen Augen erkennen konnte. Diese Augen jedoch waren stechend, der Blick kalt und abweisend. Wenn die Aussage, dass Blicke töten können, wirklich zutreffen sollte, dann bei diesen stechenden Augen. Unglaublicher Hass ging aus ihnen hervor, und Ben zwang sich, den Augenkontakt abzubrechen, da sich dieser Hass in sein Gehirn zu fressen drohte. Eine riesige Wunde zog sich von seinem rechten Auge bis fast ans Kinn hinunter. Diese tiefe Wunde schien schon lange nicht mehr zu bluten, denn Ben konnte das rohe Fleisch der Wange sehen. Dabei war es kein glatter Schnitt, sondern die Haut und Fleischpartien zeigten einen ausgefransten Riss. An vielen Stellen war dicker gelber Eiter sichtbar. Diese Wunde war wohl niemals behandelt worden. Das würde den Mann für immer entstellen. Seine ganze rechte Seite sah schlimm aus. Das Bein war unterhalb des Knies um circa fünfundvierzig Grad verdreht. Dass er das Bein trotzdem belastete, musste ihm unglaubliche Schmerzen verursachen. Auch sein rechter Arm schien so schief zusammengewachsen, dass er an vielen Stellen gebrochen sein musste. Die Kleidung war an vielen Stellen eingerissen, zudem voller getrocknetem Blut, Dreck und Ausscheidungen.

„Verschwinde von hier!", gab der Mann von sich. Dabei klang seine Stimme, als würde er in eine Dose sprechen, so wie Ben in Kindertagen immer durch die Wohnung gelaufen war, um seinen Eltern irgendwelche Ansagen wie zum Beispiel: „Hier spricht die Polizei ..." zu geben. Sie hatten damals immer gelacht. Ihm war im Moment jedoch gar nicht nach Lachen zumute, ganz und gar nicht!

„Los, hau ab, du hast hier nichts zu suchen!", bellte der Verunstaltete Ben erneut an. Bens erster Eindruck war, dass er vielleicht der neue Hausmeister sein könnte und er sich deshalb im Klassenraum aufgehalten und Ben ihn aus was für einem Grund auch immer nicht gesehen hatte. Die Verletzungen in seinem Gesicht und Körper waren aber derart entsetzlich, dass niemand je so zur Arbeit gehen würde. Aber als der Mann zu ihm starrte, war Ben auch klar, dass er ihn wohl sehen musste. „Sie können mich sehen?", fragte Ben ihn deshalb nicht weniger erschrocken, nicht um wirklich eine Antwort auf seine Frage zu erhalten, sondern um irgendetwas zu sagen, und etwas anderes fiel ihm im Moment nicht ein. „Raus hier, du kleine Made, wir wollen dich hier nicht haben!" Ben, der immer noch wie ein Käfer auf dem Rücken lag, versuchte wieder aufzustehen, was ihm erstaunlicherweise gut gelang, obwohl seine Knie immer noch heftig zitterten. „Hören Sie doch ...", fing Ben zu erklären an, brach jedoch mitten im Satz ab. Um ihn herum waren plötzlich vier weitere Gestalten aufgetaucht. Alle sahen missgestaltet aus und hatten den gleichen abgrundtiefen Hass in ihren Augen. Sie waren ihm jetzt ganz nah und brüllten ihm wild durcheinander immer wieder Beschimpfungen und Verwünschungen entgegen. Ihr Atem, der ihm entgegenkam, roch faulig. Sie schrien ihn an und attackierten ihn ständig. Dabei hatten sie jetzt auch noch angefangen, an ihm zu zerren und ihn zu schubsen. Ben hatte keine Ahnung, wo er zuerst hinsehen sollte und was er gegen ihre Angriffe tun sollte, und er wusste nicht, wie er halb verfaulte

Finger und entstellte Gliedmaßen abwehren sollte. Ben ekelte es, sie zu berühren, aber ihm blieb nichts anderes übrig, wenn er nicht wollte, dass sie seinem Gesicht allzu nahe kamen. Mitten in diesem Chaos brüllte ihn der Erste wieder an und übertönte in seiner Lautstärke alle anderen: „Hau ab, du toter Engel, hier sind nur verlorene Seelen! Du hast hier keine Macht. Niemand außer uns hat die Macht über alle hier im Raum! Wir wollen hier niemanden, der sich für etwas Besseres hält! Na los, hau endlich ab!" Dann folgten weitere wilde Beschimpfungen, die sie ihm an den Kopf warfen, was sie über ihn dachten, und er musste dies alles über sich ergehen lassen, ohne dass er überhaupt verstand, was sie eigentlich von ihm wollten, woher sie kamen, und ohne dass er wusste, wie er sich dagegen wehren konnte. Bens Vorstellungsvermögen ging mittlerweile so weit, dass er der Meinung war, dass es sich hier um Dämonen handeln musste, was ihm weitere Angstzustände einbrachte, denn die Geistwesen vor ihm waren die Einzigen, die ihn sehen und mit ihm reden konnten, genauso wie Kaleb. Davon hatte der Engel jedoch nichts erwähnt.

Ständig schubsten sie ihn aus unterschiedlichen Richtungen, sie zogen und zerrten an seinen Kleidern und ergriffen seine Gliedmaßen, versuchten die Haut in seinem Gesicht zu berühren. Einer spuckte ihn sogar an, und Ben musste den Ekel, der ihn danach befallen hatte, herunterwürgen, um sich nicht übergeben zu müssen. Immer wieder wurde er von mehreren gleichzeitig angegriffen. Er war mit dieser Situation völlig überfordert, was die Kreaturen um ihn herum wiederum noch mehr anstachelte und sie zusätzlich ermutigte, ihm noch mehr und vor allem noch aggressiver zuzusetzen. „Was willst du hier? Los, zieh Leine! Verschwinde endlich!" Immer wieder drängten sie sich um ihn herum und versuchten zum einen, ihn daran zu hindern, durch den Raum zu gehen, und zum anderen, ihm zusätzlich noch mehr Angst, als er ohnehin schon hatte, einzujagen. Ben war unfähig, sich zu rühren oder sich ihnen gegenüber auch nur annäherungsweise zu wehren. Doch wie bei einem in die Enge getriebenen Tier so setzten Angst und Panik auch bei Ben ungeahnte Kräfte

in ihm frei und gaben ihm Mut, und als eine erneute Arttake
ihn massiv unter Druck setzte, öffnete sich fast automatisch ein
Ventil in ihm: „Lasst mich endlich in Ruhe!", schrie er sie in all
seiner Verzweiflung an.
Die Angreifer waren ebenso überrascht wie Ben selbst, und augenblicklich wichen alle fünf Angreifer angsterfüllt zurück und
zischelten ihm aus einiger Entfernung ihren Hass entgegen. Ben
stand nur hilflos herum, ohne die neu gewonnene Freiheit sinnvoll nutzen zu können. Er war einfach nur dankbar für diesen
einen Moment der Ruhe, der ihm jetzt wie ein Geschenk vorkam. In der Klasse um ihn herum war immer noch alles beim
Alten. Der Unterricht verlief ohne Störung seinen gewohnten
Gang.
Langsam, aber unweigerlich kamen seine Peiniger wieder näher.
Schritt für Schritt, als lauerten sie auf etwas. Er konnte ihren
ungestillten, abgrundtiefen Hass förmlich auf sich fühlen. Es sah
jetzt so aus, als ob sie seinen Ausbruch wohl nur für ein taktisches Manöver seinerseits hielten. Ben hatte nun Zeit, sich die
anderen etwas genauer anzusehen, bevor sie ihm wieder ganz
nahe sein würden. Dabei fiel ihm auf, dass zwei von ihnen übelste
Verbrennungen erlitten hatten. Das halbe Gesicht des einen war
bis auf die Knochen verbrannt. Selbst Muskeln und Sehnen konnte Ben nicht mehr eindeutig zuordnen. Es war nur eine dunkle
breiige Masse, und bei einem anderen war das ganze Gesicht völlig verbrannt. Rot und schwarz sah die Haut aus, eine Nase war
überhaupt nicht mehr zu sehen, genauso wenig wie Lippen. Nur
die Augen waren unversehrt geblieben, sahen aber für Ben nicht
eine Spur menschlich aus, eher reptilienartig. Bens Magen rebellierte erneut, und er wusste nicht, wie lange er dem Würgen noch
widerstehen konnte. Er konnte zudem den Geruch von Schwefel
riechen, etwas, was er zuvor schon im Unterbewusstsein wahrgenommen, aber nicht wirklich registriert hatte. Das reizte seinen
bestehenden Brechreiz zusätzlich auf Äußerste. Aber er wollte
sich nicht die Blöße geben, die Schwäche nicht zulassen. Der
Letzte, den Ben etwas länger betrachten konnte, war deutlich
älter als alle anderen. Ben versuchte, sein Alter zu schätzen, aber

es war ihm einfach nicht möglich. Er hätte hundert oder zweihundert Jahre alt sein können. Der Mann schien einfach uralt zu sein, und seine Haltung und Gliedmaßen waren extrem stark gekrümmt. Sein Körper zeigte eine Haut wie Leder, mit Tausenden von Falten. Aber trotz seiner vielen Falten war immer noch zu erkennen, dass er früher einmal gefoltert worden sein musste, denn sein gesamter Oberkörper, der frei von jeglicher Kleidung war, war übersät mit tiefen grässlichen Narben. An seinen Händen und seinen Ohren waren eklige Verknüppelungen zu sehen, die Ben jemandem zuschreiben würde, der an Lepra erkrankt sein musste. Da er aber noch nie zuvor jemanden mit Lepra gesehen hatte, außer in Filmen natürlich – aber da war es nur eine Maske –, konnte er es nicht mit Gewissheit sagen. Auf jeden Fall sah es absolut Furcht einflößend aus. Aber mochte die Gestalt auch uralt sein, sie war darum nicht minder flink, und ein spöttisches Grinsen, bei dem eine ganze Palette verfaulter Zähne zum Vorschein kam, offenbarte seine höllische Freude, Ben zu quälen. Die fünf Dämonen näherten sich ihm immer mehr. Dies hier war ihre Spielwiese, ihr Revier, in dem sie schon viele Jahre herrschten. Und jetzt kam dieser kleine Junge hierher und wollte ... ja – was wollte er hier eigentlich? Er war doch tot!
Schon immer hatten sie ihn gehasst, schon als er noch als *Mensch* unter seinen Mitschülern gesessen hatte. Immer war ein besonderer Schutz um ihn gewesen, und an manchen Tagen auch ein mächtiger Engel, der ihn beschützte. Damals konnten sie ihn nicht wirklich angreifen, ihn nicht manipulieren, sondern nur abgrenzen, ihn so weit absondern, dass er gar nicht auf die Idee kam, anderen seine Erkenntnisse mitzuteilen. Sie schufen ein negatives Umfeld um ihn herum, sodass er sich einsam fühlen musste. Einsamkeit war immer eine große Hilfe, Menschen zu manipulieren. Sie hatten seine Gedanken immer wieder negativ zu manipulieren versucht, und wenn das nicht gelang, dann eben die seiner Mitschüler, die dann Ben das Leben auf Erden schwer machten. Oft hatten sie diesen „*Mensch*" – schon allein dieses Wort war ihnen verhasst – so weit gebracht, dass er tagelang depressiv war und nur noch seinen eigenen Gedanken

nachhing. Den Menschen in Bens Umfeld pflanzten sie dann böse Gedanken und Visionen ein, sodass die Menschen glaubten, dass Bens Verhalten hochnäsig und aufsässig sei und er sich über sie erhaben fühle. Das war ihnen derart gut gelungen, dass zum einen keiner etwas mit Ben zu tun haben wollte und jeder ihn abgrundtief hasste, und zum anderen dieser „*Mensch*" oft mit dem Gedanken spielte, sich selbst das Leben zu nehmen. Bei diesem Gedanken war der Junge äußerst einfallsreich, wie sie fanden, und sie hätten ihn gerne noch viel mehr dabei unterstützt. Oft hatten sie alle um ihn herumgestanden und mit sabbernden Mündern, aus denen der Geifer seitlich herauslief, gejubelt, gewinselt und gehofft, dass er es endlich tun würde, aber immer, wenn er ganz dicht dran war, kam von irgendwoher ein Engel und schenkte ihm neuen Lebensmut und gab ihm Frieden in sein aufgewühltes Herz. Ihre ganze Arbeit war zunichte, und die Gefahr, die dann in diesen Momenten von dem „*Mensch*" ausging, war nicht abzuschätzen. Der Mensch war einfach nicht normal und deshalb äußert gefährlich.

Das alles wusste Ben natürlich nicht, aber es erklärte das scheue Verhalten der Dämonen. Sie hatten keine Angst vor Ben, sie hatten Angst vor dem mächtigen Engel, der ihn beschützte, der aber bis jetzt noch nicht aufgetaucht war, der aber auch ihnen sehr gefährlich sein konnte. Aber Bens dreistes Verhalten, hier einfach wieder aufzutauchen, schrie regelrecht nach einem Opfer, nach grober Gewalt und nach Schmerzen, fürchterlichen Schmerzen. Und er schien endlich allein zu sein. Noch nie waren sie so weit an ihn herangekommen, ohne dass ein Engel aufgetaucht war. Das gab ihnen Mut und Zuversicht, ihn endlich zu beseitigen. Zudem merkten sie, dass außer dem Schrei, den er losgelassen hatte, nichts weiter passiert war. Der „*Mensch*" war nun ein kleiner Engel und völlig schutzlos. Sie wurden immer mutiger, wenngleich sie ihre Augen und Sinne immer noch ständig umherkreisen ließen, um zu sehen, ob nicht vielleicht doch ein mächtiger Krieger auftauchte.

Sie rechneten mit einer ganzen Schar Engel oder zumindest mit einem Engel von großer Macht, aber sie sahen und spürten im

Moment keinen. Ben schauderte davor, wenn er daran dachte, was wohl passieren würde, wenn jegliche Zurückhaltung von ihnen weichen würde. Plötzlich schien es so weit zu sein. Der Anführer sprang auf Ben zu und stieß ihm beide Hände so heftig vor die Brust, dass Ben fünfzehn Meter durch den Raum flog und mit voller Wucht gegen die gegenüberliegende Wand des Klassenraumes krachte. Niemand in der Klasse merkte etwas von dem Zwischenfall, der Unterricht ging ganz normal weiter. Ben befürchtete, dass er sich bei dem Aufprall – der so heftig gewesen war, dass er sich komischerweise sorgenvoll fragte, ob die Wand diese Wucht wohl unbeschadet ausgehalten hatte – sicher sämtliche Knochen gebrochen haben musste. Aber er stand auf, als wäre nichts weiter passiert, und klopfte sich den Staub von den Kleidern. Die Kreaturen, angestachelt von der Aktion und der Gewissheit, dass Ben diesmal wohl wirklich keine Hilfe erhalten würde, brüllten und schrien ihren Sieg heraus. Ben hätte es nicht für möglich gehalten, dass dies noch zu steigern gewesen wäre, aber in den Augen der Dämonen funkelte nun ein noch größerer, noch abgründigerer Hass, gepaart mit diesem unverwechselbaren hämischen Siegeslächeln. Ben sah deutlich, dass sie kräftemäßig noch viel mehr drauf hatten, und Panik nahm Besitzt von seinem Herzen und schlich sich in seinen Verstand. Bevor er überhaupt aufstehen konnte, waren sie bereits alle über ihm. Wie rasend traten, spuckten, kratzten und bissen sie ihn. Ben versuchte einfach nur, sein Gesicht zu schützen, etwas anderes fiel ihm nicht ein. Erstaunlicherweise spürte er keine Schmerzen, obwohl doch kräftige Männer nach ihm traten und ihn schlugen. Doch plötzlich hörten sie auf und zogen sich erneut zurück. Ben hob die Arme von seinem Gesicht und sah einen großen Mann vor sich stehen. Auch er schien ein Geistwesen zu sein, denn er sah Ben direkt in die Augen, und die Dämonen winselten in ihren Nischen, in die sie sich zurückgezogen hatten.
Er war der mit Abstand Größte aller Anwesenden. Im Gegensatz zu den anderen Geistwesen hatte dieser Geist – Ben traute sich gar nicht, ihn in Gedanken als solches zu bezeichnen – absolut menschliche Züge. Er war mittleren Alters mit leicht ergrautem

Haaransatz. Seine Gesichtzüge waren markant, aber absolut makellos, sein Auftreten ruhig, stilvoll und autoritär. Er trug einen schwarzen Anzug und ein schwarzes Hemd. Ben, der mittlerweile aufgestanden war, wollte gerade auf ihn zugehen, um ihm für die Hilfe, die er erhalten hatte, zu danken, als er einen Hauch von Kälte spürte, und diese eisige Kälte bohrte sich wie ein kaltes Messer direkt in sein Herz. Mitten in seiner Vorwärtsbewegung hielt Ben inne und konnte somit dem Schlag von einem der anderen nicht mehr ausweichen. Da der Schlag in seinen Rücken erfolgt war und ihm den Boden unter den Füßen weggezogen hatte, fiel er nun mit schmerzverzerrtem Gesicht vor dem großen Dämon zu Boden. Zuvor hatten ihm die Schläge der fünf Dämonen überhaupt nichts ausgemacht, jetzt aber schmerzte dieser eine Schlag höllisch, und für eine kurze Zeit konnte er sich überhaupt nicht rühren.

Durch die Nähe, die er nun zu diesem „Neuen“ hatte, trauten sich die anderen nun nicht mehr so nahe an ihn heran, aber sie waren schon wieder aus ihren Ecken hervorgekrochen. Ben stellte sich die Frage, ob der „Große“ ihn gerettet hatte – oder stand ihm jetzt noch Schlimmeres bevor? Durch den Sturz war Ben ein großes Stück nach vorn gefallen, und die Distanz zwischen ihm und dem Neuen hatte sich so weit verringert, dass sie nun beide beinahe Körperkontakt hatten. So nahe in seiner Gegenwart konnte Ben diesen abgrundtiefen Hass des großen Mannes jetzt sogar auf der Zunge schmecken. Es war ein Geschmack nach Fauligem, worauf Bens Magen mit heftigem Unwohlsein reagierte. Hatte er zuvor geglaubt, dass der Hass der fünf Kreaturen bereits unermesslich groß war, so war das, was er augenblicklich erfuhr, unbeschreiblich. Die Härchen auf seiner Haut stellten sich kerzengerade auf. Sein Puls schlug heftig, und sein Atem ging stoßweise. Ben hatte erst eine kurze Zeit in der Klasse zugebracht, aber es kam ihm schon jetzt wie eine Ewigkeit vor. Er versuchte mühsam aufzustehen, um etwas Abstand zu gewinnen von dieser großen Gestalt. Dieser Dämon, so menschlich er auch aussah, war absolut gefährlich, das brauchte ihm keiner erst zu sagen. Eine mächtige und kraftvolle Aura umgab ihn. Selbst die

fünf Kreaturen wussten, dass es klüger war, sich von ihm zurückzuhalten. Und Ben wusste es auch, spätestens in dem Moment,
als er ihm in die Augen sah. Die anderen fünf Dämonen krochen
jetzt wie schleimige Schlangen in einigem Abstand um diesen
Dämon herum, sie winselten und zischten, und dann – fast über-
gangslos – kreischten und tanzten sie plötzlich wieder um Ben
herum, so als wären sie vollkommen verrückt und hätten ihre
einzelnen Glieder selbst nicht unter Kontrolle. Die Situation war
vollkommen grotesk, denn ihr Anführer stand immer noch regungslos vor Ben und fixierte ihn mit seinen Augen. Ben gewann
den Eindruck, als ob sie glitzerten, konnte es aber nicht genau
erkennen, weil er dem Blick seines Gegenübers einfach nicht
standhalten konnte. Wenn dies ein Machtbeweis sein sollte, ein
Spiel, bei dem es darum ging, wer zuerst den Blick abwenden
musste, dann hatte er haushoch verloren. Aber dies hier war
kein Spiel. In der Gegenwart dieses ... dieses „Etwas" lauerten
Tod und Verderben.
Eine Stimme in seinem Kopf befahl ihm, den Mann anzusehen. Ben wollte das nicht, aber mit der Stimme im Kopf traten
auch rasante Kopfschmerzen auf. Ihm war schlecht. Er wollte nur weg. Weg von dieser Kreatur, weg von dieser Kälte und
weg von diesem Hass. Weg ... einfach nur weg. Auch die Klasse
und Sabine waren im Moment nicht mehr wichtig. Aber sosehr
Ben sich dies wünschte, desto weniger schien es ihm zu gelingen, und als hätte er keinen eigenen Willen mehr, hob Ben sein
Gesicht, um den Mann anzusehen. Die Augen des Mannes vor
ihm waren blutrot unterlaufen. Ben dachte unwillkürlich daran,
dass er auch einmal solch ein Auge gehabt hatte. Damals, als er
eine starke Bindehautentzündung gehabt hatte und Äderchen
im Augenlid geplatzt waren, nur glaubte er nicht einen einzigen
Moment daran, dass der Dämon an einer Bindehautentzündung
litt. Damals war es bei Ben über Nacht passiert, und als er morgens aufgestanden war und sich selbst im Spiegel betrachtet
hatte, war er ähnlich erschrocken. Er wusste jedoch genau, dass
sein Gegenüber noch vor einer Minute ganz normale braune
Augen hatte. Jetzt jedoch waren sie blutrot unterlaufen mit ei-

ner goldenen Pupille, die in der Mitte glänzte. Nun sprach der Mann zu ihm, und seine Stimme hallte dabei durch den Raum, als ob Glocken geläutet wurden. In dieser Stimme lag nichts Menschliches, und Bens Herzschlag schien sich zu verdoppeln, wenn nicht gar zu überschlagen. Erneut umgab ihn diese eisige Kälte, die Ben buchstäblich zu fesseln schien. Er war machtlos in der Gegenwart dieser Geisterwesen, dieser Kreaturen der Hölle. „DU KLEINER TOTER MENSCH", bellte es erneut in Bens Kopf, wobei der Dämon nicht einmal seine Lippen bewegt hatte. Er sprach, wenn man dies überhaupt als „Sprechen" bezeichnen konnte, seine Gedanken direkt in Bens Gehirn. „SIEH DOCH EIN, DASS DICH DEIN GOTT NICHT RETTEN KANN! DU BIST EIN NICHTS. EIN NICHTS, WIE ALL DIE ANDEREN MENSCHEN AUCH. LÄCHERLICHE KREATUREN, DIE SICH AUF ZWEI BEINEN FORTBEWEGEN, ABER ANSONSTEN WIE TIERE MITEINANDER UMGEHEN. DIE ERDE MIT ALL DEN MENSCHEN GEHÖRT UNS, UND NIEMAND WIRD DAS ÄNDERN. DEIN GOTT HAT DICH GETÖTET, WEIL DU SCHLECHT UND VERKOMMEN BIST. DU BIST VOLLER LÜGEN, WEIL DU DICH SELBST DAUERND BELÜGST. DU BIST ZU NICHTS ZU GEBRAUCHEN, DU BIST WERTLOS FÜR JEDEN DEINER MITMENSCHEN, BENJAMIN STEIN! DEINEN ELTERN HAST DU JAHRELANG NUR KUMMER GEMACHT. DEIN BRUDER PETER HAT DIE SCHNAUZE VOLL VON DIR. DU HAST SIE ALLE ENTTÄUSCHT! WAS BIST DU NUR FÜR EINE ARMSELIGE KREATUR! AUCH HIER IN DEINER KLASSE", dabei deutete er auf die Schüler in der Klasse, „MAG DICH NIEMAND LEIDEN, UND DU WEISST DAS. DU WEISST DAS SCHON SO LANGE. DEIN LEBEN HATTE KEINERLEI SINN ODER ZWECK." „Doch", schrie Ben unter Tränen, „Sabine liebt mich, und ich liebe sie." „ACH JA … SABIIINE – DEINE SABIIINE", und dabei klang der Name, so wie er ihn aussprach, abschätzig und abwertend. Er war falsch, alles, wie er es sagte, klang falsch, aber die Zweifel hatten bereits tiefe Wurzeln geschlagen, sodass Ben sie jetzt nicht so einfach wieder abschütteln konnte. „DEINE SABINE SPIELT DOCH NUR MIT DIR. SIEH DICH DOCH AN. WAS HAST DU IHR DENN SCHON ZU BIETEN? – NICHTS VON DEM, WAS SABINE SICH WÜNSCHT. DU GLAUBST DOCH NICHT WIRKLICH, DASS SABINE DICH MOCHTE! HA, HA, HA, HA." Die anderen Dämonen stimmten in das spöttische Gelächter mit ein. Jedes einzelne seiner Worte hatte Ben mitten ins Herz getroffen. Längst vergessen geglaubte Zweifel, Zweifel, die sich jahrelang fest in seinem Leben verwurzelt hatten, brachen nun wieder in ihm auf, und Tränen schossen ihm in die Augen. Der Dämon hatte genau gewusst, wo Ben verwundbar war. Dieser Teil seines eigenen Ichs hatte schon zu viele Jahre immer wieder damit gekämpft, dass er sich selbst als wertlos erachtete, auch wenn ihm sein Verstand schon einige Male etwas anderes gesagt hatte. „UND DEIN GOTT", brüllte der Dämon und unverhohlener Freude in seiner Stimme weiter – wenn man gewillt war, das überhaupt als „Freude" zu bezeichnen, aber Ben fiel kein besserer Vergleich ein –, „DER IST AUCH WERTLOS. EINE FIXE IDEE DER MENSCHEN, WEIL IHR VIELES NICHT VERSTEHT UND DARUM UM HILFE FLEHT. WO IST ER DENN JETZT, DEIN GOTT, UND WAS KÖNNTE ER DENN SCHON FÜR DICH TUN? HILFT ER DIR VIELLEICHT JETZT ODER LÄSST ER DICH ALLEIN? ICH FÜRCHTE, DU BIST DEINEM EIGENEN HIRNGESPINST HINTERHERGELAUFEN. DU WOLLTEST GERNE EINEN STARKEN GOTT HABEN. ABER DEIN GOTT IST TOT, BEN – SCHON SEHR LANGE TOT. UND DU WIRST NUN AUCH STERBEN, GENAUSO EINSAM UND ERBÄRMLICH WIE ALL DIE ANDEREN ‚SCHEIN-HEILIGEN', DIE SICH AUF IHN VERLASSEN HABEN." Ben merkte, wie er immer mehr den Halt unter seinen Füßen verlor. All das, was ihn wieder aufgerichtet hatte, war nicht mehr greifbar, war plötzlich in so weite Ferne gerückt, dass er sich fragte, ob es überhaupt jemals existiert hatte oder ob er sich womöglich auch das nur eingebildet hatte. Seine Zweifel schlugen immer tiefere Wurzeln in ihm, bis sie schließlich zur Gewissheit wurden. Herz und Verstand reichten einander die Hände. Ja – was machte er eigentlich hier? Er hatte tot zu sein, und das wäre wohl für alle das Beste. Er wollte weg, nur weg von diesem Ort, weg von den stechenden Augen des Dämons, der ihm gegenüberstand. Sein Kopf schien kurz davor zu sein zu explodieren. Rasende Kopfschmerzen ließen keinen klaren Gedanken mehr zu. Das gleichzeitige Kreischen der anderen Dämonen in seinen Ohren war nicht auszuhalten, obwohl er sich krampfhaft die Ohren zuhielt. Die Saat, die das Teufelswesen ausgesät hatte, fiel bei Ben auf fruchtbaren Boden. Ben merkte, wie er die Kontrolle über seine Gedanken verloren hatte. Er musste schleunigst weg von hier.

Da fiel sein Blick auf Sabine. Jetzt konnte er direkt in ihre Augen sehen. Seine Sabine, die er so sehr liebte! Sie war so schön wie immer. Ach, wie sehr er sie liebte! Aber liebte sie auch ihn? Liebte sie ihn wirklich? Er konnte es sich kaum noch vorstellen. Der Dämon hatte ja recht. Wer war er denn schon, dass Sabine, dieses zauberhafte Wesen, ihn lieben könnte? Ben wollte zu ihr gehen, aber die Dämonen hinderten ihn daran. Ben sah zu dem Großen hinüber, und mit einer Handbewegung von diesem flogen zwei der hässlichen Kreaturen durch die Luft. Ein anderer schlich lieber gleich zur Seite und machte Platz für Ben. Ben ging gebückten Schrittes, ähnlich einem alten Mann, auf Sabine zu und kniete nun vor ihrem Tisch. „Sabine … Sabine, hörst du mich?“, fragte er fast zärtlich und eigentlich der Situation, in der er sich befand, nicht angemessen. Sabine hob leicht den Kopf, schaute aber durch ihn hindurch, da sie ihn nicht sehen konnte. Dennoch machte es für ihn den Eindruck, als ob sie sich seiner Stimme oder seiner Gegenwart in irgendeiner Art und Weise, die er sich nicht erklären konnte, bewusst war. „Sabine, ich liebe dich!“, sprach er zu ihr. Dabei griff er automatisch nach ihrer Hand und legte seine auf ihre. Sehr zärtlich legte sie daraufhin ihre Hand auf seine. Ben erfreute sich daran, musste sich aber gleichzeitig eingestehen, dass Sabine ihre Hand nur auf ihre eigene gelegt hatte. Bens Hand war nicht real. Trotzdem gab ihm das Bewusstsein, ihr nahe zu sein, ein Gefühl der Sicherheit. Ben konnte die Wärme, die von ihr ausging, spüren, und die sanfte, weiche Haut ihrer Finger tat ihm unsagbar gut.

Verliebt blickte er in ihre Augen. Ihre Tränen waren versiegt, aber ihre Augen glitzerten noch von der erhöhten Feuchtigkeit. „Ich ...“ ... liebe dich, hatte Ben gerade sagen wollen, als er plötzlich eine Veränderung in ihren Augen wahrnahm. Ihre Augen schienen auf einmal starr zu werden, und dann sahen sie ihn an. Ben erschrak zutiefst, da er damit überhaupt nicht gerechnet hatte. Bevor er sich bewusst war, was dies nun zu bedeuten hatte, zeigte sie ein teuflisches Grinsen, fing wie hysterisch an zu lachen, und dabei zeigten ihre Augen nichts Menschliches mehr. Ben stand das Entsetzen ins Gesicht geschrieben. Gleichzeitig griffen ihre Hände nach den seinigen, und ihre Fingernägel krallten sich tief in sein Fleisch. Ähnlich einem Schraubstock hielten sie ihn in dieser Haltung am Tisch fest. Ben versuchte mit Entsetzen, sich ihren Händen zu entziehen, von denen auf einmal eine unheimliche Kraft ausging, er hatte jedoch nicht die geringste Chance. „Hat dir meine kleine Vorstellung gefallen?“, säuselte sie ihm entgegen. „Ich versteh nicht, was meinst du damit, Sabine?“, fragte der verblüffte Benjamin. „Na, dass ich dir was vorgespielt habe.“ Ben erstarrte. „Das glaube ich dir nicht.“ „Nein?“, klang es schroff zurück. „Nein, du liebst mich doch!“ Erneut bekam sie einen Lachanfall und schmetterte ihm entgegen: „Dich lieben?! Schau dich doch mal an! Du bist ein mickriges verklemmtes Würstchen! Ich ekele mich vor dir. Du stinkst, und deine perversen Finger an meinem Körper zu spüren, haben einen Brechreiz in mir bewirkt. Jedes Mal, wenn du mich angefasst hast, habe ich mich danach stundenlang duschen müssen, um meinen Ekel abzuwaschen. Aber das Allerschlimmste für mich war, deine sabbernden Lippen in meinem Gesicht ertragen zu müssen. Letztendlich habe ich meine Wette gewonnen und viel Geld eingesteckt, das sollte als Entschädigung für die zwei Tage reichen. Ich wusste ja, dass du nur eine geile, lüsterne Kreatur bist, die mit ein paar billigen Tricks schnell für solche Dinge zu haben ist.“ Ihre Worte hatten nichts Liebenswertes an sich und waren auch in der Aussprache eisig und starr. „Wie kannst du nur so etwas sagen, Sabine, bitte hör doch auf damit“, winselte Ben, und

jegliche Selbstachtung wich von ihm. „Nein, ich werde jedem er-
zählen, was für ein Schwein du bist, und nun hau endlich ab, du
Arsch, du kleiner perverser Langweiler. Niemand, und ich schon
gar nicht, will doch etwas mit dir zu tun haben." Bens Herz setzte
für einen Moment aus. Tränen rannen ihm die Wangen hinunter.
Er fühlte sich so erniedrigt, so schmutzig und verloren. In diesem
Moment löste sich ihr Griff, und Ben fiel nach hinten auf den
Boden. Sabine alberte mit ihren Freundinnen herum, die mit an
den Tisch gekommen waren, und alle lachten ihn aus.
Ben hätte vor allen Schülern und Schülerinnen einschließlich
des gesamten Lehrerkollegiums nackt in der Schulaula stehen
können – es hätte ihm weit weniger ausgemacht, als jetzt diese seelischen Verletzungen erfahren und ertragen zu müssen. Er
hatte sein Innerstes preisgegeben. Er hatte seine Schutzhülle fallen gelassen und war somit bar jeder Verteidigung. Darum gingen
die verbalen Attacken an Herz und Nieren und hinterließen tiefe
Spuren in ihm, brachten ihm innerlich einen massiven Einsturz.
Nein, er wollte nicht noch mehr hören und ertragen müssen. Er
hielt sich mit beiden Händen die Ohren zu, aber das Lachen der
gesamten Klasse, besonders aber das von Sabine, drang immer
noch zu ihm durch, fraß sich regelrecht in seinen Kopf und von
dort aus durch seinen gesamten Körper. Es war wie ein schnell
wirkendes Gift und verfehlte seine Wirkung nicht. Er war gegen
die Wand des Klassenraums getaumelt, ohne dass ihm bewusst
war, wie und wann dies geschehen war. Nur der Aufprall rief ihn
wieder unsanft in die Gegenwart zurück.
Da tauchte der riesige Dämon wieder vor ihm auf. Ben hatte ihn
schon total vergessen. Arrogant grinste er Ben an. „NA, HAT-
TE ICH NICHT RECHT? DU BIST EIN NICHTS, ABSOLUT
WERTLOS." Ben wollte einfach nur seine Ruhe. Am liebsten
wäre er gestorben, aber richtig. Nicht mehr aufwachen, nie mehr.
Man hatte ihm gerade das Herz bei lebendigem Leibe herausgerissen und ihm das Rückgrat gebrochen. Was wollten sie denn
noch von ihm? Alles hatte er bisher ertragen können, weil er
wusste, dass er geliebt wurde. Er, Benjamin Stein. So wie er war,
mit allen seinen Stärken und Schwächen, seinen Träumen und

Sehnsüchten. Echte, wahre Liebe. Einmal nichts vorspielen müssen. Und nun das! Alles war falsch gewesen, nur gespielt, eine einzige große Lüge! Er war mit seinen eigenen Waffen geschlagen worden.

„WAS WOLLTE DER MÄCHTIGE ENGEL VON DIR?" Auch diese Frage traf ihn so unvorbereitet, dass er nicht wusste, was der Dämon von ihm wollte. Da Ben nicht antwortete, holte der große Mann aus und schlug ihn mit der rechten Hand. Sein Schlag war von der Gestik her so, als wolle er eine lästige Fliege entfernen, hatte aber eine Wucht, als hätte ihn ein Auto getroffen.

Ben flog quer durch den Raum und verlor dabei kurz das Bewusstsein. Als er wieder zu sich kam – obwohl er nicht wusste, ob er das Bewusstsein im normalen Sinne überhaupt verloren hatte, denn er konnte schon lange nicht mehr zwischen Sekunden, Minuten und Stunden entscheiden –, waren die anderen über ihm. Die fünf Gestalten schlugen erneut auf ihn ein, und diesmal spürte er jeden einzelnen Schlag. Dann wurde er in die Höhe hochgezogen. Seine Füße baumelten in der Luft, seine Kehle schien umklammert, mit einem Griff, der einem Schraubstock gleichkam, obwohl niemand ihn berührte. „WAS WOLLTE DER MÄCHTIGE ENGEL VON DIR?", drang die Stimme des Dämons direkt in sein Gehirn. „Ich weiß nichts von einem mächtigen Engel", gab Ben wahrheitsgemäß zur Antwort, weil er wirklich nichts von einem mächtigen Engel wusste. Es folgte ein Moment des Schweigens im Raum – oder war es so, dass er nichts mehr hören konnte? Plötzlich wurde er zu dem Oberdämon hingezogen. Noch immer schwebten seine Füße in der Luft, und er befand sich in Augenhöhe mit ihm. Der Dämon öffnete seinen Mund und hauchte ihm den Atem des Todes entgegen.

Alles verlor plötzlich an Dimension. So hatte er nun das Gefühl, ohne Bodenberührung durch die Gegend zu taumeln, ja es schien, als würde er schwerelos in eine tiefe Leere fallen. Rings um ihn war der Klassenraum verschwunden, und er befand sich in einer absoluten Schwärze. Kein Licht drang zu ihm. Er spürte lediglich einen leichten Luftzug, so als wenn etwas an ihm vorbeifahren würde. Wie konnte man das beschreiben? Ben überlegte, was diesem Gefühl am nächsten kam. Züge. Ja, so war es. Er hatte das Gefühl, als ob ein Zug an ihm vorbeifahren würde. Ben konnte nicht sagen, wo er war, noch wie lange dieser Moment anhielt. Da erklang im Dunkeln wieder die Stimme des Dämons: „SIEHST DU, DU BIST EIN NICHTS, UND WIE EIN NICHTS ENT-FERNE ICH DICH AUCH, DU BIST EIN NICHTS, DU BIST EIN NICHTS, EIN NICHTS, EIN NICHTS, EIN NICHTS ...“ Wie ein Echo hörte er diese Stimme immer und immer wieder. Zuerst hatte er das Gefühl, sich mitten in diesem Schrei zu befinden. Er konnte nicht sagen, ob die Stimme von oben, unten, rechts, links, vorn oder hinten kam. Nein, ihm war, als sei die Stimme um ihn herum, überall. Bens Verstand versagte seinen Dienst, er war einfach nicht in der Lage, dies alles zu verstehen. Er kämpfte nun auch nicht mehr dagegen an, sondern ließ der Ohnmacht ihren freien Lauf, ließ sie die Oberhand gewinnen. Kurz darauf verlor er erneut das Bewusstsein.

Als Ben wieder zu sich kam, fühlte er sich, als hätte er zwölf Runden gegen den Boxweltmeister im Ring gestanden, der pausenlos mit seiner unbändigen Kraft auf ihn eingeschlagen hätte. Es gab kein Körperteil, das nicht höllisch schmerzte. Als er die Augen aufschlug, stellte er fest, dass er wieder festen Grund unter seinen Füßen hatte.

Etwas unsicher auf den Beinen schwankte er in der Dunkelheit. Seine Augen mussten sich erst wieder an das Licht gewöhnen. Zuerst gab es eigentlich nicht viel Licht. Doch der Mond schien klar in dieser Nacht, und Ben bemerkte, dass er im Freien stand und einen freien Blick auf die Sterne hatte. Leichte Nebelschwaden zogen am Boden durch ein in der Nähe liegendes abgeerntetes Feld, das Ben jetzt immer deutlicher an den Umrissen erkennen konnte. Es musste zuvor mächtig geregnet haben, denn um ihn herum war alles nass und der Regen tropfte noch von den Bäumen. Ben nahm den Geruch, wie er oft nach starken Regenfällen auftritt, auf. Es roch irgendwie so sauber und rein. Es tat ihm gut, dies wahrzunehmen, und seine Nerven beruhigten sich. Die Kopfschmerzen waren auch nicht mehr vorhanden, und seit Langem – wobei er immer noch nicht sagen konnte, ob „lange" mit Tagen, Stunden oder nur Minuten gleichzusetzen war – fühlte er sich wieder frei. Zu oft war er in der letzten Zeit dem Druck nicht mehr gewachsen gewesen und war infolgedessen in Ohnmacht gefallen. So etwas kannte er überhaupt nicht von sich. Aber die Ereignisse der letzten Zeit waren so einschneidend, dass es ihm ging wie seinem Computer zu Hause – zu viele Informationen auf einmal und der Rechner stürzte ab. Der Rechner entzog sich damit weiteren Schäden, die das Laufwerk ansonsten vielleicht abbekommen hätte. Ja, genauso fühlte er sich jetzt auch, so als hätte jemand einfach den Stecker gezogen, bevor er völlig verrückt werden oder zusammenbrechen würde. Strom weg, Dunkelheit und erst dann, nach einer gewissen Zeit der Ruhe, konnte der Rechner wieder in Betrieb genommen werden. Diese „technische Erklärung", die er sich selbst gab, half ihm, die Dinge einzuordnen.

Er sog die reine, saubere Luft ein, so als wolle er mit der frischen Luft auch sein Innerstes reinigen. Dabei fiel ihm wieder Sabine ein. Ihre Liebe, die sie ihm offenbart hatte, fungierte für ihn immer wieder als Anker. Der Gedanke an sie schmerzte nicht. Er konnte es nicht erklären, aber er liebte sie genauso wie zuvor, auch wenn sie ihm das angetan hatte. Sein Herz schien zu unterscheiden zwischen der Sabine der letzten Tage und der Sabine in Gegenwart der Dämonen. Hatten die vielleicht etwas damit zu tun? Er wusste es nicht und hielt sich nur an sein Herz und sagte Ja zu dieser Liebe, und darum hielt er daran fest. Mit dem Gedanken an Sabine kehrten aber auch unweigerlich die Gedanken an die Dämonen wieder zurück. Was hatte er bloß getan, dass er dies erleiden musste? Warum hatte der Dämon ihn hierher verschlagen? Sollte er sich etwa in der Einsamkeit verirren? Aber er wusste ja schon jetzt nicht, wo er sich befand, was spielte es da noch für eine Rolle, ob er sich dann auch noch verirrte? Er fing langsam an, nachdem sich seine Augen an die veränderten Lichtverhältnisse gewöhnt hatten, sich seine neue Umgebung etwas genauer anzusehen.

Er schien auf einem Hügel zu stehen, denn er konnte nach unten auf eine freie Fläche sehen. Ein Reh stand etwas seitlich am linken Rand und fraß das scheinbar grüne, saftige Gras. Dabei hob es immer wieder hektisch seinen Kopf, um ihn dann wieder zu senken und weiterzufressen. Eine friedliche Stille lag über der Szenerie. Hinter ihm ragten Bäume hervor. Wie groß dieser Wald sein mochte, konnte er nicht ausmachen, aber er wusste, dass er wohl an einem Waldrand stand. Hier waren einige Bäume umgestürzt, was wahrscheinlich auf heftige Stürme oder das voranschreitende Waldsterben zurückzuführen war. Hinter sich konnte er weder irgendwelche Pfade oder Wege erkennen noch tiefer in den Wald hineinblicken. Es waren hier und da Geräusche zu hören, die Ben natürlichen nächtlichen Aktivitäten von Kleintieren wie Vögeln, Eichhörnchen und auch Rehen zuschrieb. Denn wo sich ein Reh befand, waren andere bestimmt nicht weit entfernt. Da sich jedoch sonst nichts weiter rührte, konzentrierte er sich wieder auf das freie Feld vor ihm. In einiger Entfernung waren auf der rechten Seite schwach die Umrisse eines Hauses, eventuell von einem Bauernhof, zu sehen. Weitere Gebäude, vielleicht Stallungen, konnte er nun auch erkennen. Links des Feldes waren dagegen nichts als offenes Feld und der Wald zu erkennen, deren Linien noch länger entlanglief.

Neben ihm in etwa dreißig Meter Entfernung stand eine alte Bank. Er ging hin und setzte sich auf die Lehne, da die Bank durch den Regen total nass war. Er genoss die Ruhe, die dieser Ort ausstrahlte, und merkte sogleich, dass es sehr gut tat, nach den gesamten Vorfällen einfach mal die Seele baumeln zu lassen. Er war noch immer total ausgelaugt und mit seinen physischen Kräften am Ende. Er wollte den vergangenen Tag einfach aus seinem Gedächtnis streichen. Zu viel war passiert, was nicht passiert war. Überdrehtsein, Halluzinationen, Träume – all das mochte irgendwie eine Rolle gespielt haben. Deshalb machte es ihm im Moment überhaupt nichts aus, dass er nicht wusste, wie er wieder nach Hause kommen sollte. Er war einfach nur froh, endlich mal alleine zu sein. Am liebsten hätte er sich ins Gras vor ihm gelegt, um etwas zu schlafen, aber es würde ihm nicht gelingen, das wusste er, obwohl er sich sehr müde fühlte. Zudem war das Gras zu nass, um es gemütlich zu haben. So sog er einfach nur erneut den frischen Duft des Regens in sich auf und döste vor sich hin.

Einige Zeit später merkte er, wie bereits die Dämmerung einsetzte. In ungefähr einer halben Stunde würde die Sonne aufgehen und ein hoffentlich besserer Tag als der gestrige beginnen. Dann könnte er sich auch wieder Gedanken machen, wie es nun weitergehen sollte. Aber das hatte noch Zeit, sagte er zu sich selbst, weil er in Wirklichkeit die Entscheidung, was er nun machen sollte, vor sich herschieben wollte. Also versuche er, an nichts zu denken, und schaute einfach in die Ferne. Jetzt, da er dank der immer heller werdenden Dämmerung auch immer mehr von seinem Umfeld erkennen konnte, wunderte er sich schon ein bisschen darüber, dass die Felder zu dieser Jahreszeit nicht bewachsen waren. Es war ja immerhin mitten im Sommer, und so eine Fläche ungenutzt zu lassen, schien ihm nicht richtig, zumal ein Hof in der Nähe war. Schneller als erwartet und für ihn eigentlich viel zu schnell, ging die Sonne am Horizont auf. Ben entschied sich kurz entschlossen dafür, nun doch nicht länger zu warten, sondern in Erfahrung zu bringen, wo er letztendlich gelandet war und wie er überhaupt an diesen ihm unbekannten Ort gekommen war. Also stand er von der Lehne der Bank auf und lief los, weil er sehen wollte, ob der Bauernhof vielleicht doch noch bewohnt war, obwohl alles recht dunkel war und sehr verlassen wirkte.

Er war kaum zwanzig Schritte den Hang hinuntergelaufen, als er ein Surren in der Luft vernahm, was ihn dazu bewegte, stehen zu bleiben und nach der Ursache zu forschen. Als er der Richtung, wo das Geräusch herkam, folgte, blickte er nach oben in den dunklen Himmel hinein. Schwarze Punkte, ähnlich einem riesigem Vogelschwarm, flogen auf ihn und den Waldrand zu. Das Surren wurde nun immer intensiver und lauter. Dabei entwickelte sich das Surren immer mehr zu einem Gänsegeschnatter, so als ob sich die Gänse während des Fluges lautstark streiten würden. Um ihn herum blieb alles, wie es war. Selbst das Reh wirkte nicht nervöser als zuvor, obwohl der Lärm, der immer mehr an Lautstärke zunahm, doch eigentlich hätte bewirken müssen, dass das Reh vor Schreck in den Wald flüchtete. Ein Vogel, vielleicht eine Eule, flog von einem hohen Baumwipfel in den Wald hinein. Das, was nun angeflogen kam und den Himmel so sehr verdunkelte, konnten keine Gänse sein. Dazu waren es viel zu viele und jedes Einzelne von ihnen auch viel zu groß. Bevor sich Ben ein genaueres Bild machen konnte, waren die Ersten von ihnen bereits auf den Baumwipfeln am Waldrand hinter ihm gelandet. Minutenlang zogen die Herankommenden über ihn hinweg, kreisten über Wald und Feld und ließen sich dann irgendwo in der Nähe nieder.

Der Schrei in seiner Kehle verstummte, und der Wahnsinn ergriff wieder viel zu schnell Besitz von ihm. Er wollte nicht glauben, was er da sah, aber er sah es glasklar vor sich: Um ihn herum tummelten sich Tausende von ekelerregenden Kreaturen mit zerfetzten Leibern, abgetrennten Gliedmaßen, blutbespritzten Leibern und sonstigen verunstalteten Körpern. Er konnte sehen, wie die Haut an den Körpern verfaulte und allerlei Getier in den Hohlräumen herumkroch. Zudem haftete der Geruch des Todes an ihnen. In ihren Gesichtern zeichnete sich Hass ab, in Kombination mit einer unnatürlichen Freude, die einem allein beim Anblick das Blut in den Adern gefrieren ließen. Ben stand mitten unter einer Horde von Dämonen und übergab sich minutenlang.

Das waren also die schwarzen Punkte im Himmel gewesen. Ben brauchte lange Zeit, um sich an den furchtbaren Gestank und den grässlichen Anblick zu gewöhnen. Sein Magen rebellierte immer noch, da aber nichts mehr in ihm war, fand das Brechen und Würgen ein Ende. Jetzt kamen wieder seine anderen Sinne mehr zum Zuge, und so fragte er sich, wie die Dämonen so schnell hier hatten auftauchen können. Dabei war es ihm absolut unmöglich zu sagen, ob sie geflogen oder wie sie gelandet waren. Er wusste es einfach nicht, sosehr er sich auch darum bemühte. Er hatte sie als Masse wahrgenommen, und im nächsten Augeblick waren sie auch schon auf den Bäumen und am Boden gelandet, ja, sie schienen überall zu sein. Ihr Anblick war für ihn immer noch grässlich. Bei den meisten waren Gesicht und Gliedmaßen furchtbar entstellt. Aber man muss nicht meinen, dass sie dadurch in irgendeiner Weise benachteiligt gewesen wären. Die Art und Weise, wie sie sich als Dämon fortbewegten, machte sie schnell, flink, gefährlich und absolut unberechenbar. Hätte man einen Einzelnen von ihnen angetroffen, hätte man sicherlich Mitleid mit ihm gehabt, aber als Horde waren sie ausgelassen und wild und schrien lauthals ihre Macht heraus. Ben war, als würden sie etwas feiern wollen. Da Ben sie sehen konnte, mussten auch sie ihn sehen können, aber nichts schien darauf hinzuweisen. Und wenn doch, dann nahmen sie keinerlei Notiz von ihm. Der Tumult wurde immer größer, die Zahl der Dämonen immer gewaltiger, und die Ekstase der Geisterkreaturen schien in Raserei auszuarten. Sie tanzten, andere stritten sich, wieder andere rauften, wild um sich schlagend. Sie schienen kampferprobte Krieger zu sein. Insgesamt erinnerte das Bild, das sich vor Bens Augen auftat, an Piraten, die betrunken in ihren Spelunken saßen, um eine siegreiche Schlacht zu feiern oder um sich Mut für einen bevorstehenden Kampf zuzureden.

In Gedanken vertieft fühlte Ben plötzlich, wie Augen auf ihn gerichtet waren, die ihn zu beobachten schienen. Diese Augen erkannte er sofort wieder. Es waren die gleichen stechenden Augen des Dämons, denen er bereits in der Schule begegnet war. Dieser Dämon schien nicht ganz so sehr in die Raserei verfallen zu sein wie die anderen, ja, es schien, als wäre er der Herrscher dieser Horde, der alles genüsslich beobachtete. Aber auch ihm lief der Speichel aus den Mundwinkeln, und seine Hände konnte er nicht stillhalten. Alle schienen irgendetwas entgegenzufiebern, aber Ben hatte keine Ahnung, was dies sein könnte. Die Augen des Dämons leuchteten vor Freude und Siegesgewissheit. Trotz der riesigen Distanz, die Ben auf gut tausend Meter schätzte, konnte Ben jeden Gesichtzug seines Widersachers ganz klar erkennen, so als stünde er direkt vor ihm. Jetzt fiel im auf, dass nicht alle Dämonen so entstellt waren. Die Entstellten in der Masse überwogen zwar deutlich, aber es gab auch welche, die makellos in ihrem Aussehen waren. Ben war dies zuvor bloß nicht aufgefallen. Immer mehr dieser „normal Aussehenden“ konnte er nun, da er sich darauf konzentrierte, erkennen. Aber in ihrem Verhalten waren alle, die er sah, gleich. Alle wirkten irgendwie aufgeregt. Sie alle fieberten etwas entgegen und konnten kaum an sich halten. Sein Blick kreuzte erneut den des Anführers. Diesmal war sein Lächeln das eines Mannes von nebenan. So lächelte man, wenn man jemand Bekanntes traf und ihm einen Guten Morgen wünschen wollte. Dann zwinkerte der Dämon ihm zu, um sich Augenblicke später wieder von ihm abzuwenden. Ben schien diesmal nicht sein Ziel oder Opfer zu sein. Sein Ziel lag ... sein Ziel lag auf dem Feld vor ihm. Irgendetwas stand unmittelbar bevor. Gleich würde hier ein schreckliches Unglück passieren. Ben konnte es förmlich spüren.

Eine Schlacht. In Bens Kopf hämmerte es. Was konnte er tun, wohin sollte er flüchten? Entschlossen, Hilfe leisten zu wollen, rannte er los. Aber schon nach wenigen Metern blieb er wieder stehen, da er überhaupt nicht wusste, wen oder was er überhaupt retten wollte und wie er dies hätte anstellen sollen. Gleichzeitig nahm ihm dieses Gefühl der Hilflosigkeit die Luft zum Atmen. So blieb er einfach erstarrt auf der Stelle stehen. Wie konnte man eine Schlacht verhindern?, fragte er sich selbst, ohne eine Antwort darauf zu wissen.
Plötzlich und unerwartet unterbrach eine laute Explosion in unmittelbarer Nähe die natürliche Stille. Ben drehte den Kopf ruckartig zu dem Ort des Geschehens und sah gerade noch, wie das Reh durch die Luft geschleudert wurde, um dann tot auf die Grasfläche aufzuschlagen. Als hätte Ben die Distanz in Windeseile im Lauf überbrückt – was er jedoch nicht getan hatte –, stand er mit einem mal direkt vor dem Leichnam des toten Tieres und sah das noch frische Blut, das aus mehreren Wunden floss und die Stelle, an dem es lag, rot einfärbte. Es war, wie Ben feststellte, wohl auf eine versteckte Mine getreten, was infolgedessen den Tod des Tieres bedeutet hatte. Das Tier war so übel zugerichtet, dass der Tod, der schnell eingetreten war, eine wahre Erlösung war.
Als wäre dies genau das verabredete Zeichen, auf das alle gewartet hatten, flogen nun Granaten und Bomben, direkt aus dem Wald kommend, surrend durch die Luft und erhellten den Ort, wo sie abgeschossen wurden. Dort, wo sie einschlugen, sprengten sie die Erde oder was sie sonst noch trafen. Gleichzeitig schien sich die Erde zu bewegen. Dort lagen Menschen, die in Tarnuniformen und mit Schlamm und Dreck beschmiert auf ihren Feind lauerten. Wäre dieser wie Ben einfach so aus dem Wald herausgekommen, hätte er wohl keine Chance gehabt. So

konnte man es nun als Glück oder als Pech bezeichnen, dass das Reh die Tretmine ausgelöst hatte. Viele nervöse Finger an verschiedenen Abzügen hatten daraufhin gezuckt und das Feuer eröffnet. Benjamin konnte von seiner Position aus nicht sagen, ob dies gewollt oder ungewollt passiert war. Auch konnte er nicht abschätzen, um wie viele es sich auf jeder Seite handeln mochte. Er merkte nun, da seine Augen dafür sensibilisiert waren, worauf sie achten mussten, und natürlich auch durch die entstandene Panik, die unter den Soldaten ausgebrochen war, wo sich deren Stellungen befanden, und er konnte sich vorstellen, welche Arbeit es gemacht haben musste, um diese Falle zu stellen. Jetzt sah es jedoch so aus, als ob sie in der eigenen Falle saßen. Vereinzelte Feuerstöße reagierten auf die einschlagenden Granaten, aber es war den Soldaten unmöglich, ein Ziel auszumachen, da sie niemanden sahen, auf den sie hätten zielen können. Selbst Mündungsfeuer war wegen des Waldes nicht erkennbar. Während am Waldrand anfangs noch ungezieltes Herumballern überwogen hatte, hielt nun die tödliche Präzision, die in einem Krieg notwendig ist, wieder Einzug. Ein weiterer und diesmal wesentlich besser koordinierter und zielgerichteter Granatenhagel, der aus dem Waldhang kam und im Feld einschlug, hinterließ dort, wo die Granaten einschlugen, ein Bild des Grauens. Die Männer in ihren Stellungen waren für schwere Artilleriegeschütze einfach nicht ausgestattet und demnach auch nicht genug geschützt, um diese todbringenden Geschossen abwehren zu können. Ein Chaos brach nun unter den Soldaten aus, als sie ihre hoffungslose Lage erkennen mussten. Die gestellte Falle, die eigentlich den Tod der Stoßtruppenarmee des Feindes hatte bringen sollen, die sich nun jedoch noch weit entfernt im geschützten Wald befand, wurde nun zur eigenen Falle. Lautes Gebrüll der Befehlshaber mischte sich mit Weinen, Schmerzensschreien von Verwundeten und verzweifelten Rufen um längst gefallene Kameraden. Dazu knallten jetzt auch noch Gewehrschüsse aus unzähligen Mündungen. Besonders das Maschinengewehrfeuer, das fast endlos abgefeuert wurde, war zu hören und brachte für jeden, der sich nur etwas aus seiner

Deckung traute, den fast sicheren Tod. All dies brach innerhalb von Sekunden los.

Für Ben, der inmitten des Schlachtfeldes stand, war es die reinste Hölle. Es hatte so unmittelbar begonnen, dass Ben überhaupt nicht auf die Idee gekommen war, sich schützend auf den Boden zu legen oder sonstigen Schutz zu suchen. Es hätte wahrscheinlich auch nichts gebracht, denn um ihn herum starben unzählige Soldaten, die genau das getan hatten oder es zumindest vorgehabt hatten, aber nicht mehr dazu gekommen waren, und die Einschläge der Kugeln auf den Boden zerfurchten die gesamte Erde um ihn herum, sodass die gesamte Fläche wie ein frisch gepflügtes Feld aussah. Ihn selbst traf dabei nicht eine einzige Kugel oder sonst ein Geschoss. Nicht einen einzigen Kratzer hatte er abbekommen. Dabei musste er immer weiter mit ansehen, wie Menschenkörper durch Granaten buchstäblich zerfetzt wurden, andere wiederum durch herumfliegende Geschosse jeglicher Art getroffen wurden. Dabei kam für viele der Tod schnell und unsichtbar. Andere dagegen hatten weit weniger Glück und lagen lebendig in ihrem Blut, zuweilen noch bei vollem Bewusstsein, und wussten, dass sie elendig sterben mussten.

Die Horde der kreischenden Dämonen hatte Ben seit dem Beginn der Schlacht völlig vergessen. Nun aber schien es so, als übertönten sie mit ihrem lauten heulenden Brüllen und Geschrei noch die ohrenbetäubenden Waffen der Menschen. Allein diese dämonischen Laute zu hören, konnte einen Mann in den Wahnsinn treiben. Und hier war eine ganze Armee von Dämonen der schlimmsten Sorte am Werk! Und sie brüllten aus voller Kehle! Alle waren sie außer sich vor Freude. Sie saßen nun auch nicht mehr auf den Bäumen fern des Geschehens, sondern waren mitten im Geschehen selbst beteiligt. Und jede einzelne Kugel, die abgefeuert wurde und ihr Ziel nicht verfehlte, stachelte ihren Eifer noch weiter an. Dass die Menschen reihenweise ihr Leben verloren, schien sie erst so richtig in Begeisterung zu versetzen. Bei vielen Soldaten, die weinend zusammenbrachen und einfach nicht mehr kämpfen oder genauer gesagt töten wollten, hieben die Dämonen wie wahnsinnig auf ihre Seelen ein, um den Hass aufeinander erneut anzufachen oder ihn noch weiterzuschüren, denn die Dämonen zogen ihrerseits nun regelrecht über das Schlachtfeld. Ben konnte nun sehr deutlich erkennen, dass genau das gegenseitige Töten, das Abschlachten von Menschenleben sie so erhitzte, und dass ihnen alles, was dies verhindern konnte, verhasst war. Es hatte ungefähr eine Stunde gedauert. Nun war das Abfeuern von schweren Waffen eingestellt worden. Nur die Schmerzensschreie der Verwundeten konnte er noch hören und natürlich die weiterhin wild kreischenden Dämonen. Ben lief wie in Trance weiter. Er sah, dass die Dämonen auch die bereits im Sterben liegenden Soldaten nicht in Ruhe ließen. Sie wollten die verlorenen Seelen weiterpeinigen. Nur bei den wenigen, die angefangen hatten, in ihrer letzten Stunde zu beten, ließen die Dämonen verärgert und voller Furcht von ihnen ab, als würden sie keinen Halt finden, sich an ihren zerfetzten Gliedmaßen festzuhalten. Nun konnte Ben auch andere Gestalten ausmachen, die sich unscheinbar und lautlos, aber intensiv um genau solche Personen kümmerten. Es schien ihm, als ob die Gebete der Sterbenden und der Verzweifelten, die das Massaker überlebt hatten, diese Personen herbeigerufen hatten. Und dann wurde es ihm plötzlich bewusst. Er verstand es mit einem Klick, so als würde jemand das Licht einschalten. Das waren gar keine Menschen, die hier halfen, das waren Geschöpfe des Himmels. Ja, hier waren Engel am Werk, die jenen gefallenen und verzweifelten Menschen, die an Gott glaubten, in den letzten Stunden ihres Lebens beistanden, um sie sicher nach Hause zu begleiten. Es war nicht nur eine Schlacht zwischen Menschen, sondern auch eine Schlacht zwischen Mächten. Gut gegen Böse, Engel gegen Dämonen, Gott gegen Satan. Ben wurde auf einmal so vieles bewusst.

Jetzt, da der Kampf vorerst beendet schien, zogen viele Dämonen ab und ließen nur noch wenige übrig, um ihr Werk zu vollenden. Ihre Raserei hatte aber bei den noch Anwesenden in keiner Art und Weise nachgelassen. Fast schien es Ben, als ginge der Krieg noch weiter, wobei er sich fragte, mit wem der Krieg denn noch weitergeführt werden sollte, wenn keiner mehr da war.

Aber leider hatte er sich darin erheblich getäuscht. Wer will es ihm auch verdenken, denn woher sollte man so etwas auch wissen, wenn man bereits so viele Menschen sterben gesehen hat? Bei einem Computerspiel wäre jetzt Schluss gewesen, und es wäre der Hinweis eingeblendet worden, ob man gewonnen oder verloren hatte, je nachdem, auf welcher Seite man stand. Im wirklichen Leben ging es jetzt erst richtig los.

Ben sah, wie die Flugzeuge, die von der anderen Richtung kamen, die hintere Seite des Waldrandes anflogen. Fast gleichzeitig ertönten Sirenen und kurz darauf Flugabwehrfeuer. Es war einfach nur logisch, dass bei so vielen Flugzeugen auch einige von ihnen getroffen werden mussten. Man brauchte ja, ohne zu zielen, einfach nur in den Himmel zu schießen. Schon sehr schnell war die erste Maschine getroffen worden, wahrscheinlich weil sie zu tief geflogen oder der Pilot unvorsichtig gewesen war. Sie stürzte qualmend in den Wald ab (soweit Ben, der immer noch auf dem Feld stand, dies von seinem Platz aus überhaupt sagen konnte). Ihre todbringende Ladung hatte sie jedoch – wie viele andere Maschinen zuvor – bereits gezielt abwerfen können. Zusätzlich schlugen von irgendwoher weitere massive Geschosse im Waldstück ein. Auch ein anderes Flugzeug, das bereits am Himmel explodierte, regnete als Brandgeschoss auf die Menschen herab. Das Schlimmste jedoch waren auch hier die Granaten, Bomben und Gewehrgeschosse, die wahrscheinlich von Panzern abgefeuert wurden. Eine Feuersäule, die durch die vielen Brandherde entstanden war, half den Angreifern zusätzlich und schien das gesamte Waldgebiet in Brand setzen zu wollen. Was zuvor als idealer Schutz für die Truppe gedient hatte, war nun wiederum zur Falle für sie geworden. Schon rannten die Ersten aus dem Wald heraus, um nicht Opfer der Flammen zu werden. Aber auch das half ihnen nicht zu überleben, denn sie wurden von den letzten Überlebenden des Feldes erfasst und niedergeschossen. Nicht einer, der sich heraustraute, überlebte, und doch kamen sie zu Tausenden, um nicht den Flammentod sterben zu müssen. Es war wie bei einer Fuchsjagd. Die Treiber jagten die Meute in eine Richtung, und dort lauerte der sichere Tod. Aber man sah den Menschen an, dass die tötende Kugel ihnen lieber war, als am lebendigen Leib zu verbrennen. Und wieder waren es beide Mächte, die sie dabei begleiteten. Die Dämonen jedoch waren weit in der Überzahl und freudig erregt. Dagegen schien es, als ob die Engel um jeden weinten, nicht nur um die vielen Menschen, die starben und Gott ihr Leben gegeben hatten, sondern auch um die Menschen, die selbst jetzt im Angesicht des Todes nichts mit Jesus oder Gott zu tun haben wollten.

Und es nahm immer noch kein Ende! Was für eine Hölle musste das sein, wenn man diesem Krieg nicht ausweichen konnte! Wenn man mitten im Kugel- und Granatenhagel steckte und dem ganzen Wahnsinn und den todbringenden Geschossen nicht einfach entfliehen konnte. Wenn um einen herum Freunde, Bekannte, Kameraden starben oder man sogar selbst getroffen, zerfetzt oder getötet wurde. Wie grausam musste es sein zu wissen, dass man in diesem Inferno nicht überleben würde. Dass man einerseits selbst tötete und andererseits dabei trotzdem sein eigenes Leben verlor. Auf Höhe des Bauerhofes erhellten nun auch wieder von der Feldseite her Lichtblitze in Richtung Flammenmeer. Panzerfeuer beschoss den Waldrand und darüber hinaus nun auch von dieser Seite. Aber diesmal kam auch sofort die Gegenabwehr. Beide Seiten beschossen sich in einer unendlichen Materialschlacht, und erst jetzt bemerkte Ben das ganze Ausmaß der Kräfte. Was er zuerst gesehen hatte, waren die vordersten Fronten. Jene tapferen Männer, die versuchten, dem Feind sehr nahe zu rücken und möglichst viele Informationen zu entlocken, um die eigene Truppe vor möglichen hohen Verlusten zu bewahren. Das dies völlig sinnlos war, fragte er sich, warum das nicht auch schlauere Köpfe hätten voraussehen können. Es hatte nur unzähligen Menschen das Leben gekostet, aber was zählte schon ein Menschenleben in so einem Krieg? Er beugte sich herab und blickte einem Mann mittleren Alters ins Gesicht. Ein Engel war bei ihm und legte seine Hand auf die Stirn. Der Mann hustete Blut und sprach ständig voller Verzweiflung davon, dass Gott ihn und seine Familie beschützen möge und dass er nicht sterben wolle. Ben schaute ihm in sein mit Blut und Dreck verschmiertes Gesicht. Er war eigentlich noch sehr jung. Ben schätzte ihn auf Mitte dreißig. Dann sah er dem Engel ins Gesicht. Dieser schien Ben nun auch zu bemerken, blickte kurz zu ihm hinüber und lächelte leicht. Mit einem leichten Nicken an Ben gewandt wandte er sich wieder ab und schaute nun wieder den Mann an, der unmittelbar danach verstarb. Bevor Ben die Situation verstand, war der Engel nicht mehr da, und vor ihm lag nur noch der tote Soldat mit einem friedvollen Ausdruck im Gesicht. Sein Brustkorb hob und senkte sich nicht mehr, und seine Augen waren starr. Der Mann war verstorben.

Um Ben herum wütete es weiter. Immer wieder sah er Menschen, die sich freuten oder zumindest erleichtert darüber waren, dass sie andere getroffen hatten, egal ob tödlich oder nur verletzt, um kurze Zeit später nicht selbst Opfer zu werden. Ben schien, als könne diese Schlacht nie ein Ende finden. Er war längst auf die Knie gefallen, da ihn seine Beine nicht mehr tragen konnten, und verbarg sein Gesicht in seinen Händen und weinte bitterlich um all die Menschen.

Aus dem Waldgebiet sowie den Feldstellungen rannten oder fuhren immer wieder Soldaten auf die jeweils gegnerischen Stellungen zu und wurden dort meist gnadenlos niedergemetzelt. Der Befehl, diese Stellungen anzugreifen, brachte keinen Meter an Bodengewinn für irgendeine Einheit und kostete den tapferen Soldaten nur ihr Leben. Die Soldaten hatten nicht den Hauch einer Überlebenschance. Selbst wenn es ihnen gelang, den Mündungsfeuern wie durch Zufall zu entkommen, wurden sie nun auch noch von den eigenen Granaten, die jetzt überall auf beiden Seiten einschlugen, tödlich getroffen. Schon allein daran konnte man den Wahnsinn eines Krieges erkennen.

Mittlerweile war die Sonne weit vorangeschritten und hatte ihren Höhepunkt schon vor Stunden erreicht. Den ganzen Tag über tobte die Schlacht nun schon, und das Töten hatte seitdem nicht mehr aufgehört. Kein Meter wurde gewonnen, nur unzählige Menschen verloren an diesem Tag ihr Leben. Ben raffte sich auf, er konnte und wollte nicht mehr auf dem Schlachtfeld sein. So schlich er, da er nicht in die Richtung des Waldes gehen

wollte, langsam und müde zu der Gefechtsstellung, wo einst ein friedlicher Bauernhof gestanden hatte. Er kam nur mühsam voran, da er mehrfach große Umwege gehen musste, um nicht über verstorbene Soldaten laufen zu müssen. Mehr als einmal wünschte er sich, dass ihn eine Kugel oder Grante traf, damit er das nicht mehr mit ansehen musste, aber er blieb weiter unverletzt, während unmittelbar um ihn herum weiterhin verzweifelte Soldaten starben. Den ganzen Tag über rannen Ben die Tränen über die Wangen, weil er einfach Mitleid hatte mit all den Gefallenen. Für ihn waren sie keine Nummern oder Zahlen. Für Ben waren es Menschen, die ihr Leben auf dem Schlachtfeld lassen mussten, egal, auf welcher Seite sie kämpften. Irgendwo mochte ein General sein, der hier in seiner Sturheit auf die Weiterführung des Krieges beharrte. Wahrscheinlich waren die Soldaten, die er dabei in ihr Verderben schickte, für ihn nur Gegenstände, so wie man zum Schluss eines Tages vielleicht die Munitionsstände, Flugzeuge, Panzer und so weiter nachzählte, um festzustellen, welch hohe Zahl an Verlusten man zu beklagen hatte. Einen Panzer jedoch konnte man wieder bauen oder Munition wieder herstellen. Was mochte in einem Menschen vorgehen, der Menschen in die gleiche Kategorie einordnete, sie genauso wie Gegenstände behandelte? Bestand denn keine Möglichkeit, sich vorher zusammenzusetzen und alles, aber auch wirklich alles nur Erdenkliche zu versuchen, um einen Krieg, solch ein Gemetzel zu verhindern? Und wenn dies geschehen sollte – was Ben jedoch stark bezweifelte, denn der Mensch war von Natur aus kriegerisch und stolz – und es keine Einigung gab, dann war dies für Ben immer noch kein Grund, Krieg zu führen. Irgendeine Lösung musste es doch geben, ohne sich zu bekämpfen und gegenseitig zu töten, schon allein um der Menschen willen!
Ben verstand es einfach nicht. Er versuchte zu schätzen, wie viele Menschen allein an diesem einen Tag, der noch nicht einmal zu Ende war, gefallen sein mochten, was sich jedoch als problematisch zeigte. Egal, wie viele es auch sein mochten, es waren viel zu viele. Welch ein Irrsinn!
Aber eines war doch hilfreich bei diesen Gedankenspielen: Sie

bewirkten, dass Ben das Grauen um sich herum etwas ausblenden konnte, um nicht an dem, was er sah, kaputt zu gehen. So war er dann letztendlich selbst überrascht, den Gefechtsstand der Feldsoldaten, wie er sie mittlerweile nannte, erreicht zu haben. Er lag ungefähr fünf Kilometer abseits des ersten Bauernhofes inmitten einer kleinen Ansiedlung von Häusern, wahrscheinlich ein kleines Dorf. Der Zugang führte über eine Treppe in einen geschützten Keller eines großen Hauses, das etwas abseits lag. Bereits hier am Ein- und Ausgang herrschte rege Betriebsamkeit. Er konnte bereits von hier draußen hören, wie sie sich gegenseitig anschrien und Befehle brüllten. Auch hier am Eingang nahm immer noch niemand Notiz von ihm. An diesen Zustand hatte Ben sich ja mittlerweile etwas gewöhnt. Nur die Engel und Dämonen konnten ihn sehen, aber keine von beiden schien es bisher großartig zu stören, dass er hier anwesend war. Dabei tat sich ihm jedes Mal das gleiche Bild auf: Die Menschen sahen und bemerkten ihn nicht. Das war ihm ja auch schon bewusst. Die Engel dagegen lächelten ihn meist kurz an, wenn sie ihn sahen, und wandten sich dann wieder den Menschen zu. Die Dämonen dagegen kreischten allesamt auf, wenn er kam, beschimpften ihn und wollten ihn nicht um sich herum haben, mieden es jedoch, auch nur näher als zehn Schritte an ihn heranzukommen. Es schien, als ob er unter einem besonderen Schutz stand, den er sich nicht erklären konnte.

Während er vorher auf dem Schlachtfeld froh gewesen war, dass niemand mit ihm gesprochen hatte, hätte er nun die Einsamkeit, die ihn den ganzen Tag über begleitete, hier drinnen gerne abgelegt. Er hätte gerne jemandem seinen Schmerz mitgeteilt und ihn angefleht, doch endlich mit dem Wahnsinn aufzuhören. Aber keiner der Menschen sah ihn. So ging er zielsicher auf einen großen Raum zu. In diesem Raum standen mehrere Männer um einen Tisch herum. An den Seiten waren Lampen angebracht, die durch einen Stromgenerator betrieben wurden. Die Wände und Decken waren mit großen Stützbalken gesichert. Ansonsten war der Raum mit drei weiteren Gängen ausgestattet, aus dem ständig Menschen kamen und irgendwelche Zettel oder Informationen weitergaben und dann wieder verschwanden, nachdem sie wohl neue Befehle erhalten hatten. An einer der Seitenwände waren lauter technische Geräte aufgestellt, riesengroße Monitore, auf denen ständig irgendwelche Punkte aufblitzten, etliche Computer und Telefongeräte und andere elektronische Geräte, die man wohl heutzutage zum Kriegführen benötigt. Trotzdem standen die Befehlshaber alle um den einen Tisch herum, auf dem eine ausgebreitete Landkarte lag. Ben platzte mitten in ein Gespräch hinein.

„... Unfähig sind sie allesamt. Wir hätten schon längst den Hang erobert haben müssen. Aber ich bekomme hier nur noch Nachrichten, die mir das Gegenteil sagen!" Dabei hielt der ausführende General mehrere Zettel in der Hand und schwenkte sie durch die Luft. Dann warf er sie auf die Mitte des Tisches. „Auch der Angriff von Norden ist fehlgeschlagen." „Herr General", meldete sich ein rangniedriger Offizier zu Wort, „wir haben massive Verluste erleiden müssen ..." „Ach Quatsch, wenn ich das schon höre, massive Verluste, alles Ausreden, Sie selbst leben doch noch, oder etwa nicht? Sie haben Ihre Mannschaften nicht im Griff, das ist es! Ihre Verteidigung war dilettantisch, und Ihr geplanter Angriff fand nie statt! Wie wollen Sie dann den Feind schlagen? Sie haben zugelassen, dass wir eine deutliche Schlappe einstecken mussten! Nehmen Sie endlich den Hang ein, Major Peters, sonst gnade Ihnen Gott! Und nun verschwinden Sie hier!" Die Umherstehenden neigten betreten den Kopf, und Ben schien es, als ob jeder froh war, nicht in die Schusslinie geraten zu sein. „Jawohl, Herr General, ich werde mein Bestmöglichstes tun", gab der Major seinem General die Antwort, die er hören wollte. Der gescholtene Major salutierte und wandte sich dem Ausgang zu, durch den Ben gerade gekommen war. „Herr Major", brüllte der General ihm nach. Der Angesprochene blieb an der Türe stehen und drehte sich zu ihm um. „Ich bin mir nicht mehr sicher, dass Ihr bestmöglichstes Tun genug ist. Entweder Sie kommen mit der Nachricht, dass der Hang in unserer Hand ist, oder jemand bringt mir die Meldung, dass Sie gefallen sind. Hab ich mich klar ausgedrückt?" Während er dies sagte, schaute er weder von der Karte auf, noch hob er dabei die Stimme an. Er hätte genauso gut sagen können, dass der Major noch Brötchen vom Bäcker nebenan mitbringen soll. Die Wirkung, die die Worte beim Major jedoch auslösten, war deutlich in dessen Gesicht zu lesen. Es hatte jegliche Farbe verloren, und dem Major war bewusst geworden, dass er den heutigen Tag nicht mehr überleben würde. Er salutierte erneut, was wohl alle anderen wahrnahmen, außer dem General, der gleichgültig die Karte studierte, drehte sich um und verschwand in der Dunkelheit des Ganges. „Und nun zu Ihnen, Hauptmann Meier! Sie wagen es mir zu berichten, dass Ihre Aufklärungsflugzeuge neue Gefechtsstände und Truppentransporte in erheblichem Ausmaße ausgemacht haben. Zeigen Sie mir, wo diese sind und wie Sie gedenken, diese anzugreifen“, meinte der General, und dabei klang seine Stimme belustigt. „Herr General“, antwortete der Hauptmann mit leichtem Stottern in der Stimme, „ich komme gerade vom Einsatz zurück und konnte mir noch kein abschließendes Urteil bilden. Ich dachte, es wäre sinnvoll, die gewonnenen Informationen schnellstmöglich zu Ihnen zu bringen, um einen möglichen Truppenabzug ...“ „Ihr Feiglinge, bin ich denn nur von Feiglingen und unfähigen Soldaten umgeben?“, schrie der General ihn unvermittelt an. „Ich brauche Lösungen, wie wir den Krieg gewinnen, und nicht, wie wir davonlaufen! Ist denn noch jemand in dieser Runde der Meinung, dass wir wie Hasen davonlaufen sollten?“ Lange, betretene Gesichter waren zu erkennen. Niemand wollte den Zorn des Generals auf sich ziehen. Ein mittelgroßer älterer Mann, er mochte wohl an die sechzig Jahre alt gewesen sein, setzte dann doch zu einer Antwort an. „Herr General“, begann er ruhig und betont sachlich, „nach den Erkenntnissen, die uns neu vorliegen, müssen wir einsehen, dass die Übermacht im Moment einfach zu groß ist. Ja, auch ich denke, dass Hauptmann Meier recht hat, wir sollten unsere Truppen schnellstmöglich zurückziehen. Eine andere Lösung sehe ich im Moment leider nicht. Gehen wir lieber wieder gestärkt aus dem Rückzug hervor, anstatt uns hier und jetzt aufzureiben. Die Truppe ist geschwächt, die erwartete Unterstützung nicht eingetroffen, die Verbindung mit den anderen Einheiten schon seit Tagen abgeschnitten." Zustimmendes Gemurmel unter den anderen Offizieren war zu hören. „Vielleicht können wir den Rückzug nutzen, um den Feind in Sicherheit zu wiegen, um dann überraschend zurückzuschlagen." Während der Rede des anderen hatte der General beide Hände auf der Tischkante aufgestützt und seinen Kopf leicht nach unten gebeugt, sodass seine Geschichtszüge nur zu erahnen waren. Nur am Hals konnte man sehen, wie die Muskeln sich anspannten und zuckten. Ihm schien das Gesagte überhaupt nicht zu behagen. Dann richtete sich die massige Gestalt des Generals wieder langsam auf. „Ich bewundere Ihre Entscheidung, Ihre Meinung kundzutun, was die meisten Ihrer Kameraden nicht getan haben." Dabei schaute er die anderen in der Runde an, alle einzeln der Reihe nach. Somit stelle ich fest, dass einige unter Ihnen nicht nur Angst vor dem Feinde haben, sondern auch vor mir. Meine Herren, ich frage Sie nun, wer stimmt diesem Vorschlag von Major Schmidt zu und wer glaubt, so wie ich, dass der Feind hier und heute geschlagen werden muss? Ich, meine Herren, gebe keinen Meter Boden auf, den unsere Jungs da draußen hart erkämpft haben. Wer also die Theorie des Rückzuges für die Lösung hält, möge sich bitte zu Major Schmidt begeben. Meine Herren, bekennen Sie endlich Farbe, damit ich sehen kann, wer mir nicht mehr loyal ergeben ist."

Während dieser Worte hatte der Major sein Haupt gesenkt und murmelte im Stillen etwas vor sich hin, als plötzlich ein Engel von mächtiger Gestalt im Raum auftauchte. Sein strahlendes Licht, das ihn umgab, war so hell, dass der Raum richtig hell aufleuchtete. Ben war fasziniert, welch friedliche Ausstrahlung von dem Engel ausging. Das Licht um die Engelsgestalt war sanft und trotz der Helligkeit, die ihn umgab, schmerzte es Ben nicht in den Augen. Er fühlte sich sofort frei von jeglichen Ängsten und Zwängen, die ihn eben noch niedergedrückt hatten. Mit dem Erscheinen des Engels bemerkte Ben nun zum ersten Mal ein lautes Zischen, das ihm schon bereits vorher des Öfteren aufgefallen war, wenn er sich in der Anwesenheit von Dämonen befand. Hier mussten also Dämonen im Raum sein. Doch Ben hatte nichts entdecken können.

Plötzlich trat die Dämonengestalt direkt aus dem Körper des Generals heraus. Sie sah ebenfalls sehr machtvoll aus. Die Gestalt richtete sich auf und war sogar einen Kopf größer als der ohnehin schon große Engel. Seine Erscheinung hatte eine menschliche Gestalt und rein gar nichts Beängstigendes. Sein Auftreten war wie das eines Mannes, der gewohnt war, Entscheidungen zu treffen. Er trug aber einen feinen Anzug. Da war nichts, was Ben an Geister und Dämonen erinnerte. Dieser Mann hätte genauso gut Politiker oder Vorstandsvorsitzender einer großen Gesellschaft sein können, der allein durch seine Position, die er innehatte, und durch sein Auftreten eine gewisse Macht ausstrahlt. Nur seine Augen waren nicht menschlich, sondern sahen wie Katzenaugen aus. Dabei waren sie blutrot unterlaufen. Die Macht, die der Dämon ausstrahlte, war sofort spürbar gewesen, und Ben wusste augenblicklich, dass dieser eine Dämon die Macht hatte, mit Ausnahme des Engels alle im Raum Anwesenden zu beherrschen. Er tat dies so geschickt, dass die Menschen um ihn herum dies gar nicht merkten. Der Dämon lebte wahrscheinlich schon so lange im Körper des Generals, dass er auch jetzt an diesem Ort selten aus seiner Behausung herauskam. Deshalb war er Ben auch nicht aufgefallen. Erst als der ebenso mächtige Engel erschienen war, hatte der Dämon sich gezwungen gesehen, ihm gegenüberzutreten. Ben war gespannt, ob der Engel den Dämon nun bekämpfen würde. Er hoffte insgeheim, dass er es tun würde und somit auch der Schlacht der Menschen ein Ende setzen konnte.

„GEH WEG, DU HAST HIER NICHTS VERLOREN!", brüllte der Dämon quer durch den Raum. Es hörte sich an wie das Brüllen eines Löwen, nur dass Ben den Brülllauten auch eine bestimmte Bedeutung entnehmen konnte. Er taumelte zwischen der Festigkeit und Sicherheit, die von dem Engel ausgingen, und dem unsagbaren Grauen, welches der Dämon ausstrahlte.

„NIEMAND HAT DICH GERUFEN!" Der mächtige Engel blieb ruhig neben dem alten Major Schmidt stehen und sagte mit gelassener Stimme: „DU MAGST MÄCHTIG SEIN,

ABER IN DEINER GIER NACH IMMER MEHR MACHT
UND MANIPULATION HAST DU DAS GEBET NICHT
GEHÖRT, WELCHES GESPROCHEN WURDE." – „ER HAT
ES NICHT GEWAGT, DAS IN MEINER GEGENWART ZU
TUN!", antwortete der Dämon. – „WÄRE ICH SONST HIER?
DU WEISST, DASS ER ES GETAN HAT, UND SELBST DU
KANNST DAS NICHT VERHINDERN."
Warum kämpfte der Engel nicht? Warum zog er kein Schwert
oder so was und schlug den Dämon nieder?, fragte sich Ben. In
seiner Frage schwang auch ein bisschen die Angst mit, der Engel
könnte ansonsten gegen den Dämon verlieren, und was wür-
de dann erst geschehen, wenn der Dämon die Macht über die
Menschen behalten würde? Ben mochte sich das gar nicht erst
richtig vorstellen! Die beiden Mächtigen sahen einander an. Es
war ein Kampf der Mächte ohne Einsatz an Waffen. Zumindest
ohne den Waffen, die Ben in seiner Welt kannte. Parallel zu
diesem Gefecht ging das Geschehen am Tisch unvermindert
weiter. Ben sah, wie alle anderen Hauptmänner und sonstige
Befehlshaber einen Moment lang überlegten, ob sie sich den
Argumenten des Majors anschließen sollten oder lieber nicht.
Major Schmidt stand noch immer regungslos auf der gegenüberliegenden Seite des Tisches und hielt weiterhin den Kopf leicht
geneigt, während seine Hände deutlich zitterten.
Der Dämonenherrscher blickte kurz in die Runde und steckte
dann seine Hand mit roher Gewalt in den Schädel des Generals.
Dieser zuckte kaum merklich etwas zusammen, richtete sich
dann aber kerzengerade auf und brüllte: „Nun, meine Herren,
ich warte auf Ihre Entscheidung!" Das brachte auch die letzten
Unentschlossenen dazu, sich gegen ihre innere Überzeugung
zu stellen, das konnte Ben an ihrer Gestik erkennen. Aber er
sah auch, dass sie der Endscheidung nur deshalb folgten, da sie
den Zorn des Generals oder etwas noch viel Schlimmeres be-
fürchteten. Wenn nun Ben das schon sah, musste es auch der
General gesehen haben. Ben konnte sich lebhaft ausmalen,
dass sie alle – auf längere Sicht hin – sich entweder der rohen
Gewalt unterwerfen und dementsprechend handeln würden

oder ein Schicksal ähnlich dem des Majors erfahren würden müssen. Einer nach dem anderen stellte sich auf die Seite des Generals und somit gegen den Major, der damit allein war mit seiner Entscheidung. „NUN GIB IHN HERAUS, ER GEHÖRT MIR", bellte der Dämon. Fast zärtlich legte der Engel seine Hand auf die Schulter des älteren Mannes. Dieser blickte nun auf. Aus seinem Gesicht war die Furcht gewichen, die ihn vor dem Gebet noch befallen hatte. Er musste gewusst haben, welches Risiko er einging, als er sich zuvor gegen den jähzornigen General geäußert hatte, der nicht mehr in der Lage war, einen vernünftigen Ratschlag zu befolgen.

„GIB IHN MIR!" – „NIEMALS WIRST DU JEMANDEN BEHERRSCHEN, DER AUF DEN HERRN VERTRAUT. DIE MACHT DAZU IST DIR NICHT GEGEBEN."

„Herr Major, sehen Sie, wie Ihre Kameraden Ihren Vorschlag beurteilen!" Der Major blickte nun dem General ohne Furcht in die Augen und erwiderte: „Sie mögen ein anderes Ziel verfolgen als ich. Schon allein dieser Krieg war ein Fehler, ihn aber hier und heute weiterzuführen, ist Wahnsinn, Herr General."

„ICH ZEIGE DIR MEINE MACHT." Der Engel zeigte unbeirrt weiterhin sein freundliches Gesicht.

Der General griff zu seiner Waffe, legte an und schoss dem Major über den Tisch hinweg in den Kopf. Dieser war auf der Stelle tot, und der Engel verschwand augenblicklich.

Ben stand im Raum und begriff mit vollem Entsetzen die Folgen dessen, was soeben passiert war. Der Major war tot, der General würde seine Offensive starten, und unendlich viele weitere Menschen würden heute sinnlos ihr Leben verlieren. Aber noch schlimmer empfand Ben, dass der Engel nicht eingegriffen hatte, wahrscheinlich besaß er nicht die Macht, die Dinge zum Besten zu wenden. „VERSCHWINDE VON HIER!" War die Welt dadurch jetzt komplett verloren?, fragte sich Ben. „LOS, VERSCHWINDE VON HIER. DU HAST HIER NICHTS VERLOREN!" Erst jetzt bemerkte Ben, dass er gemeint war. Der Dämon hatte ihn durch die Auflösung des Engels bemerkt und wollte ihn nicht um sich haben. Um das zu untermauern,

rauschte er im Flug auf Ben zu und schlug mit dem rechten Arm
zu. Durch die Wucht, die Ben traf, flog er dann durch einen erneuten Schlag eines Dämons in ein schwarzes Loch. Und wieder
einmal verlor er dabei seine Sinne.

Als Ben die Augen aufschlug, war es zwar immer noch dunkel um ihn herum, aber kleine Lichter in der Nähe zeigten ihm an, dass er wieder bei Bewusstsein war. Er schien auf etwas Hartem zu liegen, konnte aber nicht sagen, was es war. Sein Kopf schmerzte höllisch. Langsam wurde ihm bewusst, dass er auf einer betonierten Straße lag. Er versuchte aufzustehen, aber ihm wurde sofort übel. Mit schmerzverzerrtem Gesicht griff er sich an die Stirn und spürte etwas Klebriges an seiner Hand, das er – um es besser analysieren zu können – gleich zwischen Daumen und Zeigefinger verrieb. Im Halbdunkel konnte er nur einen dunkeln Fleck auf seiner Hand erkennen. Seine Vermutung, dass es sich hierbei wohl um Blut handelte, konnte er zwar nicht bestätigen, dafür war es einfach zu dunkel, aber der Verdacht lag doch sehr nahe. Er hätte einfach mehr Licht oder besser noch einen Spiegel gebraucht, um sich anzusehen. Er versuchte, auf die Beine zu kommen, aber sie sackten ihm immer wieder weg. Diesmal schien es ihn doch härter getroffen zu haben. Langsam, nach vielen Versuchen schaffte er es dann doch, sich zuerst auf allen vieren von der Straße zu bewegen, um sich dann an einem alten Zaun festzuhalten und hochzuziehen, um wenigstens aufrecht stehen zu bleiben.

Ben sah ziemlich frustriert an sich herab. Immer mehr konnte er nun erkennen, da sich jetzt auch seine Augen langsam an die Dunkelheit gewöhnt hatten. Seine Kleidung war nass und fast überall mit Blut und Dreck verschmiert. Seine Hose war am rechten Hosenbein völlig zerrissen. Seine Lederjacke schien er irgendwo verloren zu haben. Deshalb wunderte es ihn auch nicht, dass er sehr viele Schürfwunden an den Händen, aber auch an den Armen hatte, die ihm deutlich aufzeigten, dass er wohl über den Asphalt gerutscht sein musste. Aber er hatte komischerweise überhaupt keine Schmerzen an den malträtierten Stellen. Einzig sein Kopf hämmerte, ständig wurde er von einem neuen Schub heftiger Kopfschmerzen ins Bewusstsein zurückgerufen Er fühlte sich so richtig zum In-die-Tonne-Treten, kaputt, erledigt, ausgelaugt und mutlos. Was war die letzten Stunden bloß passiert? Noch immer fand Ben keine Erklärung für das, was ihm seine Gedanken suggerieren wollten. Wenn doch bloß nicht diese elenden Kopfschmerzen wären, dann könnte er sich wenigstens besser konzentrieren!

Mühsam schleppte er sich nach vorn, Schritt für Schritt, ohne zu wissen, wo er eigentlich hinging. Die Umgebung kam ihm absolut unbekannt vor. Er konnte sonst wo sein und doch nirgends. Er blickte die Straße herunter, an der links und rechts nur alte Häuser standen. Bei den meisten Gebäuden waren die Scheiben eingeschlagen. Alles in allem war die vor ihm liegende Gegend ziemlich verfallen. In weiter Ferne konnte Ben ausmachen, wie Rauch aus großen Fabrikschornsteinen emporstieg.

Da er immer noch keinen blassen Schimmer hatte, wo er sich befand, wollte er versuchen, es auf irgendeine Art und Weise herauszufinden. So schleppte er sich kraftlos weiter. Alles um ihn herum wirkte irgendwie falsch. Er konnte es nicht erklären, aber das, was er sah und fühlte, schien nicht real zu sein. Dazu kam, dass er sich hundertprozentig sicher war, die Straße, auf der er sich befand, nicht zu kennen. Mit der Umgebung ging es ihm ähnlich. Nichts kam ihm bekannt vor. Kein Mensch war weit und breit zu sehen. Irgendwie unheimlich. Er fröstelte und schlang beide Arme um den Körper, um sich selbst etwas zu wärmen – ein armseliger Versuch, die Kälte, die nach ihm griff, fernzuhalten. Die Feuchtigkeit seiner durchnässten Kleidung durch den dauernd auf ihn einprasselnden Regen war ihm tief unter die Haut gedrungen. Er hatte das Gefühl der grenzenlosen Leere.

„Mannomann, was ist denn mit dir passiert?" Die Stimme kam aus der Dunkelheit des offen stehenden Holztores eines großen Schuppens. Ben war sich nicht ganz sicher, ob er richtig gehört hatte, aber es war eindeutig eine menschliche Stimme gewesen, die da eben gesprochen hatte. Wenigstens war er in dieser unheimlichen Gegend nicht allein. Als sich Ben mühsam dem großen Tor näherte, sah er im Inneren des Raumes eine alte, in Lumpen gekleidete Person sitzen. Ben war der Überzeugung, dass noch vor wenigen Sekunden dort kein großes Holztor war, und offen war es schon gar nicht. Aber diese Frage schoss nur für Sekunden durch seinen Kopf, bevor sie von der eigentlichen Frage „Wer sind Sie?" verdrängt wurde. „Stell mir keine Fragen. Wer ich bin, spielt keine Rolle. Los, komm, setz dich zu mir. Ich glaube, du kannst einen Drink vertragen." Ben war nicht wohl bei dem Gedanken, zu der fremden Person zu gehen, aber die Aussicht auf einen Schluck Wasser und einen trockenen Unterschlupf ließ zu guter Letzt jede Vorsicht schwinden. Erst jetzt fiel Ben auf, wie durstig er eigentlich war und dass seine Zunge schon lange an seinem Gaumen klebte. Komisch – der Gedanke, etwas zu trinken, war ihm vorher gar nicht gekommen – erst als er darauf angesprochen worden war. Jetzt fühlte er, wie ausgetrocknet seine Kehle war, und er fragte sich, wie lange er wohl schon nichts mehr getrunken hatte.

Jetzt, da er fast unmittelbar vor der zerlumpten Person stand, sah Ben zum ersten Mal, wie runtergekommen sie tatsächlich aussah. Ihr Haar hing wirr an ihr herunter und schien seit Monaten nicht gewaschen worden zu sein. Auch ihre Kleidung bestand nur noch aus Fetzten. Hinzu kam, dass eine Dreckschicht über dem Körper dieser Person lag, die sie so dunkel erscheinen ließ, als hätte sie mit Absicht Gesicht und Hände zur Tarnung in der Dunkelheit eingeschmiert. Leichter Ekel überfiel Ben, als ihm der Geruch seines Gegenübers mit voller Wucht entgegenschlug, und seine Beine und ein Schwindelgefühl signalisierten ihm, dass er schon längst wieder dringend seine Ruhe benötigte. „Was glotzt du so? Glaubst du etwa, du bist was Besseres, he? Sieh dich doch mal selbst an, bevor du hier einen auf den tollen Typ machst. Verschwinde, wenn es dir nicht passt", gab ihm sein Gegenüber barsch zu verstehen. Die Luft hier in der Ecke des Schuppens war ebenso eklig und roch nach Erbrochenem und Exkrementen. Ben brauchte nicht erst an sich herabsehen, er wusste auch so, wie beschissen er aussah. Er gab sich einen Ruck und setzte sich

neben dem Mann nieder, der ihm sodann eine Weinflasche hinhielt. Das war das Letzte, was Ben im Moment trinken wollte, aber da ihm nichts anderes angeboten wurde, nahm er dankbar einen Schluck aus der Flasche. Die Flüssigkeit rann seine ausgedürstete Kehle hinunter. Obwohl Ben Wein nie gemocht hatte, schmeckte dieser hier richtig gut. Bevor er wagte, nach einem weiteren Schluck zu fragen, reichte ihm sein Nebenmann bereits eine neue, diesmal volle Flasche. Der Fremde, der sich Ben noch immer nicht vorgestellt hatte, schien zu wissen, was Ben jetzt brauchte. Zudem wirkte er jetzt freundlicher als der erste Eindruck und sein Erscheinungsbild dies vermuten ließen.
Ansonsten sprach der Fremde kein Wort. Außer dass er ab und zu einen Schluck aus der Flasche in seiner Hand nahm, zeigte er keine weiteren Regungen. Er hätte auch tot sein können, es hätte wohl keinen Unterschied gemacht. Bens Nase schien sich mittlerweile auch an den Geruch gewöhnt zu haben, denn es machte ihm nichts mehr aus, wie bestialisch es hier im Schuppen stank, wie noch vor wenigen Minuten. Zuerst hielt auch er sich zurück, aber schon nach kurzer Zeit konnte er seine Ungeduld nicht länger zügeln. Ihm lagen tausend Fragen auf der Zunge, aber er traute sich nicht, den Fremden anzusprechen. Ungefähr eine halbe Stunde später, in der sich sein Gegenüber weder gerührt noch sonst einen Laut von sich gegeben hatte, musste es dann aber doch aus ihm heraus.
„Wo sind wir denn hier?", fragte Ben, aber der Fremde schien seine Frage überhaupt nicht zu hören. Also wiederholte Ben seine Frage erneut, aber wieder kam keine Reaktion von der Gegenseite.
Ben wollte sich damit nicht abfinden. „Sagen Sie mir doch bitte ...?", begann Ben, wurde jetzt aber abrupt unterbrochen. „Bin ich etwa ein Lexikon, dass ich auf all deine Frage eine Antwort weiß? Oder glaubst du, ich befinde mich in einer Quizshow, dass ich hier ständig Fragen beantworten muss? Also lass mich gefälligst in Ruhe! Dort hinten in der Ecke liegt noch eine Decke. Dort kannst du heute pennen. Und jetzt lass mich endlich in Ruhe schlafen!"
Ben wagte es nun nicht mehr, weiter nachzufragen, obwohl er

den Alten am liebsten geschüttelt hätte, um weitere Antworten
zu erhalten. Bisher hatte ihm der andere keine seiner Fragen
beantwortet, und es schien ihm in dieser Sekunde, dass er dies
auch später nicht tun würde; wahrscheinlich war der Alte schon
wieder im Sitzen eingeschlafen. Ben schlich hilflos, unglücklich und müde in die Ecke, suchte die Decke, von der der Alte
gesprochen hatte, und versuchte, es sich in der Ecke, die ihm
angeboten worden war, so angenehm wie möglich zu machen.
Bald darauf schlief er ein. Aber kaum war er eingedämmert, als
Ben mit Schmerzen wieder erwachte.
Vermutlich lag es daran, dass er schon so lange keine vernünftige Mahlzeit mehr gehabt hatte – er hatte das Gefühl, schon
seit Tagen nichts mehr gegessen zu haben –, dass Ben nun wahrscheinlich wegen des Weins, den er zu sich genommen hatte,
mit heftigem Unwohlsein reagierte. Ihm wurde von Minute zu
Minute schlechter. Und je elender es ihm ging, desto mehr schien
sich sein Gegenüber in seiner Ecke darüber zu freuen. Der alte
Mann, der ihm noch immer in der gleichen Haltung gegenübersaß und vorher kein so rechtes Interesse an ihm gezeigt hatte,
beäugte ihn nun unverhohlen. „He, was ist denn los?“, rief der
Fremde ihm zu. „Verträgst wohl keinen vernünftigen Tropfen.“
„He, Mann, lass mich in Ruhe, ich fühle mich echt scheiße“,
stöhnte Ben unter Schmerzen. Aber ihm wurde nur zu schnell
und mit aller Vehemenz bewusst, dass es damit wohl nicht getan war. Sein Magen verkrampfte sich schmerzhaft, dass ihm die
Tränen in die Augen traten, und diese Magenkrämpfe dauer-
ten immer länger an. Die Schmerzen waren vor höchstens zehn
Minuten gekommen und mittlerweile kaum noch auszuhalten.
Erneut schossen ihm Tränen in die Augen, und er krümmte sich
vor Schmerzen. Plötzlich stand der Alte vor ihm und stieß ihm
in die Seite. Rau forderte er ihn auf: „Komm schon, trink noch
ein Schluck, dann wird es schon wieder besser.“ So wie er dies
sagte, schien er es auch wirklich zu glauben. Er schien gar nicht
zu bemerken, wie schlecht es mittlerweile tatsächlich um Ben
stand. Ben lag noch immer auf der Seite und hatte die Knie angezogen, was ihm zwar einen Moment lang etwas Erleichterung

brachte, die aber jäh beendet wurde, als sein Körper plötzlich mit
noch größerer Wucht von einem erneuten Magenkrampf heimgesucht wurde. Der kalte Schweiß stand ihm im Gesicht, seine
Stirn dagegen brannte wie Feuer. „He Kumpel, hörst du mich
noch? He, was ist denn los mit dir?", hörte Ben den Alten rufen.
„Ich ... ich ...", Ben brachte kaum noch ein Wort heraus. Nur ein
lauter Schrei brach aus ihm heraus. „Oh Mann, du bist ja noch
ein Grünschnabel. Was habe ich dir gesagt? Du sollst noch einen
Schluck trinken, aber was tust du? – Nichts. Legst dich hin und
jammerst. Niemanden interessiert es, wie du dich fühlst, Mann!
Hier in der beschissenen Welt bist du alleine. Also reiß dich endlich zusammen und jammere nicht so rum und höre auf den alten
Jack." „Ich ... ich kann nicht!" Ben würgte und wollte seinen ganzen Mageninhalt herausbrechen, aber es gelang ihm nicht. Zum
Würgen hatte er keine Kraft mehr. Er würde sehr wahrscheinlich
an seinem eigenen Erbrochenen ersticken. Er lag da und wollte
nur noch ... als plötzlich zwei starke Arme ihn packten, ihn nach
oben zogen und auf seine wackligen Füße stellten. „Ist doch noch
gar nichts passiert", sagte der Alte, der für Ben im Moment gar
nicht mehr so alt aussah, wie er ihn noch in Erinnerung hatte.
Der Fremde klopfte ihm lässig auf die Schulter und reichte ihm
die Flasche, aber ansonsten schien er Ben nicht weiterhelfen zu
wollen. Ben erkannte, dass der andere keine wirkliche Hilfe war,
aber er brauchte dringend Hilfe! Seine einzige Chance sah Ben
darin, dass er auf jemanden traf, der ihm vielleicht helfen konnte. Aber dafür musste er raus hier, raus auf die Straße, um an
Hilfe zu gelangen.
Die Schmerzen in ihm brannten mittlerweile so stark, dass Ben
befürchtete, nicht einen Schritt tun zu können, ohne ohnmächtig zu werden, bevor er die Straße überhaupt erreichte. Auch
wusste er nicht, wohin er danach gehen sollte, aber hier im
Schuppen bleiben konnte er auch nicht, wenn er nicht sterben
wollte. Aber kaum stand er auf der Straße (wie er es bis dahin geschafft hatte, wusste er selbst nicht), verließen ihn seine
letzten Kraftreserven, und er brach erneut zusammen und fiel
erschöpft und unter wahnsinnigen Schmerzen zu Boden. Seine

Sinne fingen an zu schwinden. Krampfhaft kämpfte er gegen die Schmerzen und die drohende Ohnmacht an. Sein Blick suchte verschwommen die Straße in beiden Richtungen ab, er fand jedoch keinen Anhaltspunkt, von welcher Seite aus Hilfe kommen könnte, denn nirgends brannte ein Licht, und nirgendwo gab es irgendein Zeichen, das darauf schließen ließ, dass Menschen in der Nähe waren. Er war schon kurz davor, der Ohnmacht zu erliegen, als ihn plötzlich erneut Hände packten und ihn auf den Rücken drehten. Er konnte nichts mehr erkennen, vollkommene Schwärze umgab ihn, aber als er mit seinen Händen die Hände des anderen umfasste, konnte er an der Kraft und Glätte der Haut deutlich spüren, dass diese Hände die einer jungen Person waren. Man hatte ihn also doch noch gefunden. Die Person hob sanft seinen Kopf etwas an. Sehr behutsam, aber mit festem Halt und einer Entschlossenheit, die keinen Widerspruch duldete, setzte man ihm eine Flasche an seinen Mund und flößte ihm den gesamten Inhalt ein. Ben schluckte heftig, um nicht daran zu ersticken. Das Gebräu schmeckte noch ekliger als der Wein zuvor und rann jetzt in seiner brennenden Kehle wie dicker Sirup hinunter. Seinem natürlichen Instinkt folgend, wollte er seinen Kopf zur Seite drehen, um diese eklige Flüssigkeit nicht hinunterschlucken zu müssen, er konnte aber dem festen Griff der anderen Person nicht entkommen. Entweder war er zu schwach oder der andere war stärker, als seine zarten Hände vermuten ließen. So blieb ihm nichts anderes übrig, als dieses Zeug herunterzuschlucken, und er malte sich aus, welche Schmerzen dies hervorrufen würde, wenn schon jener kleine Schluck Wein diese kaum auszuhaltenden Schmerzen verursacht hatte. Dann war die Flasche leer, und die Hände des anderen ließen ihn einfach fallen, sodass er mit dem Hinterkopf auf den Boden knallte. Der Schmerz, den der Aufprall hätte bewirken müssen, stellte sich nicht ein. Stattdessen spürte er die Hand des Fremden auf seinem Bauch. Von seiner Hand ging ein Feuer auf seinen Körper über, das ihn zu verzehren schien. Das Feuer breitete sich immer weiter aus. Es war das Schmerzhafteste, was Ben bisher erdulden musste. Er wünschte sich sehnsüchtig, endlich ohnmächtig zu werden, was jedoch nicht geschah. Mit einem Ruck wurde die Hand zurückgezogen. Schlagartig erlosch auch das Feuer in ihm. Er musste würgen, drehte sich auf die Seite und erbrach sich endlich. Erschöpft blieb er auf der Seite in seinem Erbrochenen liegen und verlor das Bewusstsein, während grelle Blitze immer wieder über ihm die Dunkelheit erhellten und strömender Regen auf ihn einprasselte. Von dem Fremden war nichts mehr zu sehen. Einzig Bens Körper lag wie tot auf dem Boden, und nur ein genauer Betrachter hätte gesehen, dass sich der Brustkorb des geschundenen Körpers durch die flache Atmung noch leicht hob und senkte.

Sonnenstrahlen der hoch am Himmel stehenden Sonne trafen Bens Gesicht. Er erwachte aus einem tiefen Schlaf. Die Schmerzen der letzten Nacht waren wie weggeblasen. Er richtete sich auf und schaute an sich herunter, bewegte seine Glieder, die eigentlich hätten steif sein müssen, da er den Rest der vergangenen Nacht auf dem harten Boden geschlafen hatte, und war verwundert, wie gut er sich doch fühlte. Seine Kleidung war durch den Regen völlig durchnässt, denn Ben konnte um sich herum mehrere neu entstandene große Wasserpfützen auf dem Boden erkennen. Dann ging sein Blick weiter. Alles Weitere kam ihm unbekannt vor. Er drehte sich weiter um seine eigene Achse und nahm seine Umgebung nun viel bewusster wahr. Sein Schlafplatz der vergangenen Nacht war eine alte, einsame Straße, an der eine einzelne Scheune stand, die wohl seit Jahren nicht mehr benutzt wurde. Er erinnerte sich nun wieder, in dieser Scheune gewesen zu sein und dort den alten Mann getroffen zu haben. Ansonsten war weit und breit nichts zu sehen. Wäre er gestern weitergelaufen, hätte er sich nur weiter verirrt, aber Hilfe hätte er wohl keine gefunden. Also hatte ihn doch der Alte gerettet, auch wenn er hätte schwören können, dass es eine jüngere Person gewesen sein musste. Jetzt, nach seinen anfänglichen Glücksgefühlen, kehrten seine Erinnerungen an die vergangene

Nacht wieder zurück. Er entsann sich, dass gestern hier noch rechts und links der Straße Häuser oder zumindest hohe Mauern gestanden hatten. Auch an eine Straßenlaterne, deren Lampe nicht gebrannt hatte, konnte er sich erinnern. Und war da nicht auch dieser rauchende Schornstein in weiter Ferne gewesen? Was war passiert? Hatte man ihn aufgelesen, gesund gepflegt und woanders wieder auf die Straße gelegt? Aber warum sollte das jemand getan haben?

Fragen über Fragen, ohne dass er eine Antwort darauf wusste. Wie dem auch sei, er wollte den alten Mann suchen und sich bei ihm bedanken und ihm seine Fragen stellen, vielleicht würde er ihm ja heute Morgen wenigstens ein paar seiner Fragen beantworten. Also stand er auf und schritt durch das offen stehende Scheunentor. Das Dach der Scheune, oder besser gesagt das, was davon noch übrig war, enthielt mehr Löcher als ein Schweizer Käse. Es wunderte ihn sehr, dass dieses Dach noch nicht eingestürzt war, und es grenzte an ein Wunder, dass es überhaupt noch zusammenhielt. Es fehlten elementare Grundpfeiler, die ein Dach stützen. Er kannte sich eigentlich nicht mit der Statik eines Gebäudes aus, aber dass dieses Dach derart baufällig war, dass es jederzeit einstürzen konnte, das konnte jeder Laie sofort erkennen. Auch erfüllte das Dach seine Funktion schon lange nicht mehr, im Gegenteil. In der Scheune stand das Wasser genauso wie im Freien, und nur vereinzelte Stellen hielten den Regen noch fern. Man konnte froh sein, wenn man nicht erschlagen wurde, nur weil man zufällig in der Scheune stand. Ben war dies gestern gar nicht aufgefallen. Aber er musste sich eingestehen, dass ihm viele Erinnerungsstücke fehlten. Weiter ging sein Blick vom Dach zur Fensterfront, die wie ein Totenkopf aussah. Im unteren Teil, ungefähr auf Höhe des Brustkorbs, waren sechs kleine Fenster aneinandergereiht, die für ihn wie ein offener Mund aussahen. Die Spitzen der eingeschlagenen Glasscherben verstärkten diesen Eindruck noch zusätzlich, denn sie sahen aus wie Zähne. Oberhalb waren zwei große Dachluken, deren Zweck Ben nicht erkennen konnte. Vielleicht hatte es hier früher einmal eine Art Zwischendecke gegeben, hoch genug war die

Halle allemal. Die Dachluken hatten keine Holztüren mehr und nur an den Scharnieren links und rechts konnte man erraten, dass solche einmal existiert hatten. Jetzt sahen sie aus wie leere Augenhöhlen, zumal das Licht bisher nicht dort hereingefallen war. Rechts neben dieser Wand war ein großes Tor zu sehen. Beide Türen waren zwar beschädigt, aber ansonsten noch mit das Stabilste an dem ganzen Gebäude. Die Flügeltüren waren so riesig, dass ein Heuwagen leicht einfahren konnte. Gegenüber der Fensterfront befand sich eine geschlossene Mauer. Obwohl diese keine Löcher oder andere Beschädigungen aufzeigte, wirkte sie nicht sehr solide auf Ben. Er malte sich aus, was wohl passieren würde, wenn die Mauer gleich auf ihn stürzen würde. Für einen Augenblick, vielleicht zwei, drei Sekunden lang fing die Mauer an zu schwanken. Ben kniff die Augen zu, und als er sie im nächsten Augenblick wieder öffnete, stand die Mauer wieder da wie zuvor. Seine Gedanken hatten ihm einen Streich gespielt. Nun fiel sein Blick in eine dunkle Ecke, dorthin, wo bisher kein Licht vorgedrungen war. Hier war das Dach noch am besten erhalten, eine Garantie, darunter liegen zu können, würde er trotzdem nicht geben. Seine Augen mussten sich anstrengen, in dieser dunklen Ecke etwas zu erkennen, denn er hatte den Eindruck, als sei diese Ecke besonders dunkel. Was für ein Quatsch!, schalt er sich selbst, aber dennoch schien es ihm, als wollte das Licht der Sonnenstrahlen diese Ecke meiden, oder besser die Dunkelheit das Licht fernhalten. Trotz der Dunkelheit konnte Ben dennoch zumindest einige Umrisse erkennen. In der hintersten Ecke, unter einer verschlissenen Decke, lag jemand. Wahrscheinlich der Fremde, dessen Bekanntschaft er letzte Nacht gemacht hatte. Er wollte auf ihn zugehen, um ihm seinen Dank für seine Hilfe auszusprechen, aber schon nach zehn Schritten hatte er das Gefühl, in eine merkliche Kältezone zu kommen. Ben blieb abrupt stehen. Die Situation wirkte unheimlich auf ihn. Langsamen Schrittes ging er wieder rückwärts. Auf halber Strecke machte er kehrt und lief durch das große, offen stehende Tor zurück auf die Straße. Etwas Bedrohliches, Gefährliches lag in diesem Gebäude. Als sich Ben wieder draußen befand, war er heilfroh, der Kälte

entkommen zu sein und das Licht und die Freiheit genießen zu
können.
Das helle Sonnenlicht, die wärmenden Sonnenstrahlen und
die frische Luft ließen seine Lebensgeister wieder fast vollständig zurückkehren. Ein Blick in die weite Ferne gab ihm das
ersehnte Freiheitsgefühl, das er so sehr vermisst hatte nach
allem, was er nach der bedrückenden Enge in der Scheune
durchlebt hatte. Er bog auf der Straße einfach nach rechts ab
und folgte ihrem weiteren Verlauf. Weiter, immer weiter, nur
weit weg von der Scheune, der bedrückenden Kälte, die dieser Ort ausstrahlte, und der unheimlichen Umgebung. Hier
draußen fühlte er sich wieder er selbst. Er hatte das Gefühl,
als könne er Bäume ausreißen. Seit Jahren hatte er nicht mehr
so viel Energie in sich gespürt. Er fühlte sich auf einmal fantastisch.
Er war eine ganze Zeit lang einfach der Straße gefolgt, bevor er
wieder stehen blieb und leicht nach links blickte. In der Ferne
konnte er die Umrisse einer riesigen Stadt erkennen. Der Weg
dorthin mochte sehr, sehr viel Zeit in Anspruch nehmen, aber
er war froh, seit Langem wieder ein Ziel vor Augen zu haben.
Gerade als er weiterlaufen wollte, hörte er eine Stimme neben
sich: „Nett, der Ausblick, nicht wahr?“ Ben war völlig überrascht. Er hatte den Fremden überhaupt nicht kommen hören.
„Ich liebe diesen Blick, diese unendliche Weite.“ Dabei streckte
der Mann seine Arme aus und drehte sich im Kreis, so als wolle
er zeigen, wie sehr es das alles hier genoss. Ben konnte es ihm
nachfühlen, denn genauso fühlte er sich auch.
Als der Mann wieder ruhig vor ihm stand, musste Ben zweimal
hinsehen, um seinen Augen zu trauen. Aber dann war er sich
sicher, dass dies der alte Mann von gestern Nacht war. Aber wie
konnte das sein? Von vorn war er ihm nicht entgegengekommen
und gefolgt sein konnte der alte Mann ihm auch nicht, das war
unmöglich. „Wo kommen Sie denn her?“, fragte Ben den alten
Mann verwirrt. „Aus der Scheune hinter dir, mein Junge“, grinste
der Alte und schaute nun ebenfalls in die Ferne. Als der Mann in
die Richtung hinter ihm gezeigt hatte, war ihm Ben mit seinem

Blick gefolgt. Die Scheune, die er kräftigen Schrittes gefühlte dreißig Minuten zuvor verlassen hatte, stand keine zwanzig Meter hinter ihm. Ben war völlig perplex. Er brauchte einige Zeit – er musste sich erst einmal ins Gras setzen und blickte dabei in die Ferne –, um das hier zu verstehen, aber es gelang ihm nicht einmal ansatzweise.

Der Alte setzte sich neben ihn. „Alles in Ordnung, Junge?" „Ja … Ja, doch, es geht mir gut. Ich danke Ihnen, dass Sie mir geholfen haben", stotterte Ben unsicher. „Ich soll dir geholfen haben, wieso?", gab sein Nebenmann mürrisch zurück. „Na, gestern Abend", antwortete Ben unsicher. „Ach Quatsch, das warst du selbst", erwiderte der andere. „Nein, ich … ich habe Sie gespürt, das Brennen kam direkt von ihren Händen." „Ach, und das soll ich gewesen sein?" „Ja", stammelte Ben verzweifelt. Der Mann gegenüber legte seinen Kopf schief und schaute Ben an. „So, meinst du wirklich?" „Ja, Mann, mir ging es echt nicht gut", antwortete Ben sichtlich erregt. „Hatte ich dir nicht gesagt, dass du was trinken sollst?" „Ja." „Jaaa", äffte der Fremde ihn nach. „Ja und was?", spottete er weiter. „Es ging mir danach besser", gab Ben zu. „Na siehst du." „Aber … aber das war es nicht", verteidigte sich Ben. „Irgendetwas ging von ihren Händen aus?" Der Fremde hielt seine Hände ins Licht. „Was soll damit sein? Kannst du irgendetwas Ungewöhnliches erkennen?" „Nein, aber …", kam Bens verzweifelter Versuch, sich gegen sein Gegenüber zu verteidigen. „Du scheinst nicht zu wissen, was du willst." „Doch, ich bin mir sicher, dass du das warst." „Wie hätte ich dies denn deiner Meinung nach tun sollen?" „Ich weiß es doch auch nicht, aber …" „Oh Mann, jetzt sage ich dir mal etwas. Du hast einen großen Schluck aus der Pulle genommen, und das hat dir geholfen. Dann hast du dir den halben Leib ausgekotzt, und all das üble Zeug hat der Regen in der Nacht weggespült, deshalb geht es dir jetzt besser." Ben dachte darüber nach. War es wirklich so, wie der andere es ihm gesagt hatte?

Nein, so war es nicht. Er war doch nicht blöd! Er hatte es doch selbst erlebt, er konnte fast jetzt noch die Hände und damit verbunden das wahnsinnige Brennen in seiner Magengegend spüren.

Seine Zweifel, wenn er überhaupt je welche gehabt hatte, waren nun vollständig verflogen. Deshalb wollte er es jetzt auch genau wissen. Nicht noch einmal wollte er zurückstecken, vor allem nicht gegenüber diesem heruntergekommenen Penner. Er sollte Ben richtig kennenlernen! Wutentbrannt lief er dem Fremden hinterher, denn dieser war vor sich hin pfeifend schon wieder einige Meter davongeschlendert. In der Zeit, die Ben brauchte, um die circa zehn Meter zu ihm zu überbrücken, baute sich seine Wut nicht ab, sondern nahm noch weiter zu. Deshalb fiel die Attacke auf den Unbekannten auch recht heftig aus. Ben griff von hinten mit der linken Hand an dessen Schulter und drehte ihn mit einem Ruck herum. „Verarsch mich nicht! Ich weiß ...“ „WAS WEISST DU WURM?“, brüllte ihn der Unbekannte vor ihm an, mit einer Stimme, die keine Stimme war.
Schon einmal – und doch irgendwie wieder anders – hatte Ben in solche Augen gesehen. Diese Augen waren nicht menschlich. Diese waren wie tot und gleichzeitig schienen sie zu brennen – schienen ihn zu verbrennen. Er konnte sich nicht von seinem Blick lösen.
Mit dem Blick überkam ihn auch eine eisige Kälte. Die Kälte schmerzte ihn, als wäre er in ein mit Eiswürfeln gefülltes Becken Wasser gefallen. Er konnte nicht mehr atmen. Sein Herz raste erneut. Er krümmte sich vor Schmerzen, die ihn schier wahnsinnig zu machen drohten, und fühlte sich wie ein überreifer Apfel, der in einer Hand zerquetscht wurde. Er hatte das Gefühl, als ließe die Kälte seine einzelnen Körperteile innerhalb von Bruchteilen einer Sekunde absterben. Seine Gliedmaßen verursachten Schmerzen, als würden sie mit tausend Spitzen durchstochen werden. So plötzlich, wie es begonnen hatte, so schlagartig endete es auch wieder. Er fragte sich in Gedanken, wie oft sein Herz diesen Belastungen wohl noch standhalten würde, bevor es seine beständige Tätigkeit irgendwann einmal endgültig einstellen würde. Das, was er in den letzten Tagen oder Stunden – er konnte es selbst nicht genau sagen, da er jegliches Zeitgefühl verloren hatte – ertragen hatte müssen, war einfach zu viel.
Die Gesichtszüge seines Gegenübers hatten wieder die gewohnte

Ausdruckslosigkeit angenommen, die es Ben unmöglich machte, hinter die Fassade zu blicken. Seine Augen waren wieder „normal“ – so normal, wie Augen eben normalerweise aussehen. Sie starrten einander an.

„Du willst wissen, was hier passiert?“, kam die nüchterne Fragestellung des Fremden.

Ben war es nicht möglich, etwas zu äußern. Sein Mund war vollkommen ausgetrocknet, und die Zunge klebte am Gaumen fest. Deshalb nickte er nur fast unmerklich. Sein Gegenüber nahm diese Bewegung jedoch sehr wohlwollend zur Kenntnis.

„Du fragst dich, warum dir das alles passiert?“, stellte ihm der Fremde die Frage. „Ja“, kam es zögernd von Ben. „Und du möchtest, dass ich es dir auch sage?“ Ben brachte nur ein weiters „Ja“ heraus, grollte aber innerlich, dass der andere dieses Spielchen hier mit ihm trieb. Warum konnte er es ihm nicht einfach geradeheraus sagen, ohne dieses Hin und Her? Doch gleichzeitig wusste er, dass – wenn er je hinter die Antworten auf seine Fragen kommen wollte – er dieses Spiel wohl oder übel mitmachen musste. Davon abgesehen blieb ihm ohnehin nichts anderes übrig, er wusste ja noch nicht einmal, wo genau er sich befand. „Du überlegst, was du nun sagen sollst, nicht wahr? Ich denke, du bist es nicht wert, dass ich mich mir dir befasse, weil du mich nur wertvolle Zeit kostest und mir keinerlei Gewinn bringst.“

„Doch, bitte“, flehte Ben, „hilf mir!“ „Es hat bereits jemand versucht, dir zu helfen, und du hast abgelehnt, warum sollte ich es also tun?“, lautete die Antwort des Alten. Ben verstand nicht, wovon der andere redete, und schwieg betreten. „Wieso glaubst du nicht, dass du tot bist?“, fragte ihn sein Gegenüber erneut. Diese Frage traf Ben völlig überraschend. Er hatte eigentlich immer mehr geglaubt, dass der Spuk vorüber war – und nun diese Frage! Ben wollte nicht darauf antworten, er wusste ja selbst nicht, wie er das Ganze erklären sollte. „Also – warum glaubst du nicht, dass du tot bist?“, wiederholte der andere seine Frage. Ben schwieg weiter, unfähig, seine Gedanken zu ordnen. Der Alte machte eine abwertende Geste und wollte sich gerade umdrehen, als Ben antwortete: „Ich will ja, aber ...“ „Hör

endlich auf zu jammern, sonst gebe ich dir gleich einen echten Grund zum Jammern!" „Ich ...", startete Ben einen erneuten Erklärungsversuch, „ich ... ich sah mich am Boden liegen ... tot." „Ja, und?" „Aber ich lebe doch noch. Ich kann mich doch sehen, bewegen, atmen, mein Herz schlägt, ich kann mit Ihnen sprechen, und ich kann denken ... all das, was einen doch lebendig macht!", platzte es aus Ben heraus. „So, du meinst also, damit erklären zu können, dass du noch lebst." „Ja." „Aber Kaleb hat dir doch erzählt, warum du nicht mehr leben kannst." „Aber du siehst doch, dass ich gar nicht tot sein kann. Tote spüren doch nichts mehr. Ich aber spüre selbst den Wind in meinem Gesicht. Und erst letzte Nacht hatte ich noch wahnsinnige Schmerzen. Das kann man als Toter doch gar nicht haben!" „So, meinst du?" „Ja." „Aber Kaleb hatte recht. Du bist tot!"
Der Unbekannte, der sich immer noch nicht vorgestellt hatte, sagte das so lapidar dahin, als wolle er ihm mitteilen, dass es heute noch regnen würde. „Bist du auch ... tot ...?", fragte Ben zaghaft. Der Fremde schaute ihn an, lächelte verschmitzt, drehte sich um und ging einfach davon. „Bist du tot?", schrie Ben laut und fing an, ihm hinterherzulaufen. „Ich bin nicht wichtig. Du wolltest doch etwas über dich erfahren. Dabei kann ich dir helfen. Du musst nur endlich wissen, ob du dies willst oder doch nicht, mein Junge." „Ich weiß nicht, ob du mir helfen kannst." „Nur weil du etwas nicht verstehst, heißt das nicht, dass ich dir nicht helfen kann." „Aber selbst Gott konnte mir nicht helfen", sprach Ben seine Gedanken nun aus. Der Fremde packte ihn plötzlich wutentbrannt mit einem eisernen Griff am Arm. „Dein Gott", keifte er, „ist eine Illusion. Er besitzt nicht annähernd so viel Macht, wie du glaubst." Ben wusste nicht, wohin er blikken sollte, weil er den Fremden nicht ansehen mochte, er flößte ihm furchtbare Angst ein. Schuldbewusst schaute er deshalb zu Boden. Dabei streifte sein Blick seinen eigenen rechten Arm, den der Fremde immer noch ergriffen hielt. Die Haut an seinem Arm wurde immer wärmer, fast so, als wäre er einer Kerze zu nah gekommen. Unter der Haut bildeten sich langsam zwanzig bis dreißig kleine Bläschen, die wie kleine Pickel aussahen, die

von einer Allergie hervorgerufen werden. Sie hörten aber nicht
auf zu wachsen und hatten sich schon bald zu murmelgroßen
Kugeln gebildet. Ganz sachte, leichte Rauchfäden stiegen in die
Luft, und Ben konnte sehen, wie sein Arm anfing zu dampfen.
Dabei spürte er jedoch keinerlei Schmerzen. Nichts schien darauf hinzudeuten, dass dies, was sich vor seinen Augen abspielte,
tatsächlich Realität war. Hätte ihm das jemand vorher gesagt,
hätte er es wohl auch nicht für möglich gehalten. Dabei konnte
er weiterhin zum einem seine Finger bewegen und zum anderen
den eisernen Griff spüren, den der andere auf ihn ausübte. Aber
nichts, was er sah, war schmerzhaft.
Jetzt blickte er wieder von seinem Arm auf und wagte nun
doch, in das Gesicht seines Gegenübers zu sehen. Er blickte in ein hämisches Grinsen – ein Ausdruck unverhohlener
Schadenfreude. Dann platzte eine der Kugeln mit einem leichten „Pfffff“ und eine kleine Rauchsäule stieg auf. Nach dieser
ersten Kugel platzen nach und nach auch alle anderen Kugeln
nacheinander auf. Als wäre er nicht mehr zurechnungsfähig,
starrte Ben seinen bizarren Arm an, ohne zu begreifen, dass
der entstellte Arm nach wie vor zu ihm gehörte. „Ich zeige dir,
was Macht ist“, krächzte der Fremde. „Sieh genau hin, mein
Junge, denn diesmal werde ich noch einmal die Schmerzen,
die normalerweise damit verbunden wären, von dir abhalten,
damit du erkennst, welche unendliche Macht ich habe.“ Die
mittlerweile aufgeplatzten und jetzt eitrigen Kugeln auf Bens
Arm hatten einen fauligen Geruch abgesondert, und die Haut
hing in ausgefransten Fetzen um jedes aufgeplatzte Loch.
Nach einiger Zeit war der eklige Geruch jedoch durch die
Umgebungsluft deutlich gemindert und verzog sich schließlich komplett. Der Griff des anderen ließ allmählich nach und
gab Bens Arm wieder frei.
Während er noch seinen Arm ansah, schlossen sich die aufgeplatzten Kugeln wie eine Blüte zur Nacht. Nach weniger als
zwei Minuten waren sämtliche Wunden so weit verschwunden,
und selbst die Rötungen waren nach fünf Minuten nicht mehr
zu sehen. Ben strich fast zärtlich über seinen Arm. Das Gefühl,

wieder einen heilen Arm zu haben, war für ihn nicht in Worten zu beschreiben, als seine Haut plötzlich unter seiner Berührung wie altes Papier zerbröselte. Seine Haut wirkte, als wäre sie seit Jahren ausgetrocknet. Dementsprechend war es fast logisch, dass zuvor nicht Unmengen von Blut geflossen waren. Genau genommen war nicht ein einziger Tropfen Blut zu sehen gewesen. Es war einfach so, dass die Haut und das Fleisch an dieser Stelle einfach nicht mehr vorhanden gewesen waren. Der Knochen lang neben den mit roten Blutsträngen durchzogenen Muskeln einfach frei. Ben konnte durch das inzwischen fast faustgroße Loch, vorbei an Knochen, Sehnen und Muskeln, bis auf den Boden der Straße sehen. Das war absolut irre! Ben kannte das bisher nur aus Kinofilmen. Natürlich war es hierbei immer die Arbeit von sehr guten Maskenbildnern oder durch einen Computer animierte Horrorszenen, die diesen Eindruck erzeugten. Aber dieser Wahnsinn, den er jetzt live erlebte, war erneut absolut real! Zunächst betraf es nur den Bereich, wo Ben seine Hand aufliegen hatte, aber dabei blieb es nicht: Der Verfall arbeitete sich weiter bis nach vorn in seine Hand hinein.
Die ganze Szene erinnerte Ben an den Film „Fluch der Karibik" aus dem Jahre 2005. Dabei erschienen alle Körperteile der Piraten, die vom Mondlicht angestrahlt wurden, als Skelette. Das hatte er damals echt lustig gefunden, und der Film wurde sein Lieblingsfilm. Das Ganze am eigenen Leib zu erfahren, fand Ben nun spannend und abstoßend zugleich. Er starrte auf die fehlenden Hautstellen direkt in das ausgefranste Fleisch und die freiliegenden Muskelstränge. Es war absolut faszinierend, wie das Blut durch den Strang pulsierte und wie die Muskeln ihre Funktion tätigten, wenn sich die Finger bewegten. Da es ihn überhaupt nicht schmerzte und er vollkommen von seinem Arm abgelenkt war, bemerkte er zunächst nicht, dass der Verfall weiter den Arm heraufzog. Erst als das Schultergelenk bereits hautfrei war und der Hals angegriffen wurde, reagierte Ben wieder darauf, und seine Panik kehrte zurück.
Verzweifelt schaute er seinem Gegenüber in dessen zufriedenes Gesicht. Die offenen Stellen wanderten den Hals und dann

die rechte Gesichtshälfte hoch. Die Hauptschlagader pulsierte dabei unaufhörlich das Blut in den Kopf. Hätte Ben sich in diesem Moment selbst sehen können, wäre er dem Wahnsinn verfallen, oder er hätte versucht, sich von irgendwo hinunterzustürzen, um nicht weiter damit leben zu müssen. So war es für ihn ein „Glück im Unglück", dass er sich nicht sehen konnte und zugleich so überaus fasziniert war von seinem Arm und seiner Hand. Während er mit seinen Fingern, oder besser gesagt mit seinen Fingerknochen, spielte und die Muskelstränge und Blutbahnen beobachtete, tastete er mit seiner gesunden Hand seinen Hals ab. Besonders witzig fand er dabei, dass es nicht lediglich eine optische Täuschung war, dass die Haut, die normalerweise Knochen und Muskeln umgibt, nicht mehr vorhanden war und dass man den Knochen und alles andere freigelegt sah. Er konnte regelrecht den warmen Blutstrang der Halsschlagader zwischen seinen zwei Knochenfingern spüren.

„Bitte hören Sie auf damit!", winselte Ben in Richtung seines Gegenübers. „Ich habe gesehen, welche Macht Sie haben. Bitte, bitte, hören sie auf damit!" Der letzte Satz kam nur noch sehr undeutlich aus Bens Mund, da mittlerweile auch eine Gesichtshälfte befallen war. Bens Lippen waren nicht mehr vorhanden, und sein rechtes Auge war nur noch eine leere schwarze Höhle. Seine Nase dagegen war noch vollständig, aber sein Mund war zu drei Vierteln nicht mehr existent. Dann hörte der Verfall auf, sich weiter auszubreiten, nein, besser sogar, es ging zurück, und zwar genau in der umgekehrten Reihenfolge. Dieser Vorgang erfolgte nicht so schleichend, über Minuten, wie zuvor der Verfall, sondern war innerhalb von wenigen Sekunden abgeschlossen.

„Das, mein Junge, ist nur eine kleine Kostprobe meiner Macht, aber die Menschen akzeptieren es eben immer erst, sobald sie selbst betroffen sind. Hätte ich die Zeit angehalten oder dir die Zukunft vorausgesagt, hättest du es mir nicht geglaubt. Aber raube ich euch die menschliche Gestalt, verzweifelt ihr. Dabei ist es nur die Hülle der Seele." „Danke, ich danke dir, dass du mir meine Gesundheit wiedergegeben hast." „Nein, Ben, deine Gesundheit, wie du es nennst, habe ich dir nicht zurückgeben", gab der Alte ihm zu verstehen. „Aber doch, sieh nur ...“, und Ben streckte ihm seinen Arm entgegen, um dies zu unterstreichen. Dabei bemerkte er zum ersten Mal, dass in seinem Arm noch ein daumenbreites Loch übrig geblieben war. Mit einem fragenden Blick sah er den Mann vor ihm an. Die Augen des Alten lächelten, während er sprach: „Ein kleines Geschenk, das dich daran erinnern soll, dass du nie meine Macht unterschätzen sollst!“

„Willst du nun wirklich immer noch erfahren, was hier passiert?“, stellte ihm der Fremde die Frage, die seit Beginn ihres Gespräches immer noch zwischen ihnen stand. Ben starrte gebannt auf seinen Arm und steckte den Zeigefinger seiner linken Hand vorsichtig in das Loch hinein, bis er auf der anderen Seite wieder herauskam. Als er ihn langsam wieder herauszog, war das Loch in sich so verheilt, dass das umliegende Gewebe vollständig geschlossen war, wahrscheinlich zum Schutz, um keinerlei Infektionen zu bekommen. Somit war dies ein Loch, als hätte man mit einem Bohrer in Holz oder Metal gebohrt. Es sah so vollkommen aus, als hätte es schon immer so zum menschlichen Körper gehört. Es hatte auch nichts Schreckliches mehr an sich, wenn man mal die Tatsache außer Acht ließ, dass man durch den Arm sehen konnte. Der Fremde stellte ihm erneut die Frage: „Was ist nun, Ben, willst du immer noch erfahren, was hier und vor allem mit dir passiert?“ „Ja ... das möchte ich“, kam es nun doch mit sehr zittriger Stimme und auch wesentlich zögerlicher aus Ben heraus. „Das klingt aber nicht gerade begeistert!“ „Doch ... ich meine ... ja, ich möchte es erfahren.“ „Nein, das willst du nicht wirklich, das spüre ich an deinen Worten, ich denke, das lassen wir doch lieber. Du bist einfach nicht bereit dazu.“ Der Fremde wandte sich von Ben ab, um zu gehen. „Doch, doch das bin ich“, antwortete Ben sehr hastig. „Ich bin bereit, die Wahrheit zu erfahren, und ich werde sie auch nicht mehr anzweifeln. Wie sollte ich das auch, wo ich doch das alles gesehen habe. Es ist nur, es ist alles so

neu für mich." Ben hoffte, mit diesen Worten den Fremden, der gerade dabei war, sich von ihm zu entfernen, aufhalten zu können. „Wenn du dir jetzt schon in die Hosen machst, wie wird es dann erst werden, wenn ich dir wirkliche Macht zeige?", hörte er die Stimme des anderen, der Ben noch immer den Rücken zugedreht hatte. „Es wird bestimmt nicht leicht sein, aber ich werde mir alle Mühe geben, stark zu sein, und ich glaube, ich habe mich auch schon wesentlich besser im Griff." „Stimmt! Du hast bis auf ein halbseitig blasses Gesicht – die andere Hälfte war zu diesem Zeitpunkt leider nicht mehr vorhanden – die Ruhe bewahrt. Das gebührt einigen Respekt." Die letzte Bemerkung hatte wohl ein Scherz sein sollen, die Ben jedoch in keiner Art und Weise auch nur annähernd komisch fand.
„Vielleicht hast du recht", begann der Mann, der wieder zu Ben zurückgekommen war und nun direkt vor ihm stand, erneut das Gespräch, „und ich sollte es mit dir versuchen." „Was sollten wir versuchen?", platzte Ben dazwischen. „Zuerst, Ben, musst du lernen, was du bist und welche Stellung ich besitze. Deshalb möchte ich, dass du mich auch gebührend ansprichst. Ich bin es nämlich überhaupt nicht gewohnt, in dieser Art und Weise angesprochen zu werden, was schon viele sehr schmerzvoll erfahren mussten. Und darum wirst du ab sofort HERR oder FÜRST zu mir zu sagen, so wie es deinem Rang in meiner Gegenwart gebührt." „Herr?", fragte Ben viel zu schnell und eigentlich mehr zu sich selbst, als dass er es hatte aussprechen wollen, aber wieder einmal war sein Mundwerk schneller als sein Verstand. Während er noch vor kurzer Zeit der stille Schweigsame gewesen war, der niemals etwas vorschnell äußerte, am besten gar nichts von seinen Gedanken preisgab, konnte er seine Gefühle und Gedanken, seit ihm *das* hier alles passierte, überhaupt nicht mehr zurückhalten. „Ja, HERR", bellte es ihm entgegen. Der andere war wütend, sodass sich seine Augen zu engen Schlitzen verengten, und Ben konnte ganz kurz die Augen sehen, die einem Raubtier glichen. Da war erneut nichts Menschliches. Ein gelbes Auge mit einer schwarzen ovalen Pupille. Aber bevor er genauer hinsehen konnte, hatte sich der andere bereits mit einer schnellen Drehung von

ihm abgewandt und ihm den Rücken zugekehrt. „ICH BIN EIN DIENER DER MACHT, ein Diener des Fürsten dieser Welt. Mein Name ist Siredon, vergiss es nie!" Die Stimme des anderen hallte in seinen Ohren nach, als hätte jemand den Bass zu hoch gedreht, und die Zornesworte des anderen prasselten gleich körperlichen Schlägen auf ihn nieder. Seine Kleidung und Haare flatterten wild um seine Gestalt und schlugen in einem urplötzlich entstandenen Sturm hart gegen Ben, der sich nur schwer gegen den harschen Wind stemmen konnte, um nicht von der Stelle geweht zu werden. Dabei musste er die Augen zukneifen, um überhaupt noch etwas durch die Schlitze sehen zu können. Seinen Mund hielt er dabei fest verschlossen, während der Wind an seinen Wangen zog und zerrte. Er stand mit stark nach vorn geneigtem Oberkörper auf der Stelle, damit er nicht nach hinten umfiel. Auch bei dem Mann vor ihm wehten die Kleidungstücke heftig im Wind, aber er schien im Gegensatz zu Ben überhaupt keine Probleme zu haben, diesen Urgewalten standzuhalten. „JETZT, DA DU MEINEN NAMEN KENNST, BELEIDIGE MICH NIE WIEDER! ERREGE NIEMALS MEINEN ZORN, DENN DEM KANNST DU NICHT STANDHALTEN, UND ICH WÜRDE DICH ZERMALMEN. ICH KENNE KEINE GNADE UND AKZEPTIERE KEIN VERSAGEN! ICH HABE MEHR PERSONEN GERETTET ALS DEIN ANGEBLICHER GOTT. MEINE HEERSCHAREN SIND GEWALTIGER, ALS DU ES DIR IN DEINEN KÜHNSTEN TRÄUMEN AUCH NUR ERAHNEN KANNST. MEIN HEER WIRD SIEGREICH AUS DER GROSSEN SCHLACHT HERVORGEHEN. DER FEIND KANN NICHT GEWINNEN. ER KANN ES NICHT, DENN ICH BIN ZU GUT AUF DIE SCHLACHT VORBEREI-TET." Bei diesen Worten, die auf ihn niederprasselten, fröstelte Ben. Die Härchen auf seiner Haut stellten sich kerzengerade auf, und ein eisiger Schauer lief ihm den Rücken hinunter. Es war genauso wie vorhin in der Scheune, als sich Ben der Ecke, in der die Person gelegen hatte, genähert hatte.

Da Ben Probleme damit hatte, „Herr" zu ihm zu sagen, beschränkte er sich auf den Titel Fürst. „Fürst", begann er „warst du es, der mich gestern Abend angesprochen hat?" „Ja", antwortete der andere, wobei sich seine Stimme wieder deutlich gesenkt hatte. Auch der Sturm um Ben herum hatte sich wieder ebenso schnell gelegt, wie er gekommen war. Jetzt wehte nur noch ein laues Lüftchen, was aber keine so rechte Kühlung brachte. „Aber du warst älter als jetzt?" Der Fürst hatte sich ihm nun wieder zugewandt und schaute ihn grimmig an. Ben beeilte sich, schnell noch ein „mein Fürst" hinzuzufügen, was die Stimmung seines Gegenübers deutlich zu verbessern schien. Er schien großen Gefallen daran zu haben, wenn man ihm schmeichelte, etwas, was Ben eigentlich nur albern fand.

„Bedenke eines, du elender Wurm. Ich kann mein Aussehen jederzeit ändern, wie es mir gefällt. Hast du einfältiger Idiot immer noch nicht kapiert, dass die Hülle nur ein Spielzeug ist? Die Macht, die wahre Macht ist der Geist in dir! Deine Seele!" Ben spürte, dass er die falsche Frage gestellt hatte, und bereute sie auch sogleich, da er nun wieder die Missachtung des „Fürsten" auf sich gezogen hatte. Dennoch wollte er nun endlich Gewissheit haben, wollte verstehen, wieso und warum dies alles mit ihm geschah. Deshalb hakte er noch einmal nach, auch auf die Gefahr hin, gescholten zu werden. „Und auch in der Nacht, mein Fürst?" „Um das ein für alle Mal zu klären", sprach der Fürst zu ihm. „Welche Erscheinungsform soll ich für dich wählen?" Kaum hatte er diese Worte ausgesprochen, als sich die Wangenknochen seines Gegenübers zu verkleinern schienen. Gleichzeitig – und das war nun noch deutlicher zu sehen – straffte sich die Haut des alten Mannes. Falten auf der Stirn, an den Augen und in den Mundwinkeln verschwanden wie von Geisterhand völlig. Auch die dicken, buschigen, grauen Augenbrauen bildeten sich zurück, und stattdessen blieben dünne, braune Augenbrauen übrig. Genau wie die Augenbrauen wechselte auch die Haarfarbe in ein blondes Braun. Nicht ein graues Haar blieb zurück, zumindest konnte Ben keines mehr ausmachen, und das, obwohl sein Gegenüber am Anfang nur graues, strähniges Haar besessen hatte. All diese Veränderungen gingen recht langsam, fast in Zeitlupe vonstatten, fast so, als ob der Fürst die Reaktionen von Ben genau studieren wollte. Die Nase des alten Mannes, die wahrscheinlich durch einen Bruch der Nasenwurzel krumm gewachsen war, verschob sich immer weiter, bis sie ganz gerade war. Die Haare, die aus der Nase wuchsen, zogen sich zurück. Die Altersflecke auf seiner Haut, die zuvor besonders an den Händen zu sehen gewesen waren, wurden blasser, bis sie sich schließlich vollkommen auflösten, und eine junge, reine Haut kam zum Vorschein. Die von schwerer Arbeit gekrümmten Finger strafften sich, und Ben konnte sehen, wie sie wieder kräftig wurden, dabei waren sie trotzdem feingliedrig und zart. Die Adern, die zuvor deutlich sichtbar hervorgetreten waren, wurden dünner und waren nach einigen Sekunden kaum noch zu sehen, und auch hier war nur noch eine glatte Haut zu sehen. Die Haltung des alten Mannes war leicht gebückt gewesen, was durch jahrelange schwere Arbeit entstanden sein mochte. Jetzt aber schien sich der ganze Knochenbau neu zu formieren, und Kraft und Jugend strömten durch den gesamten Körper. Schlaff gewordene Muskeln füllten sich mit alter Stärke, und das Herz, das alt und schwach geworden war, pumpte gewaltige Mengen an Blut durch die Venen. Die zittrigen Hände beruhigten sich, die Pupillen der Augen, die leicht trüb gewesen waren, wurden wieder klar. Ben konnte an den Halsmuskeln den starken Pulsschlag sehen. Die gesamte Haltung des Mannes hatte sich gestreckt und war jetzt gerade aufgerichtet, und der Mann, der jetzt vor ihm stand, zeigte keinerlei Gebrechen mehr. Der Brustkorb weitete sich und starke, hart trainierte Muskeln bildeten sich. Fehlende Zähne wuchsen in Sekundenschnelle, um die freien Stellen im Mund zu füllen, und die vorhandenen Zähne, die über die Jahre vergilbt und mit Karies befallen waren, wurden immer weißer und gesünder, bis auch hier zwischen alten Zähnen und den neu gewachsenen kein Unterschied zu erkennen war. Das zurückgewichene Zahnfleisch bildete sich neu und legte sich gesund um die Zähne. Innerhalb der letzten fünf Minuten war aus dem alten Mann, den Ben zuvor auf ein Alter zwischen siebzig und älter geschätzt hatte, nun einer seinesgleichen geworden, den er somit nicht älter als zwanzig Jahre schätzte. Ben stellte sich vor, dass parallel zu den äußeren Veränderungen sicherlich auch innerliche Veränderungen stattgefunden hatten und somit die inneren Organe diese Wandlung ebenfalls entsprechend erfahren hatten. Jetzt sah der Mann jedoch gewissermaßen albern aus, da die Kleidung des alten Mannes überhaupt nicht zu dem jungen Mann passte. Die Show faszinierte und amüsierte Ben, und er konnte sich ein leichtes Lächeln nicht verkneifen. Zum Abschluss seiner Vorstellung machte der Fürst eine weit ausholende Bewegung mit dem Arm, in welchem er den Mantel festhielt, und drehte sich dabei. Als er schließlich wieder vor Ben stand, war auch seine Kleidung dem neuen Alter angepasst. In Jeans, modernen Halbschuhen und T-Shirt stand ein Zwanzigerjähriger vor ihm. Über die Schulter hatte er lässig einen schwarzen Ledermantel geworfen, ähnlich dem Held „Neo" aus der Matrix-Reihe im Kino. Nichts an seinem jetzigen Aussehen ließ erkennen, dass er jemals älter sein könnte.

„Ah, ich sehe, dir gefallen meine kleinen Spielchen", meinte der Fürst. „Kann … kann ich das auch?", fragte Ben sichtlich begeistert. Er war vollkommen fasziniert, wenn er nur daran dachte, was für unzählige Möglichkeiten sich daraus ergeben würden. „Natürlich, das kann jeder, du brauchst zwar etwas Übung dazu, aber ansonsten ist es kein Problem, die äußere Hülle je nach Belieben deinem Geist anzupassen." „Kannst du mir das zeigen … mein Fürst?"

Der Fürst grinste nun nicht nur innerlich ob seines Sieges, sondern bleckte dabei auch seine weiß blitzenden Zähne. Er wusste genau, dass die von ihm gestellte Falle wieder einmal mehr als nur erfolgreich zu bezeichnen war. Ben würde wie jeder andere auch der unglaublichen Macht, die der Fürst zweifellos besaß und die er seinen Untergebenen scheibchenweise präsentierte, verfallen und ohne diese Macht nichts mehr machen wollen. Leute zu manipulieren und zu kontrollieren, steckte nun einmal in jeder menschlichen Kreatur, warum also sollte Ben hier eine Ausnahme sein? Und Ben war dabei nur eine von vielen Kreaturen, derer sich der Fürst nun bedienen konnte. Aber das gab er natürlich nicht preis, stattdessen antwortete er mit einem bemitleidenswerten Unterton: „Nein, Ben, es würde dir nur schaden, und das möchte ich nicht. Es ist nicht gut, ungeübt mit der Macht umzugehen." Ben schaute aufgrund dieser Ablehnung seines Gegenübers traurig drein, und des Fürsten Herz schlug einen Schlag schneller. „Bitte, mein Fürst, lehre es mich doch. Ich bin so oft herumgeschubst worden, so viele Jahre, weil ich so schmächtig bin und eben nicht so toll aussehe. Ich möchte doch nur größer und kräftiger sein. Bitte, mein Fürst", winselte Ben und erniedrigte sich damit weiter vor seinem Gegenüber. Mittlerweile hüpfte das Herz des Fürsten in freudiger Erwartung und ausgelassener Freude ob dieses Sieges, der wieder einmal so einfach erreicht worden war.

Zuerst war Siredon beeindruckt, welche Kraft Ben doch besaß. Er war besorgt gewesen wegen der Tatsache, dass sich so ein gewaltiger Engel wie Kaleb um Ben bemühte, aber an den Augen des Jungen hatte er schnell erkennen können, dass Kaleb ihm den Umgang mit der wirklichen Macht als Geistwesen nicht gezeigt und ihn nicht damit ausgestattet hatte. Aber er musste natürlich herausfinden, ob nicht doch mehr dahinter war. Der Junge war stark, sehr stark sogar. Immerhin hatte der Junge bereits seinen eigenen Tod mit angesehen – was die meisten schon nicht verkraftet hätten –, hatte sich gegen einige Dämonen behaupten müssen, war mit einer irdischen Liebe, wie sie unter den Menschen praktiziert wurde, konfrontiert worden und musste ertragen, wie diese förmlich in tausend Scherben zerplatzte. Gerade dieser letzte Punkt hatte bisher jeden umgehauen, da das Fundament eines bisher sicher geglaubten Lebens – gegenseitiges Vertrauen und gemeinsame Hoffnungen – entzogen wurde. Alles in allem hatte der Junge die Prüfungen, die er ihm selbst gestellt hatte, doch noch sehr gut bestanden. Wenn man bedachte, dass er doch bis vor Kurzem nur ein Mensch gewesen war und dies alles in nur so kurzer Zeit erfahren hatte, musste auch Siredon zugeben, dass dem Jungen Respekt gebührte. Es führte ihm jedoch auch klar vor Augen, dass er darum weiterhin in seiner Nähe bleiben musste, um das Potenzial, das in dem Jungen steckte, für sich nutzen zu können. In großer Sorge hatte er vorsichtshalber keinen anderen damit beauftragt, weil er seit einiger Zeit eine nicht greifbare Gefahr spürte, und er fragte sich, ob der Junge vielleicht die Antwort darauf sein könnte. Der Junge strahlte eine innere Stärke aus und Siredon konnte sie lesen, als hätte Ben ein Schild um den Hals hängen. Natürlich konnten das die meisten nicht sehen, aber Siredon war ja auch nicht irgendjemand, und das, was er in dem Jungen sah, machte es zumindest notwendig, sich näher mit dem Jungen zu befassen und ihn zu formen. Aber jetzt nach dem ersten Treffen zweifelte er doch sehr stark daran und war eigentlich der Meinung, dass Ben doch nicht der Grund sein konnte, warum er in letzter Zeit so beunruhigt war. Seridon hätte jetzt gerne weiter im Reich des großen Fürsten nach der Ursache seiner Unruhe geforscht, aber das musste warten. Der Junge war mit Kaleb zusammengetroffen, daran gab es nicht den geringsten Zweifel. Kaleb jedoch war nicht irgendjemand, sondern ein großer Engel, der dem Gottessohn sehr nahestand. Es musste etwas geben, was den Jungen betraf, warum er zwischen beiden Mächten stand. Er wusste, er würde es herausfinden, auch wenn er sich dafür noch mehr mit dem Jungen beschäftigen musste.

„Na gut, ich lehre es dir“, antwortete er dem Jungen, „ich kann dir zeigen, wie du dich in deiner neuen Situation zurechtfindest, und auch, wie du deine Gestalt verändern kannst. Aber damit du Vertrauen und keine Angst vor mir hast, wie hättest du es denn gerne?“ „Was?“, fragte Ben, da er nicht recht verstand, was der Fürst von ihm wollte. „Na, wie soll ich denn in deiner Gegenwart aussehen? Vielleicht wie ein großer beschützender Bruder?“

Noch während er diese Worte äußerte, veränderte sich der Fürst in Sekundenschnelle in einen Mann von Ende zwanzig. Er war nicht nur sehr muskulös, sondern sah auch super aus. Ben erkannte einen leicht südländischen Einschlag, und die längeren schwarzen Haare dazu sowie die braun gebrannte Haut ließen ihn wie einen Südländer aussehen. Ben ging das alles viel zu schnell, aber sein Gegenüber wartete nicht darauf, was Ben sagen würde, sondern veränderte sich schon wieder. Diesmal sah die männliche Person vor ihm aus wie jemand Anfang vierzig. Helles Haar, athletischer Körper, der aber weit weniger zu bieten hatte als die muskelbepackte Person zuvor. Seine ruhige Ausstrahlung in moderner lässiger Kleidung machte ihn zu einem freundlichen Gegenüber. Aber Ben konnte trotz dieser Veränderungen in allen Personen auch immer wieder den Fürst darin erkennen. Die Verwandlungen waren gut, sehr gut sogar, das stand völlig außer Frage, aber irgendetwas blieb gleich, erinnerte ihn immer wieder daran, wer letztendlich vor ihm stand. Vielleicht schaute er deshalb den Fürsten so unbeholfen und unsicher an, da es ihm schwerfiel, eine Entscheidung zu treffen.

„Nein, das gefällt dir auch nicht", beurteilte sein Gegenüber das Verhalten von Ben, der unschlüssig dreinblickte. Wieder hob der Fürst seinen Mantel, um sich unter seiner Verdeckung erneut zu verwandeln, und als der Mantel zwei Sekunden später fiel, hatte sich der Fürst in einen seriösen Mann Mitte vierzig in Anzug verwandelt. Seine Größe von ungefähr 1,85 Metern, dazu die schwarzen Harre und der Dreitagebart, passte wunderbar zu ihm. Seine Ausstrahlung und Autorität waren deutlich spürbar. „Ahhhh, ich weiß es jetzt", sagte der Fürst mehr zu sich selbst als zu seinem Zuschauer. Ehe Ben überhaupt etwas sagen oder auch nur ansatzweise erwidern konnte, stand eine bezaubernde, aufreizend schöne Frau vor ihm. Sie mochte um die dreißig Jahre alt sein und glich in ihrer Anmut einem Engel. Ihre Haut war strahlend weiß wie Marmor und so wunderschön, dass er sie am liebsten gestreichelt hätte. Ihre Haare waren braun und leicht gelockt, und ein innerer Impuls weckte in ihm den Wunsch, ihr mit den Fingern durch das Haar zu fahren. Diese Person erinnerte Ben an jemanden, aber ihm fiel im Moment nicht ein, an wen, denn irgendetwas an dem Erscheinungsbild dieser Frau ließ ihn zögern, irgendetwas gab es, was nicht ganz mit seinen Erinnerungen übereinstimmte. Es war wie ein Bild, das man vor Augen hat, aber in dem jemand etwas verändert hat. Seine Augen oder Gedanken schienen ihn sofort zu verraten. Der Fürst erkannte augenblicklich seinen Fehler und korrigierte ihn entsprechend schnell, indem er im Handumdrehen mittels einiger weniger neuer, aber im Ganzen betrachtet doch sehr entscheidender Veränderungen aus der sehr attraktiv gekleideten Person einen richtigen Vamp machte. Jetzt stand vor ihm eine Frau, die statt dem leicht gelockten brauen Haar nun glattes pechschwarzes Haar besaß, das so lang war, dass es die vollen Brüste der Frau zu einem kleinen Teil bedeckte. Ihre Lippen waren so rot wie Blut und für Bens Geschmack völlig übertrieben, sie hatten diesen zarten, natürlichen Glanz gänzlich verloren. Wenngleich sie übermäßig stark geschminkt war, passten Lidschatten, Wimperntusche und alle anderen Dinge, die dazu beitragen sollen, das Gesicht einer Frau zu verschönern, zu ihr. Dazu trug sie hochwertigen Schmuck. Alles stimmte bis ins Detail.

Bens Augen blieben jedoch an den Lippen der Frau hängen, und es schien ihm selbst in Gedanken kitschig, diesen Vergleich zu ziehen, aber er hätte schwören können, dass das Rot auf ihren Lippen echtes Blut war. Er zwang sich schließlich selbst dazu, seine Augen wieder etwas anderem zuzuwenden. Ihr ganzer Körper war absolut gigantisch. Dabei entsprachen ihre ganze Erscheinung und die Art, wie sie sich bewegte, wie sie geschickt ihre Reize in Szene setzte, dem Auftreten eines Topmodels. Es gab keinen einzigen Makel an ihr, außer dass jede Natürlichkeit fehlte, aber danach fragte Ben in diesem Moment auch gar nicht. Auch er konnte ihren Reizen nicht widerstehen, denn sie war leicht in die Kategorie „Traumfrau“ einzustufen, und das nicht nur für ihn. Ihr Körper wurde lediglich von einem roten Tuch aus Seide umschlungen, welches teilweise mehr durchscheinen ließ, als es verbergen konnte oder wollte. Außer dem seidenen Tuch war die Person vollkommen nackt. Dazu bewegte sie sich jetzt geschmeidig wie eine Katze. Das war für Ben Verführung pur, und er war sich sicher, dass es jedem so ergehen würde, der diese Frau so sah.

„Ah, ich sehe an deinem Gesicht und an deinen aufgewühlten Gefühlen, dass ich wohl mit dieser Verkleidung den größten Eindruck bei dir erziele. Aber für unsere gemeinsame Zusammenarbeit würde ich doch lieber eine andere Art der

Verkleidung wählen, eine, die dich nicht so ablenkt. Also, welche Form des Aussehens soll ich für dich wählen?" Ben war noch immer fasziniert und in Gedanken mit dem beschäftigt, was seine Augen sahen. Er war dadurch etwas überfordert, deshalb ließ er sich Zeit und formulierte seine Antwort mit Bedacht. „Ich glaube, so wie Sie mit Anzug aufgetreten sind, das würde mir am besten gefallen. Ich denke, so dann auch den meisten Respekt und die nötige Ehrerbietung vor Ihnen zu haben, mein Fürst", schmeichelte Ben ihm erneut. Und erneut verfehlten seine Worte ihre Wirkung nicht.

„Nun, dann tue ich dir doch ausnahmsweise mal den Gefallen." Bei diesen Worten legte Seridon Ben seinen Arm um die Schulter und zog ihn mit sich auf den Weg. Die Verwandlung in die Gestalt, die Ben nun schon vertraut war, dauerte weniger als einen Wimpernschlag und war so perfekt, so vollkommen, als hätte es nie eine andere Gestalt gegeben. Selbstverständlich war das entsprechende Outfit gleich mit ausgetauscht. Da Siredon den Arm um ihn gelegt hatte, hätte Ben doch eigentlich von der Verwandlung auch etwas spüren oder fühlen müssen, aber da war gar nichts. Von der einen Sekunde auf die andere war die Veränderung vollzogen, ohne dass Siredon seinen Arm in irgendeiner Art und Weise gelockert oder auch nur angespannt hätte. „Weißt du, du bist nicht der Einzige, der diese äußere Gestalt bevorzugt. In der heutigen Zeit trete ich meistens in dieser Erscheinungsform vor die Menschen. Nun gut, mir ist es egal", sagte er süffisant zu Ben. „Komm, lass uns gemeinsam ein Stück die Straße entlanglaufen. Ich werde dir dabei sagen, was du wissen willst und musst."

Der Fürst hatte geglaubt, dass die Gestalt der Frau bei Ben den größten Eindruck hinterlassen hätte. Natürlich löste sein/ihr Aussehen bei Ben eine gewisse Erregung aus, dafür waren die weiblichen Reize und Proportionen einfach zu anziehend für ihn, und jedem anderen Jungen wäre es ganz genauso ergangen. Aber das war es nicht, was Ben so verwirrt hatte. Er hatte es sofort gemerkt, als die erste Frauengestalt vor ihm erschienen war, bevor daraus die Veränderung zu diesem Vamp entstanden war. Er hatte zum ersten Mal seit langer Zeit Sabine wieder gesehen oder zumindest eine Frau, die sehr, sehr große Ähnlichkeit mit ihr hatte, und ihr Anblick allein war es, was sein Herz höher hatte schlagen lassen. Er konnte es selbst nicht genau beschreiben, aber es war für ihn wie ein Halt in dieser unwirklichen Welt. Wie ein Punkt, den man fixierte, wenn man sich zu schnell drehte, damit einem nicht schwindlig wurde. Für diese Erinnerung war er sehr dankbar. Was ihn jedoch immer wieder verwirrte, war die Tatsache, dass die Augen seines Gegenübers – trotz der hervorragend gelungenen äußerlichen Veränderungen – immer gleich zu bleiben schienen. Zuvor war ihm das gar nicht aufgefallen, aber bei der Veränderung zu einer Frau hatte er es klar und deutlich gesehen. Alles konnte der selbst ernannte HERR verändern. Er konnte eine Gestalt in jeder Form annehmen, er konnte auch die Farbe der Iris wechseln – und trotzdem blieb der Blick seiner Augen immer gleich. Ben konnte es sich selbst nicht richtig erklären, vielleicht lag es daran, dass die Augen eine Widerspiegelung der Seele waren.

„Weißt du, ich möchte mich bei dir für meinen Wutausbruch von vorhin entschuldigen", begann Siredon das Gespräch mit Ben. „Es stört mich nur so ungemein, dass viele ins Verderben rennen, nur weil sie über viele Jahre getäuscht werden." „Wie meinen Sie dass, mein Fürst?" „Das erkläre ich dir gerne, zuerst aber möchte ich, dass du mir sagst, was Kaleb zu dir gesagt hat." „Kaleb? Sie kennen Kaleb … ich meine, Sie hatten schon mit ihm zu tun?" „Ja, das hatte ich wohl." „Und ich dachte, Kaleb wäre nur ein Spinner." „Ein Spinner?", lachte Siredon aus vollem Halse, weil ihm die Vorstellung gefiel, dass Ben dies Kaleb ins Gesicht gesagt haben könnte. „Nein, leider ist das nicht der Fall. Kaleb ist alles andere als ein Spinner. Er ist eher sehr gefährlich." „Gefährlich? In welcher Weise soll er denn gefährlich sein? Auf mich machte er jedenfalls nicht den Eindruck, dass er gefährlich sein könnte." „Oh ja, Eindruck machen, das kann er, aber ich sage dir, er ist gefährlich, besonders für labile und unsichere Personen. Gefährlich für alle Personen, die sich einsam und verlassen fühlen. Ihnen wird oft ein schlechtes Gewissen eingeredet, und sie werden ständig unter Druck gesetzt, ohne dass sie dabei die reine Wahrheit erfahren. Aber ich kämpfe täglich dagegen an, um den Betroffenen bestmöglich zu helfen, damit sie nicht noch mehr in der Falschheit leben müssen und ständig neue Irrtümer erzählt bekommen. Um jedoch gut vorbereitet zu sein, benötige ich natürlich aktuelle Informationen, muss wissen, was er ihnen gerade wieder für eine Scheinwelt präsentiert hat. Und hierbei kann ich dann dir und gleichzeitig du mir helfen. Dazu muss ich aber wissen, was Kaleb zu dir gesagt hat – alles, jedes einzelne Wort, jede auch noch so kleine Information, kann mir weiterhelfen. Sage es mir, und ich werde dir zu unendlicher Macht verhelfen, Ben." Ben war mehr als verwundert, dass *er* Siredon helfen sollte! Er wusste doch gar nichts. *Er* war doch derjenige, der hier pausenlos in Unwissenheit gehalten wurde! Wie sollte er Siredon da helfen können? „Wie kann ich Ihnen helfen?", lautete deshalb logischerweise die Frage, die sich ihm stellte und die nun einfach aus ihm herausplatzte. „Fang am besten damit an, dass du mir sagst, warum du sterben musstest!!! Es war doch noch gar nicht deine Zeit, ich weiß das, und du weißt das auch. Zudem kenne ich die Zeit eines jeden Menschen und weiß, wann spätestens ich die Menschen überzeugen muss, damit sie vor ihrem Tod noch die richtige Entscheidung treffen können. Also, warum musstest du vor deiner Zeit sterben, was hat Kaleb dir darüber gesagt?" „Nichts." „Nichts? Was heißt hier nichts? Erinnere dich!" Ben überlegte, stellte sich noch einmal die Situation vor, die ihm inzwischen schon wie vor einer Ewigkeit vorkam, obwohl es doch erst gestern passiert war, aber er konnte sich in dieser Richtung an nichts erinnern. „Kaleb hat nichts dazu gesagt, mein Fürst." „Aber er hat doch mit dir gesprochen, ich habe euch beide gesehen, aber ich war zu spät." „Ich weiß nicht mehr, was er alles gesagt hat", sagte Ben, ohne näher darüber nachzudenken. „HÖR AUF, MIT MIR ZU SPIELEN!", brüllte der Fürst ihn plötzlich in seinem Zorn an und fuhr dann wieder etwas gemäßigter fort: „Du warst so verärgert, dass du ihn sogar geschlagen hast, also rede!" Ben war jetzt mehr als verunsichert, und die Angst vor Siredon, die für kurze Zeit überhaupt nicht mehr präsent gewesen war, stand nun wieder im Vordergrund, aber hatte nicht auch er im Gespräch mit Kaleb diesen um Antworten angeschrien? Deshalb nahm er es jetzt auch Siredon nicht übel, blieb jetzt aber vorsichtiger mit dem, was er von sich gab. Er gestand sich zudem ein, selbst ja auch ungeduldig zu sein, wollte endlich wissen, was denn nun hier gespielt wurde, wollte Antworten haben auf seine Fragen. Er entschloss, ehrlich zum Fürsten zu sein: „Ich habe mich dort auf der Straße liegen sehen, und dann kam er und hat gesagt, dass ich gestorben bin und das so akzeptieren müsse. Ich habe das nicht glauben wollen und ihn nicht ausreden lassen." Ben liefen die Tränen nur so die Wangen hinunter. Siredon hatte seinen Arm nun wieder um ihn gelegt und gab ihm Halt und Trost, etwas, wonach sich Ben so sehr sehnte. Er war jetzt sogar richtig froh, Siredon helfen zu können, und war gleichzeitig dankbar, dass er nicht nachzudenken brauchte, nicht verzweifeln musste an seiner chaotischen Situation, sondern Führung und Stärke vonseiten des anderen erhielt. „Aber hat er denn nicht erklärt, warum?" „Wir haben uns darüber gestritten, wie Engel aussehen, und er hat immer wieder gesagt, dass ich es akzeptieren soll, dass es eben Gottes Wille ist. Ich habe von alledem nichts hören wollen, und er hat mich ständig angegrinst und nicht damit aufgehört, mir ständig mitzuteilen, dass ich tot sei, da habe ich versucht, ihm zu zeigen, wie real ich bin. Aber er hat sich nur lustig über mich gemacht, und dann … dann habe ich wohl zugeschlagen. So etwas mache ich sonst überhaupt nicht, und ich weiß auch gar nicht, wie mir das passieren konnte." „Ja, schon gut, das weiß ich ja alles. Was passierte danach?", fragte sein Gegenüber ihn sichtlich genervt und sehr ungeduldig. „Das Nächste, an das ich mich erinnere, ist, dass ich dann in meiner Schule aufgewacht bin." „Du Narr, warum konntest du nicht warten, bis Kaleb dir gesagt hat, warum du sterben musstest?", fuhr Siredon Ben erbost an, bevor er sich eines Besseren besann und sich wieder unter Kontrolle hatte. Ben verstand nicht, warum das so wichtig war, er sagte aber nichts und behielt seinen Gedanken für sich. „Ich helfe dir wie versprochen, auch wenn deine Informationen für mich absolut wertlos waren. Ich werde dich trotzdem alles wissen lassen, habe aber persönlich keine Zeit dafür, denn ich muss versuchen herauszufinden, was Kaleb vorhat. Ben, ich werde einen guten Freund von mir zu dir senden." Und ehe Ben sich versah, war sein Gegenüber verschwunden, hatte sich einfach vor seinen Augen in Luft aufgelöst.

Vier junge Frauen in gelb-blauen Trikots standen mit nach oben erhobenen Armen dicht beisammen und bildeten eine menschliche Mauer, um der gegnerischen Werferin in den roten Vereinsfarben ihrer Mannschaft den Wurf auf das Tor der Heimmannschaft zu erschweren. Zwei weitere Spielerinnen des eigenen Teams standen etwas seitlich, um ein Anspiel auf die übrigen Angreifer zu verhindern oder abzuwehren. Die Hallenuhr zeigte, dass die Spielzeit noch ungefähr fünfzig Sekunden betrug. Noch wurde die Uhr jedoch durch den Schiedsrichter angehalten, das Spiel noch nicht freigegeben. Die überfüllte Halle hatte gut zweihundertfünfzig Besucher, die richtig aus dem Häuschen waren und mit ihrer jeweiligen Mannschaft lautstark mitfieberten. Dabei trappelten sie mit den Füßen auf den Boden, pfiffen oder klatschten lautstark im Rhythmus und riefen immer wieder den Namen ihrer Mannschaft. Es herrschte ein höllischer Lärm in der Halle, und er diente dazu, dass die gegnerische Mannschaft eingeschüchtert wurde und sich nicht konzentrieren konnte, gleichzeitig sollte er aber auch die eigene Mannschaft nach vorne puschen. Es war das letzte Spiel der Saison für die jungen Damen, und eigentlich war die Meisterschaft und der damit verbundene Aufstieg in die nächsthöhere Klasse schon vor zehn Wochen eingeplant gewesen, so sehr führte man souverän die Tabelle an. Aber dann hatte der Meisterschaftsfavorit plötzlich bisher nicht gekannte Nerven gezeigt und dadurch dem ewigen Zweiten in dieser Saison ermöglicht, sich vielleicht doch noch berechtigte Hoffungen machen zu dürfen. Von Spieltag zu Spieltag waren sie mit ihren Siegen Punkt um Punkt näher gekommen und hatten es geschafft, die Tabellenspitze zu übernehmen. Heute war nun das letzte Spiel der Saison, und das bei einem mittelmäßigen Gegner, den man zuvor schon auswärts sowie im Pokalspiel deutlich hatte schlagen können, da sollte heute ein Sieg und damit die Meisterschaft doch wohl zu holen sein. Aber leider war auch heute wieder, wie bereits in den letzten Spielen, in der ersten Hälfte das Potenzial zwar vorhanden, aber der Kampf- und Einsatzwille eher dürftig als berauschend, sodass die Gelb-Blauen zur Halbzeit mit siebzehn zu neun Toren abgeschlagen zurücklagen. Damit würden sie das Spiel und die Meisterschaft verlieren. Sabine Thaler, eigentlich eine Stütze der Mannschaft auf der Position als Rechtsaußen, war den letzten neun Spiele sowie dem Training der letzten Wochen ohne jede Entschuldigung ferngeblieben, was den Coach mächtig verärgert hatte. Deshalb saß sie seit Beginn des Spiels auch nur als Reservespielerin auf der Ersatzbank. Die Spielerin, die auf genau dieser Position spielte, versuchte ihr Bestes, aber sie hatte einfach nicht die Klasse und das Talent, das Sabine mitbrachte. Heute war Sabine plötzlich nach wochenlangem Fernbleiben zum Spiel aufgetaucht, und der Trainer sah nicht ein, sie deshalb auch spielen zu lassen. So saß sie nun ziemlich frustriert auf der Ersatzbank und war bisher noch nicht ein einziges Mal eingewechselt worden. „Trainer, bitte lass mich spielen, ich weiß, dass ich es packe", rief Sabine mehrfach ihrem Trainer zu. Dieser konnte und wollte aber nicht über seinen Schatten springen und wollte Sabine außerdem deutlich zeigen, dass man mit ihm so nicht umspringen konnte. Er war eben ein Mann mit Prinzipien, aber als dann die Mannschaft kurz nach dem Wechsel zwei weitere Tore hinnehmen musste und der spielende Rechtsaußen sich eine Knöchelverletzung zuzog, reagierte er dann doch. Ob es der hohe Zehn-Tore-Rückstand war oder der Ausfall der Spielerin, wusste er selbst später nicht zu beantworten, aber ab diesem Moment ließ er sie dann doch spielen. Als sie eingewechselt wurde, zwinkerte die verletzte Spielerin mit dem Auge Sabine zu. Sabine verstand nicht, was sie wollte, bis sie mit dem Finger auf den verletzten Knöchel zeigte und den Daumen nach oben zeigte. Die Verletzung war nur vorgetäuscht. Die ganze Mannschaft wusste, dass Sabine besser war, und wenn der Trainer so stur war, musste halt die Mannschaft handeln. Sabine lief unter dem tosenden Jubel des Publikums aufs Spielfeld. Sie lief zu jeder Spielerin, klatschte sich ab, bedankte sich bei ihnen allen und feuerte sie an, jetzt erst recht gewinnen zu wollen. Sie

nahm wie selbstverständlich den Ball und ging zum Mittelkreis.
Es war ein so gutes Gefühl, wieder spielen zu können!

Sie war nach dem Tod von Benjamin in ein tiefes Loch gefallen und wollte auch ihr sonst so geliebtes Handballspiel nicht mehr spielen. Auch wollte sie niemandem aus ihrer Mannschaft die Gründe dafür nennen. Sie hatte bisher mit niemandem darüber gesprochen, und es hatte ja auch niemand gewusst, dass Benjamin Stein und sie sich geliebt hatten. In der Nacht hatte sie seit Langem wieder von einem Handballspiel geträumt und als sie heute Morgen aufgewacht war, war ihr Schmerz irgendwie wie weggewischt. Sie sprühte nach so langer Zeit wieder vor Energie, und als sie dann noch zufällig auf den Kalender blickte und dort den von ihr selbst eingetragenen Termin „Meisterschaftsabschlussspiel" las, packte sie wie gewohnt ihre Tasche und war zum Spiel erschienen. Erst hier war ihr bewusst geworden, wie ihre Reaktion auf die Mitspieler und den Trainer hatte wirken müssen. Aber mit der neu gewonnenen Energie wollte sie nun wieder spielen, genau das brauchte sie jetzt, um wieder ins normale Leben zurückzukommen. Und nun, nach langem Warten auf der Ersatzbank, durfte sie wieder rein und spielen. Und sie spielte stark, so stark wie noch nie in ihrem Leben! Ernorm ehrgeizig, ungeheuer aggressiv und blitzschnell. Ihre ganze Wut und Trauer legte sie in ihr Spiel. Keinen Zweikampf scheute sie, und selbst unter dem Bedrängen dreier Gegnerinnen zur gleichen Zeit gelang ihr ein Tor. Ihre Würfe aus dem Rückraum kamen mit solch einer Power und Kraft, dass die Torfrau die Bälle meist gar nicht kommen sah, und wenn doch, sie sich dann zweimal überlegte, ob sie ihre Hände danach ausstrecken sollte. Präzise und mit voller Wucht schlugen die Bälle im Tornetz ein.

So gelang ihr und ihrer Mannschaft Tor um Tor. Damit zog sie auch den Rest der Mannschaft positiv mit, und endlich hielt auch die bisher sehr anfällige Abwehr stand. So holte die Mannschaft mit einer nun kämpferisch geschlossenen Mannschaftsleistung den hohen Torrückstand wieder auf, bis es ausgeglichen 21:21 stand. Sabine hatte dabei acht Tore selbst geworfen, und an zwei

weiteren war sie unmittelbar beteiligt gewesen. Nun waren nur noch fünfzig Sekunden zu spielen. Wenn nun der Ball ins Tor gehen würde, wäre es wohl nicht mehr zu packen, denn der bis gestern ewig Zweitplatzierte hatte am Vortag schon gespielt und deutlich gewonnen. Somit waren sie mit einem Punkt gegenüber den Blau-Gelben in Führung gegangen und hatten erstmals in dieser Saison die Tabellenführung übernommen. Zudem hatten sie gerade durch den hohen Sieg gestern ihr Torverhältnis uneinholbar ausgebaut. Sabines Mannschaft brauchte heute einen Sieg, um zwei Punkte einzufahren und somit doch noch die Meisterschaft und den Aufstieg zu schaffen. Und nun hatte ihre Mitspielerin Katrin eine Gegnerin übel gefoult und musste sogar für zwei Minuten vom Platz. Damit stand fest, dass sie im Spiel nicht mehr eingreifen konnte. Sabines Mannschaft musste nun also in den letzten Sekunden in Unterzahl nicht nur ein Tor verhindern, sondern auch noch ein Tor erzielen.
Eine wahnsinnige Spannung lag in der Halle. Gut zweihundert eigene Fans schrien und jubelten sich in der zweiten Halbzeit ihre Stimmbänder wund, aber bei diesem nervenzerfetzenden Spiel war Schreien wohl ein willkommenes Ventil für jeden Besucher. Jetzt aber war es still um sie herum geworden. Zu viel stand auf dem Spiel. Wahrscheinlich würden die Gegner nun die letzten Sekunden den Ball einfach halten und das Spiel dadurch verzögern, um somit das Unentschieden zu retten oder eventuell sogar noch ein Tor zu erzielen und somit mit einem Tor Unterschied das Spiel sogar gewinnen. Bevor der Schiedsrichter den Ball freigeben konnte, nahm der Coach die letzte Auszeit, um alle noch einmal zusammengerufen. „Mädels, hört mal zu. Wir spielen jetzt zuerst den Block, um einen Torwurf abzuwehren und dann sofort aggressiv offen auf den Mann zu gehen. Ich denke, dass sie mit dem Punkt zufrieden sind und sich den Ball nur zuspielen werden. Vielleicht werden sie versuchen, auch noch das eine oder andere Foul zu provozieren. Also, versucht, den Ball ohne Foul zu erreichen, das ist unsere einzige Chance.“
Sabine hörte nur mit einem Ohr zu. Sie war zu konzentriert, weil sie die andere Mannschaft in ihrer Besprechung beobachtete. Ein

Pfiff ertönte. Der Schiri rief erneut zum Weiterspielen auf. Sie schließen sich noch einmal dicht zusammen, legen alle Hände übereinander, rufen ihren Schlachtruf und gehen aufs Spielfeld. Beide Mannschaften nehmen nun ihre Positionen ein. Sabines Mannschaft bildet eine Abwehrmauer am Kreis, der Gegner verteilt sich, und einige versuchen, durch Rangeln und Schubsen, sich zwischen den abwehrenden Spielern hineinzudrängeln, um somit eine freie Schussbahn frei zu sperren. Der Schiedsrichter kommt nun mit dem Ball zur Spielerin mit der Rückennummer 12 der gegnerischen Mannschaft, gibt ihn an die Spielerin weiter und führt die Pfeife zum Mund. Sabine wusste aus ihrer Spielerfahrung seit frühester Kindheit, was nun gleich passieren würde. Sie war nicht die robuste Spielerin, aber sie konnte ein Spiel lesen. Zudem vermochte sie sich in ihre Gegner zu versetzen, wie es sonst keiner konnte. Hinzu kam noch die Tatsache, dass sie sich auf der Ersatzbank die Spielzüge der anderen Mannschaft hatte einprägen können. Die blonde Spielerin mit der Rückennummer 12 steht mit dem Ball an der Freiwurfgrenze. Sie könnte jetzt direkt auf das Tor werfen, aber die Klasse hat sie nicht, das weiß Sabine. Sehr viel wahrscheinlicher wird sie nicht mal in die Nähe des Tores kommen. Das scheidet also aus. Sie könnte sich auch drehen und an der Mauer vorbei werfen, aber dazu ist ihre Spieltechnik nicht ausreichend. Eine weitere möglichere Variante wäre der Diagonalpass auf die andere Seite, das ist jedoch ein schwieriger Wurf und somit für die Fängerin nicht leicht zu kontrollieren, dadurch bleibt der Abwehr Zeit, sich neu zu formieren oder den Ball zu erwischen. Nein, für den Pass waren die Spielerinnen der anderen Mannschaft spielerisch nicht stark genug. Sie würden einfache Bälle spielen, dessen war sich Sabine sicher. Vielleicht würden sie auch versuchen, das Unentschieden zu halten? Nein, das glaubte Sabine auch nicht. Sie war sich sicher, dass die gegnerische Mannschaft, nachdem sie nun so lange geführt hatte, so dicht am Sieg war, nun auch versuchen wollte zu gewinnen, zudem war sie durch den Ballbesitz ganz klar im Vorteil. Sie hatten Blut geleckt, und Sabine war sich sicher, sie wollten den Sieg. Ganz bestimmt wollten sie auch eine

Revanche für das bittere Hinspiel, das der Gegner auf heimischem Boden mit 12:28 Toren verloren hatte. Also, dachte sich Sabine, was werden sie tun? Und dann ist es ihr ganz klar: Die Spielerin, die jetzt den Ball in der Hand hält, wird zurückspielen auf die zwei Meter weiter hinten platzierte Spielführerin. Das war die Spielerin mit der Rückennummer 5. Sie war ihre größte und beste Spielerin. Die Spielführerin würde, durch den Anlauf gestärkt, versuchen, sehr hoch zu steigen und den Ball über die Mauer aufs Tor zu werfen. Das würde passieren, weil es einfach die beste und logischste Möglichkeit war. Sollte es ein Tor geben, gut. Wenn nicht, bestand immer noch die Möglichkeit, einen erneuten Freiwurf zu bekommen, im günstigsten Fall sogar einen Siebenmeter. Sabine schaute zur Nummer 5 und merkte plötzlich Unsicherheit in deren Verhalten. Einem kurzen Blick nach links zur Mitspielerin, die in der Mitte stand, folgte ein leichtes Nicken. Sabine verstand sofort. Die Spielerin mit der Rückennummer 5 hatte durch einige Fehlversuche während des Spieles wohl nun nicht mehr den Mut, die Aktion abzuschließen, und würde nur vortäuschen zu werfen, um dann zur Mitte abzuwerfen. Dann geht alles nur noch automatisch. Der schrille Pfiff des Schiedsrichters erklingt. Die Spielerin mit Rückennummer 12 im roten Trikot spielt den Ball kurz auf ihre Mitspielerin mit Rückennummer 5, die wiederum versucht, durch einen kräftigen Absprung hoch zu steigen, um über die Mauer zu werfen.
Sabine sieht alles wie in Zeitlupe. Sie sieht, dass das Hochsteigen nur halbherzig erfolgt. Sie blickt sich um und erkennt, dass die Kreisläuferin hinter ihrem Rücken nach vorne kommt. Dann geht alles sehr schnell. Sabine geht zwei Schritte vor, kommt ihrer Gegnerin damit zuvor und fängt das Passspiel ab. Mit schnellen Schritten ist sie mit dem vor sich trippelnden Ball ihren Gegnern enteilt. Sie zieht direkt auf das gegnerische Tor zu, als sie merkt, dass sie doch noch von hinten eingeholt und nach außen abgedrängt wird. Die andere Spielerin ist von der Körpergröße bestimmt einen ganzen Kopf größer als sie, aber Sabine zieht weiter voll durch in Richtung Tor. Nur noch drei Schritte und sie erreicht den Wurfkreis. Ihrer Gegnerin gelingt

es jedoch, Sabine in den letzten Schritten noch weiter abzudrängen. Es ist Sabines letzte Chance, ein Tor zu erzielen. Mit einem kräftigen Absprung und weit ausholendem Wurfarm, in dem sie den Ball in der Hand hält, katapultiert sie sich regelrecht in Richtung Tor. Gleichzeitig springt ihr die Torhüterin mit gespreizten Armen und Beinen entgegen, um den Winkel bestmöglich zu verkürzen. Das ist der Moment für Sabine, den Ball rechts an der Torfrau vorbei ins Tor zu werfen. Der Schwung und die Geschwindigkeit, dazu ein im Zweikampf entstandener Schubs ihrer Mitspielerin, bringen Sabine außer Kontrolle. Den Wurf kann sie noch kontrolliert zwischen der herausstürzenden und nun vor ihr stehenden Torhüterin und dem Torpfosten im Tor platzieren, aber das Landen auf dem Boden bereitet so extrem Probleme, dass sie mit dem Fuß wegknickt und aufgrund des eigenen Schwungs zuerst auf der rechten Schulter und anschließend mit dem Kopf auf dem harten Boden aufschlägt.

Als sie die Augen wieder aufschlägt, sind viele Köpfe um sie herum versammelt. Ein ohrenbetäubender Lärm durch die vielen Zuschauer dröhnt auf sie ein. „Na, da bist du ja wieder", sagt der Coach zu ihr. „Was ist denn passiert?", will sie wissen. „Mensch, Sabine, du hast ein wahnsinniges Tor geworfen und bist anschließend wohl mit dem Kopf auf den Boden geknallt, und dann warst du kurz bewusstlos", vernimmt sie von einer hinter ihr knienden Mitspielerin. Sabine, wohl noch leicht benommen, lächelt etwas gequält. „Wie fühlst du dich jetzt?", fragt Petra ihre Freundin. Sabine greift an ihren Kopf. „Gut, denke ich, mir tut eigentlich nichts weh", gibt sie wahrheitsgemäß zurück. „Na, dann lass uns unseren Aufstieg feiern gehen, das Spiel ist nämlich zu Ende", erklärt Petra, während sie ihr beim Aufstehen behilflich ist. Als die Zuschauer sie wieder aufstehen sehen, brandet erneut Jubel auf, und alle sind froh, dass ihr nichts Ernsthaftes passiert ist. Sabine tut der Applaus so richtig gut, und sie genießt es wahnsinnig, so herzlich von den Fans gefeiert zu werden.

Gleich darauf findet sie sich in den Armen ihrer feiernden Mannschaftskameradinnen wieder und muss sich immer wieder anhören, welch fantastisches Tor sie erzielt hat und dass

so etwas wohl nur alle hundert Jahre mal geboten wird. Sabine ist überglücklich, wenn ihr Kopf auch dröhnt, als wäre ein Bienenschwarm eingezogen, aber seit Langem ist es ihr gelungen, ihre Trauer für einen Moment abzulegen und sich wieder frei zu fühlen. Sie ist wieder ins Leben zurückgekehrt und hat nun kein Problem mehr damit, auch wieder Freude und Glück zu genießen, etwas, was sie sich lange Zeit nicht mehr zugestanden hatte. Als sie unter der Dusche stand und das warme Wasser aus dem Duschkopf auf sie niederprasselte, sah niemand, dass sie wieder angefangen hatte zu weinen. Sie stand da im Kreis ihrer lachenden, völlig albernen und mit Wasser herumspritzenden Kameradinnen und konnte einfach nicht so ausgelassen fröhlich sein wie sie. Auch konnte sie keinerlei Gefallen mehr finden an den witzig gemeinten Bemerkungen über Jungs oder Männer und ihre Größe und Ausdauer beim Sex. Ihre Gedanken kreisten immer noch nur um Benni. Es war einfach so schwer ohne ihn. Ohne seine Zärtlichkeiten und Küsse, seine liebevollen Worte und seine Nähe. Er war bei ihr gewesen, wenn sie eine Stütze brauchte. Er hatte einfach immer gewusst, was ihr fehlte, wie sie sich fühlte. Auch wenn sie versucht hatte, es sich nicht anmerken zu lassen, er hatte es dennoch gemerkt und hatte dann immer zärtlich und ruhig, aber in keiner Weise böse gemeint gesagt: „Sabine, du brauchst mir nichts vorzumachen. Ich liebe dich, und ich möchte auch dann für dich da sein, wenn es dir nicht so gut geht. Denn das, mein Herz, ist meine Liebe zu dir. Wenn du willst, dann werde ich immer für dich da sein.“ „Ja, ich will“, hatte sie ihm geantwortet, und er hatte sie daraufhin in den Arm genommen und sie festgehalten. Nur einfach im Arm festgehalten werden, das fehlte ihr so sehr.
Sie hing ihren Erinnerungen nach, während sie, sich mit beiden Händen an der Wand abstützend, das wohltuende Wasser über sich ergehen ließ. Eine Hand klatschte plötzlich auf ihren nackten Hintern und brachte sie wieder in die Realität zurück: „Strammes Gerät, aber wenn du nicht willst, dass dein Prachthintern davonschwimmt, würde ich an deiner Stelle endlich unter dem Wasser herauskommen“, neckte Petra sie herzlich

lächelnd beim Vorbeigehen. „Ja gleich, noch fünf Minuten", gab Sabine zur Antwort und versuchte, die Traurigkeit in ihrer Stimme zu unterdrücken. „Noch fünf Minuten", rief Petra von der Umkleide zurück, „damit hast du dann länger geduscht als gespielt, Respekt, Frau Thaler! Der Coach kann schon mal anfangen zu sparen, denn wenn du demnächst wieder die ganze Spielzeit spielst, wird es erst richtig teuer." „Blödmann", schrie ihr Sabine scherzhaft zu. „Selber!"
Sabine drehte den Hahn zu, nahm sich ein Handtuch, trocknete sich ab und ging dann zu Petra in die Umkleideräume. „Wo sind denn die anderen?", fragte sie ihre Freundin, als sie sich im leeren Raum umblickte. „Ach die", meinte Petra scherzhaft, „die sind schon schlafen gegangen. Sie wussten ja nicht, ob du heute noch mal zu duschen aufhören würdest." Sabine überhörte die Bemerkung und fragte: „Ist es denn schon so spät?" „Nein, Sabine, den letzten Bus werde ich wohl noch kriegen." Als sie Sabines überaus verdutztes Gesicht sah, lenkte sie doch wieder ein. „Quatsch, Sabine, ich nehme dich bloß auf den Arm, die anderen sind im Klubhaus, sie feiern die Meisterschaft. Komm, zieh dich an, ich habe einen mächtigen Durst und wieder mal Lust, einen netten Kerl zu treffen." Petra stand schon angezogen im Gang und wartete ungeduldig, während Sabine noch immer nur mit einem Badetuch bekleidet auf der Bank saß. „He, Bine, wenn du so weitertrödelst, schnappen mir die Mädels da draußen die hübschesten Burschen vor der Nase weg. Du weißt doch, wie sie sind." Sabine wusste es nicht, denn eigentlich war Petra immer diejenige, die den anderen ihre Kerle ausspannte, aber sie wollte jetzt keinen Streit darüber anfangen. „Du, Pet, geh doch einfach schon mal voraus, ich komme gleich nach." „Okay, wenn es dir nichts ausmacht. Ich suche auch schon mal einen hübschen Kerl für dich aus." „Nein!", kam es angsterfüllt von Sabine, als würde man sie zwingen, von der Brücke zu springen, „ich meine, das brauchst du nicht!" „Na, wie du meinst", rief Petra ihr zu, warf ihre große Sporttasche über die Schulter und ging zum Ausgang. „Dann bis später, und lass dir nicht so viel Zeit, Süße", rief sie noch beim Hinausgehen. „Ja, bis später", antwortete Sabine ihr leise.

Sabine fühlte sich so frisch geduscht sehr wohl und doch sehr einsam. Sie glaubte nicht, dass sie jemals wieder einen Jungen so sehr lieben könnte wie Benni. Benni ist ... nein ... Benni war so ganz anders gewesen. Er war wie ihre zweite Hälfte gewesen, die ihr nun so sehr fehlte. Und erneut kamen all die Erinnerungen mit aller Macht in ihr hoch und rissen wieder große Wunden in ihrer Seele auf. Tränen rannen erneut aus ihren Augen und tropften auf das ohnehin schon nasse Badetuch. Sabine schien dies nichts auszumachen, ganz im Gegenteil, sie ließ ihren Erinnerungen nun freien Lauf, denn das war das Einzige, was ihr wirklich Freude bereitete, auch wenn dies zugleich mit einem großen Sehnsuchtsschmerz und mit Einsamkeit verbunden war. Sie hielt diese Erinnerungen fast krampfhaft in sich fest, wollte einfach nicht vergessen, wie Benni war, wie er aussah und was er zu ihr gesagt hatte, wollte sich so lange wie möglich seine Liebe bewahren. Oft war sie in den letzten Tagen an all den Orten gewesen, wo sie zusammen mit Benni gewesen war, um das Gefühl, mit ihm verbunden zu sein, noch zu verstärken. Sie schloss die Augen und konnte Benni mit seinem schüchternen Lächeln fast tatsächlich vor sich stehen sehen. „Benni, wo auch immer du bist, ich danke dir von ganzem Herzen für deine Liebe, die du mir geschenkt hast, ich werde dich niemals vergessen. Möge Gott dich auf ewig beschützen, bis wir uns im Himmel wiedersehen, und mir Kraft geben, weil ich ohne dich weiterleben muss."
Einige Zeit später hatte auch sie es endlich geschafft, sich fertig anzuziehen, und als sie vor dem Klubhaus stand, konnte sie schon das ausgelassene Lachen und die laute Musik von draußen hören. Dort drinnen schien mächtig was los zu sein. Sabine packte all ihren Mut zusammen und öffnete die Tür. Die Siegesfeier war schon in vollem Gange und der Raum zum Bersten voll. Als sie sich an den ersten Personen vorbeizwängte – dabei wurden ihr jedes Mal Glückwünsche entgegengeschmettert, und sie bekam häufiges Schulterklopfen zu spüren –, konnte sie erkennen, dass ihre Mädels völlig ausgelassen auf der frei geräumten Tanzfläche tanzten und hüpften und dabei überschwänglich und lautstark die neuesten Poplieder mitsangen, die mit starker Lautstärke aus

der Anlage dröhnten. Sabine ließ in der Ecke ihre Tasche auf den Boden fallen und mischte sich unter ihre Mädels, um auch wieder mal frei und unbeschwert zu tanzen und zu lachen. Kaum war sie auf der Tanzfläche erschienen, kreischten alle Mädels auf einmal los, als ob Sabine ein Popstar wäre, und nahmen ihre Torjägerin herzlich in ihrer Mitte auf.

Es war mittlerweile schon zweiundzwanzig Uhr, und Sabine hatte an diesem Tage bis auf ihr Frühstück kaum etwas gegessen. Das Essen im Klubhaus hatte sie fast nicht angerührt, da ihr, wie sie feststellte, wieder der Kopf dröhnte. Auch die unzähligen Flaschen und Gläser Alkohol, die ihr immer wieder gereicht wurden und die die anderen in nicht geringer Menge zu sich nahmen, ließ sie stets unberührt an sich vorübergehen. Die anderen waren an diesem Abend derart ausgelassen, dass es überhaupt keinem auffiel, dass sie nicht mittrank. Mit zunehmender Zeit fühlte sie sich auch nicht mehr besonders gut. Sie spürte eine immer stärker werdende Übelkeit in sich aufsteigen. „Mensch, Sabine, sei doch ein bisschen fröhlicher", rief ihr Manuela aus ihrer Mannschaft zu. „Lass sie doch, sie ist halt traurig, weil sie das Ende verpasst hat", scherzte jemand hinter ihr aus der fröhlichen Runde. Plötzlich stand ihre Freundin Petra neben ihr, und Sabine war ihr sehr dankbar für ihre Nähe. „He, Bine, geht's dir nicht gut? Du bist ja weiß wie die Wand." Leicht zitternd griff Sabine nach dem Arm ihrer Freundin. „He, Pet, mir ist auf einmal so schrecklich übel, hilfst du mir raus? Ich muss mal an die frische Luft." „Klar helfe ich dir, komm, stütz dich auf mich." Nur sehr mühsam stemmte sich Sabine von ihrer Sitzposition hoch. Ihre Beine fühlten sich wachsweich und zugleich bleischwer an. Als die beiden Mädchen die Tür des Klubraumes erreicht hatten, wurde Sabine schwarz vor Augen, ihre Beine knickten ein, und sie fiel in eine tiefe Finsternis.

„Sabine", klang es leise, „ich wünschte, ich wäre bei dir gewesen, um dir beizustehen. Es tut mir so leid. Verzeih mir. Verzeih mir, bitte. Und jetzt kämpfe nicht mehr dagegen an. Lass los, bitte, Sabine. Sabine, was auch immer passiert, ich werde dich immer lieben, aber lass bitte los." „Benni! Benni, bleib bei mir, bitte, ich brauche dich, ich liebe dich doch so sehr! Benni, bitte lass mich nicht alleine. Benniiiiiiiiiiii." „Schatz, ich bin ja da, bitte wach auf, du hast nur geträumt." Frau Thaler streichelte ihrer Tochter zärtlich über das Haar. Langsam schlug Sabine die Augen auf. Sie hatte große Mühe, sich zurechtzufinden. In ihrem Kopf entstanden Bilder aus ihren letzten Erinnerungen. Das Spiel, die Feier, Petra und dann Bennis Stimme in ihrem Kopf und jetzt das Bild ihrer Mutter, die nach ihr rief. Sie schloss wieder für einen kurzen Moment ihre Augen, aber die Stimme ihrer Mutter forderte sie erneut auf, die Augen wieder zu öffnen. „He, Schatz, bin ich froh, dass du wieder erwacht bist! Du hast ziemlich lange geschlafen." Nun war Sabine wieder bei vollem Bewusstsein. Ihre Mutter hatte völlig verweinte Augen und darunter starke, dunkle Ringe, die Sabine zeigten, dass ihrer Mutter schon längere Zeit der benötigte Schlaf fehlte. Sabine hätte gern jemanden gehabt, der sie jetzt in den Arm genommen hätte, aber die Distanz zu ihrer Mutter über die vielen Jahre war eine zu große Blockade für solche Zärtlichkeiten. So fragte sie verwirrt mit leicht belegter Stimme, was denn eigentlich passiert sei. „Du bist beim Handballspiel auf den Kopf gefallen und hast eine schlimme Gehirnerschütterung erlitten, aber es wird alles gut, glaube mir, mein Schatz." Jetzt hat sie schon zum dritten Mal innerhalb kürzester Zeit „mein Schatz" zu mir gesagt, dachte sich Sabine, etwas, was sie die letzten fünf Jahre nicht getan hat! Meist sagte sie „meine Tochter" oder einfach nur „Sabine". Wenn es streng klingen sollte, war dagegen „mein Fräulein" das meistgenannte Standardwort. „Ich werde mir nun viel mehr Zeit für dich nehmen", meinte ihre Mutter nun. Dies ließ Sabine sofort aufhorchen, und alle Alarmglocken begannen zu läuten. Irgendetwas stimmte hier nicht. Warum sollte ihre Mutter sich ab jetzt mehr um sie kümmern wollen? Gut, sie war hart auf den Kopf gefallen und ihr Schädel brummte immer noch mächtig – aber konnte das wirklich der Grund für solch eine Reaktion ihrer Mutter sein? „Mama, was ist los? Raus

mit der Sprache, was fehlt mir?", wollte Sabine von ihrer Mutter
wissen. Es klang einen Ton zu scharf, was gar nicht ihre Absicht
gewesen war, aber da es nun einmal heraus war, wollte sie jetzt
auch keinen Rückzieher mehr machen. Mein Gott – und sie
wollte endlich hören, was mit ihr los war! „Nichts weiter, mein
Schatz, es wird alles gut", waren die Worte ihrer Mutter, aber
die Tränen, die ihr auf beiden Wangen herunterliefen, sagten genau das Gegenteil. Just in diesem Moment öffnete sich die Tür
zu ihrem Zimmer, und eine ältere Frau in einem weißen Kittel,
die sich als Schwester Agathe vorstellte, betrat den Raum. „Frau
Thaler, wenn ich Sie bitten dürfte, jetzt zu gehen. Ihre Tochter
braucht noch jede Menge Ruhe." Sie war mittlerweile an Sabines
Bett angelangt und warf einen mitfühlenden Blick auf Sabine.
„Möchten Sie einen Tee trinken? Zu essen darf ich Ihnen leider
erst morgen etwas geben, aber trinken dürfen Sie, so viel und
so oft Sie wollen." Sabine spürte erst jetzt, dass sie wirklich großen Durst hatte. „Ja, einen Tee hätte ich schon ganz gerne." Ihre
Mutter war inzwischen aufgestanden und hatte ihre Jacke angezogen, die über der Bettkante gelegen hatte. „Ja, dann gehe
ich jetzt, ich komme aber morgen wieder, schlaf gut, ja? Soll ich
dir noch etwas Besonderes mitbringen?" Sabine fühlte sich etwas
überrumpelt und wusste nicht so recht, was sie sagen sollte, deshalb antwortete sie nur mit einem brummelnden „Nein". „Also
dann bis morgen, mein Schatz."
Sabine sah, wie dankbar ihre Mutter für diese Unterbrechung
gewesen war. Als die Schwester das Essenstablett von den zwei
anderen Patientinnen im Zimmer, die sie zuvor gar nicht wahrgenommen hatte, aufgesammelt hatte und schon an der Türe war,
fasste sie all ihren Mut zusammen und fragte sie: „Schwester, bitte
sagen Sie mir doch, was mir fehlt. Warum bin ich hier?" „Ich darf
Ihnen darüber keine Auskunft geben. Versuchen Sie, noch ein
bisschen zu schlafen und sich auszuruhen. Ich werde dem Herrn
Doktor sagen, dass er bei Ihnen vorbeischauen soll. Je nachdem,
wie er heute noch die Zeit dazu finden wird, wird er dann alles
mit Ihnen besprechen. Spätestens morgen früh bei der Visite werden Sie Antworten auf Ihre Fragen bekommen, Fräulein Thaler.

Jetzt bleiben Sie erst einmal ein paar Tage zur Beobachtung bei uns", schloss sie mitfühlend. Dann wandte sie sich wieder ihren Aufgaben zu. Sie nahm wieder die abgestellten Tabletts der anderen im Zimmer liegenden Patientinnen, um sie endlich vor der Türe auf dem Servicewagen abzustellen, und brachte dann Sabine wie gewünscht ihren Tee. Beim Hinausgehen wünschte sie allen noch eine gute Nacht und ließ, nachdem sie die Türe geschlossen hatte, Sabine mit all ihren Gedanken verwirrt im Zimmer zurück.

Um die Stille zu übertünchen, die sich nun im Zimmer breitmachte, wurde der Fernseher eingeschaltet. Sabine schaute einige Zeit gelangweilt zu, ohne sich richtig dafür zu interessieren. Sie vermisste in solchen Momenten Benjamins Nähe ganz besonders. Seine Arme, die sich um sie gelegt hatten, seine Liebe zu ihr. Er fehlte ihr, fehlte ihr so sehr, als hätte man ihr beide Arme amputiert. Dieses Gefühl der Leere hatte sie die letzten Wochen nur während ihres Handballspiels vergessen, und das nur für kurze Zeit. Jetzt war es mit aller Stärke und Intensität wieder zu ihr zurückgekehrt. Irgendwann in der Nacht musste sie dann doch mit ihrem Verlustschmerz eingeschlafen sein und hatte all ihre Sorgen und ihre Trauer der letzten Wochen mit in den Schlaf genommen.

Nicht gerade sehr leise ging die Tür zu Sabines Krankenzimmer auf. Das Licht, das vom Flur hereinscheinte, wirkte fahl. Die Morgensonne strahlte gegen die gelben Übervorhänge und ließen den Raum in einem leichten Orange schimmern. Sabine hörte die Schlafgeräusche der näher am Fenster liegenden Patientinnen, die das Öffnen und anschließende Hereinkommen der Schwester offenbar nicht gehört hatten. Die neue Krankenschwester hatte eine kleine Schale in der rechten Hand und weckte alle Patientinnen nacheinander. Dann reichte sie jeder ein Fieberthermometer. Die Patientinnen schoben es sich unter die Achseln und wollten wieder weiterschlafen.

Sabine fühlte sich schlecht. Das Bett war ungewohnt, und bei jedem Drehen war sie aufgewacht. Im Zimmer herrschte trotz des geöffneten Fensters eine schlechte und zu warme Luft. Sie wollte unbedingt duschen und ihre Haare waschen, die sich verschwitzt anfühlten, und sie hatte das Gefühl, selbst zu der schlechten Luft im Zimmer beizutragen. Sie schlug die Decke zur Seite und bemerkte, dass sie das Krankenhemd der Klinik trug. Das weiße Kleidungsstück hing wie ein altes Tuch an ihr, und sie wäre jetzt heilfroh gewesen, ihren Pyjama von zu Hause anzuhaben. Hoffentlich würde ihre Mutter daran denken und ihre Toilettensachen und eben ihren Pyjama mitbringen. Sie schaute auf die Armbanduhr, die auf dem Beistellwagen neben ihrem Bett lag. Es war gerade mal 05:32 Uhr! Sabine steckte missmutig das Thermometer unter ihre Achsel und zog sich, wenngleich es eigentlich zu warm im Zimmer war, noch einmal die Decke über den Kopf. Dann schlief sie wieder ein.

„Frau Thaler?" Sabine öffnete die Augen und stellte fest, dass es im Zimmer mittlerweile taghell war. Dabei fühlte sie sich noch immer nicht ausgeschlafen, sagte sich aber, dass sie das schließlich auch später nachholen könnte. „Frau Thaler, können Sie mich hören?" Sabine hatte dem Mann, der in einem Arztkittel vor ihr am Bettrand stand, immer noch nicht geantwortet und holte dies nun nach: „Ja." „Mein Name ist Peter Braun." Nachdem Sabine ihn wohl sehr verdutzt angesehen hatte, fügte er mit einem leichten Lächeln hinzu: „Doktor Peter Braun. Ich bin ihr behandelnder Arzt." Sabine wirkte leicht verwirrt. Hatte sie etwa noch einmal so tief geschlafen? Sie richtete sich im Bett etwas auf, um der Unterhaltung besser folgen zu können. Dabei erinnerte sie sich, dass sie ja noch ein Thermometer unter der Achsel hatte, und wollte sichergehen, dass es nicht verrutscht war. Sie griff unter die Achsel, aber es war nicht mehr da. Unsicher, wo sich dieses denn befinden könnte, rückte sie im Bett etwas zur Seite und suchte dann unter der Decke weiter. „Kann ich Ihnen helfen? Suchen Sie etwas?" „Äh … ja, also heute Morgen kam eine Schwester herein und gab mir ein Fieberthermometer, das ich unter die Achsel stecken sollte, aber ich kann es nicht mehr

finden." „Um das brauchen Sie sich keine Sorgen zu machen. Das hat die Stationsschwester schon längst wieder an sich genommen." „Aber ich habe es überhaupt nicht gemerkt!" „Sie waren wohl noch einmal fest eingeschlafen." Sabine schaute etwas skeptisch. „Ich selbst war auch schon zwei Mal bei Ihnen, aber Sie haben tief und fest sogar die Visite verschlafen." „Herr Doktor, bitte sagen Sie mir doch, was mir fehlt. Niemand sagt es mir." „Deshalb, Frau Thaler, bin ich hier und habe Sie aus diesem Grunde auch geweckt. Ihre Zimmernachbarn machen beide für längere Zeit Ihre Therapien, und diese Zeit möchte ich nun gerne nutzen, um mit Ihnen zu sprechen. Zuvor möchte ich Sie aber bitten, mir zuerst einige Fragen zu beantworten." „Ja, natürlich", stotterte Sabine leicht verunsichert ob ihrer Ungeduld. „Frau Thaler, Sie wissen doch sicher noch, was passiert ist." „Ja." „Können Sie es mir sagen?" „Also", fing Sabine an, „ich bin beim letzten Handballmeisterschaftsspiel im Wurfkreis von einer Gegenspielerin beim Wurf behindert worden und dabei wohl mit dem Kopf auf den Hallenboden aufgeschlagen. Hier auf diese Stelle." Sabine legte ihren Zeigefinger auf ihre rechte Schläfe, um zu unterstreichen, welche Stelle sie meinte. „Dann muss ich wohl kurz ohnmächtig gewesen sein. Denn was ich danach sah, war, dass alle um mich herumstanden und mich anstarrten. Aber letztendlich sind wir diesmal Meister geworden." Stolz und Leidenschaft schwangen in ihrer Stimme mit, als sie dem Doktor dies erzählte. „Später im Restaurant ist mir dann plötzlich total übel geworden, und das Nächste, was ich weiß, ist, dass ich hier aufgewacht bin und meine Mutter mit verheulten Augen vor mir saß."
Doktor Braun hatte sich inzwischen am Fußende des Bettes etwas Platz gemacht und sich Sabine gegenüber auf die Bettkante gesetzt. Sabine war froh, nun nicht mehr ständig zu ihm aufblicken zu müssen, und die Nähe tat ihr gut, weil sie sich so verloren vorkam. Wie so oft in letzter Zeit wünschte sie sich auch jetzt, dass Benni da wäre. Während der Arzt ihr gegenübersaß und sich etwas in seinen Unterlagen notierte, betrachtete sie ihn aufmerksam. Er war eigentlich noch recht jung, sie tippte ihn

auf Anfang dreißig, und hatte dunkles, kräftiges und leicht
gelocktes Haar. Am besten gefiel ihr aber seine ruhige und sou-
veräne Art, die er ihr gegenüber ausstrahlte. „Frau Thaler, sind
Sie schon öfter auf den Kopf gefallen?", begann er erneut, ihr
Fragen zu stellen. „Nein, also nicht dass ich wüsste", beantwor-
tete Sabine seine Frage. „Klagen Sie öfter über Kopfschmerzen?"
„Nein!" „Schwindelgefühl?" „Nein!" „Brechreiz?" „Nein!"
„Augenschmerzen?" „Nein!" „Sehstörungen?" „Nein!" „Neigen
Sie zu Vergesslichkeit?" „Nein, verdammt, ich bin nur auf den
Kopf gefallen und habe wohl eine kräftige Gehirnerschütterung,
und das war es dann auch schon. Also – was soll die Fragerei?
Wie lange muss ich noch hier liegen?" Schuldbewusst klappte
der Arzt seine Mappe zu. „Entschuldigung, Frau Thaler, so einfach ist es leider nicht." „Wieso nicht? Mir geht es doch schon
wieder besser. Und so eine kleine Ohnmacht hat doch wohl
schon jeder einmal erlebt, oder?" Sabine tat es leid, dass sie
so explodiert war, aber ihre Anspannung der letzten Wochen
brauchte jetzt ein Ventil. „Frau Thaler", druckste der Arzt herum und suchte nach den passenden Worten, „ich muss Ihnen
leider sagen, dass Sie bereits seit neun Tagen bei uns sind und
erst gestern Morgen aus ihrem Koma aufgewacht sind. Sie sind
dann immer wieder sehr schnell und tief eingeschlafen, sodass Sie gar nicht mitbekommen haben, wie wir Sie aus der
Intensivstation herausgebracht und anschließend hier in dieses
Zimmer verlegt haben. Ihre Mutter war jeden Tag sehr lange bei Ihnen, um Ihnen nah zu sein. Sie scheint sich riesige
Vorwürfe zu machen." Sabine hörte zwar die Worte des Arztes,
verstand aber ihren Sinn nicht. Also genau genommen verstand sie schon den Sinn dessen, was er ihr sagte, aber was er
sagte, machte keinen Sinn. Was erzählte er da ständig von neun
Tagen? Wie sollte das denn gehen?, fragte sie sich, bis ihr Blick
zufällig auf den neben der Tür hängenden Kalender fiel. Dort
war es Montag, und das war eine ganze Woche später als der
Tag, an dem das Spiel stattgefunden hatte.
„Leider muss ich Ihnen sagen, dass dies nicht die einzige schlechte Nachricht ist." Erschöpft und mutlos schaute Sabine den Arzt

an. Sie tat ihm offenbar leid, denn Sabine konnte nun deutlich erkennen, dass er verzweifelt versuchte, ihr eine schlechte Nachricht zu überbringen, was ihm nicht im Geringsten leichtfiel. Deshalb fielen die nachfolgenden Worte, die sie an ihn richtete, wohl auch viel sanftmütiger aus. „Herr Doktor, bitte sagen Sie mir die Wahrheit. Bitte!" „Es fällt mir nicht leicht, Ihnen das sagen zu müssen, aber ich will ehrlich zu Ihnen sein. Als Sie hier eingeliefert wurden, war Ihr Zustand für uns schon sehr besorgniserregend. Ich war an diesem Abend auch anwesend und habe die ersten Untersuchungen vorgenommen", erklärte der Arzt, sichtlich bemüht, die richtigen Worte zu wählen. Sabine brannte innerlich darauf, endlich zu erfahren, was mit ihr los war, wusste aber, dass der Doktor absichtlich so weit ausholte, um die Nachricht nicht allzu hart übermitteln zu müssen. Sie ballte ihre Hände unter der Decke zu Fäusten zusammen und zwang sich zur Geduld. „Ich habe dann noch am gleichen Abend ein CTG machen lassen", fuhr der Mediziner fort. „Leider veranlassten mich die vorliegenden Ergebnisse gleich zur Durchführung einer weiteren Kernspintomografie." Sabine lauschte den Worten des Arztes nun wesentlich aufmerksamer und mit einer dunklen Vorahnung, dass sie das, was der Arzt ihr jetzt gleich mitteilen musste, nun doch nicht mehr hören wollte. „Die Kernspintomografie bestätigte leider meine Vermutung, dass ein Tumor Grund Ihres Komas war. Dieser sitzt unter der rechten Hälfte der Schädeldecke." Doktor Braun ließ seine Worte nun erst einmal auf das Mädchen einwirken, bevor er mit seinem Bericht fortzufahren gedachte. Sabine saß regungslos im Bett, und die Tränen liefen ihr die Wangen hinunter. „Es tut mir sehr leid, Ihnen das sagen zu müssen." Sabine blickte auf und dem Doktor direkt in die Augen. Trotz der Tatsache, dass er als Arzt solch eine Nachricht bestimmt des Öfteren übermitteln musste, konnte Sabine auch in seinen Augen ein Glitzern erkennen, entstanden durch feuchte Augen. Er blieb ihr gegenüber sitzen und ließ ihr Zeit, um das Gesagte zu verdauen. Dafür war sie ihm auch sehr dankbar. Immer wieder setzte sie an, um etwas zu sagen, aber sie brachte kein Wort heraus. „Kann ich noch irgendetwas

für Sie tun? Möchten Sie für einen Augenblick alleine sein?“ Sabine schüttelte kaum sichtbar den Kopf. „Wie ...“, brachte sie schließlich mühsam und mit zittriger Stimme hervor, bevor ihr die Stimme erneut wegbrach. „Möchten Sie einen Schluck Wasser trinken?“ „Ja, danke.“ „Ich gehe nur schnell etwas für Sie holen. Was möchten Sie denn haben, Tee oder Wasser?“ „Einen Tee, bitte.“ „Gerne.“ Doktor Braun stand auf ging zur Tür, öffnete sie und verschwand mit wehendem, weißem Kittel, um nur Augenblicke später mit einem Plastikbecher mit heißem Tee zurückzukehren. „Bitte vorsichtig, er ist sehr heiß“, warnte er sie, als er ihr den Becher überreichte. Sabine nahm ihn in beide Hände, da sie das Zittern ihrer Hände noch immer nicht unterdrücken konnte, zu aufgewühlt war ihr innerstes Gefühlsleben. Doktor Braun setzte sich erneut ans Fußende von Sabines Bett, wo er genügend Platz hatte, da Sabine ihre Füße mittlerweile an sich herangezogen hatte. Die zurückgeschlagene Decke entblößte ihr Krankenhemd, was ihr aber auf einmal völlig egal geworden war. Noch vor zehn Minuten hatte sie streng darauf geachtet, dass die Decke dieses Hemd komplett verdeckte. Wie schnell sich doch die eigene Ansicht darüber, was wichtig war und was nicht, ändern konnte! Behutsam nahm sie mehrere Schlucke des heißen Getränks zu sich. Die Wärme, die sich daraufhin in ihrem Bauch ausbreitete, tat ihr gut. Das Zittern nahm etwas ab, obwohl man auch jetzt noch nicht von einer ruhigen Hand sprechen konnte. „Warum musste mir das passieren?“, murmelte sie leise vor sich hin. „Das kann ich Ihnen leider nicht beantworten, Frau Thaler, ich bin leider nur Mediziner und nicht Gott.“ „Was passiert nun? Wann werden Sie mich operieren?“, fragte sie Doktor Braun, und ihre Augen schauten ihn mit einem sehnsuchtsvollen Blick an. Der Arzt senkte seinen Blick, um sich zu sammeln, und schaute Sabine dann direkt in die Augen. Sein anschließendes Kopfschütteln tat ihm selbst unsagbar leid. „Nein, Frau Thaler, wir können leider nicht mehr operieren. Der Tumor ist faustgroß und sitzt an einer Stelle, die nicht operabel ist.“
„Wie konnte das ...?“, brachte Sabine jetzt nur noch sehr mühsam hervor. „Ich meine, was passiert denn jetzt?“ „Wir haben die

Zeit Ihres Komas genutzt, um jede erdenkliche Untersuchung vorzunehmen. Dabei haben wir alle Maßnahmen, die ergriffen werden könnten, durchgesprochen. Wir haben Spezialisten die Ergebnisse Ihres Befundes vorgelegt, leider haben alle nur eine Antwort geben können! Es tut mir unendlich leid, Ihnen das sagen zu müssen." „Die Ohnmacht …?", brachte Sabine mühsam dieses Wort heraus. „Die Ohnmacht ist eine Folge des Tumors. Durch den Aufprall drückte die Schwellung den Tumor auf das Gehirn, was zu Ihrem Koma führte. Sie werden feststellen, dass an der Schläfe, auf die Sie gezeigt haben, keine Schwellung zu spüren ist." Sabine griff instinktiv an die Stelle und stellte fest, dass weder eine Beule noch sonst ein Druckschmerz zu spüren war. „Wenn Sie jetzt weiter nach hinter fühlen, werden Sie die neue, aber deutlich abschwellende Beule spüren." Sabines Finger glitten gemäß der Beschreibung weiter und konnten nur bestätigen, was der Arzt ihr mitteilte. „Sie fielen auf den Hinterkopf." „Was hat der Tumor … für Auswirkungen?" „Der Tumor wird weiterwachsen, wie schnell, kann ich Ihnen nicht sagen, aber er wird wachsen. Meine Fragen von vorhin zeigen Ihnen, was als Nächstes passieren wird. Dieser Tumor wird sich immer mehr ausbreiten und lebenswichtige Teile des Gehirns befallen und schädigen", bemerkte der Arzt.
Jetzt wurde es Sabine mit einem Schlag bewusst. Sie würde sterben müssen. „Wie lange habe ich noch zu leben?" „Das kann keiner ganz genau sagen, aber aus medizinischer Sicht …" „Wie lange noch, Herr Doktor?" „Ich würde sagen ein viertel bis ein halbes Jahr; wenn das Wachstum des Tumors nicht so schnell voranschreitet maximal ein Jahr. Eine genauere Aussage kann ich Ihnen nicht machen, weil wir nicht wissen, wann er zum ersten Mal aufgetreten ist."
Sabine liefen die Tränen die Wangen herunter, und dann fing sie an, richtig hemmungslos zu weinen. Der Arzt rückte näher und nahm sie in seine Arme. Das war der einzige Trost, den er ihr geben konnte. Sabine weinte nun hemmungslos. In diesem Augenblick öffnete sich die Zimmertüre. Als ihre Mutter ins Zimmer trat, nahm nur der Arzt sie wahr.

„Weiß sie es?", fragte sie den Arzt, der noch immer ihre Tochter im Arm hielt. Doktor Braun bestätigte es mit einem Kopfnicken. Frau Thaler legte eine Hand vor ihren Mund, und auch ihr liefen nun die Tränen hinunter. Sie sah total übermüdet aus. Sabine blickte auf und nahm nun ihre Mutter wahr. „Mama!", rief sie und löste sich aus den Armen des Arztes. Doktor Braun stand vom Bett auf und machte Frau Thaler Platz. Tochter und Mutter fielen sich in die Arme und weinten beide, während sich Doktor Braun leise aus dem Zimmer zurückzog. Um nichts in der Welt wollte er jemals mit seiner Familie in solch eine Situation kommen und seine Tochter auf das Sterben vorbereiten und begleiten müssen.

„Ähm." Ben hörte ein leichtes Räuspern hinter sich und drehte sich um. Vor ihm stand ein junger Mann Mitte zwanzig. Der Mann, der da so vor ihm stand, war komplett in Schwarz gekleidet, ein Schwarz, das selbst das Licht um ihn herum einsaugte. Beginnend mit den Schuhen über Hose und Hemd, dazu ein schwarzer Umhang, der schimmerte, als wäre er aus Seide, der aber so schwer wie ein Ledermantel wirkte, war alles schwarz. Um den Hals trug er eine Kette mit dicken, schwarzen Kettengliedern und einem Medaillon. Wie das Medaillon aussah, konnte Ben nicht erkennen, da das Hemd nur den oberen Rahmenansatz zeigte, den Rest aber verdeckte, weil es unter dem Hemd verschwand. Seine Augen und Haare passten im ersten Moment nicht zu seinem Outfit, oder besser gesagt seine Kleidung nicht zu den Haaren und Augen, weil sie den absoluten Kontrast zu dem düsteren Schwarz bildeten. Seine Haare waren blond und wirkten golden auf seinem Haupt, seine Augen zeigten ein strahlendes Blau. Alles in allem wirkte sein Gegenüber dadurch nicht unsympathisch, ganz im Gegenteil.
Der Mann deutete eine leichte Vorbeugung an und sagte: „Salasul – Diener des Fürsten und rechte Hand von Siredon", stellte er sich vor. Da Ben nicht sofort den Sinn dieser Worte verstand, fügte Salasul seiner persönlichen Vorstellung noch den Satz hinzu: „Ich komme im Auftrag Siredons zu dir." „Zu mir? Aber warum denn?" „Mein Meister sagt, dass du Hilfe benötigst, um dich zurechtzufinden, und er gab mir den Auftrag, mich persönlich darum zu kümmern. „Oh, das tut mir aufrichtig leid, dass Sie sich nun meinetwegen die Mühe machen mussten ...", begann Ben. Salasul hob jedoch abwehrend die Hände. „Es bedeutet mir eine Ehre, meinem Meister einen Dienst erweisen zu dürfen. Es ist zwar eine einfache Aufgabe, die meistens durch rangniedrigere Dämonen erfüllt wird, aber der Auftrag, dir zu helfen, wurde mir übertragen." „Aber warum schickt er Sie, wenn diese Aufgabe

auch von vielen anderen erledigt werden könnte?", wollte Ben wissen. „Das weiß ich nicht, Ben. Ich kenne dich zwar, die genaueren Hintergründe sind mir jedoch nicht bekannt, aber ich stelle eine Entscheidung Siredons niemals in Frage – niemand tut es. Niemals. Und du solltest auch nicht wagen, das zu tun." Die Art und Weise, wie Salasul dies geäußert hatte, war eindeutig. Seine Worte waren dabei kalt wie Eis. Ben zweifelte nicht eine Sekunde an dem Wahrheitsgehalt seiner Worte, denn es war ihm bereits nach seiner ersten Begegnung mit Siredon klar gewesen, dass dieser unvorstellbare Macht besaß – die Worte Salasuls waren lediglich die Bestätigung dafür. Salasul wirkte dadurch jedoch keineswegs verängstigt, wie Ben zuerst befürchtet hatte, sondern eher wie jemand, der diese Tatsache akzeptiert hatte.
„Wie lange bist du deinem Gott hinterhergelaufen?" Ben verstand Salasuls Frage nicht. „Was meinst du damit?", hakte Ben nach. „Ben, als du noch ein Mensch warst, hast du den Lügen deines Gottes doch bereitwillig geglaubt, oder etwa nicht?" „Also, so kann man das nicht sagen ..." „Wie lange, Ben?" Ben musste nicht lange überlegen. Es geschah zwei Wochen nach seinem 13. Geburtstag. Ein Freund der Familie hatte ihn zu einer Veranstaltung mitgenommen, und wenngleich er es dort recht langweilig und blöd fand, hatte Ben an jenem Abend eine Botschaft vernommen. Er hatte das Gefühl, dass das, was dort an jenem Abend gesagt worden war, direkt für ihn gedacht war. Jedes der Worte traf haargenau seine eigene Situation, er hätte schwören können, dass jedes einzelne Wort für ihn persönlich gesprochen worden war. Ben war tief getroffen, verunsichert und innerlich völlig aufgewühlt, zumal sich an diesem Abend einige Personen im Rahmen dieser Veranstaltung neu zu Jesus bekannt hatten. Am nächsten Abend ging er allein wieder zu dieser Veranstaltung, und noch am selben Abend fällte er in seinem Zimmer, ganz alleine und nur für sich, die Entscheidung, von nun an mit Jesus Leben zu wollen. Dies erzählte er Salasul, wobei er jedoch ausließ, wie er sich dabei gefühlt hatte. „Siehst du, bei den meisten fängt es genauso an. Es sind meistens gut geschulte Redner, die immer wieder die gleichen Reden halten", gab ihm Salasul zur Antwort. „Ja, aber es sind ja auch immer

die gleichen Themen und Verhaltensweisen, wie es schon in der Bibel geschrieben steht", versuchte Ben seine Entscheidung zu rechtfertigen. „Du brauchst dich nicht vor mir zu verteidigen, ich kenne das alles." „Ja?" „Ja, Ben, und ich weiß über sämtliche Hintergründe Bescheid, zudem kenne ich alles, was den Menschen verborgen bleibt oder sie auch gar nicht mehr sehen wollen!"
Ben schaute ihn gespannt an. „Ist Siredon der ... Satan?" Ben spürte einen dicken Kloß im Hals, als er diese Worte aussprach, und seine Stimme klang zittrig. Sein Gegenüber schaute ihn mehr als komisch an, so als hätte er nicht verstanden, was Ben eigentlich von ihm wollte. Deshalb nahm Ben allen Mut zusammen, der noch in ihm steckte, bevor er diesen noch endgültig verlieren würde. „Ist ... ist ...", begann er stockend – zu seinem eigenen Bedauern –, und seine Stimme klang dabei sehr brüchig, wohl auch deshalb, weil er sich immer mehr der Bedeutung seiner Frage bewusst wurde, „Siredon – der Teufel?" Die Gesichtszüge seines Gegenübers veränderten sich zu einem leichten süffisanten Lächeln, sodass Ben den Eindruck hatte, eine glatte Niederlage erlebt zu haben, denn das Siegeslächeln des vor ihm Stehenden strotzte mittlerweile nur so vor Hohn. „Was meinst du, Ben?", fragte er ihn und schaute ihm dabei fest in die Augen, während Ben seinerseits jede Bewegung, jede Reaktion seines Gegenübers, dessen Augen wild hin und her huschten, zu erfassen versuchte. Aber da war nichts. Absolut nichts. Keine Reaktion. Der andere schien bis auf sein selbstgefälliges Lächeln in Stein gemeißelt, und Ben fror es bei Salasuls Anblick bis ins Mark hinein. „Ich glaube schon, dass er der Satan ist!", gab Ben vorsichtig zu verstehen, da er wusste, dass der andere eine Antwort von ihm erwartete.
„Nein, das ist er nicht, obwohl er große Macht hat über sämtliche Dämonen und Geistwesen. Dennoch ist er – und auch ich – doch nur ein Diener des ewigen Fürsten. Aber es erfüllt uns mit Stolz, dem Mächtigsten der sichtbaren und unsichtbaren Welt dienen zu dürfen", erklärte Salasul ruhig und fügte dann noch hinzu: „Du denkst anders darüber, richtig?" Ben schwieg. „Ich

sehe es dir doch an", fuhr sein Gegenüber fort. Bens Emotionen waren selbst für einen weniger gewandten Menschen nur allzu leicht erkennbar, geschweige denn für so einen erfahrenen Mann wie Salasul. Ben versuchte dennoch äußerst unbeholfen, dies zu bestreiten, und fing an, sich zu verteidigen, selbst wenn er sich bewusst war, dass dies wohl sinnlos war. „Ben", sagte der andere deshalb nicht ohne eine Spur von Wärme in seiner Stimme. „Ja, ich denke anders darüber", platzte es nun aus Ben heraus. „Ich möchte nicht für immer verdammt sein, nicht ..." Ben brach mitten im Satz ab. Als er auch nach einiger Zeit nicht weitersprach, ergriff der andere wieder das Wort. „Sieh selbst, welche Macht und welchen Reichtum wir besitzen. Und sieh dir alle an, die hier versammelt sind. Findest du, dass sie unglücklich aussehen?" Ben sah auf die Dämonen, die plötzlich von überall her auftauchten, und rückte ein Stück näher an Salasul heran.

„Ich gebe dir recht darin, dass der verunstaltete Körper der Dämonen einen grässlichen Anblick bietet, aber auch du wirst dich daran gewöhnen. Alle hier mussten lernen, damit umzugehen, schließlich haben sich die Dämonen ihre äußere Gestalt nicht selbst ausgesucht", begründete Salasul. Und nach einer Pause fügte er hinzu: „Immerhin war es dein Jesus!", und während er diesen Namen aussprach, spuckte er angeekelt zu Boden, als würde allein die Nennung des Namens „Jesus" ihm den Geschmack im Mund verderben. „Dein Jesus war es, der sie so werden ließ. Und du kannst mir ruhig glauben, dass so etwas zusammenschweißt!"

Ben verneinte das Gehörte, irgendwie schien ihm das alles verdreht zu sein. Sein Gegenüber nahm Bens Reaktion gelassen zur Kenntnis, er hatte nichts anderes erwartet. „Nein, Ben, ich bin wirklich ehrlich zu dir. Vielleicht bin ich sogar der Erste in deinem Leben, der dich nicht anlügt. Was sollte mich auch dazu veranlassen, wo wir doch gemeinsam das gleiche Leid tragen? Und weil ich nun schon mal so weit bin, will ich dir auch noch einen aufrichtigen Rat mitgeben. Der Mensch ist, wie er ist. Nichts und niemand kann *das* ändern. Willst du mir erzählen, dass du nicht ebenso bist? Nämlich dann, wenn es keiner sieht oder auch

wenn dich jemand ertappt hat. Wie verhältst du dich dann? Hast du nicht auch schon Hass und Liebe gefühlt? Es ist beides in dir. Es ist die Seele des Menschen, sein Instinkt, seine Kraft. Es kommt alles aus dem Inneren. Aus der Wurzel deines Ichs. Du kannst das eine nicht vom anderen trennen, höchstens vor dir selbst verstecken, aber irgendwann kommt es doch hervor." „Nein, das stimmt nicht!", schrie Ben protestierend aus tiefster Überzeugung heraus. „Nein? Das stimmt nicht, meinst du? Dann schau dich um, sieht nämlich so das Paradies aus, das dir versprochen wurde?"
Ben war verwirrt. Mit dieser Antwort hatte er nun überhaupt nicht gerechnet. Natürlich hatte er gewusst, dass die Gegenseite des Paradieses die Hölle war, und mit einem Schlag wurde ihm bewusst, wo er sich gerade befand und welche Konsequenzen dies für ihn hatte, oder zumindest glaubte er das. Er begriff nur nicht, wann und wo er schuldig geworden war. Warum wurde ihm der versprochene Himmel verweigert? Was hatte er falsch gemacht, wo seinem Herrn gegenüber Schuld auf sich geladen? Nicht dass er je gedacht hatte, ohne Sünde zu sein oder nie einen Fehler gemacht zu haben, aber er hatte gehofft, dass er trotzdem in den Himmel kommen würde, später irgendwann, nicht schon so früh in seinem Leben. Er ging in Sekundenschnelle viele seiner Lebenssituationen durch und erkannte doch recht oft Begebenheiten, wo er falsch geantwortet oder gehandelt hatte. Oftmals war es aus Angst geschehen oder weil er es nicht besser gewusst hatte, aber trotzdem war es falsch gewesen, in solch einer Situation zu lügen oder sich nicht korrekt zu verhalten, und er wusste es. Aber dass dies dazu führen würde, dass er von seinem Herrn getrennt werden und in der ewigen Verdammnis enden würde, das hätte er nie gedacht. „Herr", dachte Ben bei sich, „wer soll diesem hohen Maßstab jemals gerecht werden? Wahrscheinlich habe ich irgendetwas anderes Schlimmes getan, das mich nun von dir trennt, an das ich mich jetzt aber nicht erinnere." Bens Augen huschten hin und her, während sich auf seiner Stirn tief eingegrabene Falten bildeten, und beides zusammen spiegelte sein aufgewühltes Inneres wider. Er zerbrach sich

den Kopf darüber, wo und wann, und konnte keine schlüssige Antwort finden. Den Mann vor ihm schien es zu belustigen, wie Ben sich mit seinen selbst gestellten Fragen herumquälte, sich selbst innerlich zerfleischte und anklagte. „Es hat es nie gegeben", sagte sein Gegenüber ruhig und vollkommen sachlich zu ihm. Ben verstand nicht. „Was hat es nicht gegeben?" „Dein Paradies!" „Aber …?" „Kein Aber, Ben. Es gibt weder ein Paradies noch eine Hölle, in dem die Menschen angeblich ewig brennen sollen. Das Einzige, was dich erwartet, ist ein ewiges Leben, wie du es hier siehst, ein ewiges Verlorensein in Einsamkeit." Dabei machte er eine ausladende Handbewegung, die auf seine Umgebung zeigte. „Das ist alles, nicht mehr und nicht weniger. Also mache das Beste daraus."
Ben schaute mit Tränen in den Augen in die weite Runde. „Aber es muss doch eine Auswirkung haben, ob man nun böse war oder nicht?" „Nein, Ben, hier landen alle, und wenn du nur einen Moment ehrlich zu dir selbst bist, dann weißt du, dass das angeblich Gute im Menschen doch eigentlich nur dem Selbstzweck dient. Selbst diejenigen, die sogar jahrelang aufopfernd ‚das Gute tun, streben letztendlich nur danach, unsterblich zu werden. Und ihr glaubt schon so sehr daran, dass ihr eure böse Taten und euren Hass gut kontrollieren könnt. Aber sie sind auch ein Teil von euch, ob ihr das nun wahrhaben wollt oder nicht. Und glaube mir, alle, die es besser gemeint haben und dann hier die Wahrheit erkennen mussten, haben nach einiger Zeit auch ihr wirkliches Ich gezeigt. Auch du wirst es tun, Ben, es steckt in dir wie in jedem anderem auch, und die Kraft, dies auf ewig zurückzuhalten, hat keiner. Akzeptiere es, und du wirst zumindest nicht unglücklicher. Davon abgesehen ist es, wenn sich jeder dazu bekennt, überhaupt nicht schlimm. Man verhält sich einfach nur natürlich, und deshalb nimmt auch keiner hier Anstoß daran. Die Verlogenheit liegt doch gerade darin, dass einige meinen, sie wären nicht so wie die anderen, sie wären etwas Besseres, sie wären zivilisierter, hätten den richtigen Glauben, während andere falsch glauben oder leben. Und um sie davor zu schützen und ihnen etwas Gutes zu tun, meinen sie, sie müssten ihnen das mit

Gewalt beibringen. Ganze Religionen und Kulturen habt ihr mit eurer sogenannten Güte vernichtet." Salasul hielt kurz inne. Ben sagte kein Wort und blickte nur beschämend zu Boden. Dann fuhr Salasul fort.

„Du hast bereits erkannt, dass es das Unsichtbare gibt. Dass es genauso real ist wie das Sterbliche. Beides existiert nebeneinander. Du hast nun auch am eigenen Leibe erlebt, dass Jesus verschweigt, dass niemand in seinen Himmel kommt. Selbst seine treuesten Anhänger mussten das erfahren und wurden von ihm mehrfach im Stich gelassen. Viele starben sehr, sehr qualvoll. Und Jesus – half er ihnen? Warum ließ er sie leiden? Ich sage dir warum: Er spielt nur mit den Menschen, benutzt sie für seine eigenen Zwecke. Dazu benutzt dein Jesus uns Dämonen, um uns in der Welt schlecht aussehen zu lassen. Dabei versteckt er in Wirklichkeit nur seine heimtückischen Lügen dahinter. Oh ja, er hat Macht, große Macht, aber ein verdrehtes Wesen. Seine Lust am Leiden der Menschen ist allerorts bekannt." Während dieser Worte liefen Ben in Strömen die Tränen die Wangen hinunter. Vieles von dem, was Salasul gesagt hatte, schien so glaubwürdig aufgrund der Situation, in der er sich befand. „Aber wie kann das sein?", fragte er sich immer wieder. Sein Gegenüber ließ jetzt nicht mehr locker. Eine Wahrheit nach der anderen schleuderte er Ben nun um die Ohren.

„Dein Jesus", fuhr er fort, und auch seine Stimme klang jetzt brüchig und schon lange nicht mehr so souverän wie noch zu Anfang, „versteckt nur seine unendliche Grausamkeit. Aber wir nehmen hier die verlorenen Seelen auf. Hier darf jeder so leben, wie er ist. Hier erfahren die Seelen neue Kraft, und die Reibereien, die du hier siehst, die sie untereinander austragen, sind keine Machtkämpfe, sondern übersprudelnde Freude und Lebenswille. Wir wollen es gar nicht mehr anders haben." Salasul hielt erneut inne, und auch ihm rannen nun sogar Tränen aus den Augen. Ben schien dagegen geistesabwesend. „Du siehst unschlüssig aus, Ben, was ist los?" Ben schwieg weiter. Vieles vermochte er nicht einzuordnen. Es klang alles so einfach, so logisch, und trotzdem zweifelte er an dem, was er da hörte.

„Deine Zweifel rühren nur daher, weil du an dem festhältst, was dir in all den Jahren falsch beigebracht wurde. Darum hast du dich auch früher immer wieder schlecht gefühlt und warst unzufrieden, weil es eben gegen deine Natur war. Das ist es, was Jesus allen Menschen vorlügt. Wir dagegen lassen oder bestärken die Menschen sogar dabei, ihre Neigungen zu leben und ihre persönliche Meinung zu finden. Nur der Starke überlebt. Selbst in der Tier- und Pflanzenwelt ist dieser Kampf jeden Tag zu sehen. Schau dich doch um, Ben!" Dabei zeichneten seine Hände einen großen Kreis in der Luft, um die gesamte Umgebung mit einzufangen. Dann sprach er weiter. „Der starke Baum verdrängt die kleine Pflanze, aber dennoch bilden sich Tausende neuer Pflänzchen, um sich unter dem Schutze des starken Stammes zu sammeln und in Harmonie miteinander zu leben. Dies bedarf jedoch der Anwesenheit des starken Baumes! Viele der großen Tiere, wie zum Beispiel Elefanten und Nilpferde, akzeptieren kleine Vögel um sich. Aber auch andere Tiere, die sich im Schutz der Großen aufhalten, werden nicht verjagt, sondern toleriert. Ben, ich wünschte, du könntest mit offenen Augen sehen, was wirklich ist. Aber du gestattest es dir selbst nicht, obwohl dir deine innere Kraft längst schon Klarheit darüber gegeben hat. Ist dir nicht schon so oft gezeigt worden, dass wir die Macht besitzen, uns selbst in jede Gestalt zu verwandeln?" Ben dachte zurück an die Verwandlungen, die er selbst erfahren hatte und die an ihm stattgefunden hatten. Es hatte ihn sofort gepackt und gleichzeitig erschreckt, als er erkannte, wie viel Kraft, Macht und Lebensfreude darin enthalten waren. „Siehst du, Ben, wir könnten unsere Körper gesund, jung und stark erscheinen lassen, aber wir wollen es gar nicht. Hier verleugnen wir unsere Natur nicht mehr. Wir haben sie nicht nur akzeptiert, wir lieben sie. Hier sind die Menschen erstmals seit ihrer Geburt wirklich frei von diesen auferlegten Zwängen. Das macht sie stark und willens, ein klares Ja zu ihrer eigenen Erscheinung zu sagen. Ben, das, was du als negativ erachtest, sehen die verlorenen Seelen als positiv." Ben war noch immer sprachlos.
Weiter fuhr Salasul fort: „In der sichtbaren Welt erkennen be-

reits immer mehr Menschen die Wahrheit und richten ihr Leben danach aus. Nenne mir Persönlichkeiten, die du zuerst geschätzt hattest, bevor du erfahren hast, dass sie hinter ihrer Fassade versteckt ein ganz anderes Leben führen. Was haben sie doch für Qualen erlitten bis zu dem Zeitpunkt, als sie die Freiheit gespürt haben, sich nicht mehr verstellen zu müssen. Ich möchte dir gerne zeigen, was ich genau meine, denn wenn ich es dir nur sage, wirst du mir doch nur wieder ins Wort fallen, weil du mir doch nicht glauben wirst." Ben machte ein Gesicht, das etwas unglücklich aussah, gleichzeitig aber auch Verständnis zeigte, weil er sich selbst kannte und auch selbst daran glaubte, dass es so sein würde.

Salasul schaute Ben an und sprach weiter: „Du musst mir nur versprechen, dass ich dir *alles* zeigen darf. Du kannst gerne Fragen stellen oder tun, was auch immer du möchtest, nur laufe bitte nicht wie bei Kaleb schon gleich am Anfang weg, nur weil du etwas nicht sehen oder wahrhaben möchtest. Das, was ich dir zeigen werde, wird nicht immer schön sein, vielleicht bist du am Ende sogar mehr enttäuscht als froh, dies alles erfahren zu haben. Zudem gebe ich gerne zu, dass eine Lüge manchmal weniger schmerzhaft ist, als die Wahrheit zu erfahren. Aber hier an diesem Ort zählt nur noch die Wahrheit, und wenn du kein Spielball sein willst, ist es gut, die Wahrheit so schnell wie möglich zu kennen, auch wenn sie schmerzt." „Aber wie erkennt man die Wahrheit, Salasul? Wodurch lässt sich denn die Wahrheit von einer Lüge unterscheiden?", wollte Ben wissen. „Du wirst es erkennen! Schaue nur genau hin und entscheide dann selbst. Erschrecke nun nicht, wir werden dazu verschiedene Orte aufsuchen." Salasul legte seine Hand auf Bens Schulter und blickte ihn von der Seite an. „Verlass dich nur auf mich."

Kapitel 10.1: Großes Elend

Die Sonne blendete ihn. Seine Augen waren nicht an das helle, grelle Licht der hoch am Himmel brennenden Sonne gewohnt, und es bereitete ihm einen stechenden Schmerz, sobald er versuchte, seine Augen zu öffnen. Dieser abrupte Wechsel der Umbebung und der Tageszeit setzten ihm wie ein stechender Schmerz zu. Nur mühsam und nach einer Ewigkeit, wie es ihm schien, hatte er sich so weit im Griff, dass er sich auf die neue Situation eingestellt hatte. Das Brennen der heißen Sonne auf seiner Haut bereitete ihm großes Unbehagen. Die Kraft der Sonne war erdrückend. Es kam ihm vor wie eine Ewigkeit, aber dennoch wusste er, dass er nicht länger als ein paar Minuten hier gestanden haben konnte. Umso erstaunlicher war, dass er spüren konnte, wie ihm der Schweiß aus den Poren trat und in Rinnsalen den Rücken entlanglief und ein großer Teil davon an seinem Hemd kleben blieb. Wahrscheinlich war sein Hemd schon so nass, dass es das Übermaß an Schweiß nicht mehr aufnehmen konnte. Schweißperlen standen ihm auf der Stirn und liefen ihm an seiner Schläfe herab oder tropften von den Augenbrauen ins Gesicht. Auch um die Nase herum sammelten sich immer mehr Schweißperlen. Gern hätte er sich mit der Hand die Schweißperlen aus dem Gesicht gewischt, aber seine Hand war nicht weniger nass, deshalb ließ er es einfach bleiben. Die Luft war unerträglich und brennend heiß. Das einfache Einatmen fiel ihm unendlich schwer. Sein Mund war mit einem Male so trocken, und die Zunge klebte bereits am Gaumen fest. Dabei hatte er den Eindruck, ständig auf Sand kauen zu müssen. Was sehnte er sich doch nach einem kühlen Schluck Wasser! Einfach nur Wasser, um seine Lippen zu benetzen, oder besser noch um es sich einfach über den Kopf zu gießen.
Er hatte das Gefühl, schon ewig dieser Hitze ausgesetzt zu sein. Ben hielt die Hand an die Stirn, um das grelle Licht wenigstens ein bisschen von seinen Augen abschirmen zu können.

Das half etwas, und er musste die Augen nicht mehr ganz so sehr zusammenkneifen. Immer besser gelang es ihm, Umrisse seiner Umgebung detaillierter wahrzunehmen. Er fing an, sich um die eigene Achse zu drehen, und blickte dabei in die Ferne (so weit ihm dies eben möglich war mit seinen gestörten Wahrnehmungserscheinungen). Er konnte eine Steppe erkennen, eine weite, öde Graslandschaft, die nicht enden wollte, zumindest konnte Ben kein Ende erkennen. Hier wuchsen braune Gräser, die aussahen, als ob sie von der Sonne verbrannt worden waren. Ja, es sah für Ben so aus, als sei das grüne Gras, das er bisher gekannt hatte, so lange unter der Hitze gefoltert worden war, bis es derart ausgezehrt aussah. Aber man ließ es auch nicht ganz absterben. Von irgendwoher schien es wohl doch ab und zu ein paar Tropfen Feuchtigkeit abzubekommen. Auch die in der Umgebung vereinzelt stehenden Bäume sahen krank, ausgetrocknet, ja teilweise richtig tot aus. Sie besaßen nicht die Kraft und die Lebensfülle jener Bäume, auf die er als Kind geklettert war. Hier unter der unerträglichen Sonne schien alles zu leiden.

Ben dachte an all dies, während er sich gleichzeitig immer weiter drehte, Als er sich einmal fast ganz um die eigene Achse gedreht hatte, musste er feststellen, dass die vor ihm liegende Aussicht ins Unendliche zu gehen schien, und das nach allen Seiten hin. Sie mussten wohl in der Mitte dieser tristen Einöde stehen. Nach welcher Seite er auch blickte – und seine Augen ließen es mittlerweile auch zu, dass er deutlich sehen konnte –, es sah überall gleich aus. Auch seine übrigen Sinne hatten sich mittlerweile auf ein Normalmaß beruhigt, und er konnte nun sogar den lauen heißen Wind spüren, der ihm ins Gesicht wehte. Aber während ein normaler Beobachter bei dem Begriff „Wind" so etwas wie Freude empfinden würde, war dieser Wind so, als wenn man einen Ofen aufmachen und die heiße Luft einem entgegenkommen würde. Da man darauf vorbereitet ist, wenn man einen Ofen öffnet, entzieht man sich dieser heißen Luft, indem man einen Schritt zurückgeht und somit nicht die volle Wucht abbekommt, während die heiße Luft nach oben zur Decke steigt. Hier an diesem Ort, wo sie standen, kam die heiße Luft jedoch nicht auf sie zu, sondern sie umgab sie. Keine Bewegung hätte das auch nur ein kleines bisschen gelindert. Hinzu kam, dass Ofenluft einem zwar recht heftig, aber nur von kurzer Dauer entgegenströmt. Die heiße Luft jedoch, die ihn umgab, war von Anfang an da gewesen und würde noch so lange auf ihn einwirken, wie die Sonne am Himmel stand, und das würde noch für sehr lange Zeit sein. Dieser mörderische und unerbittlich heiß brennende Wind strich über die völlig ausgetrocknete Erde, die sich in aufgeplatzten Erdkrusten präsentierte, und wirbelte dabei auch noch feinsten Sand auf, der dann zusätzlich jedem Beobachter in den Augen brannte.

Ben sah zu seinem Nebenmann und stellte mit Erstaunen fest, dass diesem die für ihn fast unerträgliche Hitze überhaupt nichts auszumachen schien. Er konnte auf dessen Gesicht nicht die kleinste Schweißperle ausmachen. Im Gegenteil, es schien fast so, als ob Salasul bei den hohen Temperaturen, die hier herrschten, ganz in seinem Element war. Wie eine Eidechse, kam es Ben unwillentlich in den Sinn. Je heißer, desto flinker bewegten sich diese kleinen Echsen. Und auch die feinen Sandkörner, die Ben nun in jeder Hautfalte und sämtlichen Körperöffnungen spüren konnte, schienen seinen Nachbarn überhaupt nicht zu stören.

Das ist unmenschlich!, dachte er bei sich und schaute deshalb seinen Nebenmann nun noch genauer von der Seite an. Dabei konnte er sogar ein leichtes Lächeln oder besser gesagt ein feines Grinsen erkennen. Es war zwar nur in Ansätzen zu sehen, aber dennoch war es da, dieses leicht verschmitzte Lächeln. Etwas Weiteres, was Ben auch noch auffiel, war, dass seine Lippen nicht spröde und trocken von der Hitze waren wie bei ihm selbst. Auch waren Bens Nasenlöcher wohl schon mit Sand zugeweht, so fühlte es sich zumindest an. Bei Salasul, der neben ihm stand und den er nun so genau beobachtete, war jedoch auch davon nichts zu sehen, so als träfen diese Sandkörner sein Gesicht nicht.

Salasul schien Bens genaue Betrachtung nichts auszumachen, nach einer Weile drehte er sich dann aber doch zu Ben um und schaute ihm direkt in die Augen. Es kam Ben erneut so vor, als wolle er in seinen Augen lesen, was in ihm vorging. Sein neuer Begleiter streckte seine Hand aus und deutete mit einer leichten Geste nach vorn. „Lass uns ein paar Schritte gehen, ich möchte dir etwas zeigen, was du zwar schon öfter gesehen hast, was dich aber bisher nur ansatzweise berührt hat. Hier möchte ich es dir jedoch in der Weise zeigen, wie das Leben wirklich ist." Ben fragte sich, was Salasul ihm wohl in dieser Einöde zeigen wollte, als er unter dem Flimmern der Hitze am Horizont etwas schimmern sah. Erst sehr klein, erkannte er, je näher sie kamen, dass es sich um eine Ansammlung mehrerer Hütten handelte. Als sie fast an der ersten Hütte angelangt waren, konnte Ben gut über einhundert Hütten ausmachen, die, einzeln verteilt, den vor ihnen liegenden Ort ausmachten. Sie gingen die staubige Straße weiter und betrachteten die leer stehenden Hütten, an den sie vorbeikamen. Kein Lärm, kein Lachen waren zu hören. In der Mitte schien das Zentrum des Dorfes zu sein. Unter einem Baum, der kaum noch Schatten warf und nur leere Äste aufzeigte, saßen einige Männer, die miteinander sprachen. Niemand reagierte auf die Neuankömmlinge. Etwas abseits im Schatten war eine Gruppe von Frauen. Darunter waren ältere und jüngere Frauen zu sehen. Ben drehte sich noch einmal zu den Männern um, ob auch hier jüngere Männer zu sehen waren. Aber er konnte nur alte Männer erkennen, wobei er nicht genau sagen konnte, welches Alter sie wohl haben mochten. Ihre Haut war von einem sehr dunklen Braun und ihre Haut wirkte wie Leder. Lauter Falten machten für ihn eine Altersbestimmung unmöglich. Ihr Körper war vollständig ausgemergelt und jeder Knochen von außen deutlich sichtbar. Der Ausdruck in ihren Gesichtern war traurig und ohne Leben.
Jetzt blickte einer aus der Gruppe auf und schien ihn direkt anzusehen, verharrte einen Augenblick und blickte dann wieder zu Boden. Ben wandte seine Aufmerksamkeit daraufhin wieder von der Männergruppe ab und erneut der Frauengruppe zu. Ein

junges Mädchen von vielleicht zehn, zwölf Jahren packte ein neben sich am Boden liegendes Bündel und trug es in die Hütte. Kurz bevor sie verschwunden war, konnte Ben noch einen Arm erkennen, der seitlich aus dem Bündel zum Vorschein kam und hin und her baumelte. In dem Bündel war ein Baby gewesen. Nun fielen ihm auch die anderen Kinder auf, die meist in irgendwelchen Tuchfetzen gewickelt an den schlaffen Brüsten ihrer Mütter hingen. Diese Kinder waren meist Säuglinge, aber auch schon größere Kinder waren dabei, die Ben auf bis zu fünf Jahren schätzte. Sie saugten gierig an den Brustwarzen ihrer Mütter, aber Ben war klar, dass bei den meisten keine Milch mehr herauskam. Woher sollte sie auch kommen, wenn die Frauen nicht besser als ihre Männer aussahen? Nur bei den ganz jungen Frauen oder besser gesagt Mädchen waren noch runde Brüste zu erkennen, die aber vielleicht auch keine Milch mehr enthielten, sondern nur straffere Haut aufwiesen. Die kleineren Kinder sahen ebenso krank aus. Aufgequollene Bäuche bei ansonsten ausgemergelten Körpern. Keine Energie war im jungen Körper dieser Kinder zu sehen. Viele hingen nur schlapp an ihren Müttern, während ständig wiederkehrende Fliegen sich in ihre Nasenlöcher und Augenlider setzten oder in ihre offen stehende Münder krochen. Dies alles wirkte auf Ben abstoßend und schockierend. Er hatte natürlich schon diverse Bilder im Fernsehen oder in der Zeitung gesehen, aber das war kein Vergleich zu dem, wenn man live nur zwei Meter davon entfernt stand. Hier stehen zu müssen und das Elend hautnah in dieser Hitze miterleben zu müssen, war etwas ganz anderes, als gemütlich im Fernsehsessel zu sitzen, ein Getränk vor sich stehen zu haben und Kartoffelchips zu knabbern.

Ben wurde auf einmal furchtbar übel. Das lag wohl unter anderem daran, dass diese ganze Situation voll auf ihn einwirkte, zum anderen aber auch daran, dass ihm ein unerträglicher und absolut unangenehmer Geruch in die Nase stieg. Er versuchte herauszufinden, was der Anlass des Gestanks war oder zumindest festzustellen, woher dieser Geruch stammte. Er blickte in die Runde der ausdruckslosen Gesichter der Eingeborenen.

Aber bis auf eine Handbewegung, die dazu dienen sollte, die lästigen Fliegen abzuwehren, regte sich nichts. Diese Gruppe von Menschen saß einfach nur die ganze Zeit auf dem harten, ausgetrockneten Boden. Ein kleines Stück abseits der Gruppe saß eine Mutter mit dem Kopf an die Hütte gelehnt und hatte einen kleinen Säugling im Arm. Ihr schienen die Fliegen nichts auszumachen, oder sie war einfach schon zu kraftlos, um sie ständig zu verscheuchen. Bens Augen blieben etwas länger bei dieser Frau haften. Ihre Ruhe zog ihn förmlich an. Er schaute auf das fast leblose Kind, das hilflos seine kleinen Ärmchen der Mutter entgegenstreckte. Es versuchte, Halt zu finden, denn es lag etwas tiefer und konnte so nicht mehr die Brustwarzen erreichen, um daran zu saugen. Aber das Kleine hatte keine Kraft mehr zum Schreien. Instinktiv erkannte Ben, dass dieses Kind sterben würde. Nicht irgendwann, sondern dass es sich bereits jetzt schon im Todeskampf befand. Bei dieser Hitze würde das Kind ohne Flüssigkeit den Kampf ums Überleben wohl in kürzester Zeit verloren haben.

Was konnte er tun? Verzweifelt wandte er sich an seinen Begleiter: „Salasul, können wir dem hilflosen Kind nicht helfen?" „Nein, leider nicht. Zudem würde es nichts bringen, sondern die Leiden und Qualen nur um einen weiteren Tag verlängern", sagte Salasul mit einem harten Gesichtsausdruck. „Aber warum hilft die Mutter ihrem Kind denn nicht?", schrie Ben verzweifelt. Doch sein Nebenmann antwortete nicht. „Warum hilfst du deinem Kind ni...?", wollte Ben die Mutter anklagen, aber noch während er ihr die Worte entgegenschrie, stockte ihm der Atem, und jedes weitere Wort blieb ihm im Halse stecken, als er sah, wie die Fliegen in die Augen der Mutter krochen und die Frau dabei nicht einmal blinzelte. „Ja, Ben", sagte Salasul zu ihm, „die Mutter ist bereits tot, und viele weitere werden ihr in den nächsten Stunden oder Tagen folgen." Ben liefen die Tränen aus den sandigen Augen aufgrund des schrecklichen Elends, das er da vor sich sah. Sichtlich von der Situation des Todes und des Leides überfordert, fragte Ben ihn: „Können wir denn gar nichts tun?" „Nein, Ben, es ist Gottes Wille." Dabei spuckte der

Dämon die Worte aus, als wären sie vergiftet. „Nein, das glaube ich nicht, es muss doch eine Möglichkeit geben!", schrie Ben in seiner Verzweiflung. „Sieh doch hin, Ben. Er erschuf aus Rache an diesen Menschen diese unbarmherzige Dürre, die schon so lange anhält. Früher war hier einmal ein großer See gewesen, und die Landschaft blühte, und Tiere grasten hier, aber heute brennt die Sonne nur noch heiß auf diese armen Menschen herab", erklärte Salasul Ben die Situation, in der sich die Menschen hier befanden. Aber Ben verstand nicht und bohrte weiter, wollte sich nicht damit abfinden. „Aber warum gehen sie nicht weg von hier? Das wäre doch besser, als hier zu bleiben und zu verdursten und elendig zu sterben." „Und wo, Ben, sollen sie deiner Meinung nach hin? Wer will diese armen Kreaturen denn haben? Wer will sie bei sich aufnehmen?" „Ich weiß nicht", gestand Ben ehrlich. „Na siehst du, niemand will sie. Sie wurden einfach vergessen! Und sie wissen, dass sie es nicht überleben würden, hier wegzugehen. Sie kämen nie an, ganz egal, wohin sie ziehen würden. Sie haben gehofft und zu ihrem Gott gebetet, dass der See wieder Wasser trägt, aber die Dürre hat immer weitere Teile des Landes mit Staub überzogen. Siehst du die Männer dort?", fragte er Ben. „Ja." „Fällt dir irgendetwas an ihnen auf?", fragte Salasul weiter. „Ja, es sind nur alte Männer zu sehen", antwortete Ben ihm. „Ich sehe, du hast eine gute Beobachtungsgabe, mein Freund. Ja, du hast recht, es sind nur alte Männer. Sie haben die jungen Männer schon vor langer Zeit ausgeschickt, Wasser zu besorgen." „Werden sie es schaffen, noch rechtzeitig zu kommen?", unterbrach Ben ihn voller Ungeduld. Der Dämon sah Ben an, als verstehe er nicht, was er damit meinte. „Wie meinst du das, ob sie noch rechtzeitig mit Wasser zurückkommen? Glaubst du etwa, es ist einfach damit getan, mal eben loszulaufen und einen Kasten Wasser zu kaufen?! Früher bestand der Stamm aus etwa fünfhundert Eingeborenen und rund eintausend Tieren wie Ziegen und Rinder. Die meisten Kinder und Frauen liegen inzwischen hinter dem Hügel in einer riesigen Grube, die Männer sind auf der Jagd nach Wildtieren zerfleischt worden oder durch Hunger und Durst gestorben. Zweiundfünfzig junge, starke und erfahrene

Krieger hat man losgeschickt, inzwischen sind die Menschen im Dorf reihenweise gestorben. Fast in jeder Hütte liegen Leichen und verwesen. Die Menschen haben weder die Kraft noch den Willen, sie aus den Hütten hinauszutragen. So bleiben sie an dem Fleck liegen, wo sie starben. Mittlerweile sind es nicht mehr nur Hunger und Durst, sondern auch die Seuche, die alle dahinrafft. Nichts und niemand kann ihnen noch helfen. Ein jeder trägt den Tod bereits in sich, und sie alle wissen es." Salasul stand trotz seiner bewegenden Worte noch immer ohne jede Regung neben Ben. „Was … was wurde aus den Kriegern?", fragte Ben, obwohl er die Antwort schon ahnte. „Soll ich sie dir zeigen, oder glaubst du mir, wenn ich dir sage, dass sie es nicht geschafft haben? Es gibt im Umkreis von hundert Kilometern nur ein Wasserloch. Sie waren schon zu schlapp und durch Seuchen geschwächt, um sich den hungrigen Tieren ernsthaft zur Wehr setzen zu können", beantwortete Salasul Bens Frage und schaute ihm dabei in die Augen. „Aber warum, Salasul, warum?", fragte dieser. „Wie ich schon sagte, Ben, es ist der Wille Gottes!" Salasuls Stimme klang eisig, als er diese Worte sprach.

„Ich … ich", stammelte Ben. Sein Begleiter legte ihm die Hand auf die Schulter, und als er jetzt sprach, hatte seine Stimme wieder einen warmen Klang angenommen: „Ben, ich hatte dir versprochen, dir zu helfen. Dazu musst du aber verstehen lernen. Viel zu lange bist du blind gewesen. Du bist einer Illusion, einem Trugbild, vielleicht aber auch nur deinen eigenen Wunschgedanken hinterhergelaufen. Sobald etwas geschehen ist, was dir nicht gefallen hat, hast du dich in deine Welt zurückgezogen. Aber die Traumwelt, wie du sie dir zurechtgedacht hast, hat es nie gegeben. So eine Welt gibt es nicht. Darum bitte ich dich, lass mich dir die Welt zeigen, wie du sie nie sehen wolltest, und dann bilde dir dein eigenes Urteil. Gib mir diese Chance." „Ja, ich glaube, das ist fair", kamen die Worte leise aus Bens Mund, „ich hatte ja keine Ahnung." „Dann folge mir, mein Freund, es gibt noch viel zu verstehen", klang Salasuls Stimme nun fast väterlich.

Kapitel 10.2: Die Besprechung

Wieder legte sein Begleiter Ben die Hand auf die Schulter. Als Ben Salasuls Gestikulation mit seinen Augen folgte, waren sie – zapp – in einer völlig anderen Umgebung. Ben fiel es wiederum schwer, sich so schnell umzustellen, wenngleich er diese Art des Reisens ja nun schon mehrmals erlebt hatte. Er schaute sich aufgrund des plötzlichen Ortwechsels verschreckt um, obschon dieser nicht ohne Vorankündigung vonstatten gegangen war. Er war dankbar, aus der Gluthitze Afrikas heraus und dafür wieder mitten in einer Umgebung zu sein, in der er sich wohler fühlte. Zu zweit standen sie nun in einem großen Raum, in dem sich ein großer, schwerer, gläserner Schreibtisch befand. Leise hörte man die Triebwerke der Klimaanlage laufen, und Ben fand es nach ein paar Minuten sogar eher zu kühl, was aber bestimmt daran lag, dass er sich eben noch bei vierundvierzig Grad im Schatten aufgehalten hatte. Das Büro war gigantisch groß. Hinter dem Schreibtisch war eine große Glasfront zu sehen, die eine komplette Seite des Raumes umfasste. Der Raum war noch im Halbdunkel, da die Sonne erst aufging. Ben konnte sich aber gut vorstellen, wie der Raum wirken musste, wenn die Sonne erst einmal hineinstrahlte. Er ging auf die große Glasfront zu und schaute aus dem Fenster direkt in die Tiefe. Er war ein Blick, als stehe man am Abgrund und blickte direkt nach unten. Dort unten bewegten sich die Menschen und Autos wie kleine Ameisen. Von Bens Aussichtspunkt konnte er große moderne Wolkenkratzer sehen, die wie Speere vom Boden in die Höhe ragten. In den Fenstern dieser Giganten spiegelte sich auch das Gebäude, in dem Ben sich nun befand. Es war mächtiger als die anderen ringsumher und mit Abstand auch das höchste. Genau gegenüber seinem Wolkenkratzer stand ein weiterer, in dessen Spiegelglas man das Gebäude sehr gut erkennen konnte. Während es bei den vielen umliegenden Gebäuden jedoch immer auch einzelne Fenster gab, aus denen warmes, freundliches Licht

herausstrahlte, war das Gebäude, in dem er sich aufhielt, absolut
dunkel. Die Scheiben mussten auf den Betrachter kalt und abweisend wirken. Er wusste es selbst nicht genau zu beschreiben,
aber er gewann den Eindruck, als würden die Fenster die Augen
des Gebäudes sein und alle anderen beobachten. Das klang für
ihn selbst verrückt, aber anders konnte er es nicht schildern.
Das ganze Gebäude wirkte auf den ersten Blick sehr bedrohlich.
Er war einfach mit den Nerven am Ende, wahrscheinlich war
das der Grund, warum so ein Gebäude auf ihn schon fast lebendig und absolut bedrohlich wirkte. Er schalt sich in Gedanken
als Spinner, trotzdem ließ sich dieses Gefühl der Bedrohlichkeit
nicht gänzlich abschütteln. Das Hochhaus schien sechzig bis
siebzig Stockwerke zu haben, und sie befanden sich sehr weit
oben, wenn nicht sogar in der obersten Etage. Der gerade Blick
aus dem Fenster auf den Horizont gerichtet zeigte einen klaren, weiten Ausblick, der am fernen Horizont, weit hinter dem
Rande der Stadt, den Blick auf einen riesigen Berg freigab. Über
dem Berg ging gerade die Sonne auf. Es sah gigantisch schön aus,
wie die hellen Sonnenstrahlen an der Bergkuppe vorbei in den
Himmel strahlten. Es war ein erstaunliches Schauspiel, welches
die Kraft und die Macht der gerade aufgehenden Sonne spüren
ließ. Ben konnte seinen Blick kaum davon lösen, so herrlich war
dieser Anblick, aber etwas im Raum hatte seine Aufmerksamkeit
auf sich gezogen. Ben wandte sich deshalb wieder dem Raum zu.
Vor ihm sah er einen Mann in einem schwarzen Ledersessel mit
einer sehr hohen Lehne sitzen, der nun ebenfalls, wie Ben zuvor,
den Blick aus dem Fenster zum Horizont gerichtet hatte. Auch
ihn schien das Naturschauspiel, ähnlich wie es zuvor Ben ergangen war, absolut zu fesseln. Die Lehne des Stuhles überragte
jeden, der darin saß, komplett, und wer auch immer jetzt diesen
Raum betreten würde, würde ihn nicht sehen können, zudem
war die Rückenlehne ja zum Raum hin gerichtet, weshalb Ben
ihn anfangs auch nicht gesehen hatte. Der Mann, der darin saß,
trug einen dunklen Anzug, dazu ein weißes Hemd mit geöffneter
Krawatte. Es war sofort zu erkennen, dass er ein Geschäftsmann
und der Schreibtisch vor ihm der Seinige war. Er hielt einen Stift

in einer Hand, mit dem er spielend, vielleicht sogar aus einer inneren Nervosität heraus, die Kugelschreibermine ständig durch das Betätigen des Bolzens am Ende des Stiftes herausdrückte und wieder einzog, während sein Blick von dem Naturschauspiel der aufgehenden Sonne gefesselt schien. Ben hörte noch länger das ständige Klicken der Mine, das wie eine monotone Musik war, achtete jetzt aber nicht mehr weiter auf ihn, sondern nutzte die Gelegenheit, einen Blick in den Raum zu werfen. Dieser Raum war in einer leichten Cremefarbe gehalten, der Teppich in einem leichten Braun, was sehr harmonisch zusammenpasste. Ben hatte noch nie zuvor einen ähnlichen Raum gesehen, wusste aber sofort, dass es ein Büro oder Konferenzraum sein musste. Er blickte zu Salasul hinüber und schaute ihn fragend an, weil er nicht wusste, was er ihm hier zeigen wollte. Salasul aber sagte kein Wort, sondern setzte sich gemütlich in einen der weichen Ledersessel, die vor dem großen Schreibtisch standen, und deutete ihm an, im anderen Sessel Platz zu nehmen. Eher widerwillig setzte sich Ben hinein, als sich plötzlich in der Wand hinter ihm zwei große Türen öffneten; Türen, die Ben zuvor gar nicht gesehen hatte, da diese fast nahtlos in der Wand integriert waren.

Ben und Salasul wandten sich in ihren Stühlen um, während insgesamt neun Männer, ebenfalls in Anzügen gekleidet, den Raum betraten und sich dabei sehr lebhaft miteinander unterhielten. Sie wirkten angespannt und nervös, denn sie blickten sich ständig um, so als würden sie auf jemanden warten oder hoffen, ihn hier zu treffen. Einer nach dem anderen nahm nun Platz an dem großen Tisch, der mitten im Raum stand. Dabei tauschten sie immer noch rege Meinungen miteinander aus und nahmen aus den Taschen oder Koffern, die sie mitgebracht hatten, diverse Ordner und Broschüren sowie jeweils ein Laptop heraus und bauten es vor sich auf. Plötzlich nahm Ben aus seinem Augenwinkel eine weitere Bewegung wahr. Der große Sessel hinter dem Schreibtisch drehte sich herum, sodass die hohe Rückenlehne nun zum Fenster zeigte. Der Mann, den Ben schon zuvor darin sitzen gesehen hatte, saß sehr locker darin, hatte die Arme auf den Stuhllehnen liegen und die Hände in der Mitte zusammengefaltet. Die Sonne war mittlerweile so weit aufgegangen, dass sämtliche Sonnenstrahlen in das große Fenster hereinschienen. Dabei sah es fast so aus, als umstrahlten die Sonnenstrahlen jene Person wie einen Heiligen. Ben konnte sich nicht des Verdachts erwehren, dass dies ein gewollter Effekt war. Die Herren am Tisch, alle wesentlich älter als er, hatten ihn noch nicht bemerkt. Dann betätigte der Mann einen Schalter an seinem Schreibtisch und die Flügeltüren zum Konferenzraum schlossen sich automatisch. Mit einem Mal waren die Diskussionen am Tisch verstummt. Alle blickten in die Richtung der Türen, und da dort niemand zu sehen war, weiter zu seinem Schreibtisch. Der Mann dort genoss die Aufmerksamkeit aller im Raum Anwesenden für einige Sekunden, bevor er langsam aufstand und um den Schreibtisch herumging. „Guten Morgen, meine Herrschaften, wie ich sehe, sind wir vollzählig." Alles war mucksmäuschenstill, man hätte eine Stecknadel fallen hören können. „Dann lassen Sie uns beginnen, Geschichte zu schreiben", fuhr der Mann in seiner Ansprache fort. Er drückte auf eine kleine Tastatur, die er aus der Jackentasche zog, und ein Bild erschien auf der Leinwand an der Wand. Ben verstand noch immer nicht die Zusammenhänge und fragte sich, warum er eigentlich hier war. Das hier schien eine ganz normale Geschäftsbesprechung zu sein, dachte er sich, wenngleich er gar nicht wusste, wie eine Geschäftsbesprechung eigentlich aussah oder was dort besprochen wurde. Nacheinander wurden nun von den einzelnen Herren – nach Aufforderung des Mannes, dem das Büro gehörte und der wahrscheinlich der Vorsitzende der Gemeinschaft war – irgendwelche bedeutungsvollen Grafiken und Statistiken mittels eines Beamers an der von der Decke herabgelassenen Leinwand einzeln präsentiert. Ausnahmslos, bei jedem, der seine Präsentation vortrug, gab es Ärger und Meinungsverschiedenheiten, weil die Zahlen entweder nicht gut genug oder Projekte noch nicht abgeschlossen waren. Immer wieder wurde die Unzufriedenheit des Vorsitzenden dadurch deutlich, dass er die Vortragenden heftig kritisierte und als unfähig und nicht effizient betitelte. Fast allen sprach er die

Fähigkeiten ab, vorausschauend zu arbeiten und bereit zu sein, völlig neue Wege beschreiten zu wollen.

„Herr Sturm, Ihre Zahlen stimmen nicht mit meinen überein, wie kann das sein?", unterbrach der Vorsitzende nicht nur den Vortrag eines Mannes, sondern auch Bens Gedanken. Der Angesprochene schaute ungläubig zuerst auf die Leinwand, dann zu dem Vorsitzenden, um anschließend wieder in den PC zu starren. „Herr Sturm, ich warte auf Ihre Antwort!", brüllte der Mann in einer Lautstärke, die alle anderen erschreckt zusammenzucken ließ. „Ich verstehe das nicht, das sind …", stammelte Herr Sturm unbeholfen und viel zu leise. „Lauter, Herr Sturm, damit alle Sie hören können. Die anderen Herrschaften möchten auch wissen, warum Sie hier andere Zahlen präsentieren. Und schauen Sie mich gefälligst an, wenn ich mit Ihnen rede", bellte der Vorsitzende weiter. Jetzt war Herr Sturm völlig verwirrt, und man sah ihm seine Angst deutlich an. Seine Augen hasteten wirr hin und her, und seine Hände zitterten so sehr, dass er sie ineinander verkrampft unter dem Tisch verbarg. „Herr … Herr", stammelte Herr Sturm mühsam nach Worten suchend, fasste sich dann aber doch ein Herz und legte all seinen noch verbliebenen Mut in seine Stimme: „Herr Rath, ich versichere Ihnen, das sind die aktuellen Bilanzzahlen. Ich habe sie selbst zweimal auf ihre Richtigkeit hin überprüft. Die Zahlen zeigen genau den Stand des Unternehmens an." „So, tun sie das?", antwortete der Vorsitzende nicht ohne Sarkasmus in seiner Stimme. „Ja, Herr Rath, das sind die richtigen Ergebnisse." „Herr Sturm", antwortete ihm Herr Rath nun süffisant, „und Sie glauben tatsächlich, dass wir mit diesen Zahlen den Gewinn um zwölf Prozent steigern können?" „Nein, das sicher nicht, aber es gibt im Moment keine Möglichkeit, etwas daran zu ändern, Herr Rath." „Soso, Herr Sturm, Sie stimmen mir doch aber darin zu, dass die Zahlen nicht geeignet sind, um das durchzuführen, was wir ursprünglich geplant hatten?" „Nein, sicher nicht, Herr Rath. Wir bräuchten mindestens fünfundzwanzig Prozent mehr Umsatz, um eine derart hohe Gewinnsumme für das Unternehmen präsentieren zu können." „Herr Michel", richtete

Herr Rath nun seine Stimme an den Herrn, der Herrn Sturm am Tisch gegenübersaß, „Herr Sturm fasst die Daten ja letztendlich nur zusammen. Aus Ihrem Unternehmenskreis müsste eine bessere Produktivität kommen oder eine deutliche Reduzierung der Mitarbeiter erfolgen, um auch bessere Zahlen präsentieren zu können." „Herr Rath, dürfte ich Sie daran erinnern, dass sich der Aufsichtsrat damals dafür entschieden hat, eine sichere und zukunftorientierte Umstrukturierung vorzunehmen? Laut meinen vorliegenden Zahlen haben wir dabei unser Ziel des festgelegten Zehnjahresplanes weit übertroffen, sodass wir heute davon ausgehen können, dass wir bereits zwei Jahre früher unser Ziel erreicht haben werden." „Unser Ziel?" „Es war, wie gesagt, eine Entscheidung des Vorstandes, auch wenn Sie damals knapp überstimmt wurden, Herr Rath." „Herr Michel", bellte der Vorsitzende laut und zornig zurück, „wenn ich mich recht entsinne, waren Sie damals auch für diesen schwachsinnigen Plan, sich dafür zehn Jahre lang Zeit zu lassen!" Nicht nur Herr Michel, sondern auch alle anderen Beteiligten waren nun äußerst verärgert, und man konnte an ihren Gesichtern ablesen, wie es in ihrem Inneren tobte, aber niemand im Raum wagte es, Herrn Rath zu diesem Zeitpunkt lautstark zu widersprechen. „Meine Herren, ich weiß nicht, wie lange ich Ihre Unfähigkeit noch ertragen werde. Schon in diesem Jahr hätten wir den angestrebten Erfolg verbuchen können." Jetzt meldete sich wieder Herr Sturm zu Wort: „Aber Herr Rath, das wäre nur gegangen, wenn wir Bereich -II- sofort stillgelegt hätten." „Herr Sturm, belehren Sie mich nicht darüber, was ich letztes Jahr selbst vorgegeben habe. Die Frage ist, warum wir es nicht getan haben!" „In diesem Falle hätten wir 5254 Mitarbeiter mit sofortiger Wirkung entlassen müssen, von denen viele keine Chance auf eine neue Arbeitstelle gehabt hätten und ins soziale Abseits gerutscht wären", antwortete Herr Michel voller Überzeugung. „Es wurde dann nach Ausarbeitung des Zehnjahresplanes, der die Umstrukturierung und Modifizierung des Unternehmens berücksichtigt, darunter die sozialen Komponenten vorzeitiger Ruhestand, Einstellungsstopp, Umschulungen und so weiter,

verbunden mit der Tatsache, keine Kündigungen aussprechen
zu müssen, diesem zugestimmt."
Lange Zeit herrschte daraufhin Ruhe im Konferenzraum. Herr
Rath schaute jeder der um den Tisch sitzenden Personen nach
und nach in die Augen, während er wieder damit begann, den
Bolzen seines Stiftes zu betätigen. Herr Sturm hatte wieder sein
Selbstbewusstsein zurückerlangt. Dass Herr Michel die Vorgabe
des Vorstands in die Diskussion mit eingebracht hatte, stärkte
die Ausführungen von Herrn Sturm natürlich auch. Inzwischen
war Herr Rath aufgestanden und starrte aus dem Fenster heraus,
während er sich beidseitig die Schläfen rieb, so als überlegte er,
was als Nächstes zu tun war. Keiner wagte es, etwas voreilig zu
äußern, um nicht in die Mühlen des Zornes von Herrn Rath zu
gelangen. Dann trat dieser wieder schweigend an den Tisch zurück. Dass sich in ihm mächtiger Zorn aufgebaut hatte, konnte
man deutlich an seiner stark hervortretenden Halsschlagader
sehen. Erneut nahm er freundlich – wie zu Beginn der Sitzung
– wieder gemütlich Platz und verkündete mit einem Blick auf
seine Uhr, dass es nun Mittagzeit sei. „Meine Herren, lassen
Sie uns eine Pause machen. Ich denke, wir sollten uns in einer
Dreiviertelstunde hier wieder zusammenfinden und weiterarbei-
ten." Wahrscheinlich überrascht ob des positiven Ausgangs setzte
nun wieder der allgemeine Meinungsaustausch unter den Herren
ein, und bei den meisten von ihnen war deutliche Erleichterung
aus ihren Worten herauszuhören, diesmal nicht mehr abbekommen zu haben. Die Argumente hatten dann wohl letztendlich
doch deutlich gemacht, dass man schließlich auf Erfolgskurs war.
So verließ man dann recht gelassen und mittlerweile wieder zu
Scherzen aufgelegt den Raum und ging in die Pause.
Ben schaute zu Salasul hinüber, da er überhaupt nicht verstand,
was hier eigentlich los war. „Ach, Herr Sturm und Herr Michel,
auf ein Wort noch", bat Herr Rath die beiden Herren, die bereits halb zu Türe hinausgegangen waren, noch etwas zu bleiben.
„Bitte schließen Sie doch die Türen hinter sich." Beide Herren
sahen sich einander an, und auch die anderen, die noch mitbe-
kamen, dass Herr Sturm und Herr Michel noch gebeten wurden

dazubleiben, schauten einander nun doch sorgenvoll an. Herr Michel verabschiedete sich bei den anderen und schloss die Türe hinter sich. Dann kehrten beide wieder zu ihren Sitzplätzen zurück. Herr Rath hatte sich in die Akten, die vor ihm lagen, vertieft und blickte nicht ein einziges Mal hoch. Die beiden Herren sahen einander fragend an und wussten nicht, was nun von ihnen erwartet wurde, also verhielten sie sich ruhig und verharrten auf ihren Plätzen. Jetzt wurde Ben plötzlich doch aufmerksamer. Während er am Anfang mit seinen Gedanken immer wieder abgeschweift war und der elend langen Diskussion nicht mehr folgen mochte, so hatte er dennoch mitbekommen, dass diese beiden Herren die einzigen Personen gewesen waren, die Herrn Rath auch während der Konferenz widersprochen hatten. Plötzlich blickte Herr Rath von seinen Unterlagen auf. Sein Blick war auf einmal eisig. Er musterte Herrn Sturm und Herrn Michel ausgiebig. Beide Herren konnten diesem Blick nicht standhalten und senkten nacheinander ihre Köpfe. „Ihre Präsentation war absolute Scheiße, meine Herren! Das werde ich mir in dieser Form nicht mehr gefallen lassen!" Herr Michel, der etwas Selbstbewusstere der beiden Herren, wollte antworten, aber Herr Rath hob nur die Hand. „Hören Sie auf, Herr Michel, sich auch noch verteidigen zu wollen! Ich hatte nach dieser schwachsinnigen Abstimmung letztes Jahr Sie beide hier sitzen. Und ich hatte klar und deutlich gesagt, was ich von Ihnen erwarte." Jetzt war auch Herr Michel innerlich geladen und polterte ebenfalls los: „Und ich hatte Ihnen damals gesagt, dass dies nicht zu bewerkstelligen ist! Sie vergessen immer wieder die sozialen Aspekte, Herr Rath! Es sind immer noch Menschen, die hier für uns arbeiten!" „Meine Herren, wenn Sie sich nicht mit dem Unternehmen identifizieren können oder wollen, wenn Sie nicht einsehen wollen, dass wir Geld verdienen müssen, dann sind Sie leider nicht die richtigen Personen für diese Positionen. Sie vernichten nur ständig Geld. Das kann ich als Aufsichtsratsvorsitzender nicht länger verantworten."
Beide Herren schienen nicht sonderlich überrascht über diese Worte, fast so, als hätten sie sie schon öfter gehört. „Herr

Rath, ich verstehe ja, dass dieses Unternehmen wie jedes andere auch Umsätze machen muss. Aber ein Unternehmen wie das Unsere, das Milliarden Gewinne macht, muss doch auch für die Menschen da sein. Wer, wenn nicht wir – wenn ich mir das erlauben darf zu sagen –, die wir so viel Geld erwirtschaften, wer soll denn dann den Menschen Brot und Arbeit geben?", fragte Herr Michel den Vorsitzenden. Der Blick von Herrn Rath veränderte sich nicht eine Spur, sein Blick und seine Stimme waren weiterhin so eisig, dass es einen regelrecht gefror. „Herr Michel, die Menschen interessieren mich nicht. Mich interessieren nur Fakten. Und die Fakten zeigen ganz klar nicht das auf, was ICH sehen will, und das wissen Sie!" „Herr Rath, Ihren unersättlichen Machthunger zu stillen, das mache ich nicht länger mit", antwortete Herr Michel mit Stolz in der Stimme und sah dabei in Herrn Sturms Richtung. Auch dieser fasste nun wieder Mut und bestätigte mit seinen eigenen Worten, dass auch er dies so sah. „Herr Michel, Herr Sturm, ich habe Ihnen mehrfach gesagt, dass Sie Bereich -II- schließen müssen. Ich habe Ihnen weiter vorgegeben, Teile des Unternehmens ins Ausland zu verlegen. Meine Zahlen – und Sie bestätigen mir dies leider aufs Neue – zeigen mir, dass wir insgesamt fünfzehntausend Mitarbeiter weltweit reduzieren müssen." „Das ist unmöglich. Sie sind ja wahnsinnig!" „Natürlich geht das nicht, Herr Michel", bellte Herr Rath nun zurück, „wenn Sie bei der Arbeit weiterhin Mutter Teresa spielen und jedem Mitarbeiter das Händchen halten wollen!" Jetzt redete er sich richtig in Rage. „Wir müssen endlich effizienter arbeiten! Eine Steigerung von vierzig Prozent eines jeden Arbeiters ist notwenig, und Sie wissen, dass dies auch umzusetzen ist! Und wenn das hier nicht möglich ist, weil es den Menschen wohl immer noch zu gut geht, dann müssen Sie endlich Teile der Fertigung in Billigländer verlegen und vom Staat Subventionen holen und gleichzeitig den Druck auf unsere Mitarbeiter erhöhen. Unseren Leuten geht es doch viel zu gut, haben Sie das denn immer noch nicht kapiert? Dazu müssen Sie natürlich endlich lernen, Herr Sturm, dass Zahlen das weitergeben müssen, was *wir* wollen. Wenn Sie immer nur das aufschreiben, was Ihnen

Ihr Taschenrechner sagt, dann leben Sie immer noch in der Steinzeit!" „Ich soll falsche Zahlen weitergeben? Nein das …", begann Herr Sturm, aber er brach seinen Satz mittendrin ab, als er das Gesicht von Herrn Rath sah. „Und Sie, Herr Michel, wann erhalte ich endlich die Produktionssteigerung, die ich haben will?" „Wenn wir, Herr Rath, der Belegschaft noch mehr abverlangen, wird der Krankenstand nur noch weitersteigen, und auch der Fehleranteil wird sich unter dem zusätzlichen Druck erhöhen und die Qualität stark in Mitleidenschaft ziehen." „Ach, Sie haben ja wie immer so viel Verständnis für Ihre Mitarbeiter, Herr Michel, nur mich scheinen Sie nicht verstehen zu wollen. Haben Sie es denn überhaupt schon mal probiert? – Nein, sicherlich nicht, es sind ja die armen Mitarbeiter! Ich sage Ihnen, tun Sie es, Sie werden sehen, dass ich recht habe. Den Leuten geht es noch immer viel zu gut. Und wem es nicht passt, der kann gehen, ich halte niemanden, Sie etwa?" Herr Michel schien diese Diskussion bereits zu kennen und behielt seinen Kommentar für sich, aber in seinem Gesicht zeigte sich deutlich, dass er damit nicht einverstanden war, und das nicht erst seit heute. Herr Rath zog ein weiteres Papier aus seiner Mappe und überflog kurz den Inhalt des Schreibens. „Und wenn ich die aktuellen Krankenzahlen lese, bestätigt mir das nur erneut, dass wir für die Faulheit der Mitarbeiter auch noch Geld bezahlen. Schmeißen Sie diese Leute endlich raus! Holen Sie sich andere, die noch gewillt sind, auch Leistung zu bringen, und dann schaffen Sie es vielleicht auch, ohne dass ich Ihnen das auch noch sagen muss, dass Sie natürlich von den Wahnsinnslöhnen, die wir bezahlen, runtermüssen. Schmeißen Sie sie raus, und geben Sie den neuen Mitarbeitern nur noch die Hälfte des Lohnes. Dann können wir den Betriebsrat und die Mitarbeiter selbst besser unter Druck setzen und Lohnkürzungen angehen. So führt man heute ein Unternehmen! Sie denken wohl immer noch, wir sind eine Insel für nicht leistungsorientierte, unfähige Mitarbeiter, die nur daran denken, pünktlich in ihren Feierabend zu gehen und sonst nichts."
Beide Herren konnten oder wollten nichts mehr dazu sagen.

Jegliche Argumentation hätte ja doch nichts genutzt, sondern
die Diskussion nur ins Unendliche geführt und den Zorn des
Vorsitzenden weiter genährt. Deshalb war ihre Strategie da-
hingehend, ihre Energie lieber in die Umsetzung des mit dem
gesamten Vorstand abgesprochenen Planes zu stecken, und ihre
Arbeit und ihre Zahlen bestätigten dies ja deutlich.
Nach einer halben Schweigeminute aller Beteiligten, die Herr
Rath wahrscheinlich auch benötigte, um seine Emotionen wieder in den Griff zu bekommen, führte er seine Unterredung fort.
„Meine Herren, da mich Ihre Unfähigkeit nicht unvorbereitet
trifft, habe ich bereits die notwendigen Schritte vorbereitet. Da
Sie es von sich aus nicht tun wollen, lassen Sie mir keine andere Wahl." Herr Rath klappte seine Mappe auf und holte zwei
Schriftstücke hervor. „Dies, meine Herren, ist Ihre Erklärung,
aus dem Unternehmen mit sofortiger Wirkung, im gegenseitigen Einverständnis natürlich, auszuscheiden. Somit sind auch
Ihre Vorstandsaktivitäten beendet!" Jetzt stand beiden Herren
der Mund offen. Sie hatten mit Sicherheit schon öfter damit
gerechnet, dies aber jetzt in dieser Art und Weise zu erfahren,
schockierte sie nun doch sehr. Aber sie waren schon zu weit gegangen. Und wenngleich sie diese Art von Drohung fast jedes
Mal bei einer Diskussion zu hören bekommen hatten, so traf sie
der Schrecken diesmal zwar tief, aber er lähmte sie nicht mehr.
Jetzt fasste sich Herr Sturm ein Herz: „Wenn wir dem nicht zustimmen, können Sie das auch nicht umsetzen. In all Ihrer Machtgier
haben Sie übersehen, das dazu der gesamte Vorstand in zwei drittel Mehrheit zustimmen muss, um Ihrem wahnsinnigen Antrag
stattzugeben." „Sehen Sie, Herr Sturm, im Gegensatz zu Ihnen
mache ich meine Hausaufgaben, und während Sie immer sagen,
dies geht nicht und das geht nicht, setze ich es einfach in die Tat
um." „Ich glaube Ihnen weder, dass Sie das tun, noch dass Sie das
schaffen. Sie bluffen doch nur, wollen uns nur Angst einjagen,
aber das lassen wir uns jetzt nicht mehr gefallen." Dabei schaute
er mit einem unsicheren Blick zu seinem Partner und hoffte, dass
dieser genauso darüber dachte. „Sie sollten mich mittlerweile
besser kennen", antwortete Herr Rath mit einem freundlichen,

leicht arroganten Lächeln, als unterhielte er sich gerade über das Wetter. Herr Michel dagegen hatte schon längst jede Farbe aus dem Gesicht verloren, und auch Herrn Sturm stand der Mund offen. Beiden war die Situation völlig aus den Händen geglitten. Sie hatten Angst, versuchten dies jedoch zu überspielen, aber an den zittrigen Händen und den angespannten Gesichtszügen war deutlich zu erkennen, was in ihnen wirklich vorging. „Ich habe die Unterschriften aller hier am Tisch sitzenden Personen, Ausnahme natürlich Ihre beiden", und dabei lächelte der Vorsitzende ein offenes, strahlendes Siegerlächeln, ein Lächeln, welches der Eroberer dem Besiegten schenkt. Ben hatte den Eindruck, als wäre er mitten in einer Zahnpastawerbung.

Nun knallte Herr Rath zur Bestätigung seiner Worte den beiden Herren eine Mappe auf den Tisch. Zeitgleich mit dem lauten Knall, als die Mappe auf der Tischplatte aufschlug, gefror auch das Lächeln im Gesicht des Vorsitzenden zu Eis. Herr Michel zog die vor ihm liegende Mappe zu sich und öffnete sie. Gleich auf der ersten Seite lag ein offizielles Schreiben, das ihre Entlassung aus sämtlichen ihrer Ämter erklärte. Unterschrieben war das Schriftstück mit allen Unterschriften ihrer Kollegen, die dadurch die Entlassung mit ihrer Unterschrift bestätigt hatten. Herr Sturm hatte seinen Platz mittlerweile verlassen und war an die Seite von Martin Michel gerückt. „Das glaube ich nicht, das sind Fälschungen!", schrie er, aber sein langzeitiger Freund berührte ihn fast zärtlich am Arm und sah ihm dabei in die Augen, während er resignierend leicht den Kopf schüttelte. Er wusste, dass die Unterschriften echt waren. Zu oft hatte er mit eigenen Augen auf unzähligen Schreiben seine eigene Unterschrift und die der anderen gesehen. Es war vorbei. Seit Herr Rath die Position des Vorsitzenden vor zwei Jahren besetzt hatte, wusste jeder, dass es einmal passieren würde, und jetzt war es eben so weit. Trotzdem waren die Enttäuschung und die Überraschung sehr groß. Immer noch fassungslos starrten beide gleichzeitig auf das vorliegende Dokument. „Wie ... wie ... wie haben Sie die anderen dazu gebracht?", wollte Herr Sturm wenigstens für sich selbst wissen. „Wie gesagt, meine Herren, ich mache meine Hausaufgaben."

In seiner Siegeslaune, die nun mehr als deutlich zu spüren war, weil er sich an ihrer Angst regelrecht weidete, gestattete es Herr Rath, sie wissen zu lassen, was er für erwähnenswert erachtete. Sein Sieg würde ihm einfach noch mehr Spaß bereiten, wenn die beiden das ganze Ausmaß seiner genialen Strategie und um seinen unerschöpflichen Einfallsreichtum wussten. Er war wie ein Raubtier, das den Geruch der Angst seines Opfers riechen kann und dadurch weiß, dass sein Opfer nun nicht mehr entkommen kann. „Seit der Sitzung im letzten Jahr habe ich gewusst, dass Sie meine Pläne boykottieren würden."
Herr Sturm hatte mittlerweile das Schriftstück in allen Einzelheiten durchgelesen und schüttelte den Kopf. „Dieser Vertrag ist nicht rechtsgültig, Herr Rath. Damit kommen Sie vor keinem Gericht der Welt durch." Die Augen von Herrn Rath verengten sich zu kleinen Schlitzen, und seine Halsschlagader schwoll mächtig an. Eine Minute lang starrte er beide fast regungslos an, innerlich kochend, dass dieser kleine Schwachkopf immer noch nicht verstanden hatte, um was es eigentlich ging, wodurch sein Hochgefühl des Sieges nun wie weggeblasen war. Nur mit Mühe gelang es ihm, sich wieder unter Kontrolle zu bringen, und eine halbe Minute später sagte er schon wieder in seinem herablassenden Ton: „Seien Sie froh, dass dort nicht Ihre Inkompetenz vermerkt ist, sondern nur Ihr eigener Wunsch, wegen unterschiedlicher Vorstellungen ausscheiden zu wollen. Meine Herren, bedenken Sie, dass ich meine Hausaufgaben erledigt habe. So oder so werden Sie das Unternehmen noch heute verlassen. Entweder Sie gehen, wie der Vorstand es entschieden hat, und Beweise über das fehlende Geld – immerhin insgesamt fünfhunderttausend Euro – werden in Ihrem Bürosafe gefunden, oder Sie unterschreiben die Verträge und scheiden freiwillig aus dem Unternehmen aus, und die Unterschlagung fand nie statt."
„Welche fünfhunderttausend Euro?", fragte Herr Sturm sichtlich schockiert. Herr Rath ging zur Tür und blieb dann noch einmal kurz stehen. „Die fünfhunderttausend Euro, die ich übers Jahr verteilt von Ihrem Computer aus dem Unternehmen abgezwackt habe und auf zwei Konten mit Ihren Namen hinterlegt

habe. Während Sie lachend nach Hause gegangen sind, habe ich das Beste für das Unternehmen vorbereitet. Wenn Sie mir nicht glauben, dann schauen Sie sich die Mappe genau an. Auf Seite zwei finden sie eine Strafanzeige wegen Unterschlagung, auf Seite drei und vier die jeweiligen Kontoauszüge. Ihre Computer, Ihre Konten. Meine Herren, dass Sie sich an dem Unternehmen bereichern, hätte ich nie erwartet. Leider lassen Sie mir dadurch keine andere Wahl, hahaha."
Sein Lachen dröhnte hart, kalt und viel zu laut in ihren Ohren. „Und das haben Ihnen alle anderen geglaubt?", hakte Herr Michel nach. „Nein, Herr Michel, ich musste sie natürlich davon überzeugen, aber das war, wie Sie selbst anhand der Beweise, die ich gesammelt habe, erkennen müssen, recht einfach. Gerüchte über Spielleidenschaft und Börsenspekulationen machten das Ganze glaubwürdiger. Ich habe natürlich in meiner Position als Vorstandsvorsitzender Schaden vom Unternehmen abwenden müssen und Ihre Kollegen darum gebeten – da ja kein Schaden entstanden ist –, dass, wenn Sie das Geld zurückzahlen, sie mit Ihnen nicht zu hart ins Gericht gehen und meinem Vorschlag zustimmen, dies nicht der Staatsanwaltschaft zu melden und Sie einem freiwilligen Ausscheiden zustimmen." „Aber ...", begann Herr Michel, wurde aber erneut von Herrn Rath unterbrochen: „Natürlich haben vereinzelte Ihrer angeblichen Freunde es auch nicht wahrhaben wollen, aber ich habe ihnen die gleichen Dokumente zukommen und überprüfen lassen, alles unter strengster Geheimhaltung, versteht sich. Einige hatten Bedenken, zögerten, hatten richtige Zweifel an der Echtheit, aber ich wusste, wie ich alle Unterschriften bekomme. Herr Meier war einfach zu handhaben, Sie wissen ja, dass er jungen Dingern nicht widerstehen kann. Ich musste nur die richtige Person mit den richtigen Fotos aussuchen – na, Sie wissen schon. Jeder ist käuflich, meine Herren. Am schwierigsten war Herr Dobinki. Der Mann scheint echt ein Problem mit seinem Gewissen zu haben, aber mit einer Aufbesserung seiner Bezüge – das Geld stammt aus Ihren Gehältern, die ich nun einspare – war auch er letztendlich bereit, meinem Antrag zuzustimmen.

Ich hab sie ALLE in der Hand, glauben Sie mir. Und Sie beide
waren mir schon lange ein Dorn im Auge, aber das klären wir
ja jetzt. Und Herr Dobinki hat bereits sein eigenes Grab ausge-
hoben. Mich derart unter Druck zu setzen, nur weil er wusste,
dass ich seine Stimme brauchte – zumindest jetzt noch, aber er
wird Ihnen sicherlich bald folgen. Zu Ihrer Frage, Herr Sturm:
Ich glaube, ich habe mit der Unterschlagung genug Beweise,
auch wenn ein Rechtsstreit nicht gerade vorteilhaft für mich
ist, aber seien Sie sicher, dass ich das durchziehe, wenn es sein
muss. Deshalb biete ich Ihnen jetzt …“, er schaute kurz auf seine Uhr, „… noch die nächsten siebenundzwanzig Minuten die
Möglichkeit, freiwillig aus dem Unternehmen auszuscheiden und
von allen Ihren Ämtern zurückzutreten, und zwar mit sofortiger
Wirkung. Dann wird das Geld einfach wieder auftauchen, so als
hätten Sie es zurückgezahlt.“ „Was, wenn wir nicht unterschreiben?“, wollte Herr Michel wissen. „Polizei, Untersuchungshaft,
Staatsanwaltschaft, Freiheitsstrafe – möglich wären dann auch
noch familiäre Probleme; was aber mit Sicherheit passieren wird,
ist, dass Sie beruflich ruiniert sind“, gab Her Rath so sachlich
zurück, als trage er die aktuellen Wirtschaftszahlen vor. „Wie
können wir sicher sein, dass dieses fehlende Geld, das wir ja
nie gestohlen haben, auch tatsächlich wieder auftaucht, Herr
Rath?“, meinte Herr Sturm erbost. „Sie haben keine Wahl, außer
mir zu glauben, dass ich nur möchte, dass Sie mir nicht länger im
Wege stehen. Aber Sie haben recht, ich sollte die Beweise noch
etwas aufbewahren. Wie ich schon sagte, ich lasse Ihnen nicht
wirklich eine Wahl.“ Damit beendete Herr Rath das Gespräch
und ließ Herrn Sturm und Herrn Michel allein zurück. Als er
schon fast zur Türe hinaus war, rief er ihnen noch einmal zu:
„Meine Herren, ich erwarte Ihre Unterschriften – JETZT! Ihre
privaten Sachen habe ich bereits aus Ihrem Büro entfernen lassen, sie liegen beim Empfang für Sie bereit. Bitte lassen Sie sich
nicht zu viel Zeit, ich habe in vierundzwanzig Minuten noch eine
wichtige Sitzung mit meinem Vorstand, und dazu gehören Sie
nun mal nicht mehr. Sie wissen ja, wo der Ausgang ist.“ Mit diesen Worten ging er durch die geöffnete Tür zum Mittagessen. Er

wusste, dass die Unterschriften auf beiden Dokumenten stehen
würden, wenn er wieder zurückkam.
Ben war über die Wendung, die das Gespräch genommen hatte,
genauso überrascht wie die beiden Herren. Nur Salasul konnte
seine Freude nicht ganz unterdrücken. „Siehst du, Ben“, meinte
er, den Menschen sind die anderen Menschen egal. Macht, Geld,
Besitz – das ist es, wonach sie streben. Und dieses Beispiel ist
nur eines von vielen. Ich könnte dir Tausende weitere zeigen,
die täglich so ablaufen, aber ich sehe dir an, dass du mir auch
so glaubst.“ Ben war tief erschüttert über das eiskalte, korrupte
Vorgehen von Herrn Rath.

Zapp – wieder war es nur ein leichter Lufthauch, der um ihn herum zu spüren war, während er sich nun mit seinem Begleiter plötzlich in einem Zugabteil befand. Das Licht in dem Waggon wirkte nun gegenüber dem lichtdurchfluteten Büro, in dem sie zuvor gewesen waren, ziemlich diffus. Neugierig schaute sich Ben erneut die neue Umgebung näher an. Dabei wurde sein erster Blick fast magisch auf die dunklen Fensterscheiben gelenkt. Wie dunkle Augen schienen sie ihn zu beobachten. Er versuchte, sich diesem Eindruck zu widersetzten und durch die schwarzen Scheiben hindurchzusehen, was ihm jedoch nicht gelang. Einzig sein eigenes Spiegelbild und das seines Begleiters waren darin zu sehen, und dann sah er noch nur schemenhaft etwas vorbeihuschen, was Ben nach einiger Überlegung möglicherweise als eine Betonwand betrachtete, die mit hoher Geschwindigkeit außen vorbeiflog. Genau genommen war es jedoch der Zug, in dem er sich befand, denn die Wand außen würde wahrscheinlich noch lange Zeit an der gleichen Stelle stehen. Für ihn aber schien es gerade andersherum.
Nur mühsam gelang es ihm, sich aus seinen Gedanken zu reißen und seine Augen auf das Innere des Zuges zu richten. Die Wand neben dem Fenster war mit unterschiedlichen Schriftzügen, Abbildungen und Symbolen beschmiert. Vieles war überhaupt nicht richtig zu erkennen, weil immer wieder neu darüber ge-schmiert worden war, und die eigentliche Botschaft, die als Erstes geschrieben worden war, war schon lange nicht mehr zu erken-nen oder zu lesen. Ben machte sich jedoch auch nicht die Mühe, die Botschaften zu lesen, da ihm bereits nach einigen Worten klar wurde, welch geistig armes Kind sich hier ausgetobt hat-te. Sex, Hass und rassistische Parolen waren fast immer wieder irgendwo zu lesen. Auch Obszönitäten in jeglicher Gestaltung wurden dabei zum Besten gegeben. Ben wandte sich davon ab, er wollte das plumpe Gekritzel einfach nicht länger ansehen

müssen. Dabei gab es kaum noch einen Platz, an dem nichts aufgesprüht oder beschmiert war. Sich dem zu entziehen, war also gar nicht so einfach. Und dort, wo kein Stift oder keine Farbe zum Einsatz gekommen war, waren mit einem harten Gegenstand Glasscheiben, Kunststoff- oder Metallverkleidungen zerkratzt worden. Aufgeklebte Hinweisplakate waren ebenso verschmiert, bei den meisten hatte man jedoch versucht, sie durch Abreißen zu zerstören. Da dies nie vollständig gelang, hingen nun also unterschiedlich große Plakatteile in Fetzen. Ben versuchte, irgendeine wichtige Information zu finden, die nicht mindestens zur Hälfte beschädigt war, aber er musste feststellen, dass nicht eines der Plakate verschont geblieben war.

Auch die Sitze – sofern man diese noch als solche bezeichnen konnte – zeigten stark zerfetzte Polsterbeläge auf, der Schaumstoff unter dem Stoff war herausgerissen, und stellenweise war zu sehen, dass man versucht hatte, diesen Stoff und die Polster anzuzünden. Alles in allem boten die Sitze einen armseligen Anblick, der wohl viele davon abhielt, sich überhaupt daraufzusetzen. Nicht wenige entbehrten bereits sowohl Stoff als auch Bezug. Alles, was für den Komfort der Fahrgäste gedacht gewesen war, hatten Randalierer in ihrer Wut, Aggression oder aus purer Langeweile zu zerstören versucht. Doch damit noch nicht genug. Überall im Abteil lagen benutzte Pappbecher, zerfledderte Zeitungsreste und zerbeulte Dosen, die beim Anfahren und Bremsen scheppernd im Abteil herumrollten. Weitere Utensilien von diversen Fast-Food-Ketten lagen ebenfalls in allen Variationen auf den Sitzen oder auf dem Boden herum.

Aus den Abfallbehältern zwischen den Sitzen quoll überall der Müll heraus. Die Halteriemen an der Decke für diejenigen Passagiere, die im überfüllten Zug stehen mussten und sich dort festhalten konnten, waren allesamt zerrissen, komplett abgerissen oder auch angeschmort. Der Innenraum war nur noch zu einem Drittel ausgeleuchtet, da die meisten Lampen nicht mehr brannten. Nichts in diesem Zug schien noch zu hundert Prozent intakt zu sein. Aber die in dieser Bahn reisenden Personen schienen sich schon lange mit diesen Verhältnissen abgefunden zu haben.

Bens Blick blieb an einer jungen Frau Mitte zwanzig in Jeans und Lederjacke hängen, die sich in ihrer Haut nicht wohlzufühlen schien. Viel zu oft schaute sie sich die anderen Passagiere an, wohl um abzuschätzen, ob möglicherweise eine Gefahr von ihnen ausging. Nervös fummelte sie ständig an ihren Händen herum, ohne sich dessen bewusst zu sein. Etwas entfernt saß ein Mann in den Vierzigern, der völlig übermüdet immer wieder einschlief und gleich darauf wieder erwachte, als sein Kopf nach vorne fiel. Ihm Gegenüber hatte ein junger Mann Ohrenstöpsel im Ohr und schien Musik zu hören, während er dabei fast ausdruckslos vor sich hin schaute. Ben ging an beiden vorüber und sah zwei Sitzreihen weiter rechts zwei Männer mittleren Alters sitzen, die wahrscheinlich gerade von ihrer Arbeit auf dem Weg nach Hause waren. In der gleichen Sitzreihe auf der rechten Seite saß eine Frau, die Ben vom Alter her auf um die fünfunddreißig schätzte. Er fand sie auf Anhieb sehr attraktiv, trotz der Schminke, die sie für Bens Geschmack etwas zu dick aufgetragen hatte. Aber irgendwie passte sie von ihrem Äußeren her nicht hierher. Sie hatte einen Rock an und trug einen leichten Mantel darüber. Ihre gesamte Erscheinung wirkte etwas erhaben. Stolz lag in ihrem Ausdruck, auch wenn sie sich in so einer schäbigen Umgebung befand. Ben ging weiter. Er kam an einem älteren Mann vorbei, der ausländisch aussah, wobei Ben schätzte, dass er wahrscheinlich türkischer Abstammung war. Dann waren da noch drei ältere Frauen und ein Mann um die fünfzig, die wohl als Gruppe zusammengehörten. Den Abschluss in dieser Sitzgruppe bildete eine Gruppe von drei Jugendlichen, die er allesamt so um die achtzehn schätzte. Sie unterhielten sich untereinander, ohne dabei störend zu wirken oder besonders aufzufallen. Am Ende dieses Abteils, hinter der nächsten Tür zum Ein- und Aussteigen, sah Ben ein älteres Ehepaar sitzen, das einander liebevoll die Hände hielt. Auch sie schienen sich nicht wohl dabei zu fühlen, zu dieser Zeit in diesem Zugabteil durch das dunkle Tunnellabyrinth der Stadt zu rasen. Sie alle in diesem Zugabteil saßen ruhig und still auf den zerstörten Sitzen und dösten vor sich hin, unterhielten sich leise oder hingen ihren

Gedanken nach, während sie ihrem Ziel entgegenfuhren und das monotone Rattern der Gleise doch sehr laut als Begleitmusik zu hören war. Die Köpfe der Insassen schwangen hin und her, je nach Richtung der Kurve, die der Zug gerade nahm. Er schien weiter mit enormer Geschwindigkeit die enge dunklen Röhre entlangzurasen, so als gebe es kein Ende für ihn, sondern nichts als die Dunkelheit, die den einsamen Zug umgab. Dabei flackerte ab und zu deprimierend das milchige Licht im Inneren des Zugabteils. Aber niemand schien es richtig wahrzunehmen oder gar zu stören. Es war, als würden sie langsam in den Schlaf geschaukelt werden. „Nächster Halt – Rheinallee!", erschallte eine blecherne Stimme.

Plötzlich änderte sich die Szenerie im Abteil. Durch die Fenster der U-Bahn drang auf einmal das Licht der Station, in die sie gerade einfuhren. Die Räder rumpelten über die Schienen, und Ben dachte schon, sie würden, ohne zu halten, weiterfahren, doch dann setzte lautes Quietschen der Zugbremsen ein, und der Zug kam viel zu abrupt zum Stehen. Der Zug stand, ohne dass irgendjemand ein- oder ausstieg. Nichts passierte, der Bahnhof schien restlos leer zu sein. Ben hörte, wie der Zugführer sein obligatorisches „Zurückbleiben, bitte!" rief, als plötzlich und unvermittelt eine Person von außen mit voller Wucht mit dem gesamten Körper gegen den stehenden Zug knallte. Dabei war der Aufprall derart heftig, dass das ganze Abteil kurz schwankte. Laut grölende Stimmen johlten auf einmal auf dem Bahnsteig, so als wäre mit dem heftigen Knall, als die Person gegen den Zug geprallt war, der Ton mit einem Mal wieder angestellt worden, ähnlich wie man bei einem Fernseher den Ton an- und ausschalten kann. Erneut knallte wieder etwas ans Fenster, und als Ben diesmal näher hinsah, sah er das übel zugerichtete Gesicht eines Jugendlichen, das an die Fensterscheibe gedrückt wurde. Das ältere Ehepaar wich erschrocken von der Scheibe zurück, so als könnte etwas von dem, was da draußen passierte, auf sie zukommen. Angst und Schrecken standen ihnen deutlich ins Gesicht geschrieben. Noch immer wurde das Gesicht des Jungen an die Fensterscheibe gedrückt, wodurch der Zugführer nicht weiterfahren konnte, weil der Junge sonst Gefahr gelaufen wäre, zwischen die Gleise zu geraten, sobald der Zug anfuhr. Immer wieder erschallte der Ruf: „Zurückbleiben, bitte!", doch die Jungendlichen verhöhnten und verspotteten ihn nur mit abfälligen Bemerkungen und Gewaltandrohungen. Selbst auszusteigen, traute sich der Zugführer nicht – etwas, was Ben gut nachvollziehen konnte. Er konzentrierte sich wieder auf das Geschehen vor ihm an der Fensterscheibe. Aus der Nase des Jungen rann Blut, lief über seine Wange und blieb an der Glasscheibe kleben, wo es durch sein Gesicht verschmiert wurde. Sein linkes Auge war so stark lädiert, dass es schon fast gänzlich zugeschwollen war. Auch seine Lippen waren durch Schläge stellenweise blutig, wahrscheinlich aufgeplatzt. Um ihren Hohn zur Spitze zu treiben, schütteten die anderen Jugendlichen jetzt noch Bier aus ihren Dosen über den Kopf des Jungen und lachten ihn hemmungslos aus.

Während sie weiter auf den wehrlosen Jungen einschlugen und ihn mit all ihrer Kraft an den Zug drückten, fing ein anderer nun an wie wild an der Tür des Waggons zu ziehen, obwohl die Türen schon längst geschlossen waren und der Zugführer immer noch ständig „Zurückbleiben, bitte!" rief. Wie besessen schrie der Jugendliche am Bahnsteig laut zu dem Zugführer: „He, du Arschloch, mach endlich die Tür auf, sonst nehmen wir deinen verpissten Zug auseinander." Ein weiterer aus der Gruppe kam nun hinzu und zog nun ebenfalls heftig am Türgriff, während er sich dabei mit einem Fuß an der Seitenwand abstieß. Dadurch gewann er zusätzliche Kraft, um die verriegelte Tür aufziehen zu können. Der Erste hatte bereits schon wieder aufgegeben und schrie nur noch herum, jetzt noch lauter und obszöner als zuvor: „Mach endlich die Türen auf, du Blödmann!" Mehrere Fußtritte trafen die noch immer geschlossene Türe, und sämtliche Insassen hatten schreckliche Angst vor dem Pöbel, der da draußen wütete, und alle wünschten sich nichts sehnlicher, als dass der Zug endlich losfahren würde. Die meisten verstanden nicht, warum dies nicht geschah. Entweder sahen sie den misshandelten Jungen nicht, der immer noch von einigen der

Jugendlichen wohl genau aus diesem Grund an den Waggon gedrückt wurde, oder es war ihnen egal, weil sie einfach dankbar waren, selbst nicht Opfer dieser Bande zu sein, was sich aber, wenn die Türe aufgehen würde, schlagartig ändern würde. Die nackte Angst stand allen ins Gesicht geschrieben, und sie hatten den Jungen da draußen innerlich schon längst für ihre eigene Sicherheit geopfert.

Als Ben seine Aufmerksamkeit wieder auf die Türe richtete, war bereits ein Spalt von circa fünf Zentimetern zu erkennen. Auch der erste Jugendliche hatte dies plötzlich erkannt, und nun zogen sie mit vereinten Kräften, um diesen kleinen Spalt zu vergrößern. Die Türe hatte ihren Geist aufgegeben, und es war nur noch eine Frage der Zeit, wie lange sie den Zutritt ins Zuginnere würde verweigern können. Dann, mit einem lauten Zischen, gab die Türe nach und öffnete sich komplett. Einer der beiden Randalierer trat nach innen und stellte sich in die Fotozelle, sodass die Türe nicht wieder geschlossen werden konnte.

Die Gesichter der Insassen waren von riesiger Panik gezeichnet, aber keiner von ihnen machte irgendwelche Anstalten, etwas zu sagen oder aufzustehen. Keiner wollte in irgendeiner Art und Weise das Aufsehen der Jugendlichen erregen, ihnen in die Quere kommen. Jetzt, da die Türe endlich offen war, rissen die Jugendlichen den armen Jungen mit aller Gewalt vom Zug weg, sodass er hinter ihnen zu Boden fiel und hart mit dem Kopf aufschlug. Der wehrlose Junge wurde nun noch mit mehreren brutalen Fußtritten getreten, angespuckt und schließlich liegen gelassen. Dann stürmen sie wie eine wilde Horde in den Wagen und hämmerten an die Tür zum Führerstand, um ihm zu signalisieren, dass er endlich losfahren solle. Keiner aus der Bande würdigte den noch am Bahnhof liegenden Jungen auch nur eines Blickes, nur die Insassen, die zum Fenster herausschauten, sahen das Blut, das sich langsam um den Kopf des Jungen gebildet hatte. Der gesamte Aufenthalt im Bahnhof hatte nicht länger als ein Minute gedauert, und doch kam es allen wie eine Ewigkeit vor. Alle fünf Jugendlichen waren angetrunken und äußerst aggressiv. Sie stürzten in den rechten Teil des Waggons und leerten ihre

mitgebrachten Bierdosen. Dabei nahmen sie es nicht so genau, wer beim Öffnen oder Herumschwenken der Bierdosen das ausgeschüttete Bier, das dabei überall herumspritzte, abbekam. Die Türe stand immer noch offen. Ein junger Mann mit Ohrstöpseln sprang plötzlich von seinem Sitz auf und versuchte, die noch offen stehende Türe zu erreichen. Einer der Randalierer sah ihn noch, aber es war bereits zu spät. Der junge Mann hatte seinen Zeitpunkt gut abgepasst und war durch die Türe draußen, bevor jemand ihn zurückhalten konnte. Endlich aus dem Zug heraus, rannte er um sein Leben und war blitzschnell die Treppe hinauf verschwunden. Nun versuchte auch noch eine junge Dame in schicker Garderobe, den immer noch stehenden Zug zu verlassen, aber der Jugendliche, der zuvor den jungen Mann nicht mehr erreicht hatte, stand noch vor eben dieser Türe und verweigerte ihr den Austritt aus dem Zug. „He Baby, du wolltest doch nicht plötzlich auch aussteigen?" „Lassen Sie mich bitte vorbei." Die Dame versuchte, beherrscht zu sprechen, aber es misslang ihr völlig. „He Ronny, die ist bestimmt zu dir gelaufen, weil sie scharf auf dich ist und mal einen richtigen Mann haben möchte", schrie einer aus der Gruppe. Der Angesprochene näherte sich mit seinem Körper und mit seinem Gesicht dem ihrigen ganz nahe, und Ekel, verursacht von Gestank und Dreck, übermannten sie „Ist das so, meine Süße, willst du Spaß mit mir haben?", geiferte er sie an und ließ seine Zunge in obszönen Gesten aus seinem Mund heraushängen. „Lassen Sie mich durch, oder ...!" „Oder was?", antwortete er ihr nun hart und laut und fuhr fort: „Setz dich endlich hin!" Die Dame stand immer noch an der Türe. „HINSETZEN", schrie er sie an und schubste sie in die Richtung eines Sitzplatzes. Der Frau blieb nichts anderes übrig, und sie setzte sich, während sie ihrem aufgewühlten Inneren durch lautes Schluchzen Platz schaffte.
Ronny, der zuvor mitgeholfen hatte, die Türe zu öffnen, ging nun zur geöffneten Tür und brüllte in Richtung des Zugführerstandes hinaus: „Nun fahr schon los, du Arsch, auf was wartest du noch?" Der Zugführer war bestimmt nicht glücklich darüber, dass er zum einen Randalierer in seinem Zug befördern musste, zum anderen

wusste er aber auch, dass, je schneller er an seinem Ziel ankam, er die fünf auch wieder los sein würde. Die Türen schlossen sich, und der Zug setzte sich endlich in Bewegung. Das wiederum löste riesige Begeisterungsstürme bei den fünfen auf. „He, Ronny, du scheinst einen guten Einfluss auf den Arsch da vorne zu haben." „Halts Maul, Jo, und gib mir noch ’ne Dose", antwortete dieser ihm nur. Der Angesprochene warf ihm über die Köpfe der anderen wie befohlen eine volle Dose zu. Doch er war viel zu besoffen, um einen vernünftigen Wurf hinzubekommen, und so knallte die Dose laut an die Plexiglasscheibe der Sitzgruppe, die daraufhin heftig zusammenzuckte, als wäre in unmittelbarer Nähe eine Bombe hochgegangen. Durch das Werfen und Fallen war der Inhalt der Dose jetzt natürlich sehr explosiv. Ben konnte nicht sagen, ob es Jos Absicht war oder er dies nach jahrelanger Erfahrung aus Gewohnheit tat – selbst mit vollgedröhntem Kopf –, jedenfalls schien es ihm besonderen Spaß zu machen, nun auf die einzelnen Fahrgäste zuzugehen und die Dose direkt vor ihnen zu öffnen, was natürlich dazu führte, dass das Bier wie wild herumspritzte und es keinen mehr gab, der nichts davon abbekam und in der Folge nach Bier stank. Aber noch immer hielten sich alle zurück, als wäre es das Normalste der Welt. Ronny nahm einen kräftigen Schluck aus der bestimmt nur noch zur Hälfte gefüllten Dose, denn der Rest war auf dem Boden verschüttet und sonst wo verteilt. Nachdem er die Dose in nur wenigen Sekunden gänzlich leer getrunken hatte, zerdrückte er sie in seiner Hand und schmiss sie einfach nach vorn, fast durchs ganze Abteil. Dabei hätte sie fast Ben getroffen, der immer noch mitten im Gang stand.

Ronny setzte sich nun neben die junge Frau, die er zuvor schon an der Türe belästigt hatte. Jetzt schien er sich jedoch nicht mit Worten begnügen zu wollen, sondern grabschte sie mit seinen verdreckten Händen an und versuchte, sie zu küssen. Angewidert, voller Ekel und Scham, versuchte sie verzweifelt, ihn abzuwehren, und schrie dabei laut zu den anderen um Hilfe. Die anderen Fahrgäste schauten dem Schauspiel zwar aufmerksam und bewusst zu, und ihre Gesichter waren von un-

terschiedlichen Emotionen gekennzeichnet – ihre Augen zeigten ihre Aufregung, blankes Entsetzen und Mitleid für diese arme Person –, trotzdem blieben sie einfach still sitzen und schauten, ohne einzugreifen, dem Schauspiel zu, während die Frau versuchte, die Hände des Jugendlichen zwischen ihren Beinen und von ihren Brüsten abzuwehren und mit ihrem Gesicht der schmierigen Zunge auszuweichen, die sabbernd und lüstern über ihre Wange fuhr. Ihre Bluse war bereits zerrissen, als Ronny wieder von ihr abließ, weil er am Ende des Ganges laute Stimmen vernommen hatte. Einer aus der Gruppe der Jugendlichen brüllte lautstark herum. Ronny stand auf und gesellte sich zu ihnen, und Ben folgte ihm. Einer aus der Gruppe der fünf jungen Männer schlug mit harten Faustschlägen auf einen älteren Mann ein, der das Pech gehabt hatte, mit seiner Frau in der Nähe dieser betrunkenen Jugendlichen zu sitzen. Dann ging der Brüllende einen Schritt nach hinten und trat den schon halb im Sitz liegenden Mann mit seinem rechten Fuß mit aller Brutalität und Wucht in die Magengegend. Der Mann klappte zusammen wie ein Taschenmesser. Die Frau neben ihm, wahrscheinlich seine Ehefrau, legte sich schützend über ihn. „Bitte hört doch auf, ihr bringt ihn um!“ Ronny stieß ihn an: „He, Keule, was ist los?“ „Der Arsch hier wollte mir nicht die doofe Handtasche von der Oma geben. Wollte wohl zeigen, was für ein Held er ist und dass er sie beschützen kann, das hat er nun davon.“ Der alte Mann blutete stark an der aufgeplatzten Lippe und hatte jetzt schon mehrere dicke Schwellungen an Auge und Kinn, die von den harten Schlägen stammten. Er war bewusstlos, und das Blut lief aus seinem Mund, vermutlich hatte der Tritt innere Organe verletzt. Der alte Mann hätte dringend ins Krankenhaus gebracht werden müssen, aber die Schläger grinsten nur über das ganze Gesicht und verhöhnten den Verletzten.
Ein anderer aus der Gruppe der Jugendlichen hatte die Handtasche bereits aus den Fingern der alten Frau, die sich krampfhaft daran festhielt, gerissen und den Inhalt ausgeleert. In der Geldbörse der alten Frau befanden sich insgesamt zehn nagelneue Einhunderteuroscheine und ein Bankauszug. „He,

Ronny, schau mal, was da drin war." Ronny war gerade dabei, das Geld an sich zu nehmen, als der Zug in die nächste Station einfuhr. „Los, verschwinden wir von hier!", gab er das Kommando, und keiner der anderen widersetzte sich seiner Anweisung. Jetzt ging alles sehr schnell. Der Zug hielt, die Türen gingen auf, und Ronny war mit den drei anderen bereits draußen, als „Keule", wie sie ihn nannten, die alte Dame heftig zur Seite schubste und den alten Mann in Sitzposition zog. Die alte Dame bettelte flehentlich, dass er doch aufhören möge, aber Keule war so in Rage, dass er alles um sich herum vergaß. Der alte Sack hatte sich gegen ihn aufgelehnt, und das sollte er nun bitter bereuen. Er hob das Gesicht des Mannes hoch und zertrümmerte ihm durch einen Schlag mit dem Ellenbogen das Nasenbein. Dann ließ er den kraftlosen Körper wieder fallen und rannte lachend und voller Begeisterung und Tatendrang den anderen hinterher. Der Zug hatte sie hier an dieser Station regelrecht ausgespuckt. Ben konnte sich jetzt schon lebhaft vorstellen, wie in dieser Nacht weitere Menschen, die dieser Bande zufällig über den Weg liefen, hart vom Unglück getroffen werden würden. So etwas nannte man dann wohl Schicksal. Bens Blick richtete sich wieder auf das ältere Ehepaar. Er konnte es einfach nicht fassen, dass man einem wehrlosen alten Mann solch brutale Gewalt antun konnte, und wenn er nicht selbst Zeuge davon geworden wäre, hätte er es nicht für möglich gehalten.

Was für ein abgrundtiefer Hass brannte in dem Herzen dieses Jugendlichen? Als Ben sich umdrehte, um die anderen Fahrgäste anzublicken, fand er nur noch leere Sitze vor. Fast hätte man meinen können, die letzten zehn Minuten hätte es gar nicht gegeben, würde da nicht das vergossene Bier auf dem Boden schwimmen und der alte Mann im hinteren Teil des Wagens liegen. Der alte Mann würde die nächsten Stunden ohne einen schnell eintreffenden Notarzt wahrscheinlich nicht überleben. Keiner der Fahrgäste würde sich später wohl der Frage stellen wollen, warum man dem Ehepaar nicht geholfen hatte, obwohl man doch in der Überzahl war und es letztendlich nur um fünf Jugendliche zwischen sechzehn und zwanzig Jahren ging. So würde sehr wahrscheinlich noch nicht einmal eine Zeugenaussage möglich sein, um die Täter aufzuspüren. Ben stand enttäuscht und frustriert im Abteil und fragte sich nicht zum ersten Mal, warum die Menschen so etwas zuließen. Wenn er in jenem Moment jedoch ehrlich zu sich selbst gewesen wäre, dann hätte er zugeben müssen, dass er sich eigentlich fragte, wie ein liebender Gott dies zulassen konnte.

Kapitel 10.4: Besuch bei der alten Dame

Zapp – wieder war dieser feine Lufthauch zu spüren, und noch während er diesen wahrnahm, waren seine Augen auch schon dabei, das nähere Umfeld zu erforschen. Seine Sinne schienen aufs Äußerste konzentriert. Sein Bewusstsein registrierte, dass sie sich in einer Wohnung befanden. Aber die Küche, in der sie standen, wirkte klein und alt. Eine Küchenzeile, die bereits bestimmt vier oder sogar fünf Jahrzehnte hinter sich hatte, schloss die eine Wandseite komplett ab. Ein Tisch stand in der Mitte des Raumes. Darauf ausgebreitet befand sich eine schon stark strapazierte Decke, die bestimmt schon bessere Tage gesehen hatte. Ben erkannte, ohne lange darüber nachzudenken, dass hier jemand wohnen musste, der bestimmt schon sehr alt war. Die Küche war zudem mehr als kärglich eingerichtet. Die Gardinen waren sehr vergilbt und ließen nur noch gedämpft Sonnenstrahlen hinein. Ben erinnerte sich sofort an die Wohnung seiner Oma, bei der ähnliche Möbel aufgestellt gewesen waren. Hier musste jemand wohnen, der arm war oder nicht die Möglichkeiten hatte, moderne Veränderungen durch etwas Farbe und neue Gardinen herbeizuführen.
Während Ben noch darüber nachdachte, was er verändern würde, wenn ihm die Wohnung gehören würde, erschien eine ältere Frau mit gebeugtem Rücken, gestützt auf einem hölzernen Gehstock, in alten Hauspantoffeln und in einer Kittelschürze. Sie schlurfte in die Küche, während ihr ein junger Mann in einem geschniegelten, tiefschwarzen Anzug hinterherkam. Seine Haare waren mit viel zu viel Haargel nach hinten gekämmt. Den Aktenkoffer, den er mit sich führte, stellte er vor dem Tisch ab, während er sich bemühte, der alten Dame behilflich zu sein, sich auf ihrem Stuhl hinzusetzen. „Danke, junger Mann, wissen Sie, ich bin nicht mehr so gut auf den Beinen", bedankte sie sich bei ihm für seine Höflichkeit und Hilfe. „Sieht denn jemand regelmäßig nach Ihnen?", wollte der Mann wissen. Als die alte Frau

jedoch keine Anstalten machte, ihm zu antworten, wiederholte er seine Frage, nur bemühte er sich diesmal, wesentlich lauter und langsamer zu sprechen, da die alte Dame ihn offensichtlich beim ersten Mal nicht gehört hatte. Dieses Mal klappte es besser, denn sie antwortete ihm zwar langsam, aber doch sofort auf seine Frage: „Jeden Tag bringt mir jemand gegen 12:00 Uhr mein Essen und schaut nach mir, ich komme halt mit meinen schmerzenden Beinen nicht mehr so gut zurecht.“ Der Mann gegenüber nickte ihr verständnisvoll zu und schaute sich dann in der Küche um. „Schön haben Sie es hier, und warum sollten Sie das auch aufgeben, wenn es noch geht, wenn vielleicht auch nicht mehr so gut wie früher?“, schrie er sie laut an, damit sie ihn verstand, und zeigte dabei sein sympathisches Lächeln. „Ach, wissen Sie, meine Kinder machen sich große Sorgen, weil ich doch so vergesslich werde. Es ist halt das Alter. Mein Mann ist jetzt seit acht Jahren tot, und oft ist es schon schwer, aber ich möchte nicht aus der Wohnung raus. Hier sind doch meine ganzen Erinnerungen an ihn; wenn ich erst einmal weg bin, was bleibt mir dann noch von ihm? Aber das wollen meine Kinder nicht verstehen!“, klagte sie betrübt. „Frau Koslewski, Ihre Kinder meinen es sicherlich gut und wollen bestimmt nur Ihr Bestes, genau wie wir.“ Während er dies sagte, durchblätterte er seine vor ihm liegenden Unterlagen. „Ja, um was geht es denn noch mal? Ich habe es leider schon wieder vergessen, junger Mann.“ „Frau Koslewski, meine Bank hatte bereits mit Ihnen telefoniert und Ihnen mitgeteilt, dass ein Sparbuch Ihres Mannes aufgetaucht ist.“ „Ich weiß davon gar nichts“, sagte die alte Dame. „Ja, wissen Sie, es ist jetzt beim Räumen eines Schließfaches gefunden worden, und Ihr Mann ist der alleinige Besitzer. Da er nun leider verstorben ist, müssen Sie mit Ihrer Unterschrift bestätigen, dass wir das Geld auf Ihr Konto überweisen dürfen, es steht Ihnen ja auch zu. Und als wir beim Anruf erfuhren, dass Sie nicht mehr so gut zu Fuß sind, bieten wir Ihnen als Ihre Bank unseren Service an, persönlich zu Ihnen zu kommen.“

Der Mann ließ während seines Vortrages seine ganze souveräne Ausstrahlung auf die alte Dame gegenüber von ihm wirken. „Um wie viel Geld handelt es sich denn, junger Mann?“, fragte die alte Frau nach. „Oh, es ist eine ganz schön große Summe, aber warten Sie bitte einen Moment, dann kann ich es Ihnen genau sagen.“ Der Bankangestellte nahm seine Koffer und legte ihn vor sich auf den Tisch, öffnete ihn und holte ein Schriftstück heraus. „Das ist erst einmal das Bestätigungsschreiben, dass ich Ihr Konto auflösen darf.“ „Aber dann können Sie ja mein Geld nehmen?“, antwortete sie ihm sichtlich verwirrt. „Frau Koslewski, natürlich wäre dies möglich, aber ich bin ja Bankangestellter und handle im Sinne der Bank in Ihrem Interesse.“ Er reichte ihr seinen Kugelschreiber. „Wenn Sie bitte hier unterschreiben würden.“ „Ich weiß nicht so recht, vielleicht sollte ich warten, bis meine Tochter sich das angesehen hat, sie kennt sich damit besser aus.“ Man spürte deutlich, dass sie mit der ganzen Sache überfordert war. Das Grinsen im Gesicht des Mannes hatte sich verflüchtigt: „Ja, natürlich können Sie das tun, aber leider muss ich Ihnen mitteilen, dass dies noch heute passieren sollte, denn wie gesagt wurde das Schließfach ja bereits aufgelöst. Es ist mittlerweile verjährt, und das Sparbuch würde dann morgen ebenfalls verfallen, Sie würden den rechtlichen Anspruch darauf verlieren, und dann gehört das Geld Ihres Mannes leider der Bank, das hat der Gesetzgeber leider so festgelegt.“ Dann fügte er noch hinzu: „Wissen Sie, ich persönlich finde ich das ja auch ungerecht, aber wir müssen uns leider daran halten, um uns nicht strafbar zu machen.“ „Das ist ja schlimm, ich weiß ja jetzt gar nicht, was ich tun soll!“ Die Frau war jetzt völlig unsicher und verwirrt. „Frau Koslewski, deshalb bin ich ja persönlich gekommen, damit das mühsam ersparte Geld Ihres leider verstorbenen Mannes auch an Sie weitergegeben wird. Ich kann da leider nicht mehr viel machen. Die Rechtslage in unserem Land lässt mir da leider keinen weiteren Spielraum. Paragraf 404, Absatz 1 des Bankgesetzes besagt, dass ein Sparbuch nach dem Tode an die zuvor begünstigt genannten Personen übergeht. Aber über das Sparbuch haben wir keinen Eintrag von Ihrem Mann erhalten, dass Sie die Begünstigte sind. Es tut mir so leid, Frau Koslewski, aber so ist es nun einmal.“ „Aber es gehört doch zum Erbe dazu, oder etwa

nicht? Ich habe doch sonst auch alles geerbt, was meinem Mann
zuvor gehört hat." „Ja, das stimmt natürlich bei allen allgemeinen Sachen. Aber hier handelt es sich um das Bankgeheimnis."
„Bankgeheimnis?" Frau Koslewski verstand leider nichts davon.
Früher hatte das alles ihr Mann gemacht, und nach dem Tode
hatte sich ihre Tochter darum gekümmert. „Ja, wissen Sie, es
verhält sich wie das Arztgeheimnis. Wenn jemand seinen Arzt
bittet, über etwas zu schweigen, dann kein Gesetz der Welt ihn
dazu zwingen, darüber Auskunft zu geben", redete der Mann
auf sie ein. „Aber was soll ich denn jetzt machen?", schluchzte
die alte Frau verzweifelt und wischte sich die Tränen mit einer
Ecke ihrer Schürze aus den Augen. „Frau Koslewski, Sie brauchen nur die Erklärung zu unterschreiben, dann kann ich das
Geld auf Ihr Konto umbuchen." Die alte Dame nahm etwas
skeptisch und mit deutlich zittrigen Händen den Kugelschreiber
in die Hand, konnte sich aber immer noch nicht so recht zum
Unterschreiben durchringen. „Junger Mann, gibt es denn keine andere Möglichkeit, ohne dass ich Ihnen das unterschreiben
muss?", fragte sie ihn unsicher. „Solche Angelegenheiten erledigt
nun mal sonst meine Tochter", fügte sie müde hinzu. „Natürlich
haben Sie die Möglichkeit, jetzt nicht zu unterschreiben, aber
dann kann keiner mehr, auch ich nicht, etwas dagegen tun, dass
das Geld an die Bank geht." „Das geht alles so plötzlich …" Jetzt
wurde der Bankangestellte wütend. „Wissen Sie, Frau Koslewski,
dann unterschreiben Sie halt nicht. Ist vielleicht auch besser so,
ich bekomme wahrscheinlich sowieso schon mächtigen Ärger,
dass ich gegen die Interessen der Bank handle und Ihnen zu dem
Geld Ihres Mannes verhelfen wollte. Nur sagen Sie später nicht,
ich hätte Sie nicht auf die Dringlichkeit der Situation hingewie-
sen."
Völlig verunsichert, weil sie dem jungen Mann, der doch nur
das Beste für sie wollte, jetzt auch noch Ärger bereitete, nahm
die alte Dame all ihren Mut zusammen und unterschrieb die
Erklärung. „Sehen Sie, Frau Koslewski, war doch gar nicht so
schwer, und jetzt ist ja alles geregelt." „Danke, dass Sie mir geholfen haben, ich verstehe ja nichts von Bankgeschäften." „Frau

Koslewski, um eines möchte ich Sie jedoch bitten." „Ja, um was denn?" „Ich benötige noch Ihr altes Sparbuch, um dort die Kontonummer zu notieren, damit ich dort keine Verwechslung vornehme." „Junger Mann, das muss ich aber erst holen gehen." „Natürlich, kein Problem, ich wollte sowieso mit Ihrer freundlichen Genehmigung mal Ihre Toilette benutzen", sagte er zu ihr, und sein freundliches Lächeln hatte wieder seinen alten Glanz bekommen. „Aber natürlich, junger Mann, wenn Sie im Flur sind, die zweite Türe rechts. Soll ich es Ihnen zeigen?" „Nein, Frau Koslewski, bleiben Sie mal schön ruhig sitzen, ich finde mich schon zurecht." „Das ist gut zu wissen, ich kann nämlich nicht mehr so gut mit meinen Beinen." „Aber natürlich, Frau Koslewski, das verstehe ich doch."

Der Mann verließ das Zimmer und verschwand im Flur. Salasul löste sich aus seiner Ecke und gab Ben ein Zeichen, ihm und dem jungen Mann zu folgen. Nachdem der Mann aus der Küche hinaus war, ging er gleich wieder die erste Tür links in einen Raum hinein. Ben hatte keinen guten Orientierungssinn – das hatte er nie gehabt –, aber die alte Frau hatte doch die zweite Türe rechts gesagt und nicht die erste links?! Ben folgte dem Mann und sah, wie dieser bereits voller Eifer in sämtlichen Schränken und Schubladen im Wohnzimmer der alten Dame nach etwas suchte. Bei der Suche fiel ihm ein schwarzes Schmuckkästchen in die Hände, und der Mann war richtig erfreut, als er dieses öffnete und sah, was sich alles darin befand. Da ertönte die Stimme der alten Dame aus dem Wohnzimmer. „Haben Sie es gefunden?" Der Mann drehte seinen Kopf kurz zur Seite, schmunzelte und rief zurück: „Ja, und vielen Dank auch", und steckte den Inhalt des Schmuckkästchens schnell in seine Tasche und legte das leere Kästchen wieder zurück. Sein Interesse schien bereits abgeklungen zu sein, denn er machte sich nach dieser kurzen Suche nicht mehr groß die Mühe und schloss die letzten Schubladen. Wahrscheinlich, so vermutete er, gab es hier nichts mehr zu holen. Hastig und wie ein gehetztes Tier, das in alle Richtungen lauscht, um jegliche Bewegungen und Geräusche rechtzeitig zu erkennen, verließ er den Raum und ging ohne Zögern in das gegenüberliegende Zimmer. Im Schlafzimmer standen nur zwei Nachttische und ein großer Schrank. Auch hier ging der Mann zielsicher auf die Schubladen des großen Schrankes zu und durchsuchte, vorsichtig aber bestimmt, die einzelnen Wäschestapel. Auch hier wurde er schnell fündig. Anscheinend machte er das nicht zum ersten Mal, und die Verstecke älterer Menschen waren ihm gut bekannt. Diesmal zog er einen Umschlag hervor, in dem sich etwas Bargeld befand. Das Kuvert verschwand blitzschnell in der seitlichen Innentasche seines Jacketts. Wieder schloss er die Türen und verließ den Raum. Nun ging er zur Toilette, bediente die Spülung, ließ kurz Wasser im Waschbecken laufen und tauchte dann wieder freudestrahlend auf. Gemütlich und scheinbar zufrieden mit seinem Diebesgut in den Taschen, schlenderte er wieder in Richtung Küche. An der Ecke des Flures, vor dem Eingang zur Küche, drückte er sich jedoch noch einmal an die Wand und versuchte, die alte Dame in der Küche zu beobachten, bevor er wieder dort hineinging.

Ben war fassungslos über die Dreistigkeit und Skrupellosigkeit des Mannes. Er ging an ihm vorbei in die Küche, weil ihm die Nähe des anderen nicht gefiel, ja, er sie einfach nicht ertragen konnte. Sein Blick fiel nun auf die alte Dame, die bereits aufgestanden war und mit dem Rücken zu ihm in der Schublade des Küchenschranks nach etwas suchte. Ben drehte seinen Kopf in die entgegengesetzte Richtung, um den Mann zu beobachten, und sah, dass dieser immer noch vorsichtig um die Ecke schaute und zusah, wie die alte Dame im Küchenschrank eine Schublade öffnete und etwas hervorholte, was Ben sogleich als ihr Sparbuch erkannte. Jetzt war der Mann plötzlich hinter ihr und nahm ihr das kleine Heft aus der Hand und fing an, gierig darin zu blättern. „Um Himmels Willen …", stotterte die erschrockene Frau, „junger Mann, was tun Sie denn da?" Der Mann ignorierte Frau Koslewskis Frage und drehte ihr nur den Rücken zu, während er in ihrem Sparbuch blätterte. Lausige eintausendzweihundertfünfundachtzig Euro standen darin, mehr hatte die Olle nicht auf ihrem Konto! Enttäuscht steckte er das Sparbuch ebenfalls in seine Innentasche.

In ihrer großen Verzweiflung, betrogen worden zu sein und das wenige Angesparte nun auch noch zu verlieren, fasste die alte Dame eher unbewusst den Mut und versuchte, den jungen Mann, der sich anschickte, den Raum zu verlassen, am Arm festzuhalten. „Sie gemeiner Dieb, geben Sie mir mein Geld wieder zurück! Das ist doch alles, was ich an Rente habe!" „Pech gehabt, Oma, jetzt gehört es mir." Frau Koslowski war völlig perplex, war aber nicht willens, so schnell aufzugeben. „Haben Sie denn kein Herz, eine alte Frau wie mich auszurauben?" Sie hatte nun ihre beiden Händen in seinen Arm gekrallt und dafür den Gehstock, der ihr als Stütze diente, fallen lassen. Enttäuscht, dass nicht mehr herausgesprungen war, außer dem spärlichen Sparbuch mit seinen paar Kröten, etwas Bargeld und der Brosche, die noch das meiste einzubringen versprach, war er total sauer über die vergeudete Zeit, die er investiert hatte. Wahrscheinlich reichte das Geld noch nicht einmal aus, um seine Investitionen abzudekken. Aber er hatte jetzt keine Zeit mehr zu verlieren, er musste schleunigst weg hier, raus aus der Wohnung. Er hatte sich sowieso schon viel zu lange hier aufgehalten, und nun fing die Alte auch noch an, Stress zu machen. In seiner Wut und Enttäuschung riss er sich mit voller Wucht los, und die alte Dame, die immer noch an seinem Arm hing, der ihr gleichzeitig als Stütze diente, war dieser schnellen Bewegung und ernormen Kraft nicht gewachsen und schleuderte, da ihr jeglicher Halt fehlte, zu Boden. Beim Losreißen wurde sie mit dem Kopf an die Kante des Küchenschranks geschleudert, bevor sie wie ein Sack hart auf dem kalten Küchenboden aufschlug.
Während die alte Frau dort lag, leerte der Mann seine Taschen aus und warf alles in den mitgebrachten Aktenkoffer. „Oh Gott, bitte hilf mir!", wimmerte die verletzte Frau. Noch einmal riskierte der Mann einen Blick auf sein hinter ihm liegendes Opfer. Eine große Blutlache hatte sich bereits um sie herum gebildet. Teilnahmslos, so als ginge ihn das alles nichts an, ließ er sich nur noch zu dem Kommentar herab: „Alte Schrulle, was versuchst du auch, mich aufzuhalten, he? Du spinnst doch, wenn du glaubst, dass ich dir jetzt auch noch helfe, bist doch selber schuld." Der

Mann drehte sich um, nahm seinen Koffer vom Tisch und ging, ohne sich noch einmal umzusehen, aus der Wohnung und zog leise die Türe hinter sich zu. Als wäre das eine mit dem anderen verbunden, fiel mit dem Zufallen des Türschlosses der Kopf der alten Dame zur Seite, und ihr Körper lag still und regungslos auf dem Boden. Ben blickte auf die starren Augen, die in Richtung Himmel schauten, und die letzten Worte der alten Frau hallten immer wieder, gleich einer Anklage, in seinem Kopf wider: *„Oh Gott, bitte hilf mir!“*, *„Oh Gott, bitte hilf mir!“*, *„Oh Gott, bitte hilf mir!“*, *„Oh Gott, bitte hilf mir!“* Ben hielt sich die Ohren zu, wenngleich ihm bewusst war, dass diese Worte nicht von außen an sein Ohr drangen und er diese Stimme trotzdem weiter hören würde. Diese flehenden Worte der alten Frau, die nun tot vor ihm lag, waren in ihm, und wahrscheinlich würde er sie nie wieder vergessen können. Salasul, der sich bisher unauffällig und still verhalten hatte, trat an Ben heran, und ehe Ben etwas sagen konnte …

Zapp ... – und schon hatten sie erneut den Ort gewechselt. Diesmal war die Umstellung jedoch nicht so außergewöhnlich. Sie waren wieder in einer Wohnung, die diesmal nur wesentlich moderner, heller und größer war. Der ganze Stil war hier völlig anders. Ben erkannte das schon allein durch die Ausstattung in der Küche und natürlich durch die Tatsache, dass sie sich diesmal nicht in einer Wohnung, sondern in einem Haus befanden. Auch diesmal war niemand anwesend, zumindest hatte Ben bisher noch niemanden sehen können. Das war jedoch nicht ungewöhnlich, denn bei allen Orten, die sie bisher bereist hatten, war es immer gleich gewesen: Zuerst nahm Ben die äußeren Gegebenheiten seiner Umgebung in sich auf, bevor dann die eigentliche Situation eintraf, die Salasul ihm zu zeigen gedachte. Also schaute er sich alles ganz genau an, um eventuell schon im Vorhinein Schlüsse ziehen zu können.

Der Küchenbereich war so angeordnet, dass der Zugang in den Wohn/Ess-Bereich offen war. Plötzlich ging die Hautüre auf, und eine Frau kam heftig keuchend und schwer beladen mit vielen Einkaufstaschen in den Händen hinein. Sie stellte die Taschen auf dem Küchentisch ab und ging wieder hinaus, wahrscheinlich, um noch die restlichen Einkäufe zu holen. Von der Treppe, die in den ersten Stock führte, kam ein Junge herunter, vielleicht so um die vierzehn Jahre alt, und schaute zur Eingangstüre hinaus. Dann ging er blitzschnell zu den Einkaufstüten und suchte etwas darin. Schon sehr bald schien er gefunden zu haben, was er suchte, und zog eine braune Geldbörse hervor. Er öffnete diese mit flinken, geübten Fingern, schaute hinein und lächelte. Plötzlich hörte er das Geräusch der wieder hereinkommenden Frau, die gerade die Eingangstüre hinter sich schloss, und sah keine Möglichkeit mehr zu entkommen. Geistesgegenwärtig steckte er deshalb die Geldbörse in seinen Hosenbund und legte sein Hemd darüber, um sie zu verstecken. Dann fing er eher gelangweilt an, die Einkäufe aus den Taschen auszupacken und in die Schränke zu räumen. „Hi Mam, ich dachte, ich helfe dir mal, hatte gerade etwas Zeit", erklärte der Junge seine Anwesenheit. „Danke, Andreas", sagte die Mutter zu ihm und drückte ihm einen Kuss auf die Wange. Dem jungen Mann schien das nicht zu gefallen, er ließ es aber geschehen. Gemeinsam räumten sie die Taschen leer. Als alles in den Schränken verstaut war, verabschiedete sich Andreas und ging wieder nach oben, während seine Mutter bereits angefangen hatte, in der Küche das Mittagessen vorzubereiten. „Andreas", rief sie ihren Sohn. Er schien sie jedoch nicht zu hören. Deshalb ging sie zur Treppe: „Aaandreeeas", rief sie nun deutlich lauter. Nach kurzer Zeit erschallte von oben seine Stimme: „Ja." „Sag mal, hast du mein Portemonnaie beim Auspacken gesehen?", fragte ihn seine Mutter. Andreas kam wieder die Treppe herunter und zog sich dabei gleichzeitig seine Jacke über. „Suchst du was?", fragte er seine Mutter. „Ja, mein Portemonnaie, ich habe schon überall gesucht, konnte es aber nicht finden. Hast du es vielleicht gesehen?" „Nein, Mam, ich habe es nicht gesehen. Vielleicht liegt es ja noch im Auto?" „Nein, da habe ich zuallererst nachgesehen, da ist es auch nicht", sagte sie zu ihm, und große Sorge lag in ihrer Stimme. „Mam, vielleicht hast du es wieder mal verloren, oder hat es dir vielleicht jemand geklaut?" „Meinst du? Oh, das wäre aber schlimm!" „War denn viel drin, Mam?" „Ja", sagte sie mit feuchten Augen und belegter Stimme, die nun deprimiert klang. „Ich war zuerst auf der Bank und habe tausend Euro abgehoben. Dann habe ich noch eingekauft – na ja, es müssten noch so achthundertsiebzig Euro drin gewesen sein." Der Junge schüttelte leicht mit dem Kopf und sagte: „Mam, du musst einfach besser aufpassen, das habe ich dir doch schon immer gesagt. Das ist jetzt schon das zweite oder dritte Mal." „Das dritte Mal, ja, ich weiß, und ich bin mir ja auch ganz sicher, dass ich es in diese Tasche gesteckt hatte." „Aber Mam, du hast die Taschen doch selbst mit ausgepackt." „Ja, ja, du hast ja recht, mein Junge. Bitte, bitte, sage Papa nichts davon. Er hat schon beim ersten Mal zwei Wochen lang kein Wort mehr mit mir gesprochen." „Aber wie willst du ihm das denn verheimli-

chen? Glaubst du, Papa merkt nicht, dass so viel Geld auf einmal
fehlt? Papa ist doch nicht blöd!" „Ich werde halt wieder zusätzlich putzen gehen wie beim letzten Mal. Es war nur so viel Geld
diesmal. Da muss ich diesmal sehr lange putzen gehen, um das
Geld wieder reinzubekommen." „Mam, ich wünschte, ich könnte
dir irgendwie helfen. Aber ich verspreche dir, ich sage Papa kein
Wort davon. Ich gehe dann noch mal weg, ja?" Andreas konnte
sein Glück nicht fassen. Er hatte zuerst gedacht, so um die dreihundert Euro ergattert zu haben, aber achthundertsiebzig Euro!
Mann, war das ein Glückstag heute! Während er gut gelaunt das
Haus verließ, saß drinnen eine verzweifelte und total erschöpfte
Frau und weinte laut am Küchentisch.
Ben war schockiert und niedergeschlagen. Mit welcher
Dreistigkeit Andreas seine Mutter beraubt hatte, war schon
erschütternd. Dass er jedoch für seine egoistischen Prassereien
seine arme Mutter auch noch sehr lange zusätzlich hart arbeiten
lassen würde, was ihre Kräfte vielleicht sogar bei Weitem über-
steigen würde, das war herzlos und niederträchtig. Ben hätte den
Jungen am liebsten verprügelt oder zumindest der Polizei verraten.
Salasul nahm Bens Emotionen gelassen und mit tiefer
Zufriedenheit in sich auf, ohne auch nur das kleinste Anzeichen
davon in seinem Gesicht erkennen zu lassen. „Ben, daran kannst
du erkennen, dass Geld die Welt regiert. Sogar die eigenen
Familienmitglieder schauen nur nach ihrem eigenen Vorteil. Die
anderen sind ihnen völlig gleich." Was er sonst noch dachte,
behielt er für sich, und jetzt spiegelte sich auf dem sonst ausdruckslosen Gesicht noch eine andere Regung wider. Ben hätte
ihm gern etwas erwidert, hätte ihm gern widersprochen, aber
hatte Salasul nicht vielleicht sogar doch recht? Ihm fiel plötzlich
sein Bruder ein, der oft auch nur das getan hatte, was ihm zu
seinem eigenen Vorteil nutzte. Dabei hatte er andere geschickt
für seine Zwecke mit eingebunden oder sogar manipuliert. Aber
das sagte er Salasul nicht, sondern behielt seine Gedanken lieber
für sich.

Kapitel 10.6: Prostitution

Zapp – Ben stand mitten auf einer belebten Einkaufspassage. Diese war ausschließlich für Fußgänger zulässig und dementsprechend voll. Es war ein herrlicher Sommertag, und viele Menschen trieb es wohl deshalb zu einem Spaziergang oder Einkaufsbummel in die Innenstadt. Ben schaute sich um, konnte Salasul diesmal jedoch nicht an seiner Seite finden. Doch plötzlich tauchte sein Gesicht aus der Menge auf, und er winkte ihm ausgelassen zu. Er hatte bereits gemütlich an einem Kaffeetisch Platz genommen, an dem zwei Frauen mittleren Alters Kaffee tranken und sich miteinander unterhielten.

Ben setzte sich auf den letzten freien Stuhl dazu und wartete ab, was nun wohl passieren würde, denn es war bisher jedes Mal so gewesen, dass Salasul ihn in eine Situation gebracht hatte, die zunächst unverfänglich ausgesehen, die sich dann aber am Ende doch wieder als brutal und grausam dargestellt hatte. Salasul schonte Ben dabei in keiner Weise, auch wenn Ben sich gewünscht hätte, einfach mal wieder etwas ganz Normales zu erleben. Salasul ließ jedoch nicht locker und verwies darauf, dass Ben versprochen hatte, sich die ganze Wahrheit zeigen zu lassen. Wenn das die Wahrheit war, dann war Ben bisher wirklich blind durch die Welt gelaufen! Er schämte sich dafür.

Nun schaute er in alle Richtungen, um zu erkunden, was Salasul ihm an diesem Schauplatz wohl zeigen wollte, aber es gab bisher nichts zu sehen, was Ben als ernste Gefahr einstufen würde. Im Gegenteil, die Sonne schien warm vom Himmel herab, die Passanten wirkten fröhlich und zufrieden, auch wenn ab und zu gestresste Mütter mit Kindern, Geschäftleute oder genervte Männer, die mit ihren Frauen einkaufen gehen mussten, vorbeiliefen. Ben streckte seine Füße aus, legte seinen Kopf in den Nacken und lauschte dem Stimmenwirrwarr um sich herum. Es war ein herrlicher Tag, und er genoss es, sich die Sonne ins Gesicht scheinen zu lassen. Jetzt fehlte nur noch Sabine an seiner

Seite und ein großer Becher Eis, und Ben wäre der glücklichste
Mensch in der ganzen Einkaufspassage gewesen. Aber er genoss
es auch, mal kein Unheil, Leid oder irgendwelche Grausamkeiten
erleben zu müssen. Für diese angenehme Abweichung war er
sehr dankbar. Was sollte an solch einem schönen Tag mitten im
Zentrum einer Stadt auch schon geschehen? Auf der anderen
Seite war Ben schon so oft überrascht worden. Salasul, der die
Freude und innere Gelöstheit von Ben spürte, berührte ihn am
Arm und deutete ihm an, dass er dem Gespräch der beiden Frauen
lauschen sollte. Jetzt achtete Ben mehr auf die beiden Damen
am Tisch, die unterschiedlicher nicht hätten sein können. Die
eine Dame hatte braunes Haar, das bis zu den Schultern ging. Sie
war kaum oder nur sehr dezent geschminkt und hatte eine helle
Haut. Sie trug Bluejeans und dazu eine weiße Bluse. Ben fand,
dass sie sehr schön aussah, aber nervös oder besser noch unsicher wirkte. Die andere Frau am Tisch dagegen war wesentlich
auffälliger gekleidet. Sie trug eine modische weiße Leinenhose
und eine gelbe Bluse, die Schuhe waren offene Designerschuhe,
die mit sehr hohen Absätzen versehen waren, wobei sich Ben
jedes Mal fragte, wie man in solchen Schuhen überhaupt laufen konnte. Sie hatte lockiges blondes Haar, das sich bei jeder
Kopfbewegung wie bei der Werbung fantastisch schwebend bewegte. Auch Sabine hatte solche Haare gehabt. Ihr Make-up war
absolut makellos, für Bens Geschmack jedoch mit Lidschatten,
Wimperntusche und Lippenstift etwas zu viel des Guten. Auch
der Duft, der von ihr herüberwehte, zeugte davon, dass sie zu viel
von diesem süßlichen Parfüm aufgetragen hatte. Die Haut war
so tief gebräunt, als sei sie eine Südländerin – wohl das Ergebnis
zahlreicher Stunden im Sonnenstudio. Die Handtasche, die vor
ihr auf dem Tisch lag, war mit Sicherheit sündhaft teuer. Sie besaß Geld und zeigte dies auch.
Beide unterhielten sich, während sie einen Kaffe oder etwas in
der Art tranken. Wahrscheinlich machten sie eine kurze Pause
von ihrem gemeinsamen Einkaufsbummel oder hatten sich zufällig getroffen und freuten sich, einfach miteinander zu quatschen.
„Na los, Gabi, nun sag schon, was ist los?“, sagte die blonde Frau

zu ihrer Freundin. Die andere Frau schien etwas sagen zu wollen, brachte es aber wohl nicht übers Herz. „Okay, dann sag ich dir, was ich denke. Dein Mann hat eine andere." „Woher weißt du das?", fragte die völlig verblüffte Frau mit dem braunen Harr, die auf den Namen Gabi hörte. „Ich habe dir das schließlich schon von Anfang an gesagt, dass Peter so ist, aber du wolltest ja nicht auf mich hören", ergriff die blonde Frau erneut das Wort. Sie schien die dominantere der beiden Frauen zu sein, etwas, was sich bereits durch den Kleidungsstil abgezeichnet hatte. „Du hast ja Recht, weißt du, Peter betrügt mich bereits zum x-ten Male. Immer wieder neue Affären, ständig neue Frauen. Die neueste ist gerade mal einundzwanzig Jahre alt." „Ja, so sind die Männer nun mal, und auch du – so leid mir das für dich auch tut – wirst sie nicht ändern. Lebe damit und mache das Beste daraus. Kaufe dir was sündhaft Teures oder suche dir einen netten Geliebten." „Nein, so etwas kann ich nicht", sagte die schüchterne Frau, und dabei schaute sie sich um, ob nicht irgendjemand an einem Nachbartisch ihrem Gespräch zuhörte, denn es war ihr absolut peinlich. „Dann eben nicht, Gabi, es ist dein Leben." „Ich kann doch nicht einfach so tun, als wüsste ich nichts davon." „Doch, meine Liebe, das hast du schließlich vorher auch gemacht, und du wirst es weiterhin tun, was anderes bleibt dir sowieso nicht übrig, oder aber du verlässt ihn." Entschlossenheit lag in ihren Worten, aber Ben wusste, dass dies nicht für Gabi galt. „Peter hat mir gedroht, dass, falls ich ihn verlasse sollte, er dafür sorgt, dass ich keinen Cent zu sehen bekomme, und die Kinder auch nicht." Gabi standen die Tränen in den Augen, und es fiel ihr nicht leicht, das alles zu beichten. „Und wie sieht es derzeit aus?", fragte die blonde Frau weiter. „Wie meinst du das?" „Na, was bekommst du denn jetzt an Geld? Sieh dich doch an. Die Klamotten, die du trägst, sind schon seit mindestens fünf Jahren außer Mode, für dich selber hast du auch nichts gemacht. Wann warst du zum Beispiel das letzte Mal beim Friseur?" „Dafür reicht das Geld einfach nicht. Wir sind oft knapp bei Kasse", antwortete ihr Gabi. „Weißt du, Gabi, du bist schon sehr naiv. Glaubst du etwa nicht, dass dein Peter seiner Neuen teure Geschenke

macht? Glaube mir, das tut er mit Sicherheit!" „Ach, Claudia, bei dir und Harald ist es doch auch nicht so." „So, meinst du? Was weißt du denn schon?" Erneut stand Gabi der Mund offen, dann wollte sie es aber doch genauer wissen: „Hat Harald … ich meine, ist er auch schon fremdgegangen?" „Gabi, alle Männer sind Schweine, ausnahmslos alle!", gab die Bonde zurück, während sie einen Schluck aus ihrer Tasse nahm. „Ich hatte ja keine Ahnung", stammelte die fassungslose Gabi neben ihr. „Woher auch? Sollte ich damit herumlaufen und weinen, so wie du? Entschuldige, war nicht böse gemeint."
Aber Gabi war keineswegs beleidigt, eher schockiert wegen der Tatsache, dass wahrscheinlich wirklich alle Männer Schweine waren. Jetzt musste sie sich alles von der Seele reden. Wie oft hatte sie sich nicht getraut und immer die brave Hausfrau gespielt. Jetzt war es endlich draußen, und es befreite sie, mit ihrer besten Freundin darüber zu reden. „Aber du bekommst wenigstens Geld von Harald und kannst dir einige nette Dinge leisten. Ich meine, so toll war Peter im Bett auch wieder nicht, dass ich dem groß nachtrauern würde. Ich weiß gar nicht, warum ihm die jungen Dinger immer hinterherlaufen, aber lange hält es keine bei ihm aus. Ich meine, das Vorspiel besteht lediglich aus dem einen Satz, in dem er mir mitteilt, dass er es will; der … na, du weißt schon … ist nach fünf Minuten beendet, und dann dreht er sich zur Seite und schläft ein. Nein danke, das vermisse ich wirklich nicht. Aber er ist nun mal mein Mann. Wobei du recht hast, dass ein paar nette Dinge das Leben angenehmer machen würden. Dann könnte er von mir aus auch bleiben, wo der Pfeffer wächst, und …" „Ich verdiene mir mein Geld selber", sagte die andere mitten in den Satz von Gabi hinein. „Du gehst arbeiten?" Schon wieder war Gabi überrascht darüber, was Claudia, ihre beste Freundin, alles tat, von dem sie bisher keine Ahnung gehabt hatte. „Nein, nicht so, wie du denkst. Ich sage es dir, aber du musst mir versprechen, dass es unter uns bleibt", und es war nun die blonde Claudia, die ihre Stimme gesenkt hatte, damit niemand sonst sie hören konnte. „Natürlich", kam Gabis Antwort viel zu schnell, denn so ganz war sie sich nicht sicher, ob sie das,

was sie da gerade versprochen hatte, auch würde halten können. „Es war wie bei dir“, begann Claudia leise. „Jahrelang habe ich für ihn alles gemacht, habe jeden Cent gespart und mir nichts gegönnt, bis ich herausgefunden habe, dass er eine Geliebte hat und ihr als geheimes Liebesnest eine Eigentumswohnung geschenkt hat. Weißt du, ich spare mir alles vom Mund ab, und sie macht die Beine breit und bekommt alles geschenkt. Ich habe tagelang geweint, bis ich mich selbst nicht mehr leiden konnte. Dann, eines Tages, hat er seine Scheckkarte liegen gelassen. Ich habe sie genommen und bin einkaufen gegangen. Fast zehntausend Euro habe ich an diesem Tag ausgegeben. Ich habe mir die schicksten Blusen, Hosen, Schuhe und die verführerischste Unterwäsche gekauft. Anschließend war ich seit vielen Jahren wieder mal in einen Beauty-Salon, bei einem Hairstylisten, im Nagelstudio und bei der Körpermassage. Ich sah richtig toll aus und habe mich auch toll gefühlt, wieder als eine begehrenswerte Frau. Ich habe auf dem Nachhauseweg so viele Komplimente gehört wie seit der Zeit vor meiner Heirat nicht mehr. Ich habe ihn dann, als er nach Hause kam, nach allem, was ich wusste und konnte, verführt. Er hat mir in jener Nacht mehr als einmal gesagt, wie toll ich aussehe, wie ich mich anfühle, dass ich immer noch die attraktivste Frau für ihn wäre und was er für ein Glück hätte, mit mir verheiratet zu sein. Seine Liebesschwüre überschlugen sich förmlich. Als wir fertig waren, na, du weißt schon, was ich meine, wollte ich noch ein wenig kuscheln, wollte ihm sagen, wie toll ich es selbst empfunden hatte, aber er meinte nur, er wolle seine Ruhe haben und müsse am nächsten Tag früh ausstehen. Ich verstand das, denn letztendlich hatte ich ja seinen Zeitplan völlig durcheinandergebracht. Ich war traurig und doch glücklich. Ich blödes Schaf. Irgendwann bin ich durch ein Geräusch mitten in der Nacht wach geworden und wollte ihn wecken, aber er lag nicht mehr neben mir im Bett. Ich zog mir etwas über und schlich ängstlich die Treppe hinunter. Da saß er im Sessel und telefonierte mit ihr.“ „Du meinst, er hat, nachdem ihr euch geliebt habt, seine Freundin angerufen?“, meinte Gabi. „Ja, das hat das Schwein gemacht. Aber das war noch nicht alles. Wenn man erst mal am Boden liegt, treten andere noch nach. Das Schwein sagte zu ihr am Telefon, dass er glaube, dass ich etwas gemerkt haben könnte und dass er deshalb heute mit mir geschlafen hätte, aber es wäre für ihn furchtbar gewesen, weil ich gar nicht wüsste, was guter Sex wäre. Ich habe mich nie so erniedrigt gefühlt, ich kam mir so benutzt vor, wie …wie eine Hure." Gabi legte eine Hand auf Claudias Hand, weil sie dachte, ihre Freundin bräuchte jetzt Trost. Aber als sie Claudia in die Augen sah, wusste sie, dass ihre Freundin zwar voller Emotionen erzählte, aber dass es ihr früher sehr wehgetan haben musste, jetzt nicht mehr. Jetzt glich es eher einer sachlichen Ausführung. „Irgendwann, als er wieder mit mir schlafen wollte, weil sie ihn nicht ließ, habe ich ihn angeschrien, er solle doch zu seiner Geliebten gehen, wenn er es nötig habe. Wir haben uns die halbe Nacht angeschrien, und am nächsten Tag hat er mir gleich alle Konten gesperrt." „Du tust mir so leid, Claudia." „Weißt du, eigentlich hatte er ja recht." „Spinnst du, ihn jetzt auch noch zu verteidigen?", brach es aus der entrüsteten Gabi hervor. „Tue ich doch gar nicht. Aber sieh mal, Harald war mein erster richtiger Mann. Davor, das waren nur kleine Liebeleien. Während sich die Männer vorher austoben können, müssen wir doch auf unseren Ruf achten. Ja, ich weiß, heute ist das nicht mehr so, aber damals bei uns war das so. Und über das Thema zu reden, war irgendwie auch nicht möglich, so hat jeder einfach nur gehofft und gewünscht, aber keiner wusste, was der andere gerne hätte."

Gabi musste ihr recht geben, auch bei ihr lief es ähnlich ab, nur war Peter bisher der einzige Mann, den sie je hatte, aber das wollte sie Claudia nicht sagen. „Glaub mir, Gabi, ich wusste vorher gar nicht Bescheid, was alles möglich ist!" Wieder musste Gabi schlucken über das, was sie aus dem Mund ihrer Freundin hörte. Claudia fuhr ungehindert fort: „Ich musste bei ihm betteln gehen, wenn ich Geld brauchte. Ihm machte es Spaß zu sehen, dass ich immer wieder angekrochen kam. Ich habe dann versucht, eigenes Geld zu verdienen, aber niemand wollte mich einstellen. Die meisten Personalchefs haben mir nur lüsterne Angebote gemacht. Als ich gar kein Geld und auch keine Aussichten mehr hatte und den Job dringend brauchte, habe ich dann bei einem, der eigentlich recht nett aussah, zugestimmt. Es passierte gleich in seinem Büro. Es hat keine drei Minuten gedauert und ich hatte den Job." Gabi stand der Mund offen. „Ich will dir was sagen – es war nicht schlimmer, als wenn es mein Mann gewesen wäre", sagte Claudia, „nur kürzer war es schon als mit Harald." „Und hast du den Job noch?", wollte Gabi wissen. „Nein, keine fünf Tage, dann hat mich dieser Arsch wieder rausgeschmissen. Angeblich wären meine Unterlagen nicht in Ordnung." „Was war denn falsch?", wollte Gabi wissen. Claudia schaute ihre Freundin an und verstand nicht, was Gabi wollte. „Die Unterlagen, was war denn falsch daran? Ich meine, damit ich nicht auch den gleichen Fehler mache …" „Gabi, nichts war falsch. Ich habe ihm einfach nach drei Tagen gesagt, dass ich es nicht mehr mit ihm tun werde und er sich gefälligst selber einen runterholen soll, und schon war ich meinen Job wieder los. Ich sage dir doch, alle Männer sind gleich. Aber ich habe dazugelernt. Wenn es so einfach ist, von Männern das, was man will, auch zu bekommen, dann hole ich es mir einfach." „Claudia, du bist doch nicht …?" Gabi wagte kaum daran zu denken, geschweige denn es auszusprechen. „Na, was ist schon dabei? Mein Mann hat mich doch zur Hure gemacht. Er hat mich eben nur nicht nach dem Sex, sondern einmal im Monat bezahlt und das dann Wirtschaftsgeld genannt. Das war der Preis dafür, mit mir schlafen zu dürfen, ob ich wollte oder nicht. Heute habe ich Männer, die gutes Geld dafür bezahlen. Und ich bin nicht billig. Dreihundert Euro, und Sonderwünsche kosten extra. Niemals bei mir zu Hause, ansonsten wann immer mich jemand anruft." „Und das geht?", fragte eine immer noch sichtlich schockierte Gabi. „Du, meistens ist es sogar viel schöner mit ihnen, weil die Männer Fantasien entwickeln und auch möchten, dass ich meinen Spaß dabei habe. Es ist zwar nicht immer so, aber doch weit öfter als mit Harald. Mittlerweile verdiene ich sogar mehr als Harald. Wir haben uns dennoch nicht scheiden lassen, weil jeder den Schein nach außen wahren möchte. Ich kann dir nur raten, mach es doch auch so. Täusche ihnen was vor, und nach einer Stunde hast du genug Geld." Gabi war

schockiert und fasziniert zugleich. Sie hätte sich zuvor so etwas nie vorstellen können, jedoch war das Ganze mit einem gewissen Reiz verbunden. Ja, sie wollte das auch, wenn es so leicht war. Jetzt wollte *sie* mal die anderen ausnutzen und nicht immer das Opfer sein! „Du, ich will das auch mal probieren, wenn es so leicht ist, ich weiß aber nicht, wie ich das anfangen soll."
Plötzlich klingelte Claudias Telefon. Sie bedeutete ihrer Freundin, dass es Kundschaft war, und nahm das Gespräch entgegen. „Hallo? … Ja, natürlich … Morgen gegen 12:00 Uhr. … Ja … ja", Claudia presste das Telefon an die Brust und sagte leise zu Gabi: „Morgen Mittag, wir beide zusammen?" Gabi blickte erstaunt, stimmte dann aber mit einem Kopfnicken zu. „Ja, ich bringe eine Freundin mit, wird dann natürlich teurer, aber auch schöner … ja, bis morgen dann, tschüss." Sie klappte das Telefon zu und strahlte Gabi an. „Du, das wird ganz toll! Ist ein Stammkunde von mir, er hatte mich schon öfter gefragt, ob ich nicht noch ein Freundin hätte. Er ist nett, sauber und zahlt gut. Jetzt lass uns einkaufen gehen, dass wir aus dir eine verführerische Schönheit machen." Die Damen zahlten, standen auf und gingen einander untergehakt, total ausgelassen, die Einkaufspassage entlang.
Ben schaute beiden Damen hinterher. Sie sahen eigentlich ganz normal aus. Dann dachte er bei sich, dass im Grunde genommen jedes Gespräch solch einen Hintergrund haben könnte, und schaute die Nachbartische nun mit anderen Augen an. Hier saßen größtenteils Frauen zusammen und unterhielten sich miteinander, was natürlich auch zeitlich bedingt war. Salasul war sehr zufrieden. Die Saat ging immer weiter auf. Zu dem Hass, der bereits in Ben schwelte, entwickelte sich nun auch noch eine große Portion Misstrauen. Salasul fand, dass dies eine sehr gute Mischung sei.

Ben verstand immer mehr, dass die Menschen nur noch auf Geld fixiert waren, aber bevor er weiter darüber nachdenken konnte, hatten sie – zapp – den Schauplatz erneut gewechselt. Ben machte es mittlerweile gar nichts mehr aus, so schnell in Raum und Zeit zu wechseln. Nun befanden sie sich in einer Gegend, in der sehr, sehr laute Musik spielte. Es war nun bereits sehr spät am Abend oder sogar schon Nacht, und die Sonne war wahrscheinlich schon seit Stunden untergegangen, es war mächtig dunkel hier draußen. Trotzdem konnte Ben erkennen, dass mehrere Jugendliche vor einer Diskothek mit dem Namen „Blue Night" standen und sich unterhielten – etwas, was bei der Lautstärke innen drin bestimmt nicht möglich war –, während sie Alkohol tranken, rauchten oder einfach nur Musik hörten, die immer noch in starker Lautstärke nach außen drang. Ben hatte von jeher eine starke Abneigung gegen Diskotheken, die mit viel zu lauter Musik, jeder Menge Qualm und Menschenmengen – Menschen, die sich freiwillig wie gepresste Sardinen in die Büchse begaben – gefüllt waren. Er war deshalb mehr als froh, dass Salasul keinerlei Anstalten machte, dort hineinzugehen. Natürlich könnte es hier in dieser Diskothek anders sein, aber Ben glaubte nicht wirklich daran. Im Gegenteil, seit sie hier angekommen waren, waren immer mehr Leute dort hineingeströmt, eine Personenkontrolle schien es hier nicht zu geben, zumindest war von hier außen keine erkennbar, und nur Einzelne waren zur gleichen Zeit wieder herausgekommen. Das bedeutete, dass es von Minute zu Minute immer schlimmer werden musste. Ben schaute sich genauer um und fragte sich, was Salasul ihm wohl hier zeigen wollte. Aber er hatte inzwischen gelernt, geduldiger zu sein und auf ein Zeichen von Salasul zu warten, wenn er selbst nicht erkannte, worauf er achten sollte oder was er an einem bestimmten Exempel lernen sollte.
Ein junges, verliebtes Pärchen verließ gerade die Diskothek, und Ben wusste plötzlich instinktiv, ohne dass er es hätte erklären

können, dass sie wegen diesen beiden hier waren. Sie war blond mit langen glatten Haaren und sah hinreißend aus. Ben schätzte ihr Alter auf circa fünfzehn bis achtzehn Jahre. Der Mann neben ihr war deutlich älter, er schätzte ihn auf etwa fünfundzwanzig oder noch ein bisschen älter. Beide gingen, sich immer wieder küssend, in die Richtung der parkenden Autos. Salasul folgte beiden unmittelbar, und auch Ben ging hinter ihnen her. Während sie dem Pärchen folgten, konnte Ben hören, wie sie ständig zu ihm sagte, dass sie ihn liebte. Was Ben dabei auffiel, war, dass dies seiner Ansicht nach sehr einseitig war. Zwischen ihren Worten schmiegte sie sich immer wieder an ihn, und beide küssten sich leidenschaftlich. Als sie den Autoparkplatz erreicht hatten, sah Ben, wie der Mann um sein Auto ging. Dabei fuhr seine Hand leicht und geschmeidig über den Kofferraumdeckel und die Seite, so als wolle er sein Auto streicheln. Diese Geste war nicht intendiert oder geplant, sie erfolgte einfach aus ... Liebe. So hatte Ben – wenngleich er als Außenstehender bisher nur einen kleinen Einblick in das Liebesleben des jungen Pärchens hatte nehmen können – den jungen Mann noch nicht erlebt, dass er seine Freundin so liebvoll berührt hätte. Ben musste schon wieder an Peter, seinen Bruder, denken, der sein Auto sehr wahrscheinlich ähnlich anfassen und streicheln würde.

Der Mann war mittlerweile eingestiegen und machte die Tür zur Beifahrerseite auf, um das Mädchen einsteigen zu lassen. Ohne groß darüber nachzudenken, saß Ben mit seinem Begleiter im Wagen auf der Rückbank, während auf der Fahrer- und Beifahrerseite das heftige Geknutsche zwischen dem Paar weiterging. Die Atmosphäre wurde Ben zu heiß. Hier wollte er nicht sein, das hier war privat, dieses Vergnügen war allein den beide vorbehalten. Ben fühlte sich nicht wohl in seiner Haut, und als er Anstalten machte, aussteigen zu wollen, hielt Salasul ihn am Arm fest. Es war ein Griff, welcher signalisierte, dass hier keine Fragen erlaubt waren. „Salasul, das möchte ich nicht mit ansehen, das geht uns beide nichts an. Lassen wir beide allein in ihrer Liebe." Salasul blieb von Bens Worten unberührt. Von den Küssen angestachelt, bewegten sich die Hände beider am Körper

des anderen. Das Hemd des Mannes war schon komplett ausgezogen und die Bluse des Mädchens stand bereits offen, aber als er ihre Jeans öffnen wollte, sperrte sich das junge Mädchen. „Bitte nicht", sagte sie zu ihm. „Ich bin noch nicht so weit." Der Junge schien dies nicht gehört zu haben, denn er hielt nicht eine Sekunde inne bei seinen Bemühungen, ihre Hose zu öffnen. „Bitte nicht!", rief sie nun lauter und versuchte jetzt doch, ihn vehement von sich wegzudrücken. Aber der Junge war nicht gewillt, sich jetzt noch zurückhalten zu wollen. Immer mehr musste sie sich zur Wehr setzen. „Komm schon, ich will es jetzt", hörte man ihn unter seinen Küssen reden. „Nein, bitte nicht, lass mich, nein!"
Durch den Kampf waren die zuvor zärtlichen Berührungen jetzt brutal und aggressiv geworden. Ben konnte sehen, dass das Mädchen mittlerweile rote Abdrücke hatte, die sehr schmerzen mussten, bedingt durch die harten, zum Teil brutalen Griffe des Mannes, und wollte eingreifen, um ihr zu helfen. Ben hätte dazu dem Mann am liebsten ins Gesicht geschlagen oder aus dem Auto gezerrt, aber er blieb sitzen und schaute mit Entsetzen zu, wie sich die Situation weiter verschlimmerte. Das Mädchen suchte unter Tränen verzweifelt mit der rechten Hand nach dem Türöffner, während sie gleichzeitig mit aller Kraft mit der linken Hand, die ihr noch blieb, den Mann daran zu hindern versuchte, seinem Ziel näher zu kommen. Plötzlich hatte sie den Griff in der Hand und drückte sogleich mit aller Gewalt die Türe auf. Da die einzelnen Fahrzeuge auf dem Parkplatz sehr eng aneinander geparkt waren, schlug die Türe mit einem dumpfen, aber lauten Schlag an die Fahrerseite des nebenan stehenden Fahrzeuges. Der Mann wusste sofort, was der laute Knall zu bedeuten hatte, und ließ durch diesen Zwischenfall sofort von ihr ab. „Bist du blöd, eh?", schrie er sie wütend an, aber das Mädchen hörte gar nicht hin. Sie hatte den kurzen Moment dieser unfreiwilligen Ablenkung geschickt genutzt, um sich aus dem Auto zu werfen, und lief nun mit aller Kraft zwischen den Autos durch und versteckte sich irgendwo dazwischen. Jetzt war auch der Mann ausgestiegen und hielt nach ihr Ausschau, konnte sie aber nirgendwo zwischen

den parkenden Fahrzeugen entdecken. „Hau doch ab, du blödes Miststück", schrie er ihr hinterher. Dann kümmerte er sich nicht mehr um sie und sah sich verzweifelt den Schaden an seinem Fahrzeug an. „Scheiße Mann, Scheiße, Scheiße, Scheiße!", sagte er immer wieder, und Tränen standen ihm ihn den Augen.
Ben war aus dem Fahrzeug gestiegen und stand nun direkt neben dem Mann. Er fand es vollkommen albern, wie dieser sich aufführte. Salasul jedoch saß noch im Fahrzeug. Somit war Ben zum ersten Mal allein auf „die Reise" gegangen. „Respekt, Ben, ich sehe, du lernst schnell", sprach ihn Salasul an, der nun plötzlich wieder vor ihm stand. „Aber wie …?", wollte Ben wissen. „Dein eigener Wille hat es dir ermöglicht. Es war wahrscheinlich dein größter Wunsch, den Mann daran zu hindern, dass er dem Mädchen hinterherläuft." Nachdem das Gespräch auf den Mann zu sprechen kam, fragte sich Ben, wo dieser denn geblieben war. „Er ist in die Diskothek zurückgegangen und wird sich betrinken. Aber deswegen waren wir nicht hier, komm, lass uns zusammen ein Stück gemeinsam gehen."
Sie gingen schweigsam ein Stück die Straße entlang. Ben genoss die Ruhe. Zum einen, weil er die laute Diskothekmusik nicht mochte, und zum anderen, weil er einfach dankbar für ein bisschen Alltag und Ruhe war. Er dachte über Salasuls Bemerkung nach, dass sie wegen dieses Vorfalls nicht hier waren. Aber warum hatten sie dann im Auto gesessen? Was verheimlichte ihm sein Begleiter?, fragte sich Ben nicht zum ersten Mal, aber es war nur ein flüchtiger Gedanke. Nach etwa dreihundert Metern vom Parkplatz entfernt saß jemand am Straßenrand und weinte. Ben wusste schon von Weitem, um wen es sich handelte, aber erst als sie unmittelbar vor ihr standen, erkannte er, dass es auch wirklich das Mädchen von vorhin war. Sie blieben schweigend in ihrer Nähe stehen. Ben hatte ein ungutes Gefühl. Er konnte es nicht genauer beschreiben, es war mehr so eine Ahnung, und das bereitete ihm Sorge. Nachdem sich das Mädchen etwas gefangen hatte und endlich aufhörte, ihre Situation zu beweinen, überlegte sie nun, wie sie nach Hause kommen sollte, denn die Busse fuhren zu dieser Zeit schon lange nicht mehr, und zum

Taxistand wollte sie nicht zurückkehren, denn sie fürchtete, dass ihr angeblicher „Freund" dort auf sie warten könnte. Sie suchte in ihrer Jackentasche nach ihrem Handy, aber es war nicht dort. Verzweifelt kramte sie in jeder Tasche, schaute in ihrer Hose nach, konnte es aber nicht finden. Sie musste es irgendwo verloren haben. Sie suchte den Platz um sich herum ab, konnte es aber auch dort nicht finden. Wahrscheinlich hatte sie es schon vorher verloren. Damit war ihr nun die Möglichkeit, ihren Vater wie vereinbart anzurufen, verbaut. Zurück in die Diskothek wollte sie auch nicht mehr. Sie konnte dem Mann, den sie heute kennengelernt hatte, einfach nicht mehr unter die Augen treten, zudem hatte sie sein Auto beschädigt, sodass er wahrscheinlich sehr böse auf sie war. In ihrer Handtasche war noch etwas Kleingeld, damit könnte sie von der nächsten Telefonzelle aus anrufen, aber da fiel ihr ein, dass die Tasche ja noch im Auto lag, vorne beim Beifahrersitz. Warum war sie auch bloß mit diesem Mann zu seinem Auto gegangen?, schimpfte sie sich selbst. Das hatte ja so weit kommen müssen. Nach einer Minute des Schweigens rechtfertigte sie jedoch ihr Verhalten und sagte zu sich selbst: „Aber er war ja so nett und süß, und küssen konnte er auch ganz gut. Na ja, das passiert mir nicht noch einmal, aber jetzt muss ich sehen, wie ich nach Hause komme."
Sie brachte ihre Kleidung in Ordnung und fuhr sich mit den Fingern durchs Haar. Bei ihrer Bluse fehlten die oberen zwei Knöpfe, die während der Rangelei abgerissen worden waren, was natürlich zur Folge hatte, dass ihr Ausschnitt jetzt deutlich vergrößert war. Ansonsten sah sie wieder ganz ordentlich aus, die Schmutzflecke von ihrem Sturz konnte man in der Dunkelheit nicht sehen. Sie lief also am Straßenrand entlang, in Richtung des nächsten Dorfes. Der öffentliche Münzfernsprecher – und es gab nur diesen einen – war durch irgendjemanden so stark beschädigt worden, dass dort ein Schild mit der Aufschrift „Außer Betrieb" angebracht war. Dann fiel ihr auch wieder ein, dass sie sowieso kein Geld dabei hatte. „Scheiße", fluchte sie vor sich hin. Aber es nutzte alles nichts, wollte sie irgendwann heute noch nach Hause kommen, blieb ihr nichts anderes übrig, als jetzt auch

noch den Rest der Strecke weiterzulaufen. Als sie den Ortrand erreicht hatte, war es 01:15 Uhr. Sie würde ungefähr noch zwei Stunden brauchen, bis sie wieder zu Hause wäre, rechnete sie sich gerade aus, als ein Auto an den Straßenrand heranfuhr und ganz langsam neben ihr her fuhr. Die Fensterscheibe ging herunter, und der Mann im Auto fragte höflich, ob er sie irgendwohin mitnehmen könne. Das Angebot war verlockend, aber sie schüttelte nur den Kopf und rief ins Auto hinein: „Nein danke." „Komm schon, du kannst mir doch nicht erzählen, dass du um diese Uhrzeit gerne hier entlangläufst!", sprach der Mann aus dem Auto heraus. „Nein danke, ich möchte wirklich nicht", gab sie ihm zu verstehen. Das Auto hielt an, und der Mann stieg aus seinem Auto. Das Mädchen bekam es mit der Angst zu tun und lief schnell einige Meter weiter. „He, lauf doch nicht weg, ich tue dir doch nichts", rief er hinter ihr her und schüttelte wegen ihres albernen Verhaltens den Kopf. Der Mann stieg wieder in sein Auto und fuhr langsam zu ihr. Das Mädchen lief weiter, immer weiter, um nicht antworten zu müssen. Dann war er wieder neben ihr. „Komm, steig doch ein, ich fahr dich nach Hause. Du brauchst keine Angst zu haben, ich tue dir wirklich nichts, versprochen." Das Auto war ein Stückchen vor ihr stehen geblieben, sodass sie an dem Wagen vorbeilaufen musste. „Komm, steig schon ein", rief der Fahrer erneut. Das Mädchen beugte sich neben der Beifahrertür etwas herunter, um den Mann im Fahrzeug besser sehen zu können. Dabei legte sie, bedingt durch die fehlenden Knöpfe an ihrer Bluse, ihren Busen zu sehr frei, was aber keine Absicht von ihr war, sie selbst merkte es in diesem Moment gar nicht. „Ich möchte nicht mit Ihnen fahren. Bitte seien Sie so nett und fahren Sie weiter", sagte sie ihm noch einmal mit aller Deutlichkeit. Der Blick des Mannes heftete sich fest auf den viel zu weiten Ausschnitt und den weit mehr als nur ansatzweise zu erkennenden Busen. „Wie du meinst, es ist deine Entscheidung, ich wollte nur helfen." „Danke schön", sagte das Mädchen und lief weiter. Das Auto stand noch gut zwei Minuten mit laufendem Motor an der gleichen Stelle, bevor es sich wieder in Bewegung setzte. Diesmal legte der Fahrer jedoch schnell einen höheren

Gang ein und war bereits nach kurzer Zeit aus ihrem Blickfeld verschwunden.

Der Mann war eigentlich ganz nett gewesen und seine Stimme hatte sehr freundlich und höflich geklungen, dachte das Mädchen bei sich. Er war vielleicht so um die vierzig Jahre alt gewesen und hatte noch keinen Ansatz von Haarausfall – etwas, was bei ihrem Vater im letzten Jahr begonnen hatte und sich nun immer deutlicher abzeichnete, was zur Folge hatte, dass er auf einmal alt wirkte. Auch das gepflegte Äußere des Fahrers hatte auf sie eher einen guten Eindruck gemacht. Wenn sie zehn Jahre älter gewesen wäre, hätte der Mann vielleicht sogar ihr Interesse wecken können. „Vielleicht hätte ich doch mitfahren sollen, dann wäre ich in zehn Minuten zu Hause. Ach, wer weiß, ob es nicht besser so ist“, grübelte sie hin und her, denn das Verhalten des Mannes, als er langsam hinter ihr hergefahren war, hatte ihr doch erhebliche Angst eingejagt. Das war nun schon der zweite Adrenalinschub in dieser Nacht gewesen. Noch einen brauchte sie so schnell nicht wieder. Die heutige Nacht würde ihre Abenteuerlust wohl für einige Zeit dämpfen.

Sie überlegte, was sie als Nächstes tun sollte, während sie ganz in Gedanken versunken die eintönige Straße entlanglief. Links und rechts von ihr waren Felder, und sie musste auf der Straße laufen. Zwei Autos waren in den letzten dreißig Minuten vorbeigefahren, und sie musste jedes Mal in den Acker gehen, da sie mit ihrer dunklen Kleidung schlecht gesehen werden konnte und die Autos auf dieser Strecke viel zu schnell fuhren. Sie hatte jedes Mal Angst, dass sie angefahren werden könnte. Etwas weiter vorne war rechts wieder ein angrenzendes Waldstück. Die Straße verlief sozusagen in einem großen Bogen an diesem Wald vorbei in die Ortschaft, in der sie wohnte. Sobald sie diesen Wald erreicht hätte, könnte sie also den großen Waldweg, der mit kleinen weißen Kieselsteinen belegt war, nehmen und so jede Menge der Strecke abkürzen.

Schon wieder hörte sie, wie ein Fahrzeug angerast kam. Als sie sich danach umdrehte, sah sie, dass es sogar gleich zwei nebeneinander waren. Beide Fahrzeuge hatten voll aufgeblendet, wohl

um die Fahrbahn voll auszuleuchten. Es sah irgendwie nach einem Wettrennen aus, denn auf der geraden Strecke schienen beide nur so nebeneinanderher zu fliegen, ohne dass einer schneller war als der andere und überholen konnte. „Sind die denn wahnsinnig?“, dachte sie bei sich und schaffte es gerade noch rechtzeitig, durch schnelle Schritte einige Meter von der Straße wegzukommen und auf das Feldstück zu laufen, als die Fahrzeuge auch schon an ihr vorbeirauschten. Die Fahrer mussten ihrer Meinung nach betrunken sein, anders konnte sie sich dieses wahnsinnige Verhalten nicht erklären, denn gleich dort vorne setzte die lang gezogene Rechtskurve um den Wald an, und kein Autofahrer der Welt hatte so eine lange Sicht, um erkennen zu können, wer eventuell entgegenkam. Erlaubt waren hier lediglich 60 km/h, weil tagsüber auch Landwirtschaftsfahrzeuge aus dem Wald oder von den angrenzenden Wiesen kommen konnten. Das war jetzt um diese Zeit zwar eher unwahrscheinlich, jedoch hatten beide Fahrzeuge bestimmt das Doppelte an erlaubter Geschwindigkeit erreicht, wenn nicht sogar noch mehr. Es war wie ein Glücksspiel, hier keinen Unfall zu haben. Einzig die vorangeschrittene Zeit – es war mittlerweile 01.58 Uhr – und die Tatsache, dass man vielleicht die Lichter der entgegenkommenden Autos früh erkennen konnte, mochte das Schlimmste verhindern. Trotzdem konnte jederzeit ein Wildtier oder ein Fußgänger wie das Mädchen über die Straße laufen oder man selbst die Kontrolle über das Fahrzeug verlieren. Das Mädchen war mehr als froh, nicht bei so einem Blödmann im Auto zu sitzen, auch wenn sie jetzt beim Betrachten ihrer Schuhe wegen der dicken Dreckklumpen, die an ihnen klebten, laut „Scheiße, Scheiße, Scheiße!“ rief.
Nach einigen Minuten war sie dann doch sehr erleichtert, endlich den Waldrand erreicht zu haben. Ihre ganze Anspannung, stets auf der Hut vor potenziellen Autofahrern sein zu müssen, löste sich erst jetzt, als sie sich nach gut zehn Metern erst einmal auf eine Gruppe gefällter Baumstämme am Wegesrand setzte. Sie hätte sich jetzt gern – auch wenn dies im Wald und von ihren Eltern verboten war – eine Zigarette angezündet, aber die waren

ja in besagter Handtasche, die bei dem Typen im Auto lag. Sie konnte nur hoffen, dass er die Tasche in der Diskothek abgeben würde, sonst müsste sie sich Handy und … „Du kommst spät!", hörte sie eine Männerstimme neben sich aus dem Dunkel. Das Mädchen war zu Tode erschrocken. Sie war völlig in ihren Gedanken versunken gewesen und war, möglicherweise durch die weite Strecke, die sie zurückgelegt hatte, auch etwas eingedöst. Jetzt war sie mit einem Mal hellwach. Vor ihr stand der Mann aus dem Auto. „Wenn du mit mir gefahren wärst, könntest du schon lange zu Hause sein, oder willst du das etwa gar nicht?", sagte der Mann, und seine Stimme hatte nun einen ekligen Unterton angenommen. „Doch …", war das Einzige, was das Mädchen stotternd herausbrachte. „Ich glaube nicht, dass du das wirklich willst." Plötzlich änderten sich die Art und die Lautstärke, mit der er zu ihr sprach: „Ich glaube eher, dass du auch so eine Hure bist, die sich überall herumtreibt und mit jedem ins Bett steigt." „Nein, das bin ich nicht!" Angst stieg in dem Mädchen hoch. „Du fickst bestimmt mit jedem, nur mit mir wolltest du nicht. Bin ich dir nicht gut genug?" „Bitte, bitte, lassen Sie mich in Ruhe", antwortete sie ihm, und Verzweiflung lag in ihrer Stimme. Die Verzweiflung schien dem Mann noch mehr anzuheizen: „Ich werde dich in Ruhe lassen, aber zuerst will ich meinen Spaß mit dir haben, wie alle anderen auch." Das Mädchen war bereits auf den obersten der quer liegenden Baumstämme geklettert, während der Mann immer noch auf dem Waldboden stand. Aber er war schon gefährlich nahe herangekommen. „Gehen Sie weg, Sie verdammtes Schwein!", brüllte sie ihn an. „Glaubst du etwa, du kannst mich erst mit deinen Titten aufreizen und dann so tun, als seist du die heilige Maria Gottes?" „BITTE LASSEN SIE MICH IN RUHE!", flehte das Mädchen unter Tränen. Der Mann fing langsam an, die Bäume zu ersteigen. Das Mädchen wandte sich mit einem Ruck um und sprang von den Baumstämmen auf den Waldboden. Der feuchte Boden hinter den Baumstämmen war jedoch nicht eben, und einzelne kleine Äste machten den Weg schwer passierbar. Es gelang ihr, gut zehn Meter in den Wald hineinzulaufen, als sich die Arme des Mannes um ihre Taille schlangen und sie zu Boden rissen.

Sie wehrte sich verzweifelt, aber die Kraft des Mannes war zu übermächtig. Als er Minuten später nach langem, bitterem Kampf gewaltsam in sie eindrang, brach ihr Herz, und die Seele darin verschwand. Nur die Tränen liefen aus ihren Augenwinkeln. Am Anfang hatte sie noch heftig gekämpft, gekratzt, gebissen, getreten, bis ihre Kräfte immer weniger wurden, und nun lag sie wie tot unter ihm. Während er schon nach kürzester Zeit seinen Höhepunkt erreicht und von ihr abgelassen hatte, war sie für immer gebrochen. Sie lag wie tot auf dem feuchten Waldboden, schmutzig und missbraucht. Als hätte man eine Puppe auf den Boden geworfen, so lag sie fast eine Stunde lang dort, angeekelt und unfähig, sich zu rühren. Sie hatte noch nicht einmal mitbekommen, wie und wann der Mann sie verlassen hatte. Sie wäre am liebsten gestorben, aber das war ihr nicht vergönnt. Sie hätte sich, wenn sie schon nicht sterben durfte, gerne gewaschen, aber auch das war nicht möglich.

Langsam und mit erheblichen Schmerzen am ganzen Körper stand sie wieder auf und suchte ihre Jeans, die der Mann während des Kampfes achtlos weggeworfen hatte. Sie zog sie unter größter Mühe und voller Ekel an und bahnte sich einsam und mühsamen Schrittes den Weg in der Dunkelheit der Nacht nach Hause. Sie fror so erbärmlich, dass sie am ganzen Körper zitterte, wobei die eigentliche Kälte in ihrem Inneren steckte, sowie der Samen des Mannes, der ihr gewaltsam eingepflanzt worden war. All die Träume, die Mädchen in ihrem Alter über die Liebe und das Leben haben, waren ihr in dieser Nacht auf schrecklich brutale und grausame Art und Weise geraubt und auf ewig zerstört worden.

Kapitel 10.8: Terror

Wieder wechselten Ben und sein Begleiter Salasul den Schauplatz. Es war ein schwüler Tag, und die Tränen der Trauer über das Leid des Mädchens, welches die Vergewaltigung seines Körpers und seiner Seele hatte erleben müssen, waren bei Ben noch nicht versiegt. Niedergeschlagen stand er auf der Straße, und die Wut, die er in sich trug über die Gewalttat des Mannes und über seine eigene Hilflosigkeit waren unerträglich. Was hatte das Mädchen denn anderes gewollt außer Liebe? Eine echte Liebe mit Herzschmerz und Gefühl, mit Küssen und Streicheln. Warum ließ Gott so ein Verbrechen zu? Warum ließ er zu, dass Seelen brutal gebrochen wurden? Ben hatte Tränen in den Augen, die er nun mit dem Armrücken abstreifte.

Nach einigen Minuten lenkte er seine Aufmerksamkeit wieder auf die neue Umgebung. Er wusste, dass er wieder etwas zu sehen bekommen würde, was Unheil bringen würde, und er wollte sich am liebsten abwenden und schreien, dass Salasul aufhören solle, aber was würde dann kommen, wäre er danach schlauer? Also musste er sich jetzt auf die Führung seines Freundes verlassen, Salasul hatte nach dem letzten Ereignis viel Verständnis gezeigt und Ben Trost gespendet. Die Luft schien an diesem Ort zu stehen, so heiß war es, und schon allein der Umstand, dass man sich auf der Straße aufhielt, brachte einen zum Schwitzen. Es herrschte ein reges Treiben auf der Straße, und die vorbeifahrenden Fahrzeuge wirbelten den feinen Staub, der wie leichter Puderzucker auf der Straße lag, noch zusätzlich auf. Dabei herrschte eine hohe Luftfeuchtigkeit in der Atmosphäre, sodass einem die Kleider am Körper klebten. Das, zusammen mit dem aufgewirbelten Sand, hatte den Effekt, als riebe jemand mit Schleifpapier über die Haut.

Ben jedoch spürte weder die brennende Sonne, kombiniert mit der feuchten Luft, noch den Sand. Es war ihm, als pralle das Ganze an ihm ab, ohne irgendeine Wirkung zu hinterlassen. Aber an den vorbeigehenden Menschen sah er immer wieder, dass sie das Klima zwar gewohnt zu sein schienen, ihre Bewegungen waren jedoch gerade jetzt zur Mittagszeit doch sehr schwerfällig. Ben schaute sich die Gegend an, wie er es jedes Mal tat, wenn er mit Salasul den Ort wechselte. Er versuchte, sich schnellstmöglich auf das neue Umfeld einzustimmen, um nicht irgendwelche wichtigen Hinweise im Hintergrund zu verpassen, da er sich später nur noch auf eine Sache konzentrieren konnte. War ihm erst einmal durch seinen Begleiter signalisiert worden, auf was er besonders zu achten hatte, blendete er das Umfeld meist komplett aus, um sich so die Details besser einprägen zu können.

Die Autos auf den belebten Straßen fuhren recht wild durcheinander, was Ben vermuten ließ, dass dies hier keine europäische Stadt war, aber mit Bestimmtheit konnte er das nicht sagen. Der Lärm, der alles umgab, war ein Mix aus vielem. Zum einen waren es die extrem lauten Motorengeräusche der unzähligen Autos, meist mit qualmendem und stinkendem Auspuff, die sich fast ausnahmslos in einem erbärmlichen Zustand befanden und auf deutschen Straßen bestimmt nicht zugelassen worden wären. Viele waren zudem noch massiv zerbeult und verrostet, was auf eine sehr ärmliche Gegend schließen ließ, wären da nicht auch noch die Standardluxusautos zu sehen gewesen, die hier wie in jeder anderen Stadt auch auf den Straßen fuhren, sowie auch extra exklusiv ausgestattete Luxusschlitten, die in ihrem Reichtum und in ihrer Eleganz dieser ärmlichen Kulisse kühn trotzten. Aber vielleicht passte das ja gerade in das Erscheinungsbild dieser Stadt, in der das Nebeneinander von absoluter Armut und unermesslichem Reichtum zum Alltag gehörten. Busse, übervoll mit Menschen, die wie Sardinen eng aneinandergepresst transportiert wurden, während von außen noch zusätzlich unzählige Menschen wie Trauben am Fahrzeug klebten. Zwischen all den recht wild fahrenden Fahrzeugen gesellten sich nun auch noch Moped- und Radfahrer hinzu, die eher quer durcheinanderfuhren, als normal der Linienführung einer Straße zu folgen. Dem Ganzen wurde noch dadurch die Krone aufgesetzt, dass es überdies Menschen gab, die mit selbst gebauten Wägelchen, die mehr

als überladen waren, um damit die unterschiedlichsten Dinge zu befördern, zusätzlich die Straßen blockierten. Ebenfalls schien es hier Sitte zu sein, die Fahrzeuge am Straßenrand auch noch in zweiter oder dritter Reihe zu parken, sodass die Fußgänger mitten auf der Straße liefen, um das Chaos perfekt zu machen. Dass es hier zu keinem Unfall kam, war das eigentliche Wunder. Allerdings veranlasste dies alles jeden, entweder wie verrückt zu hupen, zu klingeln, zu schreien oder sich gegenseitig zu beschimpfen. In dieser Stadt war der Pulsschlag des Lebens deutlich zu spüren. Ben sog dies alles wie ein Schwamm auf. Er genoss es, die Menschen in ihrer Umgebung zu beobachten. Es lenkte ihn von den vergangenen Ereignissen ab.
Sein Blick fiel jetzt von der Straße auf die seitlich an der Straße stehenden Häuser. Diese waren alle schon älteren Baujahres und wirkten eher baufällig als richtig solide, aber es passte einfach hierher. Die meisten Läden in den Häusern hatten jedoch moderne Fassaden, mit viel Glas und reichlich dekoriert. Salasul machte Anstalten, sich etwas zurückzuziehen, und Ben folgte ihm. Jedoch gingen sie nicht woandershin, nein, sie gingen einfach einige Schritte rückwärts, so als würde man ein bisschen durch die Gegend schlendern, eben nur rückwärts.
BBBUUUMMMMMM. Ein ohrenbetäubender Knall ertönte, und dann gleich noch einer hinterher, der noch kräftiger war. BBBUUUMMMMMM. Ben erblickte eine Feuersäule, die sich von dem Café an der Ecke bis auf die andere Straßenseite ausbreitete und wieder verschwand. Schreie von Verletzten und umherstehenden Personen ließen ein Riesenchaos entstehen, während zeitgleich Glassplitter und Trümmerteile wild durch die Gegend schossen oder als Geschosse vom Himmel herabregneten. Dies verursachte, wie sich später herausstellte, die meisten Verletzten und Todesopfer bei diesem Terroranschlag. Nichts ließen diese wilden Geschosse unverschont. Fensterscheiben gingen zu Bruch, Autos wurden demoliert, unfassbar viele Menschen getroffen. Die Fassade des gegenüberliegenden Häuserblockes sah aus, als hätte jemand mit Maschinengewehren und Granaten

auf das Haus geschossen. Ben sah zufällig, wie ein handtellergroßer Glassplitter einen Passanten neben ihm direkt in den Hals fuhr und die Halsschlagader traf. Den Mann riss es förmlich von den Beinen, und blankes Entsetzen war in seinem Gesicht zu erkennen. Er wälzte sich vor Schmerzen am Boden, während sein Blut wie eine Fontäne aus ihm herausspritzte. Er wollte schreien, aber er brachte keinen Ton mehr heraus, gleichzeitig versuchte er die Blutung zu stillen, aber der Riss war so groß, dass ihm dies nicht gelang. Nur eine Minute dauerte der Kampf ums Überleben, dann hatte er ihn verloren. Währenddessen waren unzählige Autos ineinandergefahren, Fußgänger und Radfahrer wurden überrollt oder zwischen fahrenden wie stehenden Autos zerquetscht. Alles ging so schnell, dass es höchstens zwanzig Sekunden dauerte. Ben ging auf die Straße und dann in die Richtung, wo die Detonation stattgefunden hatte. Unzählige Passanten lagen nun auf der Straße, sodass Ben entweder den stehenden Autos oder den vielen Menschen, die auf der Straße lagen, ausweichen musste, um einige Schritte vorwärtszukommen. Es war aber immer noch einfacher als auf dem Gehweg, wo sich viele zwischen den Toten in Sicherheit zu bringen versuchten. Die vielen Menschen, die auf der Straße lagen, hatten zum Teil leichte, zum Teil aber auch schwerwiegende Verletzungen, verbunden mit wahnsinnigen Schmerzen, die meisten waren jedoch bereits tot. Die Trümmer des Kaffeehauses und der beiden benachbarten Häuser lagen überall verstreut herum. Massive Gesteinsbrocken, die wie Kanonenschläge auf die Straße knallten, aber auch kleine Gesteinsbrocken so groß wie Kieselsteine hinterließen einen Schauplatz wie nach einem Krieg, und nur die wenigsten, höchstens zwei Dutzend Menschen, hatten in einem Umkreis von dreihundert Metern keinerlei Verletzungen davongetragen.
Ben stand dem Gebäude, in dem die Bombe gezündet worden war, nun fast gegenüber. Es sah aus, als hätte ein Riese seine Zähne hineingeschlagen und ein Stück der Häuserzeile abgebissen. Nichts erinnerte noch daran, dass hier einmal ein Café gewesen war. Innen drin – in dem, was einmal ein Café gewesen

war – war jetzt nur noch ein großes Loch, durch das man hinaus auf die Straße hinter dem ehemaligen Café blicken konnte. Auch dort sah es verwüstet aus, jedoch nicht in dem gleichen schrecklichen Ausmaß wie zur Vorderseite hin. Ben schaute wieder auf die Straße, auf der er sich befand, und konnte Autofahrer und Radfahrer sehen, die durch die Feuersäule regelrecht gegrillt worden und sofort an Ort und Stelle verstorben waren. Ihre verkohlten Leichen gaben einen deutlichen Einblick, mit welcher Macht jenes Feuers gewütet haben musste. Sieben Autos waren so stark in Brand gesetzt worden, dass sie nun eines nach dem anderen explodierten. Die Fahrzeuge zerfetzte es regelrecht und anschließend brannten sie lichterloh. Wer froh war, der Explosion des Hauses entgangen zu sein, aber immer noch nah am Tatort war, fand nun durch den Druck der Explosionen der Fahrzeuge den Tod. Das Feuer in den Autos wütete wild und heiß. Dicker beißender Qualm stieg auf und überdeckte das Chaos. Mit diesen Explosionen war nun auch die Straße vollkommen unpassierbar geworden, und niemand wagte sich hervor, um all jenen zu helfen, die noch schreiend auf dem Boden vor ihnen lagen – aus Angst, selbst Opfer zu werden.

Auch das Haus, in dem der Anschlag stattgefunden hatte, brannte jetzt lichterloh, und da die Häuser sehr dicht oder zum Teil direkt Haus an Haus zusammenstanden, war der ganze Häuserblock bereits in Flammen aufgegangen. Jene, die noch rennen konnten, rannten um ihr Leben, nicht wissend, ob nicht noch eine weitere Bombe oder ein Haus explodieren könnte. Jetzt hörte man in der Ferne auch endlich die Sirenen der Rettungskräfte. Ben beneidete die Helfer nicht, die noch keine Vorstellung davon hatten, welche katastrophalen Zustände sie antreffen würden. Viele Menschen würden heute einfach nur deshalb sterben müssen, weil man nicht allen schnell genug die passende Hilfe zukommen lassen konnte. Bens Füße knickten ein. Er hatte aufgrund all des Elends, das er in so kurzer Zeit gesehen hatte, keine Kraft mehr, sich auf den Beinen zu halten. Er kniete hier mitten im Chaos auf der Straße, und die Tränen liefen ihm die Wangen herunter. Aber er schämte sich nicht dafür. Immer noch tief verletzt und angeekelt von der Grausamkeit, wozu Menschen fähig waren, dass sie so etwas Grausames ahnungslosen, überaus friedfertigen Menschen antun konnten. Worin lag hier der Sinn?

Ohne zu wissen, was er da eigentlich tat, griffen seine Hände nach einem braunen, flauschigen Stofftier, das vor ihm lag. Als er es näher an sich heranzog und gleichzeitig mit der linken Hand versuchte, seine Tränen wegzuwischen, damit seine Sicht wieder klarer wurde, erkannte er, dass es sich um einen kleinen Teddybären handeln musste, der zwar völlig verdreckt war, aber ansonsten, so schien es Ben, war er noch vollständig in Ordnung. Irgendetwas war da noch um den Bauch des kleinen Teddys geschlungen. Was genau den Bauch des kleinen Bären umschlang, konnte Ben jedoch nicht richtig erkennen. Immer wieder rannen neue Tränen aus seinen Augen und ließen einen klaren Blick nicht zu. Er versuchte erneut, mit seiner Hand, die nun extrem schmutzig war, sich die Tränen aus dem Gesicht zu wischen. In all diesem wilden Durcheinander, das ringsherum tobte, fixierte seine Seele einen kleinen Punkt, an dem sie sich festhalten konnte, um sich nicht völlig zu verlieren. Man wäre wahrscheinlich ansonsten wegen all des Elends und der Verzweiflung ringsumher nicht mehr in der Lage, irgendetwas zu tun. Darum hatte Ben unbewusst für kurze Zeit alles ausgeblendet und sich nur auf diesen Teddybären konzentriert. All die Nebengeräusche, all die Geschehnisse hatte er ausgeblendet, sie drangen jetzt nur noch wie unter einem Schleier zu ihm hindurch. Ringsherum schien alles in Zeitlupe abzulaufen. Jetzt erkannte Ben endlich, was es war, das den Bauch des Teddybären umschlang. Sein Herz schien einen Moment auszusetzen, und er hörte auf zu atmen. Ihm wäre es lieber gewesen, er hätte es nicht gesehen, aber jetzt war es zu spät. Um den Bauch des kleinen Teddys waren vier Finger eines kleinen Kindes geschlungen. Ben würgte, denn erst jetzt, als er den Bären, den er immer noch in den Händen hielt, umdrehte, wurde ihm deutlich bewusst, dass außer den Fingern des Kindes nichts weiter von ihm zu sehen war. Ben warf den Teddy schnell weg, so als hätte er sich die Hände daran verbrannt. Dann konnte er dem Drang nicht mehr widerstehen und erbrach sich auf der Straße.

Ein Krieg ist nicht schlimmer als das, was hier passiert ist, dachte er bei sich. Als er aufgehört hatte, sich zu übergeben, und sein Magen sich langsam wieder beruhigt hatte, konnte er auch wieder klarer denken. Mit einem fast unmenschlich lauten Schrei schrie Ben seine Wut und seine Ohnmacht in den Himmel und verfluchte alle, die jene Zerstörung veranlasst hatten oder zulassen konnten. „GOTT, *wie kannst du so grausam sein? Was haben diese Menschen getan, dass sie so leiden müssen?*" „GOTT", schrie er erneut anklagend in den Himmel, „*Oh GOTT, was hat das kleine Mädchen so Schlimmes verbrochen, dass du ihr Leben so früh auf diese brutale Weise auslöschst? Gibt es überhaupt eine Schuld, die solches Leid rechtfertigt? GOTT, sieh dich doch um, welches Leid du über so viele unschuldige Menschen gebracht hast. Bist du, der du doch alles schon vorher weißt, was passiert, jetzt zufrieden? Was für ein grausamer GOTT bist DU!*" Aber niemand außer vielleicht Salasul nahm Notiz von ihm. Salasul allerdings konnte seine Freude kaum noch verbergen. Schneller als gedacht hatte er erreicht, dass Ben anfing, seinen Gott zu hassen. Salasul näherte sich Ben diesmal nicht, sondern ließ ihn in seinem Schmerz und in seiner Trauer alleine auf der Straße. Während Salasul ansonsten bestrebt war, Ben so schnell wie möglich in eine neue Situation zu führen, um ihm möglichst viel zu offenbaren, ließ er Ben diesmal in Ruhe auf der Straße knien, damit er den Schmerz und die Trauer, die ihm heftig zuzusetzen schienen, so richtig ausleben konnte. Der Hass in ihm breitete sich wie ein Geschwür aus, immer schneller und immer weiter. Dabei hatte Ben den braunen weichen Teddybären wieder im Arm, ohne sich dessen bewusst zu sein, dass die Finger des Kindes noch am Bären festgekrallt waren. Aber Ben war nur einer unter Tausenden, die in diesem Moment auf der Straße ihr großes Leid in Weinen, Schreien, Anklagen, Wut, und Enttäuschung zum Ausdruck brachten. Und Gott, so schien es, blieb diesem Ort fern. Ben auf jeden Fall hörte, spürte und sah ihn nicht.

Ben sah dem ganzen Durcheinander, das auf der Straße herrschte, nur noch verschwommen zu. Die Tränen in seinen Augen trübten weiterhin seinen klaren Blick. Aber er konnte zumindest

erkennen, dass sich die Menschen trotz ihrer Trauer wieder aufrafften und nun aus allen Häuserwinkeln und Nischen zurück
auf die Straße traten. Es waren die Verstecke, aus denen sie nun
hervorkamen, die sie zuvor als Schutz vor weiteren Anschlägen
aufgesucht hatten. Diese verließen sie nun, um zu helfen, wo
Hilfe vonnöten war. Eine direkte Gefahr bestand wohl nicht
mehr, nun, da seit längerer Zeit keine weitere Explosion erfolgt
war. Ben wischte sich mit seinem mit Staub und Blut verdreckten
Ärmel die Tränen aus dem Gesicht. Hätte ihn jemand gesehen,
wie er da bewegungslos auf der Straße kniete, mit all dem Blut, das
an ihm klebte, und wie tot vor sich hin starrte, dann hätte man
vermuten können, dass er vielleicht tatsächlich gestorben wäre.
Natürlich war Ben für seine Umgebung weiterhin nicht sichtbar,
weil er bereits an einem anderen Ort, zu anderer Zeit gestorben
war, aber Ben spürte deutlich, dass nun auch etwas in ihm tot
war. Er fühlte eine grausame Leere, eine völlige Zerrissenheit und
eine unvorstellbare Wut, die ihn so schmerzhaft befiel, dass er
Probleme hatte, zu atmen oder sich gar zu bewegen. Ben hatte
bisher für viele Dinge, die auf der Welt geschahen, immer wieder einen Erklärungsversuch unternommen und den Menschen
eine gewisse Unschuld zugeschrieben. Er berücksichtigte zum
Beispiel, dass manche Menschen vielleicht in einem Umfeld
groß geworden waren, das eben nicht von Liebe und Güte, sondern von Hass und Brutalität gekennzeichnet war. In solch einer
Umgebung, wo Zank und Streit an der Tagesordnung waren, wo
man jeden Tag Gefahr lief, selbst Gewalt erfahren zu müssen,
veränderten sich die Menschen einfach und passten sich notgedrungen ihrer Umgebung an, um darin überleben zu können.
Wenn zum Beispiel ein Vater einen Jungen ständig schlug, brutal schlug, und der Junge sich nicht wehren konnte, weil ihm
der Vater kräftemäßig überlegen war, dann war es für Ben nur
eine logische Reaktion, dass dieser Junge seine angestaute Wut
und Aggression an einem Schwächeren, der sich ihm gegenüber
nicht wehren konnten, ausließ. Das konnte natürlich nie und
nimmer in Ordnung oder verzeihlich sein, aber wenn man die
Lebensgeschichte des Einzelnen beleuchtete, so waren bestimm-

te Reaktionen oder Handlungen doch nachvollziehbar. Auch war ihm bewusst, dass missbrauchte Menschen, meist Kinder oder Frauen, nach dem Missbrauch kein normales Leben mehr führen konnten, dass sie tief in ihrem Inneren zerstört wurden und oft niemals wieder Heilung erfahren würden. Das ging oftmals mit traumatischen Erlebnissen einher, die diese gepeinigten Seelen nicht ruhen ließen. Die Taten, die daraufhin folgten, waren einzig und allein ihrer geschundenen Seelen zuzuschreiben. Aber dass es Menschen gab, die wahllos andere Menschen töteten und dabei selbst vor kleinen Kindern nicht haltmachten, konnte er nicht nachvollziehen. Nichts rechtfertigte das. Kein Verbrechen, keine Tat, keine Schuld rechtfertigte so eine Gräueltat. Und es gab nichts, was es in seinen Augen rechtfertigte, dass man das, was geschehen war, zulassen durfte.

Unzählige Helfer der Feuerwehr, Polizei und anderer Rettungskräfte leisteten fast Unmenschliches an diesem Morgen, und Ben bewunderte ihren Einsatz. Er selbst hatte nicht die Kraft, aktiv zu werden, und sei es nur, um jemandem beim Sterben tröstend zur Seite zu stehen. Ben schätzte die Zahl der Getöteten und Verwundeten auf über fünfhundert. Immer mehr Fahrzeuge fuhren wieder mit schwerstverwundeten Personen davon, und noch immer waren die Straße und der Bürgersteig mit Menschen, die im Sterben lagen, übersät. Das Blut sickerte in den Boden oder lief in mehreren Spuren wie Regenwasser die Straße hinunter. Die Sirenen am Ort und in der ganzen Stadt spielten unbeabsichtigt die Melodie des Todes, das Klagelied des Leides. Und in allem war für Ben immer noch das Schreien, das Jammern und das Stöhnen zu hören, ja sogar das Winseln jedes Einzelnen, der verletzt worden war oder im Sterben lag. Es brannte wie Feuer in seinen Ohren.

Plötzlich spürte Ben eine Hand, die sich behutsam auf seine Schulter legte. Ben drehte seinen Kopf zur Seite, um zu sehen, wem die Hand gehörte. Er sah ihn Salasuls Augen, die ihn mitfühlend anblickten. Irgendwie schien es Ben, als täte ihm das, was hier passiert war, auch leid. „Lass uns diesen Ort verlassen, Ben."
Ben schüttelte kaum sichtbar den Kopf. „Komm, Ben, es wird

Zeit." „Ich … ich möchte nicht noch mehr Leid sehen, ich habe keine Kraft mehr", stöhnte Ben. „Aber du hast noch lange nicht alles gesehen, was du zur Entscheidungsfindung brauchst", gab ihm Salasul zu verstehen. „Ich habe doch schon so viel gesehen, reicht das denn etwa nicht?" „Ben, das, was du gesehen hast, das hast du vorher auch schon gesehen, nur warst du damals nicht selbst dabei, sondern hast es nur aus den Nachrichten erfahren. Jetzt erfährst du es hautnah, hast innerlich eine Beziehung zu den Einzelnen aufgebaut, und schon stellst du alles in Frage." „Also …" „Nein, Ben, du wirst die einzelnen Ereignisse wieder verdrängen, so wie die Bilder aus dem Fernseher." „Nein!", schrie Ben ihn jetzt an. „Doch", beharrte Salasul, „du wirst wieder genau das tun, was du schon immer getan hast. Wofür du keine Erklärung gefunden hast, das hast du als weit weg abgetan. Als nicht real. Aber das hier ist real, Ben!" Auch Salasul hatte jetzt seine Stimme erhoben. „Ich …" „Ben, die Menschen laufen einem Irrglauben hinterher! Ich möchte dir nur zeigen, was real ist, und dann, und wirklich erst dann, solltest du dir überlegen, warum dein Gott das hier alles zulässt." Und während er dies sagte, breitete er seine Arme aus, um das ganze Chaos ringsum aufzunehmen. „Ich …", versuchte Ben es erneut, „ich verstehe das alles nicht. Wie kann Gott das zulassen?" „Er lässt es nicht nur zu, er will es sogar!" „Was …" „Komm mit mir!" Ben ergriff die ausgestreckte Hand, die Salasul ihm reichte und die sich sicher anfühlte. Kaum hatte sich Salasuls Hand um die seine geschlossen, fühlte er, dass er davongerissen wurde.

Mit einem Schlag war es absolut ruhig geworden um Ben. Kein Sirenenalarm mehr, keine Klageschreie von den unzähligen Verletzten oder Rettungskräften. Es war gut, diese Stille. Ben schlug die Augen auf, und das Chaos um ihn herum war verschwunden. Die Straße war nicht mehr zu sehen, und er befand sich immer noch kniend auf dem Teppichboden in einem dunklen Raum.

Am Anfang dachte Ben, dass es absolut still wäre, stellte nach kurzer Zeit jedoch fest, dass hinter der geschlossenen Türe des Raumes Musik zu laufen schien. Sein Ohr brauchte nun nach der lauten Geräuschkulisse zuvor auf der Straße einfach einige Zeit, um sich anzupassen, deshalb war es ihm nicht gleich aufgefallen. Im Raum selbst war jedoch nichts Zusätzliches außer das bereits Erwähnte zu hören.

Er genoss noch einen Moment lang die Ruhe und den Frieden, die dieser Ort ausstrahlte, und selbst die anhaltenden Schmerzen in seinen Ohren, die ihm rasende Kopfschmerzen verursacht hatten, waren verschwunden. Er fühlte sich sehr wohl, jenem Ort entflohen zu sein, und war froh, jener Verzweiflung und Hilflosigkeit entkommen zu sein, auch wenn sie noch wie ein Stachel in ihm brannten. Ben schaute sich nun seine Umgebung etwas genauer an. Das Zimmer, in dem er sich befand, strahlte ein diffuses Licht aus, das weder richtig hell noch richtig dunkel war. Im Raum selbst war ein mittelgroßes Fenster ohne Gardinen, welches dieses spärliche Licht der Abendstunden hineinließ. Die Tapete an der Wand des Raumes konnte er im Halbdunkel nicht richtig erkennen, um beurteilen zu können, ob sie ihm gefiel oder nicht. Was ihm jedoch auffiel, war, dass sich schon große Teile der Tapete lösten oder ganz an der Wand fehlten, so als ob man einfach mittendrin aufgehört habe zu tapezieren.

Er machte einige Schritte und trat dabei auf etwas. Ihm war bisher nicht aufgefallen, dass der Boden übersät war mit nicht

aufgeräumtem Spielzeug, Kleidungsstücken und Decken. Aber auch umgefallene Stühle, Mülleimer und Ähnliches waren wild durcheinander auf dem Boden zerstreut, sodass man letztendlich den Eindruck gewinnen konnte, hier hätte ein Kampf stattgefunden. Alles in allem sah das Zimmer extrem unordentlich aus. Im Raum selbst stand noch ein halbhoher Schrank, der weder so richtig als Schrank noch als Kommode durchging. Ben überlegte, welchem Zweck dieser Raum wohl dienen mochte, denn für einen Abstellraum standen hier zu wenige sperrige Teile herum, für ein Wohnzimmer war es viel zu chaotisch, um sich darin aufzuhalten, geschweige denn sich wohlzufühlen. Ansonsten war der Raum, der ungefähr drei Meter mal drei Meter groß war, ein sehr kleines Zimmer. Aber das alleine war es nicht, was Ben aufmerksam werden ließ. Irgendetwas stimmte hier in diesem Zimmer nicht. Ben wusste zwar noch nicht, was es war, aber seine Haare auf seinen Armen hatten sich steil aufgerichtet, und sein Herz schlug deutlich schneller. Ein vernehmliches Gefühl von Angst befiel ihn, wobei er sich nicht vorstellen konnte, was der Anlass dafür sein könnte. Sein Blick wanderte im Zimmer umher und blieb an einem Bett, genauer gesagt an einem Kinderbett, in dem normalerweise Säuglinge schliefen, haften.
Einem inneren Impuls folgend, wusste Ben auf einmal, dass seine Angst damit zu tun haben musste. Das Kinderbett stand direkt vor dem Fenster, somit fiel das meiste Licht auf das Bett. Ben blickte sich hilflos nach Salasul um. Dieser gab ihm mit seinen Augen zu verstehen, dass er mit seiner Ahnung richtig lag, er sagte jedoch ansonsten kein einziges Wort. Auch machte er keinerlei Anstalten, Ben dazu zu bewegen, dorthin zu gehen oder hier stehen zu bleiben. Erneut wanderte Bens Blick zurück zu dem Kinderbett. Mit unsicheren Schritten ging er langsam darauf zu, wobei er immer wieder all den Sachen, die im Weg herumlagen, ausweichen musste. Sein Herz schlug ihm mittlerweile fast bis zum Halse. Kurz bevor er das Kinderbettchen erreicht hatte, blieb er abrupt stehen und schwankte, ob er nun weitergehen oder lieber zurückgehen sollte, weil er plötzlich unsicher geworden war, ob er überhaupt noch wissen wollte was es mit dem Bett

auf sich hatte. Ohne es zu merken, bewegten ihn seine Beine vorwärts, was zur Folge hatte, dass er sehr schmerzhaft auf einen spitzen Gegenstand auftrat, was sich als scharfkantiger Bauklotz entpuppte. Er schob ihn mit dem Fuß leicht zur Seite, obwohl er dieses Holzstück, das ihm diese Schmerzen zuführte, am liebsten in die Ecke geschleudert hätte. Dann stand er auch schon direkt vor dem Bett. Salasul stand auf einmal gegenüber von ihm am Fenster und schaute ihn an. Den Blick, der ihn traf, konnte Ben nicht zuordnen. Es war eine Mischung aus Rechthaberei und Entschuldigung. Ben blickte ins Bett hinein.

Vor ihm lag etwas in eine Decke gehüllt. Es war eine winzige Gestalt, ein Säugling. Ben streckte vorsichtig seine Hand aus, zog sie aber schnell wieder zurück, weil er das Kind nicht wekken wollte. Fast eine Minute starrte Ben auf das winzige in die Decke verhüllte Etwas. Seine Neugier war dann doch größer, und seine Hand löste sich erneut vom Gitter, um das Kind zu berühren. Fast in Zeitlupe bewegten sich seine Hände in Richtung des Kindes, bis er die Decke zu fassen bekam und sanft nach unten zog.

Was Ben zu sehen bekam, war ein grässlicher Anblick. Das vor ihm liegende Kind schätzte Ben aufgrund seiner Größe auf einen noch jungen Säugling, höchstens sechs bis acht Wochen alt. Genau ließ sich das nicht erkennen, denn der kleine Körper war bereits zu großen Teilen am Verwesen. Bestialischer Gestank schlug Ben entgegen, und er musste würgen. Was die Todesursache des Säuglings gewesen sein mochte, war nicht zu erkennen. Was ihm jedoch bewusst wurde, war, dass dieses hilflose Kind, was auch immer der Grund sein mochte, völlig vergessen worden war. Fliegen und Maden hatten sich bereits am Körper des kleinen Kindes gütlich getan und umschwirrten den verwesenden Körper oder krochen entweder auf ihm herum oder in diverse Körperöffnungen hinein. Die Haut des Kindes war zum großen Teil eingefallen und faltig. Ben ließ auf einmal die Decke los, die er bis dahin immer noch in der Hand gehalten hatte, drehte sich um und rannte davon, nur weg von dem Bett. Dabei fiel er zwei-, dreimal über die verstreuten Sachen auf dem

Boden, denen er nicht ausweichen konnte, denn vor seinem inneren Auge tauchte immer wieder das gleiche Bild des Säuglings auf, bevor er die rettende Tür erreichte. Mit einem heftigen Ruck riss er die Türe auf und stürmte in den dunklen Flur und das hell erleuchtete Wohnzimmer hinein. Dort saßen drei Jungen und zwei Mädchen seines Alters vor dem Fernseher und schauten sich irgendeinen Horrorfilm an. Auf dem Tisch standen oder lagen mehrere Flaschen Bier und Schnaps herum, von denen die meisten jedoch bereits geleert waren. Auch Essensreste aus Pizzakartons und ähnlichen Fast-Food-Anlieferern standen auf Tisch und Fußboden herum. Anhand der Menge der herumliegenden Pappbechern und -kartons war leicht zu erkennen, dass dies nicht nur die Reste von einem einzigen Abend sein konnten, weder was die Getränke noch was das Essen betraf. Ben war schockiert. Während der Säugling im Nebenzimmer gestorben war und nun vor sich hin verweste, saßen die Jugendlichen in aller Seelenruhe hier und amüsierten sich vor dem Fernseher. Ben wäre am liebsten auf jeden Einzelnen von ihnen zugerannt, um seinen Zorn an ihnen auszulassen. Stattdessen stand er nur da und schwieg, unfähig, sich zu rühren.

Salasul trat an seine Seite. „Ben, ich spüre deine Verzweiflung und Enttäuschung, deine Wut und deinen Hass wegen der Gleichgültigkeit gegenüber dem, was hier passiert ist." „Warum … warum nur?", stammelte Ben fassungslos vor sich hin. „Warte, ich zeige es dir." Salasul machte eine winzige Handbewegung, und die meisten der Jugendlichen waren von der Bildfläche verschwunden. Einzig ein Junge und ein Mädchen blieben zurück, während der Fernseher immer noch lief. Die Essensreste waren ebenso verschwunden, und die Anzahl der Flaschen hatte sich zirka um die Hälfte reduziert. Der Junge schien stark alkoholisiert zu sein und lag mehr auf dem Sofa, als dass er gerade sitzen konnte. Die Augen hatte er halb geöffnet, jedoch nahm er nichts mehr von seinem Umfeld wahr. Das Mädchen sah übermüdet und ziemlich heruntergekommen aus. Ihre Bewegungen wirkten nervös und zerstreut. Eine starke Rötung der linken Wange schien von einem Schlag oder von einem Sturz herzurühren.

Jetzt nahm Ben das Weinen eines Säuglings wahr. Es dauerte Minuten, bis das Mädchen auf die Schreie reagierte und zu ihm ging. Ben und Salasul folgten ihr. Das Mädchen holte das schreiende Kind etwas zu grob aus dem Kinderbett und legte es an die Brust. Gierig nuckelte der Kleine an ihrer Brustwarze. „Au Mann, das tut weh, du kleiner Quälgeist! Wenn du nicht damit aufhörst, bekommst du gar nichts mehr!" Mit diesen Worten zog sie das Baby sehr unsanft von ihrer Brust und gab ihm die andere Seite. Ben hatte nicht viel Ahnung, wie man ein Kind stillte und welche Auswirkungen dies auf die Brust hatte, sah aber, dass die Brust bereits sehr rot, also stark entzündet war. Dass das Saugen dem Mädchen Schmerzen verursachte, war ihm sofort klar. Kaum hatte der Junge an der anderen Brust zu saugen begonnen, schrie seine Mutter erneut vor Schmerzen auf. „Spinnst du? Weißt du eigentlich, wie weh das tut?" Mit diesen Worten legte sie ihn in sein Bett zurück und ging aus dem Zimmer. Der Junge schrie aus Leibeskräften, denn sein Hunger war nicht annähernd gestillt worden. Ben trat ans Bett und schaute hinein. „Ist ja gut, mein Kleiner." Er streckte seinen kleinen Finger aus, aber der Junge sah ihn nicht und konnte auch nicht nach ihm greifen. Wie gerne hätte er den Jungen herausgehoben und ihn im Arm gehalten. Plötzlich kam die Mutter wieder herein. „Hör endlich auf zu schreien, ja? Ich kann nicht mehr. Jede Stunde geht das so, seit zwei Wochen kann ich kaum noch schlafen, immer bist du am Schreien. Warum schläfst du kleiner Teufel nicht, he? Andere Babys schlafen auch, den ganzen Tag, nur du schreist und schreist. Und dauernd beißt du in meine Brust, als wäre das ein Stück Gummi, so wie dein ...", sie schien nach dem richtigen Wort zu suchen, „... dein Schnuller. Also, hör jetzt auf zu schreien, sonst ...", und wieder rannte sie aus dem Zimmer hinaus.
Während die Mutter ihren Säugling angeschrien hatte, hatte dieser angefangen zu weinen und seine Kümmernis ebenfalls lauthals herausgebrüllt. Sein Kopf war schon total rot und der Junge sehr ermattet. Er brüllte noch ungefähr zehn Minuten lang, bis er völlig erschöpft einschlief. Ben tat der Kleine so leid! Wie sehr wünschte er sich, ihm helfen zu können! Jetzt fiel ihm

seine Mutter ein, und er spürte vielleicht zum ersten Mal, mit wie viel Liebe und Geduld sie ihn großgezogen hatte. Sie war immer da gewesen. Während das Gesicht des Kleinen im Schlaf nun wieder seine normale Gesichtsfarbe annahm, bemerkte Ben den Geruch der vollen Windeln. Ben wusste, dass er nicht gesehen werden konnte, man ihn auch nicht hörte, und doch gelang es ihm zum Beispiel, die Decke zu entfernen. Vielleicht, so dachte er sich, könnte er das Kind wickeln, um es ihm wenigstens ein wenig zu erleichtern, um zu verhindern, dass er sich nicht in der vollen Windel wund legte. Er ging ins Wohnzimmer und sah, wie das junge Mädchen vor dem Fernseher irgendeinen Teenangerfilm anschaute und sich wahrscheinlich wünschte, nicht Mutter mit all den Pflichten und Sorgen sein zu müssen, die damit einhergehen, sondern frei und unbeschwert erst einmal erwachsen werden zu dürfen. Der junge Mann ihr gegenüber war nun völlig vom Sofa gerutscht und lag total betrunken am Boden und schlief seinen Rausch aus.

Ben ging ins Kinderzimmer zurück und suchte zuerst einmal nach dem Schnuller. Der Kleine machte schon wieder die ersten Schmatzgeräusche und sog in seinen Träumen bestimmt an der größten Brust der Welt, prall gefüllt mit Milch. Ben lächelte ihn an. Er hatte alles um sich herum vergessen und war nur noch auf den Jungen konzentriert. Mit einem leichten „Plopp" sog der Junge den bereitgehaltenen Schnuller ein und lächelte dabei glücklich. Jetzt suchte Ben im Raum nach Windeln und Puder. Beides fand er im Schrank. „So, das hätten wir, jetzt wollen wir dich mal wickeln, kleiner Schatz." Ben drehte den Kleinen in seinem Gitterbett auf den Rücken, der daraufhin bereitwillig seine Hände und Beine zur Seite streckte. Ben öffnete die Windel und musste sich das Weinen verkneifen. Die Haut des Jungen war puterrot. Keine Stelle, die nicht wund war und dem Kind große Schmerzen verursachte. Ben entfernte die Windel und suchte nach einem Abfalleimer, den er aber nicht gleich auf Anhieb fand. Er ging ins Bad, stellte das Wasser an und wartete, bis es warm wurde. Im Waschbecken wollte er kein Wasser einlassen, da es ihm einfach zu schmutzig war. Einen Waschlappen fand er

auch nicht, also nahm er ein einigermaßen sauberes Handtuch, das er im Schrank fand und das er unter dem laufenden Wasser befeuchtete. Zufrieden mit sich ging er damit wieder zum Kinderbett und versuchte dabei sehr sanft – um den Kleinen, der wieder eingeschlafen war, nicht zu wecken, aber auch, um ihm nicht wehzutun – den geschundenen Körper zu reinigen. Als er fertig war und der kleine Mann frisch gewickelt in seinen Windeln lag, war Ben sehr glücklich. Er sah dem Kleinen beim Schlafen zu und wollte gar nicht mehr von seiner Seite weichen. Kaum eine halbe Stunde später war der Säugling jedoch wieder wach und schrie erneut aus Leibeskräften nach seiner Mama und einer ausreichenden Mahlzeit. Es waren gut fünf Minuten vergangen, bevor sie endlich erschien und wie eine Verrückte die Stühle und den Tisch im Zimmer umwarf. Erst jetzt, als das grelle Licht im Kinderzimmer anging, fiel ihm auf, dass sie richtig rote Augen und starke Ringe unter den Augen hatte. „So, du kleiner Teufel, jetzt reicht's! Schrei ruhig, ich kann und will dich nicht mehr hören!" Sie drehte sich auf dem Absatz um, ging zur Türe hinaus und schloss diese mit einem lauten Knall.
Nur kurze Zeit später hörte Ben, wie jemand die Haustüre ebenfalls mit lautem Krachen zuschlug. Ben war fassungslos. Wie konnte eine Mutter gegenüber ihrem eigenen Kind so herzlos sein? Diesmal schrie der Junge fast ein Stunde lang, bevor er kraftlos wieder einschlief. Gegen Mitternacht weckte sein Hunger ihn erneut, und erneut versuchte er, die Aufmerksamkeit seiner Mama zu erlangen – abermals ohne Erfolg. Ben liefen die Tränen aus den Augen, und sein Zorn wuchs mehr und mehr, weit über den Horizont hinaus, bis hoch hinauf in den Himmel, wo ein Gott wohnte, der Kindern denen gab, die ihnen Gewalt antaten oder sie quälten, während andere auf Kindersegen hofften, aber keine Kinder gebären konnten, obwohl sie ihnen von ganzem Herzen all ihre Liebe und jegliches Verständnis entgegenbringen würden. Welch eine grausame Ungerechtigkeit! „Bitte, Gott, lass nicht zu, dass dem Kleinen was passiert", flehte Ben im Stillen. Ben hatte in seiner Liebe zu diesem Säugling völlig verdrängt, dass er ihn ja bereits tot gesehen hatte. Salasul unterdessen stand

immer noch an der Wand gelehnt, schwieg und wartete ab.
Mit einem lauten Poltern stürzte plötzlich der junge Mann, der vor Kurzem noch schlafend auf dem Boden neben der Couch gelegen hatte, in den Raum hinein. Völlig betrunken torkelte er zu dem Bett und schrie dabei ständig einen Frauennamen. Ben vermutete, dass dies der Name der jungen Mutter sein musste. Natürlich, so musste es sein, denn der Junge hatte ja in seinem Rausch nicht mitbekommen, dass das Mädchen schon seit einiger Zeit die Wohnung verlassen hatte. Wieder schrie er nach ihr. Keine Reaktion. „He, du kleiner nichtsnutziger Bastard", schrie er nun den Säugling an, „halt endlich dein Maul!" Der Kleine verstand natürlich nichts und brüllte jetzt erschrocken nur noch lauter. Da packte der Junge den Säugling an den Schulter, hob ihn aus dem Bett und schüttelte ihn heftig, während er dabei immer wieder „Halt dein Maul!" brüllte. Verstummt und reglos ließ er ihn wie eine Puppe ins Bett fallen und grinste: „Na, geht doch, warum nicht gleich so, kleiner Schreihals." Dann ging er, ohne sich noch einmal nach ihm umzudrehen, aus dem Zimmer und schloss die Türe, um wieder seine Ruhe zu haben.
Bens Tränen waren versiegt. Er konnte einfach nicht mehr. Sein Hass war so groß geworden, dass er, während der Junge dem Säugling durch das heftige Schütteln das Genick gebrochen hatte, ihn mit Faustschlägen ins Gesicht geschlagen hatte. Aber kein Treffer hatte ihn wirklich getroffen. Es war wie Schattenboxen. Er traf – und doch traf er nicht.
Als Ben den hingeworfenen Babykörper zärtlich aufrichtete, blickte er in zwei ausdruckslose Augen, die ihn dennoch anzuklagen schienen. Dieser Blick brannte sich in Bens Seele ein. „Verzeih mir, kleiner Mann, dass ich dir nicht helfen konnte", sagte er schluchzend zu ihm und legte ihn in sein Bettchen, als wolle er ihn schlafen legen. Bens Tränen fielen auf das Gesicht des Säuglings und benetzten es. Dann nahm Ben die Decke und deckte ihn komplett zu.
Salasul stand neben ihm und legte seine Hand auf den Kopf des Jungen, so als wolle auch er Abschied nehmen. „Es geht ihm gut, Ben. Er ist jetzt glücklich." „Ist sie ...?" Ben stockte der Atem,

nahm dann aber einen erneuten Anlauf: „Ist sie noch einmal zu
ihm gegangen?“ „Du meinst das junge Mädchen?“, fragte Salasul.
Ben deutete ein leichtes Kopfnicken an. „Nein, Ben, beide haben
diesen Raum nie wieder betreten. Sie haben ihren gemeinsamen
Sohn einfach nicht mehr haben wollen. Sie haben es einfach verdrängt, dass er noch da ist.“ „Aber sie muss sich doch gewundert
haben, dass er auf einmal nicht mehr schreit?“, versuchte Ben
seine Gedanken zu ordnen, eine Erklärung für das Verhalten der
jungen Eltern zu finden. „Nein, Ben“, antwortete sein Begleiter,
„sie kam erst zwei Tage später nach Hause und hat nie mehr ins
Zimmer geblickt, der junge Mann auch nicht. Sie wollten, dass
er aus ihrem Leben verschwindet. Den Rest verdrängen beide bis
heute.“

Ben ist, als ob die Zeit stehen geblieben ist. Er fühlt eine tiefe
Leere in sich aufsteigen, die sich mit dem Tod des kleinen Jungen
wie eine Seuche in ihm ausbreitet. Gleichzeitig rast sein Herz,
und das einfache Atmen fällt ihm unglaublich schwer. Er greift
sich an den Hals und massiert ihn so stark, als ob sich der Knoten
dadurch lösen und er wieder Luft bekommen könnte, aber es wird
eher noch schlimmer. Ben möchte etwas sagen, aber es geht nicht,
und er muss schon nach den ersten Ansätzen wieder aufgeben.
Es dauert lange, sehr lange, bis sich seine Emotionen über das
Erlebte wieder gelegt haben. Durch seine Liebe zu dem Kleinen
waren ihm so viel Freude und Hoffnung ins Herz gepflanzt worden, die nun einfach herausgerissen wurden. Die Tatsache, dass
er nicht eingreifen konnte, macht ihn fast wahnsinnig. Er fühlte
sich in jenem Moment wie ein Arzt, dem ein Patient einfach unter den Händen wegstirbt und der selbst als Arzt keine Chance
und Möglichkeiten mehr hat, etwas dagegen zu unternehmen.
Ben versucht, sich zu konzentrieren, und je mehr ihm dies gelingt, umso ruhiger kann er auch wieder atmen und bekommt
infolgedessen auch wieder besser Luft, wodurch es ihm wiederum
gelingt, sich besser unter Kontrolle zu bekommen. Gleichzeitig

kann er eine Veränderung in sich spüren, spürt eine unbändige Wut, verzweifelten Zorn und einen unglaublichen Hass in sich aufsteigen. Immer mehr und immer tiefer setzen sich diese Gefühle in ihm fest. Er hat Angst davor, hat Angst, dass der Hass Wohnung in ihm nimmt, und er hat erneut das Gefühl, als schnüre es ihm wieder die Kehle zu. Zu stark ist er aufgewühlt, zornig und unsicher.

Salasul kam ganz nahe an Ben heran und legte ihm die Hand auf die Schulter mit den Worten: „Komm, lass uns gehen." „Nein!", schrie es aus ihm heraus. „Nein, ich kann nicht!", antwortete Ben nach Luft japsend und vollkommen aufgebracht, ja fast verzweifelt. „Aber du hast es mir und dir selbst versprochen", erinnerte ihn Salasul. „Nein, bitte nicht – bitte, ich kann nicht, ich kann einfach nicht noch mehr Elend, Tod und Trauer ertragen!" Ben hatte das Wort „Trauer" mehr oder minder unbewusst in den Mund genommen, aber damit hatte er den Nagel auf den Kopf getroffen: Er sah das Elend nicht nur, er *fühlte* es jedes Mal mit seinem *Herzen*, in seinem ganzen Ausmaß. „Ich kann das Leid nicht länger ertragen. Ich habe noch nie so viel Blut, so viel Schmerzen und so viel Verzweiflung erlebt." Verständnisvoll, ruhig und gelassen antwortete ihm Salasul: „Du kannst nicht davonlaufen, Ben. Das, was ich dir zeige, ist real, es ist die Welt, in der du bis vor Kurzem noch gelebt hast und an die du dich mit aller Macht geklammert hast." „Bitte, versteh doch", entgegnete ihm Ben, „ich sehe ja ein, dass es unter den Menschen Grausamkeiten von unvorstellbarem Ausmaß gibt, aber bitte erspare mir weitere Varianten des Schreckens und deren Perversitäten." Salasul schien kurz zu überlegen, dann sagte er: „Na gut, ich zeige dir etwas anderes, in Ordnung?"

Kapitel 10.10: Besitz

„Aber bitte, Salasul, tue es auch wirklich, denn ich kann nicht mehr! Ich habe das Gefühl durchzudrehen! Ich habe bereits zu viele Dinge mit ansehen müssen, die ich weder verstehe noch ertragen kann!" Sein Begleiter blickte etwas irritiert auf sein Gegenüber, nickte dann aber mit dem Kopf und sagte: „Es ist mein Auftrag, Ben, dir Gottes Verhalten und die echte Wahrheit über ihn zu zeigen." „Ich weiß, und ich habe dir auch versprochen, dass ich nicht Nein dazu sagen werde, aber verstehst du denn nicht, dass es für mich äußerst grausam ist, das alles erleben zu müssen, direkt davon betroffen zu sein?" Pure Verzweiflung war aus Bens Stimme zu hören, aber auch in seinem Gesicht war seine Niedergeschlagenheit deutlich sichtbar, so als stünde sie mit großen Buchstaben auf seiner Stirn geschrieben. „Ja, das habe ich gesehen. Ich habe einen gewissen Spielraum, der mir ermöglicht, dir das wahre Wesen in vielfältiger Art und Weise näherzubringen. Vertrau mir." Mit diesen Worten streckte er seine Hand aus, und Ben wollte sie gerade ergreifen, da ergriff Salasul statt seiner Hand seinen Unterarm. Ben wirkte zuerst leicht verwundert, doch nach einem kurzen Zögern erwiderte er diesen Griff. Es war ein ungewöhnlicher Griff, ein Griff, den er im Fernsehen in alten Winnetou-Filmen gesehen hatte. So hatten sich Winnetou, der Häuptling der Apachen, und der weiße Scout Lederstrumpf begrüßt oder verabschiedet. Dabei kam ihm der Gedanke, dass auch diese beiden zu jener Zeit nicht unterschiedlicher hätten sein können. Der eine war ein Indianer, ein mächtiger Häuptling, der in Zelten lebte, auf dem Pferd reitend zur Jagd ging oder über die weite Prärie ritt. Eine Freiheit mitten in der weiten Natur. Ein Leben, das die Indianer nur so kannten und liebten. Jedoch auch eine trügerische Freiheit, die von den weißen Fremden, die ins Land strömten, auf der Suche nach Land, Macht und Reichtum, und dabei tief in die Bereiche der Indianer vorstießen, gestört wurde, bis es zum Schluss keine Freiheit mehr gab, sondern Reservate, in denen die Indianer wie Tiere leben mussten. Der andere, ein weißer Siedler, ein Ingenieur beim Bau der Eisenbahn, die allen den Fortschritt bringen sollte. Vor allem dem als unzivilisiert geltenden Indianervolk musste noch der Fortschritt der Zivilisation nähergebracht werden. Da der Indianer diesen Fortschritt nicht gerade mit offenen Armen willkommen hieß, musste dieser – zu seinem Besten, versteht sich – notfalls auch mit Gewalt erfolgen. So stellte man es zumindest dar, wobei die Geschichte aufzeigt, dass es den Weißen einzig um die Erschließung und die vollständige Eroberung des Landes ging. Die mächtigen und stolzen Stämme der Ureinwohner wurden ausgerottet oder so sehr an den Rand gedrängt, dass man sie nur noch bedauern konnte.

Genauso verschieden waren auch der Dämon und er, befand Ben, und doch hatte ihn bei ihren gemeinsamen Zeitreisen das Gefühl beschlichen, dass sich ein gewisses Vertrauen, eine Art Freundschaft zwischen ihnen aufgebaut hatte. Dieser Gedanke schoss ihm, während er noch immer Salasuls Arm festhielt, durch den Kopf. Dabei fühlte er, wie stark der Pulsschlag des anderen unter dessen Haut war. Es hatte etwas Beruhigendes an sich, fast so wie früher, als sein Vater ihn an die Hand genommen hatte. Ben wollte dieses Gefühl der Sicherheit nicht entbehren und hielt deshalb bewusst den Griff fest geschlossen, während er ihm dabei in die Augen schaute, um die Verbindung nicht abreißen zu lassen. Zum ersten Mal hatte Ben das Gefühl, dass seine Augen bei solch einer Reise wirklich offen waren, und doch waren nach einem Wimpernschlag die Zeit und der Ort, an dem sie sich befanden, wieder ganz andere. Der Griff und der Augenkontakt hingegen blieben unverändert. „Komm, mein Freund, jetzt werden wir die Dinge mal anders betrachten." Ben verstand nicht. Er war überrascht über Salasuls Anrede „mein Freund" und verstand überhaupt nicht, was dieser mit seinen Worten – „die Dinge mal anders betrachten" – meinte.

Sie standen auf der Straße, die nicht sonderlich stark befahren war, auf der aber dennoch viele Autos an einem großen Eisentor anhielten, sich mit dem Security-Personal unterhielten und dann, nachdem sie eingelassen worden waren, hinter dem großen Eingangstor verschwanden. Salasul ging auf das Tor zu, ohne sich auch nur eine Sekunde um das Sicherheitspersonal zu kümmern. Ohne bemerkt zu werden, spazierten sie nun einfach durch den kleinen Eingang, so als würden sie dazugehören und täglich nichts anderes tun. Ben vergaß, wie so oft, dass er als Toter für die anderen eben nicht zu sehen war. „He, schau nicht so traurig, hier sollst du keine schrecklichen Dinge sehen, zumindest nicht solche, wie du sie zuletzt mit ansehen musstest. Also komm, freue dich und lächle ein wenig", rief Salasul Ben zu, der noch etwas zögerlich hinterhertrabte. Sie gingen noch ein Stück weiter, und Ben konnte nicht die Augen von all dem Luxus lassen, welchen das pompöse Außengelände mit seinen mächtigen Skulpturen darbot, als Salasul einen kritischen Blick auf sich und Ben warf und anschließend zu dem Schluss kam: „Ach ja, wir sollten uns noch das passende Outfit für heute Abend zulegen." Und noch während er das sagte, zupfte er plötzlich seine Krawatte zurecht und prüfte den Sitz seines neuen Designeranzugs. Ben verstand zwar nicht, schaute aber zuerst an ihm und anschließend an sich selbst herunter. Auch er trug jetzt einen flotten Anzug, der sich an seinen Körper schmiegte, als wäre er hineingewachsen. Dann konzentrierte er sich wieder auf das prunkvolle Anwesen. Sein erster Eindruck des Hauses und des gesamten Anwesens war, dass es sich wohl um ein Schloss handeln müsse, was aber durch die moderne Architektur und die großen Glasfronten nicht sein konnte. Ben bekam den Mund nicht mehr zu. Das Gebäude war einfach gigantisch!

Der Fuhrpark in der Parkanlage konnte sich wirklich sehen lassen. Alles, was Rang und Namen hatte, war hier abgestellt: Da standen Schlitten der Marken Rolls Royce, Mercedes, Lamborghini, Ferrari, Porsche, Jaguar, Bentley. Weit über einhundert Luxuslimousinen standen dort nebeneinander oder wurden gerade durch aufwartende Parkwächter auf ihren Parkplatz gefahren. Ein Nebengebäude, das so mancher Familie als geräumiges Haus gedient hätte, diente lediglich als Garage des Hausbesitzers, und die offenen Türen zeigten die darin bereitstehenden Fahrzeuge.

Wahrscheinlich standen die Türen offen, weil man hier nicht befürchten musste, dass die Fahrzeuge geklaut werden würden, oder weil man zeigen wollte, was man besaß. Fast die gleiche Auflistung wie man sie auch von den Besuchern sah. Zwei etwas abseits stehende Oldtimer waren jedoch die wohl größte Errungenschaft in dieser Sammlung.

Ben und Salasul hatten inzwischen die Zufahrt schon längst hinter sich gelassen und stiegen nun die Stufen zum Eingang hinauf. „Guten Abend, die Herren", begrüßte der Butler die geladenen ankommenden Gäste an der offen stehenden Eingangstüre, „wenn ich Sie bitten dürfte, mir Ihre Einladungen zu zeigen?" Ben schaute sich um und suchte nach den Herren, die soeben angesprochen worden waren, konnte aber im Moment außer sich selbst und seinen Begleiter niemanden vor dem Butler stehen sehen. „Ben", sprach Salasul ihn von der Seite an. Ben stand der Mund offen, und er wusste nicht, was genau passiert war. Er war völlig irritiert und konnte mit dieser Szene überhaupt nichts anfangen. „Ben, träumst du?", wiederholte der Dämon seine Frage. „Was?", stotterte Ben. „Ben, deine Karte bitte." Er verstand immer noch nicht. „Meine Karte?" „Ja, deine Einladungskarte. Der Mann hier würde gerne deine Einladung sehen", meinte sein Begleiter nun zum wiederholten Male. Ben musste absolut bescheuert aus der Wäsche gucken, aber der Butler zeigte keinerlei Reaktion, zeigte mit keiner Regung, was er davon hielt. Ben langte in die Taschen seines Anzugs, um zu sehen, ob er darin eine Einladungskarte finden möge, während Salasul seine bereits vorzeigte. In der Innenseite seines Anzugs – eines Anzugs, den er bis vor Kurzem noch gar nicht besessen hatte – fand Ben nun eine Karte, die seine Einladung darstellte, und gab sie an den noch immer freundlichen, aber doch sehr steifen Kontrolleur weiter. Dieser schaute erst zur Karte, dann wieder zu Ben und schien noch immer daran zu zweifeln, dass der junge Mann vor ihm überhaupt eine Einladung besitzen konnte. Trotzdem nahm er sie entgegen und sagte freundlich zu beiden: „Meine Herren, ich wünsche Ihnen einen schönen Abend", und deutete mit den Händen an, dass sie ins Haus eintreten mögen. Ben verstand immer noch nicht, warum der Butler sie gesehen hatte und weshalb sie in diesem feinen Anzug herumliefen, denn der Butler war ein lebender Mensch. Noch während er darüber nachdachte, war der große Dämon bereits eingetreten. Ben folgte ihm zögerlich, denn er fühlte sich unsicher, jetzt, da er – wie es schien – wieder von anderen gesehen werden konnte.

Als er sich umblickte, staunte er nicht schlecht. Der Flur war gigantisch groß und schien überhaupt keine Decke zu haben. Ein riesiges Glasdach vermittelte einem das Gefühl, immer noch im Freien zu stehen. Er konnte die hell leuchtenden Sterne durch das Glasgewölbe sehen, die in dieser Nacht einen besonderen Glanz zu verbreiten schienen. Die Wände waren weiß verputzt und mit unzähligen Bildern verschiedener Stilrichtungen und Gemäldegrößen versehen. Es schien fast so, als würde am heutigen Abend eine Ausstellung im Foyer stattfinden. Aber niemand blieb davor stehen, um die Gemälde zu betrachten. Alle, die bereits eingelassen worden waren oder gerade eintraten, schienen diesen Prunk und Reichtum bereits zu kennen, denn niemand zeigte näheres Interesse an den Bildern, und alle liefen, während sie sich miteinander unterhielten und amüsierten, einfach daran vorbei, als wäre dieser Raum das Normalste der Welt.

Eine große, stilvolle Treppe rechts führte nach oben. Die Treppe, die geschwungen an der Wand entlang in den oberen Stock führte, war mindestens drei Meter breit und mit einem blauen Teppich ausgelegt. Das Geländer der Empore war schlicht und doch derart gestaltet, dass es allein schon ein Vermögen gekostet haben musste. Ben folgte den letzten Gästen durch die beiden offen stehenden Flügeltüren tiefer ins Innere des Hauses hinein. Den Raum, den er nun betrat, war nicht minder kleiner, dafür aber gemütlicher. Ein kleiner Teich in der Mitte des Raumes wurde mit buntem Licht angestrahlt, und Fische unterschiedlicher Art und Größe schwammen darin. Auf der einen Seite war ein Wasserfall zu sehen, an der anderen Seite waren gepolsterte Sitzgelegenheiten angebracht, um sich bequem am Wasser niederzulassen, ein kleines Stück weiter war eine riesige Bar eingerichtet, an der zwei Barkeeper für die Wünsche der Gäste

bereitstand. Gegenüber seinem jetzigen Standort, also von seiner Position aus hinter dem Teich, stand leicht erhöht auf einem Podest ein großer schwarzer Flügel, an dem jemand saß und spielte. Das war wahrscheinlich auch der Grund, warum alle in diesen Raum wollten. „Na, wie gefällt es dir hier?", fragte ihn Salasul, der ganz plötzlich neben ihn getreten war. „Darf ich Ihnen etwas zu trinken anbieten?", unterbrach sie eine zarte junge Frau in einem schlichten schwarzen Kostüm, die ihnen ein Tablett mit vielen Gläsern entgegenreichte. „Oh, aber ja, herzlichen Dank", antwortete Salasul ihr mit einem charmanten Lächeln.
„Salasul, warum können uns die Leute denn plötzlich sehen?", flüsterte Ben Salasul mit einem Glas Champagner in der Hand ins Ohr. „Nenn mich Jack, es ist einfacher, mit diesem Namen untereinander zu kommunizieren, wenn wie hier sind", teilte Salasul Ben mit, ohne näher auf seine Frage einzugehen. „JACK?", fragte ein überaus verblüffter Ben. „Ja, Jack, oder ist der Name etwa so außergewöhnlich?" „Ja … äh … eigentlich nein." „Also was denn jetzt? Aber ich glaube, du könntest recht haben, Jack – das klingt zu amerikanisch. Dann sag … Martin zu mir." Der Dämon an Bens Seite freute sich richtig ausgelassen, dass ihm so ein toller Name eingefallen war. „Martin?!", wiederholte Ben den Namen, „Martin, genau", und dabei stieß er sein Glas an das seines Gegenübers und trank es in einem Zug aus. Ihm schien es richtig gut zu gehen, während Ben noch immer wie ein Trottel vor ihm stand. „Salasul …", setzte Ben erneut an, doch Salasul hob den Finger und unterbrach ihn sofort: „Martin!" „Äh, Martin, warum können uns die Leute denn jetzt plötzlich sehen?", flüsterte Ben, damit ihn keiner hörte. „Ach, das ist ganz einfach, mein Freund, man muss es nur wollen." Und noch während er dies sagte, ging Salasul in Richtung Wasserfall davon und ließ Ben einfach stehen. In dieser Umgebung schien er sich absolut wohl zu fühlen, ja es schien fast so, als sei er erst jetzt richtig in seinem Element. Ben lief ihm hinterher, und erst jetzt fiel ihm auf, dass man unter dem Wasserfall durchlaufen konnte, ohne nass zu werden. Als er direkt unter der Wasserzufuhr des Wasserfalls stand, schaute er gebannt und fasziniert nach

oben und sah, dass eine Glaseinfassung den Wasserzulauf wie den Wasserfall selbst begrenzte. Das Ganze war beleuchtet und sah einfach klasse aus.

Aber er hatte sich ablenken lassen und musste deshalb erneut seinem Partner hinterherlaufen, da dieser auch der außergewöhnlichen Architektur und dem eindrucksvollen Mobiliar keine besondere Bedeutung zu schenken schien. Kaum hatte Ben ihn wieder einigermaßen aufgeholt, als sie sich bereits auf der Höhe des Klaviers und dem Klavierspieler befanden. Ben fiel der Name nicht ein, er wusste aber, dass der Mann, der dort saß und spielte, ein bekannter Musiker war. Wahrscheinlich gab er hier ein Privatkonzert. Das warf natürlich die Frage auf, ob ihm das Anwesen gehörte, er ein Freund des Eigentümers war oder ob der Eigentümer so viel Geld besaß, dass er es sich leisten konnte, ihn für diesen Abend zu engagieren.

Der Musiker sang gerade seine wohl bekannteste Ballade, die sich weltweit millionenfach verkauft hatte und mit der er so berühmt geworden war. Auch Ben gefiel das Lied, obwohl er sich früher nie viel daraus gemacht hatte und keinen bestimmten Musikstil oder Interpreten bevorzugte, weshalb ihm auch jetzt weder der Titel noch der Sänger namentlich einfielen. Ben entspannte sich langsam wieder, weil er merkte, dass weder er noch sein Partner besonders auffielen, was auch daran lag, dass die geladenen Gäste, sofern sie keine bekannten Stars aus den Medien waren, sich untereinander ebenfalls nicht kannten. Als die Dame mit dem Getränketablett wieder an ihnen vorbeikam, tauschten beide ihr leeres Glas gegen ein neues volles Glas Champagner und schlenderten gemütlich weiter. Alles in dem Haus war überaus prunkvoll ausgestattet. Ben versuchte, sich im Geheimen vorzustellen, was dieser ganze Luxus wohl gekostet haben musste. „Einhundertfünfzig Millionen.“ „Bitte?“ „Du wolltest wissen, was das Anwesen gekostet hat, und ich sagte einhundertfünfzig Millionen Euro. Allein die Unterhaltungskosten pro Tag belaufen sich auf ungefähr zwölftausend Euro. Sämtliche Materialien, die hierfür verarbeitet wurden, waren die edelsten, die man weltweit finden konnte: der teuerste Marmor, bestes erlesenes Holz und das Modernste in der Kommunikations- und Überwachungstechnik. Hier siehst du nur das Beste vom Besten", klärte ihn sein Partner auf. Alles protzte hier nur so vor Geld. Ben brauchte so etwas nicht und fand alles viel zu übertrieben, gestand sich aber ein, dass er fasziniert war, hier zu sein und das alles erleben zu können.

Sie schlenderten weiter durch das Luxusanwesen, und beide genossen es so richtig, all das Leid und die Trauer, die besonders Ben noch bis vor Kurzem empfunden hatte, hinter sich zu lassen. Sie tauchten ein in die Idylle des Augenblicks und ließen die Umgebung einfach auf sich wirken, und dabei fühlten sie sich rundherum zufrieden. Sie hatten mittlerweile drei weitere Räume durchlaufen, wobei einer eine Bibliothek war, es hätte aber auch eine Bücherei sein können. Über drei Ebenen standen die Regale mit den unterschiedlichsten Büchern voll. Ein weiterer Raum gefiel Ben auf Anhieb, weil dort zwei große Billardtische standen. Als er gerade fragen wollte, ob er eine Runde spielen könnte, erklang ein großer Gong, der durch das ganze Haus schallte. „Gehen wir lieber was Feines essen, Ben, das würde mir besser gefallen", meinte Salasul und war schon mit der Menge losgelaufen, die sehr wahrscheinlich schon darauf gewartet hatte. Als sie auf dem Weg in den Speisesaal waren, hatte Ben die Möglichkeit, namhafte Politiker, Schauspieler und Sportler aus In- und Ausland hautnah neben sich erleben zu können. Der Rest der hier anwesenden Personen schienen Mächtige aus der Wirtschaft zu sein, Magnaten, die diesen Glanz und Glamour zu schätzen wussten.

In dem Saal, wo an unzähligen Tischgruppen aufgetischt wurde – ein anderer Begriff fiel Ben für die Dimension dieses Raumes nicht ein –, sorgten vierzig Köche für das leibliche Wohl des Abends, und weitere fünfzig Bedienstete dafür, dass Getränke und Speisen rechtzeitig gereicht wurden. Ben wusste schon gar nicht mehr, wie oft seine Teller mit neuen Gängen verschiedenster Speisen gewechselt worden waren. Angefangen von einer Suppe und anderen Appetithäppchen als Vorspeisen, danach Fisch, Schalentiere, Fleisch, Gemüse über unterschiedlichste Beilagen bei den Hauptgängen und als Nachtisch erlesene Süßspeisen und deftige Käseplatten, die den Abschluss bildeten. Zu den einzelnen Gerichten wurde jedes Mal ein neuer Wein gereicht, der zu der vielfältigen Auswahl unterschiedlichster Speisen als der einzig würdige und passende bezeichnet wurde. Alles in allem dauerte das Dinner viereinhalb Stunden, und oft wurden die Teller dabei fast voll wieder abgeräumt, weil man glaubte, dass es einem nicht schmeckte, oder man einfach schon zu satt war. Ben selbst schien diese Fülle nichts anhaben zu können. Er konnte essen, so viel er wollte, ohne dass er zuvor das Gefühl gehabt hatte, richtig hungrig zu sein noch dass er hinterher richtig satt war. Er erfreute sich an Hummer, Schnecken und anderen Köstlichkeiten, die er noch nie zuvor gegessen, vieles sogar noch nicht einmal gesehen hatte. Auch der viele Wein berauschte seine Sinne nicht im Geringsten, was man an der riesigen Tafel nicht von allen Anwesenden sagen konnte. Während des gesamten Essens spielte im Hintergrund ein eigens dafür bestelltes Orchester klassische Musik. Zum wiederholten Male an diesem Abend fragte sich Ben, wie sein Freund so schnell an diese Einladungskarten gekommen war, denn es schien ihm, als sei dieser Abend nur für geladene Gäste vorgesehen, deshalb auch die extrem hohen Sicherheitskontrollen am Tor und vor dem Betreten des Hauses. Der Dämon sprach viel mit seinem Tischnachbarn, einem Politiker, den Ben noch aus den Nachrichten kannte, aber von dem er nicht wusste, welcher Partei er angehörte. Politik hatte ihn bisher nie interessiert. Ben saß getrennt von seinem Partner, dafür neben der weiblichen Begleitung des Politikers, die vom Alter her leicht seine Tochter hätte sein können, was sie aber eindeutig nicht war. Die Garderobe der Dame war sehr kostspielig und äußerst aufreizend gewählt. Irgendwie war sie mächtig sauer auf ihn und beleidigt, da ihr Begleiter während des Essens ständig in irgendwelche Gespräche und Diskussionen mit Salasul verwickelt war und sich deshalb überhaupt nicht um sie kümmerte. Während er darüber erfreut wirkte, schien die Dame eher gelangweilt und auf der Suche nach Abwechslung oder aufregenden Abenteuern. Ben bemerkte zuerst nichts davon, aber nach und nach wurden die kleinen Gesten, mit denen sie ständig versuchte, Kontakt zu ihm herzustellen, doch recht auffällig. Ben war dies mehr als unangenehm, aber alle anderen Personen schienen das plumpe Verhalten gar nicht zu bemerken oder sich nicht daran zu stören. Jedes Mal, wenn sie ihm etwas sagen wollte, meistens irgendein banales Zeug über Tratsch und Klatsch über irgendwelche Prominenten, worüber Ben überhaupt nichts beizutragen wusste und was ihn auch nie interessiert hatte, drückte sie ihr freizügiges Dekolleté an ihn. Ben war infolgedessen mehr als froh, als das Festmahl offiziell als beendet erklärt wurde.

Salasul blieb sitzen, und Ben folgte dankbar seinem Beispiel, was seiner Tischnachbarin überhaupt nicht gefiel. Schmollend wegen der Zurückweisung, die sie erfahren hatte, machte sich die Abenteuerlustige rasch auf die Suche, um nach neuem Potenzial Ausschau zu halten. Der Dämon blickte ihn mit einem breiten Grinsen an: „Mann, wenn die wüsste, wer du wirklich bist, dann würde sie sich wahrscheinlich noch schneller verziehen, was meinst du?" „Oh ja", gab Ben ihm recht, „Mannomann, die war so aufdringlich, dass es mir schon richtig unbehaglich zumute und extrem peinlich wurde." Salasul brach in ein herzliches, offenes Lachen aus, und auch Ben stimmte mit ein. „Komm, mein Freund", meinte Salasul und stand bereits von seinem Stuhl auf, „ich möchte dir noch etwas zeigen." Bei diesen Worten horchte Ben auf. Würde nun der Keulenschlag erfolgen, auf den er insgeheim bereits seit dem Betreten des Hauses gewartet hatte? Sein Freund bemerkte seine innere Abwehr und gab ihm zu verstehen: „Hab keine Angst, ich hatte dir versprochen, dass du hier kein Leid, wie du es bisher erlebt hast, finden wirst." Ben schien von seinen Worten nicht ganz überzeugt zu sein, er sagte jedoch nichts. „Vertrau mir, Ben!", gab sein Begleiter ihm zu verstehen. „Wir werden jedoch für die anderen unerkannt bleiben", fügte sein Partner noch hinzu.

Gemeinsam gingen sie in Richtung Küche. Dort herrschte ein Gewühl von unzähligen ständig umeinander laufenden Personen, die mühsam versuchten, über das Schlachtfeld, das in der Küche entstanden war, wieder Herr zu werden. In riesigen Kübeln wurden die Essensreste von den Tellern entsorgt, anschließend folgten die verschiedensten Fleisch-, Geflügel-, Fisch- und Käseplatten. Bei den Platten waren jedoch die Speisen noch völlig unberührt geblieben. Der Gastgeber hatte gewünscht, dass jeder frei wählen konnte, von welchen Speisen er nehmen wollte. Deshalb war von jedem Gericht so viel gekocht oder gebraten worden, dass es für alle gelangt hätte. Es war ihm natürlich klar, dass jemand, der zuvor bereits Fleisch gegessen hatte, nun wahrscheinlich keinen Fisch oder kein Geflügel mehr essen würde. Somit war, grob gesagt, zusätzlich zu den anderen Gerichten, die aufgetischt wurden, noch drei Mal so viel an Essen in der Küche vorbereitet worden – Speisen, die nun vollständig unberührt vernichtet wurden. Welch eine Verschwendung! Ben musste sofort an die hungernden Menschen in Afrika denken, die er selbst reihenweise hatte sterben sehen, weil sie eben nicht genug zu essen hatten. Er sah ihre traurigen, verzweifelten Augen und ihren ausgemergelten Körper vor sich und konnte das Bild nicht verdrängen. Diese Menschen hätten sich mit Heißhunger selbst über die Reste auf den zurückgegangenen Teller gestürzt und es als ein Wunder gesehen und gefeiert. Dass man dies hier niemandem noch einmal vorsetzen wollte, konnte Ben zwar verstehen, aber dass ganze Platten zu Dutzenden vernichtet wurden, das war ihm unverständlich. Als Letztes folgten die Schüsseln mit den unterschiedlichsten Beilagen. Auch hier galt das Gleiche wie zuvor. Man hatte für jedes Hauptgericht das entsprechende, extra dazu abgestimmte, Gemüse, Kartoffeln oder verschiedene Reissorten gekocht. Krönender Abschluss dieser Massenverschwendung bildete die Nachspeise. Auch hier wurden Torten, Kuchen, aufgetautes Eis, Früchte und so vieles mehr nun komplett dem Abfall zugeführt. Ben war nicht blöd. Auch er wusste, dass die zubereiteten Speisen nicht nach Afrika geflogen werden konnten, aber man hätte diese zu vernichteten Speisen Bedürftigen, Obdachlosen, Bettlern schenken können. Er war sich sicher, dass es Organisationen gab, die sich gern kostenneutral um den Transport und die Verteilung gekümmert hätten. Aber das war und blieb ein Wunschdenken. Für ein paar wenige wurden erlesen und in Fülle die köstlichsten Speisen aufgetischt, und der Pöbel – sollte er doch sehen, wo er blieb. Ben vermutete, dass der Gastgeber noch nicht einmal ein schlechtes Gewissen hatte, sondern sich vollkommen im Recht sah, weil er es sich eben leisten konnte. Hätte er die gesamten Ausgaben des Abends, an dem es nur darum ging, sich zu präsentieren, sehen und gesehen zu werden, für soziale Einrichtungen ausgegeben, hätten viele Menschen gerettet oder hätte zumindest vielen Menschen sehr geholfen werden können. Auf einmal schämte sich Ben dafür, an dem Bankett mit teilgenommen zu haben; das gesamte Essen hatte plötzlich einen unangenehmen Beigeschmack erhalten, einen bitteren Nachgeschmack hinterlassen.

„Ich hätte Lust, ein wenig an die frische Luft zu gehen – wie sieht es bei dir aus?", fragte der Dämon. Ohne Bens Antwort abzuwarten, saßen beide plötzlich auf einer gepolsterten Bank in weißem Leder. Die Sonne schien aus strahlend blauem Himmel auf sie herab. Beide hielten einen Longdrink aus Früchten und Gin in den Händen. Eine Brise wehte um sie herum. Ben stand auf und blickte über die hinter ihm verlaufende Reling eines Luxusdampfers, auf dem sie sich befanden. Sie lagen noch vor Anker einer traumhaften Insel. In der Ferne – weil das große Schiff wegen der seichten Wassertiefe nicht so nah an die Insel herankam – konnte er den weißen Sandstrand und die hohen, grünen Palmen sehen, vor der Kulisse eines wunderschönen blauen Himmels, an dem nicht eine einzige Wolke zu erkennen war. Das Wasser war glasklar und glitzerte türkisfarben, sogar Fische konnte er unter der Wasseroberfläche in verschiedensten schimmernden Farben vorbeischwimmen sehen. Es war einfach traumhaft schön. So etwas in Zeitschriften, Katalogen oder im Fernsehen zu sehen, war nicht annähernd mit dem zu vergleichen, was sich gerade seinen Augen darbot.

Überwältigt von den fantastischen Eindrücken, sprach Ben eine Stewardess an, die gerade vorbeikam: „Entschuldigung, wo befinden wir uns hier?" „Wir liegen vor Samoa, mein Herr." „Samoa?", sprach er ihr nach und schaute dann doch etwas skeptisch. Die

Stewardess stockte einen Moment lang, sehr verwundert, um es milde auszudrücken, dass der Gast an Bord nicht wusste, wo sie sich befanden. Ihr war es einfach unmöglich zu verstehen, dass jemand eine Reise buchte, dafür sehr, sehr viel Geld ausgab und dann nicht wusste, wohin diese Reise ging oder wo sie sich gerade befanden! Für sie war der Job zwar sehr hart – während andere Urlaub machten, schwitzte sie in ihrer Uniform und war im Dienst –, aber die Gelegenheit, fremde Länder und Kontinente kennenzulernen, machten die Strapazen, die solche Reisen mit sich brachten, unbestreitbar wieder wett. Ihre Gedanken gingen wieder zurück zu dem jungen, gut aussehenden Mann, der sichtlich verwirrt darüber zu sein schien, hier vor Samoa zu sein. Die Reichen an Bord reisten so viel quer durch die Welt, dass sie schon gar nicht mehr wussten, wo sie sich gerade aufhielten. Ihr taten diese Menschen, welche die Einzigartigkeit, das wunderschöne Geschenk einer solchen Reise gar nicht mehr zu schätzen wussten, abgrundtief leid. Und die traumhafte Landschaft nahmen die meisten schon gar nicht mehr wahr und waren stattdessen total gelangweilt.

Ben, der spürte, wie ihn die Stewardess merkwürdig von der Seite ansah, fügte nun zu seiner Entschuldigung hinzu: „Wissen Sie, ich war lange krank, deshalb wusste ich nicht genau, wo wir uns gerade aufhalten." So krank sah der junge Mann allerdings gar nicht aus, dachte die Stewardess bei sich; wenn sie ehrlich war, sah er sogar verdammt gut aus. Und er war noch so jung, dennoch schien er es nicht nötig zu haben, arbeiten gehen zu müssen; er war offenbar so reich, dass er sich solch eine Reise ohne Weiteres leisten konnte. Sein Auftreten war nicht das eines Touristen, der viele Jahre sparen musste, um sich solch eine Reise jemals leisten zu können. Nein, der Mann vor ihr schien keinerlei Geldsorgen zu haben. Wie richtig sie damit lag, konnte sie nicht einmal ansatzweise erahnen. Da sie ihn immer noch etwas irritiert anschaute, fügte er hinzu: „Ich habe Sie wohl irritiert."
„Oh nein, ja ... also nein", stotterte sie ertappt und nun absolut verlegen. „Es steht mir nicht zu, Ihre Frage gering zu achten, aber es kommt nicht so häufig vor, dass jemand nicht weiß, wo wir

uns aufhalten, wenn wir vor Anker gegangen sind", fügte sie nur ihrerseits als Entschuldigung hinzu. „Dann bin ich also eine absolute Rarität", bemerkte Ben. „Das würde ich so nicht sagen, eher eine nette Abwechselung." „Das haben Sie jetzt aber nett gesagt." Auch Ben gefiel es mittlerweile, mit der jungen und sehr attraktiven Stewardess zu flirten. Nach einigen wenigen Sekunden, in denen sie einander ansahen, wendete er etwas verlegen den Blick von ihr ab und schaute wieder hinüber zur Insel. „Also, was können Sie mir noch Traumhaftes von dieser bezaubernden Gegend, in der wir uns gerade befinden, sagen?" „Samoa ...", begann die Stewardess, und dabei hörte sich ihre Darstellung jetzt wie aus einem Reiseführer an, „ist eine der zentralen Inselgruppen in der Südsee. Weitere sind Tahiti oder die Fidschi-Inseln. Vor allem für ihre wundervollen Sonnenuntergänge ist die Südsee bekannt." Ben genoss die Umgebung, das lockere Gespräch, das blaue Meer und die traumhafte Insel. Auch hatte er mittlerweile erfahren, dass das Kreuzfahrtschiff über elf Passagierdecks mit höchstem Komfort und stilvollem Ambiente verfügte. Das Schiff verfügte über die unterschiedlichsten Hotel-, Schiffs-, Wellness- und Freizeiteinrichtungen. Ben war begeistert über so viel Luxus. Als er dann am späten Abend den Sonnenuntergang erlebte, schienen all seine Sorgen und schlimmen Erinnerungen im Meer mit untergehen zu wollen, wäre nicht Salasul an seiner Seite gewesen. Der Dämon genoss diese Atmosphäre zwar auch, wie nicht zu übersehen war, er war dabei aber viel, viel nüchterner als Ben. Ben wusste nicht, ob er eingeschlafen war, die Zeit einfach verdöst hatte oder ob er mit Salasul gar wieder einen Zeitsprung gemacht hatte. Fest stand, dass die morgendliche Brise, diese klare Meeresluft, ihm richtig gut tat. Es war noch nicht so heiß zu dieser Stunde, aber der Himmel war schon jetzt mit einem strahlenden Blau versehen. An Bord war noch alles ruhig und friedlich. Erst vor einer Stunde war die Sonne aufgegangen. Es war ein unglaubliches Naturschauspiel, welches so viel Frieden und Hoffnung ausstrahlte, dass Ben beinahe Tränen die Wangen hinuntergelaufen wären. Er war so voller Glücksgefühle, hatte die ganze Nacht – zumindest so weit er sich erinnern konnte –

den klaren Himmel mit Tausenden von leuchtenden Sternen beobachtet. Ben spürte auf einmal eine Hand auf seinem Arm und öffnete die Augen. Er sah zu Salasul hinüber, der ihm mit den Augen signalisierte, dass er mit ihm weiterziehen wollte. Ben verstand und nickte.

Kapitel 10.11: Missbrauch

Im ersten Augenblick hatte Ben den Eindruck, dass er seinen
Partner falsch verstanden haben musste, denn sie befanden
sich noch immer auf dem Meer. Als er sich jedoch im näheren
Umfeld umschaute, stellte er fest, dass sie sich zwar tatsächlich
immer noch auf dem Meer befanden, aber das Schiff hatte sich
nun erheblich verkleinert. Die Luxusjacht, auf der sie sich jetzt
befanden, war immer noch gigantisch, wenn auch nicht vergleichbar mit dem Luxusliner, auf dem sie vorher gewesen waren.
Dafür war es privater, gemütlicher und übersichtlicher. Das Meer
lag still und friedlich um sie herum. Die Meeresluft tat gut, und
Ben überkam ein Gefühl grenzenloser Freiheit. Sie waren mitten
auf dem Meer, kein Land war ringsherum in Sicht. Das Wetter
war jedoch gleich geblieben, sonnig, wolkenlos, mit einer leichten Meeresbrise.
Ben legte die Füße auf die Sitzgruppe vor ihm und genoss den
Frieden um sich herum. „Ach, das nenn ich Leben!“, seufzte er
zufrieden. „Ja, daran kann man sich gewöhnen“, stimmte ihm
sein Begleiter mit geschlossenen Augen unter der Sonnenbrille
zu. Ben merkte erst jetzt, dass auch er nur noch mit Badehose
und Sonnenbrille ausgestattet war, aber die kräftigen Strahlen
der hoch am Himmel stehenden Sonne schienen seinem muskulösen und tief gebräunten Körper nichts anhaben zu können.
Noch während er sich selbst musterte, stellte er fest, dass er beobachtet wurde. Zwei Mädchen, nicht älter als sechzehn Jahre
alt, schätzte Ben, schauten etwas scheu oder eingeschüchtert, er
konnte es nicht genau sagen, zu ihm herüber. Sie trugen einen
sehr knappen Bikini und tranken ebenfalls gekühlte Getränke.
Jetzt fielen ihm auch die weiteren Personen auf der Jacht auf. Da
war rechts von ihnen eine weitere Zweiergruppe von Männern,
die einige Mädchen, die um sie herum platziert waren, dazu
animierten, ihnen Gesellschaft zu leisten, was diese auch sofort
bereitwillig taten. Dabei hatten die Mädchen bereits kollektiv ihr

Bikinioberteil abgelegt und schmiegten sich nun ausgelassen an die Männer, die beide wesentlich älter als sie selbst waren. Ben fand es abstoßend, und zugleich faszinierte ihn der Anblick der nackten Brüste und des wohlgeformten Körpers der Mädchen. Irgendwie konnte Ben sich von dem Anblick nicht losreißen, zumal die Aktivitäten der Beteiligten nun immer mehr zunahmen. Wilde Küsse und sexuelle Handlungen wechselten sich ständig ab. Ben wusste nicht, wie lange er schon als stiller Beobachter diesem wilden Treiben zugesehen hatte, als plötzlich einer der Männer aufstand, seine Begleiterinnen nur mühsam abschütteln konnte, um sich dann von der Gruppe zu entfernen. Ben folgte dem Mann mit seinem Blick und war froh, sich endlich auf etwas anderes konzentrieren zu können. Aufreizend lässig und mit einem Siegeslächeln, bei dem die ganze Palette seiner zahnpastaweißen Zähne entblößt wurde, die einen markanten Kontrast zu der gebräunten Haut bildeten, schlenderte der Mann nun an Ben vorbei zu den zwei Mädchen, die Ben zuvor beobachtet hatte. Ben hatte sie schon völlig vergessen gehabt. Die beiden lagen fast so, als wären sie übereinandergefallen, und schienen zu schlafen.

„He, Jo, sie sind so weit", rief er seinem Kumpan zu. „Also Mädels, macht euch einen schönen Nachmittag", sagte der Angesprochene nun zu den Mädchen. Sie wirkten enttäuscht, so als ob man ihnen ein Spielzeug weggenommen hätte. „He, Jo, bleibt doch noch ein bisschen", bettelte eine von ihnen und hängte sich mit ihren Armen um seinen Hals, weil sie diesen Jo nicht loslassen wollte. „Nein, später vielleicht, das Geschäft ruft", gab Jo nüchtern, fast kalt zurück. „Ach komm schon, Jo." Ohne Vorwarnung holte er aus und schlug dem Mädchen, mit dem er noch wenige Minuten zuvor Zärtlichkeiten und Küsse ausgetauscht hatte, mit seinem Handrücken ins Gesicht. Das Mädchen fiel zu Boden und hielt sich ihr Gesicht. Aus der Nase lief bereits ein dünner Faden Blut, und auch die Lippe war aufgeschlagen und blutete. „Baby, wenn ich sage, ich habe zu tun, dann habt ihr zu verschwinden, ist das klar?", gab er eine klare Anweisung nicht nur an die Geschlagene, sondern gleich an allen

Umstehenden. Die Mädchen waren total eingeschüchtert, sogar verängstigt. Jo, der merkte, dass sie Angst vor ihm hatten, freute sich darüber. „Hier, damit ihr wisst, dass euer Jo immer gut zu euch ist." Er griff in seine Hosentasche und zog drei Beutelchen mit weißem Pulver hervor. Dann nahm er das Mädchen mit der blutigen Nase, hob es hoch und kniff ihr in die Brust, während er ihr einen Kuss auf die Wange drückte. „Bis später, Schätzchen", sagte er und drückte ihr persönlich einen Beutel in die Hand. „Danke, Jo", war alles, was sie hervorbrachte, während sie das Pulverbeutelchen anstarrte, als wäre es etwas Lebenswichtiges.
Jo ließ sie allein und ging zu seinem Kumpan. Beide nahmen jetzt je ein Mädchen hoch, die nicht mehr alleine laufen konnten. Sie redeten auf die jungen Frauen ein, aber diese schienen wie weggetreten zu sein. Untergehakt bei den Männern gingen sie auf wackligen Beinen in die Kajüte.
Ben blickte zu seinem Begleiter und verstand nicht oder wollte nicht verstehen. Salasul stand auf und folgte der kleinen Gruppe. Widerwillig trabte Ben hinterher, wohl wissend, dass nichts Gutes zu erwarten war. Das Licht in der Kabine war schummrig, die Vorhänge zugezogen. Auf einem riesigen Bett lagen die beiden Mädchen und schienen zwar wach zu sein, aber nicht bei vollem Bewusstsein, sodass sie gar nicht mitbekommen konnten, was um sie herum passierte. Als Ben eintraf, hatten sie ihre Badebekleidung abgelegt oder sie war ihnen ausgezogen worden, was Ben anhand des Zustands, in dem die Mädchen sich befanden, eher vermutete. Dann entdeckte er zwei aufgestellte Kameras, die von dem zweiten der beiden Männer ausgerichtet wurde, während der erste stille Kommandos gab, wie und wo die Mädchen platziert werden sollten. Ben und sein Begleiter waren nicht mehr sichtbar, denn wären sie es gewesen, hätten die beiden Männer sicherlich nicht weitergemacht. Ben war sich seiner Unsichtbarkeit auch deshalb so sicher, weil es ihm gelungen war, einfach durch die geschlossene Türe hindurchzugehen, so als wäre sie gar nicht vorhanden. Er hatte die Türe zunächst gar nicht wirklich wahrgenommen, sondern erst, als er sie bereits durchschritten hatte.

Nachdem die beiden Mädchen mit einem gequälten Lächeln von den Männern auf dem Bett in die Kamera gehalten wurden, ohne dass sie dies wahrnahmen, fielen die Männer bei laufender Kamera über sie her. Die Mädchen mussten in irgendeiner Art und Weise betäubt oder berauscht worden sein, denn sie schienen die Vergewaltigung zwar zu spüren, sich auch dagegen wehren zu wollen, waren aber zu benommen, um sich auch wirklich zur Wehr setzen zu können. Durch die Droge wirkten ihre Bewegungen irgendwie komisch. Sie hätten aber auch bei vollem Bewusstsein keine Chance gegen die starken Männer gehabt, und laut um Hilfe zu schreien, hätte ihnen hier draußen auf offenem Meer auch nichts genützt. Brutal, erniedrigend und abstoßend erfolgte der Geschlechtsverkehr, was den beiden Männern jedoch nichts auszumachen schien. Im weiteren Verlauf wechselten die Kerle ihre Opfer und zwangen die immer noch geistig abwesenden Mädchen zu unterschiedlichen Stellungen. Nach ungefähr einer halben Stunde hatten sie dann genug und ließen von den jungen Mädchen ab. Wie nutzlose Puppen ließen sie die beiden einfach dort, wo sie waren, liegen. Der Mann, der zuvor die Kamera positioniert hatte, ging nun wieder dorthin, stoppte die Aufnahme und nahm mit einem hämischen Grinsen die Kassette aus dem Aufnahmegerät. Der andere hatte in der Zwischenzeit zwei Spritzen aufgezogen, die nun in die Armbeugen der Mädchen injiziert wurden. Wahrscheinlich waren die beiden Mädchen nur neugierig gewesen, hatten sich von dem Luxus blenden lassen. Nun waren sie vergewaltigt worden und wurden jetzt mit Drogen vollgepumpt. Das Leben dieser Jugendlichen war mit dem heutigen Tag zerstört. Ben standen die Tränen in den Augen. Selbst in dieser herrlichen Idylle verbarg sich der reinste Horror, Menschen quälten andere Menschen nur um des Profits willen.

Als Salasul Ben an der Schulter berührte, entschwanden sie erneut der Szene und standen plötzlich in einem noch kleineren

Raum. Das Zimmer war viel schummriger und in einem roten Licht gehalten. Auf dem breiten Bett lag eine nackte Frau, und ein schwitzender, fettleibiger Mann mit schwarzen Socken und Unterhemd lag auf ihr. Außer diesen Kleidungsstücken hatte auch er nichts mehr an. Während er stöhnte und schon einen ganz roten Kopf hatte, lag die Frau fast regungslos unter ihm und ließ „es" über sich ergehen. Das Schauspiel war einfach nur ekelhaft und unwürdig. Plötzlich hörte man einen Schrei und dann einen dumpfen Schlag. Die Frau im Bett riss die Augen auf, als wüsste sie, was gerade passiert war. Sie wand sich unter dem enormen Gewicht des Mannes hin und her, bis es ihr endlich gelang, ihn aus dem Gleichgewicht zu bringen, sodass er auf die Seite fiel und durch seine mächtige Körperfülle auf dem Rücken landete. Dort strampelte er wie ein Käfer, der hilflos auf dem Rücken liegt, und kam im ersten Moment nicht mehr hoch. Die Frau störte sich nicht daran, sondern riss die Türe zu ihrem Zimmer auf und ließ diese offen stehen, während sie splitternackt zur Türe nebenan lief und versuchte, diese zu öffnen. Die Laufkundschaft jauchzte und johlte und betrachtete sie voller Gier und Geilheit, sie jedoch schien sich ihrer Nacktheit nicht zu schämen. Das Gefühl der Scham hatte sie schon seit Jahren verloren. Dass sie beim Hinausrennen die Türe hatte offen stehen lassen, war nicht mit Absicht, sondern aus großer Sorge um ihre Zimmernachbarin geschehen. Als ihr Freier aber jetzt in seiner Nacktheit für alle sichtbar war und sie ihn lautstark schimpfen hörte, befand sie, dass es ihm nur recht geschehe und er jetzt ruhig mal am eigenen Leibe erfahren sollte, wie es sich anfühlte, von anderen Menschen angegafft zu werden. Es war ihr in diesem Augenblick egal, ob irgendjemand sie oder ihren Gast so sehen würde.
Die Türe zum Nebenzimmer ließ sich verdammt noch mal nicht öffnen. Sie klopfte an die Nebentüre, aber niemand meldete sich, niemand öffnete ihr. Sie kämpfte sich den Weg an den Freiern vorbei zurück in ihr Zimmer, wo der schimpfende Kunde es mittlerweile geschafft hatte aufzustehen und nun verzweifelt versuchte, schnell in seine Hosen zu kommen. „Du blöde

Hure, du Schlampe, dafür wirst du bezahlen, das verspreche ich dir!" Babsi, wie sie wohl genannt wurde, denn das stand auf dem Schildchen an ihrer Türe drauf, machten die Beleidigungen der Männer schon lange nichts mehr aus, zudem stimmte alles, was er gesagt hatte. Normalerweise hätte sie den Mann vor ihr ausgelacht, aber jetzt hatte sie einfach nur Angst um ihre Freundin. In der Schublade fand sie endlich den Zweitschlüssel, nahm ihn an sich und rannte erneut hinaus. Als sie die Türe des Nachbarraumes endlich aufgeschlossen hatte, wurden ihre schlimmsten Befürchtungen wahr. Das Zimmer war genauso ausgestattet wie ihres, nur spiegelverkehrt. Auf einem kleinen Tisch gegenüber einem großen runden Bett brannte noch eine Kerze, und daneben lagen die Utensilien, um sich Drogen zu spritzen. Das Fenster im Raum stand weit offen, und die roten Gardinen wehten leicht im Wind. Sie fühlte sich auf einmal zu schwach, um an das Fenster heranzutreten. Ein junger Mann schaute zur offen stehenden Türe herein und geilte sich an ihrem Körper auf. „He, Süße, was soll's denn kosten?" Angewidert drehte sie dem Mann den Kopf zu: „Mach es dir selber, du Arsch", brach es aus ihr heraus.
Durch diesen Zwischenfall fand sie nun wieder die Kraft, um ans Fenster zu gehen. Sie blickte herunter und sah ihre Freundin mit angewinkelten Beinen auf dem Asphalt liegen. Eine dunkle Fläche breitete sich unter ihr aus. Babsi konnte von hier oben nicht besonders viel erkennen, was sie aber sah, war, dass Moni noch den Arm abgebunden hatte, die Nadel noch im Arm steckte und sie mit dem Rücken auf dem Asphalt lag und in den Himmel blickte. Das hatte ihre Freundin immer geliebt, die Sterne am Himmelszelt. „Mach's gut, Moni, nun hast du es hinter dir", sprach sie so leise, dass nur sie es hören konnte. Sie wusste in dem Moment nicht, ob sie ihre Freundin beneiden oder bemitleiden sollte. Sie wusste nur, dass ihre Freundin die Demütigungen ihres Körpers und ihrer Seele nicht mehr ausgehalten hatte. Mit dem Leben hatten beide schon lange abgeschlossen, nun hatte Moni es auch beendet.
Babsi setzte sich aufs Bett und blickte starr vor sich hin. Ben wusste plötzlich, wen er da vor sich hatte. Er hatte zuerst gedacht,

dass die Frau um die dreißig war, jetzt erkannte Ben jedoch, dass sie höchstens Anfang zwanzig sein konnte. Es waren die beiden Mädchen vom Boot. Sie waren zu Prostituierten gemacht und damit gezwungen worden, wildfremden Männer gefügig zu sein und deren perverse Wünsche zu erfüllen. Ihr Leid war unvorstellbar groß, ihre Sucht nach Heroin schon lange nicht mehr unter Kontrolle. Ihr Körper verbraucht, beschmutzt und um viele, viele Jahre gealtert. Der Schaden an ihrer Seele war unermesslich hoch. „Warum gibt es nur immer wieder dieses schreckliche Leid, diese unsagbare Grausamkeit, die Menschen anderen Menschen zufügen? Salasul, sag du es mir!", bat Ben, „warum nur? Was haben diese Mädchen denn Schlimmes getan, dass sie so eine Strafe verdienen?" „Nichts, Ben. Sie wollten nur das Leben genießen und sind dabei an die Falschen geraten. Manche Leute nennen das Schicksal, andere wieder meinen, dies wäre der Wille Gottes", erläuterte sein Partner. „Weißt du", sprach Ben mehr zu sich selbst, „niemand hat so etwas verdient, selbst wenn er noch so grausam ist." Nach einer längeren Pause redete er weiter, und es klang, als würde er in die Ferne sprechen. „Warum gibt es keinen, der das verhindert?" „Verhindert?", fragte Salasul. „Ja, jemand, der einschreitet, wenn Unrecht geschieht. Die Welt könnte dann für alle friedlich sein." „Du weißt, dass dein Gott nicht eingreifen will", brauste der Dämon jetzt auf. „Ja, aber wie kann er das zulassen, wie kann er das Unrecht und Leid mit ansehen, Salasul?" „Ben, da musst du ihn schon selber fragen, aber ich glaube nicht, dass du ihn verstehen wirst, keiner tut das." Die Antwort des Dämons klang sachlich und nüchtern, so als sei es das Normalste der Welt. „Ich kann es auch nicht", kam es flüsternd und kaum hörbar aus Bens Mund hervor.

Als sie erneut auf Zeitreise gingen, sah Ben vor seinem inneren Auge immer noch das tote Mädchen, wie es nackt, geschunden und verdreckt im Hinterhof eines Bordells mit verdrehten Gliedern auf dem Asphalt lag, jedoch mit einem Lächeln im Gesicht, so als lache es alle gaffenden Personen, die um es herumstanden, an.

Plötzlich wurde es dunkler um ihn herum. Ben benötigte wieder einige Sekunden, um sich an die neuen Lichtverhältnisse zu gewöhnen. Aber er spürte, noch bevor er richtig sehen konnte, eine schwüle Hitze um sich herum und nahm einen penetranten Gestank aus Urin, Kot und Schweiß wahr. Es sah sich um und erkannte, dass sie sich im Inneren einer Hütte befanden. Instinktiv wich er einen Schritt zurück, da er sich noch gut an seine letzte Konfrontation mit solchen Bauten erinnern konnte und deshalb auch vermutete, wieder in einer dieser unzähligen Hütten zu sein, in denen unzählige Leichen lagen und verwesten. Aber der abstoßende Geruch war hier ein deutlich anderer, es roch mehr nach Toilette und nicht nach Leichen. Auch konnte er deutlich unterschiedliche Stimmen und vor allem das Lachen von Kindern hören. Sein Begleiter stieß ihn an und bedeutete ihm mit einer Geste, die Hütte zu verlassen. Ben folgte dieser Aufforderung nur zu gerne und schritt als Erster durch die mehr als baufällige Hütte.

Vor jener Hütte schien jedoch das reinste Chaos zu herrschen. Die Straße oder besser gesagt der Weg aus Erde und Geröll war voll von Menschen, die alle sehr geschäftig taten. Hier sah man Händler, die auf dem Boden sitzend eine Decke ausgebreitet hatten und ihre Sachen anboten, auf denen mehr Fliegen und Straßenstaub landeten, als Ben es sich je hätte vorstellen können; woanders Händler, die Waren aus Stoff, Holz oder Metall anboten. Sie kamen an vielen ausgebreiteten Decken und hastig zusammengezimmerten Regalen vorbei, Not und Elend waren überall zu sehen. Er konnte Mütter mit Kindern in ihren Armen auf dem Boden sitzen sehen, die irgendetwas zu essen vorbereiteten. Dabei waren die Kleinsten in Tüchern auf den Rücken ihrer Mutter gebunden. Etwas abseits sah er, wie Vereinzelte schlafend auf dem Boden lagen.

Die Menschen hier sahen bei Weitem nicht so elendig aus, wie es Ben schon einmal erlebt hatte, obwohl die Menschen auch hier ausgemergelt waren. Dennoch schien die Situation hier deutlich entspannter als bei jenen Menschen im Dorf, die am Verhungern und dem Tode sehr nahe gewesen waren. Trotzdem sah er bei genauem Hinsehen, dass auch hier der Hunger der Kinder größer war als er je würde gestillt werden können, und die Brüste der Mütter, an denen die Säuglinge gierig saugten, waren ebenso schlaff und würden mit Sicherheit nicht in der Lage sein, sie zu sättigen.

Etwas weiter entfernt spielten Kinder mit einem Ball. Selbst dieser Ball hatte wohl schon mal bessere Tage gesehen. Das Leder war mehr als zerschlissen, und richtig rund schien er auch nicht mehr zu sein, dabei war seine Farbe ein Gemisch aus dem Rest Leder und dem Matsch, in dem die Kinder spielten. Nichtsdestotrotz klammerten sich die Kinder hier an diesen – für Ben wertlosen – Ball, als wäre er ein kostbarer Schatz, und ein jedes von ihnen wollte mit von der Partie sein. Ihre Begeisterung, die sich in ihrem lauten Lachen und Johlen kundtat, zeigte, welchen Wert *sie* diesem Ball beimaßen. In Deutschland oder anderen westlichen Industrieländern hätte man diesen Ball wohl in einer Mülltonne wiedergefunden.

Die Hütten, in denen die Menschen hier hausten, waren provisorische Bauten, die wohl beim ersten kräftigen Windstoß sofort in sich zusammenfallen würden. Ben musste an das Kartenhaus denken, das er öfter mal aus Langeweile in Gaststätten mit Bierdeckeln aufgebaut hatte und das ebenso einsturzgefährdet aussah. Die Hütten hier, bestehend aus unterschiedlichsten Materialien, waren schief und wiesen zahlreiche Löcher auf, und man konnte von Glück reden, wenn die Hütte nicht über einem zusammenbrach. So war es auch nicht verwunderlich, dass es hier tatsächlich Häuser gab, die wie ein Kartenhaus einfach in sich zusammengefallen waren und die dann einfach so liegen blieben, bis einzelne Teile davon von Nachbarn und anderen für die eigene Hütte zusammengestohlen wurden. Bei den Hütten, die hier standen, bildeten ein Gemisch aus Abfall und jede Menge unterschiedlichster Schrott die Hauptbestandteile. Dabei war das Baumaterial an sich schon schief, kaputt und dreckig, und jede Hütte hatte den Anschein, als würde sie jeden Moment in sich zusammenfallen. Dass dies nicht geschah, lag wohl eher daran, dass die angrenzende Hütte direkt an die Nachbarhütte drangebaut war und alle Hütten sich auf diese Weise gegenseitig stützten, als dass die Hütten stabil gebaut gewesen wären. So waren unzählige Hütten auf engstem Raum aneinandergereiht.

Der Eingang jener Hütte, vor der Ben nun stand, bestand aus einer baufälligen Tür, wobei Ben feststellen musste, dass dies eher die Ausnahme war; die meisten anderen Hütten besaßen solch einen Luxus nicht, sondern hatten nur eine Decke, die vor Wind und Regen schützen sollte. Trotzdem war der Eingang hier nichts weiter als ein dunkles Loch. Fenster besaß keine dieser Hütten. Von den Dächern konnte sich Ben von seiner Position aus kein Urteil bilden, aber er erinnerte sich, dass er mehrere Lichtpunkte durch die Decke hindurch wahrgenommen hatte, als er sich noch im Inneren der Hütte befunden hatte. Somit schien das Dach nur einen sehr bescheidenen Schutz gegen Kälte und vor allem gegen Regen zu bieten.

Der Regen, der hier vor kurzer Zeit gefallen war, hatte die Straße, wenn man sie überhaupt als solche bezeichnen konnte, völlig aufgeweicht. Dicker Schlamm durchzog sie. In diesem zum Teil doch recht tiefen Morast liefen nun vereinzelt kleine Hunde herum und schnupperten mal hier, mal da. Dabei markierten sie durch ihren Urin ihr Revier. Auf dieser Straße befanden sich auch sämtliche Kleinkinder, die gerade zu krabbeln oder zu laufen anfingen, ferner Kinder, die einfach nur herumtollten, oder eben jene, die mit Freude und Begeisterung mit dem alten, zerfledderten Lederball spielten. So bildete die Straße Sammelpunkt für alles und jeden. Dabei mischten alle ganz natürlich ihre Ausscheidungen jenem Morast bei.

Ben erblickte in einer Ecke einige Frauen, die gemeinsam um eine alte verrostete Tonne saßen und irgendeinen Brei kneteten, welchen sie anschließend ins Feuer legten und brieten. Ihre Männer hingegen saßen etwas weiter oben auf einer Anhöhe und schienen eine Art Murmelspiel zu spielen. Die Männer hatten keine Arbeit, nichts, womit sie ihren Tag ausfüllen konnten. Deshalb schien auch niemand an diesem Ort besondere Eile zu haben, geschweige denn einer geregelten Arbeit nachzugehen. Höchstens zum Betteln wurden die Kinder in die reicheren Gegenden geschickt, denn die Kinder hatten die größten Chancen, die Herzen der Reichen zu erweichen und einiges an Geld zu erbetteln. Die Frauen machten die Hausarbeit, sofern man bei den baufälligen Hütten überhaupt von einem Haus sprechen konnte. Die Kinder wurden in der Frühe auf die Straße geschickt, während die Frauen im Fluss, der sehr schmutzig aussah, Wäsche wuschen. Auf abgemähten Feldern der Umgebung wurden Reste an Getreide und Gemüse zusammengesucht. In welchem Ausmaß der Besitzer dieser Felder hier vielleicht sogar absichtlich etwas mehr liegen ließ, konnte Ben nicht sagen, aber wenn er sich vorstellte, davon leben zu müssen, plagte ihn bereits der Hunger. Er konnte sich einfach nicht vorstellen, dass eine Familie davon leben konnte, geschweige denn sämtliche Familien, die hier in diesen Slums lebten. Bilder der pompösen Party im Schloss der Reichen kehrten in seinen Erinnerungen zurück, und er musste daran denken, wie viel damals wieder vom Tisch abgetragen und in den Müll geworfen worden war. Davon hätte die ganze Kolonie hier einen ganzen Tag genug zu essen gehabt, aber niemand verschwendete auch nur einen Gedanken an sie. Niemand!

Kapitel 11: Fehlender Glaube

Die Zeitreisen, die Ben mit seinem Partner durchlebte, erfolgten in immer kürzeren Zeitabständen. Als sie nun wieder den Ort gewechselt hatten und an einer neuen Stätte angekommen waren, hatte Ben die Augen geschlossen gelassen. Er hatte so viel Leid, Elend, Zerstörung und Grausamkeit gesehen, dass es leicht für zwanzig Leben gereicht hätte. Was diese Flut an negativen Geschehnissen alles in ihm auslöste, war nicht in Worte zu fassen, aber Hilflosigkeit, Wut und Enttäuschung machten sich in seinem Herzen breit wie nie zuvor. So stand er nun neben seinem Partner und wagte einfach nicht, seine Augen zu öffnen. Vielleicht versuchte er instinktiv, auf diese Weise die Welt, wie sie ihm gezeigt wurde und wie sie existent war, auszublenden. Er zog vorsichtig die Luft ein und stellte erstaunt fest, dass sie frisch und klar war, und nach einem weiteren, noch tieferen Zug erschien es ihm wie eine innere Reinigung. Dabei schmeckte die Luft sehr salzig, was darauf schließen ließ, dass sie sich irgendwo am Meer aufhalten mussten.

„Du kannst die Augen ruhig aufmachen, Ben", sagte sein Begleiter belustigt. Ben fühlte sich ertappt, wollte es aber nicht zugeben und tat deshalb so, als verstünde er nicht, was der Dämon damit meinte. Salasul fing laut und herzlich an zu lachen. Es war ein angenehmes, warmes Lachen, und Ben lachte zuerst etwas schüchtern, dann aber genauso aus vollem Herzen mit. Es tat so gut zu lachen, wieder einmal völlig unbeschwert zu sein. So standen sie beide bestimmt einige Minuten zusammen und lachten einfach nur herzhaft. Sie konnten sich kaum mehr beruhigen. „Denke immer daran, dass unser Geist die Gedanken des anderen leicht erkennen kann", erklärte Salasul Ben, der immer noch lachte. „Oh, das wusste ich nicht", bekannte Ben aufrichtig. „Aber du hast es mehrfach gespürt, wusstest, was ich sagen würde, obwohl ich nur sehr wenig zu dir gesprochen habe", fuhr Salasul mit seinen Ausführungen fort. Jetzt, wo Benjamin darüber nachdachte, musste er Salasul recht geben. Aber dieser Tatbestand war so normal wie eine sprachliche Unterhaltung gewesen, deshalb war es ihm gar nicht aufgefallen. „Ja, du hast recht“, gestand Ben dann auch seinem Begleiter. Durch das heftige Lachen war ein großer Druck von Ben gewichen, und er fühlte sich wieder so frei wie schon lange nicht mehr.

Er schaute sich um und genoss den umwerfend schönen Ausblick auf die Natur, die direkt vor ihm ausgebreitet lag, während sie auf einem massiven Felsvorsprung standen. Unter und vor ihnen lag still und ruhig das Meer, deren Weite und Größe Ben unglaublich beruhigte. Welch ein fantastischer Ausblick! Vor ihm das blaue Meer, hinter sich sah er grüne Wiesen, so weit sein Blick reichte. Ben vermutete, dass sie sich gerade in Irland befanden, denn er hatte so etwas Ähnliches schon mal auf Bildern von Irland gesehen. Aber jetzt die Natur live zu erleben, das war weit beeindruckender, greifbarer und wunderbarer, als dies auf Bildern je zu erahnen war. Der Wind fegte vom Meer kommend über die Küste hinweg, und die Luft schmeckte salzig. Der Umhang seines Begleiters wehte im Wind und tanzte sein ganz eigenes Spiel. Trotz des Windes war Ben jedoch nicht kalt, sondern die Brise wirkte eher erfrischend und belebend auf ihn. Ben legte sich ins Gras, das ihn weich empfing. Sanft gebettet lag er auf dem Grün und zupfte an einer wild wachsenden Blume und nahm jetzt auch noch den Duft des frischen Grases in sich auf.

„Es wäre doch schade gewesen, wenn du das alles nicht gesehen hättest, nur weil du deine Augen verschlossen halten wolltest“, bemerkte ein ausgelassener Salasul, der neben ihm stand. Ben fiel auf, dass sein Gegenüber tatsächlich so gelassen war wie noch nie. Salasul scheint sich hier an der steilen Küste wirklich sehr wohl zu fühlen, dachte er. „Ich bin oft hier an diesem Ort“, beantwortete Bens Partner die Frage, die nie gestellt wurde, und erzählte Ben zum ersten Mal, was er fühlte: „Es ist so friedlich und klar hier, mein absoluter Lieblingsplatz.“ „Ja, das kann ich verstehen, aber ...“ Ben wirkte verlegen. „Komm, sprich es aus, mein Freund, was bedrückt dich?“ „Ich dachte, dass Dämonen eher Dunkelheit, Zerstörung und Hass bevorzugen und nicht

Meeresrauschen und Stille", gab Ben leise zu verstehen. „Immer noch in Klischees und Vorurteilen gefangen, was?", sprach der Dämon, und Enttäuschung war aus seinen Worten herauszuhören. Ben zuckte verlegen die Schultern. „Ben", begann der Dämon und wählte seine Worte mit Bedacht, „wir sind alle Geister, Dämonen, Engel, wie immer du es auch nennen willst. Gott auch!" Ben machte große Augen. Aber der Dämon war jetzt nicht mehr zu bremsen: „War nicht Satan der erste gefallene Engel? Ben, es gibt keinen Unterschied. Wir sind alle gleich." „Aber...?", stotterte Ben, nicht wissend, was er sagen sollte. „Kein Aber, Benjamin", schnitt ihm Salasul das Wort ab. „Wir Dämonen sind Engel, die sich damit abgefunden haben, so zu leben, wie wir leben. Wie ich schon sagte, es ist der innere Drang, dem wir uns nicht mehr krampfhaft widersetzen, und darum heucheln wir auch nicht, sondern wir haben akzeptiert, dass wir so geschaffen sind, wie wir sind. Oder woher, glaubst du, kommen Neid und Hass? Es sind natürliche Wesenszüge, die jedem Menschen innewohnen und die der Stärkere eben auch stärker ausleben kann. So sind wir nun mal eben geschaffen. Und das schließt natürlich nicht aus, dass wir auch mal die Ruhe und Stille genießen, das wünscht sich doch jeder. Aber wir sprechen halt auch aus, was Sache ist, nehmen im Gegensatz zu vielen kein Blatt vor den Mund." Ben saß neben Salasul und sah ihn mit großen Augen an.

„Ben, kannst du dich noch an das Mädchen erinnern, das aus dem Fenster gesprungen ist?", fragte sein Begleiter. „Natürlich, wieso fragst du?", gab Ben zur Antwort und fügte hinzu: „Ich werde nie vergessen, wie grausam es war, sie einfach so daliegen zu sehen, und sich außer ihrer Freundin kaum jemand um sie gekümmert oder um sie getrauert hat." „Aber hast du ihr Gesicht gesehen?", fragte sein Begleiter. „Natürlich, glaubst du etwa, ich werde den Blick ihrer toten Augen jemals vergessen? Ich werde ihr Gesicht niemals vergessen!", brauste Ben trotzig auf. „Gut, dann hast du auch ihr Lächeln gesehen?" Salasul ließ jetzt nicht locker. „Ähm ... ja", war leise von Ben zu vernehmen. Der Dämon bohrte weiter: „Warum, glaubst du, hat sie gelächelt?" „Weil sie high war! Vollkommen vollgepumpt mit Drogen." Ben hatte ganz offen ausgesprochen, was er in diesem Augenblick dachte, aber er sah sofort, dass sein Gegenüber wohl eine andere Antwort erwartet hatte oder hören wollte. Der Dämon machte eine kurze Pause, bevor er weiterredete: „Ja, das stimmt, sie blickte dadurch in die andere Welt hinein. Wir haben ihr geholfen zu erkennen, welch großer Täuschung sie erlegen ist. Und sie hat sich mit Freude dafür entschieden, bei uns zu sein. Denn hier bei uns muss sie nicht heucheln, hier ist sie erstmals in ihrem Leben frei, Ben!" Eine kurze Pause entstand zwischen den beiden. „Ich sehe es an deinen Augen, dass du mir nicht glaubst." Eine Distanz entstand zwischen ihnen, die erneut eine Pause bewirkte, dann fragte Salasul: „Möchtest du sie sehen, sie selber fragen?" Ben war schockiert, aber genau diese Reaktion schien Salasul erwartet zu haben. Benjamin hatte mit Sicherheit gedacht, dass Gott in seiner Gnade das Mädchen zu sich geholt hatte. Er musste doch mit angesehen haben, dass sie vollkommen schuldlos in ihr Unglück geraten war! Er hatte angenommen, dass sie selbstverständlich die Freude und die Liebe, die ihr auf Erden versagt geblieben waren, jetzt im Himmel in vollem Ausmaß ausschöpfen würde. Er hatte geglaubt, dass Jesus ihre Tränen abwischen und das Leid, das sie erlitten hatte, heilen würde. Dass sie hier war, traf ihn wie ein Schlag.

„Benjamin, es gibt keine Liebe, zumindest nicht wie du sie dir vorstellst. Liebe ist nur etwas Vorgetäuschtes, etwas, was man sich einredet, wenn man von dem anderen etwas möchte. Du fühlst dich allein und bist nicht glücklich damit, also suchst du dir jemanden, der dein Leben – wie du es ausdrückst – mit dir teilt, aber in Wirklichkeit suchst du jemanden, der deine Einsamkeit mit dir teilt. Da der andere das aber nicht unbedingt so will, sagst du ihm, dass du ihn liebst. Dabei geht es dir in Wahrheit nur um dich selbst, es ist purer Egoismus, und im besten Falle sind beide gleichzeitig egoistisch und glauben dann auch das, was sie sagen. Aber nach einiger Zeit oder mehreren Menschenjahren, wenn man nicht mehr das Gefühl hat, alleine zu sein und andere Ziele wichtiger geworden sind, dann liebt man den anderen auch nicht mehr, sondern selbstverständlich nur noch sich. Das ist die einzige Liebe, die es gibt! Wie hieß doch wieder der Spruch in der Bibel, der mit der Nächstenliebe? Jetzt überlege doch mal genau, und dann versetze dich in jenes Zeitalter, als dein Jesus auf der Erde wandelte – was meinte er damit, als er das mit der Nächstenliebe sagte?" Der Dämon war jetzt kaum noch zu bremsen. Es schien ihm immens wichtig zu sein, dass Ben alles richtig einordnete, dass er verstand, was er bisher gesehen hatte. „Dann war Jesus also doch Wirklichkeit, er war wahrhaftig auf der Erde!", platzte Ben freudig heraus. Der Dämon schüttelte leicht genervt den Kopf und redete weiter auf Ben ein: „Das bestreitet doch auch niemand. Wir alle waren ja mal auf der Erde, wir alle waren mal schwache Menschen. Du kannst nicht ein Engel werden, wenn du nicht zuvor ein Mensch warst. Auch wenn ich mich jetzt wiederhole, aber ich sagte dir ja bereits, dass wir alle gleich sind. Also – wie lautete der Spruch in der Bibel, Benjamin?" Ben überlegte. Tausend Gedanken rasten ihm durch den Kopf. Erneut wurde sein gesamtes Weltbild auf den Kopf gestellt, aber das, was er heute hörte, passte wesentlich besser in das Puzzle. Es war wie bei einem Bild, das man lange betrachtete und bei dem man dann plötzlich ein anderes Bild im Bild erkannte, ein Bild, das man zuvor gar nicht gesehen hatte, obwohl es schon immer da gewesen war. Aber nachdem man es einmal erkannt hatte, sah man es immer, vielleicht hatte man danach sogar Schwierigkeiten, das zuvor gesehene Bild wieder zu erkennen. „Du weißt es auch nicht, oder?", unterbrach Salasul Bens Gedanken.

„Was?", fuhr Ben hoch, denn er hatte gar nicht zugehört. „Na, den Spruch mit dem Nächsten", wiederholte Salasul. „Oh doch, warte." Ben dachte angestrengt nach, dann fiel es ihm wieder ein. „Liebe deinen Nächsten wie dich selbst." Der Dämon war begeistert: „Ja genau, das ist der Spruch. Und was besagt der Spruch genau?", fragte er Ben. Diesmal brauchte Ben nicht lange zu überlegen. „Dass du deinen Nächsten lieben sollst wie dich selbst." Salasul nickte leicht mit dem Kopf und fügte dann hinzu: „Okay, das ist richtig, aber dafür musst du dich doch zuerst einmal selbst lieben." „Ja, natürlich." Ben verstand nicht, was daran widersprüchlich sein sollte. Sein Begleiter erklärte es ihm: „Siehst du, das ist das wirklich Entscheidende an der ganzen Sache. Um dich selbst zu lieben, musst du deine Liebe zu dir selbst vor die zum anderen stellen. Du musst zuerst deine eigenen Ziele durchsetzen, sonst kannst du dich nicht selbst lieben. Die reine Liebe ist die Eigenliebe. Zuallererst kommt man immer erst mal selbst. ‚Egoismus nennen das viele und lasten anderen an, nur an sich selbst zu denken, aber in ihrem Herzen sind sie alle so.“ Ben war es, als würde wieder ein Zahnrad ins andere einrasten, und plötzlich begann sich das gesamte Gebilde zu bewegen. Es war wie ein fehlendes Puzzelteil gewesen. Jetzt leuchtete ihm auch das Verhalten seines Bruders und seiner Schulkameraden ein. Sein Begleiter sprach weiter: „Wahrscheinlich hast du jetzt ein anderes Verständnis für uns Dämonen, die wir von allen ausgegrenzt werden und mit viel Leid geschlagen sind und siehst die *wahren* Heuchler in einem ganz neuen Licht.“ „Salasul“, gab Ben kleinlaut zu, „ich gestehe ja ein, dass ich vieles nicht wahrhaben, ja vieles noch nicht einmal sehen wollte, und auch, dass ihr Dämonen vielleicht zu Unrecht viel zu negativ dargestellt wurdet, aber es muss doch auch noch etwas Gutes in der Welt geben? Was für einen Sinn macht denn das Leben, wenn alles nicht auch eine gute Seite hat?“ „Was verstehst du denn unter einem ‚guten Leben?‘“, kam die provozierende Frage von Salasul. „Ja …“, Ben überlegte, wie er es ausdrücken sollte: „… die Liebe der Menschen zueinander! Gegenseitiges Vertrauen! Glück und Gesundheit und so weiter und so fort.“ Salasul betrachtete Ben von der Seite und schmunzelte über die Naivität des Jungen. Er räusperte sich und fuhr dann mit seinen Ausführungen fort: „Das ist genauso verlogen wie alles andere im Leben, ein Traum, der niemals real werden wird. Das hier, das ist real.“ Salasuls Worte schlugen Ben wie Flammen entgegen „Das glaube ich nicht, das darf nicht sein!“, schrie Ben.

Plötzlich – und für Benjamin völlig überraschend – befand er sich mit Salasul mitten in einem fürchterlichen Krieg. Sie standen zwischen zerbombten Häusern und riesigen Schutthaufen, hinter denen sich Soldaten schutzsuchend gegenseitig beschossen. Ben vermutete – aufgrund der Uniformen, der Fahrzeuge und sonstiger Ausrüstung und nicht zuletzt aufgrund der Gegend, in der dies gerade geschah –, dass es der Zweite Weltkrieg sein musste. Die Schlacht wütete wie eine Horde wilder Tiere, die sich ihre Opfer riss. Unmengen von Geschossen flogen durch die Luft und verstärkten immer mehr das Leid und das Chaos um sie herum. Das laute Klagen, Jammern und Schreien der verletzten Menschen war unvorstellbar groß und kaum zu ertragen. Unglaublicher Hass und Rachegelüste, aber auch Wut, Verzweiflung und Angst spiegelten sich in den Gesichtern der kämpfenden Soldaten wider. Ben sah, wie Gewehrkugeln, Granaten, Splitterbomben und andere Geschosse die Leiber von Soldaten zerfetzten, verstümmelten oder töteten. Dabei schien der Tod für viele ein Trost zu sein, ein Freund, den man gerne bei sich aufnahm, eine Erlösung aus diesem widersinnigen Dasein.

Aber das war leider nicht immer der Fall. Die Verletzungen waren zum Teil so grausam, dass die Menschen auf dem Fleckchen Erde, wo sie getroffen worden waren, zusammensackten, während das dunkelrote Blut aus ihrem Körper spuckte. Jeder Herzschlag pumpte mehr Blut aus ihnen heraus. Sie schrien, zitterten, weinten und hauchten langsam und qualvoll ihr Leben aus. Das konnte bisweilen Tage dauern, und sehr oft führten Infektionen dazu, dass der Körper Stück für Stück von innen zerfressen wurde und die Menschen ihre letzten Stunden im Fieberwahn dahinsiechten. Ben musste auch unzählige Male mit ansehen, wie Menschen bei lebendigem Leibe verbrannten. Wer das einmal erlebt – und vor allem überlebt – hatte, der starb innerlich, denn seine Seele war zerstört worden.

Dann wechselte der Schauplatz, aber die Handlungen waren fast eins zu eins identisch. Ben sah in Sekundenschnelle unzählige Orte, an denen auch Krieg geführt wurde. Mal war die Schlacht

in Schneegebieten, wo der einst weiße Schnee nun blutrot ge-
färbt war, mal fand die Schlacht in Waldgebieten statt, wo ganze
Stämme ausgerottet wurden. Auch in Wüstenregionen wurden
Menschen bestialisch und unbarmherzig abgeschlachtet. Überall
fanden die gleichen Grausamkeiten unter den Menschen statt,
tausendfach, ja millionenfach, als Ben plötzlich wieder mit neuen
Ereignissen konfrontiert wurde. Diesmal war es fast lautlos, nur
das Summen von Fliegen war zu hören. Nun sah er Hungersnöte,
die viele Menschen, wahrscheinlich in Afrika, täglich sterben
ließen. Dann wieder hilflose Menschen, wahrscheinlich aus
Indien, die durch Seuchen elendig sterben mussten, weil in
ihren armen Regionen keine vernünftige Versorgung gewährlei-
stet werden konnte. Auch wenn Ben immer nur jeweils einige
Minuten an den verschiedenen Orten verweilte, so erkannte er
doch, dass der Todeskampf bereits Tage, Wochen, ja vielleicht sogar Monate in den Leibern unzähliger Menschen wütete. Dann
sah er Vertreibungen vieler unterschiedlicher Nationen zu unterschiedlichen Zeitepochen, und dabei erkannte er, dass diese
Geschehnisse nicht nur aus der Vergangenheit herausgegriffen waren, sondern auch aktuelle Missstände und Völkervertreibungen
widerspiegelten, Machtkämpfe durch gierige Militärs oder
Politiker, unter deren Armeen die Zivilbevölkerung leiden
und meist mit ihrem Leben bezahlen musste. Dabei wurden
Menschen aller Bevölkerungsschichten und jeden Alters getroffen, Menschen, die außer ihren wenigen Habseligkeiten, die sie
noch an ihrem Leib oder gerade noch in einer kleinen Tüte bei
sich trugen, bereits alles verloren hatten, was sie besaßen. Diese
Menschen waren längst am Ende ihrer Kräfte – ausgemergelt,
verletzt, hungrig und gänzlich ohne Hoffnung. Das Einzige, was
sie noch weitertrieb, war der Wille, leben zu wollen, oder besser
gesagt die Angst vor dem Sterben, das traf es wohl am besten,
denn ein Leben war das, was diese „flüchtigen" Menschen führten, längst nicht mehr.
Weiter, immer weiter wurde Ben mit einer ganzen Reihe von
Geschehen konfrontiert, in der sich Menschen gegenseitig un-
fassbares Leid zufügten. Die Augen der Kinder waren genauso

ausdruckslos und leer wie die der Erwachsenen, auch derer, die schon längst nicht mehr selbst laufen konnten und darum einfach mitgeschleppt wurden. Dann wieder musste Ben mehrfach mit ansehen, wie Kinder misshandelt wurden, in armen wie auch in reichen Ländern, Misshandlungen, die eine kleine Seele für das ganze Leben brachen, während der Schuldige mit Nachsicht und Verständnis in einer zumutbaren Umgebung therapiert wurde. Ben sah einen Rechtsstreit vor Gericht, wo das Recht mit Füßen getreten wurde, nur weil der Angeklagte Macht und Geld hatte, sich bessere Verteidiger zu leisten, die nicht nach der Wahrheit strebten, sondern mit allen Mitteln und Wegen Lücken im Gesetz suchten und ausnutzten, um wissentlich den Schuldigen vor seiner gerechten Bestrafung zu retten, um so zu noch mehr Ruhm und Geld zu gelangen.

Ben musste erkennen, dass politische Intrigen mehr Gewicht hatten als der Versuch, gemeinsam das Beste für die Menschen oder Nationen zu suchen und voranzutreiben. Letztendlich war jeder darauf bedacht, zuerst einmal die eigene Position zu stärken, und wenn dann noch etwas übrig blieb, dann konnte man sich eventuell um die Bedürfnisse der anderen kümmern. Er sah, wie Frauen verschiedener Altersstufen die Babys, die gerade in ihrem Bauch heranwuchsen, abtrieben, sei es wegen finanzieller Probleme oder aus Gründen sogenannter „Selbstverwirklichung“. Er sah, wie Kinder solch einen Hass gegenüber ihren eigenen Eltern entwickelten, dass sie sie beleidigten, gewalttätig wurden und sie in manchen Fällen sogar töteten. Er musste erleben, wie „ausgediente“ alte Menschen von ihren Angehörigen einfach ins Altersheim abgeschoben wurden und dort ihren seelischen Tod lange Zeit vor ihrem körperlichen erfuhren. Ihre altersbedingte Gebrechlichkeit und ihre zunehmende Vergesslichkeit waren Anlass genug, um sie „abzugeben“. Dafür bezahlte man lieber viel Geld, anstatt sich selbst um sie zu kümmern und ihnen einen Teil der Liebe, die sie ein Leben lang aufopferungsvoll gegeben hatten, zurückzugeben. Dann erlebte er, wie kleine Kinder von ihren Eltern verkauft wurden, weil nicht genug Geld vorhanden war, um die ganze Familie zu finanzieren. Dass diese Kinder in der Folge als Sexsklaven oder billige Arbeitskräfte, oftmals sogar für beides, herhalten mussten, wussten die Eltern wohl, aber sie hatten nicht wirklich die Wahl, wollten sie nicht den Tod mehrerer Familienmitglieder riskieren. Die Welt war brutal und die Menschen überaus grausam zueinander. Jeder kämpfte für seine eigenen Vorteile, für seine eigenen Ziele bis aufs Blut. Dabei blieben die Schwachen in ihrer Not und in ihrem Leid auf der Strecke. Ben musste im Schnelldurchlauf verschiedene Situationen miterleben, wo Menschen durch Mobbing an den Rand der Gesellschaft oder ihres Arbeitsumfeldes gedrängt wurden. Er sah Menschen, die in ihren Partnerschaften oder im Berufsleben Verletzungen erfahren mussten, bei denen ihr Selbstwertgefühl mit Füßen getreten wurde. Nicht wenige von ihnen sahen sich sogar noch weiteren Diskriminierungen in ihrem nächsten Umfeld ausgesetzt. Unzählige von ihnen wählten daraufhin den Freitod, in den unterschiedlichsten Ausführungen. All das musste Ben mit ansehen.

Während Ben die einzelnen Situationen, die ihm gezeigt worden waren, zuvor ausgiebig und intensiv hatte miterleben müssen und er dadurch auch immer eine gewisse „Beziehung" zu den einzelnen Personen und deren Umgebung aufgebaut hatte, wodurch er entsprechend emotional bewegt gewesen war, ließen die letzten Ereignisse keine solche Beziehung zu; als ihm nun das ganze Ausmaß des Bösen und des Leides in der Welt in aller Schnelle gezeigt wurde, nahm ihn das jedoch nicht minder mit.

Erneut wechselte die Umgebung. Diesmal war ihr Aufenthaltsort eine abgelegene Ecke in einem Lokal. Das Restaurant war bis auf eine kleine Gruppe absolut menschenleer und um diese Zeit – es war weit nach Mitternacht – bereits geschlossen. Von draußen vernahm man den Regen, der so heftig gegen die Fensterscheiben prasselte, dass man das Gefühl hatte, die Welt würde untergehen. Die Gruppe, die aus sechs Personen bestand und im Dämmerlicht um einen Tisch herum saß, achtete nicht darauf, sie waren viel zu sehr in Gespräche über ihre Geschäfte vertieft. Dabei wurde jedem Außenstehenden sofort klar, dass es sich hierbei um kriminelle Handlungen handeln musste. Dem

Boss dieser nächtlichen Zusammenkunft, wahrscheinlich das Familienoberhaupt, stand seine Freude ins Gesicht geschrieben. Er saß mit dicker Zigarre im Mundwinkel am Ende des Tisches und zählte ein Bündel Geldscheine, die er anschließend in den Koffer vor ihm zurücklegte. Die Szene hatte für Ben etwas aus einem Hollywoodfilm. Verschiedene Flaschen Alkohol standen auf dem Tisch, dazu gesellten sich einige Schusswaffen, die wahrscheinlich zu den Personen am Tisch gehörten. Spätestens jetzt musste jedem Betrachter klar sein, dass hier ganz sicher keine Gruppe von Heiligen tagte.

„Verdammt, wo steckt Alberto?", fragte das Oberhaupt die anderen, und die Sorge über seine Nichtanwesenheit war auch den anderen anzusehen. „Wir wissen es nicht, Boss, wir suchen ihn schon seit zwei Tagen, aber keiner hat was von ihm gehört oder ihn gesehen", sagte einer der anderen am Tisch. „Ich will, dass ihr ihn findet und ...", brüllte der als Boss Bezeichnete die anderen an, als er plötzlich jäh unterbrochen wurde. Kampfgeräusche aus der Küche beendeten das Gespräch abrupt und ließen alle am Tisch Sitzenden aufhorchen. Teller und Töpfe schienen im anderen Raum zu Boden zu fallen, dann war ein Schuss zu hören, bevor es absolut still wurde. Die Gruppe am Tisch hatte die bereitliegenden Schusswaffen sofort ergriffen und war in verschiedene Richtungen, mit der Waffe im Anschlag, in Schutzstellung gegangen. Nur der Boss saß immer noch vor seinem Koffer, und nur einem stillen Beobachter wie Ben wäre aufgefallen – an der Art und Weise, wie er an seiner Zigarre sog und die Luft dann wieder ausstieß –, dass auch ihn eine gewisse Nervosität erfasst hatte, was er aber nicht zu zeigen gedachte.

Die Schwenktüre, die zur Restaurantküche führte, bewegte sich langsam, und die Mündungen vieler Pistolen richteten sich darauf. Ohne darauf zu achten, aber wohl weil er um die Präsenz der auf ihn gerichteten Schusswaffen wusste, trat ein Mann Mitte dreißig in einem weißen Anzug lässig durch die Türe in den Raum herein. In der rechten Hand hielt er eine Waffe, mit der er wohl zuvor in der Küche einen Schuss abgefeuert hatte. Bei seinem Eintreten in den Gastraum konnte man das Klicken der anderen

Waffen hören, die von den im Restaurant befindlichen Personen nun schussbereit gemacht wurden. „Roberto, was soll das? Wieso kommst du mitten in der Nacht in mein Lokal und erschießt meinen Koch? Wer soll denn jetzt für mich kochen? Aber ich verzeihe dir, du bist eben noch jung und wild, und dein Vater ist leider viel zu früh verstorben", sprach der Boss und bekreuzigte sich. Hätte es sich nicht gerade um einen kaltblütigen Mord gehandelt, hätte man glauben können, es ginge darum, dass er einen Teller in der Küche hatte fallen lassen. „Onkel, lassen wir doch das Gerede von Familie", antwortete der Mann im weißen Anzug, den der Boss mit Roberto angesprochen hatte. „Roberto, genau das ist dein Problem. Du hast keinen Respekt vor der Familie. Und du glaubst nun, ich lasse mir das so einfach gefallen, dass du hier reinstürzt und Ärger machst?" Die Stimme des Bosses war jetzt schärfer geworden, und eine unausgesprochene Androhung lag darin. „Ich weiß jetzt endlich, wer meinen Vater, deinen Bruder, erschossen hat", sprach der Jüngere. „So? Na, dann wird er dafür büßen müssen, sag mir seinen Namen, und wir werden das erledigen." Um seine Worte zu unterstreichen, zeigte er auf seine Mannschaft, die zuvor noch mit ihm am Tisch gesessen hatte und nun Roberto umzingelte, ihre Waffen auf ihn gerichtet. Der Jüngere stand nur da und fixierte seinen Onkel mit den Augen, sprach aber kein Wort. „Roberto, sag, wer es ist! Sag mir, wer es war, und ich jage ihm auch eine Kugel durch den Kopf", sprach der Boss und ließ an seinen Worten keinen Zweifel. Ungeachtet seiner Äußerung sagte Roberto plötzlich: „Zuerst haben wir ihn wie üblich zusammengeschlagen, aber er sagte kein Wort, jammerte noch nicht einmal." „Roberto, gib ihn mir, ich werde schon die Wahrheit aus ihm herausprügeln." „Nicht notwendig, Onkel, nachdem er immer noch nicht sprechen wollte, haben wie seine Kniescheibe zerschossen. Jetzt hat das Schwein zwar um Gnade gewinselt, aber den Namen habe ich immer noch nicht gehört. Wir haben ihn dann zwölf Stunden an den Händen in der kalten Lagerhalle aufgehängt und danach die zweite Kniescheibe mit einem Baseballschläger zertrümmert. Er hatte danach echte Beschwerden, stehen zu können, wie du dir sicherlich vorstellen kannst." „He, das ist mein Roberto", sprach der Boss und klopfte seinem Schützling lobend auf die Schulter, während er den anderen ein Zeichen gab, dass sie näher auf seinen Neffen zugehen sollten. „Aber wie du dir sicherlich denken kannst", fuhr Roberto in seiner Erklärung fort, „war ihm der Ehrenkodex so wichtig, dass er lieber gestorben wäre. Das wäre aber viel zu voreilig gewesen. Also haben wir seine Frau, diese Schlampe, in die Halle gezerrt und mehrmals vor seinen Augen auf dem Tisch vergewaltigt. He, da habe ich doch sogar auf einmal Tränen in den Augen von dem Arschloch gesehen, aber seine Angst vor dir war zu groß, und er hoffte wohl, dass sich jemand um seine Tochter kümmern würde, wenn er sterben würde. Dabei wollte ich doch nur den Namen des Mörders meines Vaters wissen. Ich dachte mir, wenn ich ihm mal ein paar Stunden Zeit mit seiner Frau gebe, um darüber nachzudenken, dann wird er einsehen, dass ich nicht spaße. Aber leider gab es keinen großen Austausch zwischen den beiden, denn er konnte nicht zu seiner Frau laufen", dabei lachte er laut auf, als wäre das, was er sagte, besonders witzig, „denn sie lag immer noch nackt und missbraucht, wohl auch etwas zu heftig geschlagen, auf dem Boden herum." „Roberto, sag schon, wer ist es?", wollte der Boss nun wissen, da er längst zu wissen glaubte, wer dort zusammen mit seiner Frau von Roberto gequält und gefoltert worden war. „Ach, sagte ich es nicht bereits schon?", tat Roberto völlig unschuldig, „es ist Alberto." Der Jüngere sprach dies ganz gelassen aus, aber seine Augen fixierten dabei die seines Gegenübers, um zu sehen, was der Name des treuen Freundes der Familie auslöste, und er konnte in den Augen seines Onkels deutlich eine Mischung aus Wut und Angst erkennen. Der Boss stand auf, und sein Zorn war deutlich zu sehen. Als er sprach, klang seine Stimme eisig: „Roberto, du gehst zu weit! Alberto gehörte zur Familie, und du weißt, was passiert, wenn man die Familie angreift." Roberto lächelte seinen Onkel an und fuhr fort mit seinen Schilderungen: „Ich wurde langsam richtig sauer. Bis dahin hatte ich ja noch Verständnis gezeigt, aber ich musste mich beeilen, Alberto schien langsam abzukratzen, aber er hatte mir noch keinen Namen genannt. Ich habe sein Gesicht mit dem

Baseballschläger zu Brei geschlagen, aber nichts, kein Wort über den Mörder. Onkel, stell dir das doch einmal vor, immer noch sagte das Arschloch nichts. Es muss jemand sehr Mächtiges sein, wenn er in dieser Situation immer noch nichts sagt, glaubst du nicht auch? Er hat mich ja regelrecht dazu gezwungen, es seiner Tochter auch zu besorgen. Vor seinen Augen habe ich sie gewaltsam genommen, und ihre Schreie drangen tief in seine Seele. Er hat gefleht, sterben zu dürfen, hat gefleht, seine Familie zu verschonen, aber den Namen wollte er einfach nicht nennen. Was sollte ich machen? Also goss ich Benzin über seine Frau, aber nichts – das habe ich noch nie zuvor gesehen. Selbst als seine brennende Frau schrie, nichts. Aber weißt du, wann er den Mund aufgemacht hat? Als ich seine Tochter mit Benzin tränkte. Er hat den Namen herausgeschrien, immer und immer wieder. Er war natürlich nicht so gut zu verstehen, ohne Zähne, mit aufgeplatzten Lippen, gebrochenem Kiefer und Wangenknochen, aber es war zu verstehen. Es war DEIN Name, Onkel." Das Gesicht seines Onkels war eiskalt.

Auch das Lächeln in Robertos Gesicht war verschwunden und sein Gesicht zu Eis gefroren. Voller Hass schmetterte er seinem Onkel entgegen: „Du bist es gewesen! Du selbst hast ihn kaltblütig erschossen!" Auch der Boss hatte mittlerweile seine Stimme erhoben: „Er hat dir einen Scheiß erzählt, um endlich sterben zu können. Dein Vater, er war mein Bruder, in uns floss das gleiche Blut." Robertos Stimme klang eisig: „Ich konnte es auch nicht glauben, dass mein Onkel meinem Vater die Kugel in den Kopf gejagt hat, aber glaube mir, Alberto hat am Ende die Wahrheit gesagt, so viel ist sicher. Dabei hast du nicht nur den Auftrag gegeben, sondern es war dir ein Vergnügen, es selbst auszuführen. Du hast ihn hingerichtet, und dann hast du die Macht an dich gerissen."

Ein kurzes Zeichen und alle Waffen waren aus kurzer Entfernung direkt auf Roberto gerichtet. „Ich glaube, du verstehst einiges nicht, mein Junge", meinte der Boss. „Glaubst du etwa, du kannst hier reinkommen und mich beleidigen und mir drohen? Ich bin der Boss, und von dir kleinem Hosenscheißer lasse ich mir nichts vorschreiben. Das musst du schon geschickter anstellen. Aber ja", sagte der immer noch verärgerte Boss, nun aber wieder deutlich gefasster, „ich habe deinen Vater erschossen. Er wollte mich bescheißen, und das tut man nicht, das galt auch für ihn. Was hast du mit Alberto und seiner Tochter getan?" „Deine Sorge ist rührend, Onkel. Alberto wurde von einer Kugel erlöst, seine Tochter wird ihr Leben als Hure fortsetzen, und selbst du wirst sie nicht finden, niemals!" „Alberto war mein bester und treuester Freund, und die kleine Antoniella war unser aller Sonnenschein, ich bin ihr Patenonkel. Du hast die Grenze überschritten und dich selbst gerichtet. Niemand tut mir das ungestraft an, niemand, hörst du? Toni", sagte er zu einem der anderen, „ich möchte, dass er selbst erlebt, was Alberto erleben musste, und dann", wandte er sich wieder an Roberto, „will ich sehen, ob du auch so viel Mut hast." Roberto stand noch immer mit der Waffe in der Hand vor seinem Gegner und schien sich der Gefahr überhaupt nicht bewusst zu sein. Dabei hatte er seine Waffe noch nicht einmal erhoben, sie zeigte unverständlicherweise immer noch zum Fußboden. Plötzlich gab es zwei dumpfe, kaum hörbare Schläge, und Blut spritzte auf den weißen Anzug des jungen Mannes. Zwei der fünf Männer sanken fast gleichzeitig zu Boden. Aus ihren Köpfen, die tödlich von einer Kugel getroffen worden waren, quoll ihr Blut. Viel zu überraschend war der Angriff aus dem Hinterhalt gekommen. Bevor die Umherstehenden wussten, was passiert war, wurden die letzten drei der Männer durch Gewehrkugeln getroffen. Nun standen sich Roberto und sein Onkel Auge in Auge gegenüber. Der Ausgang war beiden von vornherein klar, und es bedurfte keiner weiteren Worte. Roberto ging näher auf seinen Onkel zu, hob langsam die Waffe, zielte aus nächster Nähe auf den Kopf des Älteren und drückte ab.

Wieder erfolgte ein Szenenwechsel, diesmal sah Ben von oben auf eine viel befahrene Straße herab. Benjamin stand auf dem Dach eines zehnstöckigen Hauses und blickte sich um. Neben ihm saß Salasul auf der Dachkante und ließ seine Füße im Freien baumeln. Sein Partner schaute nach unten, und Ben folgte seinem Blick. In dem belebten Verkehr mitten am Tage war nichts Außergewöhnliches zu erkennen, aber Ben wusste nur zu gut, dass es nicht dabei bleiben würde, sonst wäre er jetzt nicht hier. Nur zu oft hatte er mittlerweile deutlich gelernt, hatte lernen müssen, dass sich Situationen von einer auf die andere Sekunde ändern konnten, und das nicht zum Besten. Da hörte er plötzlich auch schon ein Sirenengeheul in der Ferne, das zunehmend lauter wurde, dabei fiel sein Blick auf das ständig näher kommende Fahrzeug mit den blinkenden Lichtern.

Zu dem Sirenengeheul kam nun noch ein weiteres dazu, was Ben jedoch nicht einem weiteren Fahrzeug zuordnen konnte. Es konnte jedoch nicht sehr weit entfernt sein, und Ben, der lauschend sein Ohr in die Richtung hielt, war sogar der Meinung, dass die neue Sirene sogar noch näher war als die erste. Plötzlich bog aus einer Seitenstraße ein weiterer Streifenwagen, der anscheinend über Funk alarmiert worden war. Vor den beiden nun zusammengetroffenen Polizeifahrzeugen fuhr, wie bei einem Slalomrennen, ein schwarzer Geländewagen mit deutlich erhöhter Geschwindigkeit durch den Straßenverkehr. Eine ganze Reihe leichter Auffahrunfälle zog sich wie ein Sog hinter dem Auto her, da die erschreckten Autofahrer links und rechts zunächst heftig erschraken, bevor sie dann meist ruckartig versuchten, dem Wahnsinnigen auszuweichen, und deshalb mit den anderen Verkehrsteilnehmern oder mit den parkenden Fahrzeugen zusammenstießen. Nur mit großer Mühe gelang es den Polizeibeamten, den flüchtigen Autofahrer zu verfolgen, ohne selbst in einen Auffahrunfall verwickelt zu werden, was zur Folge gehabt hätte, dass sie die Verfolgungsjagd gänzlich hätten aufgeben müssen.

Mittlerweile hatten Ben und Salasul ihren Aussichtsplatz schon zum dritten Mal gewechselt, um der rasanten Verfolgungsjagd innerhalb der Stadt auch folgen zu können. Gerade eben fuhr das Geländefahrzeug mit rasendem Tempo über eine Kreuzung, an der sie wegen einer roten Ampel hätten halten müssen. Dadurch dass sie diese Ampel jedoch ignorierten und die Geschwindigkeit

nicht im Mindesten reduzierten, fuhren sie wie ein Rammbock
in den von der Seite kommenden Verkehr hinein. Dabei trafen
sie das vordere Fahrzeug am Heck und das nächstfolgende, das
eine Vollbremsung machte, am Kotflügel. Durch die Kraft des
schweren Geländewagens brach das Fahrzeug einfach zwischen
beiden beschädigten Autos hindurch und hinterließ ein riesiges
Verkehrschaos an der Kreuzung, aber das flüchtende Fahrzeug
war zum wiederholten Male fast unbeschadet durchgekommen.
Die Fahrzeuge der Polizei nutzten die entstandene Lücke, die
das flüchtende Fahrzeug hinterlassen hatte, nur waren sie nicht
so mutig und fuhren deutlich langsamer durch die Unfallstelle.
Mehrere Polizeiautos, die aus allen Richtungen dazustießen, waren nun an der Verfolgung beteiligt, und als Ben nach weiteren
fünf Minuten sämtliche Fahrzeuge zählte, kam er schon auf insgesamt neun Streifenwagen.

Von ihrem jetzigen Standort aus konnte man sehr gut erkennen,
dass sich die Taktik, mit der die Polizei die Verfolgung aufnahm,
mit der Zeit geändert hatte. Während man am Anfang vermutlich
noch geglaubt hatte, dass man nur nahe genug an das verkehrs-
widrige Fahrzeug und seine Insassen herankommen und die
Polizeikelle aus dem Fenster halten musste, um dem Fahrer zu signalisieren, dass er anzuhalten hatte, war man nun eines Besseren
belehrt worden, da der verrückte Fahrer dieses Zeichen einfach
ignorierte und dadurch sogar noch schneller fuhr. Die Tatsache,
dass es sich hier um die Polizei handelte, die ihm im Nacken saß,
löste wahrscheinlich Ärger und Nervosität in ihm aus, schien
für ihn jedoch keinen Grund darzustellen anzuhalten. Deshalb
versuchten nun die vorderen Streifenwagen, sich vor das flüchtende Fahrzeug zu setzen, um es auf diese Weise auszubremsen.
Das setzte jedoch eine riskantere Fahrweise voraus, was bereits
zwei Fahrzeuge der Polizei durch Zusammenstöße mit anderen
Verkehrsteilnehmern ausfallen ließ. Jetzt versuchte ein drittes
Fahrzeug, sich neben das flüchtende Fahrzeug zu setzen, und war
wegen der engen Straßenführung schon zweimal seitlich mit dem
mächtigen und äußerst robusten schwarzen Geländewagen zusammengestoßen. Trotzdem ließ die Polizei nicht locker, zumal

abzusehen war, dass wegen des Verkehrs bald wieder ein anderes Fahrzeug die Fahrbahn behindern würde. Ben konnte jetzt erkennen, dass der Polizist – um das Fahrzeug unbedingt zu stoppen – auf der Beifahrerseite das Fenster niedergelassen hatte und mit seiner Schusswaffe auf die Reifen des Geländewagens zielte. Das war zwar inmitten des Straßenverkehrs nicht ohne Risiko, schien aber die einzige Lösung zu sein, weiteren Schaden abzuhalten. Zwei schnell aufeinanderfolgende Schüsse verfehlten aber das linke Hinterrad wegen des ständigen Schlingerkurses, das der Fahrer durchführen musste. Bevor der Polizist einen weiteren Schuss abgeben konnte, stand ihnen nun aber ein langsamer fahrendes Fahrzeug im Weg. Der Streifenwagen flog auf der zweispurigen Fahrbahn regelrecht links und der Geländewagen rechts vorbei, dabei musste der Fahrer des Streifenwagens jedoch durch ein waghalsiges Bremsmanöver seine Geschwindigkeit reduzieren und auf einem Mittelstreifen mit gepflanzten Hecken entlangschrammen, um überhaupt vorbeizukommen. Es war ein gefährliches Unterfangen, aber er schaffte es schließlich mit Geschick oder einfach nur mit Glück, doch noch unbeschadet vorbeizukommen, wenngleich es sehr knapp war. Nach dem Überholmanöver gab der Streifenwagen wieder Vollgas und zog wieder auf die Fahrbahn. Während der Polizist dabei noch versuchte, sein Fahrzeug wieder vollständig unter Kontrolle zu bringen, kamen die beiden Fahrzeugen in hohem Tempo wieder näher zusammen, was der massive Geländewagen zu einem Zusammenstoß an der Beifahrerseite des Streifenwagens nutzte. Er hatte einfach schneller reagiert und einen spitzeren Winkel gewählt, um voll in die Seite zu knallen. Der dort sitzende Polizist wurde dabei schwer verletzt, der Fahrer verlor indes die gerade zurückgewonnene Kontrolle seines Fahrzeugs und knallte seinerseits nun mit vollem Tempo in die Hecke des Mittelstreifens und drehte sich auf der Straße, wo er sogleich vom nachfolgenden Verkehr gerammt wurde und somit auch der Fahrer schwer verletzt wurde.

Von diesem Fahrzeug ging nun keine Gefahr mehr aus. Aber dem immer noch Flüchtenden blieb trotzdem keine Sekunde, dies für einen Vorsprung seinerseits zu nutzen, denn ein weiteres Fahrzeug der Polizei hatte sich mittlerweile rechts auf gleiche Höhe des Geländewagens geschafft. Wieder reagierte der Fahrer des Fluchtwagens jedoch schneller oder war einfach nur skrupelloser und zog sein Fahrzeug ungeachtet des Verkehrs um ihn herum ganz nach rechts. Der wesentlich leichtere Streifenwagen wurde abgedrängt und knallte in hohem Tempo ungebremst auf ein am Straßenrand parkendes Fahrzeug, überschlug sich und explodierte. Der Geländewagen war zu diesem Zeitpunkt bereits vor dem nun brennenden Hindernis in eine rechte Seitenstraße abgebogen, während das nun brennende Fahrzeug mitten auf der Straße lag und somit die Einfahrt zu dieser Straße wie auch die Straße, auf der sich die Verfolger befanden, durch Feuer, Rauch und das auf dem Dach liegenden Fahrzeug versperrte. Quietschende Streifenwagen sowie Fahrzeuge der anderen Verkehrsteilnehmer machten das ohnehin schon herrschende Straßenchaos perfekt. Unzählige Fahrzeuge keilten sich zusammen, als sie zusammenstießen. Kein einziges Fahrzeug kam nun mehr vorbei. Ben schaute dem Geländewagen hinterher, der in rasendem Tempo entkam. Wieder einmal hatte der Gesetzlose gewonnen, dachte er bei sich, als er sah, dass einer der letzten Polizeiwagen im halsbrecherischen Rückwärtsgang die Lücke, die die Autofahrer wohlüberlegt den Rettungskräften gelassen hatten, nutzte, um in die Seitenstraße, die circa hundert Meter zurücklag, einfahren zu können.

Mit viel Hupen und unter Verursachung weiterer kleinerer Unfälle gelang es dem Polizisten des Streifenwagens schließlich, nun in die Seitenstraße einzufahren. Nach einigen hundert Metern auf dieser Straße bog er dann gleich darauf wieder links ab und dann die nächste wieder rechts, um in die Straße einzubiegen, die der flüchtende Geländewagen genommen hatte. Diese Straße war fast vollkommen leer, da ja kein Fahrzeug mehr von links aus der blockierten Straße auf diese Straße einbiegen konnte.

„He Harry, lass gut sein, der verdammte Scheißkerl ist schon längst über alle Berge. Den kriegen wir heute bestimmt nicht mehr", sprach der jüngere Fahrer des Streifenwagens zu seinem neben ihm sitzenden Kollegen. „Nein, Nick", bellte Harry ihn vorwurfsvoll an, „das Schwein hat Peter und Daniel auf dem Gewissen. Hast du nicht gesehen, wie das Auto durch die Luft geflogen ist und explodierte?" „Natürlich hab ich das, Harry", gab der Jüngere kleinlaut zu. „Und ich krieg das Schwein, das schwör ich dir!", sagte der Ältere, wohl mehr zu sich selbst, obwohl er die Worte laut aussprach. „Los, tritt mal aufs Gaspedal, wir haben noch eine Verabredung!" Während der Jüngere sich wieder dem Verkehr zuwandte, nahm Harry das Funkgerät und hörte ab, ob durch die Luftüberwachung festgestellt werden konnte, wo sich das flüchtende Fahrzeug gerade aufhielt. Leider waren die Informationen nicht sehr hilfreich, denn auch der zu spät eingetroffene Helikopter überflog weitläufig das Gebiet, konnte den Geländewagen aber nicht mehr entdecken. „Ich könnte wetten, der hört auch den Funk ab. Das bedeutet, wir können keinem sagen, wo wir uns befinden, ohne dass dieses Schwein es erfährt." Jetzt waren sie wieder auf der Straße, auf der wahrscheinlich auch der Verfolgte gerade fuhr. Mit Vollgas fuhr Dominik, der von seinen Kollegen nur Nick genannt wurde, nun die Straße entlang. Dann bremste er den Wagen mit einer Vollbremsung ab, sodass sich Harry am Armaturenbrett abstützen musste, die Reifen quietschten, und der Wagen brach seitlich aus und kam leicht ins Schlingern. „Spinnst du?", fragte Harry seinen Fahrer, aber der setzte, ohne zu antworten, den Rückwärtsgang ein und fuhr zehn Meter zurück. „He, rede mit mir, was ist los?", wollte Harry endlich wissen. „Ich hab ihn gesehen, Harry!", gab ihm der Jüngere knapp zur Antwort, und seine Augen huschten hin und her auf der Suche nach dem, was er gesehen hatte. „Wo?", rief der Ältere. „Ich weiß nicht, aber ich bin sicher, ihn hier in der Seitenstraße gesehen zu haben", sagte Nick, und seine Augen suchten weiter nach einem Hinweis. „Da", schrie er auf, als er es endlich sah, „er ist ins Parkhaus gefahren." „Du spinnst doch, du kannst doch so schnell gar nichts gesehen haben", dämpfte Harry

die Euphorie seines neuen noch unerfahrenen Kollegen. „Ich hab ihn gesehen, vertrau mir", gab Nick zur Antwort und erklärte ihm: „Auf der Straße kenn ich mich aus, und in der verdammten Querstraße habe ich den hohen Aufbau des Geländewagens gesehen, und nun ist er verschwunden." Dominik hatte mit Sicherheit den Geländewagen aus dem Augenwinkel gesehen, da war er sich ganz sicher, aber wo war er jetzt? Die einzige logische Erklärung war, dass er ins Parkhaus gefahren war. Er setzte alles auf eine Karte. „Er ist ins Parkhaus gefahren, als er gehört hat, dass der Sirenenton sich nicht weiter entfernt." Harry schaute Nick an, während der Streifenwagen mitten auf der Straße stand und dadurch die ganze Straße blockierte, aber niemand der anderen Verkehrsteilnehmer wagte zu hupen oder zu überholen. Der Ältere schaute seinen jungen Kollegen an, überlegte einen kurzen Augenblick und sagte dann: „Worauf wartest du dann noch? Und mach die verdammte Sirene aus." Dominik tat wie ihm geheißen und schaltete die Sirene aus, was sofort eine wohltuende Ruhe auslöste, und bog nun ebenfalls in die Querstraße und anschließend ins Parkhaus ein. An der Schranke drückte er die Taste, um eine Karte zu erhalten, und fragte mit einem Seitenblick auf seinen Kollegen: „Sollten wir nicht doch die Zentrale informieren, Harry?" „Damit uns der Vogel doch noch ausfliegt, nein, den Verrückten schnappen wir uns jetzt." Entschlossenheit lag in der Stimme des erfahrenen Beamten. Dominik sah seinen Partner an und wusste, dass jede weitere Diskussion umsonst sein würde. Langsam fuhr er angespannt in die erste Etage, entschied sich aber sofort dafür, aufs nächste Parkdeck weiterzufahren. Es gab keinen Grund, keine Bestätigung, dass er richtig lag. Er hatte sich allein auf das verlassen, was ihm sein Bauchgefühl sagte. Ein erneuter Blick zu seinem erfahrenen Kollegen zeigte ihm, dass sein Partner der gleichen Meinung war. Ihr Instinkt, ihr sprichwörtlicher Spürsinn hatte schon lange eingesetzt, und dieser Spürsinn sagte ihnen jetzt, dass sie richtig lagen.
Bei der Einfahrt zur zweiten Etage blieb er wieder stehen. Das Parkhaus hatte fünf oder sechs Parkdecks. Wo versteckte sich der Fahrer? (Wenn es überhaupt der Fluchtwagen war, was er zwar

hoffte, aber nicht hundertprozentig sagen konnte, weil der kurze Augenblick eben nicht viel Zeit zugelassen hatte.) Dominik überlegte, was er in dieser Situation tun würde, wenn er der Flüchtige wäre. Er fällte für sich eine Entscheidung, denn niemand war da, der ihm sagen konnte, ob er richtig lag, und stieg wieder von der Bremse und drückte leicht auf das Gaspedal, um in die nächste Etage weiterzufahren, wobei er somit auch die zweite und dritte Etage hinter sich ließ, ohne dort näher nachgesehen zu haben. „Ich hoffe, du weißt, was du tust", sagte der Erfahrene zu seinem jüngeren Kollegen, ohne es selbst besser zu wissen. „Ich hoffe es", antwortete Dominik ihm trocken. „Allein haben wir sowieso nur eine geringe Chance, ihn überhaupt zu erwischen." Diese Bemerkung war von Nick eigentlich nicht als Antwort gemeint, sondern eher als eine realistische Einschätzung der jetzigen Situation. In der Zufahrt zur vierten Ebene sah man jetzt zum ersten Mal, dass sich die Reihen der parkenden Fahrzeuge deutlich lichteten. Dominik überlegte nicht lange. Sein Instinkt sagte ihm, dass der Zeitpunkt gekommen war und er hier einfahren sollte. Er handelte schneller, als seine eigenen Gedanken seinen Taten folgen konnten.

Wahrscheinlich würde es in der obersten Etage noch leerer sein, und das bedeutete, dass dort der große schwarze Geländewagen viel zu schnell auffallen würde. Für ihn war klar, dass sich hier der verfolgte Wagen verstecken würde. In Schritttempo fuhr er durch die Reihen der parkenden Fahrzeuge. Dann sah er ihn. Das Fahrzeug stand ungefähr zwanzig Meter weiter vorne rechts zwischen den parkenden Fahrzeugen. Dominik hielt seinen Wagen an. Er und Harry waren so sehr mit der Suche beschäftigt gewesen, dass sie sich noch gar keine Gedanken darüber gemacht hatten, wie sie am besten vorgehen würden, wenn sie den Wagen stellen würden. Vielleicht war das aber auch gut so, denn dadurch hatten sie ihre potenzielle Angst vollkommen verdrängt. Sie schauten einander an und blickten dann zurück zum Fluchtwagen. Es gab keine Zweifel, denn die entstandenen Beschädigungen an der Karosserie konnten nur zu dem Fluchtwagen passen. Wie tote Augen starrten die zerstörten dunklen Scheinwerfer den beiden

Polizisten entgegen. Der Flüchtige hatte rückwärts mit dem Heck des Wagens in Richtung Wand eingeparkt, wahrscheinlich um bei Gefahr schnell flüchten zu können. Die beiden Polizisten waren auf der Hut, denn möglicherweise konnte das Fahrzeug vor ihnen plötzlich losfahren. Harry löste langsam seinen Sicherheitsgurt, zog die Waffe aus dem Halfter und lud die Pistole neu durch, und sein junger Partner tat es ihm gleich. Fast gleichzeitig stiegen beide Polizisten aus dem Wagen, blieben aber erst einmal hinter den offen stehenden Türen ihres Fahrzeugs stehen. Immer noch geschah nichts. Harry überlegte, ob der Fahrer es geschafft haben könnte, das Fahrzeug unbemerkt zu verlassen. Wenn das der Fall war, dann würde er sich nun ganz unauffällig als Fußgänger unter die Passanten mischen können, ohne dass ihm jemand auch nur ansatzweise etwas anhaben konnte, denn durch die abgedunkelten Scheiben seines Fahrzeugs hatte man den oder möglicherweise auch die Insassen nie sehen können. „Harry, wie gehen wir vor?", fragte Dominik seinen Kollegen. Harry wusste es selbst nicht so genau, aber hier zu warten, hieß, dem Flüchtenden mehr Zeit zu geben. „Wir müssen wissen, ob er noch da ist", sagte er laut, auch zu sich selbst. Kaum hatte er diese Worte ausgesprochen, sah er, wie sein junger Kollege auch schon aufgestanden war und mit der Waffe im Anschlag auf den Geländewagen zulief. „Nick, du musst in Deckung bleiben", rief er ihm zu, wusste aber im selben Augenblick, dass – wenn sie genau das taten – sie niemals erfahren würden, ob der Fahrer noch im Wagen saß. Nick war mittlerweile bereits bis auf fünf Meter an das Fahrzeug herangekommen, und überhaupt nichts war geschehen. Auch Harry war nun aus seiner Deckung gekommen und ihm gefolgt und stand jetzt nur wenige Meter hinter ihm. Verdammt, dachte Dominik, denn die abgedunkelten Scheiben ließen selbst so nahe noch immer keinen Einblick in das Innere des Wagens zu. Der Wagen könnte absolut leer sein, genauso gut könnte aber auch eine ganze Gruppe Ausgeflippter eine Party darin feiern.
Für Ben, der das ganze Geschehen aufmerksam mitverfolgte, verlangsamte sich plötzlich jede Bewegung, wie in Zeitlupe. Die linke Hand von Nick geht an den Türgriff des Fahrzeugs.

Während Benjamin dies wahrnimmt, hört er gleichzeitig – durch die Verlangsamung der Zeit – Harry hinter sich, wie er verzweifelt „NNNNeeeiiinnn" ruft. Nick jedoch hat die Autotüre bereits leicht geöffnet, als von drinnen ein kleine Explosion zu sehen ist und eine Kugel auf ihn zufliegt. Ben kann die Kugel ganz deutlich sehen. Wie schon einmal fühlt er sich an den Matrix-Film erinnert, in dem es dem Hauptdarsteller LEO damals gelungen war, die auf ihn zufliegenden Kugeln mit bloßen Augen zu sehen und ihnen auszuweichen, eben weil sie ganz langsam flogen, so langsam, bis sie sogar vor ihm in der Luft stehen geblieben waren. Zeit und Raum schienen auch jetzt einfach ausgeblendet zu sein. Als sich die Kugel kurz vor der Brust des Polizisten befindet, haben sich dessen Gesichtzüge noch nicht einmal verändert, da im Unterschied zum Film hier auch die Handlungen des Polizisten verlangsamt sind.

Dann plötzlich, circa dreißig bis vierzig Zentimeter vor dem jungen Mann, setzt die normale Zeit, genauer gesagt die reale Geschwindigkeit wieder ein, und eine tausendstel Sekunde später schlägt das Geschoss mitten in die Brust des jungen Polizisten ein. Von der Wucht getroffen, fällt Dominik wie ein gefällter Baum nach hinten gegen das nebenan geparkte Fahrzeug und rutscht anschließend auf den Boden. Harry steht für Sekunden unter Schock. Viel zu schnell ist das alles passiert, und auch wenn Harry schon lange Polizist ist, so besteht seine tägliche Arbeit hauptsächlich in der Aufnahme von Unfällen, dem Ergreifen von kleinen Dieben und darin, für Recht und Ordnung zu sorgen, sowie jeder Menge Schreibtischarbeit. Mit so einer lebensbedrohlichen und überaus brutalen Situation ist auch er überfordert. Der Fahrer hat die Situation bestens ausgenutzt und sich mittlerweile aus dem Fahrzeug heraus in gute Schussposition gebracht. Der zweite Schuss, der abgefeuert wird, trifft nun Harry selbst am linken Arm, aber ohne auf den stechenden Schmerz zu achten, feuert er zurück, und seine Kugel zielt besser und trifft das Knie des Schützen, das als einzige verwundbare Stelle unterhalb der Autotüre frei war. Der Getroffene sackt zusammen, da sein Bein ihn nicht länger trägt. Eine Salve von Schüssen gibt er nun unter der Fahrertür in die Richtung des zweiten Polizisten ab. Harry ist aber bereits mit einem beherzten Sprung hinter den parkenden Autos verschwunden und feuert nun seinerseits mehr aus Verzweiflung als kontrolliert unter dem Fahrzeug in Richtung der Schüsse. Erst als das Magazin leer geschossen ist, kehrt wieder Ruhe um ihn herum ein. Dann sieht er, noch immer am Boden liegend, zwei Fahrzeuge weiter den Kopf des Fahrers auf dem Boden liegen und seine Augen tot in die Leere starren. Wie durch ein Wunder musste er ihn tödlich getroffen haben. Harry saß auf dem Boden und lehnte seinen Rücken an dem Auto an. Er war schweißnass und seine Hände zitterten. Noch einmal ließ er Revue passieren, was geschehen war. Dabei füllte er hektisch sein Magazin neu auf und wartete noch einige Sekunden. Dominik fiel ihm wieder ein, und als er immer noch keine Geräusche hörte, sah er keine Gefahr mehr und ging zu seinem Kollegen, der schwer getroffen worden war. Dominik hatte bereits mächtig Blut verloren und stöhnte sehr unter den Schmerzen, und die Angst, sterben zu müssen, stand ihm ins Gesicht geschrieben. „Scheiße Mann, wo hast du denn deine Schutzweste?", fragte er seinen Kollegen, aber eigentlich machte er sich selbst Vorwürfe, dass er auf seinen Kollegen nicht besser aufgepasst hatte. Harry zog seine Uniformjacke aus und presste sie auf die Wunde, um dadurch den Blutverlust einigermaßen einzudämmen. Wenn er nicht bald reagierte und Hilfe holte, würde es keine Überlebungschance mehr für seinen Kollegen geben, er spürte schon jetzt, wie das Leben mit jedem Pulsschlag aus dem Körper seines Partners floss. „Halte durch, Nick, ich rufe einen Notarzt." Harry ließ Dominik allein zurück, ohne zu wissen, ob sein Kollege ihn überhaupt wahrgenommen hatte. Am Streifenwagen angekommen, setzte er sich halb auf den Beifahrersitz und funkte die Zentrale an, einen Notarztwagen zu schicken. Als er das Funkgerät gerade wieder eingehängt hatte, hörte er das kalte Klicken einer Waffe. Er drehte langsam seinen Kopf und schaute in das Angesicht eines jungen Mannes in einem weißen Anzug, der ein eisiges Siegeslächeln mit strahlend weißen Zähnen zeigte. In der Hand hielt er eine Pistole,

die auf Harry gerichtet war. Innerhalb von Sekunden spielte sich das Leben des älteren Polizisten vor seinem geistigen Auge ab. Er wusste, dass er jetzt sterben würde, dass dies das Ende seines Lebens war, und er fragte sich, ob er etwas anders machen würde, wenn er noch einmal die Gelegenheit dazu hätte, aber er fand nichts, denn Polizist zu sein, das war sein Leben. Er erkannte sofort den Mann, der da vor ihm stand. Es war der gefürchtete Mafiaboss, den man auch „ICEMAN" nannte, weil er keinerlei Hemmschwelle kannte und wegen seiner Brutalität selbst unter den Ganoven gefürchtet war. Der Mann kannte keine Skrupel, aber bisher hatte man ihm kein Verbrechen nachweisen können, und oft war er von seinen Anwälten nach einer Verhaftung wieder aus der Untersuchungshaft herausgeholt worden, noch bevor es überhaupt zu einer Anklage gekommen war. Jeder wusste, dass er ein Killer war, aber niemand hatte es bisher beweisen können, und niemand wagte es, gegen ihn auszusagen, denn zu viele Zeugen waren bereits verschwunden oder plötzlich Opfer eines Unfalls geworden. Der Finger des Verbrechers beugte sich bereits leicht, als sich hinter ihm ein Schuss löste. Nick war es gelungen, mit seinen letzten Kraftreserven seine Dienstwaffe zu heben und auf den Mann, der Harry erschießen wollte, zu zielen und mit zittrigen, kraftlosen Händen einen Schuss aus seiner Waffe abzufeuern. Die Kugel verfehlte weit ihr eigentliches Ziel, aber nicht ihre Wirkung. Iceman richtete seine Konzentration auf den Schützen hinter ihm, wandte sich ihm zu und schoss zwei Mal auf den Polizisten, und beide Kugeln trafen ihn mit Präzision tödlich. Beim dritten Mal klickte die Waffe ins Leere. „Nimm die Hände hoch, du verdammtes Schwein, und zwar sofort!", brüllte Harry den Mafiaboss an.
Roberto schaute immer noch in die Richtung, in die er gerade geschossen hatte. Dort stand der Geländewagen mit zwei platten Vorderreifen. Miquelle, einer seiner engsten Freunde und Fahrer des Wagens, lag tot neben dem Fahrzeug, gegenüber lag der gerade von ihm getötete Polizist, hinter ihm war der zweite Polizist mit einer auf ihn gerichteten Waffe. Eine Flucht mit dem Wagen war sowieso nicht mehr möglich, und der Schusswechsel sowie

die Benachrichtigung an die Zentrale der Bullen bedeutete, dass spätestens in ein paar Minuten hier richtig Rummel sein würde. Roberto war lange genug im Geschäft und noch am Leben, weil er wusste, wann es besser war, nicht sofort auf eine Entscheidung zu drängen, sondern eine bessere Gelegenheit abzuwarten. Er drehte sich mit erhobenen Händen um und hatte dabei immer noch das eisige Lächeln im Gesicht. Beide Kontrahenten schauten sich in die Augen, und bei Harry war deutlich mehr Angst zu lesen als bei seinem Gegenüber, obwohl er doch die Waffe in den Händen hielt.

Iceman machte seinem Namen alle Ehre. Er wusste um seinen Vorteil, seine Lage schien noch nicht vollkommen aussichtslos. Lässig schmiss er seine Waffe, mittlerweile nutzlos, zur Seite und grinste siegessicher. „Du kannst dir dein Scheißgrinsen sparen, denn jetzt wanderst du lebenslang in den Knast!", schrie Harry ihn an. Sein Gegenüber schien jedoch nicht sehr beeindruckt, höchstens etwas verärgert, dass so ein kleiner Bulle es sich erlaubte, ihm nicht den Respekt entgegenzubringen, den er verdiente. „Du Arschloch, was grinst du so blöd? Verstehst wohl kein Deutsch, was?", setzte Harry nach, um sich selbst Mut zuzusprechen. „Du kleiner Scheißbulle, was willst du denn tun? Mich in den Knast stecken? Meine Anwälte holen mich schneller raus, als du deine Formulare ausgefüllt hast", gab Roberto lässig zurück. „So, glaubst du, ja?", schrie Harry zurück. Der Mafiaboss grinste ihn frech an und sagte: „Nein, du alter Sack, ich weiß es, und ich verspreche es dir, und dann knöpfe ich mir deine Familie vor. Erst deine Frau und dann deine Kinder. Und wenn ich besonders viel Spaß haben möchte, lass ich dich dabei auch noch zusehen. Na, wie gefällt dir das?", fragte ihn der Profi mit voller innerer Überzeugung. Harry schluckte und hätte ihm gerne Handschellen angelegt, aber er wollte dem Mafiaboss nicht zu nahe kommen, deshalb hielt er ihn immer noch mit der Waffe in Schach und auf Abstand.

„Ich sag dir jetzt mal was. Du kannst mir noch nicht mal beweisen, dass ich überhaupt etwas mit der ganzen Sache hier zu tun habe. Ich kam hierher, weil man mich hier abholen wollte, von mehr weiß ich nicht." Roberto machte seinem Namen Iceman in der Tat alle Ehre. „Du Schwein hast meinen Partner erschossen!", brüllte der Polizist ihn an. „Ich?", tat Roberto unschuldig, „beweise doch erst mal, dass ich überhaupt eine Waffe bei mir hatte, denn du wirst keine Fingerabdrücke von mir finden. Übrigens, die Waffe hier ist eine Polizistenwaffe, es ist die deines Partners. Vielleicht hast du deinen Partner sogar selbst erschossen. Ich glaube, ich hab dich gleich doppelt am Arsch, Bulle." Langsam wanderten seine Hände an sein Jackett. „He, du Arschloch, lass schön deine Hände da, wo ich sie sehen kann", schrie Harry nervös und merkte, dass er langsam die Kontrolle über das Geschehen verlor, genauer gesagt fragte er sich, ob er sie überhaupt jemals besessen hatte, er kam sich eher vor wie ein Spielball. „Du bist wohl sehr nervös, was? Keine Angst, wenn ich dort eine Waffe hätte, wärst du schon tot, das kannst du mir ruhig glauben", redete Roberto auf ihn ein. Vorsichtig klappte er sein Jackett auf und griff mit der Rechten in die linke Innentasche. Dabei zog er ein Bündel voller Geldscheine heraus und schmiss sie ins Fahrzeuginnere des Streifenwagens. „Das sind fünfzigtausend Euro für dich. Was tust du nun, he?", fragte der Killer ihn. Harry war mehr als verblüfft. Mit einem Blick aus den Augenwinkeln sah er das Bündel Geldscheine auf dem Boden vor dem Beifahrersitz liegen, während er weiterhin den Profikiller im Auge behielt und hoffte, dass seine Kollegen bald eintreffen würden. Während er noch überlegte, zog sein Gegenüber die Handschuhe aus, die er bisher getragen hatte, und steckte sie sich vorn in den Hosenbund. Dann holte Roberto, immer noch mit äußerster Vorsicht, ein kleines goldenes Etui aus der rechten Innentasche heraus, klappte es auf und entnahm eine Zigarette. Er verhielt sich absolut ruhig, so als wären sie gerade bei einem Klassentreffen. Dann griff er mit der linken Hand in seine äußere Jackentasche und zog ein goldenes Feuerzeug heraus. Mit einem Klick brachte er eine Flamme zum Entstehen und zündete sich daran die Zigarette an. Das Feuerzeug ließ er jedoch noch brennen. Nach einem tiefen Zug an seiner Zigarette zog er seine Handschuhe heraus, die im Hosenbund steckten, und zündete sie an der Flamme an. Als sie richtig Feuer gefangen hatten, ließ er sie zur Seite auf den Boden fallen, wo sie weiter vor sich hin brannten. „Du kannst mir nichts beweisen, gar nichts, Scheißbulle. Es steht Aussage gegen Aussage, ob ich überhaupt eine Waffe hatte. Ich sehe dein Gesicht vor mir, und – glaub mir – ich werde es nie vergessen und du meins nicht, bis zu dem Tag, an dem ich dich töten werde. Auch kann ich deine Zweifel sehen, wie es jetzt weitergehen soll, Scheißbulle", brüstete sich der Mafiosi überlegen. „Nein, du gehst in den Bau, dafür sorge ich", gab Harry zurück, aber Unsicherheit schwang in seinen Worten mit. Zu oft war der vor ihm stehende Verbrecher bereits in ausweglosen Situationen gewesen, aber jedes Mal durch einflussreiche Personen wieder freigekommen.

Amüsiert über die Wirkung, die seine Worte bei dem Polizisten hinterlassen hatten, fuhr er fort: „Es ist ganz einfach für mich, sofort hundert Zeugen zu bekommen, die bestätigen, dass ich zu der Zeit gar nicht in diesem Auto und damit auch gar nicht in die Tat verwickelt sein konnte, und wenn das nicht ausreicht, lass ich alle Richter erschießen, wenn's sein muss, oder ich schnappe mir deine Familie. Wirst du dann immer noch gegen mich aussagen, wenn du weißt, dass eine Waffe auf ihren Kopf gerichtet ist? Und was werden sie über das Geld denken, das sie hier in deinem Auto finden? Es liegt in deinem Wagen, vor deinen Füßen. *Ich* bin das Opfer, schnallst du das nicht? Warum seid ihr denn alleine hier? Meine Anwälte werden sicherlich beweisen können, dass du hier ein abgekartetes Spiel getrieben hast, nur um mich reinzulegen." Genüsslich zog der Mann im weißen Anzug an seiner Zigarette. „Das Geld ist von dir", schrie Harry ihn an. „Ja, das stimmt, aber die Investition ist gut angelegt. Wenn du das Geld dort liegen lässt, wirst du einiges erklären müssen, und wenn du es rauswirfst, sind deine Fingerabdrücke auf den Geldscheinen drauf. Dich kriegen sie am Arsch, Scheißbulle", bemerkte der Mafiaboss.

„Schieß doch!", schrie Ben in die Situation hinein. Er hatte mittlerweile solch einen großen Hass auf diesen taktisch windigen

Killer, der direkt vor ihm stand. Er konnte sich nur zu gut vorstellen, welch breite Palette an unterschiedlichsten Verbrechen der Mafiaboss vorzuweisen hatte, bei denen ganz sicher mehr als einer mit dem Tod hatten bezahlen müssen, deshalb verdiente er ihn auch selbst. „Erschieß ihn!", brüllte er erneut, ohne dass ihn jemand außer Salasul hören konnte, „er hat recht, man wird ihn vor Gericht freisprechen." Iceman grinste immer noch, was jetzt aber immer mehr in ein lautes Lachen überging und in Bens Ohren dröhnte. „Schieß, schieß, erschieß ihn!", schrie Ben voller Wut. Harry blickte zu seinem jungen Kollegen und Partner hinüber, der nur wenige Schritte entfernt von ihm tot auf dem kalten Beton lag. Dann schaute er wieder dem Killer in die Augen. In diesem Augenblick erschallte ein Sirenengeheul, das nicht wie bis dahin immer am Parkhaus vorbeifuhr, sondern diesmal in das Parkhaus einfuhr. Es blieb nicht mehr viel Zeit. Zuerst war Harry froh, dass seine Kollegen endlich da waren, aber ihm war auch klar, dass der Mafiaboss wahrscheinlich sogar recht hatte, man würde ihm die Geschichte, auch wenn sie wahr war, nicht glauben. Er war ja auch derjenige gewesen, der am Anfang darauf bestanden hatte, keinen Funkspruch abzugeben. Vieles war mittlerweile verdreht und die Wahrheit schon lange mit Füßen getreten worden. Wieder schaute er zu seinem Kollegen hinüber, und Tränen der Schuld und des Schmerzes liefen ihm über das Gesicht. Robertos Lachen war grässlich laut und kalt. Harry schaute ihm in die Augen. Vor seinem geistigen Auge sah er seine Frau und seine beiden Kinder, und die Worte des Killers kamen ihm ins Gedächtnis: „... *Du kleiner Scheißbulle, was willst du denn tun? Mich in den Knast stecken? Meine Anwälte holen mich schneller raus, als du deine Formulare ausgefüllt hast ... Du alter Sack, ich weiß es, und ich verspreche es dir, und dann knöpfe ich mir deine Familie vor. Erst deine Frau und dann deine Kinder. Und wenn ich besonders viel Spaß haben möchte, lass ich dich dabei noch zusehen ... Ich schnappe mir deine Familie. Wirst du dann immer noch gegen mich aussagen, wenn du weißt, dass eine Waffe auf ihren Kopf gerichtet ist? ... Dich kriegen sie am Arsch, Scheißbulle ...*"
Unbändiger Hass machte sein Herz hart. „Töte ihn, Harry!",

sprach Ben fast flüsternd. „Du hast nicht den Mut, Bulle", sprach Roberto. Da drückte der Polizist ab. Der Schuss traf Roberto mitten ins Herz, und während die Sirenen immer lauter wurden, sagte der alt gewordene Polizist zu seinem toten Kollegen: „Für dich, mein Kleiner. Ich habe ihn gerichtet." Ben jubelte innerlich, und der Dämon war begeistert.

Dann schaute Harry wieder zu dem Toten, aber immer noch grinsenden Killer und sprach seine Gedanken aus: „Nein, Gott hat dich gerichtet!" Ben fuhr ein Schrecken in die Glieder. Auf einmal sah er klar, ihm wurde bewusst: Er hatte auf Harry bewusst eingewirkt, hatte zumindest mitgeholfen, einen Menschen zu töten. „Siehst du, Ben", sprach Salasul „es gilt das Recht des Stärkeren, wie du es jeden Tag in der Natur erleben kannst – wehre dich nicht dagegen, er hatte es mehr als nur einmal verdient zu sterben.

Schon blendete sich die nächste Szene nahtlos ein. Beide befanden sich in einem Gerichtssaal. Dabei saßen sie in der ersten Reihe, mitten unter den Zuschauern, und diesmal waren beide Geistwesen wieder sichtbar für die Menschen im Saal. Als der Richter den Saal betrat, stand Salasul als einer der Ersten auf, und Ben und alle anderen im Saal folgten seinem Beispiel.

In der Gerichtssache ging es um einen vierundzwanzigjährigen arbeitslosen jungen Mann, der angeklagt wurde, ein kleines Mädchen missbraucht und getötet zu haben. Der Staatsanwalt legte seine Beweise und Anklagepunkte innerhalb der Verhandlung vor. Dabei gab es keine Zeugen der Tat, sondern nur Indizien, die aber mehr als deutlich darlegten und aufzeigten, dass der Junge die Tat begannen haben musste. So fand man DNS-Spuren des Angeklagten bei dem kleinen Mädchen. Auch Stoffreste unter den Fingernägeln des Mädchens passten zu Kleidungstücken, die man in der Wohnung des jungen Mannes gefunden hatte. Zudem hatte sich der mutmaßliche Täter so auffällig verhalten, dass er Nachbarn und letztendlich auch der Polizei verdächtig genug erschienen war, um ihn in Untersuchungshaft zu nehmen. Dort hatte er auch nach mehreren Stunden des Verhörs kein Alibi für die Tatzeit abgeben können. In diesem Verhör durch zwei Kriminalbeamte, die jetzt auch vor Gericht aussagten, hatte der Junge äußerst labil, verängstigt, ja sogar richtig verstört gewirkt. Als sie dann den Druck erhöhten, brach der Junge nach fünfeinhalb Stunden zusammen und legte ein vollständiges Geständnis ab, ein Geständnis, in dem er dann auch den Ort der Leiche seines minderjährigen Opfers preisgab. Die Beweislast war erdrückend, und man merkte dem Staatsanwalt an, dass er eine Verhandlung eigentlich für überflüssig hielt. Die Verteidiger, die natürlich alle Beweise einsehen konnten, gingen besonders auf das Verhör und das daraus entstandene Geständnis ein. Sie versuchten darzulegen, dass man dem Jungen jeglichen Rechtsbeistand verweigert hatte. Auch zeigten sie auf – was ihnen jedoch nicht vollständig gelang –, dass der Angeklagte nur auf Druck der Beamten etwas unterschrieben hatte, nachdem man ihn, als er physisch am Ende war, dazu gezwungen hatte. Die Indizien legten die Verteidiger als Manipulation der Polizei und der Medien dar, weil jene schnellstmöglich einen Täter identifizieren wollte. Sie wollten jemanden präsentieren, und da kam ihnen der labile Junge gerade recht. Ihr Schützling wäre aber rein zufällig am Tatort vorbeigekommen, hätte dem Mädchen aber aus Angst ums eigene Leben nicht helfen können und wäre in wilder Panik vor dessen Peiniger geflüchtet. Aufgrund dieses Vorfalls und seiner darauffolgenden Schuldgefühle wäre sein Verhalten so auffällig gewesen, und nicht weil er der Täter war. Niemals wäre ihr Klient in der Lage, jemandem Leid zuzufügen. Die gut bezahlten Verteidiger – insgesamt wurden von der Kanzlei drei für den Fall abgestellt – waren mit dem Verlauf der Verhandlung äußert zufrieden. Ein ärztliches Gutachten eines Psychotherapeuten bescheinigte dem Angeklagten zudem eine allgemeine Unzurechnungsfähigkeit, eine Tat mit solch einer Tragweite überhaupt einschätzen zu können. Das vom Staatsanwalt erbrachte Gegengutachten eines anderen Arztes bescheinigte dem Angeklagten das Fehlen jeglichen

Gerechtigkeitssinnes und ein grob gestörtes Verhältnis zu Frauen. „Kommen Sie, Herr Staatsanwalt“, sprach einer der Verteidiger süffisant, „dann müssten fast alle Männer hinter Gitter.“ Es sollte lustig klingen, aber keiner der Anwesenden im Gerichtssaal fand das komisch und konnte darüber lachen, und so hörte man nur das laute, schrille Lachen des Angeklagten. Weiter führte der Staatsanwalt aus, dass aus dem Gutachten auch herauszulesen sein, dass der Junge zu einer auffälligen Gewaltbereitschaft neigte. Was im Gerichtssaal nicht angesprochen werden durfte, weil dies sonst ein Verfahrensfehler gewesen wäre, was aber im damaligen Geständnis des Jungen niedergeschrieben und unterzeichnet worden war, war die Tatsache, dass darin insgesamt neun weitere Verbrechen zugegeben wurden. Keines war so detailliert beschrieben, aber die Beamten waren sich sicher, dass sie anhand dieser Aussagen weitere Opfer finden würden. Ben sah den Angeklagten, der sich verhielt, als sei das alles nur ein Spiel. Er grinste ein teuflisches Lächeln, und seine Augen waren leer und kalt. Ben sah ihm in die Augen und wusste sofort, dass der Junge schuldig war.

Als er zu Salasul hinüberschaute, nickte dieser, und beide entfernten sich in einer Zeitreise zurück zu Tatzeit und Tatort. Dort sah Ben, dass seine Vermutung absolut richtig gewesen war. Der Junge verging sich gerade an dem kleinen Mädchen und drückte ihr währenddessen die Luft ab. Bens und Salasul kehrten genau in dem Moment in die Gegenwart in den Gerichtssaal zurück, als der Verteidiger seinen „lustigen“ Spruch mit „allen Männern“ brachte. So hatte niemand gemerkt, dass sie den Saal verlassen hatten, da sie in der Zeit reisten, und sie schlüpften wieder unbemerkt in ihren eigenen Körper hinein.

Ben schaute auf die Seite, wo die Staatsanwaltschaft und die Nebenankläger, die Eltern des Mädchens, saßen. Ben sah eine völlig verzweifelte Mutter, deren Tränen während der gesamten Verhandlung nicht versiegten, und einen Vater, der die ganze Zeit nur starr zu Boden blickte. Beide kannten sie die Aussagen des schriftlichen Geständnisses ganz genau. Was mochte jetzt wohl in ihnen vorgehen? Ständig wurden sie an den Todestag ihrer Tochter erinnert und mit den Ereignissen konfrontiert, die dazu geführt hatten, mussten mit anhören, wie die Verteidiger die Tat zerredeten. Wie dehnbar und schwach die Gesetzgebung doch war. Sie mussten Zeugen erleben, die noch zuvor bei der Polizei hatten aussagen wollen, doch jetzt bei der Verhandlung schwiegen oder sich nicht mehr erinnern wollten oder durften, sie wirkten eingeschüchtert. Der aufmerksame Richter, der dieses Verhalten auffällig fand, sprach noch einmal persönlichen Schutz für sie aus, aber die Zeugen, die von Minute zu Minute immer nervöser wirkten, blieben trotz Mahnung des Richters, vor Gericht die Wahrheit sagen zu müssen, bei ihren uninteressanten und absolut nichtssagenden Aussagen. Am Ende der Verhandlung sprach der Richter schließlich das Urteil: „… spreche ich aus Mangel an Beweisen den Angeklagten frei. Die Kosten des Verfahrens tragen die Staatsanwaltschaft und die Nebenkläger zu gleichen Teilen.“

„Das darf doch nicht wahr sein!“, brüllte Ben und merkte zu spät, dass er ja diesmal zu hören war. Der Richter hämmerte auf dem Richterpult herum, während die Menschen im Saal, ausgelöst durch Bens laute Meinungsäußerung, wild ihren Unmut oder ihre Freude – je nachdem auf welcher Seite sie standen – lautstark herausschrien. „Ich lasse den Saal räumen, wenn nicht augenblicklich Ruhe einkehrt!“, rief er in die Masse hinein. Es war das reinste Chaos ausgebrochen. Ben sah vor seinem inneren Auge immer wieder, wie der Junge wie irre seine Hände um den Hals der kleinen Natalie gelegt hatte und dabei verzückt grinste. Er schrie, ohne es zu merken, in den Saal hinein: „Er ist schuldig, er wird es wieder tun!“ Auch andere äußerten sich in gleicher Art und Weise. Da sah Ben plötzlich, dass die Mutter aufgestanden war, zu dem Angeklagten blickte und schrie: „Du perverses Schwein, du hast meine kleine Natalie getötet, dafür wirst du büßen! Ich verdamme dich in alle Ewigkeit!“ Der Ausbruch der Mutter hatte den Gerichtsaal mit einem Schlag wieder zu Ruhe gebracht. Plötzlich war es so still, dass man eine Stecknadel hätte fallen hören können. Der Ehemann und Vater von Natalie stand langsam auf, schaute zu dem blöd grinsenden und nun freigesprochenen Jungen hinüber und rief laut mit fester Stimme „SCHULDIG", hob den Arm, zielte mit einer Waffe auf ihn und drückte dreimal ab. Ben hatte Mitleid mit den Eltern und freute sich innerlich über den Sieg der „Gerechtigkeit".

Erneut waren beide wieder ganz woanders. Salasul schien kein Mitleid mehr mit ihm zu haben, denn nun sah Ben Perversionen, die alles, was er bisher gesehen hatte, übertrafen. Ben empfand abgrundtiefen Ekel, und mit Grausen dachte er daran, was er in der Bibel über Sodom und Gomorra gelesen hatte und was in letzter Konsequenz daraus geworden war, als Gott ihr zügelloses Treiben sah. Was würde wohl passieren, wie lange würde sich Gott das, was Ben nun zu Gesicht bekam, noch ansehen?
Dann schon wieder ein Ortswechsel. Diesmal standen sie auf irgendwelchen Feldern, die von Bauern bebaut wurden. Die Bauern hatten armselige Kleidung an und trugen runde Strohhüte auf dem Kopf. Auf einmal war Ben klar, dass dies eine asiatische Gegend sein musste, und das, was die Bauern anpflanzten, wohl Reis war. Dann explodierte die Erde plötzlich, zumindest kam es ihm so vor. Ungeheure Kräfte wüteten über das Land und ließen nur Zerstörung und Elend zurück. Dies zu beschreiben, war nicht möglich, es ging einfach nicht. Zu was waren Menschen denn noch fähig, wie grausam konnte die Kreatur eigentlich sein, wie grausam ein Gott, an dessen Existenz Ben immer mehr zweifelte? Soeben war die Atombombe über Hiroshima gezündet worden.
„Nein – nein, bitte nicht!", brüllte Ben seinen Schmerz hinaus. „Ich dachte mir bereits, dass du nicht noch mehr sehen willst, und doch redest du es dir danach immer wieder schön", sprach sein Partner zu ihm. „Nein – aber ...", wollte Ben etwas erwidern, aber ihm fiel nichts ein. Salasul ließ nicht locker: „Aber was? Soll ich dir etwa noch mehr zeigen oder alles noch einmal oder das Gleiche nur an einem anderen Ort und zu einer anderen Zeit? Ich fasse es nicht, wie verbohrt du bist!" Ben war von den Ereignissen zu stark getroffen, um sprechen zu können, und doch

... er wusste einfach nicht, was er glauben sollte. Er hatte sein ganzes Leben an Jesus und das Gute im Menschen geglaubt, er konnte das nicht einfach so wegwerfen, er konnte einfach nicht so tun, als hätte es das nie gegeben, auch wenn sich all die schrecklichen Bilder immer mehr dazwischendrängten. „Was ist jetzt?", brüllte Salasul ihn an. „Ich verschwende meine Zeit mit dir! Du willst einfach nicht verstehen!" „Salasul, bitte versteh doch, ich brauche mehr Zeit." „Blödsinn – du brauchst nicht noch mehr Zeit. Du siehst und du verstehst, vergießt ein paar Tränen und tust, als sei das alles so schlimm, und doch ist alles nur gespielt." Der Dämon war jetzt richtig sauer. „Nein!", versuchte Ben, erbost zu antworten, aber es war eher ein schüchterner Versuch. „Natürlich, du spielst genauso wie dein ach so heiliger Gott", schrie ihn der Dämon an. „Ich weiß einfach nicht, wie ich damit umgehen soll, Salasul", bettelte Ben um Verständnis. Doch sein Partner ließ sich nicht mehr erweichen und schrie ihm herausfordernd und anklagend entgegen: „Mach endlich die Augen auf!" „Aber das habe ich doch", antwortete Ben zaghaft. „Und was hast du gesehen, Ben?" „Ja, ich habe das Leid gesehen, und es hat mich tief berührt, verletzt", antwortete Ben seinem Begleiter „Verletzt?" Der Dämon war außer sich vor Zorn. „Hörst du dich eigentlich selbst reden? Das hier ist keine Nachrichtensendung, kein Theaterstück. Das hier ist das Leben, mit allem, was es zu bieten hat. Es gibt darin nichts, was positiv wäre, nichts, absolut nichts! Die Menschen, die du gesehen hast, haben wirklich gelitten, sind gestorben. Viele davon sind hier bei uns, und sie haben schmerzlich erkannt, was dein Gott ist." „Ich denke, dass es in all dem Leid doch auch noch etwas Positives geben muss. Es muss einfach so sein", sagte Ben unter Tränen und wagte kaum seinen Freund anzusehen. Salasul wandte sich von Ben ab, ging ein paar Schritte und fuhr dann mit dem Rücken zu Ben fort. „Ich habe es nicht wahrhaben wollen, aber es ist wohl so, du bist wie die meisten Menschen." Ben verstand nicht und hakte nach: „Was hast du nicht wahrhaben wollen?" Der Dämon winkte zuerst ab, sagte ihm dann aber doch, was er dachte: „Ach, was interessiert es dich? Du scheinst es ja doch nicht begreifen zu wollen."

„Doch Salasul, glaube mir bitte", und große Verzweiflung sprach aus Bens Flehen. Salasul schüttelte nur weiter den Kopf. „Nein, es ist zu spät, du wirst es nicht verstehen, ganz einfach weil du es nicht verstehen willst, und das, obwohl du fast alles gesehen hast." „Nein, das stimmt nicht!", schrie Ben nun auch, „ich will ja verstehen, aber es fällt mir so schwer, es ist alles so neu für mich. Salasul, du hast mir doch gesagt, dass du mir alles zeigen willst, damit ich es verstehen kann!" Prompt kam die Antwort von Salasul: „Ja, das stimmt, aber ich wollte dich auch schonen, Ben. Du aber hältst uns doch immer noch nur für kalte und ge-fühllose, ja vielleicht sogar für grausame, missratene Geschöpfe, die du unter dem Begriff ‚Dämon in deine Schublade hier oben in deinem Hirn hineingesteckt hast, nur weil wir uns abgefunden haben, ja abfinden mussten, dies zu akzeptieren." Der Dämon war nun sehr aufgeregt und erhob einmal mehr seine Stimme im Zorn. „Ich habe doch gesehen, wie du gelitten hast, aber jetzt muss ich erkennen, dass das nur eine Show war. Ein Spiel, das du mit mir gespielt hast." „Nein, das war keine Show", schrie Ben. „Dann ist es ja noch viel schlimmer, denn dann belügst du dich sogar selbst, spielst dir selber etwas vor und merkst das selbst schon gar nicht mehr, weil du wahrscheinlich schon dein gan-zes Leben lang nur das gesehen hast, was du sehen wolltest, und du zwischen Wahrheit, Lüge und Fantasie überhaupt nicht mehr unterscheiden kannst!" Eine bittere Wahrheit nach der anderen warf ihm Salsul an den Kopf, und Ben hatte längst erkannt, dass sein Partner recht hatte. Er wusste im Moment nicht, was für ihn schlimmer war, das Leid, das er gesehen hatte, oder anzuerken-nen, dass er die ganze Zeit einer Illusion hinterhergelaufen war. Ben liefen die Tränen die Wangen hinunter, er hatte Salasul nicht enttäuschen wollen. Schließlich war er der einzige Freund, den noch hatte, und er wusste jetzt mehr als zuvor, dass er nämlich gar nichts wusste – er wusste einfach nicht mehr weiter. Er woll-te ja so gern verstehen, aber alles, was er zuvor geglaubt hatte, hatte sich vor seinen Augen in ein Nichts aufgelöst, war besudelt worden, eine einzige Lüge. Er fühlte sich so allein. Nicht so wie früher, als er sich einsam gefühlt hatte. Das hier war etwas ganz anderes. Vielleicht spürte er zum ersten Mal eine große Leere in sich, die so tief und endlos war, dass sie die Verzweiflung zu Wahnsinn werden ließ. Er hatte jeden erdenklichen Halt verloren, wusste einfach nicht mehr, ob er seinen Augen überhaupt noch trauen konnte, hatte er doch alles mit eigenen Augen gesehen und miterlebt. Er hatte unzählige Menschen sterben sehen, hatte Leid in unvorstellbarem Ausmaß gesehen, war mit Hass und Brutalität konfrontiert worden. Das Schlimmste war aber, dass er davon nicht weglaufen konnte. Es würde in Zukunft ständig und unablässig um ihm herum sein, und das – und vielleicht auch die Angst, genauso zu werden wie die Dämonen, die sich ständig gegenseitig bekämpften – war so schwer zu akzeptieren. Und doch führte kein Weg daran vorbei, jetzt alles zu erfahren, auch wenn dies bedeutete, seiner eigenen Unfähigkeit und seinem eigenen Versagen ins Auge sehen zu müssen.

„Also, wovor hast du mich schonen wollen, Salasul?", fragte Ben leise. „Was kann denn noch schlimmer sein als das, was ich schon gesehen habe?" Der Dämon schaute ihm in die Augen, und Ben konnte seinem Blick zum ersten Mal nicht standhalten, konnte diesen eisigen, hasserfüllten Blick seines Gegenübers nicht ertragen. „Ich wollte dich vor dem schonen, was Siredon gesagt hat, dass ich es dir zeigen soll", antwortete Salasul ihm, und eine gewisse Trauer lag in seiner Stimme. „Aber ich wollte es nicht, ich dachte, du würdest es auch so verstehen, aber ich habe mich in dir getäuscht. Du bist wie die meisten bewusst blind." Erneut wandte er seinen Blick von Ben ab, dann drehte er sich um und ließ Ben allein zurück. Ben war verzweifelt. Er wollte auf der einen Seite nicht noch mehr sehen, nicht noch mehr Leid ertragen müssen, denn er hatte bereits so vieles gesehen. Gerade wollte er Salasul ansprechen, als er merkte, dass dieser nicht mehr da war. Dass Salasul ihn nun allein zurückließ, schmerzte ihn sehr. Ben stand verloren und allein im Irgendwo. Er setzte sich auf einige Steine, die eine kleine mit Moos und Gras bewachsene Mauer darstellten. Sein Blick galt wieder seiner Umgebung, und er musste feststellen, dass er sich noch immer an dem Ort ihrer letzten Reise befand: Hiroshima. Er hatte es total verdrängt, war nur mit sich selbst beschäftigt gewesen. Asche regnete mittlerweile auf ihn herab und legte sich wie ein Todesschleier auf das Land und auf ihn. Alles Leben war der fürchterlichen Bombe gewichen, und die Stille des Todes zerrte nun auch an ihm.

Ben fand es irrsinnig, dass er sich an diesem Ort des Grauens, wo so viele Menschen den plötzlichen Tod starben und viele Menschen und Generationen noch lange mit den Auswirkungen der Bombe leben würden müssen oder langsam und grausam sterben würden, Gedanken über seine Enttäuschungen und seinen Tod machte. Heute waren Hunderttausende gestorben.
Er wusste nicht, wie lange er so dagesessen und seinen Gedanken nachgehangen und in seiner Trauer verharrt hatte. Aber er wusste, dass er nun vieles besser verstand, und er wusste, dass er jetzt nicht mehr alles glauben wollte, sondern nur noch das, was er selbst mit eigenen Augen sehen und „be-greifen" konnte, und dabei fiel Gott in die Kategorie dessen, was außerhalb dieser Realität lag. Er schwor jedoch sich selbst und seinem Schöpfer, dass, sollte Gott ihm ein Zeichen geben, er dann weiter fest an ihn glauben würde, trotz all des Elends der Menschen, das er mit angesehen und zugelassen hatte und vermutlich auch weiterhin zulassen würde. „HERR", sagte Ben, „es liegt jetzt an dir. Ich möchte dir ja gern glauben, aber du wirst sicherlich verstehen, dass all das, was ich seit meinem Tod gesehen habe, alles andere war als das, was du versprochen hattest." Er sah die verbrannten Leichname unzähliger Menschen, darunter Kinder, Frauen und ältere Menschen. Aber auch die Männer, vermutlich Soldaten, die dort lagen, hatten es nicht verdient, vorzeitig sterben zu müssen. „Wie kannst du dies alles zulassen? Hast du denn kein Herz?", sprach er im Stillen vor sich hin.
„Bist du nun bereit?" Salasul saß neben Ben auf der Mauer und schaute ihm fest in die Augen. „Salasul!" Ben freute sich sichtlich. „Bist du nun bereit, Ben?", wiederholte Salasul seine Frage, und dabei klang seine Stimme sehr ernst. Wahrscheinlich hätte

Salasul in diesem Moment alles Mögliche fragen können, Ben
hätte mit Sicherheit zu allem Ja gesagt, so froh war er, nicht mehr
allein und verloren zu sein. Darum war die Antwort, die nun folgte, einfach nur logisch: „Ja, das bin ich!" „Sicher?", wollte Salasul
genau wissen. „Ja!", klang es fest aus Bens Munde. Kaum hatte er
diese Worte ausgesprochen, saß er mit Salasul auf der Fensterbank
vor einem großen Fenster. Es war ein Krankenzimmer, wie Ben
sofort erkannte. Drei Betten standen darin, und alle drei waren
belegt. Trotz der Mittagszeit war es im Zimmer sehr ruhig, ja fast
totenstill, wäre da nicht das fürchterliche Weinen einer weiblichen Person zu hören gewesen …

„Auuuuaaaaa. Es tut so weh, bitte helft mir doch!" Nur mühsam waren die Worte unter dem Weinen und Stöhnen der am Fenster liegenden Person zu hören. Die Person im Mittelbett erwachte langsam aus ihrem Mittagsschlaf. Sie war aufgewacht, weil sie glaubte, etwas gehört zu haben. „Bitte ...", kam ein erneuter verzweifelter Versuch der von Schmerzen gepeinigten Patientin, sich bemerkbar zu machen. Dann hörte sie ihre Bettnachbarin am Fenster entsetzlich weinen und sah, wie sie sich in ihrem Bett hin und her drehte. Sofort suchte sie ihren Notrufdruckknopf, um die Stationsschwester zu alarmieren. Sie drückte zweimal und richtete sich dann auf, um aus dem Bett zu steigen. Als sie an das Bett der vor Schmerzen weinenden Person angelangt war, traf sie der Schlag: Der Venenkatheter, der gelegt worden war, um der Patientin regelmäßig Schmerzmittel zuführen zu können, war aus dem Handrücken gerissen. Die verzweifelte Frau musste in ihrem Zustand wahrscheinlich an der Kanüle, die an der Hand angebracht war, so stark gezerrt haben, dass die Nadel noch weiter, jedoch unkontrolliert, in die Hand vorgedrungen war. Dadurch hatte sie mächtig angefangen zu bluten, und der Blutverlust der Patientin musste bereits enorm vorangeschritten sein. Gleichzeitig hatte sich der Schlauch der Flasche mit dem Schmerzmittel gelöst und der Inhalt sich bereits vollständig auf das Laken entleert und mit dem Blut vermischt. In der blutverschmierten Hand hielt sie den Notrufdruckknopf immer noch gedrückt. Wahrscheinlich versuchte sie schon seit Stunden, um Hilfe zu rufen, ohne Erfolg.
Plötzlich ging die Zimmertüre auf und die Stationsschwester trat eilig ein. „Schwester, schnell", rief die hilflose Patientin, um die Aufmerksamkeit sofort auf die vor ihr liegende Kranke zu lenken. Mit schnellen Schritten kam diese ans Bett und sah sofort, was passiert war. Der Mund stand ihr offen, aber sie brachte keinen Ton heraus. Sie griff in ihre Tasche, zog den Piepser heraus und

drückte ihn mehrmals verzweifelt, um den diensthabenden Arzt zu alarmieren, und steckte das Gerät dann wieder in ihre Tasche. „Frau Thaler, können Sie mich hören?", rief die Stationsschwester. Als Ben den Namen hörte, stellten sich ihm die Nackenhaare auf. Während er das Geschehen zuvor eher als Unbeteiligter wahrgenommen hatte, wurde er nun aktiv. Er hüpfte von der Fensterbank und ging ans Bettende, um einen Blick auf die im Bett liegende Person erhaschen zu können. Fast gleichzeitig kam ein Arzt ins Zimmer hereingestürmt, und kurze Zeit später folgte noch eine weitere Schwester mit einem Wagen unterschiedlichster Geräte, Medikamente, Verbandsmaterialien und anderen Dingen. Sofort drängten sie sich zu dritt um die Patientin. Zuerst wurde der Blutverlust durch Abdrücken und Abbinden der Schlagader unterbunden. Die Patientin, die dies alles aufgrund der Schmerzen oder des Blutverlustes nicht mehr ganz wahrzunehmen schien, stöhnte, weinte und klagte unaufhörlich weiter. Sie musste wahnsinnige Schmerzen haben, die sie in diesen Zustand fallen ließen, ihr aber doch keine völlige Ohnmacht schenkten, was ihr letztendlich sehr wahrscheinlich das Leben gerettet hatten.

„Schwester Barbara, eine Morphiumspritze, schnell!", gab der Arzt Anweisung. Dann sah er sich das Krankenblatt an. „Schwester Nadine, bitte zwei Blutkonserven Blutgruppe A", kam das Kommando des Arztes an die andere Schwester. Ben konnte sehen, dass der behandelnde Arzt sofort wusste, wie er vorzugehen hatte, und dementsprechend handelte und Anweisungen an sein Personal gab. Alles musste jetzt sehr schnell gehen. Sofort war die Schwester wieder aus dem Zimmer verschwunden. Schwester Barbara überreichte ihm die vorbereitete Spritze, und der Arzt injizierte das Morphium gegen die starken Schmerzen. „Ich brauche Puls und Blutdruck, schnell", erfolgte die nächste Anweisung des Arztes. „Puls ist 119", folgte sofort die Meldung der Schwester. Noch während sie diese Information weitergab, legte sie die Schlaufe zum Messen des Blutdrucks an. „Wir müssen schnell einen neuen Katheter an der anderen Hand anlegen", sagte der Arzt wohl eher zu sich selbst als an die Schwester gerichtet, die noch mit dem Blutdruckmessen beschäftigt war. „Blutdruck 89 zu 52." „In Ordnung, er ist zwar sehr, sehr schwach, aber ich denke, wir haben noch einmal Glück gehabt. Das Mädchen ist stark und kämpft noch immer", kam die Information des Diensthabenden. Mit geübten Händen legte er den Katheter und klebte ihn fest. Dann zog er einen Strumpfverband über die Hand, um ein erneutes Abreißen zu verhindern. Schwester Nadine war mittlerweile mit beiden Konserven eingetroffen und hatte diese bereits am Gestellwagen eingehängt. Die injizierte Morphiumspitze zeigte nun ihre Wirkung, denn Frau Thaler wurde deutlich ruhiger und schien fast zu schlafen, zumindest hatte sie nun aufgehört zu weinen und zu klagen. Noch zwei weitere Medikamente wurden am Gestellwagen angehängt, um die Patientin mit den notwendigen Medikamenten zu versorgen und ihren Kreislauf und andere Organe zu stabilisieren. Dann wurde sie in ihrem Bett aus dem Zimmer gerollt und auf die Intensivstation gebracht. Nachdem sie dort in der Station übernommen worden war, kamen weitere Überwachungsgeräte hinzu, an die Frau Thaler jetzt zusätzlich angeschlossen wurde. Erst als alles Notwendige getan war, was man in dieser Situation tun konnte, nahm sich der diensthabende Arzt die Zeit, den Vorfall aufzuklären.

„Wie konnte das passieren, Schwester Barbara?", fragte er sie. „Ich habe beim Dienstantritt meine übliche Runde gedreht und keine Auffälligkeiten bemerkt, Herr Doktor. Frau Thaler hat zu diesem Zeitpunkt fest und ruhig geschlafen. Die Meldung kam dann von Frau Meier. Ich bin daraufhin sofort dem Alarm gefolgt, sah Frau Thaler und habe sie umgehend angefunkt." Damit hatte Schwester Barbara ihre Sichtweise des Vorfalls geschildert. Schweigend gingen beide noch einmal in das Krankenzimmer zurück. Der Arzt begrüßte nun sehr freundlich Frau Meier und erkundigte sich nach ihrem Befinden. „Frau Meier, herzlichen Dank, sie haben Frau Thaler wahrscheinlich das Leben gerettet", sagte der Arzt zu der Patientin. „Danke, Herr Doktor", antwortete sie etwas verlegen aufgrund der Aufmerksamkeit, die ihr entgegengebracht wurde. „Wissen Sie, ich habe sie weinen und stöhnen gehört, und dann habe ich nach Schwester Barbara geklingelt. Aber auch Frau Thaler hat geklingelt“, betonte sie deutlich. Der Arzt blickte ernst wieder zu Schwester Barbara. Diese nahm die Tastatur von Frau Thaler und betätigte den Alarmknopf. Sofort ging das Alarmlicht oberhalb der Türe an, das sichtbar anzeigte, dass aus diesem Zimmer der Alarm ausgelöst wurde. Betroffen schaute die Schwester zuerst die Tastatur, dann den Diensthabenden und anschließend wieder die Tastatur an. Frau Meier meldete sich erneut zu Wort und unterbrach so zur Erleichterung aller das vorwurfsvolle Schweigen. „Herr Doktor, das Signal hatte aber vor meinem Läuten nicht aufgeleuchtet, das weiß ich ganz genau, obwohl Frau Thaler es in der Hand hielt und auf den Knopf drückte, als ich zu ihr trat.“ „Na ja, es ist ja noch einmal gut gegangen. Wir werden die Tastatur morgen früh überprüfen lassen. Schwester Barbara, Sie sorgen bitte persönlich dafür, dass dies auch veranlasst wird“, gab der Arzt nun doch etwas unterkühlt die Anweisung. „Wie geht es denn dem armen Ding?“, wollte Frau Meier wissen, weil sie sich doch Sorgen um das junge Mädchen machte, bei all dem Blut, das sie verloren hatte. Der Arzt schaute etwas verwirrt und war Schwester Barbara sehr dankbar, als sie ihm mitteilte, dass Frau Meier Frau Thaler meinte. Daraufhin fragte sie Doktor Schmidt direkt: „Sie meinen Frau Thaler?“ Frau Meier bejahte mit einem Kopfnicken, dann sprach der Arzt weiter: „Den Umständen entsprechend gut, Frau Meier. Also nochmals vielen Dank für Ihre Hilfe.“ Auch Schwester Barbara bedankte sich sehr über Frau Meiers Hilfe, und dann verließen beide zusammen, jedoch mit unterschiedlichen Gefühlen, das Krankenzimmer.

Ben, der Frau Thaler auf die Intensivstation gefolgt war, hatte jetzt Zeit, sie sich näher anzusehen, und als er sie sah, stockte ihm für einen Augenblick der Atem. Was er bereits befürchtet hatte, war nun zur Gewissheit geworden: Vor ihm lag Sabine! Seine geliebte Sabine! Aber sie sah furchtbar aus. Ihre Haut war sehr eingefallen. Sie wirkte um viele, viele Jahre gealtert. Ihr

blondes lockiges Haar war stumpf und hatte jeden Glanz verloren. Ihre Hände waren zittrig, und ihre Augen huschten unter den Lidern hin und her. Ihr ganzer Körper war völlig abgemagert und kraftlos geworden. Sie stirbt!, war Bens erster Gedanke, und der zweite war: Warum – warum nur? Tränen liefen ihm über das Gesicht, während er sie immer nur wieder ansehen konnte. Erst nach längerer Zeit, während der er auf sie herabblickte, konnte er hinter ihrer von Krankheit gezeichneten Gestalt, trotz der vielen Schläuche, auch wieder die süßen kleinen Fältchen um ihre Augen herum sehen, die er so an ihr geliebt hatte, oder die feinen Züge ihre Nase. Ja, es war Sabine, auch wenn sie völlig verändert aussah. Und doch liebte er sie, vielleicht noch viel mehr als jemals zuvor, jetzt, da sie so hilflos, krank und vom Tode gezeichnet vor ihm lag. Wie gerne hätte er ihr jetzt geholfen, wäre bei ihr gewesen, um ihr seine Kraft zu geben und ihr Trost zu spenden. Dann sah er, dass sich ihr Gesicht verzerrte. Schmerzensschauer schienen ihren Körper zu durchströmen. Ihre Hände verkrampften sich zu klauenartige Krallen und krallten sich an den Laken fest. Ben nahm ihre Hand und konnte die Kraft spüren, mit der sie zudrückte. Gleichzeitig wurde ihm bewusst, dass, wenn sie mit so einer Kraft drücken konnte, obwohl ihr Körper bestimmt dreißig Kilo verloren hatte, sie weit über ihre Kräfte agierte. Sie musste höllische Schmerzen leiden, und das, obwohl das Morphium schon seit ungefähr zwei Stunden injiziert worden war. Er schaute sich nun genauer ihre Arme an und erblickte dabei ihre gelbliche Haut. Ihre Ärmchen waren mittlerweile so dünn, wie dies meist bei ganz alten Menschen der Fall war, und er hatte Angst, er könnte sie zerbrechen. Aber ihr eigener Wille war immer noch sehr stark, und sie kämpfte gegen die starken Schmerzen an, wenngleich ihr Körper bereits zerfiel.
Salasul trat an seine Seite. „Das hätte ich dir gerne erspart, mein Freund!“ Ben hob nicht mal den Kopf und fragte ihn nur: „Was fehlt Sabine denn? Sie war doch so voller Leben.“ Verzweifelt schaute er sie mit Tränen in den Augen an: „Sie ist doch noch so jung.“ „So wie du damals, Ben“, sagte sein Freund, „genau wie du.“ Ben schaute ihn traurig und verständnislos an. „Warum

nur, was fehlt ihr denn?" Bens Stimme war kaum noch zu verstehen, und das meiste las der Dämon in seinen Gedanken. „Sie hat einen unheilbaren Gehirntumor", sagte Salasul. „Wie lange leidet sie schon so?", fragte Ben ihn weiter. „Angefangen hat es vor einem Jahr, kurz nachdem du selbst gestorben bist." Auch in der Stimme seines Partners klang Traurigkeit mit. Ben betrachtete seine vor ihm liegende Freundin. „Ein Jahr schon. Warum Salasul, warum?", stellte er ihm erneut die Frage. Sein Begleiter wollte nicht antworten, aber als Ben ihn ansah, direkt in seine Augen blickte, tat er es dann doch: „Ben, stelle mir diese Frage lieber nicht, denn das Leid kenne ich nur zu gut, glaube mir." „Wie lange leidet sie schon so? Sage es mir! Wie lange lässt ER das schon zu?" Bens Stimme war zornig und laut geworden. Sein Hass strömte wie eine riesige, mächtige Welle aus seinem Munde. „Ben, was quälst du dich so, lass uns gehen. Ich habe den Willen von Siredon erfüllt, wir müssen nicht länger bleiben." Salasul griff Ben am Arm und wollte ihn mit sich ziehen, aber Ben blieb wie angewurzelt weiter neben dem Bett stehen. Keine Macht der Welt konnte ihn von hier weg bringen. Er sah, wie Tränen aus Sabines geschlossenen Augen herausliefen und wie sich ihr Körper zum wiederholten Male vor Schmerzen krümmte, sich diesmal sogar wieder aufbäumte. Wäre sie nicht mit Medikamenten ruhiggestellt gewesen, würde sie wahrscheinlich die ganze Welt zusammenschreien.

Eine Schwester der Intensivstation kam herein, überprüfte die aufgezeichneten Daten und schaute dann Frau Thaler mitfühlend an, denn sie sah, dass das arme Mädchen – wie viele andere vor ihr auch schon – Unglaubliches erlitt, sich unter den fürchterlichen Schmerzen wand, aber ihr eigener starker Wille hielt sie weiterhin am Leben fest. Sie wusste längst, dass dem Mädchen nichts mehr helfen würde. Kein Mensch konnte das lange ertragen. Sie rechnete damit, dass Frau Thaler in den nächsten Tagen sterben würde, und bedauerte insgeheim, wie auch der diensthabende Arzt, dass sie Frau Thaler gerade eben noch rechtzeitig hatten retten können. Retten? Fast hätte sie angefangen zu weinen, denn das hier war nicht das, was man Leben retten nannte, sondern hier wurde Leiden verlängert. Bestimmt wäre es besser gewesen, wenn sie einfach bewusstlos geworden und dann verstorben wäre, als das Leiden unnötig zu verlängern. Nicht zum ersten Mal hasste sie ihren Beruf, ja die gesamte Medizin, die Menschen so lange am Leben festhalten konnte. Mit Tränen in den Augen verließ sie wieder die Station. Ben hörte ihre Gedanken, als würde die Schwester sie ihm ins Ohr schreien.

Ben stand noch immer an Sabines Bett und hielt unsichtbar ihre Hand, während ein ständiges Ping – Ping – Ping in regelmäßigen Abständen ihren Herzschlag hörbar machte. In Ben ging Unglaubliches vor. In schneller Abfolge sah er alle Bilder des Elends, die ihm zuvor gezeigt worden waren: Hiroshima, den kleinen Jungen, den Terroranschlag, das Grinsen von Herrn Rath, die unzähligen Schlachten mit den zerfetzten Leibern, den Schreien der Sterbenden, den anklagenden Schmerz, der nie ausgesprochen worden war, aber ihre Seelen zerstörte. Er sah die Gesichter der Toten auf den Feldern, er sah Monis tote Augen und ihr Lächeln, dass sie dem grausamen Leben entflohen war, er konnte die Augen des Mädchens sehen, das vergewaltigt worden war, und sah erneut das Zerbrechen ihrer Seele und immer wieder dazwischen Sabine, wie sie noch lebte, wie sie strahlte und ihn verliebt ansah.

„GOTT“, schrie er das Wort mit jedweder Abscheu aus, die in ihm steckte, „das ist also dein Zeichen, deine Antwort!“ Der Dämon neben ihm schien überrascht über diese Reaktion, denn er wich einen Schritt von Ben weg. Ben lenkte seine Aufmerksamkeit auf Salasul, ließ Sabine aber weiterhin nicht eine Sekunde aus den Augen „Wie lange, Salasul?“, fragte er ihn erneut, und sein Zorn prallte auf Salasul wie die Wellen des Meeres in einem fürchterlichen Sturm an einen Felsen. Wieder jagte ein Schmerzschub durch den Körper von Sabine, und diesmal verzog sich ihr Mund zu einer schmerzverzerrten Grimasse. Der Dämon schwieg. Nur die Geräusche der Apparate, die den Herzschlag aufzeigten, waren in gleichmäßigem Takt zu hören.

„WIE LANGE, SALASUL?", schrie der Junge und wandte seinen Blick nun doch dem Dämon zu. Seine Augen funkelten mit einem abgrundtiefen Hass. Blutunterlaufen und dämonisch sahen sie aus, und Salasul kannte diesen Ausdruck nur zu gut. Aber das erste Mal hatte Salasul nun Angst vor Ben. Die Kraft in diesem Jungen war unvorstellbar gewaltig geworden. Der Hass in Ben war gigantisch.
Salasul schluckte, bevor er antwortete: „Acht Monate und vier Tage erleidet sie Schmerzen. Am Anfang konnten diese noch gemindert werden, doch seit dreieinhalb Monaten befindet sie sich in diesem Zustand. Sie kämpft, und dein Gott lässt sie nicht sterben." Ben drehte sich unglaublich schnell zu seinem Partner um und schrie ihn wutentbrannt aus Leibeskräften an: „WAGE ES NIE WIEDER, DIESEN NAMEN IN MEINER GEGENWART ZU ERWÄHNEN! HÖRST DU? NIE WIEDER! UND JETZT LASS MICH ALLEIN! IHR SEID ALLE GLEICH! ALLE!"
Salasul war unmittelbar nach Bens Zornesausbruch entschwunden, und Ben war froh darüber. Es tat ihm zwar schon wieder leid, dass Salasul seinen Zorn abbekommen hatte, aber es hatte sich einfach zu viel in ihm aufgestaut, die Grenze war weit überschritten worden. „Sabine, Sabine hörst du mich? Ich wünschte, ich wäre bei dir gewesen, um dir beizustehen. Es tut mir so leid. Verzeih mir! Bitte verzeih mir! Und jetzt kämpfe nicht mehr dagegen an. Lass los, bitte Sabine! Sabine, was auch passiert, ich werde dich immer lieben, aber lass bitte los!" Heiße Tränen liefen ihm die Wangen hinunter und benetzten Sabines Hand, die er fest in seinen Händen hielt, seit er bei ihr war.
Tag für Tag saß Ben an Sabines Bett. Wenn sie bei Bewusstsein war, wusste Ben nicht, ob sie überhaupt noch ihr Umfeld wahrnahm. Die Tabletten hatten ihr auch diese Fähigkeit geraubt. Niemand war in dieser ganzen Zeit bei ihr gewesen. Keiner hatte sie besucht, seit sie hier lag. Sabine lag einfach nur in ihrem Bett, nahm jeden Tag mehr an Gewicht ab, da sie schon längst künstlich ernährt wurde und ihr Körper sich auch dagegen zu wehren schien. Jeden Tag, jede Stunde, jede Minute wurde sein Hass größer, wurde genährt von dem Anblick, von dem

Leiden, das Sabine erdulden musste. Seine Gedanken, wenn sie sich nicht um Sabine drehten, nährten sein Gelübde, es allen Scheinheiligen heimzuzahlen. Auch die Dämonen ließ er dabei nicht aus, weil er glaubte, dass auch sie Sabine erlösen könnten. Er selbst überlegte tausendfach, jedes Mal, wenn Sabine sich wieder einmal vor unerträglichen Schmerzen wand und stöhnte, wie er ihrem Leben ein Ende setzen könnte. „Verlang das nicht von mir, dass ich sie selbst töte, aber wenn ich es tun muss, dann wirst du meinen Zorn spüren!", schrie Ben laut heraus, weil er wusste, dass Gott ihn hörte. Er war sich dessen ganz sicher. Verzweifelt legte er – wie so oft in den vergangenen Tagen – seinen Kopf auf ihre Hand und auf ihren Bauch. Bei ihr zu sein, ihr nahe zu sein, war das Einzige, was er machen konnte, was ihm noch Trost, aber zugleich auch wahnsinnige Schmerzen bereitete. Aber er konnte nicht von ihr weggehen. Jetzt wegzugehen, würde bedeuten, sie alleine zu lassen, sie erneut zu verraten. Nein, er hatte sie schon einmal alleine lassen müssen, das sollte nie wieder passieren. Früh am Morgen, um 04.31 Uhr des elften Tages, jagte ein letzter mächtiger Schmerzensstoß durch ihren ausgemergelten Körper, der sie noch einmal krampfhaft aufbäumen ließ, dann sackte sie in sich zusammen, und das Gerät gab nur noch einen klagenden, schrillen Dauerton von sich. Sabine hatte ihr Leben ausgehaucht.

Ben entschwand dem Raum. Er brauchte keine Führung mehr. Er wusste, dass sein Wille bestimmte, wo er als Nächstes auftauchte. Zeit und Raum spielten keine Rolle mehr. Sein Weg führte ihn auf die Felsenkuppe, dort, wo er mit Salasul über das Meer geschaut hatte. Er suchte seinen Freund und hoffte darauf, dass er sich an diesem Ort aufhalten würde, fand ihn jedoch nicht. Stattdessen hielten sich dort zwei andere Dämonen auf. Es waren raue, finstere Gesellen, die sich sofort, kaum dass sie ihn sahen, auf ihn stürzten, wohl um ihn zu vertreiben. Der größere von beiden traf Ben mit einem Schlag so heftig auf der Brust, dass

Ben rückwärts taumelte, aber er fiel nicht. Ganz im Gegenteil, Bens Füssen schienen sich, nachdem er sein Gleichgewicht wiedergefunden hatte, regelrecht in den Boden zu rammen. Dann trat die Veränderung ein. Dabei entwickelte sich sein Äußeres zu einer Körpergröße von ungefähr 1,90 Metern, mit starkem, mächtigem Brustkorb und ausgeprägten Muskelpartien. Er spürte, wie stark sein Herz in diesem athletischen Körper schlug und wie sich seine Lebenskraft von Sekunde zu Sekunde multiplizierte, ein gigantisches Gefühl von Kraft und Macht durchströmte ihn. Sein Wille war eisern, er selbst war hart geworden, nicht einen Meter würde er von der Stelle weichen. Sein Gesicht zeigte mächtige Wut und Hass. Den Anzug, den er auf einmal anhatte, war äußerst elegant und perfekt auf seinen Körper zugeschnitten. Der Farbton in Anthrazit spiegelte sich grauschwarz im Licht der Sonne wider. Er strahlte eine Autorität und eine Selbstsicherheit aus, die jene beiden Dämonen leicht vor ihm zurückweichen ließen, weil sie unsicher geworden waren, wie sie mit der plötzlichen Souveränität des schmächtigen Jungen, der eben noch vor ihnen gestanden hatte, umgehen sollten. Aus dem kleinen Nichts vor ihnen war plötzlich eine mächtige Erscheinung geworden. Dann vollzog sich die innere Verwandlung. Sie war so stark, dass Bens Hass bis nach außen hin spürbar wurde. Seine Augen verloren den Glanz, den sie zuvor gehabt hatten, und wirkten jetzt klar und kalt.
Als sich beide Dämonen von ihrer Überraschung erholt hatten, stürzten sie sich gemeinsam mit nun noch mehr Kampfeswillen und Brutalität auf ihn, doch Ben blieb einfach nur stehen und steckte die Schläge weg, so als würden sie nur mit ihm spielen, dabei waren die Attacken der beiden Dämonen brutal, kraftvoll und von unglaublicher Wucht gekennzeichnet. Aber jeden Schlag, den Ben einsteckte, machte ihn geistig und körperlich nur noch stärker. Er empfand keinen Schmerz in diesem Augenblick. Dann spürte er, dass der Prozess abgeschlossen schien. Den nächsten Angriff parierte er allein durch seine Gedanken. Die Dämonen brachen vor ihm zusammen, als wären sie gegen eine Wand gelaufen. Mit neuer Wut und neuer Taktik griffen sie ihn

nun von zwei Seiten an. Jetzt schlug Ben ebenfalls zu. Dazu hob er in blitzschneller Reaktion kurz vor ihrem Auftreffen nur seinen rechten Arm und schleuderte dadurch beide mit einem Wisch fast einhundert Meter weit ins Landesinnere. Er hatte sich dazu noch nicht einmal anstrengen müssen, und das Heulen der geschlagen Dämonen war schaurig. Aber Ben ließ nicht locker. All seine angestaute Wut brach jetzt aus ihm heraus, die beiden Dämonen hatten nun mal eben das Pech, ihm in die Quere gekommen zu sein. Nur einen Wimpernschlag später, und er war erneut über ihnen. Unzählige Male schlug er hart auf sie ein, und von den Geschlagenen kam gar keine Gegenwehr mehr zurück. Aber sein Hass war noch nicht gestillt. Mit einem Wutschrei, entbrannt aus den Tiefen seiner Seele, und einem Faustschlag auf den Boden brachte er die Erde zum Beben. Ein Riss von ungefähr fünfundzwanzig Meter Länge und fünf Meter Breite und einer Tiefe, die nicht zu messen war, entstand. Es war, als hätte sich dort, wo Ben mit seinem Hass den Boden berührt hatte, die Erde geöffnet, um direkt den Weg zur Hölle freizumachen. Noch immer hatte er sich nicht unter Kontrolle. Mit Leichtigkeit hob er jetzt beide winselnden Dämonen gleichzeitig hoch und schleuderte sie in die tiefe Spalte hinein. Noch lange hallte ihr Schrei in der Erde nach.

„Ich bin beeindruckt, mein Freund." Ben wusste bereits, noch bevor er sich umdrehte, dass es Salasul war, der hinter ihm stand und ihn angesprochen hatte, aber als er sich dann doch umdrehte, hatte sich irgendetwas verändert. Dann erkannte es Ben. Salasul sah noch immer gleich aus, aber sein Verhalten ihm gegenüber war anders. Ben war vorsichtig geworden und hielt deshalb auch erst einmal Abstand und achtete auf weitere Reaktionen. „Siredon hatte recht", sprach sein Gegenüber weiter, „du bist ein mächtiger Dämon geworden." Salasul beugte seine Knie und senkte unterwürfig seinen Kopf. Ben war diese Geste nicht peinlich, er nahm sie einfach hin. Noch vor wenigen Tagen noch hätte er sich geschämt, jetzt aber registrierte er die Handlung seines Freundes nur. „Steh auf, mein Freund", sagte er nicht unfreundlich, „vor mir musst du nicht knien. Ich habe viel von dir lernen dürfen, das wird dich immer in ganz besonderer Weise mit mir verbinden." Er half seinem Freund auf, und beide fassten sich gegenseitig an den Unterarmen. Der Griff war hart, aber keineswegs schmerzhaft. Es war der Griff eines Kriegers. Sie sahen einander lange in die Augen und konnten die jeweiligen Gedanken des anderen und die gegenseitige Macht erkennen. Es lag nichts Falsches darin, sondern gegenseitiger Respekt, jedoch fehlte jegliche Liebe, etwas, was beide aber zu keinem Zeitpunkt vermissten.

„Lass uns gehen", sagte Salasul einige Minuten später. Ben gab mit einem leichten Kopfnicken sein Einverständnis, und im nächsten Augenblick standen sie mitten auf einer belebten Straße, auf der sich unvorstellbar riesige Menschenströme zwischen Häusern und Einkaufsläden bewegten. Der Gestank und Lärm, bedingt durch den starken Verkehr auf der Straße dieser Stadt, bildeten einen starken Kontrast zu der klaren Luft und der Stille an der Klippe, aber Ben konnte dies ganz einfach ausblenden, so als schließe er ein Fenster. Die unzähligen Menschen, die dauernd von einem Ort zu anderen rannten, hatten keine Zeit für ihre Mitmenschen, waren immer in Eile, schubsten sich dabei gegenseitig, um möglichst noch schneller voranzukommen. Schwächere wurden dabei nicht beachtet, und wenn, dann hatten sie kein Mitleid mit all jenen, die dieses Tempo nicht mithalten konnten und an den Rand der Häuser gedrängt wurden. Sie sahen in ihrem Verhalten alle so gleichförmig, so beschäftigt aus. Überall wimmelte es von genauso vielen unzähligen Dämonen, die all diese Menschen … ohne dass diese sie sahen oder wahrnahmen. Ben überlegte, wie er es ausdrücken sollte, aber es fiel ihm nicht ein. Zuerst dachte er „verfolgten", aber das traf es nicht …

„Begleiten!" Die Stimme kam von einer großen Gestalt, die einen schwarzen Umhang trug und seitlich von Ben und Salasul an einer Telefonzelle lehnend stand. Da die Person ihren Hut ziemlich tief ins Gesicht gezogen hatte, konnte Ben sie nicht erkennen. Erst als der Kopf nach oben ging und er ins Gesicht schaute, erkannte Ben in dieser Person Siredon, den mächtigen Fürsten. Beide Dämonen, Ben und Salasul, gingen vor Siredon auf die Knie. Niemand brauchte Ben in diesem Augenblick zu sagen, was er tun sollte. Der Respekt vor dieser unglaublichen Macht zwang jeden Dämon automatisch in die Knie. Sobald man erkannte, dass der andere mit mehr Macht ausgestattet war als man selbst, akzeptierte man diese Überlegenheit, indem man Unterwürfigkeit zeigte. „Ben, sie begleiten die Menschen", komplettierte Siredon nun seinen angefangenen Satz. „Aber steh doch auf", sprach er weiter und reichte ihm seine kräftige Hand, um ihm aufzuhelfen. „Komm, lass uns ein Stück gehen." Beide gingen auf dem Bürgersteig, und irgendwie war der Weg vor ihnen immer frei. Es war einfach so, als ob die Menschen vor einem unsichtbaren Hindernis ausweichen würden. „Du hast dich sehr verändert, bist sehr stark geworden, mein Junge." „Danke, mein Fürst", war das Einzige, was Ben herausbrachte. Siredon strahlte, wie bei jeder Begegnung zwischen ihnen, eine mächtige Aura aus, die Ben jedes Mal erschrecken ließ und ihn gleichzeitig faszinierte. „Es steckt viel Kraft in dir", bemerkte der Fürst. Den letzten Satz sagte er mehr zu sich selbst, und die Pause, die er einlegte, war wohl mehr für sich selbst gedacht, weil er sich die Worte, die nun folgten, genau zurechtlegte. „Tja, Ben, du wolltest Antworten haben, nun hast du sie bekommen, aber ich merke, dass es nicht die Antworten waren, die du erwartet hattest, und dass du mit dem neuen Wissen nicht glücklicher bist als zuvor – nur verändert." Ben schwieg noch immer und wagte nicht, zu Siredon aufzublicken, stattdessen blickte er unsicher über seine Schulter nach hinten zu Salasul und stellte fast erschrocken fest, dass sein Freund noch immer regungslos in seiner demütigen Haltung verblieben war. Siredon schien auf eine Antwort zu warten. Ben dachte deshalb genau über seine Worte nach, bevor er sie aussprach. „Das stimmt, mein Fürst, ich bin einer Illusion hinterhergelaufen, aber die Realität zu erkennen und auch als solche zu akzeptieren, fällt mir weiterhin schwer, ich will ständig das Gute in allen möglichen Situationen und Geschehnissen sehen, das es nicht gibt." Dem Fürst gefiel diese Antwort sehr. „Du bist keine Ausnahme, auch wenn diese Haltung bei dir etwas stärker ausgeprägt ist als bei anderen, aber wahrscheinlich macht gerade das deine Stärke aus. Nun, du musst zu deinen Wurzeln zurück." „Ich verstehe nicht, mein Fürst", gestand Ben offen. „Ändere dein menschliches Leben, dann verlierst du deine innere Zerrissenheit und gewinnst an Stärke und Macht. Jetzt, mit dem neuen Wissen, wirst du auch anders handeln, siehst die Dinge, wie sie wirklich sind, zudem stehen dir mit den neu gewonnenen ‚Gaben auch neue Möglichkeiten zur Verfügung, deinen Wünschen zum richtigen Ausgang zu verhelfen." „Aber …", wollte Ben gerade erwidern, als der Fürst seinen Arm hob und Einhalt gebot: „Nein, geh jetzt, Salasul wird dich begleiten." Dies war kein Vorschlag, kein Angebot, sondern ein klarer Befehl, den Salasul, ohne nachzufragen, akzeptierte, denn er war mit einem Male, immer noch in demutsvoller Haltung, rechts neben dem Fürsten aufgetaucht. „Ja, mein Fürst", erwiderte der ständige Begleiter Benjamins sofort, ohne zu zögern. Siredon nahm die Antwort ohne jegliche Reaktion entgegen und wandte sich wieder Ben zu. „Um deinen inneren und äußeren Wandel zu würdigen, wirst du deinen alten Namen ablegen und einen neuen Namen tragen, der deiner würdig ist, so wird man dich von nun an *SELADON* rufen." Als Siredon diesen Namen aussprach, glaubte Ben, ein Donnergrollen, vermischt mit Paukenschlägen und Trompetenblasen, zusammen mit seinem neuen Namen zu hören. Für einen Moment blieb die Zeit stehen. Die Menschen auf dem Gehweg und die Fahrzeuge auf der Straße bewegten sich plötzlich nicht mehr, waren wie eingefroren mitten in ihren Bewegungen. Irgendetwas Großes war passiert, und bevor er weiter darüber nachdenken konnte, war der Moment auch schon wieder vorbei, und alles ging seinen natürlichen Gang wie zuvor. „Geht nun", sprach der Fürst gebieterisch, „alle beide, ich habe noch einiges vorzubreiten, bis ihr wieder da seid." Ben und Salasul schauten sich kurz an und waren einen Wimpernschlag später wieder an der Steilküste Irlands. Es war ihr gemeinsamer vertrauter Ort geworden, der Startpunkt, wo sie die neue Aufgabe beginnen wollten, und das Ziel, wo sie sich, nachdem alles erledigt sein würde, wieder einfinden würden.

„Er schätzt dich sehr, Seladon." „Ach, hör doch auf, du bist ihm

doch genauso ...", Ben überlegte kurz, bevor er weitersprach, „...
wichtig." „Seladon", erwiderte sein Partner erneut, „Sirdeon ist
sehr, sehr mächtig." „Ich weiß, mein Freund, ich weiß", wiegelte
Ben Salasuls Lob ab. „Ich habe noch nie gesehen, dass der Fürst
jemanden mit solch einer Freude empfangen hat. Du bist etwas
Außergewöhnliches, und ich bin sehr stolz, dir helfen und dich
meinen Freund nennen zu dürfen", sagte Salasul nicht ohne Stolz
in seiner Stimme. Ben war dies peinlich: „Ich bin doch nicht außergewöhnlich, außer vielleicht, dass er mir jetzt plötzlich einen neuen
Namen gegeben hat. Daran muss ich mich erst noch gewöhnen.
Kannst du deshalb nicht weiterhin lieber Ben zu mir sagen?" „Würde
ich das tun, würde ich die Macht Siredons nicht anerkennen, und
du auch nicht, und das würden wir beide sehr schmerzhaft büßen
müssen, glaube mir. Also beleidige niemals Siredon!", bemerkte
sein Partner streng. „Das tue ich doch gar nicht", verteidigte sich
Ben. „Doch, Seladon, der Fürst höchstpersönlich gab dir deinen
neuen Namen, und niemand wird es jemals wagen, dich nicht mit
Seladon anzusprechen", erklärte ihm Salasul. „Na ja, bis das alle
mitbekommen, wird es wohl schon noch eine Zeitlang dauern,
und zudem bin ich bestimmt nicht so wichtig, dass ..." Weiter kam
Ben nicht. Salasul schüttelte leicht den Kopf. Es war eine Geste,
die kaum zu sehen war, die aber so ausdrucksstark war, dass Ben
mitten im Satz abbrach. „In dem Moment, als er das Wort, deinen
Namen, mit seiner Macht aussprach, hat jeder in seinem gesamten
Reich deinen Namen erfahren, und zu dem Punkt, dass du nicht
außergewöhnlich bist, wie du sagst, das mag daran liegen, dass du
deine Verwandlung selbst gar nicht wahrgenommen hast." Salasul
führte ihm Bilder vor Augen, ähnlich einer Kinoaufführung, nur
ohne Leinwand, in denen ein großer Mann zu sehen war, wie er
zwei Dämonen im Kampf vernichtend schlug. Ben wollte gerade fragen, wer denn dieser Mann war, als er sich selbst erkannte
und die Frage sich somit erübrigte, dafür jetzt aber viele andere
aufwarf, aber das behielt er für sich. Stattdessen betrachtete er
sich jetzt erst einmal ganz genau. Er fand, dass er sehr gut aussah,
dass er mächtig was darstellte! Er wusste, dass sich sein Äußeres
verändert hatte, hatte es deutlich gespürt, aber sich nicht weiter

Gedanken darüber gemacht. Seine Veränderung war so selbstverständlich erfolgt wie der Wechsel von einer Sprache in die andere, wenn man zum Beispiel deutsch sprach und plötzlich jemand dazukam, der kein Deutsch verstand, und man dann zum Beispiel auf Englisch weiterredete, vorausgesetzt natürlich, man war dieser Sprache mächtig. Ben hatte gar nicht darüber nachgedacht, wie und ob er sich verändern sollte, es war einfach geschehen. Der Dämon an Bens Seite sprach weiter: „Die beiden Dämonen, die du so einfach besiegt hast, waren sehr erfahrene Krieger, Seladon.“ Ben sah ihn an, als verstehe er nicht, Salasul ließ sich davon jedoch nicht abhalten und fuhr mit seinen Ausführungen fort: „Es waren zwei Krieger, die mir schon lange dienen! Ich habe noch nie erlebt, dass jemand sie wie einen schlechten Gedanken einfach weggewischt hat.“ „Das tut mir leid, das wollte ich nicht“, antwortete Ben schuldbewusst. „Doch, Seladon, das wolltest du, und es war wichtig. Sie haben deine Macht gesehen, auch wenn dein Name zu jenem Zeitpunkt noch nicht ausgerufen worden war, aber sie hatten deine Macht nicht akzeptiert, da sie dich noch als den kannten, als du hilflos hier ankamst, aber mach dir keine Sorgen, sie werden dir nie wieder den Respekt verweigern.“ Ben wollte zunächst erneut widersprechen, aber innerlich wusste er schon längst, dass es so war. Er war nicht mehr der kleine angsterfüllte Junge, er war ein Krieger geworden – er war Seladon! Ben war nun für immer gestorben.

„Lass uns unsere Aufgabe erfüllen, Salasul.“ „Das ist weise gesprochen, mein Freund. Darf ich dich vor unserer Reise jedoch noch um einen Gefallen bitten?“ „Natürlich, sprich ihn aus, damit ich ihn hören kann.“ „Ich würde gerne meine normale Gestalt annehmen, wenn du nichts dagegen hast.“ „Oh ja, also nein, natürlich, sei der, der du bist“, antwortete Seladon etwas perplex, da er sich gar nicht mehr vorstellen konnte, dass Salasul nicht wirklich so war, wie er ihn sah, aber bestimmt hatte sein Freund für ihre erste Begegnung ein äußeres Erscheinungsbild

gewählt, das ansprechender war, um ihn nicht gleich zu Beginn ihrer Begegnung zu sehr zu erschrecken. „Danke, mein Freund", kam die nüchterne und eher sachliche Reaktion des Dämons. Die Veränderung ging langsam vor sich. Wahrscheinlich ging es Salasul erneut darum, Seladon durch seine Veränderung nicht zu erschrecken, und er wollte ihm auch zeigen, dass er wirklich er selbst bleiben würde, trotz äußerlicher Veränderung. Dabei schaute er Ben in die Augen, um auch ganz sicherzugehen. Während sein Begleiter bisher immer so im Alter von circa Mitte zwanzig gewesen war, wechselte sein Äußeres nun in die Gestalt eines älteren Mannes. Dabei hatte Seladon das Gefühl, als wäre dieser nun weit über hundert Jahre alt oder sogar noch älter. Dennoch war seine Haltung immer noch aufrecht und seine Gestalt muskulös. Die Haut, die sein Gesicht umspannte, sah aus, als bestehe sie aus Leder, und hatte unzählige Falten, dazu zwei große Narben, die aufgrund der ausgefransten Zickzackform nie sauber verheilt waren, immer noch ausgerissen wirkten und bei denen man das rohe Fleisch in der Wunde sehen konnte. Sie gaben dem Gesicht auf den ersten Blick etwas Unheimliches, Gespenstiges, aber ein Blick in die nun grünlich schimmernden Augen zeigte Ben, dass er trotz der vollzogenen Veränderung immer noch wahrhaftig und leibhaftig Salasul vor sich hatte. Seine Haare hatten jegliches Blond verloren und deutlich an Grau dazugewonnen. Die schwarze Kleidung hatte er anbehalten. Dafür trug er nun das Medaillon, das Seladon bisher nur immer im Ansatz gesehen hatte, zum ersten Mal vollständig offen sichtbar. Sie zeigten eine Kobra im Angriff. Nur hatte die Kobra eher ein Wolfsgesicht. Im Außenring waren Schriftzeichen zu lesen, die Seladon zum ersten Mal sah und die den Träger in einen bestimmten Rang hoben. Alles in allem war Salasul zwar ein kleines Stück kleiner als Seladon, wirkte aber trotz alledem sehr eindrucksvoll. Eine Kraft strahlte von ihm aus, die von sehr viel Macht, aber auch von Weisheit gekennzeichnet war.
Erneut kniete sich Salasul vor Seladon nieder: „Salasul, Diener des Fürsten, rechte Hand von Siredon und Kamerad und Freund von Seladon." Seladon hob Salasul gleich wieder hoch und sah

ihm lächelnd ins Gesicht. Der Händedruck, den Salasul als Dank erwiderte, war hart wie Stahl und ließ erkennen, dass er nicht wirklich alt oder schwach und keinesfalls zu unterschätzen war. Auch Salasul war ein Krieger, wahrscheinlich sogar ein kampfer-probter, und das zeigte er nun voller Stolz. Sie sahen einander an, brauchten aber nichts weiter zu sagen, um zu wissen, was der andere dachte. Stattdessen lachten sie nun laut miteinander und waren im nächsten Augenblick wie ein Gedanke von der Steilküste verschwunden.

Kapitel 13: In die Vergangenheit

Diesmal bestimmte nicht Salasul, wohin ihre Reise ging, sondern Seladon selbst bestimmte, an welchem Ort und zu welcher Zeit er aktiv eingreifen wollte. Er erinnerte sich, zu seinen Lebzeiten in der Zeitung von Personen gelesen zu haben, die in den letzten Sekunden vor einem schrecklichen Unfall oder in einem klinisch toten Zustand ihr Leben in Sekunden vor ihrem geistigen Auge hatten ablaufen sehen. Das hatte er sich früher nie vorstellen können, dass ein Leben, das fünfzig, sechzig, siebzig oder noch mehr Jahre gedauert hatte, innerhalb von Sekunden an einem vorüberlaufen sollte. Jetzt machte er sich keine Gedanken mehr darüber. Er nahm diesen Zustand als gegeben hin und nutzte ihn entsprechend für seine Ziele aus. Es war jetzt einfach eine vollkommen andere Raum- und Zeitdimension, und dadurch konnte etwas, was zu Lebzeiten Jahrzehnte dauerte, hier in einer völlig anderen Zeitspanne ablaufen. Starb man jedoch nicht und wurde einem noch einmal das Leben geschenkt, so wie dies bei den entsprechenden Personen der Fall war (die dann davon berichteten, was ihnen passierte war), so hatte man immer das Gefühl, dass es ein einziger Schnelldurchlauf war.

Seladon nutzte nun also die Möglichkeiten und fand sich in jener Zeitspanne wieder, als Benjamin als kleiner, elfjähriger Junge in der Schule von seinen Mitschülern geärgert, gehänselt und ausgegrenzt wurde. Zu Hause in seinem Elternhaus musste er immer wieder hören, dass er sich nicht prügeln und seine Mitschüler nicht beleidigen dürfe. „Nimm dich einfach zurück, dann lassen sie dich auch in Ruhe", sagte seine Mutter immer wieder. „Mam, die fangen doch immer an und lassen mich nicht in Ruhe", sagte der kleine Junge unter Tränen, weil er gegen die Angriffe der Großen keine Chance hatte. „Ach Bennilein, das bildest du dir bestimmt nur ein, weißt du, es wird schon nicht so schlimm sein, bete nur zu Jesus, dann wird alles gut." Immer wenn sie das sagte, hasste er seine Mutter dafür, weil kein Jesus kam, sondern nur wieder die großen Jungs, die ihn hänselten, wenn er vor ihnen anfing zu beten, und oftmals hatte er richtige Prügel bezogen. Trotzdem hatte er wiederholt lernen müssen, dass er immer nachzugeben hatte, denn das waren reine christliche Werte, und der liebe Gott schaute auf alle bösen Menschen, ob sie nun in ihren Taten oder nur in ihrem Denken böse waren. „Und wenn die anderen dich ärgern, dann liegt es bestimmt zu einem Teil auch an dir. Gib ihnen einfach keinen Grund, dich zu ärgern", war das, was ihm seine Mutter täglich wie sein Pausenbrot mitgab. „Gib ihnen einfach keinen Grund, dich zu ärgern", plapperte er seiner Mutter nach, wenn sie es nicht sah, „dann müsste ich tot sein oder wenigstens nicht mehr in die Schule gehen, aber sie schikken mich doch immer wieder dahin."

Damals hatte er Angst, dass Gott böse über ihn wäre, weil er so gemein über seine Mutter dachte, und dass Gott ihn deshalb strafen würde und die anderen Kinder gewähren ließ, und deshalb versuchte er, die verletzenden Bemerkungen und Hänseleien zu ignorieren oder einfach zu ertragen. Das hatte jedoch lediglich zur Folge, dass er jetzt zwar äußerlich nicht mehr angreifbar wirkte, dafür war er aber innerlich umso verletzter, „unsichtbar" verletzt und gedemütigt sozusagen, was für ihn genauso hart war oder sogar noch schlimmer. Die äußeren Verletzungen führten nämlich meistens dazu, dass der Gegner aufhörte oder dass Außenstehende die erlittenen Verletzungen sahen und einen trösteten und bestenfalls sogar noch etwas dagegen unternahmen, damit es nicht mehr vorkam. Die inneren Verletzungen jedoch sah niemand, und die anderen dachten vielleicht sogar, dass der Junge das schon aushalten oder sich nicht viel daraus machen würde. Aber jeder, der so etwas schon einmal erlebt hatte, wusste, dass dies nicht so war, dass man sich einsam und alleine fühlte, ungeliebt und nutzlos.

Infolgedessen litt sein Selbstwertgefühl enorm, und er sank in einen tiefen seelischen Abgrund und wurde ein beliebtes Opfer seiner Umgebung, insbesondere seiner Mitschüler, denen er noch nicht einmal aus dem Wege gehen konnte.

Seladon konnte sich noch gut daran erinnern, dass er – nachdem allen bekannt war, dass er sich nicht wehren würde – in jeder Pause ständig angemacht und herumgestoßen wurde. Um dem zu entgehen, zog er sich immer mehr in sich selbst zurück und hoffte, dadurch bei den anderen immer mehr in Vergessenheit zu geraten. Er wurde immer verschlossener und schließlich ein Außenseiter, der peinlichst darauf achtete, sich immer nur dort aufzuhalten, wo sich niemand sonst aufhielt. Mit der Zeit wurde er durch die tägliche Handhabung perfekt darin, denn er wusste, wenn es ihm nicht gelang, musste er das mit Schmerzen bezahlen, und Schmerzen waren ein guter Lehrmeister und er lernte seine Lektionen gut, so gut, dass er Selbstausgrenzung und Ablehnung gegen jedermann selbst Jahre später noch als vollkommen normal betrachtete und sein Leben unbewusst nach diesem Verhaltensmuster ausrichtete. Fragte man ihn, warum er sich immer so abkapselte, antwortete er nur fest im Glauben an die Wahrheit: „So bin ich nun mal eben.“ Aber das stimmte nicht, man hatte ihn dazu gemacht. Und deshalb dachte Seladon jetzt, nachdem ihm diese Zusammenhänge klar geworden waren, anders darüber, erkannte, wann der Zeitpunkt gekommen war, als der kleine Junge am Scheideweg stand, um nach vorn zu gehen oder sich zurückzuziehen.

„Ja genau“, dachte sich Seladon, „das war der entscheidende Punkt. Gott schaut auf die Bösen, und die anderen vergisst er, lässt er links liegen.“ So hatte sich der elfjährige Junge, um es seinen Eltern recht zu machen, um wenigstens von ihnen mehr geliebt zu werden, zurückgezogen und hatte den schlimmsten Hohn und Spott über sich ergehen lassen. Seladon befand sich in seiner „Zeitreise“ jetzt unmittelbar vor solch einer Szene, und er wusste genau, was jetzt passieren würde. Als Elfjähriger hatte er damals seinen neuen Lederball mit in die Schule genommen, um in den Pausen Fußball zu spielen. Schon zu jenem Zeitpunkt war bereits in Ansätzen zu erkennen gewesen, dass sich der eher etwas schüchterne, schmächtige Junge seine Freunde damit erkaufen wollte, aber es war noch nicht so offensichtlich gewesen, weil viele seiner Freunde einfach nur Fußball spielen wollten. Als er in der Schule mit seinem neuen strahlend weißen Lederball eintraf, war noch alles in Ordnung. Sie spielten Fußball, und es gab für sie in diesem Moment nichts Wichtigeres. Als dann die Schulglocke ertönte, schnappten sie ihre Schulranzen und rannten ins Schulgebäude.

Seladon sieht sie alle in die Schule hineinlaufen. Ringsherum sieht er viele Dämonen, die nicht wirklich schlimm auftreten oder ihm brutal vorkommen. Sie machen auf ihn eher einen gelangweilten Eindruck, der sich jedoch sofort ändert, als er und Salasul im Gebäude erscheinen. Sie zischen und fauchen und ziehen sich gestört in eine der Ecken zurück, froh darüber, nicht sonderlich beachtet zu werden. Auch einige vereinzelte Engel treiben sich im Gebäude herum, aber sie sind harmlos. Seladon spürt sofort, dass sie mit keiner großen Macht ausgestattet sind. Sie weichen zwar nicht zurück, machen aber auch keine Anstalten, jemanden zu beschützen, sie haben keine wirkliche Macht in diesem Gebäude. Seladon erinnerte sich weiter daran, dass ihr Lehrer zehn Minuten später immer noch nicht aufgetaucht war und die Klassensprecherin im Sekretariat nachgefragt und erfahren hatte, dass ihr Klassenlehrer erkrankt war und weil auf die Schnelle kein Ersatz aufzutreiben war, sie deshalb die erste Stunde eine Freistunde hatten. Sie hatten dann noch einen Schlüssel erhalten, um den Klassenraum aufzuschließen, da sie noch für die Arbeit in der zweiten Stunde lernen wollten. Damit gab man sich zufrieden, weshalb auch kein Lehrer oder eine andere Aufsichtsperson nach ihnen sehen würde. Viele der Jungs wollten die freie Zeit sofort nutzen, um ihr begonnenes Fußballspiel zu Ende zu spielen. Dabei wäre es eigentlich egal gewesen, sie hätten auch jederzeit ein neues angefangen. Für sie lohnte es sich sogar, für nur fünf Minuten ein neues Spiel anzufangen. Jungs waren in diesem Alter sehr einfach gestrickt. Die Mädchen waren da wesentlich reifer und wollten die Zeit mit etwas Quatschen und Lernen für die bevorstehende Klassenarbeit in der nächsten Stunde nutzen. Der Junge fand dies eine ausgezeichnete Idee, zumal er ziemlich wenig über das Thema wusste, über das die Arbeit geschrieben werden sollte.

„Komm, Benni, lass uns Fußball spielen", sprach Martin ihn an, aber der Elfjährige zögerte, war innerlich hin- und hergerissen. Am liebsten wäre er ja auch nach draußen spielen gegangen, aber er hatte doch noch kein bisschen für die Arbeit gelernt! Es fiel ihm verdammt schwer, und als er es aussprach, wusste er selbst nicht, ob seine Entscheidung richtig war: „Nein, ich kann nicht, Martin, ich muss wirklich noch dringend für die Arbeit üben, das ist meine letzte Chance." „Dann gib uns wenigstens deinen Ball, ja?", bat Martin ihn. „Aber es ist mein Ball, und er ist noch ganz neu! Ich möchte nicht, dass er kaputtgeht." Der kleine Junge war hin- und hergerissen. „Ach komm doch, Benni, wir passen schon auf", rief Peter dazwischen, der jetzt auch versuchte, den Ball zu bekommen. Ausgerechnet Peter!, dachte sich der Junge, der würde am allerwenigsten aufpassen! Peter war älter und größer als seine Klassenkameraden, weil er schon das zweite Mal sitzen geblieben war. „Nein, lasst mich in Ruhe, ich will jetzt noch ein bisschen lernen", gab der Junge deshalb etwas verärgert zur Antwort. Die Mädchen schimpften auch schon, weil sie bei dem Krach, den die Jungs veranstalteten, nicht ordentlich lernen konnten, und dabei hatte der Elfjährige doch insgeheim gehofft, sich bei ihnen beliebt zu machen, damit sie ihm vielleicht helfen würden. Plötzlich schnappte sich Peter den unter dem Tisch liegenden Ball und lief einfach damit davon. Martin blickte zuerst etwas unsicher, weil er wusste, dass dies nicht in Ordnung war, aber die Verlockung, nun doch Fußball spielen zu können, war dann doch zu groß. Zudem jubelten fast alle Jungs Peter aufgrund seiner vollbrachten Heldentat zu.
Der kleine Junge stand auf und lief zu der Horde Jungs, die gerade zur Türe hinauswollte. „Bitte gib mir wieder meinen Ball zurück", bettelte der schüchterne Junge. „Du kannst ja mitkommen, wenn du Angst um deinen Ball hast", hänselte Peter ihn. „Nein, bitte gib ihn mir", sagte der Junge erneut. „Und wenn ich ihn dir nicht zurückgebe", erwiderte Peter und grinste ihn frech an, „was willst du dann dagegen machen?" Der elfjährige Junge versuchte, den Ball zu greifen, und wurde von Peter, der den

Ball geschickt an jemand anders weitergereicht hatte, heftig zurückgestoßen, sodass er hart auf den Boden fiel. Sein Ellenbogen schmerzte wahnsinnig, weil er genau darauf gefallen war. Die Schmerzen und seine Enttäuschung waren so heftig, dass der Junge ein Weinen nicht unterdrücken konnte. Nachdem er sich von dem ersten Schrecken erholt hatte und wieder aufgestanden war, waren alle Jungs bereits mit seinem Ball verschwunden. Tränen liefen ihm übers Gesicht. Er ging an seinen Tisch zurück und bemerkte sofort, dass sich die Mädchen über ihn lustig machten, weil er geweint hatte. „Ist dein armer Ball nun weg?", machte sich Katrin über ihn lustig. Sie war ein Jahr älter und größer als ihre Klassenkameradinnen und sah bereits viel erwachsener als diese aus. „Musst nicht weinen, mein Kleiner, der kommt bestimmt wieder, wenn die anderen ihn nicht liegen lassen." Dann lachte sie und alle anderen stimmten in ihr Gelächter mit ein. Der kleine Junge fühlte sich mit seinen Schmerzen allein und hilflos dem Spott der anderen ausgesetzt. Die Mädchen dachten bestimmt, dass er geweint hatte, weil er seinen Ball nicht mehr hatte, und er konnte ihnen nicht erklären, dass es doch wegen seines Armes war, den er mittlerweile kaum noch bewegen konnte, so sehr schmerzte er, was ihm immer wieder neue Tränen in die Augen trieb.

Bevor sich der Elfjährige wieder einigermaßen beruhigt hatte, war die Stunde auch schon herum. Die Jungs kamen allesamt mit rotem, erhitztem Kopf, aber völlig ausgelassen ins Klassenzimmer zurück. „He Peter", sagte Daniel, „das war ein tolles Tor, spielen wir später weiter?" „Na klar, Daniel, machen wir." Peter behielt den Ball einfach bei sich, und die anderen schienen bereits vergessen zu haben, dass es gar nicht Peters Ball war. Der Elfjährige drehte sich um und schaute in das grinsende Gesicht von Peter. Auf einmal wagte er es nicht mehr, ihn um seinen Ball zu bitten. Die anschließende Klassenarbeit war für den Jungen ein einziges Desaster. Sie war noch schwerer, als die Klasse vermutet hatte, und er hörte, wie viele hinterher über die schwere Arbeit stöhnten, aber sie hatten doch einiges mehr gewusst als er. Der Junge hatte versucht, sich zu konzentrieren, sich das, was er über das

Thema wusste, ins Gedächtnis zu rufen, aber als die Stunde vorbei war und sie ihre Arbeit abgeben mussten, hatte er nur etwas mehr als die Hälfte ausgefüllt. Seladon erinnerte sich daran, dass er damals eine Fünf auf die Arbeit bekommen hatte und es die schlechteste Note der Klasse war. Sie hatten ihn in der Pause als „dumm" und „blöd" bezeichnet und ihn ausgelacht und gescherzt, dass er später mal bei der Müllabfuhr arbeiten müsse, dies aber auch nicht schaffen würde, weil er so klein und schmächtig war. Jetzt, genau in diesem Moment, passierte das Ereignis, an das sich Seladon zuvor schon erinnert hatte, als nämlich der kleine Junge, der er damals war, zu Boden gestoßen wurde. Seladon aber war unmittelbar in den Jungen gefahren und griff in den Geist des am Boden liegenden Jungen ein, sodass er keinerlei Schmerzen erleiden musste, und gleichzeitig manipulierte er mit seinem eigenen Willen den Geist des Elfjährigen. Die Jungen, die um den zu Boden gestoßenen Jungen herumstanden, fingen an zu lachen, verstummten aber sogleich wieder, als sie in das Gesicht des Kleinen blickten. Langsam, aber mit einem festen Blick stand der Junge wieder auf und ging, ohne zu zögern, auf seinen Widersacher Peter zu. „Was ich dann dagegen mache, wenn du mir jetzt nicht den Ball zurückgibst, wolltest du wissen?", fragte Seladon ihn. Peter stand da und hätte ihm gerne einfach den Ball zurückgegeben, aber das war für ihn nun nicht mehr möglich. Was würden dann all die anderen denken (zumal der Junge vor ihm deutlich kleiner war als er selbst!)? Deshalb versuchte er, seine Angst zu überspielen und nach außen besonders cool zu wirken. Gezwungen grinste er deshalb nur. „Ich sage es dir", sagte Seladon, „also hör gut zu, ich sage es dir nämlich nur ein Mal. Wenn du mir den Ball zurückgibst, werden ich und alle anderen dich als Feigling auslachen, das ist aber auch schon alles. Gibst du ihn mir jedoch nicht zurück, dann breche ich dir die Nase." Ganz locker und lässig stand er während seiner Ansprache vor Peter und schaute ihm dabei fest in die Augen und las die pure Angst des anderen darin. Als Peter sich den Ball von jenem Jungen, dem er kurz zuvor (um seine Hände frei zu haben) den Ball in die Hand gedrückt hatte, wieder geben ließ, überlegte er nur ganz kurz, was er nun tun sollte, dann klemmte er ihn sich unter die Arme, wandte sich von dem Kleinen ab und wollte den Raum damit verlassen. „Wo willst du denn hin?", fragte Seladon ihn sichtbar belustigt, zog ihn dann aber mit der linken Hand an der Schulter wieder herum und drückte ihm seine kleine rechte Faust punktgenau auf die Nase. Peter heulte augenblicklich unter dem heftigen Schmerz auf. Intuitiv versuchte er mit beiden Händen, seine schmerzende Nase zu schützen, wodurch der Ball seinen Armen entglitt und einmal am Boden aufhüpfte, bevor er von Seladon aufgefangen wurde. An seinem roten blutverschmierten Knöchel erkannte Seladon, dass sein Schlag seine Wirkung nicht verfehlt hatte. Aber Seladon wollte jetzt die Chance, die sich ihm in diesem Augenblick bot, voll nutzen und alle anderen für sich gewinnen. Er drehte sich in der Gestalt des Jungen einmal in der Runde um, schaute direkt in das Gesicht jedes einzelnen Jungen und sagte lässig: „Und wer meint, jetzt doch noch Ball spielen zu wollen, der kann das mit seinen kleinen Bällen in der Hose tun." Der Spruch fand vor allem bei den Mädchen großen Beifall, und ihr Lachen lockerte die angestaute Spannung im Raum auf.

Seladon ging zu seinem Sitzplatz und legte provozierend den Ball auf seinen Stuhl neben sich. Auf einmal war er, der kleine elfjährige Junge, der Held der ganzen Klasse, und vor allem respektierten ihn nun alle, das zeigte sich auch daran, dass plötzlich alle Jungs im Klassenraum blieben und zu lernen begannen. Erstaunlicherweise bekam der blutende und weinende Peter jetzt keine Rückendeckung mehr von den anderen Klassenkameraden, keiner von ihnen zeigte Verständnis für ihn. Überall war zu hören, dass Benjamin es richtig gemacht hatte, sich zu wehren, schließlich hätte Peter den Streit angefangen. So wurde Peter von der Klassensprecherin ins Sekretariat gebracht, wo sie beide angaben, dass Peter ohne Einwirkung durch andere beim Fußballspielen den Ball auf die Nase bekommen habe, was alle tragisch und entsetzlich fanden, aber niemand zweifelte die Aussage im Geringsten an. Seladon fand immer mehr Gefallen an seiner neuen Rolle und seiner Fähigkeit,

Schüler und Lehrer auf vielfältige Weise zu manipulieren. Auch an dem Jungen arbeitete er weiter. Er gab ihm die richtigen Antworten der folgenden Klassenarbeit ein, die er entweder selbst wusste oder durch Abspicken bei anderen Mitschülern in Erfahrung brachte. Seladon sah über einen längeren Zeitraum, wie der Kleine durch seine nunmehr guten Schulnoten großen Zuspruch bei den Lehrern und einem großen Teil seiner Mitschüler und Mitschülerinnen erhielt; der restliche Teil der Klasse respektierte ihn aus Angst. Außerhalb der Klasse sah es jedoch völlig anders aus. Mächtig zu sein, das konnte man durch eine beeindruckende Tat sehr schnell erreichen – und auch sehr schnell wieder verlieren –, diese Macht zu behalten oder sie gar noch weiter auszubauen, dazu bedurfte es einer gewissen autoritären Ausstrahlung, Raffinesse und Kaltblütigkeit. Wer also die Macht haben wollte, musste sie sich und den anderen täglich von Neuem beweisen, sie sich erkämpfen und sicherstellen, dass sie nicht wieder genommen wurde. Aber niemand, der diese Macht einmal genossen hatte, wollte sie wieder abgegeben, und Seladon schon gar nicht. Zudem ließ sich der elfjährige Junge durch den neuen Erfolg jetzt leichter manipulieren und steuern, als dies noch zu Anfang der Fall gewesen war. Der ganze aufgestaute Hass der Kinderzeit brach nun in Seladon mit aller Macht hervor und machte sich in ihm immer mehr breit.
Viele Mitschüler seiner Schule hatten ihn jedoch noch gar nicht erlebt, hatten die neue Aura, die ihn nun umgab, nicht gespürt. Sie hatten zwar hintenherum von der „Verwandlung" gehört, glaubten jedoch nicht daran. So versuchten nun all jene, die bisher Macht über andere genossen hatten, die angebliche „Gefahr", die von dem „Kleinen" ausgehen sollte, zu testen oder gleich zu Anfang im Keim zu ersticken und ihre eigene Autorität gegenüber dem schmächtigen Jungen klarzustellen. Aber niemand sah, dass im Hintergrund der mächtige Seladon die Fäden zog. Seladons kaltblütige Art, jemandem auch körperlich ohne Zögern Schmerzen zuzufügen, teilweise sogar mit ernsten Verletzungen, versetzte die Jungs um ihn herum in große Angst. Der Junge selbst spielte in den Schulpausen weiterhin

gerne Fußball. Als sie drei Tage später in der großen Pause wieder spielten, gesellte sich der bis dahin gefürchtete Jürgen mit seiner Clique zu ihnen, um dem „Kleinen“, wie sie sagten, eine Abreibung zu verpassen. Jürgen galt als hinterhältig und äußerst gewalttätig gegenüber Kleineren. Oft nahm er ihnen ihre Sachen weg, erpresste Geld, ärgerte sie, indem er ihre Schulbücher und Hefte zerriss und sie anschließend anzündete und vieles andere mehr. Dann verlangte er auch noch Schutzgeld, wenn sie in Zukunft keinen Ärger haben wollten. Er war der „King“ der Schule, vor dem alle Mitschüler Angst hatten, und nun kam dieser kleine Knirps daher und machte mächtig Ärger. Es war Zeit, ihm zu zeigen, wer hier an der Schule das Sagen hatte. Jürgen war sich sicher, dass dies nach dem heutigen Tage keiner mehr in Frage stellen würde.

Seladon wusste sofort, was los war, als Jürgen auftauchte. Er ließ den Jungen zur angrenzenden Hecke laufen. Jürgen und seine Freunde lachten, als sie sahen, dass der Kleine davonlief, und rannten ihm hinterher. Alle Freunde des Jungen suchten jedoch schnell das Weite. So war der Junge mit den größeren Jungs allein, was Seladon nur recht war. An der Hecke angekommen, zog Seladon plötzlich einen Knüppel aus dem Gebüsch, der fast einen Baseballschläger gleichkam. „He Kleiner, jetzt bist du fällig“, rief Jürgen ihm zu. Seladon wartete noch einen Moment, bis der Anführer richtig nahe war, dann holte er weit aus, und mit vollem Schwung traf er das Knie des Anführers, und ein heftiges Knirschen der Kniescheibe war beim Aufprall zu hören. Jürgen, der große King, fiel zu Boden und schrie vor Schmerzen, was seine Freunde in ihren geplanten Aktionen lähmte. Hätte er nicht so geschrien, hätten seine Freunde den Kleinen sehr wahrscheinlich noch angegriffen, jetzt hatten sie jedoch vor der Brutalität des deutlich jüngeren und kleineren Jungen Angst bekommen, zudem lag ihr Anführer am Boden und sie wussten nicht so recht, was sie jetzt tun sollten. Bevor sie reagieren konnten, hatte ein zweiter Schlag von Seladon Jürgen genau in den Magen getroffen. Danach warf er den Knüppel wieder in die Hecke zurück. Er näherte sich wieder dem gro-

ßen Anführer, während die Clique einen Schritt zurückging, und stellte sich vor Jürgen ihn. Voller Wut rief Seladon dem am Boden liegenden Anführer zu: „Du wirst mir nie wieder was tun, du bist erledigt. Und ihr haltet euer Maul, sonst seid ihr dran, kapiert?", gab er Jürgens Freunden eine klare Ansage. Dann holte er aus und trat wie nach einem Fußball in Jürgens Gesicht, der daraufhin weinend liegen blieb und sich die gebrochene Nase und die aufgeplatzten Lippen hielt. Auch die zwei vorderen Schneidezähne waren dem Fußtritt zum Opfer gefallen. Das alles hatte höchstens neunzig Sekunden gedauert, dann war der Spuk auch schon wieder vorbei.
Seladon holte sich seinen Ball und ging gemütlich ins Schulgebäude zurück, während die Gruppe um ihren Anführer herumstand. Seladon hatte sich zuvor für kurze Zeit in den Geist von Jürgens Freunden gedrängt und Bilder von der Hölle vor deren geistigem Auge projiziert, und unter ihnen war nicht ein Einziger gewesen, der sich dabei nicht aus Angst in die Hose gemacht hatte. Er wusste, dass es von nun an keiner mehr wagen würde, ihn jetzt noch hinterrücks anzugreifen. Es wurde danach wochenlang über nichts anderes in der Schule gesprochen, aber was genau passiert war, kam niemals raus, zu sehr wichen die einzelnen Aussagen voneinander ab. Zudem schilderten sie Ereignisse, die an Wahnsinn grenzten und fern jeglicher Realität waren. Auch den Knüppel fand man nie, so als wäre er nie da gewesen. Man ging davon aus, dass die Jungen Hasch geraucht haben mussten, was ihnen aber dummerweise auch nicht nachzuweisen war. So stellten sich die Mitschüler zwangsläufig auf seine Seite, denn sich gegen ihn zu stellen, würde bedeuten, seinen Zorn mit voller Wucht ertragen zu müssen oder diesen eventuell auf sich zu ziehen und allein im Abseits zu stehen. Gab es unter ihnen dennoch noch welche, die mutig genug waren oder die einfach nur zweifelten, ob das, was erzählt wurde, richtig war, so griff Seladon unbeobachtet als Dämon direkt ihren Geist an. So war, seit Seladon an der Schule war, die Kriminalität unter den Schülern – mit Erpressung, Diebstahl, Verleumdung, Körperverletzung – zu fünfundsiebzig Prozent gestiegen. Es war

wie eine Seuche, die ihr Unwesen trieb, und so mancher hoffte einfach nur, dass sie ihn nicht befallen würde. Traf einen die Seuche trotzdem, blieb einem nur noch die Möglichkeit aufzupassen, dass sie einen nicht ernsthaft gefährdete.

Jahre später, als Benjamin Stein bereits achtzehn Jahre alt war, ließ er die meisten Kämpfe mittlerweile in seinem Namen ausführen. Bei den Zweikämpfen auf der Straße, außerhalb der Schule, die er dann ab und zu selbst führen musste, war es nicht schlimm, dass er dabei sehr oft kleiner war als seine Gegner, da er die Schwächen des Gegners durch Seladons Eingreifen schon vorher kannte und er selbst nicht die geringste Angst hatte und als kleine Zugabe ungeheure „übernatürliche Kräfte“ besaß. So ging er aus jedem Kampf siegreich hervor.

Bei vielen Mädchen war er der Schwarm, dem es wie zufällig gelang, ihre Gedanken und Wünsche, aber auch ihre Ängste zu lesen. Er konnte es sich selbst nicht erklären, und Seladon nutzte im Hintergrund die Macht, die ihm zur Verfügung stand, in vollem Umfang aus. Dabei wurden all jene Mädchen übersehen oder außen vor gelassen, die nicht so oberflächlich waren oder eben nicht auf jenes Machogehabe standen, aber das berührte ihn nicht, da er ständig von irgendwelchen willigen und top aussehenden Mädchen mit scharfen Kurven umgeben war. Seladon hatte nun den Weg des Jungen bereitet. Dazu war er zunächst komplett in den Körper des damals elfjährigen Jungen geschlüpft und hatte mit aller Brutalität und Kraft zugeschlagen. Danach hatte er sich wieder aus ihm herausgezogen, immer und immer weiter, und schließlich nur noch seinen Geist gesteuert. Die Kraft und die Brutalität waren somit ein Teil des Jungen geworden, seine dunklen, dämonischen Gedanken jedoch kamen von Seladon. Genau genommen gab es jedoch keine Trennung zwischen Ben und Seladon, der Körper war Ben, der Geist Seladon. Oft hing er bei Markus herum, dessen Vater eine prächtige Villa besaß, die ihm fast alles bot, was Seladon brauchte, denn zu Hause war er schon lange nicht mehr aufgetaucht. Den Scheiß, den seine Eltern ständig von sich gaben, besonders seine Mutter, die ständig von irgendeinem Gott erzählte, konnte und wollte er nicht mehr hören. Als sie ihm wieder einmal eine Standpauke gehalten hatte, hatte er sie angeschrien, sie solle endlich ihr Maul halten. Natürlich wusste er, dass damit der Zeitpunkt gekommen war, sich eine andere Unterkunft zu suchen. Er kam daraufhin einfach nicht mehr nach Hause, sondern quartierte sich bei Markus ein, besser gesagt zog er nach der letzten Party in dessen Haus einfach nicht mehr aus. Er war mittlerweile so mächtig, dass er durch Schutzgeld genug Geld besaß, um nicht dafür arbeiten gehen zu müssen. So gab es für Ben/Seladon nur drei Dinge, um die sich sein Leben drehten: Geld, Macht und Sex.

Seladon war mit seinem Ergebnis zufrieden. Die Macht des Stärkeren hatte sich ganz klar durchgesetzt. Wie viel davon von dem eigentlichen Benjamin ausging und wie hoch seine Beteiligung daran war, ließ sich längst nicht mehr trennen, denn Seladon war permanent um den „Kleinen" herum und griff in fast alle seine Entscheidungen ein. So war Benjamin eigentlich nur noch eine durch fremden Einfluss gesteuerte Person, eine Marionette, kurioserweise fremdgesteuert durch seinen eigenen Geist. Wenn Seladon mal nicht in Entscheidungen eingriff, war Benjamin mittlerweile fast komplett unfähig geworden, eigenständige Entscheidungen zu treffen, kam mit seinem Leben nicht mehr zurecht und rutschte immer mehr in Alkohol und Drogen ab. Inzwischen war er auch bei der Polizei sehr gut bekannt und des Öfteren schon in Untersuchungshaft gewesen, doch hatte man es bis dato nie geschafft, ihm irgendwelche Straftaten nachzuweisen. Einzig wegen einer kleinen Menge Drogen, die er bei sich geführt hatte, hatte man ihn bisher belangen können.
Aber Benjamin machte es keinen Spaß mehr, wie er jetzt lebte. Er war der unangefochtene Boss in seiner Clique, einer Gruppe lauter Kleinkrimineller, hatte ständig neue Frauen um sich, die ihn jedoch nur langweilten, war auf jeder Party, die irgendwo gefeiert wurde, so wie auch heute wieder, und fühlte doch in sich, dass

ihm irgendetwas fehlte. Aber jedes Mal, wenn er näher darüber nachdachte, überfiel ihn ein rasender, stechender Kopfschmerz, ein Schmerz, als nehme jemand seinen Kopf und spanne ihn in einen Schraubstock und drehe ihn zu; ein anderes Mal kam der Schmerz von innen heraus, so als greife jemand mitten in sein Gehirn hinein. Bisher war es ihm gelungen, durch Medikamente, gemischt mit Alkohol oder direkt mit irgendwelchen Drogen, diesen rasenden Schmerz zu dämpfen. Ganz los wurde er diesen Schmerz jedoch nie, und eine noch unbewusste Sehnsucht in seinem Inneren wurde immer größer.

So hatte er auch heute wieder schon eine beträchtliche Menge an Alkohol konsumiert, diesmal jedoch eher, um das Gefühl der Leere in sich zu ertränken, aber irgendwie war ihm das bislang noch nicht gelungen. Markus und die anderen waren schon mächtig breit, aber bei Benjamin wollte sich dieser Zustand heute nicht einstellen, egal, was und wie viel er in sich hineinschüttete. Gelangweilt ging er nach draußen, weg von dem Höllenlärm, der innerhalb der Villa herrschte und ihm pausenlos in den Ohren dröhnte. Hier draußen war es deutlich ruhiger. Eine Ruhe, die er in den letzten Tagen immer wieder gesucht hatte, obwohl er nicht wusste, warum. Er war doch kein Weichei, hatte nie großartig was für Sentimentales übrig gehabt. Je wilder, desto besser, fand er, das entsprach seinem Lebensmotto, aber in letzter Zeit nervte ihn das einfach nur. Er nahm ein tiefen Zug aus seiner Flasche Bier, die er mit nach draußen genommen hatte, und lehnte sich mit der Schulter an der im Garten stehenden Holzpalisade an. Es tut gut, einfach mal nur hier so zu stehen, dachte er sich, etwas, was er noch nie zuvor getan hatte. Alles kam ihm auf einmal so sinnlos vor. Weiter kam er jedoch nicht in seinen Grübeleien, denn plötzlich tauchte der ebenfalls stark angetrunkene Gino auf der Terrasse auf.

„He Süße, wo steckst du?", schrie er in die Weite des Gartens hinein. Gelangweilt wandte Benjamin seinen Blick von dem Herumschreienden wieder ab. Als Gino immer noch keine Rückmeldung erhielt, wurde er sichtlich gereizter, und seine Gemütsverfassung spiegelte sich jetzt auch deutlich in seiner

Stimme wider. „Bine! He Bine, wo steckst du?“ Benjamin wollte schon sagen, dass er endlich sein Maul halten sollte, als die Schreie auch schon eine ganze Meute Feiernder aus der Villa angelockt hatten. „Scheiße“, dachte Benjamin, „das war’s dann wohl mit dem Alleinsein.“ Er wusste gar nicht, warum er heute den Drang verspürte, allein sein zu wollen, aber diese Frage hatte sich ohnehin erübrigt, da jetzt auch noch einige seiner Kumpel dazustießen und nun zwischen ihm und dem schreienden Gino standen. „He Mann, ich hab keinen Bock mehr darauf, dir ständig hinterherzulaufen, nur weil dir irgendwas nicht passt und du schon wieder beleidigt bist“, schrie Gino zum wiederholten Male, und der größte Teil der Umstehenden lachte nur darüber, dass seine Bine ihn (sowie er sich selbst) gerade mächtig zum Narren machte. „He, du Drecksschlampe“, schrie er weiter, „wenn ich dich erwische, wärst du froh, nicht davongelaufen zu sein!“ „He Gino, was machst du eigentlich noch hier? Da sind jede Menge andere tolle Weiber auf der Party, und du hängst an dieser einen Braut. Was ist los mit dir?“ Alexandro, der versuchte, Gino zu überreden, mit dem Geschrei aufzuhören, versuchte, ihn wieder mit hinein ins Haus zu ziehen. Auch Alexandro war schon stark angetrunken, aber noch nicht so besoffen, dass er die Situation nicht überblickte. Gino war sein Freund und Landsmann, und dass Gino vor allen Anwesenden solch eine Schwäche zeigte, machte ihn in seiner führenden Position innerhalb der Clique schnell angreifbar. Der heißblütige Italiener brachte sich jedoch immer mehr in Rage. „He Sabine, du Schlampe, ich weiß, dass du hier draußen bist. Was soll das Versteckspiel, ich kriege dich ja doch, wenn ich will, und ich will dich jetzt!“ Immer mehr der Partygäste kamen jetzt nach draußen, um dort weiterzufeiern. Die Party hatte sich komplett in den Garten verlegt. Aber so wie Alexandro dachten nicht viele, die meisten waren begeistert, dass wieder mal was passierte, und jubelten dem heißblütigen Italiener zu, aufgeheizt durch zu viel Alkohol und von Ginos anzüglicher Sprüche.
Grölend streifte die erste Schar von Ginos Freunden durch den Garten. Der Garten war zwar riesig, aber finden würden sie Ginos

Braut bestimmt, auch wenn sie noch so besoffen waren. Wie bei einer Jagd musste das Opfer irgendwo in seinem Versteck sitzen, während die Meute immer näher kam, bis das Gejagte aus Angst die Flucht ergreifen würde. Benjamin stand noch immer gelangweilt an der Holzpalisade und schaute belustigt zu, wie die Besoffenen eher durch den Garten fielen statt liefen, weil sie kaum noch in der Lage waren, gerade zu stehen, aber er wusste auch, dass jene Bine aufgrund Ginos Geschrei jetzt dennoch eine Scheißangst haben musste. Weitere Scharen feucht-fröhlich Feiernder folgten und durchstreiften den Garten.

Gino dauerte das Ganze viel zu lange. Er wollte seine Rache *jetzt* haben, wollte seinen Wut loswerden. Er wankte zu den Stufen, die von der Terrasse auf den Rasen führten, während er noch einen kräftigen Zug aus seiner Bierflasche nahm und die Stufen überhaupt nicht beachtete. Er verlor das Gleichgewicht und versuchte entsetzt, irgendwo Halt zu finden. Dabei griff er wild gestikulierend nach der nächststehenden Person, in diesem Falle den Arm der hinter ihm stehenden Manuela. Diese hatte sich gerade mit Silvia unterhalten und Gino überhaupt nicht beachtet, als sie unerwartet einen harten Griff an ihrem Arm spürte, ein Griff, der sie sogleich nach unten auf den Boden zog. Beide fielen nun sehr unsanft und mit lautem Gekreische zu Boden.

Die meisten Partygäste fanden das superlustig, zumal beide nicht mehr in der Lage waren, selbstständig auf ihre Beine zu kommen, weil Gino einfach volltrunken war, und Manuela hatte sich den Köchel und das Knie stark aufgeschlagen. Auch die im Garten Verstreuten und nach Sabine Suchenden wurden nun für kurze Zeit abgelenkt und schauten zu dem Tumult auf der Terrasse hin. Seladon packte auf einmal blankes Entsetzen, denn seine Erinnerungen schlugen mit voller Wucht ein. Er kannte diese Szene, das alles kam ihm so bekannt vor, als hätte er das alles schon einmal erlebt. Sicherlich hätte Seladon erneut die Zeit manipulieren können, aber das wollte er gar nicht, zudem konnte er sich weder rühren noch entscheiden, er war selbst wie gelähmt. Er wusste, dass jetzt gleich rechts von ihm zwei Personen in den Teich fallen würden, als er nur Sekunden später hörte, wie zwei

Personen aus einer weiteren Suchgruppe rechts mit einem lauten Platschen in den angrenzenden Fischteich hineinfielen. Seladon schossen tausend Gedanken durch den Kopf, aber natürlich beachtete niemand ihn beziehungsweise Ben. Ginos lautes Rufen nach Sabine, dann sein Sturz auf der Treppe und anschließend die zwei Personen, die in den Teich fielen – all das hatte er schon einmal erlebt. Er versuchte, sich zu erinnern, was jetzt passieren würde, aber es gelang ihm nicht so richtig, sosehr er sich auch darum bemühte, alles war nur verschwommen. Plötzlich wurde er von Neuem durch lautes Schreien abgelenkt. Zwei Freunde von Gino, dem Angeber, wie er ihn manchmal nannte, hatten wohl die Vermisste gefunden und zerrten das sich sträubende und schimpfende Mädchen aus einen Gebüsch heraus und dann zur Terrasse. Gino war mittlerweile wieder auf den Beinen und jetzt noch übler gelaunt als vor seinem Sturz.

„He Gino, hier ist deine widerspenstige Katze", rief Alberto und kündigte Gino damit schon mal an, dass sich das vermisste Mädchen heftig gegen ihren „Transport" wehrte, während er Bine immer noch hinter sich her zog. Nach einigen weiteren Schritten war er endlich an den Stufen zur Terrasse angelangt, zog sie nun auch die Stufen hoch und lud sie direkt vor Gino ab. Hass war in den Augen beider zu sehen, aber Sabine hatte unter dem festen Griff von Alberto keinerlei Chance zu fliehen, sie hätte auch gar nicht gewusst, wohin sie hätte fliehen können. Gino packte sie brutal am Arm, dass sie vor Schmerzen fast aufgeschrien hätte, aber sie unterdrückte den Schrei und versuchte, sich zu beherrschen. Der heißblütige und betrunkene Gino drückte jetzt noch fester zu und versuchte, sie an sich zu ziehen und ihr einen Kuss aufzudrücken. Da war jedoch keine Spur von Gefühl oder Liebe, sondern nur Hass und Machtgier, gepaart mit der Arroganz eines Machos. Angeekelt stieß sie ihn von sich und schlug ihm mit der flachen Hand ins Gesicht. Unerwartet hart und brutal schlug Gino mit dem Handrücken zurück. Von dem heftigen Schlag voll getroffen, fiel Sabine der Länge nach auf die Terrassenstufen. Als sie schwer atmend ihr Gesicht der grölenden Meute, die nur blöd gaffend dabeistand, zudrehte, blutete sie bereits stark aus

der Nase, und ihre Unterlippe war hässlich aufgeplatzt. „Ich weiß
gar nicht, was ich an dir gefunden habe, so hässlich, wie du aussiehst", lallte der schon übermäßig alkoholisierte Gino.
Er ging zwei Treppenstufen hinunter, direkt dorthin, wo Sabine
immer noch ausgestreckt lag. Angewidert von ihrem – nach
seinem Empfinden – unverständlichen, zickigen Verhalten griff
er ihr mit seiner rechten Hand brutal ins volle, leicht gelockte,
blonde Haar, während er mit der linken Hand die Bierflasche
zu seinem Mund führte und einen tiefen Zug aus der fast leeren Pulle nahm. Dabei lief ihm schon wieder die Hälfte der
Flüssigkeit aus beiden Mundwinkeln heraus und benetzte einen
großen Teil seines weißen Seidenhemdes. Die ersten drei Knöpfe
seines Hemdes hatte er bewusst offen gelassen, was jedem den
Anblick einer braun gebrannten und behaarten Brust bescherte.
Das restliche überschüssige Bier, das nicht aufs Hemd gelaufen war, verteilte sich nun in Sabines Haar. Jetzt, nachdem die
Flasche vollends leer war, schleuderte Gino sie in den Garten
und wischte sich den Biersaft vom Mund. Er schien Sabine, die
er immer noch an den Haaren gepackt hielt und die weinend zu
seinen Füßen halb sitzend, halb liegend kauerte, fast vergessen
zu haben. Plötzlich, ohne Vorwarnung, riss er sie ohne Skrupel
an den Haaren abrupt nach oben. Er war selbst jetzt noch zu
stark für sie, sodass Sabine nichts anderes übrig blieb, als klein
beizugeben, und sie somit erneut direkt vor ihm stand und den
von ihm ausgehenden Alkoholgeruch einatmen musste. Sie
weinte zwar nur leise, weil sie Gino nicht zeigen wollte, dass sie
weinte, konnte aber aufgrund des schmerzhaften Rucks und dem
ständigen Ziehen an ihren Haaren ihre Tränen nicht ganz unterdrücken. „Vielleicht bist du ja hübscher, wenn man dein Gesicht
nicht sehen muss", lallte Gino. Er griff mit der linken Hand in
Bauchnähe nach ihrem hellblauen Pullover und versuchte, diesen zu packen. Sabine wehrte sich verzweifelt und warf Natascha
und deren Freundin, die schon die ganze Zeit hinter ihr standen,
einen hilfesuchenden Blick zu, aber die beiden sahen nun die
Chance gekommen, ihrer Konkurrentin endgültig eins auszuwi-
schen. Es kam ihnen gar nicht in den Sinn, dass sie selbst bald

in einer ähnlichen Situation sein könnten. Zusammen hielten sie nun Sabine an beiden Armen fest, während Gino ihre Haare jetzt losließ und den Pulli mit Gewalt über ihr Gesicht zog. Die weiße Bluse, die Sabine darunter trug, war somit freigelegt, nur um daraufhin von Gino mit beiden Händen auseinandergerissen zu werden. Halbnackt stand die verzweifelt kämpfende Sabine nun vor ihren Peinigern, und keiner in der Runde wagte es, ihr zu helfen oder Gino Einhalt zu gebieten. Ben konnte zwar bei einigen der Partygäste großes Entsetzen erkennen, aber wie bei einem schweren Autounfall waren die Personen zwar entsetzt, gafften aber trotzdem nur. Keiner half, keiner sagte etwas oder schritt ein. Die Mischung aus Entsetzen und Sensationslust spiegelte sich in ihren Gesichtern. Dabei war jeder nur froh, dass es nicht ihn getroffen hatte. Ben hörte einzelne Stimmen Herumstehender, die wohl ihr eigenes Gewissen beruhigen wollten, dass Sabine bestimmt selbst schuld an alledem sei. Seladon war entgegen seiner üblichen Reaktion vollkommen entsetzt darüber, was hier gerade ablief, aber ähnlich wie bei einem Kinofilm, den man sich ansah und als „gut" oder „schlecht" beurteilen konnte, an dessen Handlung man aber nichts ändern konnte, war auch er in dieser Situation immer noch außerstande, irgendetwas zu unternehmen, als Gino nun auch noch Sabines BH herunterzog. „Nein, du bist mir immer noch zu hässlich. Deine Titten sind so mickrig", verhöhnte er sie und grabschte mit roher Gewalt nach ihrer Brust, sodass Sabine laut aufschreien musste. Aber das schreckte Gino nicht im Geringsten ab. Nichts als ein Lachen hatte er in diesem Moment für sie übrig. Er spuckte vor ihr auf den Boden, schubste sie weit von sich, sodass sie erneut vor ihm auf dem harten Boden aufschlug, drehte sich um und ging wieder die Stufen zur Terrasse hinauf. Als er bei Alberto und Peter vorbeikam, sagte er beiläufig und mit ruhiger Stimme zu ihnen: „Ihr könnt sie haben, ich will sie nicht mehr." Alberto und Peter, die schon lange auf schöne Mädchen scharf waren, aber selbst zu dumm, plump und einfältig waren, um wirklich jemanden kennenzulernen, nutzten die Gunst der Stunde, um das wehrlose Mädchen nun ungehindert betatschen zu können und ihre Lüste an ihr auszulassen. Angefeuert von der geilen, aufgeheizten Masse und der Chance, endlich an ein lang ersehntes Ziel zu kommen, versuchten sie, Sabine weiter auszuziehen. Sabine kreischte wie wahnsinnig und schrie, dass sie aufhören sollten und warum ihr denn keiner half, während sie mit Händen und Füßen versuchte, sich gegen ihre Peiniger zu schützen. Jetzt endlich reagierte Seladon. Es war zwar viel zu spät, aber er wusste, dass er jetzt eingreifen musste. Es gelang ihm ohne Mühe, die beiden von dem Mädchen, das mittlerweile nur noch ihren Slip anhatte, zu lösen. „Schert euch zum Teufel, ihr Arschlöcher!", schrie er Peter und Alberto an. Man sah, dass sie kurz überlegten, ob sie nun auf Ben losgehen sollten, aber sie ließen es dann doch bleiben.

Seladon betrachtete Sabine, und ein weiterer Mosaikstein fügte sich in seine Erinnerungen ein. Sabine sah am ganzen Körper furchtbar geschunden aus. Tiefe Schürfwunden, blaue Flecken, Kratzspuren und rote Striemen bedeckten ihren ganzen Körper. Ihr Verhalten und ihr lautes Kreischen glichen denen einer Wahnsinnigen. Dabei waren ihre Augen kalt, und ihr Blick zeigte Angst und Hass. „Steh auf, Sabine, ich bring dich nach Hause", sagte Seladon und reichte ihr seine Hand. Sabine spuckte ihm voller Verachtung ins Gesicht. „Du bist doch der Schlimmste von allen. Bevor ich mich von dir nach Hause bringen lasse, werfe ich mich heute Nacht lieber vor ein Auto", schrie sie ihn voller Abscheu an. Der Hass in ihren Augen, der ihm entgegenschlug, verwirrte ihn. Wie und wo war es passiert, dass er Sabine verloren hatte? Dies war doch der Abend, an dem sie sich in ihn verlieben sollte, aber stattdessen schleuderte sie ihm Verachtung entgegen. „He, so redet man nicht mit Ben", schrie Markus zurück und schubste sie erneut mit roher Gewalt, sodass Sabine wieder der Länge nach hart auf dem Boden aufschlug. „Du verdammter Idiot!", brüllte Sealdon und schlug dem verdutzten Markus die Faust mit voller Wucht ins Gesicht. Das Brechen der Nase, aus der sofort Blut floss, war nicht zu überhören. Seladon störte es nicht, im Gegenteil. Er war froh, endlich handlungsfähig zu sein. Jetzt war seine

Erinnerung vollständig zurückgekehrt. Lange hatte er sie verdrängt, hatte sich das Gefühl der Leere nicht erklären können. Jetzt wusste er, dass er seine Liebe der Macht geopfert hatte. Jetzt sah er die verzweifelte Sabine, die Liebe seines Lebens, die er ganz vergessen hatte, missbraucht und bis aufs Letzte erniedrigt im Dreck liegen. „Lasst Sabine in Ruhe! – Keine krümmt ihr auch nur ein Haar, sonst bekommt er es mit mir zu tun!", brüllte er in die Runde, und angstvoll wichen nun alle nicht nur von Sabine, sondern auch von Ben ab. Die Wut, die ihn gepackt hatte, schlug sich nun auch in seinem Ton nieder, und niemand wagte es, ihm zu widersprechen. Noch nie zuvor hatten sie Ben so wütend gesehen, und jeder aus seiner Umgebung wusste aus vergangenen Ereignissen, dass Ben brutal sein konnte, wenn er weit weniger wütend war!
Alle wichen zur Seite. Die Gaudi war für heute Abend schlagartig vorbei. Hier gab es nichts mehr zu sehen, und keiner wollte das Risiko eingehen, Bens Zorn auf sich zu ziehen. „Scheiße, Ben, meine Nase ist gebrochen", wimmerte der stark mit Blut verschmierte Markus. Aber Seladon schien ihn gar nicht gehört zu haben, und da Markus am wenigsten mitbekommen hatte, was gerade passiert war, außer dass er der Leidtragende von Bens Zorns war, wollte er seinem Unmut erneut Luft machen. „Ben, du Idiot, du hast mir die Nase gebrochen! Bist du denn blöd, Mann? Die hat es doch genauso gewollt ..." Seladon stand seitlich Markus zugewandt, sodass dieser Ben bisher nur von der Seite hatte sehen können. Jetzt drehte Ben sich langsam Markus zu. Man hatte das Gefühl, als bedürfe er eines mächtigen mechanischen Antriebs, um diese Bewegung zu vollziehen, so langsam und gleichmäßig geschah dies. Markus war nicht wohl bei dem Gedanken, erneut die volle Aufmerksamkeit seines Gegenübers auf sich gezogen zu haben. Als er von Bens Blick getroffen wurde, fraßen sich dessen Augen regelrecht in seine Gedanken, und es war für Markus unmöglich zu sagen, was dann genau geschah. Er erlebte, dass er jegliches Zeitgefühl verlor. Er wusste nicht mehr, ob er Sekunden oder Minuten so gebannt vor ihm stand. Seine Kraft schien aus seinem Körper zu fließen wie Wasser aus einem kaputten Eimer.

Und er konnte nichts dagegen tun. Absolut nichts. Unfähig davonzulaufen oder sich auch nur etwas zurückzuziehen. Er fühlte sich wie eine Fliege, die in einem Spinnennetz gefangen ist, in dem die Spinne sich auf ihren Fäden langsam annähert und nun unmittelbar vor ihrem Opfer steht. Den wahnsinnigen Schmerz, den ihm die gebrochene Nase beschert hatte, fühlte Markus nicht mehr. Ihm lief ein eiskalter Schauer den Rücken herunter, und er wünschte sich, dass der Schmerz zurückkehren möge, wollte etwas, das real war und ihm vielleicht seine Scheißangst etwas wegnehmen würde. In Bens Augen war nichts Lebendiges, und für einen kurzen Augenblick hatte Markus das Gefühl, als ob Ben ihn mit blutroten Augen anstarren würde. Diesem Blick konnte er nicht standhalten, und schreiend schaffte er es dann doch noch irgendwie, sich von diesem grausamen, eisigen Blick zu lösen, um sich – wild mit den Armen rudernd – mitten durch die Menge zu schlagen, als ihm in der Folge schlagartig bewusst wurde, dass der Bann nun gebrochen war. Auch Seladon spürte einen Ruck in sich, als er die Verbindung zu Markus wieder löste. Dabei nahm er gar nicht wahr, dass die anderen über ihn redeten. Nur vereinzelt drangen Wortfetzen wie „Ach, lass ihn doch“ oder „Was ist denn in ihn gefahren?“ an sein Ohr.

Sabine versuchte, mit ihrer linken Hand die Bluse vor ihren nackten Brüsten zusammenzuhalten, während sie ihre Jeans suchte, die einer wohl aus Spaß in die Hecke geworfen hatte. Während Ben zusah, wie sie sich anzog, und dann fluchtartig Garten und Haus verließ, verließen auch ihn seine Kräfte. Er fiel auf die Knie, schlug beide Hände vors Gesicht und weinte hemmungslos. Die anderen standen zwar in ausreichender Entfernung, aber doch noch nah genug, um ihn ständig „Das bin ich nicht – das bin ich nicht!“ schluchzen zu hören. Es war empfindlich kühl geworden, und die meisten fröstelten, obwohl noch vor wenigen Minuten die drückende Hitze kaum auszuhalten gewesen war. Der Himmel war nicht mehr blau, sondern pechschwarze Wolken hingen nun wie ein schweres Tuch über der Gegend. Mächtige Blitze erhellten die dunkle Nacht, und ein Regenschauer ungeheuren Ausmaßes mit Hakelkörnern so groß wie Tennisbälle ging über ihnen los. Jedem war spätestens jetzt klar, dass die Party nun endgültig vorbei war, und binnen weniger Minuten befand sich Seladon ganz allein im Garten, und auch aus dem Haus waren keine Stimmen mehr zu hören. Nur Seladon kniete nach wie vor im Garten und wiegte sich mit dem Oberkörper hin und her, während er noch immer „Das bin ich nicht", „Das bin ich nicht" … wiederholte. Seladon war mit einem Schlag bewusst, dass seine Zeit zurückzukehren gekommen war. Er zog sich etwas von Ben zurück und betrachtete den auf dem Boden Knienden teilnahmslos. Der Junge vor ihm war für ihn längst nur noch eine Marionette und hatte für ihn keinen Bezug mehr zu sich selbst. Den Jungen kannte Seladon genau, aber es war nicht mehr Ben, der war bereits vor sieben Jahren gestorben.

„Steh auf, Seladon", schnauzte Salasul ihn an, „jemand wie du, der mit so viel Macht ausgestattet wurde, kniet niemals und weint nicht!" Salasul war schon lange nicht mehr bei Seladon gewesen, das war auch gar nicht nötig gewesen, denn das, was Seladon aus Benjamin gemacht hatte, war genial. Das Unheil, welches er über die Gegend gebracht hatte, die inzwischen zu einem verruchten, beängstigenden Distrikt geworden war, war vorbildlich. Jetzt aber war er wieder aufgetaucht, vielleicht wusste er besser als Seladon, was an diesem Abend passieren würde. „Komm, mein Freund, es ist Zeit zu gehen. – Deine Zeit bei Benjamin ist mit der letzten Stunde abgelaufen", klang die Stimme Salasuls leise an Seladons Ohr. „Ich weiß", erwiderte dieser mit tiefer Traurigkeit in der Stimme und Sabines hasserfüllten Augen im Gedächtnis.

„Was ist bloß aus mir geworden?", schrie Ben, der sich urplötzlich vollkommen allein und hilflos fühlte, unfähig, die plötzlich auftretenden Stimmen in seinem Kopf zu verdrängen. Er hatte fürchterliche Angst, wahnsinnig oder verrückt zu werden. Seladon hatte ihn derart schnell verlassen, dass die wiedergewonnene Freiheit ihm so deutlich bewusst wurde, als hätte jemand eine Tür geöffnet und er wäre einfach hindurchgeschritten. Doch dieser Augenblick währte nur einen kurzen Moment, denn ein Dämon stand plötzlich unsichtbar neben Ben. Der nicht zu sehende Dämon war ein mächtiger Krieger namens Adoogur. „WAS AUS DIR GEWORDEN IST?", fragte der Dämon Ben voller Zorn in der Stimme. Ben, der die Stimme hörte, die wie Donner zwischen seinen Ohren vibrierte, fiel zu Boden und hielt sich mit beiden Händen verzweifelt die Ohren zu. Die Stimme klang, als würde der Donner auf einmal sprechen können. Noch nie in seinem Leben hatte Ben eine derartige Angst verspürt, jetzt aber hatte er eine Scheißangst, die so mächtig war, dass er am liebsten sofort gestorben wäre, nur um nicht mehr diese grausame Stimme in seinem Kopf hören zu müssen. Er wälzte sich auf dem nassen Rasen in eine Ecke unterhalb der Terrasse und suchte irgendwie Schutz vor der Stimme und seiner Angst, während der Regen auf ihn niederprasselte und gewaltige Blitze um ihn herum aufleuchteten. „HAT ES DIR ETWA NICHT GEFALLEN, DIE ANDEREN ZU BEHERSCHEN? HAST DU NICHT DIE MACHT GESPÜRT, DIE WIR DIR GEGEBEN HABEN?", ließ der Dämon seine Worte über Ben hinwegdonnern. „Ich ...", stotterte Ben, „lasst mich endlich in Ruhe!", doch weiter kam er nicht. Erneut drang die Stimme in Bens Kopf: „DOCH, DU HAST DIE MACHT GESPÜRT! UND DU HAST DIE MACHT, DIE WIR DIR GEGEBEN HABEN, GENOSSEN! WIE DU ZUGEBEN WIRST, WARST DU ES, DER IN DIE GESCHEHNISSE EINGEGRIFFEN UND SIE VERÄNDERT HAT, UND DU WARST GUT DARIN, BEN. DU HAST SCHNELL GELERNT UND DIE MACHT INTELLIGENT EINGESETZT. DU HAST LEBEN NEU GESTALTET, UM JETZT DIE KRAFT ZU HABEN, DIE DU BRAUCHST, UND DU WEISST DAS. ERFORSCHE DEIN HERZ, ERKENNE, DASS ICH RECHT HABE!" Ben lag auf dem Boden und hatte mittlerweile die Beine nahe an sich herangezogen und seinen Kopf auf die Knie gelegt und bildete somit eine zusammengerollte Kugel. Ihn fröstelte wegen der eisigen Stimme in ihm, die so ohne jegliches Gefühl und Wärme war.

„DU GLAUBST, ICH HABE DIR DEIN LEBEN WEGGENOMMEN. HA, HA, HA. DU NARR! WIR HABEN DIR MEHR LEBEN GESCHENKT, ALS DIE MEISTEN STERBLICHEN JEMALS HABEN WERDEN. ODER IST ES DAS MÄDCHEN?", fragte Adoogur spöttisch, „WILLST DU SEHEN, WIE SIE IN FÜNFZEHN JAHREN IN DEN ARMEN EINES ANDEREN MANNES LIEGT UND MIT IHM DREI KINDER GEZEUGT HAT? SIE IST FETT UND UNANSEHNLICH GEWORDEN", redete der Dämon unaufhörlich weiter. Neben der Stimme hatte Ben nun plötzlich auch noch projizierte Bilder in seinem Kopf, die ihm das Gesagte lebendig vor Augen führten. Aber er konnte überhaupt nichts mit den Bildern anfangen. In Bens Erinnerung gab es ja eine Sabine gar nicht, sondern nur in Seladons Vergangenheit. Während Ben den liebevollen Blick wahrnahm, mit dem sich das Paar ansah, wuchs auch in ihm die Sehnsucht nach solch einer vertrauten Liebe. Er beneidete die beiden, wurde dann aber abgelenkt, als die Bilder wechselten und plötzlich fünf attraktive Schönheiten mit orientalischem Einschlag und knapper Bekleidung zu sehen waren. Adoogur gelang es, Bens Liebesgefühle wieder ins Wanken zu bringen, als er ihn nun als Nächstes wieder an den vollen Hass, den Sabine ihm entgegengeschmettert hatte, erinnerte. „DU BIST EIN NICHTS, EIN WURM VON MENSCH!", schmetterte der Dämon ihm entgegen und entschwand.

Der Druck in seinem Kopf ließ nach, die Stimme erschien auch nach längerer Zeit nicht mehr. Ben stand langsam wieder auf und ging ins Haus, aber die eisige Angst in ihm konnte er dadurch nicht abschütteln. Sein Weg führte ihn in den Partyraum zurück, denn die Bar war durch den frühzeitigen Abbruch sicherlich noch nicht vollständig geleert. Er schnappte sich eine leere Kartonkiste, packte dort drei Flaschen Cola hinein, dazu je eine Flasche Jack Daniels und Johnnie Walker. Mit dem Pack unter dem Arm schlich er in sein Zimmer, schloss sich ein und besoff sich, bis er nichts mehr spürte. Als er am Samstag gegen Mittag aufwachte, hatte er einen Filmriss und konnte sich an nichts erinnern. Er fühlte sich schlecht und leer, der innere Antrieb fehlte. Er hing ab, schaute im Fernsehen Fußball und trank ein paar Flaschen Bier dazu. Dann plötzlich hörte er es wieder. Es war nicht die gleiche Stimme, aber nicht minder schrecklich.

Zwei Dämonen, die von Salasul geschickt worden waren, kümmerten sich nun um Benjamin Stein. Sie drangen in wilder Gier in seinen Geist und tobten sich in dem willenlosen Jungen richtig aus. Ben hatte Angst, verrückt zu werden, hatte keine Erklärung für das, was ihm widerfuhr. Jetzt hörte er zwei Stimmen in seinem Kopf, und wieder versuchte er, sich dagegen zu wehren, konnte aber die donnernden Stimmen nicht zum Schweigen bringen. Er hörte, wie sich zwei unterschiedliche Stimmen unterhielten, lachten, stritten, sich über ihn lustig machten, ihn verhöhnten. Gleichzeitig projizierten sie grausame Bilder voller Blut in sein Gehirn. So sah Benjamin sich selbst ohne Kopf herumrennen, und das Blut spritzte wie eine Fontäne aus dem Halsstumpf, während er wie ein Huhn immer noch durch die Gegend rannte und seinen Kopf suchte. Dann wiederum hatte er das Gefühl, als liefe er durch ein Feuer und seine gesamte Haut würde verbrennen. Die Dämonen waren außer Rand und Band und ließen nicht eine Minute locker, Tag und Nacht quälten sie ihn, ununterbrochen. Am Montagmorgen um 07:43 Uhr, zwei Tage nach der Party, starb Benjamin Stein. Markus hatte seinen Kumpel seither nicht gesehen. Als er ihn dann an jenem Montagnachmittag ohne ersichtlichen Grund in seinem Quartier, das er sich neben dem Fitnessraum eingerichtet hatte, aufsuchen wollte und ihn dort in seinem Blut auf dem Boden liegend fand, wurde ihm beim Anblick von Ben speiübel. Er schloss die Türe wieder und rief die Polizei. Als die Kriminalpolizisten Brender und Petersen am Tatort eintrafen, gewannen sie schnell einen ersten Eindruck. Zudem hatte der verstorbene Junge zusätzlich zu der Nadel, die er sich gesetzt hatte, sich mit einem Messer die Pulsadern aufgeschlitzt. Als sie sich dann genauer im Zimmer umsahen, fanden sie einen Schriftzug, den der Junge wahrscheinlich mit seinem eigenen Blut auf den Boden geschrieben hatte. Dort stand geschrieben: „Sie sind weg!" Auch fanden der Kriminalkommissar und sein Kollege Kriminalkommissar Petersen bei der weiteren Suche noch einen Abschiedsbrief in kaum lesbarer Schrift, in dem stand:

ich wxrde wxhnsinxxx bxkomxe stimxen nicxt xehr axs dxx xopf bexde quxlen mixx xag uxx xacht lasxxn kxine ruhx bix sxhon tot sxgex six sexx xur vexxückxe bxlder nxemanx xann xelfen nux sie wexde xann xuhe habxx stimmxn saxen stäxdig das es voxbei xst wenx ixh es xue alxo tux ixx es xeil ixh es xicht mehx auxhaxte abxr ixx musx es jetzx xun uxd rixxtig xch darf nixxt am leben bleibex xin scxon txx xch hoxfx daxx dxx xtimxen rexht bexaltxn.

„Tja, ich würde sagen, der war high und hat schon Stimmen gehört und sich daraufhin das Leben genommen", bemerkte Petersen. „Ich weiß nicht, Marc", erwiderte Brender, „das passt irgendwie nicht zusammen." „Ach komm schon, Dieter, der Fall ist doch klar, der Abschiedsbrief, die Nadel und die Pulsadern. Ich sage dir, der war high und wollte fliegen", versuchte Petersen seinen Kollegen zu überzeugen. Brender schaute sich den Tatort noch einmal genauer an, während sein Kollege bereits mit seinem Handy über die Zentrale veranlasste, dass die Spurensicherung, ein Gerichtsmediziner sowie ein Bestattungsunternehmen eintreffen sollten.

Als er vierzig Minuten später mit der aufgenommenen Aussage von Markus wieder ins Zimmer trat, sah er seinen Kollegen immer noch grübelnd über dem Abschiedsbrief sitzen. „Was hast du, gefällt dir was nicht?" „Ich werde nicht ganz schlau daraus", brummelte Brender noch immer in Gedanken versunken vor sich hin. „Was verstehst du nicht außer der Tatsache, dass jemand so stirbt? Aber das wirst du mir wohl kaum sagen wollen." Kriminalkommissar Brender schien seinem Partner nicht zugehört zu haben, antwortete ihm dann aber doch nach einer kurzen Pause, indem er ihm seine Gedanken mitteilte. „Nehmen wir einmal an, der Junge schreibt einen Abschiedsbrief, dann wäre dieser Brief doch so geschrieben, dass jeder, der ihn findet, ihn auch lesen kann und die Beweggründe versteht. Dieser Brief ist jedoch sehr unleserlich geschrieben, und manche Buchstaben fehlen ganz, sodass sich einem der Inhalt verschließt." „Vielleicht war er schon high?", meinte sein Kollege Marc. „Das ist es ja gerade, was mich stutzig macht. Wenn er zu diesem Zeitpunkt schon high gewesen wäre, wie kann er dann mit bereits erheblichem Blutverlust so sauber schreiben?" „Ja okay, dann hat er den Brief geschrieben, nachdem er sich die Pulsadern aufgeschlitzt hat", meinte Petersen, fügte aber gleich hinzu: „Nein, das geht nicht, dann wäre auch Blut auf dem Papier, richtig?" „Ja, das sehe ich auch so", stimmte ihm Dieter zu, „zudem passt dann der Brief nicht. Niemand schreibt mit seinem Blut eine Nachricht auf den Boden und setzt sich anschließend an den Tisch und schreibt einen Brief." „Ja, da hast du sicherlich recht", gab Marc zu, „das würde niemand tun, auch dann nicht, wenn er noch so high ist. Also zuerst schreibt er den Brief, da stimme ich dir zu, dann setzt er sich die Nadel, und zum Schluss schneidet er sich die Pulsadern auf. Nein, das passt auch nicht", korrigierte sich Marc wieder selbst. „Wenn er sich die Nadel gesetzt hat und sich dann die Pulsadern aufschlitzt, kann er auch wegen des Blutverlustes in Verbindung mit der Spritze nicht auch noch schreiben, dazu wäre er zu high." „Ich sehe, du kombinierst langsam so wie ich. Vielleicht wird aus dir ja doch noch ein vernünftiger Kriminalist", scherzte Dieter Brender mit seinem Partner. „Blödmann", war das Einzige, was er von Marc zu hören bekam, aber er klang belustigt. Brender sprach weiter zu seinem Kollegen: „Wenn er schon high gewesen wäre, dann hätte er den Text mit Sicherheit nicht auf den Boden geschrieben, da stimme ich dir zu. Marc, sieh dir mal das Blut am Hemd, besonders am Kragen an. Ich sage dir, der Junge hat meiner Meinung nach zuerst den Brief geschrieben, aber es scheint, als wenn ihn irgendetwas gestört hätte, so als müsse er sich unglaublich konzentrieren, was ihm aber so schwer gefallen ist, dass er teilweise Buchstaben vergessen hat und die anderen nur mit Mühe schreiben konnte." Marc verstand

noch nicht ganz, auf was genau Dieter hinauswollte, ließ seinen Partner jedoch seine Gedanken weiter ausführen. „Menschen in Extremsituationen. Da gab es doch mal im Fernsehen so eine Sendung, da mussten die Kandidaten in einer großen Achterbahn fahren und währenddessen wurden sie gefilmt und es wurden ihnen einfache Fragen gestellt. Die Leute konnten selbst einfache Sätze kaum zusammenhängend nachsprechen, vergaßen dabei immer wieder einzelne Worte oder die Hälfte des Textes. Auch leichte Einmaleins-Rechenaufgaben konnten sie teilweise nicht lösen, sosehr sie sich auch bemühten. Ich denke, hier ist es ähnlich.“ „Aber Dieter, das hier ist keine Achterbahn“, wandte Marc ein. Dieter schaute Marc an und ihm war nicht nach Lachen zumute. „Ja, das weiß ich auch, es sollte ja auch nur ein Beispiel sein. Aber das im Fernsehen war kein Scherz, das waren bekannte Personen, die sich später geschämt haben, es nicht geschafft zu haben, dabei ist das ganz normal, weil du dich in solchen Stressmomenten nicht darauf konzentrieren kannst.“
Brender ging zum Tisch hinüber und nahm den Brief an sich, dann sagte er zu seinem Partner: „Ich habe mittlerweile, zumindest glaube ich, dass es so richtig ist, den Brief entschlüsselt.“ „Dann bist du besser als ich, denn ich bin nicht schlau daraus geworden, habe mir aber bisher auch noch nicht so viel Mühe gegeben“, gestand Petersen und fügte entschuldigend hinzu: „Mann Dieter, der Junge war high, da bin ich mir sicher.“ Aber Kriminalkommissar Brender beachtete seinen Kollegen kaum, stattdessen gab er ihm jetzt noch einmal den Abschiedsbrief in die Hand, zog einen weiteren aus seiner Jackentasche hervor und las seine Korrekturen vor.

Ich werde wahnsinnig, bekomme Stimmen nicht mehr aus dem Kopf. Beide quälen mich Tag und Nacht, lassen keine Ruhe. Bin schon tot, sagen sie. Sehe nur verrückte Bilder. Niemand kann helfen, nur sie. Werde dann Ruhe haben. Stimmen sagen ständig, dass es vorbei ist, wenn ich es tue, also tue ich es, weil ich es nicht mehr aushalte. Aber ich muss es jetzt tun und richtig. Ich darf nicht am Leben bleiben, bin schon tot. Ich hoffe, dass die Stimmen recht behalten.

„Respekt, Kollege, ich glaube, dass du wirklich richtig liegst mit deiner Übersetzung des Briefes", gab Petersen wahrheitsgemäß zu. „Ja, das denke ich auch", erwiderte Brender und fuhr dann fort: „Also, ich sehe den Ablauf so: Der Junge hat unter enormem Druck von unbekannten Stimmen, die ihn Tag und Nacht quälten, zuerst den Brief geschrieben. Dann hat er die Nadel vorbereitet. Zu diesem Zeitpunkt herrscht bereits viel Chaos, die Kerze ist vollkommen zertreten, alles ist umgeworfen, so als wäre es ihm egal, was danach damit passiert, weil er es ohnehin nicht mehr brauchen wird. Dann, denke ich, hat er sich die Pulsadern aufgeschlitzt. Ich glaube, als das mit den Pulsadern passierte, war er dann plötzlich frei, von was auch immer, denn jetzt schreibt er, obwohl schon geschwächt durch den Blutverlust: *Sie sind weg.* Die Schrift ist, abgesehen davon, dass es mit Blut und Finger vollzogen wurde, doch sehr sauber geschrieben. Ich glaube, dass dieser Teil nicht geplant war, es entsprach eher einer spontanen Freude." „Ich glaube, jetzt gehst du zu weit, Dieter", wandte Marc ein. „Nein, Marc, ich glaube nicht. Sieh dir die Schrift an. Sauber geschrieben bis zum Schluss. Für mich ist er noch bei vollem Bewusstsein und endlich frei von dem, was ihn gequält hat. Erst danach setzt er sich die Nadel direkt in die Halsschlagader, deshalb das Blut am Hemdkragen. Ich denke mal, dass wir eine Überraschung erleben werden, was er sich letztendlich gespritzt hat. Für mich steht fest, dass er auf Nummer sicher gehen wollte, hatte vielleicht Angst, dass die Dosis ihn nicht töten würde, und die Pulsadern allein – vielleicht findet ihn jemand, während er bewusstlos ist. Nein, beides zusammen bringt den sicheren Tod." Brender wurde von seinem Kollegen unterbrochen: „Weißt du, was ich glaube? Du fantasierst zu viel. Ich bleibe dabei, für mich war er einfach nur lebensmüde." Jetzt wurde Marc seinerseits unterbrochen. „Und der Brief, Marc?", fragte Brender. „Ich weiß es nicht", sagte Marc. „Ich glaube, er hatte Angst, länger mit den Stimmen leben zu müssen, wie er es schreibt." Petersen schaute sich im Zimmer um. Sein Partner hatte nun auch bei ihm Zweifel gesät, wobei für beide klar war, dass der Junge ohne Fremdeinwirkung den Freitod gewählt hatte. „Dieter, sag mal,

hast du Streichhölzer oder ein Feuerzeug gefunden?", wollte Marc wissen. „Nein, habe ich nicht, wieso?", fragte Dieter. „Na, ich frage mich gerade, wie er sich den Stoff für die Spritze aufbereitet hat. Auch vermisse ich ein Beutelchen, in dem der Stoff drin war." Beide suchten noch einmal gezielt den Tatort ab, fanden die genannten Utensilien aber weder im Zimmer noch bei Benjamin.
Die Gerichtsmedizin ergab später, dass sich Benjamin über die Spritze nur Luft in die Adern gespritzt hatte, was zum sofortigen Tod geführt hatte. Kriminalkommissar Brender hatte also mit seinen Vermutungen genau richtig gelegen, was ihn jedoch nicht im Mindesten freute.

„Seladon!" Seladon fiel vor dem plötzlich aus dem Nichts erscheinenden Fürsten der dunklen Mächte auf die Knie und beugte sein Haupt, bevor er ihm antwortete: „Ja, mein Fürst." „Führe nun den Auftrag aus, den der *HERR DER WELT* für dich auserkoren hat!", befahl Siradon seinem Schüler. „Ja, mein Fürst", erwiderte Seladon, der seit der Anwesenheit Siradons in seiner demutsvollen Haltung vor dem Fürst verharrt war, doch es gab keine weiteren Anweisungen. Sobald er den Auftrag weitergegeben hatte, war er auch schon wieder verschwunden, aber Seladon wusste, dass er immer noch beobachtet wurde. Aber er brauchte auch keine weiteren Anweisungen mehr. Er war ein Dämon, der außergewöhnliche Kräfte und unsagbar viel Macht besaß. Er hatte sich in vielen Situationen unter den Dämonen hervorragend bewiesen. Nun wurde er eingesetzt, um die frisch der Hölle entrissenen Seelen wieder zurückzuholen. Dies war seine ausschließliche Aufgabe. All die unentschlossenen und suchenden Seelen unter den Menschen wurden von den bisherigen Dämonen, die rein nach kriegerischen Aspekten ausgebildet wurden, mit zunehmendem Erfolg heimgesucht. Noch nie hatten die dämonischen Herrscher mehr Erfolg damit gehabt, Gott in Frage zu stellen und somit für viele den Zugang zu ihm zu verwehren.

Seladons Aufgabe bestand nun darin, den Siegeszug voranzutreiben, die Kugel, die am Rollen war, unaufhaltsam in die Menschenmassen zu schleudern. Zuerst wollte sich Seladon selbst einen Eindruck darüber verschaffen, wo ein Einsatz am besten geeignet war, dann wollte er überlegen, welche Strategie vonnöten war, um anschließend sein Heer an Dämonen unter seiner Leitung über die Erde zu schicken. Dabei bestand seine Aufgabe insbesondere darin, die Lügner unter den Menschen zu überzeugen oder die Verbreitung ihrer Lügen zu beenden.

Sein erstes Auftauchen in der realen Welt erfolgte somit in Kirchen, die, wie er sich nun wieder erinnerte, ganz unterschiedlich waren. Es gab Kirchen mit wenigen Anwesenden, die mehr oder weniger an einen lebendigen Gott glaubten, dann wieder welche, die zwar mit vielen Sterblichen gefüllt waren, deren Anwesende jedoch nur traditionsgebunden oder gesetzestreu sonntags in den Reihen saßen. In den Kirchen, in denen sich wenig bis gar keine Engel befanden, wo der Heilige Geist nicht wirklich präsent war, hatte er nichts zu befürchten. Im Gegenteil, dort wurde nämlich nicht mehr das Wort des verhassten scheinheiligen Gottes gepredigt, sondern ethische und soziale Punkte in den Vordergrund geschoben. Zum ersten Mal griff Seladon dann in einer Kirche ein, in der ein engagierter und äußerst gottgläubiger Pfarrer diente. Seladon merkte es gleich, als er in die Kirche trat. Der Raum war in ein glänzendes, strahlendes Licht gehüllt, ein Licht, das sehr intensiv war, aber zu keinem Augenblick in den Augen schmerzte, auch wenn man direkt hineinsah, ob nun nur ganz kurz oder sogar langfristig. Im Gegenteil, man schien das Licht herbeizusehnen, fühlte sich mehr als wohl darin. Es schien ein Frieden davon auszugehen, der sich wie eine Decke über einen legte, wenn es kühler wurde. Aber Seladon wusste es besser, ihm war mittlerweile bekannt, was dahintersteckte.
Er lenkte sein Aufmerksamkeit wieder den Heiligen zu. Hunderte von Engeln schwebten im Raum und erfreuten sich an den Gebeten der Sterblichen. Dabei waren sehr mächtige, aber auch unerfahrene Engelchen, wie Seladon sie scherzhaft nannte, anwesend. Der Dämon konnte das Wirken des Heiligen Geistes fast in jedem der hier Anwesenden spüren. Es war gefährlich und faszinierend zugleich für ihn, sich hier aufzuhalten. Unzählige Engel wirkten unter den Menschen, um deren Heilung an Körper und – vor allem – Seele zu bewirken. Seladon hasste sie dafür. Hasste es, dass den Menschen etwas versprochen wurde, was nie eintreffen würde. Die gesprochenen Gebete der Sterblichen waren dabei sehr intensiv und wirkten nicht ausgedacht oder auswendig gelernt, sondern kamen direkt aus den Herzen der Betenden. „Das Gift hat schon tiefe Wurzeln geschlagen", dachte Seladon

bei sich. Der Dämonenkrieger hatte schon sehr bald festgestellt, dass er unter den Dämonen eine große Ausnahme bilden musste, da sich sonst kein Dämonen in der Gegenwart von Engel aufhalten wollte oder konnte. Seladon jedoch – mit all seinem Hass, der in ihm fraß über die große Lüge, die den Menschen erzählt wurde – suchte bewusst deren Anwesenheit, um die Scheinheiligen, wie er sie nannte, zu vertreiben. Bewusst stellte er sich ihnen ohne jede Angst entgegen, sie dagegen schienen ihn überhaupt nicht zu beachten. Wie oft hatte Seladon schon feststellen müssen, dass die Dämonen eigentlich feige Wesen und Gestalten waren, die nur dann kämpften, wenn sie sich überlegen fühlten, zum Beispiel wenn sie gegen schwache Menschen antraten oder wenn sie in Gruppen auftraten. Dieses Wissen und Seladons Annahme, dass die Engel solch ein Verhalten bestimmt auch bei ihm erwarten würden, machte ihn nur noch stärker und sein eigenes Auftreten umso souveräner.

Seladon spürte die starke Kraft, die hier im Gotteshaus wirkte, und fast instinktiv begann er die Menschen durch seine Gedanken abzulenken, um die nicht präsente Kraft anzapfen zu können. Ganz unterschiedlich waren dabei seine Attacken, denn direkt alle anzugreifen, war selbst ihm nicht möglich. So streifte er durch die Gedanken der Menschen und manipulierte sie auf unterschiedlichste Weise. Er sendete einfache Instinkte wie Hunger oder Müdigkeit, aber auch Empfindungen wie Angst, Eifersucht und Groll oder erotische Fantasien, gute oder schlechte Erinnerungen bis hin zu körperlichen Wahrnehmungen wie zum Beispiel starke Schmerzen. Alles, was die Menschen vom Beten abhielt, war ihm recht. Sobald ihre Konzentration nachließ, ihre Gedanken sich plötzlich um andere Dinge drehten, war auch die Verbindung zu den anwesenden Engeln unterbrochen. Wenn solch eine Unterbrechung stattgefunden hatte, säte er als Nächstes Zweifel über die Aussagen der Prediger, über die Anwesenheit der Engel und des Heiligen Geistes und über die Existenz Gottes als liebender Vater. Als dritter Punkt kam dann, dass er in den Erinnerungen der Sterblichen nach Ansatzpunkten suchte, die jene Zweifel noch zusätzlich stärkten. Wenn er erst einmal in den ersten zwei Punkten erfolgreich gewesen war, war der letzte Punkt meist ein leichtes Spiel.

Jetzt kam ein Engel gezielt auf ihn zu, denn auch die Engel spürten, dass Seladons Anwesenheit die Menschen unwissentlich unruhig werden ließ, sodass die Intensität ihrer Gebete nachließ. „Dämon", befahl der Engel in einem autoritären Ton, „weiche aus dem Hause Gottes, weiche von den Gläubigen zurück!" In seiner Stimme schwang keinerlei Angst oder Scheu mit, sondern sie klang eher sachlich und nüchtern. Seladon sah ihn amüsiert an, steckte die Hände in die Seitentaschen seines Mantels und gab ein eisiges Lachen von sich: „Ha, ha, ha, ha, eure Lügen wirken nicht bei mir, also verschwindet." Der Engel, immer noch ruhig und gelassen, streckte seine Hand in Richtung des vor ihm stehenden Dämons aus und versuchte mit dem Willen seines reinen Geistes, den Dämon vor ihm zu bekämpfen.

„In Jesu Namen, weiche von den Heiligen des Lammes", versuchte der Engel den Dämon vor sich zu binden. Dabei drang sein Wille an den Geist Seladons, aber er konnte ihn nicht packen, Seladons Geist war selbst zu stark, und allein mit der Berufung auf Jesu Namen konnte man ihm keinerlei Wunden zufügen oder eine Reduzierung seiner Macht bewirken. „Mein Name ist SELADON", erwiderte er, wobei beide nur in Gedanken sprachen. Dann entschwand er und tauchte einen Wimpernschlag später an dem großen Fenster des Saales, durch das Sonnenstrahlen hell hineinschienen, wieder auf. Das riesige zur Sonnenseite ausgerichtete Fenster war in sechs kleinere aufgeteilt. Seladon hatte sein schweres großes Schwert in der Hand, und mit einer großen Ausholbewegung schlug er mit aller Macht, die er besaß, auf das Glas ein, das daraufhin in Millionen kleine und große Teile zersplitterte und mit lautem Klirren zu Boden fiel. Entsetzt sprangen die Menschen unter dem Fenster zur Seite oder versuchten, von den herabfallenden Glassplittern zu fliehen, um nicht durch die großen Glasscherben getroffen zu werden. Aber sie waren nicht schnell genug. Weit über fünfzig Personen erlitten zum Teil große Schnittverletzungen, lebensbedrohlich war jedoch niemand getroffen worden. Angst- und Schmerzensschreie hatten mit dem

Zersplittern des Fensters begonnen und seit diesem Zeitpunkt nicht wieder aufgehört.

Mehrere Engel waren nun an Seladon herangetreten, hatten ihn eingekreist und schlugen mit ihren reinen heiligen Worten auf ihn ein. Sie versuchten, ihn zu berühren und zu binden und ihn aufzufordern, aus dem Gebäude und den Gedanken der Gläubigen auszufahren. Ihre Macht war stark, zu stark, als dass Seladon sie allein hätte besiegen können. Das Gebet der Gläubigen hatte neue Kraft bekommen, denn der Prediger auf dem erhobenen Podest hatte angefangen, seine Worte gezielt gegen den Angriff eines Dämons zu richten. Gleichzeitig konnte Seladon seine negativen oder ablenkenden Gedanken bei den Gläubigen nicht weiter aufrechterhalten. Die Gemeinde fiel in das Gebet des Pastors mit ein, und Seladon spürte, dass mit jedem Gläubigen auch die Macht und die Anzahl der Engel wuchs. Nur noch mit Mühe konnte er die Angriffe in seinem Geist abweisen, aber er konnte bereits die Schmerzen fühlen, die durch das heilige Wort seinen Geist zu binden versuchten. Mit jedem Schmerz, den er fühlte, und mit der zunehmenden Macht der Engel steigerte sich auch sein teuflischer, abgrundtiefer Hass. Die Antagonisten wichen beiderseits ein Stück zurück, um gleich wieder mit aller Kraft zuzuschlagen. Aber die Engel waren schon zuvor in der Überzahl gewesen, und ihre Zahl stieg stetig weiter an.

Der Prediger, gestärkt durch einen mächtigen Engel um ihn herum, sprach direkt die Herzen der Menschen an. Er berichtete vom Angriff Seladons, als könne er ihn direkt sehen, und dass die Engel ihn im Namen Jesu stellen konnten, wenn die Gemeinde nur intensiv genug betete. Währenddessen waren immer mehr Engel in das Gotteshaus gekommen, um diesen dämonischen Angriff abzuwehren. Die Engel hatten mittlerweile einen direkten und starken Kontakt zu den betenden Menschen aufgenommen. So eine intensive Begegnung hatten die meisten noch nie erlebt, und selbst die vor Schmerz weinenden Menschen, die von der zersplitterten Fensterscheibe getroffen worden waren, spürten nicht mehr ihre Schmerzen, sondern die Gegenwart der Engel. Unsichere und ängstliche Menschen waren frei geworden und hatten mutig und selbstbewusst mit ins Gebet eingestimmt. Damit hatte Seladon nicht gerechnet, so etwas hatte er noch nie erlebt, als er einst selbst den Lügen hinterhergelaufen war. Zudem verstand er nicht, wieso die Engel nicht verschwanden, sondern sich für die Menschen einsetzten. Mit seinem Auftreten hatte er genau das Gegenteil von dem bewirkt, was er vorgehabt hatte. Er hatte die Verbindung zwischen den Menschen und den Engeln schwächen wollen, hatte sie durch seinen Auftritt aber um ein Vielfaches verstärkt.

Das machte ihn noch wütender. Die Engel hatten ihn jetzt ergriffen, um ihm jegliche Fluchtmöglichkeit zu nehmen. Er wurde immer verwirrter und Zweifel an seinem Tun machten sich in ihm breit, wie ein Schwamm saugten sie jegliche Kraft und Macht aus ihm heraus, zwar noch schleichend, aber es war absehbar, dass er schon bald geschlagen sein würde. Gehetzt huschten seine Augen hin und her, als sein Blick das große Kreuz vor der Wand streifte. Das Kreuz, Sinnbild der Gläubigen, war ein mächtiges Symbol. Es hing an der Decke gut zehn Meter über dem Boden an zwei Seilen fest. Ein weiteres Seil zog den unteren Teil dieses Kreuzes an die Wand heran, sodass es leicht nach vorne gebeugt auf seine Betrachter wirkte. Seladon zog sich in sein Inneres zurück, sammelte kurz all seine verbliebenen Kräfte, richtete sich dann mit neuer Kraft auf und spie den Engeln fauligen Schwefel entgegen. Für einen Bruchteil war er wieder frei, und das nutzte er aus, flog auf das Kreuz zu und landete oben auf dem linken Querarm. Das Kreuz kam aufgrund der plötzlichen Gewichtsverlagerung sofort gefährlich ins Schlingern, was infolgedessen einen quietschenden, metallischen Klang aussendete, was viele geneigte Köpfe im Saal wieder aufblicken ließ. „Ich bin Seladon, Diener des Fürsten der Welt“, schrie er mit mächtiger Stimme vom Kreuz herab, und es klang für Engel und Menschen wie ein Donnergrollen. Seladon hatte die Führung des Geschehens wieder übernommen und wollte sie jetzt auch nicht mehr verlieren. Mit mächtigen Schlägen seines rot aufleuchtenden Schwertes schlug er auf die Verankerung, die das Kreuz an der Decke hielt. Sehr viele Betende, wenn nicht sogar die meisten, hatten, nachdem sie das

schlingernde Kreuz erblickt hatten, entsetzt einfach aufgehört
zu beten. Mit einem lauten, peitschenden Schlag, als würde ein
Schuss abgefeuert werden, riss das linke Stahlseil, und das gigantische Kreuz im Gemeindehaus kippte seitlich weg.
Jetzt war Seladon wie ein Rasender, betrunken vom Sieg und von
der Macht, die ihn plötzlich wieder durchströmte. Immer wieder
schlug er auf das bereits gefährlich strapazierte rechte Halteseil,
und bereits beim zweiten mächtigen Schlag durch sein Schwert
hörte man auch schon den zweiten peitschenden Knall, und das
Kreuz, nur noch durch das Seil an der Wand gehalten, fiel senk-
recht nach unten, wurde dann aber mit einem kräftigen Ruck
durch das letzte, nun straff gezogene Stahlseil herumgerissen und
fiel die letzten Meter mit dem Querbalken nach unten der Wand
entgegen. Mit einem mächtigen, dumpfen Schlag traf das Kreuz
auf, und große Stücke des Verputzes fielen statt des Kreuzes die
letzten Meter nach unten. Das Kreuz selbst hing nun wie zum
Hohn der Gläubigen verkehrt herum an der Wand. Durch den
harten Aufprall war ein Riss im Mauerwerk der Wand entstanden,
der sich über die Wand zog, vom Boden beginnend bis hoch in
die Decke hinein. Die Menschen im Raum gerieten in wahnsinnige Panik, und Angst erfüllte die Gedanken um sie herum. Die
starken Gebete waren mit einem Mal wie abgeschaltet, und die
Kraft der Engel ließ schlagartig nach. Das Zeichen, das Seladon
gesetzt hatte, war im Moment stärker als der Glaube an ihren
Gott. Nur wenige Minuten später war das Gemeindehaus leer,
und Seladon und mehr als hundert herbeigerufene Dämonen fei-
erten ausgelassen ihren Sieg.

Nach diesem ungewöhnlichen Sieg hatte sich Seladon nicht nur einen Namen gemacht, sondern auch großen Mut bewiesen. Er hatte es gewagt, die Heiligen aufzusuchen, sie in einem Gotteshaus zu stören und zu vertreiben. Zuerst hatten mächtige Dämonenkrieger über ihn gelacht und sich gefreut, dass dieser Emporkömmling bald wieder verschwunden sein würde, aber als er nun als Sieger hervorging, mussten auch sie Seladon nicht nur akzeptieren, sondern auch fürchten. Niemand der Dämonen wagte von nun an noch, an Seladons Macht zu zweifeln. Sich ganz allein diesen schleimigen Heiligen zu stellen und sie zu bezwingen, war bislang unvorstellbar gewesen und deshalb ermutigend für alle anderen Dämonen. Wenn Seladon nun Streifzüge durch die Kirchen plante und ausführte, waren unzählige anderer Dämonen um ihn herum. Es waren zum Teil mächtige Dämonen, streitlustig, brutal, gemein, aber keiner hatte die Autorität und das Charisma, die Seladon vorzuweisen hatte. Aber dies allein hätte ihm auch nicht den Erfolg gebracht. Seladon war einfach unvergleichlich mächtig, er besaß die wahre Macht eines Fürsten. Seladons Strategie war einfach, so simpel und doch so wirkungsvoll zugleich. Er suchte regelrecht den Kontakt zu den Heiligen, scheute nicht ihre Macht, weil er sich seiner eigenen Macht sicher war. Wenn er dann in Kirchen oder bei christlichen Veranstaltungen auftauchte, waren die neu bekehrten Menschen meist sein erstes Ziel. Sehr oft hatten die Sterblichen bei solchen Veranstaltungen eine Kraft vernommen und waren ihr gefolgt, hatten Ja zu Gott gesagt, weil sie angerührt worden waren, weil sie spürten, dass da noch eine andere Kraft am Wirken war. Sie hatten Erlebnisse, die sie nicht erklären konnten, weil plötzlich eine Heilung stattgefunden hatte, oder Ereignisse passierten, die menschlich nicht zu erklären waren, die einfach über den menschlichen Verstand gingen. Diese Bekehrten brannten förmlich. Ihr Herz war so erfüllt mit Freude, dass es überlief und als gesprochenes Wort aus ihrem Munde kommen musste. Sie hatten den Drang, fast jedem, den sie kannten, davon zu erzählen. Mit diesen unbändigen Emotionen, mit dieser neuen Erkenntnis konnten sie jedoch noch nicht umgehen, waren anfällig für Übernatürliches. Die Engel, die sie begleiteten, waren meist schwach, konnten ihnen gegen so einen mächtigen Dämon wie Seladon nicht helfen. Der mächtige Dämon hatte leichtes Spiel, für ihn war es, als schneide er mit einem Messer durch weiche Butter. Dabei waren seine Attacken sehr unterschiedlich. Oft reichte es aus, einfache Zweifel zu streuen. Er griff in die Gedanken der jeweiligen Person ein und handelte je nach deren Erlebnis. Er säte Zweifel aus, indem er Gedanken eingab, welche hinterfragten, ob die erfolgte Heilung vielleicht doch nicht so erfolgreich war; für Seladon war es einfach, Personen wieder Schmerzen zuzuführen oder Organe zu schädigen, sodass es der entsprechenden Person Tage später sogar noch schlechter ging als zuvor. Auch die Eingabe des Gedankens, dass die Heilung vielleicht schon vorher oder von selbst eingetreten sei und man sich nur vormache, dass sie gerade jetzt erfolgt sei, gehörte zu seinen leichtesten Aktivitäten. Seladon war auch ein Meister darin, die erlebte Heilung – auch wenn die Krankheit oder die Schmerzsymptome über viele Jahre präsent gewesen waren – schnell in Vergessenheit geraten zu lassen. Die Menschen neigten dazu, Dinge schnell zu verdrängen und sich an das Gute zu gewöhnen und es als selbstverständlich hinzunehmen, natürlich gesteuert durch Seladon oder andere Dämonen. Eine weitere Strategie der „neuen Bekehrung" spielte sich auf der geistigen Ebene ab. Menschen hatten von anderen Menschen angeblich Gottes Wort gehört und diesem geglaubt. Sie wollten von nun an ihr Leben im Sinne Gottes leben und dementsprechend sündige oder nicht gottgewollte Aktivitäten in ihrem Leben unterlassen. Sie wollten nun noch mehr von dieser Botschaft hören und besuchten noch mehr Veranstaltungen oder sie lasen Bücher über diese Thematik. Seladon hasste die Sterblichen dafür, sowie er sich selbst hasste, einst auf diesen Schwindel hereingefallen zu sein. Auch hier kam die gefährlichste Waffe der Dämonen meist zum Einsatz: der Zweifel. War bei den Menschen erst einmal der Zweifel ausgesät und setzte sich in den Gedanken fest, fiel er meist schon nach kurzer Zeit auf fruchtbaren Boden, und aus Zweifeln wurden logische Erklärungen mit dem eigenen begrenzten Verstand, Erfahrungen aus jahrelang Erlerntem oder einfach nur Angst. Seladon machte das neu gewonnene Wissen nicht komplett schlecht, denn das hätte bei einer anderen Gelegenheit genau das Gegenteil bewirken können. Hätte er also jemand Sterbliches zu dieser Person gesandt, um deren neuen Erkenntnissen zu widersprechen, hätte es passieren können, dass der oder die Bekehrte dann erst recht daran festgehalten hätte, zumal er beziehungsweise sie von seinen/ihren neuen Freunden herzlich willkommen geheißen worden war – und wem gefiel das nicht? Nein, Seladon wählte eine völlig andere Taktik. Er bestätigte das neue Wissen, streute aber Zweifel: *Warum ließ Gott das Leid der Menschen zu? – War Jesus wirklich Gottes Sohn? – Konnte man dieser oder jener Geschichte aus der Bibel wirklich glauben?* Er säte ein kleines Korn und dann noch eines, bis die betroffene Person selbst die Wahrheit in Frage stellte. Er stärkte Ansichten und Meinungen, die auf dem gesunden Menschenverstand beruhten, auf Logik, physischen und psychischen Erkenntnissen und auf wissenschaftlichen Ergebnissen, sodass der Bekehrte am Ende wieder von seiner neu gewonnenen Erkenntnis und seinem Glauben abrückte, weil es einfach nicht sein konnte. Sobald ein Mensch diesen Prozess einmal durchgemacht hatte und zu dem Schluss gekommen war, dass dies alles ja gar nicht sein konnte, würde diese Person nie wieder daran glauben und war somit für immer vor den Heiligen geschützt.

Oftmals hatten die Heiligen jedoch bereits einen Schutzmantel um die Neubekehrten gelegt, hatten mächtige Gebete und Segensworte über sie gesprochen, die es auch Seladon nicht möglich machten, diesen Schutzmantel zu durchdringen oder die beschützenden Engel zur Seite zu drängen. Auch hier suchte Seladon nicht die direkte Konfrontation. Er war mehr der Taktiker, der Stratege, ein Dämon, der seine Kräfte einzuschätzen wusste, das hatte er aus seinem ersten Sieg, der leicht auch seine größte Niederlage hätte werden können, gelernt. Wenn es eine Möglichkeit gab, einen Kampf zu vermeiden, wählte er lieber die List, um sein Ziel zu erreichen, wohlwissend, dass er auch im Kampf ein exzellenter Kämpfer war, der bis dato noch keinen Kampf verloren hatte. Für jene geschützten Sterblichen manipulierte er also deren Umfeld, sodass die Betroffenen bei ihrer eigenen Familie, bei ihren Freunden und an ihrem Arbeitsplatz auf Unverständnis trafen, was dann Ablehnung und Streit zur Folge hatte. Seladon versuchte, die betroffenen Personen alle möglichen Nachteile spüren zu lassen, falls sie weiter an ihrem Irrglauben festhalten würden, und ermöglichte erstklassige Vorzüge, falls sie es nicht tun würden. Mit Macht, Geld, außerehelichen Aktivitäten, Lügereien, Verleumdungen und vielem anderem mehr versuchte er, sein Ziel zu erreichen und den Schutz der Heiligen zu durchbrechen und bestenfalls ganz zu zerstören. Letztes Mittel für die Neubekehrten, die sich immer noch gegen sein Vorgehen – und somit ihm selbst – widersetzten, war dann ein Frontalangriff. Diesen ließ Seladon meist durch zwei, drei Dämonen gleichzeitig ausführen. Er selbst mochte dies nicht, es war keine Raffinesse, kein taktisches Vorgehen dabei vonnöten, sondern nur noch Hass, Wut, Neid, Gier, Brutalität und Gewalt. Für Seladon war das Drecksarbeit, die er den niedrigen Dämonen überließ. Diese Dämonen geiferten bereits im Voraus nach ihren Opfern, weil sie wussten, dass Seladon nicht einwirken, aber jeden Angriff der Heiligen abwehren würde oder sie zumindest solange schützen würde, bis sie selbst in Sicherheit waren, und so lange konnten sie ihren Gelüsten nachgeben, die sterblichen Kreaturen mit Träumen, Schmerzen und Ängsten zu quälen, wie es ihnen gefiel.

Nach den neu bekehrten Gläubigen galt Seladons Interesse den Jugendlichen, die sich in ihrer Welt erst noch zurechtfinden mussten und oft aus Protest das Gegenteil von dem taten, was ihnen ihre Eltern, Lehrer oder die Gesellschaft vorgaben, und deshalb mit offenen Augen in seine Fänge liefen. Sie waren sehr leichte Opfer, weil viele ihm bereits in die Karten spielten. Die Gesellschaft hatte sich durch die Präsenz der unsichtbaren, parallel existierenden

Welt und der darin wirkenden Dämonen dahingehend entwickelt,
dass der Freiheitsgedanke sich immer mehr durchgesetzt hatte.
Die Freiheit, wie man lebte und an was man glaubte, war dabei mit
Sicherheit die vorrangigste. Daraus ergab sich die Ablehnung, sich
an Gebote und Gesetze zu halten. Gottes Gesetz war verstaubt
und veraltet, und nur die Labilen, Naiven glaubten noch an Gott.
Seladon erinnerte sich schmerzhaft daran, dass auch er mal so naiv
gewesen war und dies alles geglaubt hatte.
Seladon schmunzelte bei dem Gedanken, dass der Fortschritt
im Freiheitsdenken den Zugang zu Drogen und Alkohol für
die Jugendlichen leicht machte. Trotz Gesetzen schafften es
die Kids, an Alkohol verschiedenster Stärken zu gelangen, angefangen vom Einstiegsgetränk, das mit Fruchtsäften gemischt
war, bis hin zu Hochprozentigem. Auch Zigaretten, die schon
von Zwölfjährigen geraucht wurden, waren nichts Besonderes
mehr. Hinzu kamen Medien wie Fernsehen, Zeitungen und
Zeitschriften, durch welche die Jugendlichen tagtäglich mit
Gewalt und Sexualität in jeglicher Form konfrontiert wurden. Es
war nicht Außergewöhnliches mehr, und die „Sehn-Sucht" nach
immer Neuerem fand kein Ende mehr. Durch die Ausweitung im
Internet war der Siegeszug schließlich gar nicht mehr aufzuhalten. Hier war jede Art von Perversität fast für jeden zugänglich.
Aber auch hier wurde ein extremes Bild suggeriert. Hier wurde gezeigt, was man alles haben konnte, und die Gier und der
Neid, das alles zu besitzen, wurden zu einem enormen Druck für
den Einzelnen. Dadurch wurde ein Umfeld geschaffen, das alles
möglich machte. So war der Begriff „Liebe" zwar immer noch
präsent, aber Beziehungen hielten nur noch so lange, solange sie
dem eigenen Ego dienten, danach trennte man sich einfach voneinander und probierte sein Glück mit einem neuen Partner aus,
manchmal existierten dabei zeitgleich noch andere Beziehungen,
was von der Gesellschaft dann sogar als „freie Entwicklung
der Persönlichkeit" gefeiert wurde. Dass dabei mindestens ein
Partner dies anders sah, an der Liebe festhalten wollte, durch
die Trennung in seinen Gefühlen oftmals tief verletzt, gedemütigt und allein gelassen wurde, rechtfertigte und bezeichnete

man wie schon alles andere zuvor als „Lebenserfahrung". Diese Bindungsprobleme gründeten oftmals schon in früher Jugend, weil sich die Eltern hatten scheiden lassen und plötzlich nur noch ein Ansprechpartner zur Verfügung gestanden hatte. Teilweise kam es sogar vor, dass der andere Elternteil plötzlich durch die Trennung nichts mehr von den eigenen Kindern wissen wollte. Früher hätten so etwas bestimmt die Großeltern abgefangen, aber die lebten alleine oder wurden in Altersheime abgeschoben, weil sie ein Störfaktor waren, verstaubte Ansichten besaßen. Natürlich traf das nicht auf alle zu, doch freute sich Seladon sehr über diese Entwicklung. Denn bei all der Selbstverwirklichung und der Tatsache, dass es einem selbst immer besser ging, der Lebensstandard immer weiter stieg, war ein Gott mit alten, verstaubten Vorschriften überflüssig.

Die Kinder und Jugendlichen saßen dann eben allein vor Fernseher und Computer und waren dem, was ihnen dort präsentiert wurde, vollkommen aufgeschlossen, nur waren die Filme nicht der beste Ratgeber, aber es war niemand da, der das mit ihnen besprach. Seladon war das alles nur recht. Alles, was dazu diente, dass die Jugendlichen nicht den Scheinheiligen hinterherliefen, war in Ordnung. Aber die Kinder verlernten dadurch, ihre Beziehungen zu pflegen und Konflikte miteinander auszutragen. Stattdessen erfuhren sie aus den Medien und Computerspielen, dass Konflikte mit Gewalt gelöst wurden. Die Dämonen jubelten, dass es so leicht geworden war, ihre Ziele zu verfolgen.

Gleiches galt für Menschen, denen das Schicksal schwer zugesetzt hatte. In ihrem Schmerz lehnten sie sehr oft Gott und seine angebliche Gerechtigkeit ab und strebten jetzt nach Vergeltung und Rache. Seladon hatte oftmals Hunderte von Dämonenkriegern bei sich, die er befehligte und einsetzte, wie es ihm am zweckmäßigsten erschien. Dabei zeigte er seinen Dämonenkriegern, wie sie sich den Menschen zu nähern hatten, nicht so brutal und plump, wie sie es so oft taten, sondern einschmeichelnd als Freund. Wenn die Menschen einen Vorteil darin sahen, waren sie durchaus offen dafür, auch Dämonen zu akzeptieren Die Sterblichen bejahten dabei Pendeln, Wahrsagen, Tische rücken und noch vieles andere mehr. Es war ein gewisser Kick für sie, ein unglaublicher Reiz, sich auf das Neue, das Unsichtbare einzulassen.

Trotz all dieser Erfolge war es für Seladon jedoch nicht das, was er wirklich wollte, es ging ihm einfach nicht schnell genug. Er hatte so viel Weisheit erfahren, dass er sie nun auch weitergeben musste. Während es ihm und seinen Dämonen zu einem großen Teil gelang, Sterbliche von den Heiligen zurückzugewinnen oder davon abzuhalten, in deren Fänge zu geraten, hatten die Scheinheiligen trotz all ihrer Aktionen immer noch genügend Seelen, die diesem Schwindel erlagen. Seladon war wütend, er kochte förmlich, und jeder, der ihm über den Weg lief, bekam seine Wut zu spüren, was jedoch nicht dazu führte, dass seine Wut etwa minder wurde. Seladon überlegte, und irgendwann entschied er sich, das Ganze in größerem Stil anzugehen. Er besaß große Macht, und es wurde endlich Zeit, dass er diese nun auch für seine Zwecke einsetzte. Einen Wimpernschlag später stand er unsichtbar für seine Umgebung mitten unter den hektisch agierenden Börsenmaklern in der Frankfurter Börse, einem mächtigen Zentrum von Macht und Geld. Wie sehr Geld die Welt regierte, sah man hier. Hier wurden Unternehmen gefeiert oder gestürzt, und das war die eigentliche Macht. Ein dämonisches Grinsen lag auf Seladons Gesicht. Er war hier, um nach einer männlichen Person zu suchen, jemand, der keinen Anhang besaß. Nach gut einer Stunde hatte er ihn in Klaus Schmidt, zweiunddreißig Jahre alt, gefunden. Wie sich herausstellte, waren seine Eltern bei einem Verkehrsunfall ums Leben gekommen. Klaus Schmidt selbst galt als ehrgeizig und überaus erfolgreich, skrupellos, machthungrig, aber nicht unbedingt beliebt. Er hatte immer wieder Affären mit verschiedenen Frauen, aber er ließ sich nie auf eine feste Bindung ein. Alles, was er besaß, war reiner Luxus, von der Kleidung über seine exklusive

Apartmentwohnung bis hin zu seinem roten Ferrari – alles in allem war er perfekt.

Seladon beobachtete ihn eine Weile, dann griff er brutal und ohne Zögern in den Geist von Klaus Schmidt ein. Er übernahm jetzt komplett die Führung über ihn, ließ von der einen auf die andere Sekunde keinen einzigen eigenständigen Gedanken dieser sterblichen Kreatur mehr zu und setzte seine kompletten finanziellen Einlagen auf ein Unternehmen, dem keiner mehr eine Überlebenschance gab. Kurz nach Börsenschluss entzog sich Seladon dann wieder mit einem Schlag vollständig aus dem Geist von Klaus Schmidt, und der junge Makler konnte sich nur noch verwundert seine Augen reiben über das, was er wohl gerade eben getan hatte, sich aber beim besten Willen nicht mehr daran erinnern, aber es gab nun kein Zurück mehr. Klaus Schmidt wusste, als er die Kurse sah, dass er mit einem Schlag alles verloren hatte. Nichts würde bleiben, nichts würde er behalten können. Er hatte nicht nur sein Vermögen verloren, nein, er hatte gerade sein Leben verloren. Aus einem für ihn nicht mehr nachvollziehbaren Grund hatte er offensichtlich auf ein totes Pferd gesetzt. Das Unverständliche daran war nur, dass jeder wusste, dass dieses Pferd bereits geschlachtet war, solch einen Fehler machte noch nicht einmal ein Anfänger!

Ein weiteres Jahr später, für Seladon war es dagegen nur ein weiterer kurzer Moment, erschien der Dämon in einer kärglichen, heruntergekommen Einzimmerwohnung. Der Aschenbecher war schon längst überfüllt, Bier- und Weinflaschen lagen überall verstreut herum, im Zimmer herrschte die reinste Unordnung und Dreck, wohin man sah. Essensreste und Unrat stapelten sich nicht erst seit gestern. Der Dämon drang erneut in den Geist des schlafenden Mannes ein. Der Hartz-IV-Empfänger stand plötzlich wie von Geisterhand gezogen auf und räumte seine Bude auf, bis sie so sauber war, wie er sie selbst wahrscheinlich noch nie gesehen hatte, und stellte sich anschließend unter die Dusche. Danach kratzte er sein übriges Geld zusammen und ging einkaufen. Als er fertig war und wieder aus dem Kaufhaus herauskam, hatte er seine alte Kleidung gleich dort gelassen und trug nun sein neues Outfit: Jeans, ein weißes Hemd und braune Schuhe. Anschließend ließ er sich die Haare schneiden und den Bart rasieren und sah nach fast einem Jahr wieder wie ein normaler Mensch aus. Mit nichts weiter ausgestattet stellte er sich dann an die Straße und fuhr per Anhalter weiter. Nach mehrmaligen Fahrzeug- und Richtungswechseln befand er sich nun in einem Lkw auf der Autobahn in Richtung Norden.

Sämtliche Vorbereitungen waren abgeschlossen. Seladon schickte den Geist von Klaus Schmidt in einen tiefen Schlaf und entzog sich ihm eine Weile.

Unvermittelt stand Seladon plötzlich auf einer Autobahnbrücke und beobachtete den fließenden Verkehr. Das Teilstück der Autobahn, an dem er sich befand, lag an einem Berg, an dem Hinweisschilder auf den Beginn eines Gefälles von vierzehn Prozent aufmerksam machten. Die Strecke war gut befahren, aber nicht so überfüllt, dass es zu einem Stau gekommen wäre, im Gegenteil, man konnte auf diesem mit drei Fahrspuren ausgelegten Teilstück auf der linken Seite richtig schön Vollgas geben. Rechts fuhren wie immer die Kolonnen der Lkws, in der mittleren Fahrbahn die normalen Standardfahrer und ganz links die eiligen Geschäftsleute, die meistens keine Zeit hatten und mit Höchstgeschwindigkeit von einem Termin zum anderen rasten, oder eben all jene, die hohe Geschwindigkeiten einfach liebten. Seladon nickte zufrieden, der Ort war gut gewählt. Geduldig und regungslos stand er mit verschränkten Armen auf der Brücke und wartete auf den geeigneten Moment für sein Vorhaben. Nach zwölf Minuten war der Zeitpunkt, auf den er gewartet hatte, gekommen. Während Seladons leibliche Hülle noch immer regungslos auf der Brücke stand, befand sich sein Geist zehn Kilometer weiter am Anfang des Bergaufstiegs, dort, wo sich die Lkws mit langsamer Geschwindigkeit den Berg hinaufquälten. Einer der älteren Lkws hatte von Anfang an mit der Steigung erheblich zu kämpfen gehabt und bremste die hinter ihm fahrenden Fahrzeuge aus, sodass nur vereinzelte es schafften, noch vor Beendigung der Steigung das langsam fahrende Fahrzeug zu überholen. Einer davon war ein Vierunddreißig-Tonnen-Fahrzeug mit zusätzlichem Anhänger. Er hatte es auf halber Strecke des Anstieges endlich geschafft, an dem schleichenden Fahrzeug vorbeizuziehen, und kam nun mit hohem Tempo, weil die rechte Spur vor ihm fast frei war, auf das Gefälle zugefahren, wohl auch, um wieder etwas verlorene Zeit von vorhin aufzuholen. Seladon sendete nur einen Gedanken, und schon war er wieder in Klaus Schmidt gefahren, den schlafenden Beifahrer, der genau in diesem Lkw saß. Seine menschliche Hülle auf der Brücke war plötzlich verschwunden, als wäre sie nie da gewesen.

Der Lkw-Fahrer, der den schlafenden netten jungen Mann vor über zwei Stunden mitgenommen hatte, war ein Mann Mitte fünfzig, und er war eigentlich sehr froh darüber, dass er nicht immer alleine in seinem Führerhaus sitzen musste. Gerade wollte der Fahrer seine Geschwindigkeit reduzieren und dazu einen Gang runterschalten, weil das Gefälle gleich beginnen würde, als Seladon allein durch die Macht seiner Gedanken das Herz des Fahrers gewaltsam zusammendrückte. Der Fahrer stieß ein Schmerzenslaut aus, und in seinen Augen stand panische Angst geschrieben, während sich der Mann zeitgleich an sein Herz griff und voller Schmerzen sein Gesicht verzog, aber Seladons eiserner Griff ließ nicht locker. Sekunden später brach der Fahrer bereits bewusstlos über seinem Lenkrad zusammen. Das Fahrzeug wurde einen kurzen Moment langsamer, weil der Fahrer beim Beginn seiner Herzattacke gedankenschnell, oder auch nur aus einem Reflex heraus, den Fuß vom Gaspedal genommen hatte, etwas, was Seladon aber sogleich wieder zu korrigieren wusste, indem er den Fuß des Bewusstlosen einfach wieder auf das Gaspedal stellte. Das Tempo stieg rasant an, zum einen weil der Lkw nun Vollgas gab und zum anderen weil das beginnende Gefälle sein Übriges dazu tat. Die Position des Fahrers war so gewählt, dass dieser mit dem Gewicht seines Oberkörpers das Lenkrad hielt.

Seladon grinste zufrieden und genoss die immer schneller werdende Fahrt. Die anderen Verkehrsteilnehmer hatten noch nichts von dem Vorfall im Führerhaus des Lkws mitbekommen. Im Außenspiegel auf der Fahrerseite sah Seladon, wie ein Reisebus hinter ihnen gerade zum Überholen ansetzte. Jetzt kam der alles entscheidende Augenblick, der für seine geplante Inszenierung zur Mittagszeit an diesem sonnigen Tag notwendig war. Er drückte den bewusstlosen Fahrer ohne große Anstrengung nach links zur Fahrertüre, und durch dieses seitliche Abrutschen wurde das Fahrzeug durch den massigen Körperbau des bewusstlosen Fahrers zwangsläufig in diese Richtung gelenkt. Was in der Folge passierte, war eine logische Abfolge der physikalischen Kräfte. Der Lkw zog plötzlich scharf von der rechten Fahrbahn ganz nach links. Der fast danebenfahrende Reisebus wurde abgedrängt und zog seinerseits mit einer Vollbremsung nach links, um einen Zusammenstoß zu verhindern. Da der Lkw fast in einem Winkel von fünfundvierzig Grad auf die anderen Fahrbahnen rüberzog und durch den Anhänger extrem lang war, belegte er somit alle drei Fahrspuren. Durch die Beschleunigung seines Überholmanövers konnte der Reisebus mit seinen Insassen jedoch nicht mehr so schnell die Geschwindigkeit reduzieren und rechtzeitig ausweichen, womit ein Zusammenstoß der beiden schweren Fahrzeugen unvermeidbar war. Die vordere Front des Reisebusses krachte kurz hinter dem Führerhaus in den Lkw hinein. Durch den heftigen Aufprall wurde der Reisebus fast nach links gestoßen und zerquetschte zwei neben sich auf der linken Spur fahrende Pkws zwischen sich und den Leitplanken. Durch den Zusammenstoß mit dem Bus wurde der Lkw mit Seladon auf dem Beifahrersitz nun wieder nach rechts gestoßen, und der immer noch bewusstlose Fahrer zog durch sein Abrutschen nach rechts auch das Steuer wieder mit. Durch die heftige Schlängelbewegung links – rechts geriet die Ladung des Lkws außer Kontrolle, und der gesamte Anhänger, dessen Schlängelbewegung durch den langen Hebel noch extremer ausfiel, kippte kurz darauf nach links um und riss die Zugmaschine mit dessen Auflieger genauso auf die Seite. Dabei knallte das Führerhaus mit ohrenbetäubendem Krachen mit der Fahrerseite auf den Straßenbelag und schlitterte noch gut sechzig Meter weiter, sodass die Funken sprühten. Auch der Reisebus konnte bei seiner Geschwindigkeit, der anschließenden Vollbremsung und dem zweimaligen Rammen mit anderen Fahrzeugen seine Spur nicht halten und fuhr kurze Zeit wie bei einem Film-Stunt nur noch auf zwei Rädern, bis auch er wegen der Schwerkraft auf die Beifahrerseite fiel. Auch der Bus schlitterte noch einige Meter weiter, sodass die Oberseite des Anhängers von dem Lkw und das Dach des Busses ineinanderkrachten. Es hörte sich an, als ob jemand eine Dose mit einem scharfen Messer durchschneiden würde, nur tausendmal lauter. Das Dach wurde jedoch fast komplett aufgeschnitten und abgetrennt. Mehrere Fahrzeuge, die hinter beiden Fahrzeugen fuhren, versuchten entweder noch auszuweichen oder abzubremsen, am besten sogar beides zusammen, doch es gelang nicht allen. Nach knapp achtzig Sekunden war das plötzliche ursprüngliche Unfallgeschehen so weit zum Erliegen gekommen, dass die nachfolgenden Fahrzeuge rechtzeitig aufmerksam wurden und dementsprechend bremsen konnten oder bereits deutlich langsamer heranfuhren, sodass es zu keinen weiteren Zusammenstößen mehr kam.

Seladon näherte sich dem Reisebus, dessen Dach aussah wie eine gewaltsam geöffnete Fischdose, dabei war an einigen Stellen Blut zu sehen, dass von vereinzelten Menschen stammte, die bei dem Sturz des Busses und dem anschließenden Aneinanderknallen der Fahrzeuge wohl herausgeschleudert worden waren. Seladon kletterte in den umgestürzten Bus hinein und stieß die große, bereits gesplitterte Windschutzscheibe mit einem einzigen Tritt weg. Dann kümmerte er sich um die verletzten Insassen und holte sie nach und nach aus dem Bus heraus und legte sie einige Meter vom Unfallort entfernt auf der Fahrbahn nieder, um sogleich die nächsten zu retten. Dabei versuchte er zuerst alle Lebenden und anschließend jene, bei denen jede Hilfe zu spät kam, zu bergen. Seladon rettete mittels seiner dämonischen Kräfte alle Personen aus dem Bus, insgesamt einundsiebzig Personen. Nur für dreizehn Reiseteilnehmer sowie für den eingeklemmten Fahrer kam jede Hilfe zu spät, sie hatten durch den Sturz des Busses oder das Zusammentreffen mit dem Anhänger tödliche Verletzungen erlitten, denen sie noch am Unfallort erlagen. Bei den letzten Personen, die er aus dem Wrack des Busses herauszogen hatte, waren auch andere

Personen zu Hilfe geeilt. Achtzehn Minuten nach dem Unfall waren dann die ersten Rettungskräfte vor Ort. Seladon hatte zu diesem Zeitpunkt bereits fünf Menschen – vor den Augen anderer verletzter Reiseteilnehmer – durch Wiederbelebung das Leben gerettet, während alle anderen auf der Fahrbahn lagen und auf ärztliche Hilfe warteten. Insgesamt schwebten noch neun Personen in höchster Lebensgefahr. Die Insassen der beiden Fahrzeuge, die der Bus an der Leitplanke zuerst eingeklemmt hatte, verstarben alle in ihren Fahrzeugen, wahrscheinlich unmittelbar beim Zusammenprall. Hierbei waren im ersten Fahrzeug fünf Personen, eine Familie mit zwei Kindern und wahrscheinlich der Oma, und im zweiten Fahrzeug zwei Geschäftsleute ums Leben gekommen. Die Feuerwehr benötigte über drei Stunden, um alle Insassen aus den Fahrzeugen zu bergen, die mit Schneidbrenner und einer Spezialspreizzange herausgeschnitten werden mussten. Die Beifahrerseite war eigentlich nicht mehr existent, und mancher der Rettungsleute, besonders die jungen, erbrachen sich bei dem Anblick. Keiner der an der Bergung Beteiligten würde jedoch jemals das grauenhafte Bild, das sich ihnen bot, vergessen können.
Bei den sieben unmittelbar am Unfall beteiligten Auffahrunfällen gab es drei Tote zu beklagen, die weiteren zwölf Personen waren bis auf kleinere Verletzungen glimpflich davongekommen. Die Fahrzeuge dieser Unfälle waren jedoch allesamt Schrott. Auch bei diesen Folgeunfällen ebenso wie beim Unfall des Reisebusses sprach man immer wieder von einem Wunder, bei dem es zwar Tote gegeben hatte, aber die Zahl der Toten wesentlich höher und das Unfallgeschehen schlimmer hätte ausfallen können. Auch der Lkw-Fahrer, von dem der Unfall ausging, schwebte aufgrund seines erlittenen Herzinfarkts und seiner starken äußeren Verletzungen durch den Sturz der Zugmaschine noch kurze Zeit in Lebensgefahr, er verstarb jedoch, kurz bevor er in den Rettungshubschrauber geschoben werden konnte. Die gesamte Strecke dieser Autobahn war insgesamt achteinhalb Stunden voll gesperrt, mehrere Notarztwagen fuhren ständig die vielen Verletzten in die umliegenden Krankenhäuser, drei

Rettungshubschrauber flogen die in Lebensgefahr schwebenden Patienten in Spezialkliniken, Feuerwehren mit schweren Räumungsgeräten waren aus mehreren umliegenden Städten angerückt, um die Personen aus den Fahrzeugen zu bergen und die Ladung des Lkws, die über mehrere hundert Meter verstreut lag, zu sichern sowie die schwer beschädigten Fahrzeuge mit Abschleppunternehmen von der Straße zu räumen. Mehrere Streifenwagen der Polizei sicherten derweil den Verkehr auf der Fahrbahn, nahmen Zeugenaussagen auf, beruhigten die verletzten und aufgebrachten Unfallbeteiligten. Auch auf der gegenüberliegenden Seite entstanden Staus, hervorgerufen von schaulustigen Autofahrern, die das Spektakel unbedingt einmal gesehen haben wollten und deshalb auf ihrer Seite extra langsam vorbeifuhren. Hubschrauber der Nachrichtendienste kreisten schon seit einiger Zeit über der Unfallstelle, um Bilder für die Abendnachrichten liefern zu können.

Als Seladon dann auch von einem Polizeibeamten vernommen wurde, hatte er eine tiefe, stark blutende Schnittwunde an der Hand und eine große Platzwunde an der Stirn, aus der nicht weniger Blut über das gesamte Gesicht lief. Diese Verletzungen waren nicht durch den Unfall entstanden, bei dem ihm selbst überhaupt nichts passiert war, sondern diese blutenden Verletzungen hatte er sich zugelegt, als die ersten Helfer zur Unterstützung im Bus aufgetaucht waren. Nicht dass er bei der Rettungsaktion verletzt worden wäre, er fand es eher unpassend, nicht verletzt aus dem Chaos hervorgegangen zu sein, denn er wäre der Einzige gewesen, und das war nicht medienwirksam, es hätte bei allen um ihn herum der falsche Eindruck entstehen können. Sein weißes Hemd, das mit viel Blut verschmiert und dazu noch an vielen Stellen zerrissen war, sah im Detail genauso aus, wie es in seiner Vorstellung auszusehen hatte. Seladon fand, dass eine Maskenbildnerin ihn nicht besser hätte schminken können, um später vor die Kameras und Mikrofone der Presse zu treten. Aber jetzt musste er erst einmal der Polizei gegenüber seine Aussage machen. Äußerlich erschöpft aussehend und mit Tränen in den Augen saß er auf dem Boden neben den vielen Verletzten aus

dem Bus und sollte gerade verarztet werden, was er jedoch ab-
lehnte, weil er wollte, dass die Ärzte sich zuerst um alle anderen
kümmerten. „Waren Sie auch in diesem Bus?", fragte der Polizist
ihn, nachdem er viele andere ansprechbare und vernehmungs-
fähige Verletzte schon zuvor befragt hatte. Seladon tat verwirrt:
„Was meinen Sie bitte?", gab er zur Antwort. „Waren Sie auch
in dem Reisebus, als der Unfall passierte?", fragte der Beamte in
Uniform ihn erneut. „Nein ... nein, ich saß in dem Lkw, als der
Unfall passierte", erwiderte Seladon. Der Polizist vor ihm sah ihn
aufgrund dieser neuen Information erstaunt an, damit hatte er
nicht gerechnet. Er nahm seinen Notizblock und blätterte die
Seite um, damit er Seladons Aussage notieren konnte. „Ich benötige leider Ihre Aussage zu dem Unfallhergang, glauben Sie, dass
Sie dazu in der Lage sind?" „Ja, ich denke schon, wobei ich nicht
glaube, dass ich viel dazu beitragen kann, es ging alles so schnell.
Aber bitte, was wollen Sie denn wissen?", fragte ein verstört wirkender Seladon. „Verzeihen Sie bitte, ich weiß, dass es schwer
ist, das alles noch einmal durchzugehen, aber es ist sehr wichtig.
Wenn es nicht mehr geht, sagen Sie es bitte", sagte der Polizist
voller Mitgefühl, denn er konnte sich vorstellen, was der Mann
vor ihm alles durchgemacht hatte. Seladon nickte nur mit dem
Kopf, und der Polizist fing an, seine Fragen zu stellen: „Zuerst benötige ich mal Ihre Personalien, Sie heißen?" „Schmidt! Schmidt
mit dt", bemerkte Seladon. „Und Ihr Vorname, Herr Schmidt?",
folgte die nächste Frage des Polizisten an den Dämon. „Klaus,
Klaus mit K", gab dieser zurück. „Ihre Adresse?" „Steinallee 20 in
Frankfurt", antwortete Seladon auf die Frage. Der Polizist machte sich fleißig seine Notizen. „Herr Schmidt", fragte der Polizist
erneut, „können Sie mir nun etwas über den Unfallhergang sagen?" „Ja ... nein ... ich weiß nicht", erwiderte Seladon. „Bitte
beruhigen Sie sich. Ich weiß, dass Sie viel durchgemacht haben,
aber Sie könnten uns sehr helfen, wenn Sie uns sagen könnten, was Sie gesehen haben", bemerkte der Uniformierte. „Also,
ich ... ich ... ich", stotterte Seladon, „ich saß in diesem Lkw auf
der Beifahrerseite", berichtete er und zeigte mit der Hand auf
den auf der Seite liegenden Lkw. „Waren Sie sein Beifahrer, ich

meine, waren Sie Kollegen?", fragte der Polizist nach. „Oh nein, ich fahre per Anhalter und wurde nur freundlicherweise mitgenommen", erklärte Seladon. „Ah, ich verstehe", gab der Polizist zurück, während er seine Notizen durchlas, wieder aufsah und eine weitere Frage stellte: „Können Sie uns mitteilen, wie es aus Ihrer Sicht zu diesem schrecklichen Unfall gekommen ist?" Seladon überlegte kurz, bevor er zur Antwort ansetzte: „Wir haben nicht viel miteinander gesprochen, aber er schien mir ein sehr erfahrener Fahrer zu sein. Ich bin während der Fahrt wohl etwas eingedöst, denn als ich ihn plötzlich stöhnen hörte, sah ich, dass er sich an sein Herz griff und plötzlich nach vorne auf das Lenkrad fiel, und plötzlich zog der Lkw nach links. Ich wusste nicht, was ich machen sollte. Hätte ich bloß schneller reagiert, dann hätten nicht so viele Menschen unnötig sterben müssen!", schrie er verzweifelt. „Herr Schmidt", versuchte der Polizist ihn zu beruhigen, „bitte machen Sie sich keine Vorwürfe wegen des Unfalls, Sie haben wirklich Unmenschliches geleistet und heute vielen Menschen das Leben gerettet." „Aber zu spät!", schrie Seladon erneut, „ich hätte versuchen müssen, das Fahrzeug auf der Spur zu halten, dann wäre der Unfall nicht passiert, aber es ging alles so schnell!" Mitfühlend legte der Beamte seine Hand auf Seladons Schulter: „Ich glaube nicht, dass Ihnen das gelungen wäre, erst recht nicht bei diesem starken Gefälle, und spätestens in zwei Kilometern kommt eine starke Rechtskurve, ich glaube, ein Unfall war überhaupt nicht zu vermeiden." Nach einer Pause, um das Gesagte wirken zu lassen, wollte der Polizist jetzt doch noch ganz genau wissen, was danach passiert war, zumal das Trümmerfeld eine Analyse des Unfallhergangs äußerst schwer machte. Zudem waren bisherige Zeugenaussagen nicht wirklich aussagekräftig gewesen. „Können Sie mir sagen, was weiter passiert ist, als das Fahrzeug mit dem bewusstlosen Fahrer nach links zog?" „Ich habe nur einen mächtigen Schlag gegen meinen Kopf gespürt, und dann weiß ich nichts mehr. Als ich wieder zu mir kam, lag das Fahrzeug bereits auf der Seite, und ich lag auf dem Fahrer. Ich bin dann zur Beifahrertür, die nach oben zeigte und unbeschädigt war, ausgestiegen, und dann sah

ich auch schon den Reisebus und hörte die Menschen darin um Hilfe schreien", erzählte Seladon mit zittriger Stimme. „Sie haben vielen Menschen das Leben gerettet!" Mehr konnte der Beamte dazu nicht sagen. Seladon wandte sich noch einmal an den Polizeibeamten: „Ich habe einfach helfen müssen." „Sie sind ein Held, ich möchte Ihnen meinen persönlichen Dank für Ihren Mut und Ihre Hilfe aussprechen." Der Beamte klopfte ihm auf die Schulter und schüttelte seine Hand. Wie ein Held wurde der Retter Seladon anschließend von allen Rettungskräften, die am Unfallort waren, gefeiert, was natürlich von der Presse, die mittlerweile auch vor Ort war, mit Kamera und Fotoapparat festgehalten wurde. Immer wieder musste Seladon erzählen, dass er zufällig per Anhalter im Unglücksfahrzeug gesessen hatte. Der Fahrer hätte ihn mitgenommen und sich plötzlich ans Herz gegriffen und wäre dann über dem Lenkrad zusammengebrochen und gleichzeitig das Fahrzeug nach links rübergezogen, an mehr konnte er sich nicht erinnern. Er musste dann wohl mit dem Kopf irgendwo angeschlagen und bewusstlos geworden sein. Als er dann aufwachte, hatte er, als er draußen auf der Straße stand, den Bus gesehen und versucht, die um Hilfe schreienden Menschen darin, ohne auf sein eigenes Leben zu achten, schnellstmöglich zu retten. Immer wieder wurde er daraufhin gefragt, ob er denn keine Angst gehabt hatte, dass die Fahrzeuge vielleicht explodieren könnten, aber jedes Mal erzählte er, dass er sich ja die Schuld gab, weil er nicht schnell gehandelt und den Unfall vermieden hatte. Angst hätte er zu diesem Zeitpunkt nur insofern gehabt, dass er zu spät kommen würde, um den Menschen helfen zu können. Zwischendurch ließ er sich dann auch noch medienwirksam von den Ärzten vor Ort behandeln, damit die Presse unterschiedliche Bilder von ihm bekam, bevor er dann schließlich auch ins Krankenhaus gefahren wurde.
Noch in den ersten Abendnachrichten wurde sein Bild immer wieder auf allen Kanälen im Zusammenhang mit diesem schweren Verkehrsunfall gezeigt. In diesem Bericht kam dann auch gleich die Aussage des leitenden Polizeibeamten, der Seladon in höchsten Tönen als Retter lobte. Anschließend äußerte sich

ein Verkehrsexperte über den Unfall, dass es spätestens zwei Kilometer später zu einem vielleicht noch folgenschwereren Unfall gekommen wäre, da das ungebremste Fahrzeug noch zusätzlich an Geschwindigkeit zugelegt hätte und ein Unfall in einer Kurve immer schwerwiegende Folgen hatte. Sämtliche Tageszeitungen standen dem Medienspektakel im Fernsehen am folgenden Tag in nichts nach. Seladons Foto war an diesem Tag in ganz Deutschland zu sehen und er selbst mit einem Schlag in aller Munde. Mehrere Senderanstalten belagerten ständig das Krankenhaus, in das man ihn gebracht hatte, da man ihn noch wegen einer Gehirnerschütterung unter Beobachtung dabehalten wollte. Seladon genoss den Rummel um seine Person, doch musste nun auch der nächste Schritt erfolgen. Bei der morgendlichen Arztvisite sprach er deshalb den Chefarzt an: „Herr Doktor, wie lange muss ich noch hier bleiben?" Der Arzt schaute sich seine Krankendatei an, auf der alle Daten notiert waren. „Na ja, Herr Schmidt, aus medizinischer Sicht denke ich, könnte ich einer Entlassung zustimmen, wobei ich Ihnen sagen muss, dass Sie dann der lauernden Meute von der Presse direkt in die Hände laufen werden." Nach außen zeigte Seladon ein trauriges Gesicht, doch innerlich sprühte er vor Freude. Als er eineinhalb Stunden später an der Eingangstüre erscheinen sollte, wusste die Presse bereits, dass er entlassen worden war, dementsprechend war der Rummel um ihn besonders hoch. Aber er war ein Dämon und hatte nur vorübergehend menschliche Gestalt angenommen. Es war so einfach, sich unsichtbar unter den Wartenden vor dem Eingang zu bewegen. Er suchte einen Reporter einer führenden Medienanstalt auf. Es war eine Frau, in deren Gedanken er nun seine Informationen einspielte.
Die junge Frau holte ihr Handy aus der Tasche, entfernte sich etwas von ihren Kollegen der anderen Sender und rief ihren Boss an. „Hallo Peter, Caro hier, sag mal, was lässt unser Budget zu, um eine Exklusivreportage von unserem Helden zu bekommen?", fragte sie ihn. „Was meinst du genau damit?", meinte ihr Boss. „Ich weiß, dass er einen Seitenausgang nehmen wird, während sich alle anderen hier vor dem Haupteingang die Beine in

den Bauch stehen werden", sagte sie und überschlug sich fast beim Sprechen, weil sie Angst hatte, dass ihr die Zeit davonlaufen würde. „Woher bist du dir da so sicher?", wollte ihr Boss wissen, weil er nämlich später die Kosten würde rechtfertigen müssen, falls es sich als eine Fehlinformation erweisen würde. „Caro, kannst du deinem Informanten trauen?", hakte Peter noch einmal nach. „Peter, du wirst mich jetzt vielleicht für verrückt halten, aber es ist kein Informant, ich weiß auf einmal, was er tun wird", sprach sie zu ihm mit Verzweiflung in der Stimme. „Das ist in der Tat verrückt, Caro", erwiderte er. „Ich weiß, aber glaube mir, ich habe dich noch nie enttäuscht, glaub mir nur noch dieses eine Mal, bitte!", flehte sie und wusste, dass nun alle Trümpfe ausgespielt waren; würde er jetzt Nein sagen, hatte sie verloren. Peter überlegte kurz, als sich auch in seinen Gedanken eine Sicherheit in Bezug auf Caros Worte über ihn legte, deshalb sagte er jetzt ins Telefon hinein: „Okay, sag mir, was du brauchst." Im Hintergrund der Redakteurin lächelte ein zufriedener Dämon über den Fortschritt seiner geplanten Aktion. „Ich brauche ein Fahrzeug, am besten mit gespiegelten Scheiben, und eine große Suite in einem Hotel, ach ja, und eine neue Ausstattung", überschlug sich Caro förmlich. „Und das alles nur für ein Interview?", wunderte sich ihr Boss. „Peter, wir haben ihn in unserer Suite – alles exklusive." „Das glaube ich dir nicht, dass du das schaffst Caro, auch wenn du wieder mal deinen ganzen weiblichen Charme einsetzen wirst", meinte ihr Boss und hoffte, dass es anders wäre. Caro schaute sich um, ob nicht schon einer ihrer Kollegen ihr Telefonat belauschen würde, aber die anderen waren zu sehr auf die Eingangstüre fixiert. „Gib mir 'ne Chance, Peter. Wenn ich es vergeige, kannst du mich ja feuern. Habe ich deine Zustimmung?", fragte sie verzweifelt. „Ja, leg los! Gib mir noch ein paar Einzelheiten, damit ich was vorbereiten kann, und sag mir, wohin ich dir die Karre schicken soll", bekam sie das Okay von ihrem Chef. „Zum Lieferanteneingang des Krankenhauses, und schicke mir jemanden, der mich hier vorne ablöst, damit wir kein Aufsehen erregen, wenn unser Sender plötzlich nicht mehr vertreten ist", teilte sie ihm mit und klappte ihr Handy zu. Als fünfzehn Minuten später ihr Kollege bei ihr auftauchte, teilte Caro ihm kurz mit, dass er noch eine Stunde das Versteckspiel mitmachen sollte, bevor er sich dann entfernen konnte. „Du Caro, der Mercedes steht neben der Zufahrt, Bernd fährt euch", bemerkte dieser und mischte sich unter die Kollegen. Caro verabschiedete sich und ging zu seinem Auto, das sie dann auf der Straße zur Lieferantenzufahrt stehen lassen würde, und fuhr zum Hinterausgang. Sie war gerade am Ausgang eingetroffen, als auch schon die Türe aufging und Seladon alias Klaus Schmidt heraustrat.

„Guten Morgen, Herr Schmidt, schön zu sehen, dass es Ihnen wieder besser geht. Darf ich mich kurz vorstellen, Caroline Breitenstein, Journalistin des Privatsenders RTL." „Was kann ich für Sie tun, Frau Breitenstein?", fragte ein nervös wirkender Seladon. „Nun, die Frage ist, was kann ich für Sie tun, Herr Schmidt?", konterte sie lächelnd. „Ich verstehe nicht, worauf Sie hinauswollen", sagte er und tat weiterhin, als wüsste er überhaupt nicht, was hier vor sich ging. Caro trat einen weiteren Schritt auf ihn zu und hakte sich vertrauensvoll bei ihm ein. Sie umgarnte ihn und ärgerte sich innerlich, dass sie nicht mehr die Zeit gefunden hatte, ihre Bluse noch einen Kopf zu öffnen, um ihre weiblichen Reize voll und ganz einzusetzen, etwas, was ihr bisher oft vor den anderen Kollegen den Erfolg eingebracht hatte. Deshalb versuchte sie es jetzt umso mehr auf ihre charmante Art: „Nun, sagen wir es mal so, ich würde Sie gerne vor der Meute, die am vorderen Eingang auf sie lauert, retten, weshalb Sie selber ja auch schon den Lieferanteneingang und -ausgang benutzen." „Was mir aber nicht gelungen ist." Seladon gefiel das Spiel, das sie spielte, zumal es nach seinen Spielregeln gespielt wurde. „Was Ihnen nicht gelungen ist, richtig", wiederholte sie mit einem Siegeslächeln, wurde dann aber wieder ernst: „Aber ich möchte Ihnen ein Angebot machen." „Und wie sieht Ihr Angebot aus?", erwiderte er. „Ich würde Sie gerne unbemerkt von hier wegbringen, Sie neu einkleiden", bei diesen Worten zeigte sie auf seine blutverschmierte und zerrissene Kleidung, „und Ihnen für die nächsten Tage ein Hotelzimmer anbieten, so lange, bis das Interesse der vielen Presseleute etwas nachgelassen hat, denn vor Ihrer Wohnung stehen bestimmt ebenso viele Reporter wie am Krankenhauseingang. Mittlerweile werden die wohl die ganze Nachbarschaft über Sie ausgefragt haben", sagte sie mit einer weichen Stimme, während sich ihr Körper gefährlich nahe an den Seinen gedrängt hatte. „Und auch Ihr Interesse wird dann wieder nachlassen, nehme ich an?", gab er kühl zurück. „Das ist wohl wahr." Caro merkte, dass sie ihre Taktik ändern musste, zumindest für den Augenblick, und fand schnell zur sachlichen Unterredung zurück. „Ihre Geschichte ist eine Story, mehr nicht, aber zurzeit sehr interessant für uns Reporter und bestimmt für fünfzig Millionen Deutsche. Aus diesem Grund stürzen sich im Moment ungefähr einhundert Reporter allein hier vor dem Krankenhaus wie die Geier auf Sie, zumal Sie mit der Kleidung, die Sie augenblicklich tragen, nicht nur für öffentliche Unruhe sorgen werden, sondern auch wie mit einem roten Tuch vor einem Stier herumwedeln. Sie könnten sich auch auf ein Podest auf die Straße stellen und laut ‚Hier bin ich rufen – es hätte den gleichen Effekt. Mit Ihrem Äußeren sind Sie mehr als auffällig, Sie können eine Belagerung Ihrer Person nicht umgehen, Sie haben nun einmal im Moment kein Privatleben mehr, denn das haben die Medien Ihnen genommen, weil Sie zu einem öffentlichen Interesse geworden sind. Aber das wird nachlassen, sehr schnell sogar. Also, spielen Sie mit, und ich halte erstens Ihnen die Geier vom Leib, und zweitens werden wir auch noch für ein Taschengeld sorgen, damit Sie, wenn der Rummel um ihre Person wieder vorbei ist, weicher fallen werden, nachdem man Sie zuvor hochgejubelt hat." Carolin Breitenstein hatte alle Karten offen auf den Tisch gelegt, nun würde sich zeigen, wer von beiden die besseren Karten hatte. „Das ist Ihr Angebot?", fragte Seladon immer noch kühl, fast abweisend. „Das ist mein Angebot", gab sie ehrlich zurück, aber etwas in ihr sagte ihr, dass sie gewonnen hatte, sonst hätte er sie schon längst stehen gelassen und wäre fortgegangen. „Das alles tun Sie aber doch nicht aus reiner Nächstenliebe oder weil ich Ihnen so sympathisch bin – was ist denn meine Aufgabe bei dem Deal?“, fragte er mit seinem sympathischen Lächeln und fing nun seinerseits an, mit ihr zu flirten. „Unser Sender erhält die Exklusivrechte an Ihnen.“ „Ein ganzer Sender, das schließt sie mit ein, oder? Und es gibt keinen Haken an der Sache, etwas was ich im Nachhinein bereuen müsste?“, bemerkte er und schaute ihr zum ersten Mal bewusst tief in die Augen. Der Mann vor ihr spielte mit ihr, war raffiniert. Er hatte ihr alles entlocken können, ohne dass sie es gewollt hatte, aber sie konnte sich ihm nicht entziehen. „Kein Haken, versprochen – alles, was Sie sagen, wird von Ihnen auf seine Richtigkeit geprüft, wenn Sie das möchten“, gab sie nervös zur Antwort. Dieser Mann war nicht so leicht zu beeinflussen, wie sie sich das zu Anfang vorgestellt hatte. „Na, dann würde ich sagen, dass wir beide jetzt einkaufen fahren“, antwortete er ihr und ließ sich von ihr zum Wagen führen.

Natürlich konnten sie in seiner jetzigen Aufmachung nicht in ein Kaufhaus fahren, also fuhren sie direkt in die Hotelgarage, und anschließend gingen sie unbemerkt in die bereits von Peter reservierte Suite. Dort wartete auch schon seit einer halben Stunde ein Tailleur, der ihm nun die Maße abnahm und ihn nach seinen Kleidungswünschen befragte. Als der Tailleur drei Stunden später wiederkam, hatte er Garderobe für rund zwanzigtausend Euro besorgt. Klaus Schmidt hatte derweil ein Bad genossen und fühlte sich endlich wieder zurück im richtigen Leben. Wie er hierhergekommen war, wusste er nicht genau, alles war wie verschwommen, wie in einem Traum, an den man sich nur ganz vage erinnerte, aber es war ihm auch egal, er war endlich wieder zurück auf der Siegerstraße, und nur das zählte.

Mit dem Tailleur, der ihm unter anderem den Anzug, den er nun trug, gebracht hatte und der dann wieder verschwunden war, war auch die Frau, Caro, wie sie von den anderen genannt wurde, mitgekommen und dazu ein ganzes Fernsehteam. Sie überrumpelten ihn förmlich, aber anscheinend hatten sie ihm die Suite gemietet, also hielt er sich erst einmal zurück. Sie schalteten den im Zimmer stehenden Fernseher ein und sahen die ersten Reaktionen auf das Verschwinden von Klaus Schmidt. Jetzt bekam Klaus einen kleinen Hinweis, um was es genau ging. Dabei wurde in den Nachrichten ein Bericht gezeigt, in dem noch immer gerätselt wurde, was es mit dem Verschwinden von Klaus Schmidt auf sich hatte. Man zeigte zuerst Bilder des Krankenhauses, dann den Chefarzt, der versicherte, dass Herr Schmidt auf seine Entlassung gedrängt hatte und dass aus medizinischer Sicht dem nichts entgegensprach, dann folgten Bilder seines Mietshauses, in dem er noch bis vor Kurzem gewohnt hatte, als Nächstes Bilder der Frankfurter Börse, wo er jahrelang erfolgreich gearbeitet hatte, und dann kamen auch schon wieder Bilder von dem Unfallort, aber das war es auch schon. Es gab nichts Neues, was die Menschen wirklich fesselte. Caro wusste, dass dieses Geschäft sehr schnelllebig war. Eine neue Katastrophe irgendwo, und niemand interessierte sich noch für den Unfall und den Retter von gestern. Sie mussten sich beeilen. „Klaus, bist du so weit?", rief sie in den Nebenraum hinein, „wir wollen anfangen." Klaus Schmidt hatte keine Ahnung, was nun passieren oder was er erzählen sollte. Das, was dort im Fernsehen zu sehen war, schwirrte lediglich als Traumfetzen in seinem Kopf herum, aber das war auch schon alles. „Ich komme gleich", rief er mit einem leichten Anflug von Verzweiflung zurück. Diesmal agierte Seladon weniger brutal in den Gedanken von Klaus, übernahm aber mehr und mehr die Führung. Nach einem Drink, den sich der ehemalige Makler noch gönnte, gesellte er sich – von Seladon wie eine Marionette an den Fäden gezogen – zu den anderen. Dabei war Klaus Schmidt erneut wie in Trance in seiner eigenen Welt gefangen, während Seladon alias Klaus Schmidt wieder die Bühne betrat.

Das Interview wurde nun aufgezeichnet und alles noch einmal im Detail geschildert, dabei wurde jetzt auch zum ersten Mal aus Seladons Sicht dargelegt, warum er das Krankenhaus heimlich verlassen hatte, warum er nur einem Sender das Interview gab, welche Geräusche damals bei dem Unfall zu hören gewesen waren und was ihn immer noch begleitete. Weiter wurde erwähnt, wie viel Chaos am Unfallort geherrscht hatte, wie lange die Rettungskräfte gebraucht hatten, um am Unfallort zu sein, wie sich seine Retter bei ihm bedankt hatten und noch viele andere Dinge, die bisher noch nicht bekannt gewesen waren. Dann erzählte man etwas von seiner Vergangenheit und sprach über seine mögliche Zukunft. Zwischendurch wurde die Aufnahme gestoppt, denn es gab weitere Nachrichten im Fernsehen zu sehen, die ankündigten, dass um zwanzig Uhr fünfzehn eine Sondersendung mit einem Exklusivinterview mit Klaus Schmidt gesendet werden würde. Es lag eine spürbare Aufregung in der Luft. Caro zeigte Seladon, dass im Anschluss an den ersten Teil ein weiterer Teil eingespielt werden würde, in dem sich einige Gerettete über ihre Rettung und den Retter äußerten. Der Abschluss, wie er bisher präsentiert wurde, bestand aus Bildern der Verstorbenen, wie sie mit einem Tuch zugedeckt auf dem Asphalt lagen, und aus Bildern der Fahrzeuge, speziell des Busses und der zwei eingeklemmten und völlig zerquetschten Fahrzeuge. Jetzt brauchte man noch einen halbwegs positiven Schluss.

Caro trat professionell vor die Kamera: „Guten Abend, meine Damen und Herren. Trotz all dieser überaus schrecklichen Bilder und der vielen Toten ist es doch als ein großes Wunder anzusehen, wenn man sich nur vorstellt, was alles noch Schlimmeres hätte passieren können, ohne natürlich vergessen zu wollen, dass jeder einzelne Tote an diesem Tag ein schlimmes Erlebnis für die Angehörigen und Freunde bedeutet. Aber solange es Menschen wie Klaus Schmidt gibt, die beherzt eingreifen, ohne über die damit einhergehenden Gefahren nachzudenken, können wir sicher sein, dass in höchster Not immer wieder Menschen ihr eigenes Leben riskieren, um anderen helfen zu können." „Es ist kein Wunder!", rief Seladon von der Seite in die Aufnahme hinein. Caro war überrascht, handelte aber blitzschnell, wie Reporter eben reagieren, wenn sie eine weitere Story wittern. Nun schwenkte die Kamera wieder auf Caro und Herrn Schmidt in der Großaufnahme. „Herr Schmidt", wandte sich Caro nun an ihn, „Sie selbst sind für viele Betroffene und sehr viele Menschen, die uns jetzt zugeschaltet sind, ein Teil dieses Wunders. Warum

meinen Sie selbst, dass es kein Wunder ist?" Nun war Herr Schmidt wieder voll im Fokus der Kamera. „Ein Wunder heißt doch, dass etwas Wunderbares geschehen ist. Oftmals wird das dann noch mit Gottes Willen oder Gottes Eingreifen interpretiert, dass Gott ein Wunder geschehen ließ. Aber glauben Sie mir, da ist nichts Wunderbares an dem Unfall gewesen. Wissen Sie, es war kein Wunder, dass so viele Menschen überlebt haben, sondern es ist unerträglich grausam, dass so viele Menschen gestorben sind. Dreiundzwanzig Tote, darunter auch Kinder, sind kein Wunder! Menschen, die vielleicht nur jemand besuchen wollten, auf der Heimreise waren. Menschen, die Urlaub machen wollten. Es waren Menschen, die einfach so aus dem Leben gerissen wurden – und warum sind sie gestorben? Ich sage es Ihnen. Sie sind gestorben, weil es so etwas wie einen Gott nicht gibt!", klang Seladon sehr aufgebracht, wütend und enttäuscht. „Okay, Herr Schmidt, das ist Ihre persönliche Meinung, aber angesichts der vielen gläubigen Menschen hier im ...", versuchte Caro, die Situation zu relativieren, kam aber nicht dazu, denn Seladon ließ sie nicht ausreden. „Ja, das ist meine persönliche Meinung, und ich werde es jedem sagen, der mich danach fragen wird. Ich habe die Schreie gehört, habe ihr Leid, ihre blutenden Wunden gesehen und den Menschen zusammen mit den anderen Rettungskräften geholfen. Glauben Sie mir, ein Gott war nicht dabei."
Das Interview, das noch am gleichen Abend ausgestrahlt wurde, hatte eine unglaubliche Medienwirksamkeit und hohe Einschaltquoten, die den Sender und Seladon glücklich machten. Immer wieder wurde das Interview mit Seladon in weiteren Nachrichten über alle Sender verteilt ausgestrahlt. Aber auch die Zeitungen konnten am nächsten Tag mit einer großen Überschrift „GOTT – EINE LÜGE?" aufwarten und fantastische Verkaufszahlen verbuchen.
In den folgenden vier Wochen hatte Seladon alias Klaus Schmidt insgesamt zehn Fernsehauftritte in Unterhaltungssendungen oder diversen Talkshows, in denen er seine Meinung über die Existenz eines Gottes weitergab. In diesen Sendungen ließ er es sich nicht

nehmen, all die Schicksalsschläge, mit denen ihn Salasul auf seinen Reisen konfrontiert hatte, nun medienwirksam weiterzugeben. Auch hatte er bei jeder Sendung, an der er teilnahm, eine aktuelle Zeitung dabei, wo er dann Zuschauer, Talkmaster und sonstige Gäste bat, die Anzahl und die unterschiedlichen Verbrechen einmal aufzulisten. Jedes Mal schockierte er damit sämtliche Anwesenden und machte sie sprachlos.

Danach trat Seladon selbst als Prediger auf: in Fußgängerzonen, bei weiteren Talkshows, in Radioanstalten, bei öffentlichen Kundgebungen, auf Kirchentagen, Friedensdemonstrationen, Demonstrationen gegen Atomkraft oder Arbeitslosigkeit. Überall dort trat er auf und verkündete, was die Menschen hören wollten. Er klagte an, sagte aber auch immer, dass er froh sei, nicht die Verantwortung für all das tragen zu müssen, aber auf Gott könne man sich nicht verlassen, weil es einen Gott nicht gebe, das habe doch die geschichtliche Entwicklung deutlich gezeigt.

Seladon war gut, sehr gut sogar, vielleicht sogar richtig genial, wenn man es aus seiner Sicht betrachtete. Er griff nie direkt an, war unglaublich listig. Am einfallsreichsten war er jedoch bei dem, was alle Dämonen gut konnten: Verunsicherung streuen, das Selbstwertgefühl rauben, Zweifel und Depressionen säen. Alles, was die Menschen dazu brachte, sich mit sich selbst zu beschäftigen und nicht auf größere Ziele zu blicken, war ein idealer Nährboden, auf dem seine Saat aufging.

Aber Seladons innere Sehnsucht bewegte sich immer in die Richtung, direkt an der Front zu agieren. Unzählige Male war er bereits in Kirchen oder Großveranstaltungen aufgetaucht, mit nichts als seinem Schwert und einem glühenden Hass in seinen Eingeweiden. Oft war es knapp, aber da er nie wieder allein auftrat, gelang es ihm und den anderen Dämonen immer wieder, erfolgreich zu agieren, auch wenn sie dabei meist nicht so spektakulär waren wie Seladon bei seinem ersten großen Auftritt. Während der Veranstaltungen drängte sich Seladon immer wieder in den Geist der Menschen, um sie davon abzulenken, dem zu folgen, was ihnen gepredigt wurde. So veranlasste er, dass die Sterblichen während der Predigt von Müdigkeit übermannt wurden, gab ihnen alle möglichen Gedanken ein, wie zum Beispiel Urlaubserinnerungen, momentane Sorgen, peinigte sie mit Kopfschmerzen, Rückenschmerzen und Unwohlsein. Alles, was ihre Konzentration störte, galt als Erfolg. Auch eine kleine störende Fliege konnte das erfüllen.

Bei vielen erschien er auch nach deren Bekehrung und bedrängte sie, drang in ihren Geist und säte Zweifel. Bei anderen, die nicht so leicht zu beeinflussen waren, schenkte er plötzlichen Reichtum oder berufliche Positionen, die ihnen neue Macht gaben, oder er schenkte ihnen sexuelle Erlebnisse. Reichte dies immer noch nicht aus, schlug er eine völlig andere Taktik ein: Er bedrängte diese Menschen, indem er ihre neue Lebensweise oder ihren Glauben publik machte, woraufhin viele dieser Gläubigen aus Angst vor dem Spott von Familienangehörigen, Freunden, Bekannten oder Arbeitskollegen ihren neu erkannten Gott verleugneten. Dabei war es bei der Familie und an der Arbeit ganz besonders schlimm, wenn der persönliche Glaube an Gott aufgedeckt und die entsprechenden Personen attackiert und bloßgestellt wurden. Nicht weniger Male wurden ihnen falsche Dinge unterstellt, und sie wurden gemieden, als hätten sie ein Verbrechen verübt. Sie waren zu Außenseitern der Gesellschaft geworden.

Zum unzähligen Male schon saß Seladon nun bei einer christlichen Veranstaltung mitten unter den Zuschauern – als sichtbare sterbliche Person in anthrazitfarbenem Anzug – und sendete seine Gedanken zu den Zuhörern, die sie von Gott ablenken sollten. Viele Engel bemühten sich, die negativen Gedanken des Dämons abzuwenden, sodass die Menschen das Wort Gottes ungestört weiterhören konnten. Einen Kampf wollten beide Seiten jedoch nicht führen, also beließ man es bei diesem kleinen Kräftemessen. Seladon säte gerade Zweifel in die Gedanken eines Vorstandsvorsitzenden, der in der Predigt soeben vernommen hatte, dass man seine Schuld und seine Sorgen an den

Herrn abgeben solle. Er hatte das Gefühl, dass all das, was der Sprecher da gerade sagte, genau auf seine Lebenssituation zutraf. In der Predigt ging es um ein glückliches, sinnvolles Leben. Der Mann überlegte, wann er zum letzten Mal so richtig glücklich gewesen war, so glücklich, wie der Pastor dies beschrieb – gab es so etwas überhaupt? Seine Ehe jedenfalls hatte den Belastungen des Alltags und den Anforderungen des Jobs nicht standhalten können. Er hatte kaum noch Zeit zu Hause verbracht, und wenn er es dann doch mal geschafft hatte, zu Hause zu sein, bevor die Kinder zu Bett gingen, hatte er keinen Nerv mehr gehabt, ihnen zuzuhören. Er lachte bitter in sich hinein, obwohl er am liebsten geweint hätte, denn ihm war heute Abend mehr als einmal bewusst geworden, dass er vieles, was ein sinnvolles Leben ausmachte, mit Geld und Macht kompensiert hatte. Aber er kam nicht raus aus dieser Spirale – wie auch? Wann hatte man genug Geld oder die richtige Position? Sein Leben lang, so fühlte er jetzt, war er einem Ziel hinterhergelaufen, das er selbst mit größtem Energieeinsatz nie erreichen würde, das ihn noch nicht einmal glücklich machen würde, für das er aber alles geopfert hatte. Längst hatte er jegliches Gefühl dafür verloren, wann seine eigenen Ideale verschwunden waren. Und nun sprach dieser glücklich wirkende Mensch am Rednerpult ganz offen über seine eigenen Verfehlungen und über seine Begegnung mit Jesus. Er sprach von Gnade, vom Abgeben materieller Dinge und dem Gewinn eines sinnerfüllten Lebens, von Schuld und Vergebung. Es schien so einfach, dies alles zu erlangen. *Was glaubst du wohl, was passiert, wenn du deinen Kollegen so etwas sagst? Was werden sie dann von dir denken? Sie werden natürlich denken, dass du spinnst!* Der Mann bekam diese Gedanken nicht mehr aus dem Kopf, und er hörte schon gar nicht mehr richtig, was der Redner auf der Bühne sagte. Erneut versuchte er sich zu konzentrieren und dem Gesagten zu folgen, aber der Sinn der Worte erschloss sich ihm nun nicht mehr. Seladon hatte ganze Arbeit geleistet. Wie stolz Menschen doch auf das sind, was sie darzustellen meinen, so stolz, dass sie selbst in ihrem eigenen Elend daran festhalten wollen. Seladon wusste genau, dass der Mann die Entscheidung,

die er erst vor Kurzem getroffen hatte, schon heute Abend beim
Zubettgehen widerrufen und als völligen Unsinn abtun würde. Plötzlich und unbemerkt trat ein mächtiger Engel vor den
Dämon. Seladon hatte ihn schon von Weitem neben dem Pastor
stehen gesehen, aber er hatte sich nicht weiter um ihn gekümmert. Jetzt stand er völlig unerwartet vor ihm. Seladon wollte
sofort zu einem Angriff übergehen und hatte seine Hand bereits
an seinem Schwertgriff, weil er spürte und auf einmal wusste, dass
dieser Engel sehr mächtig war, wahrscheinlich sogar mächtiger
als er selbst. Aber Seladon hielt in seiner Bewegung inne. Seine
Hand ruhte noch immer auf seinem Schwertgriff, aber irgendetwas hielt ihn zurück, das Schwert zu ziehen. Es war keine Angst
vor dem, was passieren könnte, sondern eher weil der Engel vor
ihm stand und ihn angrinste. Er konnte die Souveränität seines
Gegenüber förmlich spüren, und etwas in dessen lächelnden
Augen schien Seladon deutlich etwas zu sagen. Irgendwoher
kannte er ihn, aber er wusste noch nicht woher.
Der Engel trat näher auf ihn zu und packte ihn mit einem
plötzlichen festen Griff am Arm. Seladon war überrascht, nein
regelrecht irritiert aufgrund dieses ungewöhnlichen Verhaltens
seines Gegners. Auge in Auge standen sie sich nun gegenüber,
beide mit unglaublicher Macht ausgestattet, und noch immer
starrte der Engel ihn mit festem Blick an, schien sich regelrecht
in seine Seele bohren zu wollen. Dabei war dies kein feindlicher
Angriff, sondern mehr so, als wolle er ihm sagen, dass er ihn genau
kenne oder etwas wisse, als Seladon plötzlich von ferne eine trau-
rige Stimme hörte: „*Möge Gott dich auf ewig beschützen, bis wir uns
im Himmel wiedersehen, und mir die Kraft geben, weil ich leider ohne
dich weiterleben muss.*" Seladon fuhr ein Schreck in die Glieder. Er
brauchte nicht erst zu fragen, wem diese Stimme gehörte, er wusste es sofort, es war Sabine, die da gesprochen hatte. Wie lange
hatte er nicht mehr an sie gedacht, hatte mit ihrem Tode auch
ihre Erinnerung verdrängt? Wieder erklang die Stimme: „*Möge
Gott dich auf ewig beschützen, bis wir uns im Himmel wiedersehen,
und mir die Kraft geben, weil ich leider ohne dich weiterleben muss.*"
Diesmal schien es ihm, als wäre sie näher, aber vielleicht nahm er

sie jetzt auch nur bewusster war. *„Du wirst sie im Reich der Toten nicht finden, Benjamin“*, sprach sein Gegenüber plötzlich in seinen Gedanken zu ihm, lockerte den Griff an seinen Arm und zwinkerte ihm mit einem Auge zu. Dann drehte er sich um und ging einfach friedlich davon.

Keiner der Dämonen hinderte ihn daran, während Seladon immer noch verloren an gleicher Stelle stand, unfähig, eine Entscheidung für sich zu treffen. „Seladon, die Armee ist in Position, die winselnden Gebete der Menschen sind gedämpft, wir können nun den frontalen Angriff wagen“, teilte ihm ein unterwürfiger Dämon mit. Seladon schien mit seinen Gedanken in weiter Ferne zu sein und ihn überhaupt nicht wahrzunehmen. „Herr, deine Befehle“, sprach der Dämon erneut, diesmal jedoch etwas lauter und bestimmter in seinem Tonfall. Aber immer noch erhielt er keine Reaktion seines Führers. Plötzlich schlug Seladon mit aller Macht zu. Der Dämon vor ihm wand sich unter extremen Schmerzen, und ein höllisches verzehrendes Feuer brannte über ihn hinweg. Die Haut des Dämons verdampfte, und Schmerzenschreie hallten durch die gesamte Halle. Alle Augen der anwesenden Dämonen waren von nah und fern auf den Kampf gerichtet. Erneut ergoss sich Seladons grausamer Zorn über den Dämon, der vor ihm lag, und Seladon drang wutentbrannt in seinen Geist ein. Immer und immer wieder, ohne Unterlass. Aus dem einst mächtigen Krieger war mittlerweile eine jammervolle und erbarmungswürdige Kreatur geworden. All seine dämonischen Kräfte und seine Macht hatte er eingebüßt, einzig seine Existenz war übrig geblieben. „Nie wieder dringst du in meine Gedanken ein – nie wieder!“, schrie Seladon. Dann schaute er auf und blickte jedem einzelnen Dämon einem nach dem anderen in die Augen: „Lasst es euch eine Lehre sein: Niemand dringt ungefragt in meinen Geist, niemand!“, brüllte er sie an, und sein Zorn war nun unbändig. Mit einer herrischen Bewegung raffte er seinen schwarzen Umhang zusammen und schritt voran. Unterwürfig traten die Dämonen schnell zur Seite und bildeten eine Gasse von winselnden Kreaturen, weil ihm niemand auch nur einen Millimeter zu nahe kommen wollte. Sie hatten seine

unglaubliche Macht bereits erlebt, und niemand wollte es darauf
ankommen lassen, sie zu spüren. Feige neigten sie ihr Haupt nun
noch tiefer, um ihm zu schmeicheln. „Zieht euch zurück!", bellte
Seladon in einem Tonfall, der absolut keine Diskussion zuließ,
und entschwand vor ihren Augen. Keiner hätte es jetzt gewagt,
die geplante Schlacht nun doch ausführen zu wollen. Verärgert
und enttäuscht, heute keinen Sieg davongetragen zu haben, zogen die Dämonen einer nach dem anderen ab, und ehe man sich
versah, waren mit einem Mal alle verschwunden.

Kapitel 16: Wiederkehr

Seladon bekam Sabines Ruf nicht aus seinem Kopf, aber noch schlimmer für ihn war, dass dieser sich in seinem Herzen festgesetzt hatte und nun wie Wellen immer größere Kreise zog. Er wusste einfach nicht, wie er damit umgehen sollte. Sabine war tot. Sie war elendig gestorben, allein und verlassen von der Welt hatte sie einen einsamen Kampf gekämpft, aber Gott – erneut spie er das Wort „Gott" voller Verachtung aus – hatte sie unvorstellbar leiden lassen. Warum sie?, fragte Seladon sich immer wieder, warum hatte sie so lange leiden müssen, während er so schnell gestorben war, dass er überhaupt nichts mitbekommen hatte? Beides war falsch, aber wenn schon, dann sollte auch sie ohne Schmerzen und Leid sterben können. Aber dieser Scheinheilige hatte wohl großen Spaß daran, die Menschen zu quälen.
Und heute hatte er plötzlich Sabines Stimme vernommen. Wie war das möglich? Er dachte nach. Sein heutiges Auftreten war ihm noch glasklar vor Augen, es lag nicht in der Vergangenheit, und ihre Stimme hatte echt geklungen, real. Und was hatte der Engel damit zu tun? Seladon überlegte sehr lange, woher er ihn kennen könnte, aber sosehr er sich auch bemühte, ihm fiel es nicht ein. Der Engel, der ihm entgegengetreten war, hatte enorme Machtfülle besessen, war sehr viel mächtiger als er selbst. Er hätte die Macht gehabt, die Dämonen allesamt aus dem Saal zu vertreiben, und Seladon hätte es nicht einmal im Ansatz verhindern können, aber der Engel schien einfach nur amüsiert zu sein. Letztendlich hatte er den Angriff ja auf einfache Art und Weise abwehren können, wenn dies auch sehr ungewöhnlich war. Seladon hätte eigentlich entweder zum Angriff übergehen oder durch weitere kleinere Aktionen die Scheinheiligen bekämpfen müssen. Dass er es nicht getan hatte, sondern sich jetzt stattdessen grübelnd hier zurückzog, war für ihn ebenso gefährlich wie wenn ständig um Macht gerungen wurde. Aber er war schon immer anders aufgetreten als andere Dämonen, waren sie

auch noch so mächtig. Seladon hatte sich jedes Mal von seinen Gefühlen leiten lassen, was ihm seine großen Erfolge eingebracht hatte, eben weil er nicht nur Hass, sondern auch Schläue und Geschick einsetzte. „*Möge Gott dich auf ewig beschützen, bis wir uns im Himmel wiedersehen, und mir die Kraft geben, weil ich leider ohne dich weiterleben muss.*" Seladon bekam diesen Liebesruf einfach nicht mehr aus seinem Herzen.

Er überlegte noch immer, während er nun durch das Totenreich streifte und nach Sabine suchte. Verzweifelt wurde er sich bewusst, dass er nach einer Nadel im Heuhaufen suchte. Dann erinnerte er sich der Worte des Engels, die wie eine Warnung in seinem Kopf dröhnten: „*Du wirst sie im Reich der Toten nicht finden, Ben.*" Wieso Ben und nicht Seladon? Niemand sprach ihn heute noch mit Ben an?! Er war Seladon – er verkörperte Seladon. Er dachte gerade noch darüber nach, als ihm auf einmal richtig bewusst wurde, wo er sich befand, denn er stand plötzlich mitten im Krankenzimmer von Sabine. Irgendwie hatte er sich so stark gewünscht, bei Sabine zu sein, dass er auch schon bei ihr auftauchte, oder aber er hatte den letzten Ort gewählt, an dem er sie gesehen hatte, Seladon wusste es nicht. Aber er wusste, dass er hier schon einmal mit Salasul gewesen war, er erkannte den Raum, das Bett, und dann sah er Sabine aufrecht im Bett sitzen. Ein junger Mann saß mit geneigtem Kopf neben ihrem Bett, während Sabine rot verweinte Augen hatte. Bens erster Eindruck, als er die beiden da so sitzen sah, gab ihm einen Stich ins Herz, aber dann spürte er, dass der Mann an Sabines Seite betete. Ben lauschte dem Gespräch der beiden und wusste schon nach kurzer Zeit, dass es sich nur um einen Pastor handeln konnte, der kurze Zeit später den Raum wieder verließ. Sabine lebte! Sie war zwar wirklich im Krankenhaus, aber sie lebte und schien auch keine akuten Schmerzen zu haben. Welch ein immenses Glücksgefühl ihn in diesem Moment durchflutete! Aber dann wurde ihm auch bewusst, dass alles, was ihm über Sabine gezeigt worden war, nocht nicht eingetreten war. Es lag noch in der Zukunft und konnte somit auch anders verlaufen. Sabines grausames Sterben war bloß wieder eine Lüge gewesen, diesmal eine Lüge der Dämonen. – Wem sollte er nun glauben, was war Wahrheit, was war Lüge? Er würde es herausfinden.

Als Sabine in Ruhe eingeschlafen war, verließ auch Seladon Sabine wieder und tauchte nur Sekunden später an der Küste auf, jener Ort, an dem er oft mit seinem Freund gewesen war. Freund! Er brachte das Wort selbst im Gedanken nur schwer über sich. Aber Salasul war nicht hier an der Küste. Vielleicht war auch dieser Ort letztendlich nur eine Lüge. Mittlerweile zweifelte Seladon auch das an und beschloss, Salasul irgendwie aufzuspüren. Er wollte jetzt endlich Klarheit haben. Sein aufbrausender Zorn war mittlerweile einem allgemeinen Zweifel gewichen. Er war plötzlich unsicher geworden, wem er denn nun glauben sollte. Alles schien irgendwie wahr und dann doch wieder falsch zu sein. Vielleicht gab es ja gar keine Wahrheit, sondern nur unterschiedliche Betrachtungsweisen, und das eigene Auftreten, die eigene Stärke, das Umfeld, in dem man sich bewegte, vielleicht sogar auch das, was man selber glauben wollte, ließen das Pendel links oder rechts ausschlagen.

Seladon stand immer noch an der steilen Klippe, und die Meeresbrise spielte mit seinem Mantel, der sich bauschend im Wind hin und her wiegt. „SALASUL", brüllte er mit voller Kraft, wobei der Ruf rein aus seinen Gedanken kam. Ihm war nämlich bewusst geworden, dass er Salasul überall erreichen konnte, so wie Sabine ihn erreicht hatte, so wie jeder zu Gott rufen konnte. „Salasul, zeige dich, oder hast du etwa Angst vor mir?", sprach er in Gedanken, die kühl und klar waren. „Du überschätzt dich und deine Fähigkeiten maßlos, mein Freund. Wieso, glaubst du, sollte ich Angst vor dir haben?", fragte ihn sein ehemaliger Partner, während er plötzlich mit einem breiten Grinsen hinter Seladon stand. Seladon drehte sich langsam zu der Stimme um, die er vernommen hatte, und sah seinen einstigen Freund vor sich stehen. Salasul stand jetzt als ein noch mächtigerer Krieger vor ihm. Sein Äußeres sowie die Aura, die ihn umgab, zeigten deutlich seine Position und seine Macht auf, mit der er ausgestattet war. Seladon war sich auf einmal bewusst, jetzt den wahren Salasul vor sich stehen zu sehen. „Du hast dich sehr verändert, mein

Freund“, gab Seladon zurück. Diesmal antwortete dieser nicht, sondern grinste ihn nur weiter an. „Nun“, setzte Seladon erneut an, „wie du sicherlich bemerkt haben wirst, hat sich vieles verändert, nicht wahr?“ „Alles ändert sich, Seladon, das solltest du am besten wissen, aber du meinst bestimmt etwas Bestimmtes, oder?“ „Ja“, gab Seladon zurück. Ihre Unterhaltung hatte so etwas Belangloses an sich, aber wer genau hinhörte, der merkte, wie viele Emotionen und Anspielungen dahinter verborgen waren und immer wieder aufblitzten. „Und was genau meinst du?“, schien Salasul ihn zu necken.

„Na, nehmen wir zum Beispiel die Tatsache, dass Tote plötzlich wieder leben, nicht so wie wir beiden, sondern richtig als Mensch, weil sie zuvor nie gestorben sind“, antwortete Seladon sarkastisch. Der Dämon zog eine Augenbraue nach oben und fragte überrascht: „Ach, gibt es so etwas? Das muss ja ein richtiges Wunder sein.“ Mit einem jetzt doch unüberhörbaren Misston in der Stimme ging Seladon nun zur Offensive über: „Stell dich nicht dümmer, als du in Wirklichkeit bist.“ „Und du, beleidige mich nie wieder“, gab sein Gegenüber zurück, und auch sein Ton hatte sich jetzt gefährlich verändert, „denn ich müsste dir dann den Respekt lehren, den ich verdient habe.“ „Und was habe ich verdient? Wahrscheinlich bin ich so blöd, dass ich es verdiene, dass mir jeder seine Lügengeschichten erzählt!“ „Ich weiß nicht, was du meinst, Seladon“, bemerkte Salasul. „Hör endlich auf mit dem Scheiß. Was ist mit Sabine, die du mir als tot gezeigt hast?“, schrie Seladon ihn an. „Das kommt noch“, kam die prompte Antwort, und dabei hatte sich sein Partner jetzt wieder vollständig unter Kontrolle. „Das meine ich nicht, Salasul, und das weißt du auch. Du hast mich glauben lassen, dass sie gestorben ist, aber heute musste ich feststellen, dass Sabine immer noch lebt.“ Während bei Seladon der Schmerz aus seiner Stimme zu hören war, klang sein Freund eher distanziert und kühl. „Ich gebe dir den Rat, sie einfach zu vergessen.“ „Niemals, Sabine gehört zu mir!“ Seladon war immer noch völlig aufgebracht. „Falsch, Seladon, Sabine gehört zu uns, sie ist ein Werkzeug in unseren Händen“, erwiderte Salasul knapp. „Sabine ist niemandes

Werkzeug. Sie ist ein Mensch!", schrie Seladon ihn an. „Sieh nur, was aus dir geworden ist, verweichlicht bis in die Tiefen deiner Seele. Was gehen dich die Menschen überhaupt an? Du hättest Tausende von Sabines haben können", bemerkte sein ehemaliger Freund. „Schon vergessen? Ich liebe Sabine!", brach die Wut aus Seladon heraus. „Du wirst es nie lernen, dir stand das ganze Reich zur Verfügung. Du hattest Macht, unvorstellbare Macht, ich, der mächtige Salasul, habe wohl nur meine Zeit mit dir vergeudet." „Ich meine auch, denn solch eine Macht, die nur auf Lügen aufgebaut ist, wollte ich nie. Ich frage mich nur, warum du so viel Zeit damit verbracht hast, mich vom Gegenteil zu überzeugen", sagte ein nun wieder ruhiger gewordener Seladon. Salasul drehte sich zum Meer um und ließ sich den Wind ins Gesicht wehen, dann sprach er weiter: „Du hattest mal etwas in dir, was uns neugierig gemacht hatte. Zudem hattest du Kontakt zu Kaleb, und du weißt bis heute nicht, was das bedeutet. Wir mussten einfach herausfinden, was er von dir wollte. Aber du weißt wirklich nichts, du bist nur eine Laune der Natur. Jetzt, wo wir dich näher kennen, wissen wir, dass du niemals dem Fürsten von Herzen dienen wirst, denn du hast kein schwarzes Herz." „Da bin ich aber froh", schmunzelte Seladon. „Schweig, du blöder Narr! Sieh dich doch mal um. Wo, glaubst du, befindest du dich, he? Du hältst dich wohl für was Besseres, was Heiligeres, stimmt's? Aber Vorsicht, kleiner Wurm, du bist kein Heiliger, du bist ein Dämon, ein Toter im Reich der Toten. Du solltest dich erfreuen an den Qualen der Sterblichen, denn ihr Leid ist Musik in unseren Ohren, ihr Tod ein Geschenk an uns, ihre verlorene Seele ein Sieg gegen deinen Gott." Salasuls Wutrede prasselte auf Seladon hernieder. „Er ist nicht mein Gott! Er hat mich genauso hintergangen wie ...", Seladon wollte es aussprechen, aber er hielt sich zurück. „Vergiss nie", sprach Salasul, „ich kann deine Gedanken lesen, ich weiß also, was du fühlst und denkst." Seladon schüttelte den Kopf: „Wenn du doch alles von mir weißt, wieso dann das Versteckspiel, das hättest du dir doch sparen können, ich war immer ehrlich zu dir." „Ehrlich", angewidert spuckte der andere vor ihm auf den Boden und fuhr dann fort,

„Ehrlichkeit ist wohl das Letzte, was sich ein Dämon wünscht. Ich hatte zumindest lange Zeit noch gehofft, dass du mit mir ein Spiel spielst, aber du bist noch weniger als ein Nichts." Das Wort „ein Nichts" hatte Seladon nun schon so oft an den Kopf geworfen bekommen, dass es ihn immer mehr störte, aber er hatte nichts zu seiner Verteidigung zu entgegnen. „Ist dir denn bei unseren Reisen nichts aufgefallen?", bemerkte Salasul, „ich meine, so dumm kannst selbst du nicht sein." „Was meinst du?", fragte Seladon, „was hätte mir denn bei all dem Schrecklichen, was ich gesehen habe, noch auffallen sollen?" Der andere lachte ihm nur sein eisiges Lächeln ins Gesicht.

Seladon verstand immer noch nicht, worauf sein einstiger Freund hinauswollte. Angewidert sprach dieser weiter, Seladon schien die Abweisung jedoch nicht wahrhaben zu wollen. „Warum, glaubst du wohl, hast du keine Dämonen gesehen, überall dort, wo wir aufgetaucht sind?" Seladon zerbrach sich den Kopf darüber, was der andere ihm damit sagen wollte. „Ich, Ben", und es war das erste Mal, dass er ihn wieder bei seinem sterblichen Namen nannte, „ich bin Salasul, der mächtigste Todeskrieger des Schattenreiches, und es gab von Anfang an nur zwei Möglichkeiten für dich. Du bist mächtig, aber noch lange nicht so mächtig, wie du glaubst. Deine Gefühle und Gedanken verraten dich, auch ohne dass in deinen Geist eingedrungen wird, du bist wie ein offenes Buch, und du langweilst mich. Du hättest von uns lernen können, hättest mächtig werden können, aber irgendetwas in dir weigert sich. Wie viele Menschen oder Heilige hast du gequält? Du hast viele vom Wort Gottes abgehalten, fehlgeleitet, aber du spielst nicht mit ihnen, du verschonst sie. Du bist nicht einer von uns. In jeder Szene, die ich dir zeigte, war mein Wirken mächtig. Es brauchte dazu keine Armeen von Kriegern, ich erledigte das mit Leichtigkeit. Überall, wo wir waren, brachte ich Leid, und es amüsierte mich, wie hilflos du warst, wie einfältig. Du hast viel dieser schleimigen Heiligenscheiße in dir. Aber wie schon gesagt, es gibt nur zwei Möglichkeiten für dich, und die zweite bedeutet Schmerzen und Qualen eine Ewigkeit lang." Plötzlich trat hinter Salasul ein weiterer mächtiger Dämon auf.

Ben erkannte ihn sofort als den Dämon, der damals bei der Schlacht auf dem Feld im Bunker den General beeinflusst hatte. Sein Grinsen auf seinem mit Narben übersäten Gesicht hatte etwas Bedrohliches an sich. Als er sein Schwert zog, war dieses schwärzer als die dunkelste Nacht. Mit voller Macht schlug er nun ohne jegliche Vorwarnung auf Seladon ein, denn Seladon hatte in dem Moment, als das Schwert auf ihn niedersauste, instinktiv gehandelt und selbst zu seinem eigenen Schwert gegriffen und die ersten Schläge einfach nur abzuwehren versucht und hatte einige sehr schmerzhafte Schnittwunden davongetragen, die jedoch glücklicherweise nicht sehr tief waren. Aber dann war er selbst zum Angriff übergegangen. Das ging ganz automatisch. Er hatte überhaupt nicht gewusst, was er tun sollte und wie man kämpfen musste, aber er schien talentiert zu sein oder einfach nur schnell zu lernen, denn er war jetzt so gut, dass es seinem Gegner schon seit ein paar Minuten nicht mehr gelang, ihn ernsthaft anzugreifen. Schwarzer Stahl prallte unablässig auf schwarzen Stahl, und Seladon mahnte sich innerlich, dass er jetzt auf keinen Fall nachlässig werden durfte, dafür war die kalte Klinge oft genug ganz nahe vor seinem Körper erschienen. Jetzt standen beide Kämpfenden dicht voreinander, die Schwerter aufeinandergepresst, als die linke Faust des erfahrenen Kämpfers in Seladons Gesicht schmetterte. Seladon taumelte mehrere Schritte zurück und spürte, wie das Blut aus seiner gebrochenen Nase lief und seine Lippe mächtig anschwoll. Er schmeckte Blut in seinem Mund und spuckte es aus und musste gleich einen neuen Angriff abwehren, weil der Dämon vor ihm die Situation schnell zu seinem Vorteil ausnutzen wollte. Aber der Schlag und der Blutgeschmack hatten Seladon jäh aus seinen Gedanken gerissen. Mit voller Konzentration stellte er sich nun wieder dem Kampf. Je länger beide gegeneinander kämpften, desto geübter wurde Seladon in seinen Schlägen, und es machte ihm sogar immer mehr Spaß zu kämpfen, er spürte sogar, wie die Kraft in ihm, statt nachzulassen, immer mehr zunahm und die Schläge ständig sicherer und gefährlicher für seinen Gegner wurden. Dann hatte er plötzlich das wahnwitzige Gefühl, sein Gegenüber würde in

Zeitlupe kämpfen. Es war gigantisch, das mit anzusehen, und die nächsten zwei Schlägen wehrte er deshalb gar nicht mehr ab, sondern wich ihnen einfach aus. Dann sah er die freie Lücke in der Abwehr und zog das Schwert durch. Zuerst dachte er, er hätte nur den Anzug zerschnitten, aber dann sah er das Blut, das unter dem Kleidungsstück hervorsprudelte. Sein Gegner ging zwei, drei Schritte auf schwankenden Beinen zurück und schaute an sich herunter. Der Kampf hatte mit dem Treffer ein plötzliches Ende gefunden. Dann lachte der getroffene Dämon aus voller Kehle und spuckte das Blut aus seinem Munde in der Umgebung herum. Ihm schien die Wunde überhaupt nichts auszumachen, sondern er schien sogar amüsiert darüber zu sein. Es war einfach nicht möglich, einen Dämon, der schon tot war, selbst mit einem solchen Schlag zu töten, wie er selbst war er ja schon tot.

„Schluss jetzt!", brüllte Salasul eisig. Gelangweilt hatte er die ganze Zeit im Hintergrund gestanden, aber nun trat er wieder in den Mittelpunkt. „Du weißt nicht, wie sehr ich dich verachte, denn uns stört es nicht, wenn unser Körper neue Narben bekommt. Wir sind stolz darauf, obwohl es uns ein Einfaches wäre, unseren Körper jederzeit neu zu gestalten, wir jedoch lieben es ...", er machte eine kurze Pause, bevor er weitersprach, „wie du es wohl ausdrücken würdest, ‚missgestaltet herumzulaufen. Nichts hassen wir mehr als Reinheit, eklige reine Seelen, grässlich reine Haut. Deshalb bist du den Dämonen auch immer ein Dorn im Auge – einem jeden Dämon." Seladon sah Salasul an und bemerkte die Veränderung in dessen gelb-roten und voller Hass leuchtenden Augen, die er bereits in dessen Stimme wahrgenommen hatte. „Du bist es nicht mehr wert, dass ich mich mit dir beschäftige." Ohne ihn weiter zu beachten, machte Salasul eine Armbewegung, als wolle er Seladon wegwischen, woraufhin dieser einige Meter durch die Luft flog und hart auf dem Boden wieder aufkam. Mühsam rappelte sich Seladon wieder hoch. Aber kaum stand er wieder aufrecht, spürte er, wie sich eine eisige Hand um seinen Hals legte, die ihm jegliche Luft abschnitt. Seine Füße hingen frei in der Luft. Was für unglaubliche Kräfte musste sein ehemaliger Begleiter haben, dass es ihm mühelos gelang, ihn so hochzuheben? Als Seladon die Augen aufriss, wurde sein Entsetzen noch größer. Salasul stand noch immer mit dem Rücken zu ihm, gut drei Meter entfernt von ihm, und er selbst hing wie an unsichtbaren Fäden gezogen in der Luft. Dann kam der Angriff wie ein brutaler, mächtiger Schlag. Der mächtige Dämon drang in seinen Geist ein und zerstörte alles in Ben. Es kam ihm vor, als drehe jemand das Licht aus, und dann verlor sich auch das …

Kapitel 17: Michael wird aktiviert

Michael Söhnke, Jugendpastor der Freien Evangelischen Gemeinde des Nachbarorts, schreckte durch Stimmen, die sein Unterbewusstsein trafen, aus seinem Tiefschlaf hoch. Er war sich sicher, dass er deutlich Stimmen gehört hatte, seine Frau jedoch lag ruhig neben ihm und schlief tief und fest, wie er an ihrem regelmäßigen Ein- und Ausatmen erkennen konnte. Er hatte im Moment nicht die geringste Ahnung, woher die Stimmen gekommen sein könnten, denn außer ihm und seiner Frau wohnte niemand in dem kleinen Haus. Deshalb war sein erster Gedanke, dass sich eventuell Einbrecher im Haus befanden, gar nicht so schnell zu verwerfen, obwohl es jetzt wieder völlig still und kein einziger Laut im Haus zu hören war. Ein Blick auf seinen Radiowecker auf dem Nachttisch zeigte 04.57 Uhr an. Michael gehörte von seiner Natur her nicht zu den Mutigsten, und die Vorstellung, um diese Zeit Einbrechern zu begegnen, sie möglicherweise zu überraschen und dadurch in Panik zu versetzen, ließ ihn unsicher werden. „Was mache ich bloß?", dachte er sich. Noch immer war nichts zu hören. Unruhig drehte er sich ständig in seinem Bett hin und her und merkte, dass er mit dieser Unruhe in sich wohl kaum mehr einschlafen würde, aber wenn er nicht aufhörte, ständig die Seite zu wechseln, würde er auch seine Frau wecken. Um genau das zu verhindern und weil es nun schon über fünf Minuten absolut still war, schlug er die Decke sanft zurück, schwang die Beine aus dem Bett und ging mit gemischten Gefühlen aus dem Schlafzimmer, um nachzusehen, woher die Stimmen gekommen waren. Vielleicht war ja nur jemand auf der Straße, der von der Kneipe, die an der Straßenkreuzung lag, stark alkoholisiert und laut rufend nach Hause gegangen war. Das war leider schon sehr oft vorgekommen, dennoch waren sie froh, dieses Haus bezogen zu haben.
Michael ging ans Fenster im Nebenzimmer und öffnete es, um einen Blick links und rechts die Straße entlang zu werfen. Es war

jedoch niemand zu sehen. Alles war ruhig und friedlich. Michael musste sich selbst eingestehen, dass die Stimmen, die er gehört hatte, auch völlig anders geklungen hatten als das Grölen von angetrunkenen Passanten auf der Straße. Zudem hatten sie sich inzwischen daran gewöhnt und wachten entweder überhaupt nicht mehr richtig auf oder schliefen dann sofort wieder ein. Dennoch war er sich heute Nacht hundertprozentig sicher, eine Stimme gehört zu haben. Vielleicht schlich sich ja doch noch ein Einbrecher im Haus herum. Er überlegte kurz, was er tun sollte. Laut polternd auftreten und die Einbrecher somit vertreiben oder sich leise anschleichen und sie auf diese Weise überraschen? In beiden Fällen könnte es passieren, dass die Einbrecher aus Angst vor der Entdeckung gewaltsam reagieren würden. So näherte sich Martin nach einigem Hin und Her mit recht zaghaften Schritten der Treppe, die zum Erdgeschoss führte. Weiterhin blieb alles still im Haus. Michael wartete bestimmt noch weitere fünf Minuten auf Geräusche jeglicher Art und machte dann im Treppenhaus Licht. Sein erster Weg führte zum Bad, das sich im gleichen Stock befand. Die Tür war wie immer halb offen, im Bad selbst war es dunkel. Er tastete nach dem Lichtschalter. Als er ihn drückte, passierte nichts. Das Licht im Bad blieb aus. Sein Herz raste plötzlich und seine Hände zitterten. Er drückte die Türe leicht weiter auf. Nichts passierte. Dann fiel ihm ein, dass die Lampe ja schon seit zwei Tagen kaputt war. Heike, seine Frau, hatte ihn schon zweimal darauf angesprochen, und er selbst hatte es ja auch beim Zubettgehen gemerkt. „Gleich morgen früh tausche ich die kaputte Leuchtstoffröhre aus, das ist das Erste, was ich tun werde. Das hat man nun davon, wenn man die Dinge nicht gleich macht", sagte er zu sich selbst, um sich auch wieder selbst Mut zuzusprechen. Als er am Spiegelschrank den Lichtschalter drückte und das Licht den Raum erleuchtete, konnte er sich endlich vergewissern, dass hier tatsächlich niemand war. Beruhigt löschte er das Licht und schloss ganz gegen seine Gewohnheit die Badtüre beim Hinausgehen hinter sich. Der Raum nebenan ist das Gästezimmer. Diese Türe war immer zu. Auch hier gab es erst einmal keine Anzeichen von Gefahr.

Leise drückte er den Türgriff nach unten und öffnete langsam die Türe. Auch hier war der Raum menschenleer, wie er nach dem Einschalten des Lichtes und einer kurzen Überprüfung des Zimmers feststellen konnte. Immer noch waren seine Schritte nicht so sicher, aber er hatte sich mittlerweile doch besser im Griff. Die Stimmen, die er zu hören geglaubt hatte, waren mittlerweile in weite Ferne gerückt, und er selbst glaubte immer mehr, das Ganze nur geträumt zu haben. Um die Suche abzuschließen, ging er die Treppe nach unten. Dort durchsuchte er Arbeitszimmer, Wohnzimmer, Gästetoilette und Küche. Nirgends war etwas zu sehen, das auf einen Einbruch schließen ließ. Zu guter Letzt prüfte er noch die Eingangstüre, ob sie auch abgeschlossen war, öffnete diese, schaute nach draußen und schloss sie wieder. „Na, du Held", scherzte er in Gedanken mit sich selbst, „hast wohl alle Verbrecher in die Flucht geschl…" Eine Hand legte sich auf seine Schulter. Michael fuhr die Angst in die Glieder und sein Puls jagte gefährlich nach oben. Als er sich umwendete, sah er jedoch nur seine verschlafene Frau. „Michael, was machst du mitten in der Nacht an unserer Eingangstüre?", fragte sie ihn und kuschelte sich verschlafen an ihn. Sie schien gar nicht zu merken, dass Michael fast zu Tode erschrocken war. Kalte Schweißperlen standen ihm auf der Stirn, und sein ganzer Körper zitterte noch immer von dem Schrecken, der ihn soeben gepackt hatte. „Komm, lass uns wieder ins Bett gehen", sagte seine Frau zu ihm und zog ihn an der Hand hinter sich her. Michael war froh darüber, dass sie die Initiative ergriff, sonst würde er wahrscheinlich noch in einer Stunde hier auf diesem Fleck wie zur Salzsäule erstarrt stehen. Als sie wieder im Bett lagen, küsste sie ihn zärtlich und schmiegte ihren warmen Körper schon wieder halb eingeschlafen an ihn. Das machte sie immer, weil sie so immer ganz beruhigt einschlafen konnte. Auch Michael genoss ihre Nähe, und jetzt, nach dieser Aufregung, ganz besonders.
Als beide am nächsten Morgen aufwachten, war der Schrecken der Nacht längst vergessen, und weder Michael noch Heike verloren noch ein Wort darüber, dass sie in der Nacht für kurze Zeit wach gewesen waren. Es geschah nichts Ungewöhnliches an

diesem Tag, und so machte sich Michael auch keine Gedanken mehr darüber. Der Tag war mit allerlei Dingen vollgestopft gewesen, sodass Michael am Abend hundemüde war und froh, endlich schlafen gehen zu können, während seine Frau diesmal noch im Wohnzimmer saß und fernsah.

„MICHAEL!" Michael war mit einem Mal hellwach. Erneut hatte er die Stimme gehört, die ihn auch schon letzte Nacht aus dem Schlaf gerissen hatte. Es war die gleiche Stimme, dessen war er sich sicher. Er lauschte in die Nacht hinein, konnte aber nichts hören. Aufgrund seines anstrengenden Tages schlief er aber sofort wieder ein, nachdem der erste Schrecken wieder verflogen war. „MICHAEL!" Beim ersten Mal in dieser Nacht, als er die Stimme gehört hatte, war er jäh aufgesprungen, doch diesmal blieb er still im Bett liegen und versuchte die Stimme zu lokalisieren und sie besser hören zu können. Zudem hatte er noch nie gehört, dass Einbrecher einen mit dem Namen riefen, das wäre ja auch völlig widersinnig, wenn man etwas stehlen wollte. Darüber musste selbst er lachen. Aus diesem Grund versuchte er dann doch aufzustehen, schaffte es aber irgendwie nicht. Es war, als befände er sich in einem Traum. Er konnte seine Umgebung nur verschwommen sehen, aber die Stimme hörte er klar und deutlich in seinem Kopf. Und diesmal wehrte sich Michael nicht, sondern er versuchte, deren Ursprung und Sinn zu verstehen und sich Einzelheiten zu merken. Dabei war es eigentlich kein richtiger Traum, sondern er hatte das Gefühl, als spreche jemand zu ihm – trotzdem konnte er nicht aufwachen.

Als er am Morgen erwachte und das Tageslicht bereits ins Zimmer schien, war die Botschaft deutlich in seinem Kopf eingebrannt, und zwar so deutlich, dass er sie wahrscheinlich nie wieder vergessen würde. Dabei war das, was ihn an diesem Morgen so sehr beschäftigte, nicht der Inhalt, sondern eher die Intensität der Botschaft, sodass er an nichts anderes mehr denken konnte. Die Worte schwirrten in seinem Kopf herum und ließen ihm keine Ruhe mehr:

SABINE THALER – STÄDTISCHES KRANKENHAUS –
INNERE MEDIZIN – 405 – MAN BEDARF DER WORTE
UND DES TROSTES DES HERRN – ZEIGE AUF DIE EWIGE
LIEBE UND VERGEBUNG JESU CHRISTI.

An diesem Morgen wirkte er völlig gerädert. Er hatte das Gefühl, überhaupt nicht geschlafen zu haben. Er wurde das Gefühl nicht los, dass er sich erst seit einigen Minuten hingelegt hatte. Nur die Sonnenstrahlen und der Wecker zeigten ihm, dass es anders war. Mühsam rappelte er sich auf und schlurfte verschlafen ins Badezimmer. Nach der Dusche und Rasur fühlt er sich dann doch nicht mehr ganz so zerschlagen. Mittlerweile hatte seine Frau das Frühstück vorbereitet, und der Kaffee zog mit seinem wohltuenden Aroma durch die Küche. „Hallo Liebes", begrüßte er seine Frau und küsste sie auf die Wange. „Guten Morgen, Michael", antwortete seine Frau, „ich habe dir Kaffee gemacht." Michael setzte sich an den Tisch und nahm einen Schluck, um seine Lebensgeister zu aktivieren. „Du siehst müde aus, Schatz, hast du nicht gut geschlafen?", fragte ihn Heike sorgenvoll. „Bin nur etwas müde, sonst ist nichts", antwortete Michael und war froh, dass sie sich damit zufrieden gab. Beide unterhielten sich anschließend wie jeden Morgen zwischen Kaffee und Brötchen über die anstehenden Dinge des Tages. Dabei wirkte er ungewöhnlich unkonzentriert. Auch war seine gute Laune nur aufgesetzt, wobei er immer wieder zu betonen versuchte, dass ihm nichts fehle und es ihm gut ginge.
In der nächsten Nacht erlebte Michael das Gleiche. Er hörte Stimmen in seinem Schlaf, oder besser gesagt in seinem Traum. Aber noch nie waren seine Träume so real gewesen. Noch nie hatte er den Ruf so stark vernommen. Und trotzdem war er sich unsicher. War es nur Einbildung oder hatte möglicherweise wirklich ein Engel zu ihm gesprochen? Er wollte es ja glauben, aber er kam sich dabei auch lächerlich vor. Einen Ruf zu hören, war eine Sache, aber diesem auch zu folgen, eine ganz andere. Was, wenn es nur ein Hirngespinst, eine Einbildung oder eine Wunschvorstellung war? Vielleicht war dies alles nur eine

Reaktion auf die Überbelastung, der er in den letzten Wochen und Monaten ausgesetzt gewesen war. So beschloss er nach dem Aufstehen, auch weiterhin seiner Frau – zumindest fürs Erste – nichts davon zu erzählen. Eigentlich hatten sie ja keine Geheimnisse voreinander, aber er hatte Angst, dass das Ganze vielleicht doch nur Blödsinn war. Dabei hatte er sich so etwas oftmals gewünscht, aber wenn es dann tatsächlich passierte … Das ging den ganzen Monat so. Jede Nacht immer der gleiche Traum

SABINE THALER – STÄDTISCHES KRANKENHAUS – INNERE MEDIZIN – 405 – MAN BEDARF DER WORTE UND DES TROSTES DES HERRN – ZEIGE AUF DIE EWIGE LIEBE UND VERGEBUNG JESU CHRISTI

und tagsüber wirkte er dann unkonzentriert und gereizt. Das Schlafengehen fiel ihm immer schwerer aus Angst, wieder und wieder das Gleiche zu träumen. Er hatte es schon mit Durcharbeiten versucht, war dann aber vor Müdigkeit frühmorgens eingeschlafen mit dem Ergebnis, dass der Traum sich dennoch einstellte und sich nichts an der Situation änderte. Sobald er fest schlief, hatte er immer wieder den gleichen Traum. Er versuchte es mit Schlafmitteln, aber auch das half nicht. In der zweiundzwanzigsten Nacht versuchte er es dann mit Beruhigungstabletten, die aber auch nichts an den Visionen, die ihn jede Nacht heimsuchten, änderten. Mittlerweile wurde ihm die Sache mehr als unheimlich, und er betete jeden Tag in seiner Verzweiflung und Hilflosigkeit zu Gott, dass er davon erlöst werden möge.
„Michael … Michael – aufwachen!", versuchte seine Frau ihn zu wecken. „Ich habe in den drei Jahren unserer Ehe noch nie erlebt, dass du so fest geschlafen hast!" Michael schreckte plötzlich hoch. „Was ist passiert?", fragte er entsetzt. „Nichts, mein Schatz, ich wollte dich nur wecken, damit du deinen Termin nicht verpasst", gab sie zur Antwort. Michael schaute auf den Wecker. Es war zehn nach neun. Er hatte verschlafen. Aber nicht nur das, er hatte die ganze Nacht geschlafen. Nicht ein einziges Mal war er

wach gewesen. Nicht ein einziges Mal war der Traum erschienen. Seit langer Zeit hatte er ruhig geschlafen. Welch eine Gnade! Er fühlte sich prächtig.

Heike saß immer noch am Bettrand und verstand überhaupt nicht, was in ihrem Mann vorging. Michael war so glücklich, dass er mit Schwung aus dem Bett sprang und seine verblüffende Frau in den Arm nahm, küsste sie leidenschaftlich und ging dann anschließend fröhlich pfeifend ins Bad. Heike stand immer noch irritiert und kopfschüttelnd am Bett und sah ihm nach. Auch die nachfolgenden Nächte von Michael waren himmlisch. Keine Stimmen, keine Geräusche – fantastisch! Dieses Gefühl der Ruhe, richtig durchschlafen zu können, konnte man erst dann genießen oder beschreiben, wenn man mal das Gegenteil erlebt hatte. Michael hatte viele Erklärungen für sich selbst gefunden, um das Phänomen der Träume letztendlich zu erklären. Jetzt war er wahnsinnig froh, nichts von den Träumen erzählt zu haben, die sich im Nachhinein als Reaktion auf den totalen Stress entpuppten, den er in den letzten Wochen gehabt hatte, und das Ganze lieber für sich behalten zu haben. Sehr schnell verdrängte er diese Träume zunächst und vergaß sie dann sogar fast komplett.

Michael fühlte sich so ausgeschlafen, so frisch, einfach voller Lebensenergie wie schon seit vielen Jahren nicht mehr. Dazu war heute auch noch sein freier Tag, und er hatte ja schon so lange vorgehabt, diese Zeit mal nur mit seiner Frau und frei von allen Sorgen zu verbringen. „Heike, was hältst du davon, wenn wir heute mal wieder ein Picknick am Fluss machen, so wie früher?", fragte er seine Frau, während seine Augen nur so strahlten. Heike war hellauf begeistert und machte sich gleich daran, den Picknickkorb zu packen.

Während ihres Sparziergangs alberten sie herum wie Kinder oder frisch verliebte Teenager, und dabei dankte Michael seinem Herrn immer wieder für diesen schönen Tag und der tiefen aufrichtigen Liebe seiner Frau, als sie plötzlich neben ihm stürzte und auf dem Boden aufschlug. Außer ein paar kleinen Schürfwunden am Ellenbogen und am Knie schien nichts passiert zu sein. Als er aber beim Aufstehen helfend die Hände seiner Frau ergriff, um sie hochzuziehen, schrie sie mit schmerzverzerrtem Gesicht laut auf. Ein heißes Brennen raste durch ihren Körper. Unter Tränen stöhnte sie: „Ich glaube, ich habe mir den Arm gebrochen. Sieh mal, wie mein Handgelenk angeschwollen ist!" Jetzt sah auch Michael den Bruch. „Ich fahre dich am besten gleich ins Krankenhaus." Behutsam half er ihr hoch, packte schnell die mitgebrachten Sachen ein, und zusammen gingen sie zum Auto zurück.

Der Weg zum Krankenhaus war gut ausgeschildert, worüber er sehr froh war, denn er war noch nicht lange als Jugendpastor in dieser Gemeinde tätig und noch nie im nächstliegenden Krankenhaus gewesen. Heike hatte sich mittlerweile wieder gefasst und erlaubte sich bereits wieder die ersten Scherze mit ihm. Solange sie den Arm ruhig hielt, war sie absolut schmerzfrei, nur jede Bewegung oder Veränderung der Sitzposition jagten schmerzende Stiche durch ihren Arm. Nach ungefähr zwanzig Minuten waren sie vor dem Krankenhaus angekommen. Michael suchte nur noch einen geeigneten Parkplatz auf dem großen Gelände, aber die Lücken, die sie fanden, waren so schlecht, dass er mit seinem Auto vielleicht gerade noch so hineingepasst hätte, aber das Aussteigen wäre für ihn schon extrem schwierig geworden, für Heike mit ihrem gebrochenen Arm unmöglich. „Michael", sprach Heike, die auf dem Beifahrersitz neben ihm saß, ihn an. Michael schaute zu ihr herüber. „Ja?" „Wenn du noch länger hier herumfährst, wird mein gebrochener Knochen wahrscheinlich von selbst wieder zusammengewachsen sein, was meinst du?", fragte sie ihn. Michael schaute sie böse an, lächelte aber sogleich wieder, als er sah, dass sie ihn nur ärgern wollte. „Um mich auf den Arm zu nehmen, mein Schatz, hast du im Moment nicht die nötigen Vorraussetzungen", gab er scherzhaft zurück. Beide schauten sich an und lachten fast gleichzeitig herzlich los, wobei Heike, bedingt durch das Lachen, erneut Schmerzen durch den Arm rasten. „Au! Das ist nicht fair, dass du mich zum Lachen bringst, denn wenn ich lachen muss, dann tut mein Arm wahnsinnig weh." „Entschuldigung, das tut mir leid, aber

du hast angefangen", meinte Michael, dem es sichtlich wehtat, ihr Schmerzen bereitet zu haben. Plötzlich fuhr einige Meter vor ihnen jemand aus seiner Parklücke heraus, und Michael konnte diese für sich nutzen, um dort zu parken. Gemeinsam betraten sie den großen Eingang und fragten den freundlichen älteren Herrn an der Information, wohin sie sich wenden mussten.
Heike und er wurden in die Notaufnahme geschickt und saßen nun erst einmal im Warteraum, bis sie aufgerufen wurden. „Frau Söhnke, bitte", erschallte es aus dem Lautsprecher. Beide standen auf, um ins Behandlungszimmer hineinzugehen, aber Heike hielt Michael zurück: „Warte hier auf mich, du bist mir irgendwie zu unruhig. Irgendetwas beunruhigt dich, das habe ich gespürt, als wir hier hereingekommen sind." „Aber Schatz ...", wollte Michael protestieren, aber sie legte ihre Finger auf seine Lippen, um ihm zu verstehen zu geben, dass er schweigen sollte. „Ist schon gut, Michael, ich weiß, dass du mich liebst, und ich liebe dich auch, sehr sogar. Du wirst mir schon sagen, was du hast." Daraufhin küsste sie ihn und ging ins Behandlungszimmer. Jetzt saß Michael ganz alleine im Warteraum und stellte sehr schnell fest, dass er nicht helfen, aber auch nicht stillsitzen konnte. Zum Warten verdonnert, schlenderte er auf dem Gang herum, um sich so die Zeit mit ein bisschen Bewegung zu verkürzen. Am Ende des Ganges trafen mehrere Wege aufeinander. Dort fiel sein Blick auf das an der gegenüberliegenden Wand hängende große Hinweisschild. Er kannte den Weg zurück zum Eingang, aber irgendetwas veranlasste ihn, das ganze Schild mit den unterschiedlichen Stationen und den dazugehörigen verantwortlichen Professoren durchzulesen, es gab ja auch sonst nichts zu tun. Und dann, als er es las, wusste er auch wieder, wonach er in seinem Unterbewusstsein gesucht hatte: *Innere Medizin – Station 4*". Auf einen Schlag waren alle Träume und die Worte wieder präsent in seinem Kopf: *Sabine Thaler – Städtisches Krankenhaus – Innere Medizin – 405 – Man bedarf der Worte und des Trostes des Herrn – Zeige auf die ewige Liebe und Vergebung Jesu Christi*".
Wie fremdgesteuert und etwas unsicher in seinen Bewegungen betrat er den Fahrstuhl und drückte die Taste für den vierten

Stock. Mit deutlichem Unbehagen stand er, als er den Fahrstuhl zögernd verließ, vor der Glastür mit der Aufschrift – Station 4 Innere Medizin –, die sich einladend durch Lichtschranken selbstständig öffnete. Er hatte das Gefühl, dass der Weg vor ihm aufging, so als wolle jemand sagen: „Komm doch rein, Michael." Langsam betrat er die Station. Auf der ersten Tür stand 401, die nächste war 402. Als er vor der Türe des Krankenzimmers 405 angekommen war, fand er keine Worte. Was sollte er sagen, wenn hier tatsächlich eine Sabine Thaler lag? Was hatte Gott mit ihm vor? Er senkte den Kopf und bat Gott in einem stillen Gebet, noch immer vor der Türe stehend, um den Mut und die richtigen Worte, etwas, was ihm in diesem Moment absolut fehlte, klopfte an und trat vorsichtig und noch immer nicht wissend, was er sagen sollte, ein. Absolut unsicher ging Michael Söhnke auf die im Raum stehenden Betten zu. Das Zimmer wirkte mit seinen in Weiß gehaltenen Wänden und Bettbezügen kalt und steril. Die Patienten schienen unterwegs zu sein, denn alle drei Betten waren vom ständigen Liegen in den Betten unordentlich und nun auch verlassen. Ein großes Fenster ohne Vorhang brachte wenigstens genügend Licht ins Zimmer. Die zwei ersten Betten zur Türe hatten Blumen auf den Beistellwagen, die wenigstens ein wenig Farbe ins Zimmer brachten. Neben der Türe waren links drei hohe, aber schmal gehaltene Schränke. Auf der anderen Seite war eine weitere Türe, die einen Waschraum abgrenzte, was Michael nur vermuten konnte, denn die Türe war geschlossen. Er sah sich weiter im Raum um. An der Wand gegenüber den Betten hing ein schlichtes Holzkreuz mit der Person Jesus, was wahrscheinlich seit der Gründung des Krankenhauses in allen Zimmern an der gleichen Position angebracht war, aber so verloren wirkte, dass es auf Michael eher abstoßend statt einladend wirkte. Gleich daneben ein Fernseher, der aber im Moment nur sein schwarzes Gesicht zeigte. Michael konnte sich gut vorstellen, dass die erkrankten Personen ihren Blick wohl eher auf den Fernseher richteten, um sich von den vielen verschiedenen Programmen von ihren Sorgen und Nöten, Schmerzen und allen möglichen Qualen ablenken zu lassen als auf den am Kreuz hängenden Jesus.

„Das ist ein interessantes Thema für meine nächste Predigt, aber
im Moment bin ich aus einem anderen Grund hier", schalt er
sich selbst und ging, da er sich allein im Zimmer befand, nun
auf die Betten zu, um an den Namensschildern zu erkennen,
ob in diesem Raum wirklich eine Sabine Thaler stationiert war.
Mit einem etwas unsicheren Blick schaute Michael auf das erste
Bett, auf dessen Namensschild *Patrica Sabotzki* stand. Auf dem
Griff des zweiten Bettes stand *Anneliese Meier*. Nun doch etwas
erleichtert, ging er auf das letzte, am Fenster stehende Bett zu.
Die Schrift des letzten Schildes tanzte vor seinen Augen, und
Michael musste sich regelrecht zwingen, genau hinzusehen. Die
Schrift war etwas krakelig, aber der Name war deutlich zu er-
kennen: *SABINE THALER*. Seine Hände krallten sich am Griff
des Bettes fest. Das Weiß seiner Knöchel trat hervor. Die Beine
wurden ihm schwach und drohten einzuknicken. „Wollen Sie zu
mir?"

Sabine war die Situation nicht geheuer. Der junge Mann, den sie
auf Ende zwanzig schätzte, sah eigentlich ganz nett aus, wirkte
aber sichtlich verstört. Die Augen waren weit aufgerissen, und
beide Hände krampften sich um die Stange am Ende des Bettes.
Michael merkte, dass Sabine seine Hände anstarrte, und versuchte, sich etwas zu lockern, was ihm jedoch nicht so recht gelingen
wollte. Sabine wiederum spürte nun seinen Blick auf ihr ruhen,
und da sie immer noch das Krankenhaushemd trug, fühlte sie
sich äußerst unbehaglich, zumal sich ihre Brüste durch den dün-
nen Stoff deutlich abzeichneten. Sie war auf der Zimmertoilette
gewesen und stand nun einem Besucher gegenüber. Schnell
sprang sie in ihr Bett und deckte sich in der Sitzposition bis zum
Halse zu.
„Entschuldigung, ich wollte Sie nicht in Verlegenheit bringen,
aber das Zimmer war leer, und ich suchte ...", stammelte Martin
nervös, etwas, was er seit seiner Schulzeit nicht mehr getan hatte, als sie ihn unterbrach: „Ach, Sie wollten gar nicht zu mir?"

„Ähh, eigentlich schon, wenn Sie Frau Sabine Thaler sind“, antwortete er ihr. „Ja, das bin ich“, gab sie offenherzig zu.

„Ich weiß gar nicht, wie ich anfangen soll. Zuerst möchte ich
mich Ihnen mal vorstellen. Ich heiße Michael Söhnke und bin
Jugendpastor hier in der Nachbargemeinde.“ „Herr Pfarrer,
Entschuldigung, aber ich bin nicht gläubig“, platzte Sabine umgehend heraus. „Das ist zwar sehr schade, aber ich bin hier …“,
wollte Michael sich nicht abwürgen lassen, als sie ihm erneut
ins Wort fiel. „Sie brauchen sich nicht um mich zu kümmern“,
unterbrach Sabine ihn erneut. Sie hatte einfach keine Lust, sich
das Gequatsche eines Pfaffen anzuhören. Was sollte ihr das auch
schon bringen? „Ich bin wahrscheinlich selbst am meisten verwirrt über die Situation, aber eine Stimme hat mich zu Ihnen
geführt.“ Als er es ausgesprochen hatte, schalt er sich selbst einen Idioten. Das Mädchen wollte nichts von einem Pfarrer, und
er sagte ihr, dass eine Stimme ihn schickte! Wie sollte sie so etwas
glauben, wenn er selbst schon ein Problem damit hatte? „Bitte
lassen Sie mich in Ruhe!“, schrie Sabine ihn an, obwohl sie gar
nicht wusste, warum sie eigentlich so aufbrausend reagierte. Sie
hatte das ja auch gar nicht gewollt, aber nach den letzten Tagen
öffnete sich ein Ventil in ihr, und all die aufgestauten Emotionen
brachen nun aus ihr heraus. Michael wusste nicht so recht, was
er sagen sollte. Er hatte es zuvor nicht gewusst und wusste es jetzt
schon gar nicht. Er sah, dass das Mädchen ihm gegenüber mit den
Nerven am Ende war. War es ein Fehler, hier zu sein? Er wusste es
nicht. Ihm versagte die Stimme. „Nun gehen Sie doch endlich,
ich brauche Ihre Hilfe nicht, ich brauche überhaupt keine Hilfe!
Mir kann sowieso keiner mehr helfen!“, schluchzte Sabine unter
den aufkommenden Tränen. „Ich …“, setzte Michael an, wurde
aber abgewürgt. „Nein, ICH werde sterben, ICH, ICH, ICH, und
jetzt gehen Sie endlich!“ Michael stand immer noch wie versteinert an Sabines Bett, als er bemerkte, wie eine Schwester ihn
am Arm aus dem Raum zu ziehen versuchte. „Bitte gehen Sie

jetzt, BITTE!" Michael wandte den Kopf zur Seite und sah in das Gesicht der Schwester. Erst jetzt nahm er sie bewusst wahr und ließ sich widerstandslos aus dem Krankenzimmer führen. Zurück blieb eine völlig aufgelöste, ins Kissen weinende Sabine. Gern hätte er noch etwas gesagt, aber da ging schon die Türe hinter ihm zu. „Sind Sie ein Familienangehöriger?", fragte die Schwester voller Mitleid. „Nein, ich bin Pastor", gab er eingeschüchtert zur Antwort und wusste noch immer nicht mit der Situation umzugehen. „Nehmen Sie es sich nicht so sehr zu Herzen, Herr Pastor. Ich glaube, es tut ihr gut, dass sie mal alles aus sich rausgelassen hat. Sie hat sich so lange zurückgehalten, hat keine Gefühlsregungen zugelassen. Bis heute nicht. Aber jetzt sollten Sie gehen. Ich werde ihr ein Beruhigungsmittel geben, und dann wird sie sicherlich schlafen." Mit diesen Worten wandte sich die Schwester um und ließ ihn allein zurück.

Als Michael wenig später wieder in die Notaufnahme kam, war seine Frau noch nicht aus dem Behandlungsraum herausgekommen. Er schaute auf die Uhr. Es waren gerade mal dreizehn Minuten her, dass er sie verlassen hatte. Noch während er auf die Uhr schaute, ging die Türe des Behandlungszimmers auf. „Michael?" Michael blickte seine Frau an und freute sich, sie wiederzusehen. „Alles klar bei dir, mein Schatz?", fragte er sie. „Ja, ich habe wohl Glück gehabt. Glatter Bruch des Knochens. Nichts Kompliziertes, sagt der Arzt. Sie haben den Arm zuerst gerichtet und dann tüchtig eingegipst. Der Arzt meinte, so optimal, wie der Arm gebrochen ist, wäre es ihm noch nie untergekommen und dass der Knochen wohl in der Hälfte der üblichen Zeit zusammenwachsen wird", berichtete Heike. „Oh, das freut mich für dich, aber ich gehe davon aus, dass dieser Arzt wahrscheinlich noch nicht viele Brüche gesehen hat. War sicherlich noch ein junger Arzt, der Dienst hatte", dämpfte er den Übermut seiner Frau, weil er nicht wollte, dass sie sich zu viel Hoffnung machte und hinterher enttäuscht war. Aber Heike war in ihrer Freude nicht zu bremsen. „Nein, überhaupt nicht. Er meinte, wenn ich die Röntgenaufnahme nicht mehr benötigen würde, dann hätte er sie gerne zu seinem Abschied in den Ruhestand im nächsten Monat." Beide schauten sich an und mussten wieder gemeinsam kichern. Sie küsste ihn, schaute ihm dann in die Augen, während sie zu ihm sagte: „Trotzdem wirst du mich wohl etwas verwöhnen müssen in der nächsten Zeit, ich muss nämlich daran denken und aufpassen, den Arm möglichst ruhig zu halten. – Und bei dir?" „Bei mir ist nichts gebrochen", sagte er wahrheitsgemäß. „Das meine ich ja auch gar nicht", gab sie zurück. „Was meinst du dann?", wollte er wissen. „Ist bei dir wirklich alles in Ordnung?", forschte sie nach. „Ja, wieso fragst du?", antwortete er leicht irritiert. „Na vielleicht, weil ich deine Frau bin und dich sehr gut kenne. Sieh mal, erst bist du völlig übermüdet und gereizt, dann die letzten Tage völlig aufgedreht, und nun siehst du wieder völlig angespannt aus, so als seist du mit deinen Gedanken bei etwas, das dir absolut keine Ruhe lässt. Du kannst sogar meinen Ausführungen kaum folgen, und du weißt das." „Tut mir leid … mir geht es gut, wirklich, du brauchst dir keine Sorgen zu machen", wollte er ihr versichern, aber beide wussten es besser. „Frau Söhnke", rief ein Arzt Heike noch einmal zu sich. „Ja bitte?" „Frau Söhnke, ich habe mich noch einmal mit dem Professor besprochen, und wir haben entschieden, in vier Wochen den Gips wieder abzunehmen." „Oh, das hört sich sehr gut an", antwortete Heike ihm voller Freude. „Also, halten Sie den Arm ruhig, und ansonsten sehen wir uns dann zur Abnahme des Gipses wieder. Passen Sie auf sich auf und weiterhin gute Besserung." Mit diesen Worten verabschiedete sich der Arzt von Heike und verschwand sogleich wieder im Behandlungszimmer. „Michael? … Michael?" „Ja, oh entschuldige, Liebes, ich war wohl etwas abwesend", entschuldigte Michael sich. „Wirklich alles in Ordnung?", fragte seine Frau ihn erneut. „Ja, ja, aber ich würde dich trotzdem gerne nach Hause fahren." Michael nahm ihr die Papiere, die sie in der Hand hielt, ab und hakte sich dann bei ihr unter, um sie ein wenig zu stützen. Als sie die Hälfte der Strecke zurückgelegt hatten, überraschte sie ihn mit der Frage:

„Die Person, die dir seit Tagen durch den Kopf geht, du hast sie getroffen, nicht wahr?" Michael wollte erst so tun, als wüsste er nicht, wen oder was sie meinte, aber ein kurzer Blick in ihre Augen sagte ihm, dass sie es besser wusste. Wie er seine Frau liebte! Gerade jetzt wusste sie einfach, was er dachte und fühlte. Eigentlich hätte er sich jetzt um sie kümmern müssen, dagegen war sie es, die spürte, dass er Hilfe brauchte. Seit sie sich kannten, war er zwar derjenige, der sagte, wo es langging, aber sie war diejenige, die ihn immer schon längst auf dem Weg gebracht hatte, ohne dass er es überhaupt gemerkt hatte. Sie war die perfekte und liebenswerteste Frau für ihn. Sie sprach ihn nicht mehr auf das Ereignis an, sie drängte ihn nicht. Michael hatte ihr noch nicht geantwortet, aber sie wusste, dass er es tun würde. Michael war für sie schon immer leicht zu durchschauen gewesen. Und seine Treue, seine Ehrlichkeit, seine offene Art bei gleichzeitiger Zurückhaltung wirkten irgendwie komisch, aber auch äußerst anziehend auf sie. Ja, sie liebte ihn sehr, hatte ihn schon immer geliebt. Sie brauchte nur zu warten – sie wusste, er würde es ihr erzählen. Als er es dann tat, war sie doch ein wenig überrascht. „Sie wird sterben, hat sie gesagt. Immer wieder hat sie es herausgebrüllt – und ich ... ich stand nur da und wusste nichts dazu zu sagen. Ich war so hilflos." Die Tränen liefen ihm die Wangen herunter. Heike ergriff mit ihrer Linken seine Hand, um zu zeigen, dass sie da war, dass sie zuhörte und ihn verstand. „Ich bin es doch, der den Menschen die Hoffnung geben soll, aber ...", dabei versagte ihm für kurze Zeit die Stimme, „sie ist noch so jung." „Weißt du, warum sie sterben muss, Michael?", fragte sie ihn mitfühlend. „Nein, ich habe nicht den Mut aufgebracht, sie zu fragen." Michael liefen ein paar Tränen aus den Augen, während er sprach. Heike schaute ihm direkt in die Augen: „Michael, vielleicht glaubt sie es ja nur, und die Ärzte können ihr doch helfen. Du weißt doch selbst, dass viele Menschen in solchen Notsituationen überreagieren oder etwas Falsches hineininterpretieren." Michael schaute kurz auf. „Nein, Heike", er machte eine längere Pause, „du hättest ihre Augen sehen sollen. Sie weiß es. Frag mich nicht, wieso ich es weiß, aber ihr ist es bewusst,

vielleicht auch heute zum ersten Mal, aber sie weiß es." Den Rest
der Heimfahrt unterhielten sie sich noch über unterschiedliche
Themen, aber das Thema Sabine und Krankenhaus wurde nicht
mehr erwähnt. Es gab heute einfach nichts Neues mehr dazu zu
sagen.

Michael hätte sonst etwas darauf gewettet, dass er in der
kommenden Nacht wieder den Ruf hören würde, aber glücklicherweise geschah nichts dergleichen. Dagegen meldete sich
sein Gewissen. Immer wieder sah er Sabines Gesicht vor sich.
Die Enttäuschung war ihr mitten ins Gesicht geschrieben, aber
sogleich auch die Wut. Zuerst hatte er geglaubt, dass sie seinet-
wegen wütend war, aber je öfter er darüber nachdachte und der
Schrei „ICH WERDE STERBEN, ICH, ICH, ICH" in seinen
Ohren widerhallte, wusste er, dass ihre Wut nicht ihm galt, sondern dass sie sich auf das Leben richtete – das Leben, das sie
verlieren würde.

Als er am nächsten Morgen aus einer für ihn doch sehr unruhigen Nacht erwachte, wollte er nun auch aus eigenem Interesse zu
Sabine gehen. Ihm war mitten in der Nacht klar geworden, was
er tun würde, wenn er beim nächsten Besuch in ihrem Zimmer
saß. Er hatte sich fest vorgenommen, ihr einfach nur zuzuhören
und sie erzählen zu lassen.

Er war extra früh aufgestanden, während seine Frau noch schlief.
Er erledigte einige gemeindeinterne Angelegenheiten, wobei er
im Nachhinein feststellen musste, dass er es auch gerade hätte bleiben lassen können. Zum einen hatte er sich ohnehin
nicht konzentrieren können und sich andauernd von seinen
Gedanken ablenken lassen, zum anderen hatte sich alles, was
er niedergeschrieben hatte, beim Korrekturlesen als völliger
Blödsinn herausgestellt. Seine Stimmung war danach natürlich
dementsprechend gesunken, hingegen war seine Aufregung
noch zusätzlich gestiegen. Als er es nicht mehr aushielt, fuhr
er den Computer herunter, griff zu seiner Jacke und seinem
Autoschlüssel und verließ die Wohnung.

Als er eine halbe Stunde später vor der Tür des Krankenzimmers
stand, war er wieder nass geschwitzt. Was war es bloß, fragte er

sich, was ihn innerlich so aufwühlte? Er atmete zwei-, dreimal tief durch und drückte die Klinke herunter. Das Zimmer wirkte erneut sehr hell. Ihm wäre es lieber gewesen, wenn es etwas dunkler gewesen wäre, dann hätte er nicht den Eindruck gehabt, völlig durchleuchtet zu werden. So kam er sich irgendwie noch hilfloser vor. Er konnte aber auch nachvollziehen, dass das helle Tageslicht, welches durch die großen Fenster hereinschien, vermeiden sollte, dass die Patienten negative Gedanken hatten. Trotz des trüben Tages wirkte der gesamte Raum äußert freundlich auf ihn. Sein Blick fiel auf Sabine. Sie saß aufrecht in ihrem Bett und blätterte lustlos in einer Zeitschrift. Wahrscheinlich dachte sie, dass es die Zimmernachbarin war, die gerade hereinkam, denn sie blickte noch nicht einmal auf. Wie beim letzten Mal war außer ihr sonst niemand im Zimmer. Die Decken der beiden Betten rechts und links waren zurückgeschlagen, und man konnte deutlich sehen, dass die Betten auch vor Kurzem noch benutzt worden waren, nur waren sie zu dieser Zeit eben verwaist.

Michael räusperte sich leicht und begrüßte sie: „Guten Morgen, Sabine." Sabine blicke ihn genauso lustlos und uninteressiert an, wie sie zuvor die Zeitschrift angesehen hatte, die sie nun achtlos an das Ende des Bettes warf. Sie schaute zum Pastor auf. „Guten Morgen, Sabine", sagte Michael Söhnke erneut und hoffte, die unsichtbare, aber deutlich spürbare Distanz zwischen ihnen zu überbrücken. „Morgen", knurrte Sabine eher unfreundlich zurück. Sie hatte keine Lust auf tolle Sprüche oder irgendwelche Binsenweisheiten. „Darf ich mich zu Ihnen setzen?", fragte Michael schnell, um nicht erneut eine Sprechpause entstehen zu lassen. Bevor Sabine die Möglichkeit hatte, etwas zu erwidern, sein Angebot womöglich ablehnen würde, hatte er sich schon einen Stuhl herangezogen und sich an ihre linke Bettseite gesetzt. Am liebsten hätte er einfach alles erzählt, was in ihm brodelte, aber er hielt sich zurück. Er wollte und musste ihr Raum geben. Sabine wollte zunächst protestieren, blieb dann aber doch still und konzentrierte sich darauf, ihn nicht zu Wort kommen zu lassen. Aber ihr Gegenüber saß einfach nur da und schaute sie an. Er machte keinerlei Anstalten, sie erneut anzusprechen. Damit hatte sie nicht gerechnet. Sie wusste nicht, was sie jetzt tun sollte. Eigentlich hatte sie ihm seine „guten Worte" an den Kopf schmeißen wollen, hatte ihn beschimpfen wollen, aber er saß nur da und sagte kein Wort. Sabine wurde immer unbehaglicher zumute. „Was wollen Sie von mir?", fragte sie eigentlich sich selbst, hatte es aber schon laut ausgesprochen. Michael bemerkte ihre Unruhe und dankte Gott, dass er nicht ungeduldig geworden war, und beantwortete ihre Frage mit den ehrlichen Worten: „Ich hatte das Bedürfnis, einfach für Sie da zu sein." Das verwirrte Sabine nun noch mehr. Sie holte sich wieder ihre Zeitschrift und blätterte darin herum. Nach einiger Zeit, in der sie erneut lustlos in ihrer Zeitschrift herumblätterte, ließ sie die Zeitschrift auf die Bettdecke sinken und sprach ihn an: „Wollen Sie einfach nur so herumsitzen? Sie haben doch bestimmt noch etwas anderes zu tun, oder? Wissen Sie, Sie brauchen das nicht zu tun. Sie brauchen auch kein schlechtes Gewissen zu haben, wenn Sie jetzt einfach gehen." „Ich möchte gar nicht gehen, es sei denn, Sie möchten das." „Nein!", platzte sie viel zu schnell heraus, „äh, ich meine, mir ist es absolut egal." „Ja?", klang seine Frage ehrlich. „Ja", antwortete sie ihm ebenso ehrlich zurück. Michael war dankbar, dass die spürbare Distanz, die noch vor Kurzem bestanden hatte, nun gebrochen war. „Na, dann bleibe ich gerne noch etwas bei Ihnen", bemerkte er. Wieder trat eine längere Zeit des Schweigens ein. Diesmal unterbrach Michael die Stille: „Sie können mir auch erzählen, was Sie bewegt. Ich höre Ihnen gerne zu." „Nein, das möchte ich nicht. Ich habe Ihnen nichts zu sagen", kam ihre knappe Antwort. „Wie Sie wollen", erwiderte Michael und neigte seinen Kopf zu einem stillen Gebet. Er wusste einfach nicht, was er sonst hätte tun sollen, da war ein Gebet sicherlich nicht verkehrt. So betete er in Gedanken für das junge Mädchen, das da einsam, trotzig und voller Enttäuschung vor ihm saß. Gleichzeitig nutzte er die Gelegenheit, um auch für andere anstehende Dinge zu beten, denn Sabine ließ ihn lange so sitzen, ohne auch nur ein Wort zu sagen. So betete er für seine Gemeinde, für die Kranken in diesem Krankenhaus, aber auch dafür, dass die Menschen dieser Zeit Gott nicht ganz ablehnten, sondern doch noch die Chance ergriffen, Gottes Liebe kennenzulernen und seinem Ruf zu folgen. Er betete für seine Frau, seine Freunde, um Weisheit und Mut, Erfahrung und Geduld und um Gesundheit. Es war ihm ein Anliegen, so lange wie möglich fit und gesund zu sein, um all das tun zu können, was er sich vorgenommen hatte. Und es gab noch so vieles zu tun. Es gab noch so viele Menschen, die Jesus noch gar nicht kannten. Zu guter Letzt betete er noch, dass die Professoren und Ärzte das nötige Wissen hatten, um all den kranken Menschen helfen zu können. Selten zuvor hatte er so tief und so intensiv gebetet. Sein Herz brannte förmlich vor Liebe. Er fühlte sich innerlich ganz erfüllt davon. Es schien ihm, als müsse er regelrecht überlaufen. Aus diesem Grunde fiel es ihm nicht leicht, wieder die Augen zu öffnen, aber er zwang sich dennoch dazu.

Nichts hatte sich verändert, außer dass das Mädchen nun auf der Seite lag und ruhig atmete. Er stand von seinem Stuhl auf und ging an das Bettende. Sabine rührte sich nicht. Deshalb ging er nun weiter um das Bett herum, da er sich für heute von ihr verabschieden wollte. Sie hatte die Augen geschlossen und schlief. Ihre Wangen waren leicht feucht von den Tränen, die sie vergossen hatte. Wahrscheinlich hatte sie sich umgedreht, damit er nicht sah, dass sie geweint hatte, und war dabei eingeschlafen. Michael zog sich zurück. Er hatte zwar nicht viel mit ihr gesprochen und noch weniger von ihr erfahren, aber die Tränen zeigten ihm, dass sie nicht wirklich so hart war, wie sie es vielleicht gern sein wollte. Er drehte sich um und ging zur Türe hinaus. Das wiederholte er in den nächsten sieben Tagen immer wieder. Er kam, begrüßte sie, nahm sich einen Stuhl, schwieg. Nach einiger Zeit beiderseitigen Schweigens senkte er den Blick, schloss die Augen und sprach zu seinem Vater. Aber sie schlief nie mehr ein. Stattdessen beobachtete sie ihn immer mit fragenden Augen, bis er sich nach ungefähr einer Stunde bei ihr bedankte, dass er bei ihr hatte bleiben dürfen, sich fröhlich von ihr verabschiedete und den Raum verließ.

„Michael ... Michael, höre zu! Sage ihr, dass sie keine Angst haben soll. Sage ihr, dass Benjamin auf sie wartet."
Als Michael aufwachte, war er noch nicht einmal überrascht. Irgendwie hatte er schon früher damit gerechnet, jene Stimme irgendwann wieder zu hören oder irgendein Zeichen zu bekommen, wie auch immer dieses ausgesehen hätte. Durch den erneuten Ruf passte nun alles zusammen. Jene Stimmen nächtelang – dann nichts. Danach der Unfall seiner Frau, der ihn in das Krankenhaus und schließlich in das Zimmer geführt hatte, in dem Sabine lag. So war es eigentlich nicht verwunderlich, dass er nun wieder jene Stimme vernahm. Er fühlte sich diesmal sogar erleichtert, ja irgendwie befreit, da er jetzt konkrete Instruktionen bekam. Er hatte zuletzt gar nicht mehr gewusst, wie er an das Mädchen herankommen sollte, wie er es erreichen konnte. Acht Tage lang hatte er sie bisher besucht. Er hatte sich immer wieder schweigend zu ihr gesetzt, weil er ihren Zorn fürchtete. Aber die stille Missachtung, die kalte Ablehnung hatten zuletzt doch sehr an ihm genagt. Jetzt schöpfte er jedoch neuen Mut. Voll Sicherheit ging er auf die Türe zu, öffnete sie und ging in das Zimmer. Zum ersten Mal sah Michael heute auch die beiden Zimmernachbarinnen, die bei seinem Eintreten aufblickten und ihn freundlich anlächelten. Der Pastor begrüßte die Patientin freundlich, deren Bett der Türe am nächsten stand, und wünschte ihr Gottes Segen, ging dann zur nächsten Patientin, wiederholte seine Segenswünsche und ging anschließend zu Sabine, die ihn die ganze Zeit stumm beobachtet hatte. Nun wandte er sich Sabine zu. „Guten Morgen, Sabine wie geht es dir heute?" „Wie soll es mir schon gehen? Ich will endlich hier raus", meckerte sie ihn an. „Sie werden in drei Tagen das Krankenhaus verlassen", sprach er ruhig. Sabine riss die Augen auf. „Woher wissen Sie das?" „Sagen wir, ich weiß es einfach", sagte er ruhig. „Ach, hören Sie doch auf damit. Erst sagen Sie gar nichts, und jetzt wollen Sie mir weismachen, wann ich wieder aus dem Krankenhaus gehen darf?", schrie sie ihn an. „Ja!", wiederholte Michael. „Ja! Und woher wollen Sie das so genau wissen?", hakte sie jetzt deutlich leiser nach. „Es ist vielleicht schwer zu

verstehen, aber eine Stimme hat es mir in einem Traum gesagt", versuchte Michael souverän zu klingen. Sabine fing lauthals an zu lachen. „Eine Stimme! Was Besseres ist Ihnen wohl nicht eingefallen!" Michael war sehr unglücklich über den negativen Verlauf des Gesprächs. Dabei hatte er so ein gutes Gefühl gehabt, war sich doch sicher gewesen, was er tun sollte. Aber er spürte instinktiv, dass er etwas falsch gemacht hatte. Dabei hatte er sich so sicher gefühlt, dass er es schaffen konnte. Aber wer war er denn schon? Die letzten Tage hatte er alles in Gottes Hand gelegt, und die Dinge hatten sich positiv entwickelt. Kaum wollte er die Führung übernehmen, und schon ging es schief. Er schaute unsicher nach rechts und merkte, dass beide Zimmergenossinnen so taten, als hätten sie nichts von der Unterhaltung mitbekommen, aber die Art und Weise, wie sie dies taten – auffällig und bewusst – zeugte eindeutig davon, dass sie das Gespräch sehr wohl gehört hatten. Der Pastor rief sich wieder seinen Auftrag ins Gedächtnis (eine Aufgabe, die er sich ganz bestimmt auch nicht so vorgestellt und schon gar nicht ausgesucht hatte), aber die Botschaft war klar, also fuhr er fort: „Sie brauchen sich nicht darüber lustig zu machen. Gott hält für uns Menschen viele Wunder bereit." „Gott?! Vielleicht für Sie, Herr Pastor, aber nicht für mich. Ihr Gott interessiert sich doch einen Scheißdreck für mich", brüllte sie ihm entgegen, und ihr war es völlig egal, was die anderen im Zimmer dachten.

Michael merkte, dass ihm das Gespräch erneut entglitt, als ihm die Worte der letzten Nacht wieder in den Sinn kamen. „Sabine", wandte er sich wieder an sie, „ich soll dir sagen, dass du keine Angst zu haben brauchst." „Ach ja, wer sagt das denn, der Herr Professor oder ... die Stimmen?", und an ihrer Stimme hörte man heraus, wie lächerlich sie das fand. „Die Stimme", sagte Michael, „sie sagt, dass Benjamin auf dich wartet." Bei dem Namen Benjamin wich Sabine mit einem Mal sämtliche Farbe aus dem Gesicht. Wie erstarrt schaute sie durch Michael hindurch. Dann schlug sie beide Hände vors Gesicht und begann hemmungslos zu weinen. „Sabine, so beruhige dich doch", versuchte Michael sie zu trösten. Aber sie beruhigte sich nicht mehr.

Im Gegenteil, sie schrie nur noch lauter. Mittlerweile musste man sie auf dem ganzen Gang hören. Erneut versuchte es der Pastor: „Frau Thaler, bitte, so beruhigen Sie sich doch." Unter Tränen schrie sie ihn an: „Wer hat Ihnen von Ben erzählt? Es ist einfach nicht fair!" Michael war verzweifelt. Ständig wechselte er hin und her zwischen Du und Sie. „Sabine", versuchte er es erneut, „ich verstehe nicht." „Nein! – Bitte gehen Sie jetzt", schmetterte sie ihm entgegen, und ihre Worte waren unter ihrem heftigen Schluchzen kaum zu verstehen. Michael stand unterdessen nur regungslos in der Mitte des Zimmers. Sicherlich würde bald die Stationsschwester erscheinen – was sollte er jetzt tun? „Gehen Sie endlich", schrie Sabine erneut, und es klang schon hysterisch, „gehen Sie doch endlich!" Die Türe zum Zimmer wurde aufgerissen, und mehrere Personen in weißen Kitteln stützten herein. Gleichzeitig brach Sabine mit einem Weinkrampf auf dem Bett zusammen. Michael wurde halb gezogen, halb geschoben, um ihn so schnell wir möglich aus dem Zimmer zu verweisen. „Bitte, Herr Pfarrer, kommen Sie nicht mehr. Die Patientin ist nach ihren Besuchen jedes Mal völlig aufgelöst. Sehen Sie denn nicht, dass sie Ruhe braucht? Haben Sie denn kein Mitgefühl?" Mit diesen Worten ließ die Schwester ihn im Gang allein zurück und schloss die Zimmertüre hinter sich. Michael verstand diese ganze Situation nicht. Erst heute Morgen noch hatte er sich doch so gut gefühlt, hatte erkannt, was er tun sollte, und das Einzige, was passierte, war, dass Sabine ihn nun noch mehr hasste, dazu nun auch sämtliche Ärzte und Schwestern der Station und dass er einzig und allein ein riesiges Chaos angerichtet hatte.
Voller Schuldgefühle, erneut versagt zu haben, machte er sich schweren Herzens auf den Heimweg. Seine Frau versuchte ihn wieder aufzubauen, aber nichts und niemand schaffte es den ganzen Tag über, ihn aus seiner depressiven Phase wieder herauszuholen. Er ging früh zu Bett, konnte aber nicht einschlafen. Als sich seine Frau fast zwei Stunden später neben ihn schlafen legte, machte er die Augen zu und gab vor, schon zu schlafen, um nicht mit ihr reden zu müssen. Was hätte er auch sagen sollen? Er wusste es ja selbst nicht einmal. Seine Augen waren noch feucht

von den vielen Tränen, die er vergossen hatte, und immer wieder
hörte er die anklagenden Worte des Mädchens in seinem Kopf:
„Gehen Sie endlich – gehen Sie doch endlich ... gehen Sie doch
endlich ... gehen Sie doch endlich ... gehen ... Sie ... doch ... gehen ... Sie ..." Mit dieser Erinnerung fiel er gegen ein Uhr nachts
endlich in einen unruhigen Schlaf.

Kapitel 18: Der HERR

„*B* E N J A M I N." Stille. „B E N J A M I N." Sein Name klang weich und zärtlich, so als schwebe er in Bens Kopf hinein. Es war wie ein Hauch, ein leiser Wind, der seinen Namen trug.
„BENJAMIN, HÖRE MIR ZU." Ben war einfach zu müde und zu erschlagen, um aufzublicken oder gar aufzustehen. Alles tat ihm weh. Jeder Teil seines Körpers fühlte sich zerschunden an. Er mochte einfach nicht mehr – alles war ihm egal. Dass er noch lebte, erschien ihm nur ein weiteres Wunder zu sein. Dass er noch lebte! Ben lachte in sich hinein, denn er war doch tot. Eine Erkenntnis, die er mittlerweile akzeptiert hatte, weil er es in letzter Konsequenz nicht mehr leugnen konnte, dafür hatte er einfach zu viel gesehen und erlebt. Aber er wollte richtig tot sein, so wie andere auch. Alles für immer vergessen. Leere – einfach nichts mehr denken und erleben müssen. Das wünschte er sich. Als er noch an Gott geglaubt hatte, hatte er sich niemals richtig vorstellen können, wie die Ewigkeit wirklich aussehen würde. Das Leben im Paradies war in seiner pessimistischen Art einfach nicht vorstellbar. Dass die Seele weiterleben sollte, konnte er ja noch akzeptieren, wenn er auch nicht wusste, wie das möglich wäre, aber warum dann auch sein Körper? Warum musste er diese ständigen Grausamkeiten erleben, diese seelische Pein und diese Qualen, die unendlichen Schmerzen, die sich über seinen ganzen Körper erstreckten? Warum konnte er nicht einfach tot sein?, fragte er sich erneut. Aus, vorbei, nichts mehr. Aber das Gegenteil schien der Fall zu sein. Selbst Salasuls letzter Angriff, von dem er nur wusste, dass er stattgefunden hatte, aber nicht wusste, was genau passiert war, bedeutete nicht das Ende seiner Leiden.
Wieder erklang sein Name. „B E N J A M I N." Bei den ersten Malen, als er seinen Namen gehört hatte, hatte er bei sich gedacht, dass er sich das wohl nur eingebildet hatte, jetzt aber hörte er ihn klar und deutlich. Aber es war keine Stimme, wie er

sie bisher als Mensch gekannt hatte. Der Ruf drang nicht in sein Ohr, sondern irgendwie sprach die Stimme direkt in sein Gehirn. „Wer du auch bist, lass mich endlich sterben!", schrie Ben mit der letzten Kraft, die er noch aufbringen konnte, ins Nichts hinein. „B E N J A M I N." „Nein, ich will nicht mehr", schrie er patzig als Antwort zurück und setzte noch flüsternd und flehend hinzu: „Und ich kann auch nicht mehr." Tief in sich konnte er aber zart eine neu entstehende Kraftquelle spüren. Langsam, sehr, sehr langsam versuchte er es dann doch, ohne näher darüber nachzudenken, seinen Kopf leicht anzuheben, was ihm jedoch nur mit großer Mühe gelang, da er gleichzeitig das Gefühl hatte, dass eine riesige Tonnenlast auf ihm lag. Ein plötzlich auftretender stechender Schmerz in der Rückengegend ließ ihn dann, wie vorauszusehen war, jäh zusammenbrechen, und er glaubte, nie wieder aufstehen zu können. Erneut hörte er, wie sein Namen gerufen wurde:

„B E N J A M I N." Ben konnte es sich nicht erklären, aber allein dieses eine ausgesprochene Wort „Benjamin" schien ihm immer mehr Leben in seinen Geist und Körper einzuhauchen, ihm auch wieder die nötige Kraft zu geben, die er zum Aufstehen brauchte. Eigentlich hatte er nicht mehr daran geglaubt, sich jemals wieder von der Stelle bewegen und erheben zu können, und auch nicht, es überhaupt zu wollen. Zu viel hatte er sehen, erleben, ertragen müssen. Zu viel bekam er einfach nicht mehr aus seinem Kopf, der von den vielen intensiven Eindrücken regelrecht zu bersten schien. Er hatte sich schon längst damit abgefunden, sich in dem Nichts, in dem er sich befunden hatte, einfach treiben zu lassen, um nichts mehr sehen und begreifen zu müssen. Wenn es nicht so paradox wäre, dann wäre er am liebsten gestorben, gestorben, um für immer Ruhe zu haben, gestorben, um einfach in einen tiefen Schlaf fallen zu können. Aber das schien die wahre Hölle zu sein, herumzuirren im Nichts, ständig unter Schmerzen leiden zu müssen und einfach nicht vergessen zu können, dem Ganzen für immer und ewig nicht entfliehen zu können. Welch eine grausame Zukunft!

„B E N J A M I N", hörte er nun wieder seinen Namen, diesmal erschien ihm die Stimme jedoch näher, menschlicher – oder war er sich der Stimme mittlerweile nur bewusster geworden?

Als Ben es dann endlich doch schaffte, zumindest aufzublikken – was sich nun als einfacher als zuvor herausstellte –, sah er nur ein grelles Licht. Da er bisher nur Dunkelheit um sich herum wahrgenommen hatte, war er jetzt überhaupt nicht auf das Gegenteil vorbereitet. Es kam so überraschend für ihn, dass er sofort reflexartig die Augen schloss und gleichzeitig den Kopf zur Seite drehte, um sein Gesicht und vor allem seine Augen vor dem intensiven Licht zu schützen. Aber er tat es nur ganz kurz, da es eigentlich mehr ein Instinkt gewesen war, als dass es ihm in seinen Augen geschmerzt hätte, und so siegte seine natürliche Neugier über seine Angst, und er wagte erneut einen Blick in die Richtung, aus der das helle Licht kam. Am Anfang noch scheu, hielt er jedoch diesmal der Versuchung stand, sich erneut abzuwenden. Mit einigem Erstaunen stellte er fest, dass er zwar das Gefühl hatte, als blicke er direkt in die Sonne, aber es schmerzte ihn überhaupt nicht, er musste noch nicht mal blinzeln oder die Augen zukneifen. Er erlaubte sich sogar, das hell strahlende Licht direkt zu betrachten, und dabei erkannte er, dass es doch wieder ganz anders aussah als er zunächst geglaubt hatte, aber ihm fehlten die Worte, um das, was er da vor sich sah, richtig auszudrücken. Dann, erst langsam, sehr schemenhaft und nur undeutlich, mit der Zeit aber immer klarer und bald schon deutlich erkennbar, sah Ben in diesem hellen Licht die Kontur eines Menschen.

„BENJAMIN, WARUM ZWEIFELST DU AN MIR?", sprach die Stimme aus dem Licht heraus. Diesmal jedoch hörte Ben diese Stimme mit seinen Ohren und doch wieder direkt in seinem Kopf. Während man hätte meinen können, dass solch eine Frage einem Vorwurf gleichkam, war dies nicht aus einer einzigen Silbe herauszuhören. Ein großartiger Friede ungeahnten Ausmaßes ging von der jetzt vor ihm stehenden Person aus. Ben versuchte, sich weiter aufzurichten. Aber die Gestalt hob den Arm und sagte ruhig: „BLEIB LIEGEN, BENJAMIN, UND RUHE DICH WEITER AUS. ICH MÖCHTE NUR MIT

DIR REDEN." „Wer bist du?", fragte ein sichtlich verstörter Ben.
„ICH BIN, DER ICH BIN ---- ICH BIN DER WEG UND DIE
WAHRHEIT UND DAS LEBEN ---- ICH BIN DAS WORT
---- ICH BIN DER ANFANG UND DAS ENDE ---- ICH BIN
DER HERR, DEIN GOTT." Immer noch war keines der Worte
anklagend oder vorwurfsvoll. Es drückte einfach nur Liebe aus,
fast so, als ob ein Vater seinem Sohn etwas erklärte. Ben zweifelte
nicht einen Moment an dem, was er hörte. Es war diesmal wieder so, als ob die Stimme nicht über seine Ohren in sein Gehirn
dringen, sondern direkt zu seinem Herzen sprechen und von dort
seinen Weg zum eigentlichen Verstehen nehmen würde.
Ben musste nicht überlegen, was er sagen musste. Die Worte
sprudelten nur so aus ihm heraus, und sie waren ehrlich gemeint:
„Herr, vergib mir meine Schuld, ich habe versagt, obwohl du so viel
in mich investiert hast." „NEIN, BENJAMIN, NIEMALS HAST
DU VERSAGT ODER MICH ENTTÄUSCHT, DU DARFST
MICH NUR NICHT VERGESSEN." Nach einer kleinen Pause
fügte die Person hinzu: „VIELE HÄTTEN DEN ANGRIFFEN
NICHT STANDGEHALTEN, NICHT NACH DEM, WAS DU
ERLEBT HAST. ABER ICH WAR IMMER IN DEINER NÄHE.
NIEMALS HÄTTE ICH ZUGELASSEN, DASS DIR EIN
LEID GESCHIEHT, DAS DIR ERNSTHAFT GESCHADET
HÄTTE. ICH BIN IMMER FÜR DICH DA. MIR IST
SÄMTLICHE MACHT GEGEBEN, UND DU SOLLST MEIN
DIENER SEIN, ABER ES IST MEIN WILLE, DASS DU FREI
ENTSCHEIDEST. SOLLTEST DU DICH BEWUSST GEGEN
MICH ENTSCHEIDEN, IST DIES DER EINZIGE GRUND,
DASS ICH DIR NICHT MEHR WERDE HELFEN KÖNNEN.
ABER SELBST IN DEINEN SCHWERSTEN STUNDEN UND
ZWEIFELN HAST DU MICH IMMER GELIEBT. ICH HABE
ES IN DEINEM HERZEN GESEHEN. DIESE LIEBE ZU MIR
RETTET DICH UND BEKÄMPFT DEN VERFÜHRER. ABER
GENUG JETZT, RUHE DICH AUS UND ZIEHE DANN LOS
UND ERFÜLLE MEINEN AUFTRAG. VERTRAUE DEM
HEILIGEN GEIST, DEN ICH DIR GESANDT HABE, UND
DU WIRST ERKENNEN UND VERSTEHEN." Nach diesen

Worten fiel eine Müdigkeit über Ben, gleich einem Schleier, und
ließ ihn in eine tiefe Ohnmacht fallen. Während er nun wieder
wie zuvor im staubigen Sand lag, erlosch das Licht um ihn herum, und er blieb allein zurück.

Ein blauer Himmel mit vereinzelten weißen Wolkenfeldern er-
streckte sich über dem dürren Land. So weit man sehen konnte,
war es ein herrlicher Sonnentag. Und die Sonne war stark. Sie
brannte bereits zu dieser frühen Stunde des Tages schon viele
Stunden. Der Boden war rissig und an vielen Stellen regelrecht
aufgebrochen, und in jede neue Furche drangen die Strahlen tiefer in die Erde ein. Kein Strauch, keine Pflanze gab die Erde preis,
und falls doch, war sie welk und ausgetrocknet, eine tote Pflanze,
die der glühenden Hitze nicht standhalten konnte. Das Land
war ausgetrocknet und litt furchtbar unter der sengenden Hitze.
Unerbittlich schienen die Sonnenstrahlen dem Boden jede nur
erdenkliche Wasserquelle entwenden zu wollen. Es ist ein Land,
auf dem kein Mensch leben konnte und auf dem selbst Tiere nicht
zu finden waren. Es war ein totes Land. Aus der Perspektive des
Himmels betrachtet war es einfach nur eine hellbraune Fläche,
die, so weit das Auge reichte, in alle Richtungen vor einem lag.
Kein Farbtupfer, kein Gegenstand war zu finden, nichts, was einem zur Orientierung hätte helfen können, aber das war auch
nicht notwendig, denn niemand hätte diesen Ort länger als drei
Tage überlebt. In diesem blauen Himmelszelt glänzte eine kleine
Kugel, und das Licht wurde darin gebrochen. Die Kugel schien
zu fliegen, aber beim zweiten Hinsehen sah man, dass sie nicht
flog, sondern fiel. Immer tiefer und tiefer, und es war klar, dass
sie auf die Erde fallen würde, denn immer mehr Konturen des
Landes waren nun zu erkennen. Parallel zum Fall der Kugel war
ein Gegenstand auf dem Boden zu erkennen. Erst sehr schwach,
dann immer deutlicher wandelte sich dieser Gegenstand zu einer
am Boden liegenden Person. Als die Kugel auf deren ausgetrockneten Lippen auftraf, zerplatzte sie und benetzte die rissige

Haut. Es handelte sich um einen einzelnen Wassertropfen, der von dem blauen Himmel herabgefallen war und die lebensspendende Feuchtigkeit transportiert hatte. Immer mehr solcher Wassertropfen schlugen nun ringsherum auf, und nach kurzer Zeit waren die wasserspendenden Tropfen längst nicht mehr zählbar. Ein Regen ergoss sich aus einem blauen Himmel über das dürre Land und die dort wie tot am Boden liegende Person. Der Regen, der auf Ben herabfiel, hatte ihn aus seiner tiefen Bewusstlosigkeit zurückgeholt. Seine Zunge klebte ihm am Gaumen fest, und der pelzige Geschmack im Mund war eklig. Als er sich mit der Zunge über die rissigen Lippen fuhr, hatte er das Gefühl, als würde er eine Asphaltstraße ablecken. Zudem brannten seine Lippen wie wahnsinnig, da sie wohl wund gescheuert und schon ganz blutig waren. Seine Kehle war völlig ausgetrocknet, und er saugte dankbar jeden Tropfen auf, die seinem trockenen Mund die so nötige Feuchtigkeit spendeten. Wie lange er schon hier gelegen hatte – er wusste es nicht. Der immer heftiger niederfallende Regen tat ihm unsagbar gut. Er blieb auf dem Boden liegen und war froh, dass der Regen den Staub aus seinem Gesicht spülte. Seine Kleidung war bereits völlig durchnässt und auf seinem Gesicht, das immer noch den Boden berührte, hatte sich eine schlammige Masse aus Staub, Erde und Wasser gebildet. Aber Ben hatte die Augen noch immer geschlossen und spürte, wie dankbar seine Haut die Feuchtigkeit aufnahm. Er spürte, wie das Leben zu ihm zurückkehrte, so wie ihm vorher die sengende Hitze das Leben aus seinen Eingeweiden gezogen hatte. Was für ein prickelndes Gefühl! Ben spürte am ganzen Körper, wie seine Haut die Feuchtigkeit aufsaugte und den einzelnen Zellen zuführte. Trotz der durchlebten Strapazen fühlte er sich jetzt wesentlich kräftiger, und auch seine Emotionen waren weitestgehend wieder im Lot.
Er stand langsam auf, und der niederprasselnde Regen wusch ihm nun auch die schlammverschmierte Gesichtshälfte sauber. Ben hob den Kopf gen Himmel und öffnete Augen und Mund. Das herabfallende Wasser suchte sich nun auch diese neu hinzugewonnenen Öffnungen und spülte auch dort den feinen Sand heraus.

Ben riss beide Arme hoch und sprach lächelnd ein Dankgebet zum Herrn. Ein junger Mann in zerrissenen und zerlumpten Kleidern, völlig durchnässt und schlammverschmiert, stand dort und lächelte, als er plötzlich – allein durch seine Vorstellungskraft – aus dem klaren Wasser eines Schwimmbeckens, in dem sich viele Menschen tummelten, auftauchte. Dabei strahlte er eine ganz neue Lebensenergie aus. Niemand im Schwimmbad würde glauben, dass er eigentlich ein Toter war, der noch vor Kurzem elendig mitten in der Wüste gelegen hatte. Ben hatte für sein äußeres Erscheinungsbild die Gestalt eines fünfundzwanzigjährigen Mannes von ungefähr 1,80 Meter Körpergröße gewählt. Lässig strich er sich beim Hinausgehen aus dem Schwimmbecken die nassen Haare aus dem Gesicht und rieb sich mit beiden Händen die Augen trocken. Kräftigen Schrittes schritt er an einer Gruppe von Mädchen vorbei, die ihn anhimmelnd anstarrten. Ben freute sich über die bewundernden Blicke, schmunzelte leicht vor sich hin und ging direkt auf die Umkleideräume zu. Als er zwei Sekunden später aus einer Kabine am anderen Ende der Umkleiden herauskam, waren seine Haare komplett trocken und er trug einen maßgeschneiderten Anzug. Er sah noch, wie sich die Mädchen schüchtern immer mehr der geschlossenen Türe näherten, durch die er zuvor hineingegangen war. „Tut mir leid, Mädels", dachte er sich, „es wird wohl eine große Enttäuschung für euch werden, wenn ihr feststellen müsst, dass sich niemand mehr hinter der Türe befindet." Lächelnd ging er durch die Schwingtüre des Ausgangs hindurch, schwenkte nach rechts und war im nächsten Augenblick verschwunden.

Auf der Bank sitzend in einem angrenzenden Park schaute ein glücklicher und zufriedener Ben den Kindern beim Spielen zu. In Gedanken ging er noch einmal die Begegnung mit seinem HERRN durch. Danach hatte er einen Traum gehabt, der all seine Fragen mit einem Mal klärte. Gerne erinnerte er sich daran, was ihm der Heilige Geist – anders konnte es nicht sein – im Traum gezeigt hatte. Er hörte erneut jedes Wort, und er war sich sicher, dass er diese Worte nie mehr vergessen würde, niemals vergessen würde, welche Kraft und Liebe aus diesen Worten gesprochen hatten. Auch würde er wohl nie vergessen, wie glücklich er gewesen war. So viel Frieden hatte über allem gelegen. Gerne erinnerte er sich immer wieder an das im Traum Erlebte. Er dachte daran, wie er mit seinem Herrn im Gras einer traumhaften Hügellandschaft gesessen hatte. Dabei hatte er zugehört, wie Jesus zu ihm gesprochen, und ihm alles, was er wissen wollte, erklärt hatte.

„Ich musste dich aus deinem Leben reißen, gerade zu dem Zeitpunkt, als du wirklich leben wolltest, weil der Verführer dann deine starke Wut auf mich ausnutzen wollte. Ich aber kenne dein wahres Herz, besser als du selbst es kennst. Auch sehe ich deine Liebe in deinen Augen." Ben hörte einfach nur zu, unfähig, auch nur ein Wort zu äußern. *„Ich habe dir einen mir sehr nahestehenden Diener geschickt"*, sprach der Herr weiter. „Kaleb", antwortete Ben, dem nun einiges klarer wurde. *„Ja, Kaleb. Kaleb ist zu Lebzeiten ein treuer und mächtiger Gläubiger gewesen, was ihn heute dazu befähigt, wirklich Großes zu bewirken."* „Aber Herr, kann nicht Kaleb die Mission ausführen, für die du mich ausgewählt hast?", fragte Ben unsicher. *„Nein, Benjamin, Kaleb würde sofort Verdacht erregen"*, antwortete Jesus ihm, und ein Lächeln lag auf seinem Gesicht. „Was, wenn ich mich nicht als würdig erweisen werde?" *„Benjamin, du sprichst mit deinem Schöpfer. Traust du mir nicht zu, dass ich genau weiß, wer die Mission erfüllen kann?"* „Doch Herr, natürlich", stotterte Ben verlegen mit dem Versuch einer Entschuldigung. Jesus sprach weiter: *„Der Streit mit Kaleb musste sein, damit der Verführer sich seiner Macht sicher wähnt. Ich wusste, dass er wissen wollte, was Kaleb dir gesagt hat. Das machte dich interessant für ihn. Deshalb hat er den ‚Fürsten' geschickt."* „Aber Kaleb hat mir doch gar nichts gesagt", sagte Ben. *„Stimmt. Kaleb hat dich bewusst provoziert, der Ausgang war schon seit Langem vorhergesehen. Das wollte der Fürst aber nicht glauben. Dass Kaleb zu dir gekommen war, musste eine tief greifende Bedeutung haben, die dir der Fürst entlocken sollte. Dass du nichts sagtest, natürlich weil du nichts wusstest, machte dich immer*

interessanter. Du bist sehr stark, und er wollte dich für sich gewinnen. Er spürte deinen starken Glauben, der wie ein heller Schein aus dir strahlt, aber er sah auch, dass dein Glauben durch dein frühes Sterben und der damit verbundenen Unsicherheit und Einsamkeit erschüttert wurde. Und hier setzte er an. Ich muss sagen, er war gut, er hat es fast geschafft, dass du mich ablehnst, dass du all seinen Lügen mehr Glauben schenkst als all dem, was ich dich gelehrt habe. Das ist immer das Risiko, das ich eingehen muss. Wie ich dir bereits gesagt habe, kannst du allein mich von dir trennen. Wenn du dich bewusst von mir abwendest und dem Verführer dienst, kann ich dich nicht mehr retten. Du würdest verfallen, wie alle, die sich frei gegen mich und die Liebe entscheiden und lieber ihre Gier nach Macht und Reichtum ausleben und sich somit dem Satan zuwenden und sich bewusst für ihn entscheiden.“ Ben stand der Mund offen über all das, was er da vernahm, und doch hatte er das Gefühl, nichts Neues zu hören. „Herr, du sagtest, dass er es fast geschafft hat. Was war der Grund, warum er es nicht geschafft hat?“ *„Die Liebe, Benjamin“* „Die Liebe?“, fragte Ben. *„Ja, die Liebe zu Sabine und letztendlich zu mir.“* Ben brauchte nicht weiter zu fragen, er wusste, was sein Herr meinte. *„Weißt du noch, als der Fürst versucht hat, dich zu manipulieren? Das ist ihm fast gelungen, aber dann wurde er leichtsinnig und hat einen Fehler gemacht, als er glaubte, dass du die Macht mehr lieben würdest als alles andere. Letztendlich wurde dies zum alles entscheidenden „Test“ für dich, und du hast ihn bestanden. Du wolltest die Macht nicht mehr, und sein ganzes Lügenmärchen brach in sich zusammen. Hätte er diesen Test jedoch nicht durchgeführt, hätte er sich deiner Zuverlässigkeit nie ganz sicher sein können. Wie du siehst, hatte er guten Grund, dich zu testen, und du hast – zum Nachteil für ihn – richtig entschieden.“* „Der Liebe wegen. Was wäre passiert, wenn ich den Test nicht bestanden hätte und die Macht gewollt hätte?“ *„Dann hätte er dich irgendwann vor die alles entscheidende Frage gestellt.“* „Ob ich ihm oder dir, Herr, diene?!“ *„Ja, Benjamin. Doch jetzt, nachdem du weißt, welche Macht er hat und welche Macht er eben nicht hat, kannst du seine Lügen besser erkennen. Dadurch, dass er dir vertraut hat und dir Geheimnisse preisgegeben hat, vermagst du seine Gegenwart und seine listenreichen Verführungen besser als jeder* andere zu erkennen. Das Vertrauen in seine eigene Macht ist schon immer seine Schwäche gewesen. Es gibt jetzt aber kein Verhüllen mehr. Du kannst seiner Macht nicht mehr erliegen.

Kapitel 19: Kaleb

Während Ben noch seinen Gedanken nachhing, setzte sich plötzlich ein Mann neben ihm auf die Bank, und Ben brauchte gar nicht erst zu fragen, wer es war und warum er sich gerade neben ihn setzte, obwohl doch alle anderen Bänke, die hier im Park in einigen Meter Entfernung standen, frei waren. Deshalb begrüßte er ihn auch gleich wie einen alten Freund: „Kaleb, schön, dich wiederzusehen." „Hallo Benjamin, wie ich sehe, hast du mittlerweile viel gelernt, und du hast es akzeptiert, von Gott berufen zu sein", antwortete Kaleb genauso wenig überrascht. „Er hat mich errettet, und ich merkte, dass sich ein Friede über mich legte, der so groß, so umfassend war und tief in mein Herz drang." Voller Begeisterung erzählte Benjamin weiter: „Ich konnte mit jedem Blutstoß, den das Herz durch meinen Körper jagte, spüren, wie sich ein tiefer Frieden heilend in mir ausbreitete. Ich kann das gar nicht näher beschreiben, so etwas Wunderbares habe ich noch nie erlebt. Es war fast so, wie ich es erlebte hatte, als Siredon Geschwüre und faulendes Fleisch über sein Fleisch legte, nur war es diesmal eine heilende Wirkung. Und das, was ich durch unseren HERRN erlebte, war viel intensiver und machte mich stärker und glücklicher als je zuvor. Ja, sogar glücklicher als meine Liebe zu Sabine. Diese Liebe war göttlich und übertraf alles Menschliche. Mann, wie gerne möchte ich es dir erklären, es besser ausdrücken können, aber ich vermag es nicht, ich finde keine Worte, die diesem Gefühl gerecht werden könnten." „Ich weiß, Benjamin, und glaube mir, in Jesu Gegenwart wird es immer so sein. Darum lass es einfach geschehen, lass dich aufbauen und aufrichten. Du hattest immer wieder versucht, es selbst zu erreichen, aber du scheitertest kläglich. Nur jetzt, nachdem du jeden Stolz aufgegeben hattest, als du gänzlich am Boden lagst, nahmst du es als das Geschenk an, für das es von jeher gedacht war, und es überwältigt dich, es füllt dich ganz, denn seine Kraftquelle ist unerschöpflich", erklärte ihm Kaleb.

Dann sprach der mächtige Engel weiter: „Dennoch musst du weiterhin vorsichtig sein, mein Freund. Solange du dich im Umfeld von Dämonen aufhältst, nimmt dein Geist wie auch dein Äußeres Schaden. Genau aus diesem Grunde sind Dämonen innerlich und äußerlich kaputt. Die Trennung von Gott lässt ihre Seele und ihren Körper verfaulen. Aber auch ihr Verhalten wird krankhaft, falsch, der Heilige Geist kann nicht wirken, dagegen kann jeder Kranke, ob körperlich oder geistig, wie du es selbst erleben durftest, im Licht geheilt werden. Benjamin, Jesus ist der Heilsbringer, in seiner Gegenwart wird alles heil und rein.“
„Dort wo Dämonen auftreten“, erklärte Kaleb weiter, „meist passiert dies in größeren Gruppen, sind Engel zwar in der Regel ungefährdet, jedoch meiden wir die Gegenwart von Dämonen meistens. Umgekehrt können die Dämonen nicht die Gegenwart von uns Heiligen ertragen, es bereitet ihnen Schmerzen. Trotz alledem gibt es keine Kämpfe zwischen uns.“ „Dann ist es also wahr“, kam nun der Einwand von Ben, „dass Jesus während seiner Zeit auf Erden auch Dämonen austrieb.“ „Ja, Benjamin“, antwortete Kaleb, „aber bedenke, Jesus hat sie vertrieben, nicht vernichtet. Auch hat er Satan selbst nicht bekämpft, sondern nur seinen Versuchungen widerstanden. Dämonen sind stark, wenn Menschen sie bitten oder Menschen nichts von Jesus wissen wollen. Letztendlich möchte Jesus auch dort wirken, aber das würde den Willen der Menschen beeinflussen. Hier schickt Gott kleine Lichter zu den Verlorenen.“ „Was verstehst du unter Lichtern?“, hakte Ben nach. „Lichter sind Menschen in Begleitung von uns Engeln“, erklärte sein Banknachbar.
Ben war dankbar für all die Erklärungen von dem erfahrenen Engel, aber ihm blieb nicht viel Zeit, darüber nachzudenken, weil Kaleb erneut fortfuhr mit seinen Bemerkungen: „Du musstest jedoch diese Prüfung durchlaufen, um die Macht, die Falschheit und Gerissenheit der Dämonen, aber auch um die Ziele und Pläne des Fürsten zu erkennen. Benjamin, du wurdest deshalb ausgewählt, erstens weil du einen sehr starken Glauben hast, stärker als es dir selbst – und somit auch deinem Umfeld – bewusst ist und zweitens weil Jesus Sabine ausgewählt hat.“

Sie hatten den ganzen Tag und die darauffolgende Nacht zusammengesessen und sich über viele Dinge in Bens früherem Leben, über Leben und Tod, über die Erde und den Himmel und über Engel und Dämonen unterhalten. Die ganze Zeit über hatte er nicht geschlafen, aber Ben fühlte sich trotzdem frisch und erholt. Ben hatte unzählige Fragen, und Kaleb beantwortete sie in aller Ruhe und Liebe und so ausführlich, wie er nur konnte. Als sie am nächsten Tag geendet hatten, war Ben so sehr mit Wissen und Weisheit erfüllt, hatte so viel erfahren, dass sein Kopf eigentlich hätte bersten müssen, aber Ben fühlte sich absolut zufrieden und frei. Er verstand die Zusammenhänge jetzt so deutlich wie das Einmaleins in der Mathematik. Jetzt stand nur noch die Beantwortung seiner zuerst gestellten Frage im Raum, die ihm immer wieder in den Sinn kam und niemals losließ: Wie und warum sollte er Sabine retten und wovor? Dieses Thema hatte Kaleb immer wieder hinten angestellt, jetzt war die Zeit jedoch gekommen. „Kaleb, du sprichst davon, dass Sabine gerettet werden muss“, begann Ben. „Aber wieso von mir? Ich habe doch keine Erfahrung damit, und wenn ich wieder versage, ist sie dann für immer verloren?“ „Ben, mein junger Freund, habe keine Angst, Sabine hat früher bereits an Gott geglaubt“, beruhigte Kaleb ihn. „Sie kennt Jesus, sie weiß um die Kraft des Gebets. Aber sie wurde in der Vergangenheit von den Menschen ihrer Umgebung enttäuscht und hat, wie viele Menschen zuvor, den einfachsten Weg gewählt und in ihrer Verzweiflung alles auf Gott geschoben und ihn für alles verantwortlich gemacht. Deshalb macht sie bei Personen, die von Gott erzählen, sofort dicht. Deine Liebe hat vieles aufgebrochen, aber die Zeit drängt, denn Sabine wird sterben, und sie muss vorher den Weg zu Jesus wiederfinden.“ „Sabine wird sterben?“ Bens Stimme klang erschüttert. „Aber warum ... wieso ... ich meine ...“ „Benjamin, bitte beruhige dich, denn sie muss den Weg wiederfinden, und du musst ihr helfen. Sie kann nur gerettet werden, wenn sie selbst sich dazu entscheidet. Nur dann haben die Dämonen keine Macht über sie. Die Dämonen selbst kann Sabine aber nicht sehen, denn diese leben in der unsichtbaren Welt, in der wir beide uns befinden. Diese Welt besteht immer um die Menschen herum. Sie ist zeit- und raumlos." Was Kaleb ihm da mitteilte, klang aus seinem Munde so einfach, war so leicht zu erklären, Ben dagegen spürte auf einmal die große Last, die auf ihm lag. „Aber Kaleb, wie kann ich Sabine helfen? Ich weiß doch so wenig, und vor allem weiß ich nicht, wie ich ihr helfen soll." Panik erfüllte Bens Herz, Kaleb jedoch machte ihm Mut: „Benjamin, der Herr hat dich dazu auserwählt. Folge deinem Herzen, dann wirst du wissen, was zu tun ist." „Kann ich nicht einfach zu ihr gehen und es ihr sagen?", fragte Ben. Kaleb schaute ihn mitfühlend an und verdeutlichte ihm die Situation: „Benjamin, was glaubst du, würde passieren, wenn du das tun würdest? Sabine würde verrückt werden, weil es in der Vorstellung der Menschen nicht möglich ist, dass Tote einfach wieder erscheinen. Und ihr freier Wille wäre dann eben auch kein freier Wille mehr, und der Satan würde in dieser Schlacht den Sieg davongetragen." „Aber es ist keine Schlacht, kein Spiel, in dem es darum geht, wer zum Schluss gewinnt, es geht um Sabine, meine Sabine, die ich doch so sehr liebe!", schrie Ben aus Leibeskräften. „Und die der Herr liebt, viel stärker und schon viel länger als du. Sie ist sein Kind, Benjamin." Kaleb zeigte ihm in einer Vision Sabine und erklärte ihm, wie er sie vorbereitet hatte. „Benjamin, höre mir zu, du musst Michael als Lichtträger zu Sabine schicken." Diesmal sah er Michael und Sabine in einer Vision vor sich, sah Ereignisse aus der Vergangenheit. „Glaube mir, es ist alles vorbereitet." Als Ben nickte, dass er verstanden hatte, war Kaleb schon nicht mehr neben ihm.

„MICHAEL!" Michael war plötzlich hellwach. „Nein, bitte, ich schaffe das nicht!", rief er in die Nacht hinein, als er die Stimme gehört hatte, die seinen Namen rief. „MICHAEL!" Michael fiel auf die Knie und faltete die Hände. Erneut erklang die Stimme: „DU MUSST NOCH EINMAL ZU SABINE GEHEN." Michael kniete auf dem Boden und schüttelte den Kopf: „Oh, bitte nicht – sie hasst mich, ich habe versagt, ich ..." Wieder erklang die Stimme in seinem Kopf: „MICHAEL, ICH BIN BEI DIR. MICHAEL, DU MUSST WIEDER HINGEHEN. HAB VERTRAUEN. ES WURDE ALLES VORBEREITET. SABINE WIRD BEREIT SEIN. NUN HÖRE MIR ZU UND RUHE DICH AUS."

Als Michael wieder aufwachte, lag er neben seinem Bett. Er war steif, sein Rücken schmerzte, und er fühlte sich völlig übermüdet. Mühsam stand er auf und kroch unter die Bettdecke. Durch diese Bewegung aufgewacht, drehte sich seine Frau zu ihm um. „Du bist wach?", meinte Michael „Ja", antwortete seine Frau noch leicht verschlafen. „Entschuldige, wenn ich dich geweckt habe ..." Michael konnte nicht weitersprechen. Tränen liefen ihm über das Gesicht. „Ich habe einen Traum gehabt, Michael", sprach seine Frau ruhig. Er schaute seine Frau fragend an. „So etwas habe ich noch nie erlebt. Ich bin jetzt noch ganz aufgewühlt", sprach sie weiter. Michael hatte sich wieder gefasst und fragte sie: „Was hast du geträumt?" „Es war ... es war eigentlich kein Traum. Ich hatte das Gefühl, als redete jemand mit mir", sprach sie. Michael nickte nur. Er kannte das mittlerweile nur zu gut. „Hast du das auch schon gehabt?", fragte sie ihn, nachdem sie seine Reaktion gesehen hatte. Er nickte wieder. „In letzter Zeit?", wollte Heike wissen. Erneut nickte er. „Letzte Nacht?", fragte sie weiter. Abermals nickte er. „Oh Michael, ist es nicht fantastisch, was der Herr mit uns vorhat?", sagte sie und strahlte über das ganze Gesicht. Michal war sich da nicht so sicher, äußerte dies

aber nicht, stattdessen fragte er: „Was hast du erlebt, Liebes?"
Sie suchte nach Worten. „Willst du es mir nicht sagen?", bohrte er ungeduldig nach. „Doch ... doch ... ich suche nur nach
den richtigen Worten. Also, eine Stimme sagte mir, dass es sehr
wichtig ist, dass du heute wieder zu S a b i n e fährst", gab sie
dann zur Antwort. „Ich weiß", sagte Michael beiläufig. „Du weißt
es", bemerkte Heike überrascht, „war es dein Traum?" „Ja", kam
seine Antwort. Seine Frau überlegte nicht lange: „Oh Michael,
dann musst du zu ihr fahren." „Heike", begann Michael, „was
sagte die Stimme noch zu dir?" „Sie sagte nur, dass du zu Sabine
musst, und du sollst ihr sagen, dass es B e n leid täte, dass er sie
allein lassen musste, weil er nicht mehr zu ihr kommen konnte.
Die Stimme sagte weiter, dass du dich nicht von dem abhalten
lassen sollst, was dann passieren wird, denn wir kämpfen gegen
fremde Mächte, die alles versuchen wollen, damit Sabine verloren bleibt. Aber der Herr hat längst einen Plan für sie. Das sollst
du aber nicht sagen", beendete sie ihre Ausführung. Michael
staunte nicht schlecht, was er da erfuhr. Jedes Wort hatte auch
er gehört. Deshalb begann Michael nun weiterzuerzählen, was
wiederum seine Frau zum Verstummen und Staunen brachte. „Es
wird erneut Chaos sein im Zimmer. Habe aber keine Angst davor, ich weiß um die Situation. Mach dir keine Sorgen, was du
sagen sollst, ich werde dir zur rechten Zeit die passenden Worte
eingeben."
Als er fertig erzählt hatte, liefen beiden die Tränen ihre Wangen
herunter. Sie knieten nebeneinander vor dem Bett nieder und
hielten sich an den Händen. Michael sagte mit stockender
Stimme zu seiner Frau: „Lass uns Gott danken, dass wir seine
Boten sein dürfen." Nach einem langen Dankgebet und einem
ausgiebigen Frühstück verabschiedete sich Michael und fuhr
erneut in Richtung Krankenhaus. Seine Frau wäre am liebsten
mitgekommen, hatte aber an diesem Tage Verpflichtungen, die
sich leider nicht verschieben ließen. Mit weichen Beinen und
einem flauem Gefühl in der Magengegend fuhr Michael wieder den Aufzug zur 4. Station hoch. Die Türen öffneten sich
mit einem lauten Zischen. Er stand in der Türe, unfähig, einen

weiteren Schritt zu tun. Die Türen schlossen sich wieder. Aber
der Aufzug fuhr nicht. Plötzlich ging die Fahrstuhltüre wieder
auf. Zwei Ärzte standen vor der Aufzugtür und warteten, dass
Michael ausstieg. Das gab ihm den Schub hinauszutreten. Die
beiden Ärzte stiegen ein und die Türen schlossen sich. Jetzt
stand er also vor der Glastüre zur Station „Innere Medizin".
Nach zwei weiteren zögerlichen Schritten löste er die Fotozelle
zum Öffnen der Stationstüre. Wie ein riesiges Maul kam ihm
die geöffnete Türe mit dem dunkel ausgeleuchteten Gang der
Station vor. Er fühlte sich, als ob er gleich gefressen werden würde. Wie das Opfer vor der Schlange, unfähig, sich auch nur einen
Millimeter zu rühren. Er hatte das Gefühl, sich sehr auffällig zu
verhalten, aber niemand nahm Notiz von ihm. Er brauchte zehn
weitere Minuten, bevor er wieder mit klopfendem Herzen vor
der Zimmertüre stand. Nichts wusste er mehr. Sein Gehirn fühlte
sich an wie eine Masse aus Brei.

Michael betrat mit klopfendem Herzen das Krankenzimmer,
diesmal war Sabine wieder allein. Die anderen zwei Betten waren
für neue Patienten frisch bezogen worden, denn ihre ehemaligen
Zimmergenossinnen hatten bereits gestern die Klinik wieder verlassen dürfen. Als er aufsah, blickte er direkt in Sabines Gesicht.
Sabine schien nicht begreifen zu können, dass er erneut in ihrem
Zimmer stand. „Was wollen Sie denn schon wieder hier?", warf
sie ihm mit einem vorwurfsvollen Blick die Worte an den Kopf.
„Ich … ich soll zu Ihnen kommen", stotterte er. „Und ich möchte
das nicht!", antwortete sie ihm patzig. „Bitte verlassen Sie mein
Zimmer – sofort!", sagte sie zu ihm, ohne jedoch zu schreien oder
den Alarmknopf zu drücken, um die Schwestern zu alarmieren.
„Bitte, Sabine, lass mich doch erklären …", flehte er verzweifelt.
„Da gibt es nichts zu erklären. Bei Ihrem letzten Besuch sind Sie
zu weit gegangen, und jetzt gehen Sie bitte – oder muss ich erst
wieder die Schwestern rufen?" Sabine war verärgert und gereizt.
Michael ging ein paar Schritte auf sie zu, bevor er weitersprach:

„Bitte, bitte, tue das nicht, lass es mich dir doch wenigstens versuchen zu erklären." „Sie wollen es also nicht anders." Und bevor er sich versah, hatte sie bereits den Alarmknopf gedrückt. Fast gleichzeitig – es hätte ein verabredetes Zeichen sein können – kamen auch schon Pfleger und Schwestern ins Zimmer hereingestürmt. Da die Hereinkommenden die Situation jedoch nicht ganz so schnell zu begreifen schienen, schrie Sabine den Pastor jetzt an, dass er verschwinden solle und sie ihre Ruhe haben wolle. Daraufhin versuchten zwei Pfleger sofort mit festem Griff, ihn aus dem Zimmer zu befördern, aber Michael wehrte sich gewaltlos, indem er einfach in seiner Position verharrte, um zu verhindern, dass sie ihn aus dem Krankenzimmer brachten, was ihm zunächst nicht zu gelingen schien. Der ganze Tumult war ihm mehr als peinlich, und mehr als einmal fragte er sich, was er hier eigentlich machte. Hatte er denn überhaupt ein Recht, hier zu sein und eine Sterbende dermaßen zu belästigen? Hatte überhaupt irgendjemand das Recht dazu? Nein!, gab er sich selbst die Antwort. Niemand auf dieser Welt hatte das Recht dazu!
Plötzlich fiel ihm diese Erkenntnis wie Schuppen von den Augen. Niemand auf dieser Welt! Aber unser aller Herr und Gott, er hatte das Recht dazu. Und er, Michael, war von Gott dazu berufen, den Menschen die frohe Botschaft von der Liebe Gottes und dem ewigen Leben weiterzuerzählen. Und speziell für Sabine hatten er und seine Frau in der letzten Nacht diesen Ruf vernommen. Dabei ging es nicht um die Berufung zu irgendeiner allgemeinen Aufgabe, sondern ganz gezielt um die Rettung von Sabine durch Jesus Christus. Bei diesem Gedanken herrschte plötzlich absolute Ruhe im Raum. Es war, als ob jemand einen Film angehalten hätte oder langsam ohne Ton abspielen würde. Ein tiefer Frieden überkam Michael. Alle Schuldgefühle, die er gehabt hatte, waren mit einem Mal verflogen. Jede Bewegung in diesem Raum schien ab diesem Zeitpunkt wie in Superzeitlupe zu verlaufen. Er musste fast darüber lachen, als er langsam Hände auf sich zukommen sah und ihnen mühelos ausweichen konnte. Er konnte die einzelnen Bewegungen dieser Hände schon weit im Voraus erkennen und entsprechende Schlüsse daraus ziehen. So

geschah es, dass schon nach kurzer Zeit beide Pfleger ineinander verschlungen auf dem Boden lagen, ohne dass sie sich bewusst waren, wie dies geschehen war. Und so gelang es ihm, dass er in einem völlig normalen Tempo – dessen war er sich sicher – an das Bettende von Sabine ging, während alle anderen sich extrem langsam bewegten. Als er sich der Aufmerksamkeit von Sabine sicher war, sprach er die für ihn keinen Sinn ergebenden Sätze Wort für Wort, so, wie es ihm die Stimme in der Nacht zuvor gesagt hatte: *„Benni, warum hast du nicht aufgepasst, du hättest nur einen Schritt zurückgehen müssen." „Ich konnte nicht." „Du konntest nicht?" „Nein, ich konnte nicht, denn ich bin verzaubert worden." „Wer hat dir denn dies angetan, dich so zu verzaubern, dass du in eine Schaukel hineinläufst, anstatt ihr auszuweichen?" „Ein Engel in weißem Gewand und mit goldenem Haar." „So, ein Engel in weißem Gewand und mit goldenem Haar." „Ich glaube, Herr Stein, Sie haben nur geträumt." „Ja, Sabine, ich träume ständig von dir." „Ich liebe dich, weißt du das?"*

Zu Beginn der Rede, deren Sinn sich ihm immer noch nicht erschloss, hatte die Zeit um ihn herum wieder ein normales Tempo angenommen, und somit waren schlagartig wieder Krach und Chaos um ihn herum gewesen. Jeder war jetzt auch wieder in der Lage, seine Worte zu verstehen. Er hielt sich krampfhaft mit beiden Händen an der Querstange am Fußende des Bettes fest und betete, dass der Herr nun eingreifen möge. „Herr, das ist deine letzte Chance", schickte er ein Stoßgebet zum Himmel. Trotzdem gelang es Michael nicht, den festen schmerzhaften Griffen der Pfleger zu entkommen, die wieder aufgestanden waren und nun an ihm herumzerrten, und er konnte sich immer weniger wehren. Als er sich bereits an der Zimmertüre befand, hörten sie alle die Stimme von Sabine, wenn auch nur sehr zaghaft, fast nicht wahrnehmbar bei dem ganzen Tumult. Sie räusperte sich, da die Helfer immer noch an Michael zerrten, der ihre Worte sofort verstanden hatte. „Bitte, lasst ihn los!" Die Beteiligten, und es waren nun schon um die zehn Personen, die sich in irgendeiner Art und Weise im Raum aufhielten, blickten erstaunt, nicht wissend, ob sie die Worte, die an ihr Ohr gedrungen waren, auch wirklich richtig verstanden hatten. „Würden Sie ihn bitte freilassen?", sagte Sabine nun mit deutlich festerer Stimme. Verwundert schauten sich die Ärzte und Stationsschwestern fragend an. „Sind Sie sich sicher, Frau Thaler, dass Sie das auch wirklich wollen?", fragte sie der Oberarzt. „Ich war mir noch nie so sicher. Bitte entschuldigen Sie, dass ich Ihnen so viel Mühe und Umstände gemacht habe. Ich habe es die ganze Zeit nicht verstanden. Es war nur ein Missverständnis." „Und jetzt sind Sie sich sicher, dass er bleiben soll. Denken Sie daran, dass er viel Ärger und Aufregung verursacht hat. Und dass er sich in diesem Zimmer aufhält, obwohl es ihm verboten war", erinnerte sie der Oberarzt. „Ich weiß", sagte sie, „aber daran bin ich leider selbst schuld. Ich wollte nicht zuhören. Was ich aber heute gehört habe, lässt mich an so vielem zweifeln, und darauf möchte ich gerne eine Antwort haben." „Frau Thaler, ich möchte Sie daran erinnern, dass ihr Gesundheitszust…", aber der Oberarzt kam nicht dazu, seinen Satz zu Ende zu sprechen, weil ihm Sabine ruhig, aber sehr bestimmt mitten im Satz unterbrach. „Nein, das brauchen Sie nicht. Glauben Sie mir, ich weiß es am besten, und genau deshalb bitte ich Sie, dass Sie uns jetzt allein lassen. Ich weiß, dass ich nicht mehr viel Zeit habe, und ich brauche Antworten." Die Ärzte, Pfleger und Schwestern standen immer noch unsicher in der Türe und im Zimmer herum. Nachdem Sabine erkannte, dass ihre Bitte von den im Raum befindlichen Ärzten immer noch nicht ganz akzeptiert wurde, sagte sie entschlossen: „Bitte, Herr Professor, es ist schon in Ordnung. Wirklich, ich möchte, dass er bleibt." Nun lösten sich die Griffe an Michaels Armen so weit, dass er sich mit einer geschickten Drehung vollständig freimachen und von seinen Peinigern entfernen konnte. Diese wussten mittlerweile immer weniger mit dem ganzen Hin und Her etwas anzufangen und verließen mürrisch einer nach dem anderen das Zimmer, zumal der Oberarzt durch das Verlassen des Zimmers sozusagen seine stumme Zustimmung gegeben hatte.

Die Stationsschwester wollte noch etwas kommentieren, aber als sie merkte, dass die anderen bereits alle gegangen waren und sie als Letzte übrig geblieben war, ließ sie es dann doch lieber bleiben und ging kopfschüttelnd aus dem Raum. Dabei konnte sie es sich jedoch nicht verkneifen, die Türe deutlich lauter als sonst hinter sich zu schließen. Michael schaute überrascht zu Sabine. Er hatte auf eine positive Reaktion gehofft, ja dafür gebetet, aber dass sie so heftig und vor allem so schnell erfolgen würde, war für ihn wie ein Wunder. In Sabines Augen waren Tränen zu sehen, und aller Hass war aus ihrem Gesicht verschwunden.

Michael stand plötzlich etwas verloren im Raum. „Bitte, Herr Pastor, setzen Sie sich doch wieder an mein Bett", bat Sabine ihn. Unschlüssig und auch unsicher aufgrund des schnellen Stimmungswechsels folgte er ihrer Aufforderung. „Wissen Sie", sagte Sabine zu ihm, und dabei liefen ihr zu beiden Seiten die Tränen die Wangen hinunter, „wissen Sie, Benni war der Erste und Einzige, der mich so geliebt hat, wie ich wirklich bin, außer meinen Eltern vielleicht." „Ja, das kann ich verstehen", antwortete der Pastor zaghaft. „Nein, ich denke nicht, dass Sie das können, denn ich meine *wirklich* geliebt, Herr Pastor", gab sie ihm zu verstehen, während ihr Blick durch das Fenster in die Ferne glitt. „Bitte, nenne mich doch Michael", bat er sie. „Gerne, Michael." Der Pastor merkte, dass Sabine sich wohlfühlte, wenn sie von Ben erzählte, deshalb fragte er sie: „Erzähl mir bitte von Ben und eurer Liebe zueinander, ich möchte die Geschichte gerne hören, wenn es dir nichts ausmacht." Sie schüttelte den Kopf, denn jetzt war sie in der Lage, an Benni zu denken, ohne verärgert und traurig zu sein. Sabine überlegte, wo sie anfangen sollte, bevor sie dann begann: „Ben war der Einzige, der mich geliebt hat, *mich*, verstehst du?", und dabei zeigte sie mit dem Zeigefinger auf sich, um das Gesagte noch zu unterstreichen. „Er hat nicht nur auf mein Äußeres geachtet wie all die anderen, obwohl ihm das auch sehr gefallen hat." Bei der Erinnerung daran lächelte sie. „Na, du bist ja auch eine hübsche junge Frau, wenn ich dir das so sagen darf“, kam die ehrliche Antwort von Michael. „Ja, danke, aber weißt du“, erzählte Sabine weiter, „bei Ben, da war das alles doch in irgendeiner Art und Weise anders. Ich habe ihn früher schon gekannt, da er wie ich in die gleiche Klasse ging. Und ich fand ihn immer sehr komisch, wobei komisch nicht der richtige Ausdruck ist“, versuchte Sabine zu erklären. „Er war anders als ihr, und deshalb habt ihr ihn als komisch empfunden“, half Michael und sah Sabines Kopfnicken und wusste, dass er richtig gelegen hatte mit seiner Vermutung, „aber erzähle doch weiter, ich wollte dich nicht unterbrechen“, fügte er noch hinzu. „Ja, Benni war wirklich anders, unnahbar, verschlossen, schüchtern besonders im Umgang mit Mädchen, und deshalb haben wir uns als Gruppe immer lustig über ihn gemacht und oft ausgeklammert, weil er halt so anders war.“ „Was meinst du mit verschlossen?“, unterbrach Michael sie erneut, weil er versuchte, sich ein genaues Bild von Benjamin zu machen. „Na, er war immer so schweigsam, hat sich immer zurückgezogen und stets abseits gehalten. Und an Gott soll er geglaubt haben. Das war halt ungewohnt für uns, deshalb fanden wir ihn komisch und haben uns oft über ihn lustig gemacht oder ihn aufgezogen oder ihm ohne Grund Dinge weggenommen, damit er vor den Lehrern blöd dastand“, gestand Sabine etwas betrübt, denn plötzlich war sie sich bewusst, was Benni lange Zeit hatte durchmachen müssen. Michael merkte, wie ergriffen Sabine plötzlich war, und gab ihr etwas Zeit, sich zu sammeln, bevor er nachfragte: „Und wie hat Benni darauf reagiert?“ „Er hat niemals jemanden verraten, beleidigt oder gar angegriffen, aber er sah selbst dann immer noch wie ein Besserwisser aus“, sagte sie, und ein leichtes Lächeln lag auf ihrem Gesicht. „Vielleicht war er enttäuscht von euch?“, bemerkte der Pastor. „Enttäuscht?“, überlegte Sabine, während sie das Wort noch einmal für sich selbst nachsprach, „ja, enttäuscht passt gut, er hatte dann meist so eine Leere in seinen Augen, aber das habe ich damals nicht so gesehen. Ich erkannte es erst später, als ich ihn näher kannte.“ Michael wollte nicht weiterbohren, er konnte sich gut vorstellen, was Ben in der Schule mit seinen

Klassenkameraden oder mit anderen Gleichaltrigen durchgemacht hatte, deshalb lenkte er das Thema nun wieder auf die
gemeinsame Liebe von Ben und Sabine. „Und wie kam es dann
dazu, dass du dich in ihn verliebt hast?" „Benni hat mir in einer
schwierigen Situation geholfen und hat sich dabei auch nicht
von meiner bedrohlichen Situation, bei der er durch seine Hilfe
auch selbst in Gefahr geriet, abhalten lassen. Er hat mir geholfen, obwohl ich ihm nie Anlass dazu gegeben habe. Seine Augen,
Michael, seine Augen, wie sie mich damals in jener Situation
ansahen, sie schienen die Sabine zu suchen und zu finden, die ich
wirklich bin. Das Gleiche ist mir auch bei ihm gelungen. Wissen
Sie, wir verstanden uns, weil wir zu jenem Zeitpunkt ehrlich und
offen zueinander sein konnten. Das habe ich bei sonst niemand
erfahren dürfen. Und er hat mich geliebt, ehrlich und aufrichtig,
und ich ihn nicht weniger." Sabine hielt inne, und Michael ließ
ihr die Zeit, die sie brauchte, doch nach zwei Minuten fragte er sie
wieder: „Und was ist dann passiert, wenn ich fragen darf?" Sabine
hob den Kopf, und es schien Michael, dass sie in ihren Gedanken
weit weg gewesen war. Dann sprach sie weiter. „Wir trafen uns
immer heimlich, aber wir hielten das ständige Versteckspiel beide
nicht mehr aus. Ich konnte einfach nicht in seiner Nähe sein und
ihn nicht ansehen, konnte nicht an ihm vorbeigehen, ohne ihn
zu berühren, auch wenn es nur seine Hand oder sein Arm war,
die ich flüchtig berührte. Ihm erging es nicht anders. Es nahm
uns beiden gleichermaßen die Luft zum Atmen, wenn wir so tun
mussten, als ob wir uns fremd waren. Ich konnte spüren, wenn
er mich ansah, obwohl ich ihm den Rücken zugewandt hatte,
oder fühlte, wenn er an mich dachte, ich sah ihm in die Augen
und wusste, dass ich recht gehabt hatte. Aber es wurde immer
offensichtlicher, und die ersten Gerüchte machten den Umlauf.
An jenem Montag wollten wir deshalb offen zeigen, dass wir
uns liebten, jeder sollte es sehen. Ich war so glücklich, dass ich
bereit war, auf alle meine bisherigen Freunde, die ohnehin von
Oberflächlichkeit geprägt waren, zu verzichten, wenn sie Benni
nicht akzeptieren würden. Ich wollte Benni zeigen, was er mir
bedeutete. Aber ...", sie stockte einen Moment, während Tränen

ihre Wangen hinunterrannen, dann fasste sie sich wieder: „… aber Benni kam nicht mehr! Nie mehr!" Jetzt hatte sie richtig angefangen zu weinen. Michael stand von seinem Stuhl auf, setzte sich an den Bettrand und nahm ihre Hand in die Seine. Sabine schaute kurz auf, schlang ihre Arme um Michael und weinte bitterlich.

Es dauerte gut zehn Minuten, bis sie aufgehört hatte zu zittern, und noch einmal gut zwei Minuten, bis sie zu weinen aufgehört hatte. Erst dann ließ sie ihn wieder los. „Verzeihung, ich habe Ihr Hemd nass gemacht", sagte sie zu ihm, ohne ihm in die Augen sehen zu können. „Nicht Ihr – deines. Wir wollten uns doch duzen. Und das mit dem Hemd ist überhaupt nicht schlimm. Ich bin froh, wenn ich dir eine Hilfe sein kann. Verzeih, wenn ich nachfasse und eventuell alte Wunden aufreiße, aber ich würde eure Geschichte gerne besser verstehen. Ben kam nicht wieder, nie mehr, sagtest du?" Es war ein ehrliches Anliegen von Michael, das spürte Sabine. Es war nicht nur geheuchelt, damit er Näheres erfuhr, sondern es war echtes Interesse. „Ja … Benni … Benni …", Sabine musste ein drittes Mal ansetzen, „… Benni ist an diesem Morgen tödlich verunglückt." Michael zog hörbar die Luft ein. Was hatte dieses arme Mädchen da vor ihm alles ertragen müssen?, dachte er bei sich. „Es war ein Verkehrsunfall, aber alle behaupteten, dass Ben Selbstmord begangen hat, dass er lebensmüde war." Sabines Stimme hatte jetzt einen wütenden, vielleicht sogar zornigen Ton angenommen, aber sie erzählte trotzdem weiter, so schmerzlich es für sie auch war. „Aber Michael, du musst mir glauben, Benni war nicht lebensmüde! Er blühte neben mir richtig auf! Er war toll, hat mich immer wieder zum Lachen gebracht, um eine Sekunde später sehr ernst zu sagen, wie sehr er mich liebt. Da bringt man sich doch nicht um!" Michael nahm sie erneut in den Arm und flüsterte ihr ins Ohr: „Nein, Sabine, das tut man nicht. Ich glaube dir!"
Schweigend saßen sie beieinander und ließen das Gesagte auf sich wirken. Dabei merkte Michael, wie gut es Sabine tat, endlich darüber sprechen zu dürfen. Das hatte sie wahrscheinlich mit noch niemand tun können. Und ihm war jetzt vieles klarer.

„Und dieser Satz, den ich vorhin gesagt habe, entsprach auf den
Wortlaut haargenau dem Gespräch, das ihr miteinander geführt
habt?" „Niemand war damals dabei gewesen, niemand hatte davon gewusst", sagte sie leise. „Aber es waren genau Bennis Worte,
weißt du, und deshalb glaube ich dir."
Jetzt war es an Michael zu berichten. Er schilderte die nächtlichen Stimmen, den Unfall seiner Frau sowie den letzten Ruf der
vergangenen Nacht. „Dann hat die Stimme also genau gewusst,
was passieren würde?", wollte Sabine wissen. Michael antwortete
ihr, ohne zu zögern: „Ja, Sabine. Die Stimme, ich möchte es mal
den Ruf Gottes nennen, sagte mir auch, dass du vorbereitet sein
würdest. Kannst du dir auch darunter etwas vorstellen?" Sabines
Augen leuchteten auf einmal voller Glück auf: „Ja, Michael!
Ich hatte letzte Nacht auch einen Traum. Ich träumte die Szene
mit der Schaukel, während der Benni diese Worte, die du heute Morgen gesprochen hast, zu mir gesagt hat. Der Traum war
so intensiv, als erlebte ich die Szene gerade wieder neu. Ich bin
oft aufgewacht und wollte nicht daran erinnert werden, da es so
wehtat, aber jedes Mal, wenn ich wieder einschlief, träumte ich
wieder davon. Zum Schluss war mir diese Szene so vertraut, dass
ich jetzt froh bin, diesen Traum geträumt zu haben, denn nie war
mir Benni vertrauter und näher als an diesem Tage." „Ihr hattet
nie ... na, du weißt schon", fragte der Pastor, weil er wusste, dass
der erste Junge, mit dem ein Mädchen „es" tat, von ihr besonders
angehimmelt wurde, weil sie mit ihm diese neue Erfahrung erstmals teilte, wodurch die Realität dann oftmals etwas verschleiert
wurde. „Nein, Michael, Ben und ich kannten uns noch nicht
so lange, und wir kosteten unsere tiefe Liebe in vollen Zügen
aus. Uns reichte es völlig, uns zu sehen, zu küssen, einander nah
zu sein. Jemanden so zu lieben, davon träumt man als kleines
Mädchen. Für mich ist es wahr geworden. Ich bin dankbar, dass
ich es noch erleben durfte, so sehr geliebt zu werden. Sex war da
nicht wichtig in dieser Zeit", gestand sie ganz offen.
Sie sprachen noch lange offen und herzlich über Sabines
Diagnose, und Michael erzählte ihr, dass er erst seit Kurzem in
der Gemeinde tätig war. Sie redeten auch über ganz alltägliche

Dinge wie zum Beispiel über das Wetter oder wo sie schon im Urlaub gewesen waren. Sabine tat das sehr gut, denn sie vergaß dabei völlig, wie krank sie war, als plötzlich ihre Mutter hereinkam. Michael begrüßte sie freundlich. Sabines Mutter schaute den Pastor sehr skeptisch an, danach grüßte sie ihn äußerst unfreundlich zurück und ließ ihn dann links liegen. Michael spürte ihre Ablehnung und wollte nicht weiter die Gemeinschaft zwischen Mutter und Tochter stören, deshalb verabschiedete er sich sehr herzlich von Sabine, und mit einem Nicken und einem förmlichen, aber ernst gemeinten „Auf Wiedersehen, Frau Thaler" verließ er das Krankenzimmer.

Als Michael am folgenden Tag Sabine erneut besuchte, wartete sie bereits ungeduldig in ihrem Bett auf ihn. Fröhlich begrüßte sie Michael schon von ihrem Bett aus, während er noch die Türe schloss. Immer wieder unterhielten sie sich über die Ereignisse der letzten Tage, aber auch über den Unfalltod von Ben. „Michael, warum musste das alles passieren?", wollte sie von dem Pastor wissen. „Warum musste Benni sterben? Warum muss ich sterben? Warum – warum nur?" Sabine saß aufrecht im Bett und weinte sich ihren Schmerz von der Seele, aber ihrer Angst, die tief in ihrem Herzen verankert war, dieser Angst war sie hilflos ausgeliefert. „Ich weiß es nicht, Sabine! Ich wünschte, ich könnte es dir sagen, aber ich weiß es nicht." Michael erdrückte das Leid schier, das Sabine ertragen musste, ebenso wie sie, und doch wusste er, dass sein „Mit-Leiden" lange nicht dasselbe war, nicht dasselbe sein konnte, noch nicht einmal ansatzweise. Er hätte ihr gerne geholfen, aber auch er war hilflos. „Das Einzige, was ich dir anbieten kann und möchte, ist, mit dir zu beten." „Danke, Michael, aber was soll das denn bringen? Glaubst du, dein Gott weiß nicht, wie es um mich steht?", fragte sie den Pastor. Michael hatte darauf keine Antwort, die man so einfach so aus dem Ärmel schütteln konnte. Noch einmal fragte Sabine ihn vorwurfsvoll: „Glaubst du, er weiß es nicht?" Sie wartete erst gar nicht seine Antwort ab, sondern fuhr verbittert fort: „Ich sage dir, es gibt keinen Gott, und selbst wenn es einen gibt, dann weiß er doch genau, wie es um mich steht. Und hilft er mir?"

„Sabine, bitte", unterbrach sie der Pastor, aber es war irgendwie
auch eine verzweifelte Geste. „Ach Michael, ich weiß ja, dass du
daran festhalten musst, weil es dein Beruf ist, aber mir gegenüber
brauchst du es nicht zu tun", erklärte das Mädchen ihm. „Sabine,
bitte höre mir zu." Der Klang in seiner Stimme ließ diesmal keine
Widerrede zu: „Ich habe dir bereits so vieles von der Liebe Jesu
Christi erzählt, und noch immer …" – Sabine neigte leicht den
Kopf und wiegte ihn dabei sanft hin und her – „… und ich habe
dir erzählt, dass es nicht nur Worte waren, sondern Erfahrungen,
Ereignisse, die mich zum Glauben gebracht haben. Mir braucht
keiner zu sagen, dass ich das hier alles nur spiele." Jetzt war die
Wut aus der Stimme von Michael deutlich zu vernehmen. „Tut
mir leid, Michael, ich wollte dich nicht kränken", sagte Sabine
nun etwas kleinlaut, weil sie ihn offenbar verletzt hatte. „Darum
geht es doch gar nicht! Es geht einzig und allein darum, dass du
glaubst", erklärte Michael. „Aber wie soll ich etwas verstehen,
was ich nicht verstehen kann, was nicht sein darf, weil es das
nicht gibt, nicht möglich, nicht logisch ist." Auch Sabine ließ
nicht locker, hielt eisern an ihrem Standpunkt fest. Eine heiße
Diskussion entfachte zwischen den beiden, bei der es jedoch
nicht darum ging, wer recht hatte, hier ging es um das von Gott
versprochene ewige Leben, und das veranlasste Michael, an der
Botschaft Jesu festzuhalten, hart, aber immer offen und fair. Das
war schließlich auch das, was die Stimme von ihm verlangt hatte.
„Sabine, ich bin mir sicher, dass Jesus oder einer seiner Engel zu
mir gesprochen hat. Woher hätte ich denn sonst von dir und Ben
wissen sollen – woher? Ich bin auch überzeugt, dass es Ben leid
tut, dass er dir damals nicht zur Seite stehen konnte, als du sehr
einsam und traurig warst und ihn gebraucht hättest. Ich glaube
aber auch, dass er immer bei dir ist. Immer, auch jetzt."
Michael wusste schon lange nicht mehr, was er sagen sollte, er
verließ sich einfach darauf, dass ihm die richtigen Worte einge-
geben wurden, damit sich Sabine nicht überfahren fühlen würde,
aber dennoch die Botschaft verstand. Sabine dagegen hatte
erkannt, dass nur Ben diese Information weitergegeben haben
konnte, wusste aber nicht, wie das geschehen sein sollte, und

konnte deshalb überhaupt nicht damit umgehen. Sie war innerlich hin und her gerissen und sagte das Michael: „Michael, es tut mir leid, aber ich kann nicht glauben, verdammt, ich kann das einfach nicht!" „Doch, Sabine, du kannst es. Sieh doch nur hin, akzeptiere es einfach", erwiderte Michael. „Ich kann nicht", wiederholte sie und schüttelte dabei ihren Kopf, sodass ihre Haare wild durcheinanderwirbelten. „Dann versuche es doch wenigstens, ich helfe dir dabei", sagte er. „Michael, warum kannst du es mir nicht einfach beweisen, dann möchte ich dir ja gern glauben", flehte Sabine. Michael war an einem Punkt angelangt, an dem er schon so oft gestanden hatte. Alle Menschen wollten immer nur Beweise, um die Existenz von Engeln oder von Jesus akzeptieren zu können. Aber wie sollte er dies beweisen oder erklären, wenn er sich in schweren Stunden oft schon selbst dieselbe Frage gestellt hatte? „Aber du bist doch Pastor, du musst es doch wissen!", ließ Sabine nicht locker.

Michael war am Ende. Er hob den Kopf und schaute Sabine in die Augen. „Sabine, glaube mir bitte, auch ich weiß es nicht. Ich bin nur ein Mensch. Bitte, lass uns zusammen beten, um Klarheit zu erfahren." „Ich weiß nicht, wie das geht", sagte Sabine etwas kleinlaut. „Oh … ja … das ist eigentlich sehr einfach", lächelte Michael, weil es auf einmal so einfach geworden war. Das war also der Hemmschuh, der ließe sich leicht aus dem Weg räumen. „Also", setzte Michael an, „zu beten heißt, mit Jesus zu sprechen." „Ja aber …", stotterte Sabine, unfähig weiterzusprechen. „Nicht ja aber, du musst einfach nur reden, so wie du mit mir oder deinem Vater oder mit Ben sprichst." Michael spürte, dass sie ganz nahe dran war. „Wie mit Ben?", fragte sie. „Ja, Sabine", antwortete Michael ihr, „so wie du mit Ben gesprochen hast. Benjamin hat dich geliebt, Jesus liebt dich mindestens genauso. Du musst auch nicht laut reden. Vielleicht hast du ja vor dem Einschlafen an Ben gedacht und im Geiste zu ihm gesprochen. Genauso kannst du es jetzt auch tun." „Ja, ja, ist schon gut", versuchte Sabine abzulenken. „Aber ich komme mir blöd vor, hier mit jemandem zu reden, der nicht da ist, der aber da sein soll, den ich aber nicht kenne und den ich schon gar nicht sehen kann." „Sabine, kannst du mir eine Frage beantworten?“, fragte Michael. Sabine schaute ihn skeptisch an, nicht wissend, ob sich hinter seiner Frage irgendeine Falle verbarg, aber Michael schaute sie ganz offen an, deshalb antwortete sie ihm: „Ich will es gerne versuchen.“ „Was wäre, wenn Jesus Wirklichkeit wäre?“, stellte er ihr die Frage. „Ist er aber nicht!“, gab sie patzig zurück. „Nehmen wir an …“, versuchte es der junge Pastor erneut. „Nein!“, erwiderte Sabine erneut. „Sie sind nicht gerade eine große Hilfe, Frau Thaler“, neckte er sie. Sabine zuckte die Schultern. „Dafür bin ich einzigartig, wie du immer sagst.“ Michael musste lachen: „Ja, das bist du wirklich.“ Michael überlegte kurz und schickte ein lautes Stoßgebet zum Himmel: „Vater, jetzt brauche ich mal wieder deine Hilfe. Ich weiß nicht, was ich sagen soll.“ „Michael?“, rief sie ihn. „Ich überlege noch“, wies er sie kurz zurück. Dann, ganz plötzlich, wusste er es: „Nehmen wir mal an, Ben wäre ein Engel, der versucht, mit dir Kontakt aufzunehmen.“ „Das ist nicht fair, Michael“, sagte sie und boxte ihn in den Arm. Michael ließ jedoch nicht locker. „Ben ist einzigartig, vergiss das bitte nicht.“ Sabine schwieg und hörte Michael zu. „Nehmen wir also an, Ben würde versuchen, mit dir Kontakt aufzunehmen, weil er dich noch immer liebt, aber er kann nicht, weil er ein Engel geworden ist. Ben sucht sich nun jemanden aus, der mit Jesus spricht, also mich.“ Sabine wollte etwas sagen, aber Michael hob die Hand und bedeutete ihr, dass sie jetzt mal nichts sagen sollte. „Nehmen wir es nur einmal an. Was hättest du zu verlieren?“ „Ich … ich weiß nicht“, sagte Sabine verlegen. Aber der junge Mann ließ nicht locker: „Was würdest du verlieren? Wenn alles nur Lug und Trug ist, wird wahrscheinlich nichts weiter passieren. Du hast dich vielleicht für einen kurzen Moment ein bisschen blöd gefühlt, aber es hat keiner gesehen – keiner außer mir, und ich bin ja, da ich ständig mit nicht anwesenden Personen rede, sowieso nicht ganz beisammen.“ „Michael, so habe …“, versuchte Sabine sich zu verteidigen. Wieder hob Michael die Hand. „Nein, das ist schon in Ordnung, wirklich.“ „Wirklich?“, vergewisserte sie sich und sah in seinen Augen, dass er wirklich nicht böse war. „Aber ja doch“, wiederholte er. Michael nahm Sabine in den

Arm und drückte sie ganz fest, dann fuhr er fort: „Was würde aber passieren, wenn es wahr werden würde? Ben hätte jetzt die Möglichkeit, die Nachricht, die er mir mitgeteilt hat, nun dir direkt zu sagen. Du hättest die Möglichkeit, Jesus kennenzulernen und von ihm gerettet zu werden." Sabine überlegte lange. Michael konnte sehen, wie es in ihrem Kopf arbeitete und sie das Für und Wider gegeneinander abwog.

„Um es noch einmal zusammenzufassen", sprach der junge Pastor mit neuem Mut weiter, „du hast recht und es gibt Jesus wirklich nicht, dann hast du zwar recht, aber wir beide sind letztendlich verloren, denn dann gibt es keine Auferstehung und kein ewiges Leben. Habe ich aber recht und es gibt Jesus, dann gibt es auch eine Auferstehung von den Toten, und dann haben alle, die an ihn glaubten, das ewige Leben gewonnen. Was verlierst du also, wenn du versuchst, zu ihm zu sprechen?" Die Worte brannten sich in Sabines Gedanken und vor allem in ihr Herz ein. Ja, was hatte sie schon zu verlieren? – Nichts, aber sie konnte es immer noch nicht aussprechen. Der Pastor ließ das Gesagte einen kurzen Moment auf sie wirken, bevor er weitersprach: „Sabine, ich möchte dir noch einen Vorschlag machen. Ich bete für uns beide und du sprichst mir einfach nach." „Reicht es nicht, wenn du für uns beide sprichst?", fragte sie verzweifelt und hoffnungsvoll zugleich. „Es wäre nicht das Gleiche", gab er ihr zur Antwort, „aber es würde reichen, wenn du es in deinen Gedanken aussprichst, Jesus wird es hören." „Aber ich könnte nur so tun, als würde ich es tun, und du würdest es nicht merken", sprach sie ihre Gedanken offen aus. Gelassen schaute er sie an und sagte dann: „Du würdest es wissen! Und Jesus und Benni." Michael wartete nicht ab, was Sabine darauf antworten würde, und fing einfach an zu beten. Er neigte seinen Kopf, nahm Sabines Hände in die Seinigen und sprach langsam und in normaler Lautstärke weiter: „Jesus, ich danke dir, dass du mich liebst." Er machte eine Pause, in der er Sabine die Gelegenheit ließ, das Gesagte selbst für sich zu wiederholen. „Ich danke dir, dass ich so zu dir sprechen darf, wie ich bin und wie ich mich gerade fühle ... Ich möchte dich bitten, dass du mir zeigst, wie ich dich besser kennenlernen kann ... Jesus, ich

möchte dich bitten, dass du bei Sabine in ihrer Not bist … Herr,
danke, dass du Ben in dein Reich aufgenommen hast … Amen.“
„Amen.“ Das letzte Wort hatte Sabine auch laut ausgesprochen.
Beide schauten sich an. „Das war schon alles?“, fragte sie, und
ein wenig Enttäuschung lag in ihrer Stimme. „Ja“, gab er knapp
zur Antwort. „Aber … aber du hast gar nicht gebetet, dass ich
gesund werde und … und …“ Sabine fehlten die Worte, um weiterzusprechen. Auf Michaels Gesicht lag wieder sein charmantes
Lächeln, als er ihr antwortete: „Doch, das tue ich mehrfach täglich, Sabine. Unsere ganze Gemeinde betet jeden Tag für dich.
Eben habe ich für dein ewiges Leben gebetet, darum, dass du
Jesus kennenlernst.“ „Ich verstehe … Entschuldigung … und danke, Michael … ich …“ Sabine war verlegen, denn damit hatte sie
nicht gerechnet, und jetzt fühlte sie sich zum wiederholten Male
schuldig. „Du brauchst nichts zu sagen. Ich habe dir gezeigt, dass
es ganz einfach ist. Wenn du zu Jesus sprichst, spreche einfach
mit deinem Herzen“, sagte er zu ihr, und seine Augen leuchteten
hell. Er schien so glücklich zu sein, dass sie mit ihm gebetet hatte,
und auch sie war … glücklich. Wie auf ein unsichtbares Zeichen
hin erschien erneut ihre Mutter im Krankenzimmer. Michael
stand vom Bett auf und begrüßte sie: „Guten Tag, Frau Thaler.“
„Guten Tag, Herr Pfarrer“, fiel ihre Begrüßung erneut eher kühl
aus. „Mama“, sagte Sabine zu ihrer Mutter, „Michael ist doch
kein Pfarrer, er ist Pastor.“ Ihre Mutter schaute etwas irritiert, bevor sie ihrer Tochter darauf antwortete: „Die Geistlichen, die ich
kenne, sind aber anders angekleidet, und nicht wie jedermann
in Jeans und T-Shirt.“ Der junge Pastor hatte noch immer sein
freundliches Lächeln im Gesicht, als er zu ihr sagte: „Ach, Frau
Thaler, daran stören Sie sich mal nicht, die soll es heute auch
noch geben, habe ich gehört.“ Sabine konnte in ihrem Bett ein
lautes Lachen kaum unterdrücken, während Michael völlig ernst
geblieben war. Sabines Mutter dagegen kochte innerlich, weil
sie mit dem Pfarrer oder Pastor, oder was auch immer der junge
Mann darstellen wollte, nicht klarkam. „Aber Sie haben da bestimmt mehr Erfahrung als ich“, setzte Michael noch eins drauf.
Er wusste, dass es nicht richtig war, aber er war wegen Sabine

hier, und ihre Seele wollte er retten. Möge Gott ihm für seinen verletzten Stolz verzeihen. Er wandte sich nun wieder Sabine zu. „Du, ich habe ganz vergessen, dass ich dir ja etwas mitgebracht habe. Hier, eine ‚Gute Nachricht‘ und zwei CDs. Wenn du nur hier so herumliegst, kannst du ja mal reinhören.“ Sabine gefiel seine lockere Art und seine Sprüche, die sie in den letzten zwei Tagen immer wieder aufgeheitert hatten. Man merkte einfach, dass er ein Jugendpastor war, denn er sprach die Sprache der Jugendlichen. Mit Michael hatte sie bisher über alles reden können. Über Ben, ihre Liebe, über Sexualität im Allgemeinen, aber auch über ihre Krankheit und ihren bevorstehenden Tod. Mit ihrer Mutter konnte sie das nicht. Immer wenn sie es versuchte und dieses Thema bei ihr anschnitt, lenkte ihre Mutter ab und meinte nur: „Liebes, du weißt doch gar nicht, was die Medizin heute alles möglich machen kann.“ Damit war das Thema beendet. Michael war ihr in den letzten Tagen zu einem wahren Freund geworden, denn er redete nicht um den heißen Brei herum, auch wenn sie merkte, dass es auch ihm schwerfiel. Aber er blieb ehrlich zu ihr, und wenn sie ihn fragte, was passieren würde, wenn sie starb, dann wich er ihr nicht aus, und dafür war sie ihm dankbar. Nachdem Michael nun Sabine seine Geschenke gegeben hatte, nutzte er die Gelegenheit und verabschiedete sich für heute von den beiden Damen.

Kapitel 21: Kampf

Als ihre Mutter endlich gegangen war, sah sich Sabine die CDs genauer an und legte die, deren Cover ihr gut gefiel, in ihren CD-Player. Die Musik, die sie hörte, überraschte sie, denn es waren deutsche und englische Popsongs mit christlichen Inhalten. Je öfter sie diese CD und die andere, die ähnlich war, abspielte, umso mehr verstand sie die dort gesungenen Texte und die entsprechenden Aussagen, und beim dritten Mal sang sie sogar schon mit. Das Buch, das Michael ihr mitgebracht hatte, war eine Bibel. Sabine kannte so eine aus dem Kommunionsunterricht. Aber die Ausgabe, die jetzt vor ihr lag, war anders, irgendwie moderner geschrieben. Dadurch waren die Texte verständlicher, nicht in so einer verdrehten Sprache. Aber trotzdem legte sie das Buch schon bald wieder zur Seite und hörte sich lieber noch ein bisschen die Lieder an. Trotz der Mut machenden und verheißungsvollen Texte in den Liedern schlichen sich – wie so oft in ihrem Leben – nun auch wieder Zweifel in Sabines Gedanken, legten sich plötzlich wie ein schwerer Schleier über sie, verwoben mit Depressionen, Angst und Schmerzen. Sie fragte sich bestimmt schon zum tausendsten Mal, seit Ben gestorben war, ob all das, was sie mit Ben erlebt hatte, auch tatsächlich so gewesen war, wie sie es in Erinnerung hatte, und manches Mal fragte sie sich, ob das Leben für sie überhaupt noch einen Sinn ergab. Aber gestärkt durch die Gespräche mit Michael gab sie diesmal diesen trüben Gedanken nicht nach, sondern drehte sich auf die Seite und dachte an die Worte von Michael: „Du musst einfach nur reden wie mit mir oder deinem Vater oder wie mit Ben." Sabine schloss die Augen und begann fast flüsternd: „Jesus ..."

Die zwei Dämonen, sie sich schon seit vielen Jahren im Umfeld von Sabine aufhielten, heulten auf, als wären sie hart geschlagen worden. Das begonnene Gebet von Sabine bereitete ihnen wahnsinnige Schmerzen. Jahrelang hatten sie Sabine unter ihrer Kontrolle gehalten und jetzt plötzlich diese Wendung! Beide kämpften gegen ihre Schmerzen an, Schmerzen, die ihnen übel zusetzten und sie je nach der Intensität eines gesprochenen Gebets kurzfristig oder sogar dauerhaft vertrieb. Aber die beiden Krieger hatten die Aufgabe, keinen Schritt von ihrer Seite zu weichen, da man mit einem Angriff von außen rechnete. Dass dieses Geschöpf, das dort mit Tränen in den Augen im Bett lag, nun das Unfassbarste tat, was man sich nur vorstellen konnte, und es wagte, Jesus anzubeten, überraschte und verängstigte sie, hauptsächlich waren sie jedoch furchtbar verärgert. Zum einen durfte das Geschöpf nicht den Heiligen überlassen werden, und zum zweiten hatten sie Angst vor dem Zorn des Fürsten. Voller Abscheu, Wut und Hass drängten sie sich deshalb mit aller Gewalt und Brutalität in Sabines Geist. Sie schlugen, bissen und kratzten, um die Schmerzen in Sabines Innerem bis ins Unermessliche zu steigern, damit sie endlich aufhören würde zu beten, was auch ihre eigenen Schmerzen beseitigen würde. Sie spielten Visionen von Sabines eigenem Tod vor deren geistigem Auge ein, jene fälschliche Simulation, die auch schon Ben zuvor gezeigt worden war. Sie säten alle möglichen Zweifel und stürzten sie in tiefste Depressionen, redeten immer wieder übles Zeug in ihren Geist hinein, um ihn wieder unter Kontrolle zu bekommen, und sie waren gut darin! Sabine hatte schon längst wieder aufgehört zu sprechen oder überhaupt an Jesus Christus zu denken, weil ihr Geist unter diesen mächtigen Angriffen keine Chance hatte, allem dem standzuhalten. Aber damit nicht genug! Die Schmerzen, welche den beiden Dämonen durch Sabines Gebet zugeführt worden waren, sowie ihr unbändiger Hass darüber, dass dieses Mädchen es tatsächlich gewagt hatte, zu Jesus zu beten, trieb sie dazu, ihr unbarmherzig immer noch weiter zuzusetzen. Nie wieder sollte sie es wagen, sich gegen sie zu wenden.
Plötzlich wurde einer der beiden ergriffen und quer durch den

Raum geschleudert. Der andere erkannte die neue Gefahr und rückte erst einmal verunsichert und entsetzt zurück, als er die Anwesenheit eines Heiligen bemerkte. „Was willst du hier?", brüllte der Dämon. „Sie gehört uns." „Ihr habt sie lange genug gequält, das ist jetzt vorbei!", gab der Heilige ruhig und souverän den Dämonen zu verstehen. Benjamin stand selbstsicher mitten im Raum, und Licht strahlte von ihm aus. Der weiße Anzug, den er trug, bewirkte, dass das Licht, das ihn umgab, noch heller strahlte. „Weicht von ihr, verfluchtes Gewürm!", sprach er erneut die ihm gegenüberstehenden Dämonen an. „Niemals!", kreischten beide Dämonen zornig fast gleichzeitig in schrillem Ton. Sie waren überrascht worden, hatten es nicht für möglich gehalten, dass dieses Weib jemals die Unverschämtheit besitzen würde, den Sohn Gottes anzubeten! Sie hatten zwar mit einem Angriff von außen gerechnet, waren aber durch das Gebet des sterblichen Mädchens für einen kurzen Moment unaufmerksam gewesen. Der Ruf zum Herrn vonseiten des Mädchens hatte die Dämonen geschwächt, aber jetzt sammelten sie sich wieder und bauten sich vor Ben auf. Ihre Kraft schien mit jeder Sekunde stärker und stärker zu werden, jetzt, da dieses scheußliche Gebet beendet war. Ben schaute jedoch gelassen zu ihnen, er wusste, dass er jetzt entweder von hier verschwinden oder kämpfen musste. Er blickte auf Sabine, die ob des Erlebten völlig erschöpft eingeschlafen oder sogar ohnmächtig geworden war. Schweißperlen glitzerten noch in ihrem Gesicht.

Die Dämonen versuchten nun, den Heiligen vor sich aus seiner Reserve zu locken, seine Schwachstellen auszumachen, indem sie anfingen, ihn zu umkreisen. Ben dagegen schien sie jetzt kaum noch zu beachten und schaute mit sorgenvollem Blick auf seine geliebte Sabine. Er blickte auf ihr zartes Gesicht und sah, dass Trauer und Krankheit bereits deutliche Zeichen darauf hinterlassen hatten; ihr restlicher Körper war unter der Bettdecke verborgen, und Ben konnte nur mutmaßen, dass die Krankheit inzwischen auch dort ihren Tribut gefordert hatte. Inzwischen waren die Dämonen immer näher an Ben herangerückt und funkelten ihn mit ihren roten blutunterlaufenen Augen an, und der

Gestank von Schwefel und Verwesung, der von ihnen ausging, trat Ben ätzend in die Nase. So wie der Mensch in extremen Stresssituationen Schweißausbrüche hat, ausgelöst durch die Drüsen in seinem Körper, so war dies jetzt wahrscheinlich auch bei den Dämonen Ausdruck ihres augenblicklichen Zustandes. Ben wusste jedoch nicht, ob es Stärke oder Angst war, was er wahrnahm. „Du weißt wohl nicht, was mit einem Engelchen wie dir passiert, wenn wir dich besiegen", verhöhnte ihn der Rechte von beiden, jener, der bisher noch nicht durch Ben angegriffen worden war. Er bleckte seine gelben, stark verfaulten Zähne, als ein schiefes Grinsen auf seinem Gesicht erschien. Ben wusste in der Tat nicht, ob nun Stärke oder Angst den Dämon beherrschten, aber es interessierte ihn auch nicht, es war ihm einfach egal. Ihm reichte allein das Wissen, dass er durch seinen Herrn in unglaublichem Maße gestärkt worden war und dass seine geliebte Sabine hier von den Dämonen drangsaliert, gequält und manipuliert wurde, um jetzt hier zu stehen und die Dämonen vertreiben, bekämpfen, ja besiegen zu wollen. Zudem wusste er von seiner Begegnung mit den Dämonen in der Schule, als er dort fünf Dämonen gleichzeitig gegenübergestanden hatte, dass er es zumindest überlebt hatte. Was sollte ihm also schon passieren?
Während er immer noch in Gedanken versunken war, sah er plötzlich eine Feuerkugel, so groß wie ein Tennisball, aus dem Nichts heraus auf ihn zufliegen. Aus einem Reflex heraus drehte sich Ben blitzschnell zur Seite, aber doch nicht schnell genug, die brennende Kugel streifte noch seinen Oberarm. Durch den Aufprall, wenn er auch nicht mit voller Wucht erfolgte, zerplatzte die Kugel. Die Wirkung war verheerend. Funken und Blitze stoben auseinander, und ein Brennen unerkannten Ausmaßes ging von der Stelle aus, an der Ben getroffen worden war. Der Schmerz raubte ihm mit einem Schlag die Sinne, und er spürte plötzlich, dass er verwundbar war – viel mehr, als er vermutet hatte. Panische Angst ermächtigte sich seiner und drang in seinen Geist ein. Ben wankte einige Schritte zurück, was seine Gegner sogleich mit zahlreichen furchteinflößenden Schreien kommentierten. Sie brüllten und schrien gellend in ihrer Raserei

über ihren leicht errungenen Sieg, weil sie merkten, dass Ben nicht damit gerechnet hatte, dass sein Geist überwunden werden konnte. Ihre Schreie spiegelten jedoch auch ihre innere Freude und ihren unermesslichen Hass wider, wobei beides zugleich dazu dienen sollte, ihrem Gegner den letzten Rest an Mut zu nehmen. Der Schrei eines Dämons hatte bei Menschen natürlich eine deutlich andere Wirkung, konnte sie mit einem Schlag in den Wahnsinn treiben, so sehr, dass sie sich sein Leben lang darin verloren. Das jetzige Kreischen, das aus tiefster Seele kam, setzte nun aber sogar Ben mächtig zu. Schneller als er zurückzuweichen vermochte, kamen sie ihm immer näher, und die Distanz zwischen ihnen hatte sich bereits gefährlich reduziert.

Ein Blick auf seinen Arm zeigte ihm nun das ganze Ausmaß dessen, was die Feuerkugel angerichtet hatte. Mehrere insektenähnliche Viecher kauerten um seine Wunde herum und fraßen das versengte, aber auch gesundes Fleisch. Sie vergrößerten die Wunde beständig Stück um Stück. Mit flackernden Augen, die seine Angst widerspiegelten, musste er mit ansehen, wie gerade wieder einmal durch eines der vielen kleinen Monster ein Stück Fleisch aus seinem Arm herausgerissen wurde. Ben mochte sich gar nicht vorstellen, was passiert wäre, hätte die Feuerkugel ihn voll getroffen. Plötzlich waren die beiden Dämonen über ihm und schlugen auf ihn ein, genauso wie sie es mit Sabines Geist getan hatten, er hatte sich erneut ablenken lassen und war völlig unkonzentriert. Er hatte jetzt panische Todesangst, konnte spüren, wie sie seinen Geist bekämpften, während er von einer dichten Wolke mit schweren, dicken Schwefelschwaden umhüllt war. Das Denken und Konzentrieren fiel ihm sehr schwer. Dieser Kampf war überhaupt nicht vergleichbar mit seiner ersten Auseinandersetzung in der Schule, hatte rein gar nichts mit ihr gemein. Die Dämonen wollten seinen ewigen Tod, wie immer der auch aussehen mochte. Er versuchte, seinen Geist abzuschirmen, versuchte verzweifelt, sich zu konzentrieren, aber sein Blick fiel erneut auf seinen Arm, und er sah nur noch, dass die Monster seinen Arm auffraßen und versuchten, diesen abzutrennen. Bis zur Hälfte hatten sie sich bereits durchgefressen. Maden und anderes Gewürm tummelten sich mittlerweile fast überall auf seinem Körper und versuchten, durch Körperöffnungen und Hautpartien in sein Inneres vorzudringen. Bilder traten vor seinem geistigen Auge auf, Bilder, die derart schrecklich waren, dass Ben sie nicht einmal mit Worten zu beschreiben vermochte, selbst wenn er es gewollt hätte. Immer tiefer drangen sie in seinen Geist ein und schlugen ihn mit Bildern des Wahnsinns, schlugen mit unvorstellbaren Grausamkeiten und voller Hass zu. Ben konnte dem Schmerz, der durch seinen gequälten Geist jagte, kaum noch standhalten, und seine Kräfte schwanden schnell dahin. Er hatte bei all diesem Wahnsinn das Gefühl, direkt in die Hölle zu blicken.

Aber noch nicht einmal davor konnte er die Augen verschließen, er war den beiden Dämonen und ihren Angriffen wehrlos ausgesetzt. Ben nahm aus dem Blickwinkel ein rotes Licht wahr, und als er aufblickte, sah er ein massives, glänzendes Schwert auf ihn niedersausen. Ben drehte sich zur Seite und spürte einen Luftzug neben sich, als das Schwert vorbeisauste. Als es auf dem Boden aufschlug, spürte er die Vibration über seinen Rücken jagen. Kaum hatte er sich von seinem Schreck erholt, da sah er, dass der Dämon bereits zum zweiten Schlag ausgeholt hatte. Der zweite Dämon schlug immer wieder seine Fäuste in Bens Gesicht und grub dabei gleichzeitig seine Gedanken in Bens Geist, um diesen zu binden. Ben durfte es sich nicht erlauben zu zweifeln, noch nicht einmal im Ansatz, aber es gelang ihm nicht. Seine Kräfte wichen immer mehr von ihm. Instinktiv ergriff er den Schlagarm des mit den Fäusten kämpfenden Dämonen, hielt ihn fest und drehte sich wie beim Judo in ihn hinein, während ihm gleichzeitig das Schwert des zweiten Kämpfers wieder gefährlich nahe kam. In diesem Moment spürte er, wie die Kreatur hinter ihm ihr ganzes Gewicht auf ihn lud und er unter dieser Last zu Boden fiel. Ben kämpfte sich mühsam wieder frei und stellte erstaunt fest, dass der Schwertkämpfer seinen Mitstreiter getroffen hatte. Dieser Hieb grub sich tief in dessen Rücken. Seine Freude, nun einen Gegner weniger zu haben, währte jedoch nicht lange, denn wie von Geisterhand stand der Getroffene wieder auf, als wäre nichts passiert, einzig die klaffende Wunde an seinem Rücken zeigte, warum er kurz von Ben abgelassen hatte. Ben schrak zurück, konnte sich nicht konzentrieren. Er wusste einfach nicht, wie er die Dämonen besiegen sollte, wenn so ein grausamer Hieb sie schon nicht stoppen konnte.

Tausend Gedanken schossen ihm gleichzeitig durch den Kopf, und es fiel ihm schwer, sie zu sortieren, sich zu erinnern, was ihn retten konnte, als er plötzlich in eisiges Wasser eintauchte. Der Boden unter ihm hatte sich auf einmal verflüssigt. Ben sackte im Nu nach unten, und sein Anzug saugte sich mit Wasser voll, wurde schwer und zog ihn noch tiefer hinunter. Der fehlende Sauerstoff verursachte ihm starke Schmerzen in den Lungen, während dies den Dämonen überhaupt nichts auszumachen schien. Seine Lungen schienen fast zu platzen, als Ben es nicht mehr aushielt und „Luft" holte. Erstaunt, aber auch erleichtert stellte er fest, dass er gar nicht zu atmen brauchte und sogar Wasser „atmen" konnte und die Schmerzen in den Lungen nur aus seiner Einbildung oder Erfahrung, die er zu Lebzeiten gemacht hatte, entstanden waren. Was für ein Vorteil, ein Engel zu sein!, dachte er bei sich, als sein Körper wieder über der Wasseroberfläche auftauchte. Einzig sein nasser Anzug zeugte davon, dass er erst kurz zuvor metertief im Wasser gewesen war, denn er saß jetzt wieder auf dem Fußboden. Aber die Dämonen ließen ihn nicht zur Ruhe kommen. Erneut feuerten sie ein Feuerwerk auf ihn ab, und diesmal prasselten Steine auf ihn herab, und schwerer Beton begrub Ben unter sich. Er spürte die massiven Brocken auf sich liegen und schmeckte den Staub auf seiner Zunge. Er hätte eigentlich mausetot sein müssen, erschlagen durch Gestein und aufgespießt auf einer im Beton eingebundenen Eisenstrebe. Aber er war ein Engel. Mit aller Intensität wurde ihm das auf einmal bewusst – er konnte gar nicht ertrinken, konnte nicht erschlagen werden, sein Körper war nicht gefährdet – sein Geist war in Gefahr! All das, was sie ihm antaten, waren immer nur Scheinangriffe, denn den Dämonen ging es einzig und allein darum, den Geist, die Heiligkeit eines Engels anzugreifen.

Gestärkt von dieser Erkenntnis kam Ben unter den Trümmern

hervor, um die nächsten Angriffen abzuwehren, aber als er seine Augen auf seine Umgebung richtete, sah er jetzt gut zehn Dämonen im Raum verteilt. Ben war niedergeschlagen, denn unter den Dämonen war sowohl der große Dämon, den er aus der Schule kannte, als auch der General vertreten. Die Dämonen schienen noch uneins zu sein, wer das Kommando hatte und wie sie den „Heiligen" angreifen wollten, als Bens Blick erneut in die Richtung von Sabines Krankenbett abschweifte, wie sie dort jämmerlich und elendiglich lag. Die beiden Dämonen, gegen die er bislang gekämpft hatte, waren nun wieder über ihr, und Ben sah, wie sich Sabine unter den Attacken der Dämonen wand und wie sie litt. Dass sich immer noch irgendwelches Ungeziefer an seinem Körper gütlich tat, nahm Ben hingegen gar nicht mehr wahr. Den Angriff des Generals, der nun folgte, nahm Ben niedergeschlagen entgegen. Er hatte hoch gepokert, hatte seine Fähigkeiten völlig falsch eingeschätzt und befand sich nun an der Grenze einer völligen Niederlage; seine Hoffnungen, sein Leben, seine Mission – alles stellte er plötzlich in Frage, denn die Angriffe auf seinen Geist waren derart mächtig und von solcher Grausamkeit, dass sie ihm das gesamte Elend der Welt mit einem Schlag vor Augen führten. Es war einfach zu viel, dieser Last konnte niemand standhalten. Während er zuvor noch angenommen hatte, direkt in die Hölle zu blicken, war er sich jetzt vollkommen sicher. Nichts gab es hier an diesem Ort, wogegen es überhaupt noch lohnte anzukämpfen. An diesem Ort, zu dem sie ihn gebracht hatten, gab es nur unsagbares Leid, höllische Schmerzen, nie endendes Elend, Grausamkeiten, Perversitäten, Mord, Tod, und das millionenfach multipliziert. Selbst die Dunkelheit an diesem Ort war dunkler und schwärzer, als man es mit Worten zu beschreiben vermochte. Ben war hilflos, gefangen und innerlich absolut leer. Er konnte einfach nicht mehr, wollte nicht mehr dagegen ankämpfen, sondern sich nur noch in diese Schwärze fallen lassen. Komischerweise befand er sich aber auch immer noch im Krankenzimmer – oder schon wieder? Ben wusste es nicht genau, aber aus den Augenwinkeln konnte er sehen, dass Sabines Körper sich unter den heftigen Schmerzen regelrecht aufbäumte. Seine Erinnerungen schienen gestohlen, seine Gedanken leer, es gab nichts mehr, was ihn aus dieser Situation noch retten konnte. Er war verloren und würde sich wahrscheinlich für immer im ewigen Nichts verlieren. Zum letzten Mal fiel sein Blick auf das Krankenbett, und eine letzte blasse Erinnerung drang in seinen Geist: Sabine. Und dann folgte noch eine. Aus einer Tiefe in seinem Geist, von der er nicht mehr geglaubt hatte, dass sie noch existierte, dachte er an seinen Gott. „Herr", schrie Ben, und es kam nur als Flüstern aus seinem Munde, „ich kann nicht mehr, hilf ihr", und dann, kaum hörbar, „hilf mir!"

„MICHAEL!" ... Michael wusste sofort, wer ihn da rief. Zu oft hatte er diese Stimme bereits in seinem Inneren wahrgenommen. „Ja, Herr." „BEN UND SABINE SIND IN GEFAHR, MICHAEL." Michael war bereits in seinem Büro auf die Knie gegangen, hatte sein Haupt gesenkt und die Hände gefaltet. „Was soll ich tun, Herr?", fragte er in die Stille hinein. „DU MUSST FÜR BEIDE BETEN, DASS SIE NICHT VERLOREN GEHEN." Michael hatte nie geglaubt dass er jemals mit Gott oder einem Engel so reden könnte, ein Zwiegespräch führen würde. Jedes Wort war für ihn nur zu deutlich zu hören, deshalb stellte er keine weiteren Fragen, sondern betete um Hilfe für Ben und Sabine. Seine Stimme klang kraftvoll zum Himmel, seine Knie schmerzten, während er auf dem blanken Beton kniete, und die Knöchel seiner Hände traten weiß hervor, weil er sie krampfhaft zusammenpresste. Seine Worte waren voller Leidenschaft und Hoffnung, sie priesen die Weisheit Gottes und lobten seinen Namen. Mittlerweile hatte er sein Gebet laut herausgeschrien. Andreas, der Hauptpastor der Gemeinde, war gerade im Gemeindesaal gewesen, um Vorbereitungen zu treffen. Er hatte ihn schreien gehört und kam aufgeregt in Michaels Büro. Er schaute kurz auf den am Boden knienden Jugendpastor und sah, wie ihm die Tränen die Wangen hinunterliefen. Schweißperlen standen Michael vor Anstrengung auf der Stirn, während er die Augen geschlossen hielt und betete. Andreas hörte seine Worte, dann fragte er den jungen Pastor, obwohl er bereits ahnte, dass Michael gerade eine Vision erlebt hatte: „Michael, was ist los?" „Andreas", begann Michael unter Tränen zu erzählen, was er gerade erlebt hatte, als er erneut die Stimme des Engels hörte: „MICHAEL, DU BIST EIN TREUER DIENER DES HERRN. RUF DIE GEMEINDE ZUSAMMEN, WIR BRAUCHEN EURE FÜRBITTE." Erneut hinterfragte Michael nicht eine Sekunde, ob das, was er hörte, Sinn ergab oder nicht. „Andreas", begann er erneut, „hast du auch die Stimme gehört?“ „Nein, Michael“, erwiderte der Hauptpastor, „aber ich glaube, unser Herr gebraucht dich, sage, was die Stimme zu dir gesprochen hat.“ Michael wiederholte jedes einzelne Wort. Andreas schaute ihn kurz an, dann griff er zum Telefonhörer. Nach einer Minute legte er auf und zog den verdutzten Michael hinter sich her in den Gemeindesaal. „Michael ich habe die Kette gestartet“, sagte Andreas, dann fuhr er fort: „Jeder, der angerufen wird, ruft zwei weitere an und betet dann für Ben und Sabine. Es ist nicht notwendig, dass sie wissen, wer das genau ist. Der Herr wird es richten, er wird ihre Herzen öffnen, und der Heilige Geist wird wirken. Glaube mir, in einer halben Stunde werden Tausende für sie beten. Komm, lass uns jetzt für beide beten.“ Sie standen mittlerweile unter dem Kreuz im großen Raum, sanken auf die Knie, legten sich gegenseitig die Hände auf Schulter und Kopf und beteten zum Herrn. Michael war froh, nicht mehr allein die Last zu tragen, stattdessen fühlte er sich jetzt getragen.

Immer mehr Menschen trafen ein und vergrößerten die Gruppe der Betenden unter dem Kreuz, wobei die meisten gleich, nachdem sie die Information über Telefon weitergeben hatten, an Ort und Stelle zum Herrn beteten. Gott benutzte in fantastischer Art und Weise eines der heutigen Kommunikationsmittel als riesiges Netzwerk. So beteten die Menschen in ihrer Küche, im Schlafzimmer, im Wohnzimmer, aber auch im Büro und an anderen Arbeitsstätten. Dabei spannte sich der Bogen über die ganze Welt, und Menschen wurden aus dem Bett gerufen, weil es bei ihnen gerade Nacht war, und auch da beteten sie. Andreas, der Pastor, sprach von Tausenden. Was er jedoch nicht wusste, war die Tatsache, dass durch seinen Anruf und das Wirken des Heiligen Geistes zu dieser Stunde ungefähr fünf Millionen Menschen für Ben und Sabine beteten. Dabei hielt die Gebetskette ununterbrochen insgesamt neununddreißig Stunden und einundzwanzig Minuten an.

Bens Geist hatte sich ganz weit in sein Inneres zurückgezogen, und in dieser kleinen Hülle war sein geschützter Geist fest verschlossen vor den Angriffen finsterer, ekelerregender Visionen und Rachegelüsten seiner Peiniger, aber auch abgeschnitten von seinen eigenen Möglichkeiten, zu reagieren oder gar zu handeln. Unermüdlich schlugen die beiden Generäle der Dämonen mit aller Raffinesse, Böswilligkeit, Grausamkeit und abgrundtiefem Hass auf ihn ein. Dabei jagten sie ihn durch das Flammenmeer eines wütenden Feuers von mehreren hundert Grad, das direkt aus der Hölle zu stammen schien. Bens zarte Haut war dieser enormen Hitze nicht einmal annährend gewachsen, und so musste er erleben und mit ansehen, wie auf seiner Haut bereits nach wenigen Sekunden kleine Blasen entstanden, die anfangs leicht zu dampfen begannen und danach erste leichte Rauchfäden emporsteigen ließen. Aber je mehr Zeit verging, desto mehr Blasen entstanden, und dann verbrannte die Haut, und Ben konnte es nicht nur sehen, sondern er roch auch den üblen Geruch. Als ihm der grässliche Gestank seines eigenen verbrannten Fleisches in die Nase stieg und sich auf seine Zunge legte, konnte er dem Brechreiz, der sich unmittelbar einstellte, nicht mehr widerstehen und erbrach sich. Es war einfach nur ein natürlicher Instinkt, dem sein Magen folgte. Unterdessen versuchten die Dämonen, Bens Geist nachhaltig zu schädigen, was ihnen auch insofern gelang, als sie es schafften, Ben jegliche Form von Schmerzen spüren zu lassen, was wiederum dazu führte, dass ihm jede weitere Abwehr misslang. Genau in diesem Augenblick seiner absoluten Hilflosigkeit spürte er die Kraft der Gebete auf sich einwirken. Es war, als würde sich erquickendes Wasser über ihn ergießen, so spürte er diese neue Kraft, und seine Schmerzen wurden mit einem Mal weggespült, und auch die seelische Peinigung fiel nach und nach von ihm ab.
Ben schloss die Augen. Leise, aber doch klar hörte er Kalebs Ruf in sich. Er war dankbar, dass er jetzt etwas hatte, auf das er sich konzentrieren konnte, und das gab ihm weiteren Halt. Gleichzeitig – es war fast unvorstellbar, aber so wahnsinnig schön, dass er gerne laut gejubelt hätte – spürte er immer mehr

– wie Sonnenstrahlen auf der Haut –, dass er in seinem Inneren gestärkt wurde und nun wieder deutlich mehr Kraft erlangte. Ben, jetzt absolut klar in seinen Gedanken, die zwar noch immer geschützt wie in einem Stein eingefasst waren, aber deutlich an Strukturiertheit zugenommen hatten, zweifelte nun keine Sekunde mehr, und das stärkte ihn weiter. Mit immer noch geschlossenen Augen konnte er sogar die Veränderungen, die um ihn herum stattfanden, spüren, ja fast sogar vor seinem inneren Auge sehen. Irgendetwas musste plötzlich geschehen sein, denn er spürte, dass die Dämonen ohne einen für ihn ersichtlichen Grund nun völlig von ihm abgelassen hatten.

Den Bruchteil einer Sekunde verstand Ben nicht, warum dies geschehen war, doch dann wurde es ihm mit einem Mal klar. Er hatte ganz unbewusst die stärkste Gestalt gewählt, die ihm in seiner augenblicklichen Situation in den Sinn gekommen war, und hatte sich im Angesicht der Dämonen in Seladon verwandelt, in den mächtigen Dämon Seladon mit all seiner Macht. Die kleinen Dämonen zogen sich sofort verängstigt in die Ecken und Winkel des Raumes zurück, die beiden Mächtigen dagegen wollten auf keinen Fall zulassen, etwas von ihrer Macht abzugeben.

„SELADON!", brüllte der dämonische General vor ihm, der sofort erkannt hatte, welchem gefährlichen Gegner er gegenüberstand. Sein dämonischer Partner war aufbrausender und forderte den neuen Gegner sogleich heraus: „Wir wollen keinen Ärger mit dir. Wir haben mit dem Heiligen dort, wo du stehst, gekämpft, und so plötzlich, wie du aufgetaucht bist, war der Heilige verschwunden. Was hast du mit seinem Verschwinden zu tun? Gib ihn uns zurück! Die Beute gehört uns", sprach der General seine Anweisung aus, und es hörte sich eher wie eine Drohung als eine Bitte an. Seladon schaute ruhig und gelassen von einem zum anderen und musterte beide eingehend. Erst danach schweifte sein Blick, einzig durch seine umherblickenden Augen, ohne dabei seinen Kopf auch nur einen Millimeter zu bewegen, durch den Raum, und er sah sehr schnell, dass von den anderen dämonischen Kreaturen keine große Gefahr ausging. Deren Angst stank fürchterlich bis zu ihm herüber. Die beiden Generäle waren jedoch von einem anderen Kaliber. Heute würde sich entscheiden, wer mehr Macht besaß, und für den oder die Verlierer gab es nur die Verbannung in die Tiefen der Hölle. „Ich bin der mächtige Adoogur, und nun erkenne ich dich wieder, du bist der elendige Wurm Benjamin", schrie der Dämon ihn an. Seladon stand ihm gegenüber und grinste breit, dann antwortete er dem Dämon: „Du weißt, dass ich SELADON bin! Der Fürst selbst gab mir diesen Namen." „Der Name Seladon ist verhasst im Totenreich", gab der Dämon angewidert zurück. „Siehst du, ich wusste, dass du mich doch kennst", gab Seladon schmunzelnd zurück. „Dann erkläre ich diese Ära hiermit für beendet, elender Wurm, das war der Name, den ich dir gab", brüllte Adoogur in seinem Zorn. Noch immer stand Seladon völlig gelassen vor ihm, und seine folgende Bemerkung fiel ebenso lässig aus: „Welchem Staubkorn entstammst du denn, dass du meinst, du könntest die Existenz von Seladon begründen und beenden, wie es dir passt?" Adoogurs Augen sprühten vor Hass, seine Hand glitt zur Seite, und er zog langsam sein rot glühendes Schwert aus der Scheide, das vor Freude feurig zu strahlen schien. Seladon konnte sogar kleine tanzende Flammen auf dem Eisen des Schwertes sehen. Der Hass Adoogurs schien auf das Schwert übergegangen zu sein, oder hatte das Schwert seinen eigenen Hass auf den Dämon übertragen? Es war schwer zu sagen, denn beide schienen übervoll vor Hass auf Seladon zu sein. „Nun erscheine wieder in der Gestalt des Heiligen!", schrie Adoogur erneut, und es hörte sich an, als spreche er dabei durch eine Röhre, so dumpf hallte seine Stimme wider. „Geh aus dem Weg, Seladon, denn ich, Adoogur der Mächtige, will den Geist des Heiligen zermalmen!" Um seinen Worten noch mehr Nachdruck zu verleihen, schwang er, während er sprach, sein schweres Schwert mit Leichtigkeit über seinem Kopf. „Verschwinde, bevor ich dich erschlage, du armselige Kreatur", gab ihm Seladon ohne eine Spur von Angst in der Stimme zurück. „ICH BIN SELADON!" Seladons Stimme ließ den Boden vibrieren, auf dem sie standen. Adoogurs Augen funkelten mit jetzt noch abgrundtieferem Hass aufgrund der Schmach, die ihm sein Gegenüber mit seinen Worten hatte zuteil werden lassen. Nun wagte auch der General wieder, sich dem neuen Angreifer zu stellen. Sein Schwert stand dem von Adoogur in nichts nach, nur war seines schwarz und schien das Licht um sich herum aufzusaugen. Einzig der Zügellosigkeit seines Partners schien er zu entbehren, dafür taktierte er mehr und suchte bereits Schwächen im Auftreten Seladons auszumachen. „Seladon", brüllte er, und sein Brüllen klang – wie während des Kampfes bei ihrem letzten Zusammentreffen, bei welchem auch Salasul anwesend gewesen war – wie das eines wütenden Löwen. „Seladon ist gebunden in der ewigen Trostlosigkeit. Der mächtige Salasul und ich haben ihn besiegt, du kannst nicht Seladon sein!"

„Du weißt, dass ich es bin, denn ich war es, der dir deinen schönen Anzug aufgeschlitzt hat, von deinem Bauch ganz zu schweigen. Daran wirst du dich doch wohl noch erinnern können, auch wenn dein Gehirn ansonsten aus dreckigem Schlick besteht", beleidigte Seladon seinen Gegner. Der Dämonengeneral griff sich instinktiv in die Magengegend, die damals von Seladon im Kampf empfindlich getroffen worden war. „Noch einmal wirst du nicht entkommen, du hattest damals nur verdammtes Glück", brüllte der Dämonengeneral. „Glaubst du etwa, das vollenden zu können, was Salasul, der Todeskrieger Siredons, nicht geschafft hat, glaubst du wirklich, das bewerkstelligen zu können? Verschwindet lieber, bevor ich euren Körper in zwei Hälften zerschneide", erwiderte Seladon selbstsicher. Adoogur hielt es jetzt nicht mehr länger aus und machte einen Schritt nach vorn, wobei er gleichzeitig sein Schwert nach vorn streckte. Seladon griff an seinen Gürtel und fand sein ebenso mächtiges Schwert vor. Er hatte bis zu diesem Zeitpunkt nicht gewusst, ob es dort sein würde, aber mit dem Erscheinungsbild von Seladon war bislang immer wie selbstverständlich auch das Schwert einhergegangen, sodass er nun davon ausging, dass er nicht nur die Stärke und Macht, sondern auch die Ausrüstung dazu erhalten hatte. Blitzschnell hatte er sein Schwert gezogen, um es dem Angreifer entgegenzuhalten, mit der Wirkung, dass der andere seinen Angriff auf der Stelle abbrach. Alle drei starrten auf das soeben gezogene Schwert. Es leuchtete heller als alle anderen, aber es war kein weißes Licht, Seladons Schwert leuchtete schwarz. Dieses Schwarz strahlte eine Eiseskälte aus, es verkörperte die Kälte Seladons, die von ihm ausging, so wie er jetzt vor den beiden stand.

„Sag mir, du hässliche Kreatur, wie ist dein Name, damit ich weiß, welchen Abschaum ich in die Hölle befördere", sprach Seladon zu dem Dämonengeneral, während er mit gestrecktem Schwert immer noch auf Adoogur zeigte und ihn in auf Distanz hielt. „Du wirst bald in der Hölle um Gnade winseln, und selbst Siredon wird dich dann nicht mehr retten können. Mein Name ist BOODUHL, ich befehlige Armeen von Kriegern. Wenn du fünftausend Jahre die Hölle durchlebst, wirst du dich jeden Tag meines Namens erinnern." Plötzlich und unerwartet warf Booduhl von seiner günstigen Position aus geschickt eine Feuerkugel in Seladons Richtung. Seladon unternahm noch nicht einmal den Versuch, wie zuvor, der Kugel auszuweichen, stattdessen fing er diese jetzt lässig mit seiner freien linken Hand auf. Die Kugel in seiner Hand betrachtend, sah er die Vielzahl der gefräßigen Kreaturen und Würmer, die in dieser Feuerkugel wuselten. Fasziniert betrachtete er die Feuerkugel und ihren gefährlichen Inhalt, während er mit der anderen Hand spielerisch sein Schwert hielt. Dann legte er seine eigenen Gedanken in die Kugel hinein, die nun immer weiter anschwoll. Nach einiger Zeit blickte er wieder auf und lachte voller Spott und Hohn. Immer lauter und lauter. Als die beiden Dämonen ihren Hass schließlich nicht mehr zügeln konnten und auf ihn einstürmten, warf er dem General die Kugel mit solch einer Wucht ins Gesicht, dass selbst ein Auffangen der geworfenen Kugel diese zum Zerplatzen gebracht hätte. Während Booduhl mit den Kreaturen aus der Kugel beschäftigt war, teilte ein einziger Schwerthieb Adoogur vom Scheitel bis zum Unterleib wie ein Schwein in zwei Hälften, genauso wie Seladon es vorausgesagt hatte, und ein weiterer Hieb trennte Booduhls Kopf von seinem Rumpf. Beide Dämonen lösten sich in Rauch auf. Unsicher verkrochen sich die feigen Dämonen noch weiter in ihre Ecken und Nischen.

„Oh Fürst, wir dachten ...", wollten sich die winselnden Dämonen verteidigen, aber Seladon ließ sie gar nicht erst ausreden. „Schweigt!", befahl er ihnen in gebieterischem Ton. „Verschwindet für immer von dem Mädchen, sie gehört jetzt mir!" Ohne auch nur ein einziges Wort zu äußern, verschwanden die Dämonen, auch die beiden, die beständig auf Sabines Geist eingewirkt hatten. Wahrscheinlich waren sie froh, so glimpflich davongekommen zu sein. Seladon konnte es egal sein. Er war froh, dem Martyrium entgangen zu sein. Er wartete noch ein paar Minuten mit voller Konzentration und gezogenem Schwert, das immer noch schwarz wie die Seele eines Dämons war, nur das Leuchten hatte aufgehört. Es schien wie bei Adoogurs Schwert den Hass und die Mordgier seines Trägers mit aufzunehmen und dementsprechend stark zu leuchten. Nun war die Gier gestillt, und das Schwert zeigte nur noch ein mattes Schwarz. An der Spitze tropfte noch Blut, das jedoch kaum zu sehen war, denn auch dieses war schwarz, so schwarz wie die Seele eines Dämons. Erst nach über einer Stunde verwandelte sich Seladon in seine eigene Gestalt zurück. Erschöpft sank er in die Knie und dankte seinem HERRN für die Rettung. Ben betete danach über eine Stunde lang ohne Unterlass, um sich von den bösen Gedanken, die er als Dämon entwickelt hatte, vollständig zu befreien.

Er dankte seinem Vater ein letztes Mal im Gebet, ging danach an Sabines Bett und setzte sich auf die Bettkante. Verliebt, aber auch traurig schaute er in ihr Gesicht. Er durfte ihr Leiden nicht wegnehmen, aber dadurch, dass die Dämonen ihren Geist nun in Ruhe ließen, konnte Sabine wenigstens zur inneren Ruhe finden. Er flüsterte ihren Namen, küsste ihre Wange und ihre Lippen und wachte über ihrem jetzt ruhigen Schlaf.

„Michael, bist du sicher, dass du schon wieder aufstehen willst?“, fragte seine Frau ihn besorgt. „Na ja“, antwortete der Gefragte, „ich fühle mich schon noch etwas schwach auf den Beinen, aber mir wird wohl nichts anderes übrig bleiben, meine Arbeit ist lange Zeit liegen geblieben und ruft jetzt nach mir, und Sabine will ich ja auch noch besuchen.“ „Du willst wirklich ins Krankenhaus gehen?“, fragte seine Frau jetzt doch leicht irritiert. „Ja, sie wird bestimmt denken, ich hätte sie vergessen“, antwortete er schuldbewusst. „Erstens wird sie das nicht über dich denken, nach dem, was du mir alles über sie erzählt hast, und zweitens solltest du nach deiner Grippe und dem Fieber nicht gleich ins Krankenhaus gehen und deine Keime an kranke Menschen weitergeben, und drittens habe ich keinen Ruf gehört, und ich muss es ja wohl am besten wissen, da ich die letzten drei Tagen ständig um dich war.“ In Heikes Stimme lag Sorge um ihren Mann. Michael sah seine Frau an, nahm sie liebevoll in den Arm und scherzte: „Was meinst du damit, du hättest den Ruf nicht gehört?“ „Na, wenn ich ihn nicht gehört habe, dann wird der Ruf, zu deinen Aufgaben zurückzukehren, wohl nicht so laut gewesen sein, deshalb kann deine Arbeit auch ruhig noch ein paar Tage liegen bleiben“, scherzte sie mit einem Schmunzeln zurück. Michael schaute sie überrascht an und gab ihr dann einen zärtlichen Kuss. „Ich liebe dich und danke dir für deine liebevolle Pflege“, flüsterte er ihr ins Ohr. „Und als Dank dafür willst du deine Bazillen nun an mich weitergeben und mich für die nächsten Tage ans Bett fesseln, aber ich bin immun dagegen“, gab sie siegessicher zurück. „Schatz, ich glaube nicht, dass du immun gegen mich bist, aber ich gebe zu, dass ich es wohl nicht schaffen werde, dich allein mit meinem Charme drei Tage ans Bett zu fesseln“, sagte er ihr verliebt. „Ach, du wieder“, schalt sie ihn, wurde aber doch rot im Gesicht. Noch lange neckten sich beide liebevoll und waren einfach nur froh, dass Michael wieder auf dem besten Wege war, wieder ganz gesund zu werden.

Als Michael drei Tagen später im Krankenzimmer des Krankenhauses stand, war das Bett von Sabine Thaler leer. Erschrocken, sie nicht mehr vorzufinden, stand er hilflos vor ihrem Krankenbett, das mittlerweile auch ein neues Namensschild erhalten hatte. Sabine war nicht mehr hier. Dann fiel ihm ein, dass er ihr ja selbst gesagt hatte, dass sie innerhalb von drei Tagen aus dem Krankenhaus entlassen werden würde. Er hatte es kurz zuvor von der Stimme in seinem Traum erfahren. Michael rechnete die Tage zurück und stellte fest, dass sein erster Krankheitstag sehr wahrscheinlich schon der Entlassungstag von Sabine gewesen war. Bestimmt hatte sie auf ihn gewartet, um ihm die fantastische Nachricht mitzuteilen, aber er war nicht gekommen. Niedergeschlagen und voller Selbstvorwürfe verließ er das leere Krankenzimmer wieder und ging gedankenverloren durch die Station, am Schwesternzimmer vorbei, in Richtung Fahrstuhl.

„Herr Pastor, Herr Pastor!", hörte er einen Ruf hinter sich, der an ihn gerichtet zu sein schien. Michael blieb stehen, drehte sich um und sah, dass die Krankenschwester hinter ihm hergelaufen kam. „Ich habe Sie leider gar nicht kommen sehen, und nun gehen Sie schon wieder", sagte sie aufgeregt zu ihm. „Ja, ich wollte heute wieder Frau Thaler besuchen, aber ...", begann er ihr zu erklären. „Frau Thaler ist schon seit letzter Woche von uns gegangen", fiel die Krankenschwester ihm ins Wort. „Oh nein, Sabine ist ...", erwiderte Michael und bekreuzigte sich. „Aber nein, nicht doch, sie ist nach Hause gegangen ... ich meine mit ihrer Mutter in die gemeinsame Wohnung", korrigierte sich die Stationsschwester. Michael verstand nicht ganz, was sein Gesichtsausdruck entsprechend widerzuspiegeln schien. Erneut versuchte die Schwester, ihm die neue Situation zu erklären: „Sie hatte den Arzt gefragt, und der hat ihrem Wunsch, nach Hause gehen zu dürfen, zugestimmt." „Aber geht das denn einfach so?", wollte Michael wissen. „Na ja, wissen Sie, wir können hier nichts mehr für sie tun, außer natürlich für sie da zu sein, und da ist es oft würdiger, zu Hause bei seinen Lieben zu sein. Selbstverständlich", beeilte sie sich hinzuzufügen, „kann sie jederzeit wiederkommen, wenn ihre

Schmerzen zu groß werden oder wenn sie ärztliche Hilfe braucht."
„Ja, natürlich ...", stotterte Michael unbeholfen herum, weil er
nicht wusste, was er Intelligentes sagen sollte. Auf der einen Seite
war er nach dem ersten Schock überglücklich, dass sie noch lebte und sogar nach Hause hatte gehen dürfen, auf der anderen
Seite hörte er aus den Worten der Schwester die Ursache dessen:
Sabines bevorstehender Tod. „Seien Sie nicht traurig, Herr Pastor,
Sie haben dem Mädchen wirklich sehr geholfen", bemerkte sie.
„Tatsächlich?", wollte er wissen. „Ja, sie hat die letzten Tage sogar
im Bett gesessen und richtig gelacht, und sie konnte sich wieder
an Dingen erfreuen, sie hat plötzlich wieder Lebensmut bekommen", erklärte die Schwester und war froh, dass ihr der Pastor
nicht böse war, dass sie ihn vorhin nicht wahrgenommen hatte.
Michaels Augen waren feucht geworden. „Wissen Sie, wo sie
wohnt?", fragte er sie. „Ja schon ... aber wir dürfen keine Adressen
von Patienten weitergeben. Ich hoffe, Sie verstehen das", antwortete sie ihm, und er spürte, dass es ihr leid tat, sich an die
Anweisung halten zu müssen. „Oh ja, natürlich", sagte er schnell,
aber die Enttäuschung in seiner Stimme war nicht zu überhören.
„Bestimmt hat Ihnen das Mädchen doch gesagt, wo sie wohnt,
Sie haben ja so oft und so lange miteinander gesprochen", erklärte
sie ihm. Entweder war die Krankenschwester naiv oder sie wollte
einfach die Sache mit der Adresse mit diesen Worten beenden.
Michael glaubte eher, dass Letzteres der Fall war. Aber drängen
und betteln wollte er auch nicht. „Ja, ja, natürlich", sagte Michael
deshalb schnell in seiner Unbeholfenheit, um die entstandene
Distanz zu überbrücken.
Genau das hatte er während seiner Gespräche mit Sabine nie
bedacht, dabei wäre es so einfach gewesen gegen Ende ihrer
Begegnung, als sie sich so gut verstanden, zu fragen, wo sie eigentlich wohnte, doch jetzt war es zu spät. Aber wer hatte auch
schon damit gerechnet, dass er krank werden würde und nicht
mehr zu ihr kommen konnte? „Also, ich muss jetzt wieder weitermachen, schönen Tag noch, Herr Pastor", verabschiedete sich
die junge Frau. „Ja, schönen Tag noch und vielen Dank für die
Mitteilung", antwortete Michael der Stationsschwester aufrichtig.

Die Krankenschwester sah ihn mitfühlend an und ließ ihn dann allein auf dem Flur zurück. Michael blickte ihr noch nach, wie sie in ein Zimmer verschwand, über dem das Licht zu blinken angefangen hatte. Jemand anders brauchte jetzt ihre Hilfe. Michael neigte sein Haupt und dankte seinem Herrn in kurzen Worten, dass Sabines Lebensfreude doch noch einmal zu ihr zurückgekehrt war, und bat darum, dass der Herr ihr Leiden sehen und mildern möge. Dann verließ er fast fluchtartig das Krankenhaus und widmete sich wieder seinen Gemeindeaufgaben, die er in letzter Zeit aufgrund seiner Krankheit vernachlässigt hatte.

„Mama, wir kommen zu spät", schrie Sabine durch die Wohnung. „Hetz mich doch nicht so, wir kommen schon noch rechtzeitig", klang es von irgendwoher lautstark zurück, „soweit ich mich erinnern kann, ist es sowieso egal, wann man kommt, es ist einfach immer langweilig." „Mama!", seufzte ihre Tochter zum wiederholten Male an diesem Morgen. „Wieso willst du eigentlich nach Sandheim, wir haben doch hier auch eine schöne Kirche, und da wären wir auch noch rechtzeitig", klang es eher gelangweilt von ihrer Mutter aus dem Nebenraum. Sabine schaute zur Türe herein: „Mama bitte, ich kann auch jemand anders fragen, aber du hast mehrmals angeboten, mich zu fahren." Ihre Mutter hob nur resigniert beide Arme, so als wolle sie sagen, dass schon alles gut werden würde. „Du musst nicht dableiben, wenn du nicht willst, weißt du", sagte Sabine beschwichtigend zu ihrer Mutter." „Ist es denn dort, wo du hinwillst, anders als hier?", fing ihre Mutter erneut an. „Mama, ich weiß es nicht. Michael hat mir so viel Herzliches aus dem Gemeindeleben erzählt, dass ich es gerne einmal erleben möchte." „Welcher Michael?", fragte ihre Mama vollkommen verwirrt. „Mama, du weißt doch, der Pastor aus dem Krankenhaus", gab Sabine ihr zu verstehen. „Ach Kind, das ist doch kein richtiger Pfarrer", meckerte Frau Thaler, konnte aber an dem Blick ihrer Tochter erkennen, dass sie das anders sah. Jetzt war es Sabine, die genervt war und dies auch

nicht mehr zurückhalten konnte. „Wie viele Pastoren kennst du denn, Mama, um dir ein Urteil bilden zu können?“ „Ist das der Dank dafür, dass ich dir die Freiheit gelassen habe, selbst zu entscheiden, wie du leben und woran du glauben willst?“, ließ Frau Thaler zum zehnten Male seit der letzten Woche die gleiche Anklage verlauten. Sabine schüttelte den Kopf, weil sie diese Rechtfertigung ihrer Mutter schon nicht mehr hören konnte. „Mama, niemand ist frei. Eltern leben ihren Kindern etwas vor, was diese wiederum prägt, ob es nun bewusst oder unbewusst ist, aber Eltern sind und bleiben die ersten Vorbilder, die ein Kind hat. Wo sie wohnen, welches Umfeld sie umgibt, die Schule, die sie für ihre Kinder aussuchen, was sie für gut und für schlecht halten, all das prägt uns Kinder, sogar was ihr esst und was ihr nicht esst und so weiter, alles prägt Kinder.“ „Also wirfst du mir vor, ich hätte in der Erziehung alles falsch gemacht“, bemerkte ihre Mutter traurig. „Mama“, Sabine nahm die Hände ihrer Mutter in die Ihrigen, „du bist meine Mama, und ich liebe dich. Glaubst du nicht auch, dass ich als Tochter Fehler gemacht habe, und trotzdem liebst du mich. Komm, lass uns jetzt endlich gehen, ich möchte nicht mit dir streiten.“
Frau Thaler war verwirrt, und das nicht zum ersten Mal, seit ihre Tochter vor einer Woche erklärt hatte, sie sei jetzt so weit, nach Hause zu gehen. Als sie dann freudig Sabines Sachen gepackt hatte, meinte ihre Tochter mit einem Lächeln im Gesicht: „Ja, dahin auch.“ Sie hatte überhaupt nichts verstanden und fühlte sich auf den Arm genommen. Aber in dieser Woche hatte sie vieles an ihrer Tochter erlebt, was ihr Rätsel aufgab. Besonders aber bewunderte sie die neu gewonnene Stärke und Offenheit, mit der ihre Tochter über den Tod, ihren eigenen Tod, sprechen konnte, und sie fragte sich nicht zum ersten Mal, woher ihr kleines Mädchen plötzlich diese enorme Kraft nahm. Auch sie versuchte, stark zu sein, aber jedes Mal, wenn ihre Tochter schlief, gönnte sie sich, bei einer Zigarette, die in letzter Zeit für sie zu einer Dauerdroge geworden war, ihren Tränen freien Lauf zu lassen.

So fuhren sie an jenem Sonntag dann doch endlich mit erheblicher Verspätung zu dieser Gemeinde in den Gottesdienst. Frau Thaler hatte eine Kirche erwartet, die wie alle Kirchen kalt und leer war, aber schon als sie vorfuhren, konnte sie überhaupt keinen Kirchturm finden. Mehrmals fragte sie ihre Tochter, ob sie hier wohl richtig waren, aber die war ja selbst noch nie da gewesen, dennoch war Sabine – im Gegensatz zu ihrer Mutter, die war das reinste Nervenbündel! – voller Zuversicht und sagte nur, dass sie bestimmt richtig seien. Nachdem Frau Thaler nun zum dritten Mal in die gleiche Straße einbog und noch immer keinen Parkplatz rund um das Gebäude fand, fuhr sie kurz entschlossen bis ganz nach vorn, um ihre Tochter direkt beim Eingang aussteigen zu lassen. Sie würde dann einige Strassen entfernt parken und deutlich später oder auch erst zum Ende des Gottesdienstes erscheinen. Und wie zum Hohn ihrer verzweifelten Parkplatzsuche war direkt vor dem Eingang noch ein Parkplatz frei! Als sie beide aus dem Fahrzeug ausstiegen und sich das Gebäude ansahen, wirkte es mit der groß eingefassten Glasfront und dem hellen Fassadenanstrich eher wie eine moderne Konzerthalle. Über dem Eingang war der Schriftzug „*Christliches Zentrum Sandheim*" und ein schlichtes gemaltes Kreuz als Symbol der Kirche zu sehen. Schon hier am Parkplatz war Musik zu hören, die gesungen wurde, den Text dazu konnte man bei dieser Entfernung jedoch nicht verstehen. Mit klopfenden Herzen schritten sie gemeinsam in Richtung Eingang, wobei die Ursache für die höhere Pulsfrequenz bei Mutter und Tochter nicht unterschiedlicher hätte sein können. Während Sabine dem bevorstehenden Ereignis entgegenfieberte und am liebsten schon eine Stunde früher da gewesen wäre, sträubte sich ihre Mutter innerlich dagegen hineinzugehen und wäre am liebsten gleich wieder weggefahren, aber sie hatte es ihrer Tochter nun mal eben versprochen, also ging sie mit hinein.

Als sie eintraten, wurden sie sogleich an der Eingangstüre sehr herzlich von einem Mitarbeiter der Gemeinde empfangen und zum Gemeindesaal und anschließend zu einem Sitzplatz in der Mitte des Saales geleitet, da bereits alles voll besetzt war. Sabine

sah sich um und stellte fest, dass das hereinfallende Licht durch das große Fenster den Raum himmlisch hell erleuchtete. Sie war froh, nicht in einer kalten, muffigen Halle sitzen zu müssen, vielmehr hatte sie das Gefühl, einer großen Veranstaltung beizuwohnen, deren wunderbare Atmosphäre eher an ein Theater oder Ähnliches erinnerte. Das Lied, das sie eben noch von draußen gehört hatten, war leider gerade zu Ende gegangen, als sie den Saal betreten hatten, aber sie konnte noch sehen, wie die meisten Besucher begeistert im Stehen applaudierten und sich danach setzten. Sabine war gespannt, was wohl als Nächstes passieren würde, ihr erster Eindruck hatte bei ihr jedenfalls schon Begeisterung ausgelöst. Sie konnte es selbst nicht erklären, aber sie fühlte sich auf Anhieb wohl hier. Sie warf einen Seitenblick auf ihre Mutter, die sich offensichtlich nicht besonders wohl in ihrer Haut fühlte und bestimmt lieber weiter hinten gesessen hätte und nicht so weit vorn, Sabine fand es dagegen klasse.
„Hallo", sagte ein junger Mann, der zur anderen Seite von Sabine saß. „Hallo", gab sie schüchtern zurück. „Zum ersten Mal hier?", fragte der Mann weiter. Wieder kam von Sabine nur ein „Ja". „Glaub mir, es wird dir gefallen", sprach der Mann ruhig weiter. Seine Stimme hatte einen warmen Klang, und das Lächeln, das er ihr entgegenbrachte, war sehr sympathisch. „Bist du öfters hier?", fragte sie ihn leise, fast flüsternd, weil sie die anderen Besucher vor und hinter ihr nicht stören wollte. „Nein, ich komme nicht von hier, fand es aber sehr wichtig, heute hierher zu kommen", gab er ihr ebenso flüsternd zu verstehen. Der junge Mann schaute auf ihre Hände, die zu zittern begonnen hatten. Sanft legte er seine Hände auf die Ihrige und sagte: „Du brauchst keine Angst zu haben." „Hab ich nicht", gab sie ihm zu verstehen, „ich bin nur unglaublich nervös." „Ich werde auf dich aufpassen", antwortete er ihr gelassen und ruhig, dann zwinkerte er ihr zu und sagte: „Ich freue mich, dass du hier bist." Sabine sah ihm fest in die Augen. Er schien sich wirklich richtig zu freuen, dass sie gekommen war, dabei kannte sie ihn und er sie doch gar nicht! Und doch, irgendetwas war in seinen Augen zu lesen, aber dann lösten sich seine Hände von den Ihren, und er schaute wieder

nach vorn, und Sabine tat es ihm gleich. Ihre Nervosität hatte sich schlagartig gelegt.

Auf der Bühne, wo sich die Musikband gerade zurückzog, wurde das Bühnenlicht ausgeschaltet und zeitgleich eine Pflanze und eine Bank von zwei Mitarbeitern aufgestellt. Als sie fertig waren, verließen sie die Bühne, und kurze Zeit später ging das Bühnenlicht wieder an. Das Theaterstück begann.

Von der Seite kam jemand in einem dunklen Anzug, darunter trug er ein weißes Hemd, schwarze Schuhe und Krawatte und eine schwarze Sonnenbrille. In der Hand trug er einen silbernen Koffer bei sich. Der Mann schaute sich auf der Bühne um und ging dann zielstrebig zur Bank, setzte sich und stellte seinen silbernen Koffer rechts neben sich auf den Boden. Dann griff er in seine Jackentasche, nahm eine Zeitung zur Hand und las darin. Dann kam ein Zweiter auf die Bühne. Er sah der ersten Person zum Verwechseln ähnlich. Auch er trug einen schwarzen Anzug, eine schwarze Sonnenbrille und einen silbernen Koffer, den er wie zufällig genau neben den des anderen stellte, als er sich ebenfalls auf der Bank niederließ. Beide Personen sollten Agenten darstellen. Sabine musste sofort an den Film „Man in Black" denken.

Agent 001: *Eine Null kommt selten allein …*
Agent Engel: *Denn nur zwei Nullen bringen den Erfolg heim.*
Agent 001. Wir haben eine neue Mission für sie.
Agent 001: *Doch nicht etwa den im Casino Royal?*
Agent Engel: *Nein, den übernimmt schon 007, ich habe einen viel wichtigeren Auftrag für Sie. Diesmal ist es Ihr Spezialgebiet.*

Ein Briefumschlag mit Informationen wird an Agent 001 übergeben.

Agent 001: *Welche Ausrüstung steht mir diesmal zur Verfügung?*
Agent Engel: *Sie haben das beste Material bekommen. Alles ist für Ihren Einsatz aufeinander abgestimmt worden. Geist*

und Seele sind mit dem Herzen auf das optimale Leistungsvermögen einjustiert.

Sie haben einen Körper bereitgestellt bekommen, der zwar unscheinbar aussehen mag, aber der den härtesten Belastungen standhält. Es steht für Sie ein Gewissen bereit, das sehr feinfühlig auf alle Sorgen und Ängste anderer Mitmenschen reagiert. Zur Standausrüstung gehört wie bei jedem Einsatz ein Herz zum „Mitfühlen" und „Mitfreuen". Zu guter Letzt hat es „J" so eingerichtet, dass „D-H-G" immer aktiv in Ihnen ist.

Agent 001:	*Dass „J" Jesus bedeutet, weiß ich ja, aber was heißt jetzt noch einmal „D-H-G"?*
Agent Engel:	*„D-H-G" bedeutet „Der heilige Geist".*
Agent 001:	*Also das Beste, was wir haben.*
Agent Engel:	*Ja, so ist es, 001. Aber bitte gehen Sie nicht wieder so verschwenderisch damit um, und bringen Sie alles wieder heil zurück. „J" hat Sie zwar im Übermaß ausgestattet, aber Sie sollten trotzdem behutsam damit umgehen. Wenigstens dieses eine Mal.*
Agent 001:	*Natürlich, Agent E. Ich werde mein Bestes tun. Welches Team habe ich zur Unterstützung?*
Agent Engel:	*Gut, dass Sie das ansprechen. Da Sie diesmal nicht verdeckt agieren können, hat „J" Ihnen das Topteam zur Verfügung gestellt.*
Agent 001:	*Wie viele?*
Agent Engel:	*Alle!*

Agent 001 schaut sehr ungläubig.

Agent 001:	*Alle Gläubigen – das war doch bisher noch nie der Fall. Das muss diesmal wirklich wichtig sein.*
Agent Engel:	*Es ist das Wichtigste. Es sollte ab sofort nichts Wichtigeres mehr in Ihrem Leben geben. Lesen Sie jetzt Ihre Mission und vernichten Sie anschließend Ihre Unterlagen.*

Agent 001 liest die Mission vor, die beinhaltet, den Menschen in dem Gebiet, in welchem die Gottesdienstbesucher leben, Gottes Botschaft weiterzugeben.

Agent 001:	*Wann soll es losgehen?*
Agent Engel:	*„J" erwartet umgehend Ihren Einsatz.*
Agent 001:	*Ich habe die beste Mannschaft, und die Ausstattung ist einmalig. Trotzdem, Agent E, diese Mission kann selbst ein Doppel-Null-Agent wie ich nicht erfüllen. Die Aufgabe ist zu komplex. Das ist nicht zu schaffen.*
Agent Engel:	*Sie sind unser bester Mann, 001. Jahrelang wurden Sie auf diese Mission vorbereitet. Ihre Gaben und Fähigkeiten sind prädestiniert für Ihren Einsatz. Sie wurden erschaffen, um diesen Auftrag zu erfüllen.*
Agent 001:	*Agent E, wo soll ich anfangen?*
Agent Engel:	*Gehen Sie auf die Menschen in ihrer nächsten Umgebung zu. Nehmen Sie Kontakt zu ihnen auf. Laden Sie diese Menschen zu sich ein. Den Rest übernimmt „J".*
Agent 001:	*Das hört sich alles sehr einfach an aus Ihrem Munde.*
Agent Engel:	*Wenn Sie Probleme haben, suchen Sie die „Freie Evangelische Gemeinde Sandheim" auf. Pastor Andreas und all die anderen Gläubigen werden Ihnen jede Unterstützung zukommen lassen. „J" hat seit vielen Jahren alles darauf vorbereitet. „J" wird auch dafür sorgen, dass Ihnen nichts passiert.*
Agent 001:	*Aber …*
Agent Engel:	*Nicht aber, 001, viele Menschen sterben und gehen verloren, verfallen den Verführungen dieser Zeit. 001, wir haben keine Zeit mehr. Sie müssen jetzt handeln, sofort.*

Agent E steht auf – will loslaufen und nimmt nun den anderen Koffer in die Hand. So wurden die Koffer gegenseitig ausgetauscht. Dann bleibt er doch noch einmal stehen, dreht sich kurz um und sagt:

Agent Engel: *Und vergessen Sie nie: "Sie sind keine „Null", Agent 001. Sie sind ein „Mensch" unter Menschen. So hat es „J" gewollt. Und jetzt erfüllen Sie diese Mission mit seinem Segen.*

Ein tosender Applaus vonseiten der Besucher brauste los, als das Bühnenlicht für einen Moment ausging und somit das Ende des Anspiels anzeigte. Auch Sabine fand es unheimlich klasse gespielt und konnte nicht anders und klatschte ebenfalls mit den anderen lautstark Beifall, die Art und Weise, wie die Botschaft weitergegeben worden war, faszinierte sie. Man hatte einfach eine Szene aus einem James-Bond-Film umgewandelt. Sabine verstand die Botschaft des Theaterstücks sofort, nämlich dass 007 in heiklen Fällen eingesetzt wurde, um die Welt zu retten. In den Augen der Christen war es genauso wichtig, die Menschen zu retten, und das taten Agent Engel und Agent 001.

Das Bühnenlicht ging wieder an, und als Nächstes trat ein Mann um die Mitte vierzig, gekleidet in Jeans und weißem Hemd, auf die Bühne und stellte sich ans Mikrofon. Während seiner nun folgenden Predigt ging er auf das Theaterstück ein, dabei erklärte er den Besuchern, was Gott von uns Menschen möchte. Sabine lauschte jedem einzelnen Wort und fand es prima, dass ein Pastor nicht in schwarzem Gewand herumlief, sondern wie jeder hier im Raum ganz normale Kleidung trug. Auch war seine Sprache realistischer als sie es von den Pfarrern in der Kirche kannte, lebensnah, und sie verstand zum ersten Mal, was eine Predigt überhaupt aussagen sollte. Sie konnte es nicht genau sagen, aber sie hatte das Gefühl, dass jedes gesprochene Wort des Pastors direkt an sie gerichtet war, es traf sie mitten ins Herz.

Bei allem, was der Pastor erzählte, stand Jesus stets im Mittelpunkt. Begeisterung war in seinen Worten spürbar, aber auch die Art und Weise, wie er sich den Menschen präsentierte, war nicht abgehoben, sondern natürlich. Der Pastor sprach davon, dass Gott so heilig sei, dass wir ihn aufgrund unserer schlechten Taten

und Gedanken gar nicht ansehen könnten, weil uns eben seine Heiligkeit blendete. Schließlich könnten wir ja auch nicht direkt in die Sonne blicken, deshalb habe Gott Jesus sozusagen als „Sonnenbrille“ für uns eingesetzt, damit wir Gott wieder sehen könnten, ohne Schaden daran zu nehmen. Auch ein weiteres Beispiel, das der Pastor anführte, um das zuvor Gesagte noch weiter zu vertiefen, gefiel ihr gut: „Stellt euch einmal vor“, sprach er mit fester Stimme, „ihr steht am Abgrund eines großen Felsens, und ein abgrundtiefer Riss geht steil nach unten.“ Der Pastor schilderte dies so plastisch, dass Sabine den Spalt fast real vor sich sehen konnte. „Der HERR steht verzweifelt auf der anderen Seite und möchte, dass ihr rüberkommt, aber der Riss ist zu breit, es gibt keinen Weg, um nach drüben zu kommen, und so hat Gott Jesus gesandt.“ Mittels eines Beamers wurde eine gigantische Schlucht an die Wand geworfen, und nun wurde bei der nächsten Einblendung das Kreuz in genau diese Schlucht hineingesetzt, sodass die Menschen nun über den Querbalken des Kreuzes die Schlucht überbrücken konnten. „Nur durch den Tod Jesu am Kreuz wurde die Kluft zwischen Gott und den Menschen überbrückt, damit wir wieder zu ihm gehen können, so sehr hat Gott die Menschen geliebt, dass er dafür seinen Sohn gegeben hat.“ Das war so ein simples Beispiel, das jeder gut verstehen konnte und das man doch nicht so schnell vergessen würde. So hatte noch nie jemand Sabine Gottes Wort erklärt.
Ein weiterer Seitenblick nach links zu ihrer Mutter zeigte Sabine, dass jene deutlich anders darüber dachte. Sie störte sich wahrscheinlich sehr an dem kirchenunüblichen Umfeld sowie an der lockeren Art, wie sich der Pastor gab, sodass sie wahrscheinlich kaum etwas von dem, was Pastor Andreas den Menschen mitzuteilen gedachte, mitbekam. Als der Pastor seine Predigt beendet hatte, spielte noch einmal die Musikband. Sabine war hocherfreut, jetzt nicht irgendeinem verstaubten Orgelgesang lauschen zu müssen, sondern erneut vom Rhythmus eines modernen Liedes, begleitet von E-Gitarre, Schlagzeug und Keyboard, mitgerissen zu werden. Es war ein richtig fetziges Lied, und die meisten Besucher waren aufgestanden und sangen jetzt begeistert

aus voller Kehle mit, während andere mit der Hüfte wippend im Rhythmus klatschten. Für Leute wie Sabine, die dieses Lied nicht kannten, wurde der Text wieder mittels Beamer an die Wand projiziert, sodass Sabine bereits beim zweiten Refrain genauso lautstark mitsingen konnte wie die anderen Besucher. Sie war überglücklich. Dann kehrte wieder Ruhe ein. Ein anderer Mann trat jetzt auf die Bühne und bat die vor ihm Sitzenden zum Gebet. „Liebe Brüder und Schwestern, wir wollen nun unserem Herrn danken, dass heute Morgen so viele Menschen gekommen sind …“, er nannte noch ein paar Personen, die Sabine nicht kannte, und deshalb irgendwie abschaltete, „… und wollen außerdem noch um Sabine bitten, dass sie Gott näher kennenlernen möge und dass unser liebender Gott ein Wunder an ihr tut. Lasst uns nun miteinander beten.“
Hatte Sabine soeben richtig gehört? Für kurze Zeit war sie völlig verwirrt, aber dann schaltete sie ihre Logik ein und gab sich selbst die Antwort: Bestimmt gab es noch jemand anders mit dem Namen Sabine in dieser Gemeinde, sodass nicht sie selbst gemeint gewesen war. Nach einiger Zeit des Schweigens sprachen dann vereinzelte Personen Gebete laut ins Mikrofon und Sabine wurde bewusst, dass mit der zuvor genannten Sabine doch sie gemeint war. Die Menschen hier beteten für sie, obwohl sie doch außer Michael niemand kannte! Aber die Gebete taten ihr gut und schenkten ihrem aufgewühlten Herzen Frieden, wofür sie sehr dankbar war. Zum Abschluss sangen sie alle gemeinsam noch ein sehr schönes, zu Herzen gehendes Segenslied, und Sabine fühlte sich so wohl wie schon lange nicht mehr.
Dann war der Gottesdienst zu Ende, aber die Besucher rannten nicht, wie Sabine es vermutet hatte, gleich nach draußen, wie sie es von anderen Kirchenbesuchen her kannte. Irgendwie schienen alle gar nicht so glücklich darüber zu sein, dass der Gottesdienst nun vorbei war. Sabine ging es ähnlich, die Zeit war im Nu verflogen. Nur langsam leerte sich der große Saal, aber es störte niemanden, dass die Leute noch nicht gehen wollten. Überall standen Menschen zusammen und sprachen miteinander, und es sah aus, als wären sie alle eine große Familie. Dann

sah sie plötzlich Michael und rief ihm zu: „Michael!"
Michael strahlte über das ganze Gesicht, als er auf sie zukam, und
kaum angekommen, nahm er sie sogleich aus lauter Freude, sie
wiederzusehen, in die Arme. „Ich bin so froh, dass du heute zum
Gottesdienst gekommen bist, nur schade, dass du so allein dort
gesessen hast", sagte Michael, während seine strahlenden Augen
auf sie herabblickten. „Aber das habe ich doch gar nicht", erwiderte Sabine. „Ja, ich weiß, aber ich habe nicht unbedingt von
deiner Mutter gesprochen", flüsterte er ihr ins Ohr. „Ich hätte dir
gewünscht, dass jemand aus der Gemeinde neben dir gesessen
hätte, der dir während des Gottesdienstes das ein oder andere hätte erklären können, du hast doch bestimmt Fragen, oder?", sagte
Michael, dem die Begeisterung über ihren Gottesdienstbesuch
deutlich im Gesicht geschrieben stand. „Schon, aber der junge
Mann neben mir war sehr nett und …", begann ihm Sabine zu
erklären, als Michael sie unterbrach: „Welchen jungen Mann
meinst du?", fragte er irritiert. „Na, den Jungen, der neben mir
saß", beantwortete sie seine Frage. Michaels Gesichtszüge er-
schlafften, und das Lächeln auf seinem Gesicht verschwand.
„Sabine, neben dir saß nur deine Mutter, und auf der anderen
Seite waren drei Plätze frei, und dann saß als Nächstes Frau
Buschheim, eine liebe, nette, ältere Frau, aber sie hört schon
nicht mehr so gut", versuchte Michael ihr zu erklären. „Aber
…?", wollte Sabine protestieren. „Glaube mir, ich habe dich gesehen, wie du dir einen Platz gesucht hast, und ich wollte schon zu
dir gehen, aber ich wurde für das Anspiel und die Bedienung des
Beamers während des Gottesdienstes gebraucht", entschuldigte
sich der junge Pastor. Jetzt war es Sabine, die perplex war und
nicht verstand. „Michael, ich habe gar nicht nach einem Platz
gesucht, ein Mitarbeiter aus eurer Gemeinde war so nett und
hat mich und Mama genau zu diesem Platz gebracht." Michael
schwieg einen Moment, bevor er sie erneut fragte: „Wann bist
du genau gekommen, Sabine?" „Oh, es war schon viel zu spät,
weil meine Mutter …", setzte das Mädchen an. „Wann, Sabine?",
hakte der Jugendpastor nach. „Na, ich denke, so kurz vor 11:00
Uhr", gestand sie. Wieder schwieg Michael einen Moment lang,

weil er Zeit brauchte, um über das Gesagte nachzudenken, doch dann sprach er weiter: „Sabine, von meinen Erzählungen, weißt du, dass wir die erste Stunde immer Lobpreis feiern, und danach folgte heute das Anspiel und dann die Predigt." „Ja", unterbrach Sabine Michael bei seinen Ausführungen, „deswegen meinte meine Mama ja auch, dass zwei Stunden ganz schön langweilig sein können, und ich glaube, sie hat es bewusst etwas hinausgezögert, aber von dem letzten Lobpreislied haben wir gerade noch das Ende gehört, sodass ich das tolle Anspiel sehen konnte. Das fand ich echt stark ... Michael, was hast du?" Michael schien ihr gar nicht richtig zuzuhören, dann, plötzlich, blickten seine Augen direkt in die Ihrigen: „Warte hier, ich möchte mal eben kurz etwas klären", sagte er zu ihr, und – schwupp – war er schon im Gewühl der vielen Leute verschwunden. Sabine schaute zuerst etwas irritiert, nutzte dann jedoch die Gelegenheit, um sich noch ein wenig im großen Saal umzusehen, dabei genoss sie die Ruhe und die fröhliche Atmosphäre, welche um sie herum herrschten.

Nur kurze Zeit später kam er schon wieder zurück. Michael schaute Sabine fest in die Augen. „Michael, was hast du?", fragte sie besorgt. Michael liefen die Tränen über die Wangen. „Bitte, Michael, was ist denn?", wollte sie wissen. Michael sah ihr erneut tief in die Augen: „Du bist wahrhaftig gesegnet, Sabine", sagte er sichtlich ergriffen. Jetzt war sie es, die komisch dreinschaute, bevor Michael weitererklärte: „Durch meine Krankheit habe ich glatt einige Termine vergessen, und so hatte ich der Schauspielgruppe und auch Andreas für den heutigen Gottesdienst meine Hilfe zugesagt." „Ich verstehe nicht, was das mit mir zu tun hat", sagte eine immer noch verwirrte Sabine. „Ich war heute zum Begrüßungsdienst eingeteilt, aber das ist mir erst wieder während des Anspiels eingefallen, und David, der mich heute dabei unterstützen sollte, ist gestern Abend plötzlich krank geworden. Das ist noch nie passiert, aber es war komischerweise heute keiner da, der diesen Dienst übernommen hat", berichtete er. „Na, vielleicht hat zufällig jemand anders …?“, teilte sie ihm offen ihren Gedanken mit. Michael schüttelte den Kopf: „Nein!“ – „Nein?“, wiederholte Sabine. „Sabine, es war heute so voll, und es waren nur wenige Mitarbeiter da, und ab dem Beginn des Lobpreises war der Begrüßungsdienst an der Haupteingangstür durch niemanden mehr besetzt, ich habe extra nachgefragt“, versuchte er zu erklären. „Du willst mich wohl auf den Arm nehmen, Michael“, flachste sie. „Nein, Sabine, ich habe noch zusätzlich einige Leute gefragt, die in deiner Nähe saßen. Sie haben sich an dich und deine Mutter erinnert, weil ihr beide halt auch noch nie da wart und neue Gesichter eben auffallen, aber niemand hat einen jungen Mann neben dir sitzen gesehen.“ „Aber …“, stotterte Sabine. „Ich sage ja, du bist gesegnet“, antwortete Michael und strahlte erneut über das ganze Gesicht.

In diesem Augenblick kam ihre Mutter hinzu und meinte, dass es nun an der Zeit wäre zu fahren, aber Sabine wollte noch nicht, sie war so glücklich hier, sah aber auch, dass ihre Mutter sich sichtlich unwohl fühlte. „Mama, noch ein kleines bisschen, bitte, ja?“, bat sie ihre Mutter. Michael bot sich an, Sabine nach Hause zu fahren, wenn ihre Mutter nichts dagegen hätte und Sabine noch so gern bleiben wollte. Ihre Mutter war nicht so ganz einverstanden, aber als sie das Leuchten in den Augen ihrer Tochter sah, stimmte sie zu. „Aber bitte versprechen Sie mir, dass sie sich nicht überanstrengt“, ermahnte sie den jungen Mann, der Pfarrer sein sollte. „Warum, hast du etwa Angst, dass ich daran sterben könnte?“, gab sie rebellisch zurück. Sabine hatte das eigentlich nicht sagen wollen, es war ihr so herausgerutscht, aber diese Bemutterung ging ihr schon lange auf den Wecker, und heute fühlte sie sich stark genug, um sich auch dagegen zu wehren. „Das ist nicht fair“, sagte ihre Mutter traurig, und eine Träne kullerte ihr die Wange hinunter. „Tut mir leid, Mama, ich wollte nicht …“, entschuldigte sich Sabine, wusste aber, dass ihre Worte ihre Mutter sehr verletzt hatten, und es tat ihr ehrlich leid. „Ist schon gut, mein Schatz, vielleicht bin ich wirklich zu ängstlich“, gestand ihre Mutter.

„Hallo“, sagte eine junge Frauenstimme plötzlich hinter ihnen, „schön, dass wir Sie heute im Gottesdienst begrüßen durften. Darf ich mich kurz vorstellen? Ich bin Heike, Michaels Frau.“ Sie stellten einander vor, und Heike bot Frau Thaler an, mit ihr noch einen Kaffee zu trinken, da sie den Rest des Gespräches gehört und die aufkommenden Tränen in ihren Augen gesehen hatte. Dankbar nahm Frau Thaler die Einladung an. Gemeinsam gingen beide Frauen zum Getränkestand, und ein junger Mann reichte jeder von ihnen auch schon eine Tasse Kaffee, ohne dass sie diesen vorab bestellt hatten. „Lassen Sie ihn sich schmecken, er ist mit viel Liebe zubereitet worden und schenkt aufgewühlten Herzen Frieden.“ Dann verabschiedete er sich höflich von den beiden Damen und schenkte anderen Besuchern ebenso ein Tasse ein. Als Heike und Frau Thaler nach einigen Minuten noch eine weitere Tasse Kaffee holen wollten, stand der junge Mann nicht mehr an der Theke. Stattdessen schenkte nun Daniel, der doch eigentlich krank war, Heike den Kaffee in die Tassen nach, die sie ihm entgegenhielt. „Daniel, ich dachte, du bist krank“, meinte sie dann auch zu ihm. „Ja, das war ich auch, Heike“, gestand Daniel und erzählte ihr seine Geschichte: „Ich bin gestern beim Fußballspielen ganz blöd mit dem Fuß umgeknickt und konnte gar nicht mehr auftreten, so schmerzlich war es. Unser Mannschaftsarzt sagte etwas von starker Bänderdehnung und dass ich den Fuß ruhig halten muss und legte mir einen großen Tapeverband als Stützverband an. Er gab mir noch einige Schmerztabletten mit, und als ich zu Hause war und noch eine Tablette genommen habe, bin ich auch gleich darauf eingeschlafen. Heute Morgen kurz vor elf Uhr klingelte das Telefon, und ich sprang auf, du kennst mich ja, ich kann nie ruhig liegen, und das mit dem blöden Fuß hatte ich völlig vergessen. Ich ging also ans Telefon, aber es war keiner dran. Da merkte ich plötzlich, dass ich überhaupt keine Schmerzen mehr am Fuß hatte. Ich bin dann sogar nur auf diesem Bein herumgehüpft – nichts, als wäre nie etwas gewesen! Deshalb bin ich dann doch noch hierhergekommen, obwohl ich die Hälfte der Predigt bereits verpasst hatte.“ Heike freute sich mit Daniel für seine Genesung, entschuldigte sich dann aber bei Daniel und ging mit einem aufgewühlten Herzen zu Frau Thaler an den Tisch zurück, weil sie Sabines Mutter nicht so lange alleine sitzen lassen wollte.

Im Gemeindesaal zog Michael Sabine mit sich: „Komm, ich möchte dich Freunden vorstellen", meinte Michael. Der Jugendpastor geleitete sie zum seinem Freund und Mentor, dem Pastor der Gemeinde. „Andreas, ich möchte dir gerne Sabine vorstellen", stellte er sie ihm vor. „Hallo Sabine, schön, dich hier zu treffen, ich hoffe, dass es dir gefallen hat", begrüßte Andreas sie herzlich. „Oh ja, Herr …", erwiderte sie, musste aber feststellen, dass sie außer seinem Vornamen gar nicht wusste, wie der Pastor überhaupt hieß. „Andreas Bäumler, aber sage doch bitte Andreas zu mir." „Andreas", gab Sabine noch schüchtern zurück, „es gab so viel Neues für mich, die Musik ist klasse, Ihre … Entschuldigung … deine Predigt fand ich auch sehr gut. Ich habe noch nie so gut verstanden, was ein Pastor sagen wollte, und das Anspiel, oh, das war super. Macht ihr so etwas öfter?" „Alles oder nur das Anspiel?", fragte Andreas, und die kleinen Lachfältchen um seine Augen ließen ihn dabei sehr charmant aussehen. „Entschuldigung", fügte er schnell hinzu, „ich wollte dich nicht verlegen machen, ich finde es ja gut, wenn uns die Menschen ihre Eindrücke mitteilen, denn nur wenn wir darauf achten, können wir auch wirklich für die Menschen da sein und nicht die Menschen für uns. Also, die Musik haben wir immer, wobei wir zwei Bands haben, und beide, finde ich, spielen super Musik. Das Anspiel haben wir vier bis sechs Mal pro Jahr, oft wenn etwas Besonderes ansteht, weil es ein gutes Instrument ist, um Menschen, die Gott nicht kennen, durch sein Wort zu erreichen."
„Gibt es denn gar nichts, was dir nicht gefallen hat?", hakte der Pastor noch einmal nach. „Sorry, dass ich dich schon wieder verlegen mache, aber ich kenne dich jetzt schon so lange", erklärte Andreas. „Wie das?", wollte Sabine wissen, weil sie doch zum

ersten Mal hier war. „Michael hat mir von Anfang an von dir erzählt“, sagte Andreas, „und Michael und ich, wir haben jeden Tag für dich gebetet, mittlerweile kann ich sogar sagen, dass die ganze Gemeinde dich schon kennt und für dich betet.“ Sabine war sehr ergriffen von dieser Herzlichkeit und den Tränen nahe. „Na, komm mal her.“ Andreas nahm sie in den Arm, und Sabine unterdrückte jetzt ihre aufgestauten Gefühle nicht länger und ließ ihren Tränen der Freude und der Trauer freien Lauf. Es tut so gut, mit ihm zu reden, dachte sie, sie fühlte sich so geborgen. Andreas hatte immer noch den Arm um sie gelegt und strahlte eine innere Ruhe aus, die sich wie automatisch auf sie übertrug, und er bohrte auch nicht nach, warum sie weinte, wofür sie ihm sehr dankbar war, denn sie hätte nicht gewusst, was sie jetzt hätte sagen sollen. Als sie sich wieder gefangen hatte, sagte sie zu Michael und Andreas: „Besonders ergriffen war ich von dem Lied am Schluss: ‚Mein Erlöser lebt‘ – ich spürte regelrecht, wie mein Herz jubelte, während ich es sang. Und ich habe ganz laut und von ganzem Herzen mitgesungen.“ „Ach, du warst das“, sagte Michael und fing an zu lachen. Die anderen fielen herzlich in sein Lachen mit ein, und dann gingen sie zusammen ins Foyer, damit Sabine viele neue Freunde kennenlernen konnte.
Als Sabine sich dann zwei Stunden später von allen verabschieden musste, blieb zum Schluss nur noch Michael übrig, der sie nun wie versprochen nach Hause fahren würde. Während der Fahrt sprachen sie über alles Mögliche miteinander, so wie sie es auch schon im Krankenhaus getan hatten. „Danke, Michael“, sagte sie mit ein bisschen Wehmut in der Stimme. „Ach, das macht mir nichts aus, ich fahre dich gerne nach Hause, dann weiß ich auch endlich, wo du wohnst“, antwortete er ihr, während er achtgab, nicht die Abbiegung zu verpassen, die Sabine ihm genannt hatte. „Das meinte ich nicht“, sagte sie sichtlich ergriffen. „Nein?“, Michael schaute gespannt, was sie wohl meinen könnte. „Nein“, wiederholte Sabine, „ich wollte dir dafür danken, dass ich all diese netten Menschen kennenlernen durfte, es war ein sehr schöner Tag, der schönste seit Langem.“ „Oh, tut mir leid, falsche Adresse“, antwortete er sehr schnell und

recht flapsig. „Nein, wir sind richtig, du musst erst die nächste Straße ...", antwortete Sabine schnell, weil sie dachte, dass er den Weg, den sie ihm genannt hatte, nicht mehr in richtiger Erinnerung hatte. Michael lachte kurz auf, wobei sein Lachen kein Auslachen, sondern Ausdruck seiner Freude war: „Nein, ich bin die falsche Adresse, wenn du dich bedanken willst. Ich war nur sein Werkzeug. Glaube mir, und ich bin wirklich selbst fest davon überzeugt, Jesus wollte, dass du ihn kennenlernst und natürlich auch andere, die an Jesus glauben." Sabine saß bis zum Ende ihrer Fahrt schweigend neben ihm. Als er das Auto vor ihrer Haustüre zum Stehen gebracht hatte, bat sie ihn sitzen zu bleiben. „Ich werde Mama beweisen, dass es nicht zu viel für mich war, sonst darf ich nicht mehr kommen." Michael verstand und nickte: „Ich oder Heike werden dich am kommenden Sonntag abholen, wenn du das möchtest." Er gab ihr seine Telefonnummer, und Sabine freute sich sehr über dieses Angebot. Sie hatte ihre Hand bereits am Türgriff, als sie sich noch einmal zu ihm umwandte. „Warum erfahre ich das alles erst jetzt, wo es schon zu spät ist?", fragte sie ihn und konnte die Träne, die aus ihrem Auge kullerte, nicht zurückhalten. „Es ist nie zu spät, Sabine", sagte Michael, der jetzt auch mit seinen Gefühlen kämpfte, aber trotzdem weitersprach: „Es ist kein Trost für dich, das weiß ich, und ich weiß auch nicht, wie ich dir Trost schenken soll. Ich bitte jeden Tag Gott darum, dass er ein Wunder geschehen lässt, aber es liegt in seinen Händen. Ich bin froh, dass du Jesus in deinem Herzen aufgenommen hast. Es gibt viel zu viele Menschen, die Jesus nie kennenlernen." „Aber warum ich?", schrie Sabine verzweifelt, und wieder liefen ihr die Tränen über die Wangen.

Es war die immer wieder gestellte Frage: „Warum ich?", und oft gab es keine Antwort darauf, auch Michael hatte keine, und er hatte diese Frage Gott oft genug selbst gestellt. Der junge Pastor wischte sich die eigenen Tränen aus dem Gesicht und griff dann nach hinten, um einen kleinen gewebten Teppich nach vorn zu holen. Er sprach jetzt leise und wählte seine Worte sehr bewusst, denn er wusste um die Wichtigkeit dieser Gelegenheit. „Diesen

Teppich hat mir Vedad geschenkt. Du hast ihn heute auch kennengelernt." Sabine überlegte kurz. „Der ältere türkische Mann in der Gemeinde", half er ihr. Jetzt fiel Sabine wieder ein, wen er mit Vedad meinte, und sie sah dabei das freundliche Gesicht des Mannes vor sich und erinnerte sich an seine höfliche Art. Sie hatte ihn gleich supernett gefunden. „Er wollte ihn mir schenken", fuhr Michael mit seiner Erzählung fort, „als Gebetsteppich, damit ich nicht mit den Knien auf dem kalten Boden beten muss. Und dann hat er vor mir den Teppich ausgebreitet und ihn mir gezeigt. Ich muss ganz schon blöde ausgesehen haben, denn Vedad fragte mich enttäuscht, ob er mir denn nicht gefallen würde, denn er und seine Frau hätten sich unglaublich viel Mühe damit gegeben. Aber ich sah nur Chaos und lauter unterschiedliche Fäden; sosehr ich mich auch anstrengte, ich konnte noch nicht mal ein Muster darin erkennen. Eigentlich war ich enttäuscht, dass er mir das schenken wollte. Was sollte ich damit? Ich fand ihn sogar richtig hässlich, um es genau zu sagen." Sabine schaute Michael an und wusste nicht, worauf er hinauswollte. Dann nahm Michael den Teppich, der ungefähr einen Meter lang und einen halben Meter breit war, und breitete ihn vor Sabine aus. Sabine verstand auf einmal. So war wirklich nichts von der Schönheit des Teppichs zu erkennen. „Du Michael, du hältst ihn ja auch verkehrt herum", bemerkte Sabine und machte sich ein bisschen lustig über den jungen Pastor.
Michael sah Sabine fest an und sprach dann weiter: „Das ist die Seite, die Gott uns von unserem Leben sehen lässt. Er sagt uns, dass er all diese Muster und Strukturen mit viel Liebe in unser Leben hineingewebt hat, aber wir sehen nur ein Durcheinander aus lauter Fäden, ein richtiges Chaos, und lehnen das Geschenk unseres Schöpfers ab, vielleicht beschimpfen wir ihn sogar dafür, was für ein Leben er für uns geplant hat. Aber all die Menschen, die Gottes Geschenk annehmen, weil sie seinen Worten vertrauen, werden einmal die andere Seite, die obere Seite des Teppichs sehen." Langsam drehte Michael jetzt den Teppich in seiner Hand herum. Er war wunderschön, traumhaft! Er hatte so wunderschöne, kräftige Farben und ein fantastisches eingewebtes Muster. Es

musste unzählige Stunden gedauert haben, diesen Teppich mit
solch einer Farbenvielfalt allein durch Handarbeit so zu weben.
Vedad und seine Frau mussten wahre Künstler sein. „Wir können
nicht wissen und schon gar nicht begreifen oder verstehen, was
Gott mit uns vorhat, dafür reicht unser menschlicher Verstand
nicht aus, auch wenn wir uns für noch so fortschrittlich halten.
Aber einmal werden wir es sehen und dann alles verstehen.
Ich freue mich schon heute darauf, mit meinem HEERN die
Vorderseite meines Geschenks zu betrachten." Sabine beugte sich
leicht zu Michael, drückte ihm einen Kuss auf die Wange und
flüsterte ihm ins Ohr, als wäre es ein Geheimnis: „Das werden wir
beide Michael, danke." Dann griff sie erneut nach dem Türgriff
und stieg aus. Als sie ihm an der Türe noch einmal zuwinkte,
liefen auch ihm die Tränen die Wangen hinunter.

Heike und Michael nutzen das gemeinsame Abendessen, um
sich über die Ereignisse des Tages auszutauschen. Michael erzählte zuerst von der Autofahrt und den Fragen von Sabine
und anschließend von den Gesprächen mit Andreas und anderen Mitgliedern aus der Gemeinde. Heike fragte in diesem
Zusammenhang ihren Mann, wer denn der höfliche junge Mann
am Kaffeestand gewesen war, denn sie hatte ihn noch nie zuvor
in der Gemeinde gesehen. Ihr Mann lächelte nur und sagte: „Es
wird wohl ein Engel für meinen Engel gewesen sein", zog sie zu
sich und küsste sie, bevor er ihr die ganze Geschichte erzählte. Er
freute sich wie ein Kind, dass er so etwas Tolles zu berichten hatte, sein Hochgefühl wurde jedoch zusehends gedämpft, da Heike
immer nur „Ja" und „Natürlich" sagte. „Sag mal, mein Liebling,
das scheint dich ja nicht gerade vom Hocker zu hauen", gab er
etwas enttäuscht zurück. „Ja, mein Schatz, du weißt halt nicht
alles", erwiderte sie, und dann erzählte sie ihm die Geschichte
mit Daniel, und als beide einander alles erzählt hatten, da sprudelten ihrer beider Herzen nur so vor Glück.

Sabine ging die nächsten Sonntage voll Freude immer wieder in die Gemeinde, und jedes Mal lernte sie weitere neue Personen aus der Gemeinde kennen, und schon bald kannte jeder nicht nur ihre Geschichte, sondern auch Sabine persönlich. Ihre Mutter war nach dem ersten Gemeindebesuch nicht mehr mitgekommen. Sabine war einerseits enttäuscht darüber, aber andererseits verstand sie auch ihre Mutter, auf die in letzter Zeit so viel Neues zugekommen war und die mit Gott und alledem nichts anzufangen wusste und wollte. So nutzte Sabine die Gelegenheit, mit Heike, Michaels Frau, die sie von nun an jeden Sonntag abholte, während der Autofahrt offen mit dieser über ihre Fragen zu reden. Für Sabine war es immer wieder ungewöhnlich, dass sich so viele Menschen mit ihr unterhalten wollten und sich für sie als Mensch interessierten.

Dann, eines Abends, spürte sie zu Hause plötzlich starke Kopfschmerzen aufkommen. Sie fiel auf den Boden und litt fürchterlich unter den massiven Schüben. Noch schlimmer empfand sie jedoch die Ängste, die sich wie eine Decke über sie legten. Ihre Ängste und ihre starke Zweifel durchbrachen auf einmal massiv ihr bisheriges Denken. In ihr kamen immer wieder nicht gekannte starke Panikattacken auf. Sie wusste sogar auf einmal nicht mehr, warum sie überhaupt noch weiterhin gegen den Krebs ankämpfen sollte, der immer mehr in ihr wucherte, gegen die manchmal zum Wahnsinn treibenden Schmerzen, gegen die Ausweglosigkeit ihres nur noch kurz währenden Lebens, gegen die Verachtung ihrer ehemaliger Klassen- und Sportkameradinnen. Sie empfand eine starke Ungerechtigkeit, warum gerade sie sterben musste, während andere weiterleben durften. Wieder überfiel sie ein jetzt noch größerer, stechender Schmerz in ihrem Kopf, und sie fiel in eine dunkle Bewusstlosigkeit.

Für Ben kam der Angriff der insgesamt acht Dämonenkreaturen aus dem Schattenreich völlig unerwartet, und deshalb gelang es

ihnen auch, ihn in arge Bedrängnis zu bringen. Die sechs mächtigen Dämonen kannten die Gefahr, die von Ben ausging, trotzdem stürzten sie sich auf ihn, bekämpften ihn, zogen sich einzeln immer wieder gezielt zurück, um dann erneut anzugreifen. Ihr Ziel, das merkte Ben sehr schnell, war nicht er selbst, sondern Sabine, obwohl ihre Angriffe auf ihn brutal und hart erfolgten. Aber sie strebten danach, Sabine heimzusuchen und sie möglichst unter Kontrolle zu bekommen. Ben war ja seit dem letzten Angriff als Sabines Beschützer ständig bei ihr, auch deshalb, weil sie Kraft und Hilfe vom Herrn erbeten hatte. Durch den jetzigen gezielten Angriff, der zuerst auf Ben gerichtet gewesen war, konnten zwei weitere Dämonen ungestört in den Geist von Sabine eindringen, was ihnen auch mühelos gelang. Ben wollte ihr sofort helfen, musste sich aber zuerst immer noch gegen die massiven Angriffe wehren, konnte Sabine im Moment nicht schützen und war deshalb in großer Sorge, zumal Sabine unter ihren Schmerzen laut aufschrie und kurze Zeit später bewusstlos zusammenbrach.
„KALEB", schrie Ben in Gedanken, und obwohl kein einziges Wort gesprochen worden war, waren die abscheulichen Kreaturen kurz zusammengezuckt. Sie wussten, dass ihnen jetzt nur noch wenig Zeit blieb. Kaleb hörte Benjamins Schrei und aktivierte augenblicklich Michael, Heike, Andreas und noch ungefähr zehn weitere Gemeindemitglieder, um für Sabine und Benjamin zu beten, an Ort und Stelle, wo sie sich gerade aufhielten. Ihr Glaube war in den letzten Wochen sehr gestärkt worden, und nicht eine Sekunde zögerten sie, der Stimme zu folgen. Weitere fünfzehn Minuten später startete erneut eine Gebetskette, die rund achtzig Betende beinhaltete, die für Ben und Sabine beteten. Als weitere Engel bei den beiden eintrafen, waren die Dämonen gerade dabei, noch einen Angriff auszuführen, der jedoch nur ein Scheinangriff war, und dann waren sie allesamt verschwunden. Nach und nach trafen weitere Engel ein, um Sabine und Ben vor neuen Angriffen zu schützen, aber die Saat war gesät, und es erfolgten keine weiteren Angriffe mehr.
Am folgenden Sonntag ging es Sabine immer noch sehr schlecht. Sie hatte nach dem letzten Krankheitsschub sehr viel an Kraft

eingebüßt, und die Schmerzen waren auch nicht mehr vergangen, weshalb sie jetzt ständig starke Schmerzmittel zu sich nahm. Diese Tabletten linderten ihre Schmerzen zwar etwas, schwächten sie aber letztendlich noch mehr, bewirkten, dass sie jetzt ständig müde war, und ihre Willenskraft, nicht aufzugeben, kämpfen zu wollen, schwand immer mehr dahin. Dennoch ließ sie es sich nicht nehmen, trotz heftigen Abratens ihrer verzweifelten Mutter, in den heutigen Gottesdienst zu gehen. Als dann während der Veranstaltung jener Programmteil kam, bei dem Ankündigungen und Bekanntmachungen präsentiert wurden, meldete sich Sabine zu Wort, weil sie etwas sagen wollte. Sie war schon zu schwach, um auf die Bühne zu gehen, deshalb brachte man ihr das Mikrofon zu ihrem Sitzplatz. „Guten Morgen, die meisten von euch kennen mich ja schon, ich bin Sabine … ", begrüßte sie leise alle Gottesdienstbesucher und machte dann eine kurze Pause, um Kraft zu schöpfen für das, was sie nun berichten wollte. Sie war sehr dankbar, dass sie mittels dieses Mikrofons trotz ihrer Schwachheit für alle gut zu hören war, und fuhr mit ihrer Bekanntmachung an die Gemeinde fort: „Ich möchte euch gerne erzählen, was mir letzte Woche passiert ist." Sie erzählte allen von den Attacken, die sie erlebt hatte, und davon, dass der Satan ihr Angst und Zweifel hatte einflößen wollen. „Ich war bereits bewusstlos geworden, aber die Visionen, die ich im Traum hatte, waren so real, so schrecklich." Sie weinte, während sie nur mit Mühe weitersprechen konnte: „Ich hatte solche Angst, Angst zu sterben, Angst, dass Jesus nicht existiert, zweifelte an der Liebe, die ich von jemandem erhalten habe, und auch an eurer Liebe. Es war schrecklich, so verlassen, hilflos und hoffnungslos zu sein, und gleichzeitig spürte ich immer wieder in diesem Trancezustand, wie der Tumor mir große Schmerzen bereitete und sekündlich an Größe zunahm. Und dann spürte ich auf einmal, dass all diese negativen Gedanken wie weggewischt waren, so als hätte ein frischer Wind sie davongeblasen. Ich konnte wieder frei atmen und erwachte aus meiner Bewusstlosigkeit und hatte das Gefühl, dass das Zimmer irgendwie erleuchtet sei. Es mag sich jetzt vielleicht verrückt anhören, aber es war, als scheine die Sonne ins Zimmer, aber jener Mittwoch war doch ein trüber, verregneter Tag gewesen. Ich glaube, dass Jesus mir zumindest geistige Stärkung geschenkt hat. Das wollte ich euch sagen und unserem Herrn danken." Erschöpft gab sie das Mikrofon wieder zurück. Ein Raunen ging durch die Gemeinde. Andreas, der Gemeindepastor, ergriff nun das Wort. „Halleluja, preist den Herrn! Auch ich möchte euch etwas sagen, auch ich hatte an eben jenem Mittwoch das Gefühl, dass der Herr mich ruft, für Sabine und Ben zu beten." Jetzt wurde es richtig unruhig in der Gemeinde. Immer mehr Menschen standen auf und erzählten, dass auch sie den Ruf gehört hatten und ins Gebet gegangen waren. Andreas beschloss ohne langes Überlegen, die vorgesehene Predigt ausfallen zu lassen, und lud zu einer längeren Gebetszeit und weiteren Lobpreisliedern ein. Eine ganz besondere Atmosphäre war heute zu spüren, wobei niemand die vielen Engel sah, die sich im Saal aufhielten und die Gemeinde segneten.

Ergriffen und dankbar gingen die meisten vor dem Verlassen der Gemeinde noch einmal bei Sabine vorbei, um sich bei ihr für das offene Bekenntnis zu bedanken und ihr ihre Liebe für sie kundzutun. Alle waren jedoch erschrocken, denn Sabine sah sehr krank aus und war deutlich schwächer geworden im Vergleich zu letztem Sonntag. Seit ihrem ersten Besuch in der Gemeinde hatte sie insgesamt siebzehn Kilogramm ihres Körpergewichts verloren. Als Michael sie wieder nach Hause fuhr, war sie ihm sehr dankbar. „Ich danke Gott jeden Tag dafür, dass ich Benni und dich kennenlernen durfte", meinte Sabine zu ihm, während sie ihn ansah. „Und ich danke Gott, dass er geschenkt hat, dass ich dich und du Gott kennenlernen durftest", antwortete Michael, dessen Stimme brüchig, aber sehr warmherzig war. „Ja, das stimmt, ich bin auch sehr froh darüber, ich werde ihm danken, wenn ich bald bei ihm bin." Michael wollte widersprechen, aber als er in ihre Augen sah und sie ihre Finger auf seine Lippen legte, wusste er, was sie auch zu wissen schien. Er betete für sie und begleitete sie anschließend ins Haus. Am darauffolgenden Donnerstag, zwölf Wochen nach ihrem ersten Besuch in der Gemeinde, schlief Sabine sanft ein.

„Sabine." Sabine drehte sich langsam in die Richtung um, aus der sie die Stimme gehört hatte. So ganz konnte sie noch nicht verstehen, was gerade passiert war, aber ein Gefühl der Ruhe und eines unglaublichen tiefen Friedens hatte sich in ihrem Herzen ausgebreitet. Die fortwährenden unsäglichen Schmerzen, die ihr bis vor Kurzem noch ihre letzten kostbaren Kräfte geraubt hatten, waren plötzlich verschwunden. Sabine fühlte sich auf einmal so leicht, so glücklich, als wäre endlich eine zentnerschwere Last von ihr abgefallen. Die lange und schmerzhafte Zeit, die sie durchlebt hatte, war auf einmal verflogen. Fast kam es ihr so vor, als läge sie Ewigkeiten zurück und existiere nur noch in schwacher Erinnerung. Die warmen Strahlen des Lichtes, das sie umgab, taten ihrer Seele gut. Die Luft roch so fantastisch, so himmlisch. Einen bestimmten Geruch konnte sie nicht ausmachen, aber der Duft um sie herum war irgendwie so … rein … sie wusste nicht, wie sie es sonst ausdrücken sollte. Dabei schien die klare Luft ihre Gedanken gleich mit zu reinigen. Sie fühlte sich so frei und gab ihren überwältigenden Empfindungen dadurch Ausdruck, indem sie beide Arme ausbreitete, den Kopf in den Nacken warf und die Augen schloss. Dabei fing sie an, sich im leichten Wind zu drehen. Sie spürte das Leben wieder, sie spürte, wie der Wind durch ihre Kleider fuhr, und spürte wieder Kraft in ihrem Körper, so viel pure Kraft, dass sie am liebsten zu tanzen begonnen hätte. Aber ihre Drehung wurde abrupt gestoppt. Sie schlug die Augen auf und fand sich in den Armen eines Mannes wieder. Sabine stellte keine Fragen, wunderte sich nicht, alles schien vollkommen natürlich, das Normalste von der Welt zu sein. „Sabine", flüsterte der Mann. Ein innerer Impuls durchjagte Sabine. Sie schaute dem Mann tief in die Augen, obwohl sie bereits in seiner Umarmung wusste, wer sie da festhielt. „Benni?", fragte sie ihn, ohne die Augen von ihm abzuwenden. „Ja, mein Herz", erwiderte Ben zärtlich, „ich bin's." "Oh Benjamin!" Sabine schlang überglücklich ihre Arme um seinen Hals und küsste ihn. Immer und immer wieder trafen sich ihre Lippen. „Oh Benni, wo warst du nur? Ich habe dich so vermisst, mich so sehr nach dir gesehnt. Aber jetzt bist du da. Ich lass dich nie wieder los, nie wieder, hörst du? Ich liebe dich!" Sie drückte sich leicht von Ben ab und blickte ihm in die Augen, die so hell strahlten, genauso wie bei ihrem letzten Treffen. Sabine konnte wie immer seine Liebe zu ihr in seinen Augen sehen. „Ich liebe dich", sagte sie erneut und zog ihn wieder an sich, um ihn abermals mit Küssen zu bedecken. „Sabine", brachte er nur mühsam unter ihren vielen Küssen hervor, „Sabine, so…", aber weiter kam Ben nicht, er wurde schon wieder von Sabine unterbrochen: „Oh Benni, es ist so schön, dass ich dich noch einmal sehen kann, bevor …" Ihre Stimme stockte. „Ich bin dir immer nahe gewesen", sagte Ben zu ihr. Ach, wie sehr sie ihn liebte! Auch jetzt wusste der Junge vor ihr einfach ganz von allein, was in ihr vorging. Seine Worte waren so tröstlich. Sie hatte gewusst, dass sie Benni liebte, von ganzem Herzen liebte, aber jetzt, hier fühlte sie es so intensiv wie nie zuvor. Der Junge raubte ihr bei jeder Begegnung einfach den Verstand.

„Wie fühlst du dich?", fragte Ben sie und schaute ihr tief in die Augen. „Sehr gut, Benni, so wie immer, wenn du da bist", meinte sie verliebt zu ihm, während auch sie ihre Augen auf seine Augen fixiert hielt. „Das ist gut", gab er ihr zur Antwort. „Benni, du bleibst doch bei mir, nicht wahr?" Angst sprach aus ihren Worten. Benjamin nickte als Zeichen der Bestätigung mit seinem Kopf: „Du brauchst keine Angst zu haben, wir beide bleiben jetzt auf ewig zusammen." „Ach Benni, das ist so schön! Ich werde auch immer nur dir gehören, solange ich lebe …" Als Sabine diese Worte aussprach, wurde ihr der Sinn dessen, was sie da soeben zu ihm gesagt hatte, deutlich bewusst, und sie spürte einen schmerzhaften Stich durch ihr Herz fahren. Solange ich lebe!, dachte sie bei sich. Sie hatte ja nur noch wenig Zeit zu leben. Eigentlich hätte sie traurig sein müssen, aber durch Benjamins Anwesenheit wollten sich erst gar keine negativen Gefühle einstellen, und dafür war sie sehr dankbar. Sie wollte auch gar nicht weiter darüber nachdenken. Nicht jetzt, nicht in dem Augenblick, wo sie beide wieder zusammen waren. Sie wollte einfach nur mit diesem Jungen zusammen sein, jetzt und vielleicht morgen und ... und ... eigentlich eine ganze Ewigkeit, dachte sie bei sich. „Das werden wir, Sabine", sagte er in ihre Gedanken hinein. Sabine war etwas verdutzt. Erneut löste sie sich aus seiner Umarmung und hielt ihn etwas auf Distanz und schaute ihm tief in die Augen. „Ben", begann sie ihren Satz. „Ja, mein Schatz", kam seine unmittelbare Reaktion. „Ben, ich muss dir etwas Schlimmes sagen." Ihre Stimme war sehr bedrückt, und sie hatte lange mit sich gerungen, ob sie es ihm sagen sollte oder nicht, wollte diesen kostbaren Moment nicht zerstören. „Es gibt nichts Schlimmes, jetzt, da ich dich wiederhabe", erwiderte Benjamin mit einem leichten Lächeln auf dem Gesicht „Doch, Ben, bitte höre mir zu, ich weiß nicht, wie lange ich noch ... die Kraft dazu haben werde." Sabine fiel es sichtlich schwer, darüber zu reden, aber sie war jetzt fest entschlossen dazu. „Sabine", begann Benni, doch abermals wurde er von ihr unterbrochen. „Nein, bitte lass mich, es fällt mir nicht leicht ...", doch dann stockte sie wieder, weil sie nicht wusste, wie sie es ihm beibringen sollte. Sabine hatte den Blick gesenkt, schaute jetzt aber auf, um direkt in Bens strahlende Augen zu blicken. Ben stand vor ihr und hatte dieses süße, schüchterne Lächeln im Gesicht. Ach, wie süß und verliebt er da vor ihr stand! Ihr tat das Herz jetzt noch mehr weh, weil sie wusste, dass er es jetzt erfahren musste. Sie wollte diesen wunderbaren Augenblick nicht zerstören, aber sie wollte sich auch nicht einfach davonschleichen und ihn einfach so allein zurücklassen. Sie musste ihm die Wahrheit sagen, solange sie noch die Kraft dazu besaß, solange sie noch lebte und er es aus ihrem Munde, mit ihren Worten hören konnte. Sie wollte ihm sagen, dass er sich keine Sorgen um sie zu machen brauchte und ..." „Mache ich mir auch nicht", sagte er auf einmal. Sabine verlor den roten Faden von dem, was sie ihm hatte erzählen wollen, und versuchte krampfhaft, diesen Faden wiederaufzunehmen. „Also", fing sie wieder von vorne an. „Ben, bitte höre mir doch zu." „Na schön." Ben hielt ihre beiden Hände fest, zog abwechselnd die rechte und die linke Hand zu seinem Mund und küsste zärtlich die Innenfläche ihrer Hände. Sabine war mehr als verwirrt. Was machte er da bloß? Oh, wie sehr sie ihn liebte! Sie wollte dem Jungen sagen, dass sie bald sterben würde, und er stand hier und küsste ständig ihre Hände. Wie sollte sie sich da konzentrieren und ihm diese Nachricht schonend beibringen, wenn er sie so verrückt machte? Gleich würde er vor ihr stehen, wahrscheinlich weinen, vielleicht sogar vor ihr zusammenbrechen und sie letztendlich dafür hassen, dass ihre Liebe so enden würde. „Mit Sicherheit nicht", sprach er erneut in ihre aufgewühlten Gedanken hinein. Seine Sätze kamen für sie ganz ohne Zusammenhang, und Sabine verstand ihren Sinn nicht, musste sich aber eingestehen, dass sie sehr unkonzentriert war und deshalb vielleicht nicht alles gehört hatte. Darum fragte sie nach: „Was nicht?" „Weinen und dich hassen", sprach er. Sabine war wie vor den Kopf geschlagen. Konnte er jetzt etwa auch ihre Gedanken lesen? „Ja", hörte sie ihn sagen. „Was ja?", klang Sabine jetzt doch leicht verärgert, und es war ihrer Stimme nur allzu deutlich anzuhören. Sie lag im Sterben und er machte hier seine Späße mit ihr! „Oh, oh, oh, bitte nicht böse sein, ich führe nur Gutes im Schilde", bemerkte Ben entschuldigend und hob zur Abwehr beide Hände, wobei die Innenflächen zu ihr nach vorn zeigten. Sabine legte ihren Kopf leicht schief und blickte ihn fragend mit einem leichten Lächeln an. „Ich liebe dich, Sabine, ich liebe dich mehr als mein Leben, ich liebe dich auch über den Tod hinaus", sagte Ben zärtlich zu ihr. Sabine legte ihren Kopf an seine Brust und schmiegte sich an ihn. Ben genoss für einen kurzen Moment dieses vertraute Gefühl, liebte es, dass sie sich so an ihn schmiegte, bevor er weitersprach: „Ich kann deine Gedanken hören, und ich mache keine Späße mit dir. Jedenfalls nicht so, wie du es vielleicht meinst. Ich muss aber vorsichtig sein, um dich, mein Herz, auf das Neue vorzubereiten." Jetzt war es Sabine, die in unvollständigen Sätzen sprach: „Du ... meine Gedanken ..." „Sabine, was ich dir schon die ganze Zeit sagen möchte, ist nicht so einfach, wenn du die ganze Zeit redest oder mich küsst, was aber nicht heißen soll, dass ich dies nicht genauso ersehnt habe wie du. Aber bitte, lass mich dir etwas zeigen“, erklärte Ben ihr, ließ eine Hand los und zog sie an der anderen Hand mit sich. Zapp – Sabine spürte einen Lufthauch, und dann war sie, immer noch neben Ben stehend, plötzlich in einem abgedunkelten Raum. Sie erkannte ihn sofort, wusste sogleich, wo sie sich befand. Es war das Wohnzimmer, in dem sie zuletzt immer auf der Couch gelegen hatte. Ben schaute ihr in die Augen, zog sie leicht zu sich und küsste sie sehr zärtlich und gab ihr damit zu verstehen, dass er da sein würde, was auch immer geschehen würde. Dann ging er einen Schritt zur Seite und gab ihr den Blick frei. Sabine sah eine junge Frau in dicken Decken eingehüllt auf der Couch liegen. Sabine war nicht geschockt, eher war es wie eine tiefe Erkenntnis, dass die junge Frau dort vor ihr gestorben war. Sabine konnte die Hand von Benni auf ihren Schultern spüren und war dankbar für seine Nähe, die sie somit spürte. Sabine ging noch einen Schritt näher und sah in das leicht lächelnde Gesicht der jungen Frau, aus dem sämtlicher Schmerz und sämtliche Trauer gewichen waren. Die junge Frau war sie selbst.

Sabine blickte sich selbst an, und ihr war klar, was sie eigentlich schon die ganze Zeit gewusst hatte, aber als vollkommen absurd verdrängt hatte. Sie empfand keine Trauer, sondern eher Erleichterung, da sie wusste, dass die Zeit auf Erden am Ende mit Leid, Trauer und Schmerzen einherging. Jetzt sah sie, dass sie davon erlöst war, und es freute sie sogar. Gleichzeitig kam die Erkenntnis, dass, wenn sie nun gestorben war und sich selbst sehen konnte, auch Ben nicht wirklich leben konnte. Sie wandte sich ihm zu und sah ihn nun mit anderen Augen an. Und jetzt sah sie plötzlich seine Veränderungen – Veränderungen, die sie zuvor nicht gesehen hatte oder nicht hatte sehen wollen. Ben wirkte jetzt viel reifer, und eine innere Stärke ging von ihm aus, die sie noch nie zuvor in dieser Weise bei jemandem wahrgenommen hatte und die wesentlich stärker war, als sie sie bei ihm in Erinnerung hatte, und doch war er eindeutig der gleiche Ben, in den sie sich verliebt hatte. Gerade formte sich eine Frage in ihren Gedanken, als Ben sie ansprach: „Ja, Sabine, wir sind beide gestorben. Ich schon früher und du vor Kurzem. Jetzt sind wir vereint – auf ewig." Daraufhin zog er sie in seine Arme, und Sabine spürte die Kraft ihrer gegenseitigen Liebe, und sie war froh, nun wieder bei ihm zu sein. Alles, was jetzt an Fragen auf sie einstürmte, hatte Zeit. Ben war hier bei ihr, und nichts anderes zählte in diesem Augenblick. Als sie sich voller Zärtlichkeit küssten, dachten beide, mit welchem Glück sie doch gesegnet waren, dass ihr Kuss für alle Ewigkeit dauern würde. Die Liebe, die sie füreinander empfanden, hatte rein gar nichts Schlechtes, Nachtragendes, Gemeines oder Neidisches, sondern war klar wie ein Gebirgssee. Beide vermochten in das Herz des anderen zu sehen, als wäre es aus Glas, und gegenseitig ihre Gedanken austauschen, ohne sie überhaupt auszusprechen. Diese Liebe machte sie stark genug, um Dämonen abzuwehren. Ben erzählte ihr alles, was er wusste, und Sabine begann zu verstehen, wie alles schon von langer Hand geplant war. Sie würden die Dämonen vertreiben und gemeinsam den Auftrag Jesu erfüllen, die Kinder der weltlichen Welt zu retten – aber erst nach dem nächsten langen Kuss.

– Ende –

Inhaltsverzeichnis

www.ingramcontent.com/pod-product-compliance
Lightning Source LLC
Chambersburg PA
CBHW031924110726
47902CB00001B/33